Анатолий РЫБАКОВ

Дети Арбата

Книга 2

Страх

АЗБУКА

Санкт-Петербург

УДК 821.161.1
ББК 84(2Рос-Рус)6-44
Р 93

Серийное оформление Вадима Пожидаева

Оформление обложки Валерия Гореликова

Рыбаков А.

Р 93   Дети Арбата : роман : в 3 кн. Кн. 2 : Страх /
Анатолий Рыбаков. — СПб. : Азбука, Азбука-Ат-
тикус, 2017. — 672 с. — (Азбука-классика).
ISBN 978-5-389-06374-7

«Страх» — вторая часть трилогии Анатолия Рыбакова «Дети
Арбата», названной поэтом Семеном Липкиным «книгой шекс-
пировской силы, которая будет читаться и через столетия». Рыбаков, чуткий наблюдатель человеческих страстей и внимательный
исследователь истории, создает пугающе реалистичную картину
30-х годов, когда после убийства Кирова начинается рьяное очи-
щение страны от «врагов народа». Следствие длится теперь не более десяти дней, а смертный приговор сразу приводится в исполнение. Доносы, ночные аресты, пытки, расстрелы... Отчаяние,
безысходность, ощущение неотвратимой беды — и неожиданно
пробудившаяся любовь...

История и политика становятся судьбой — не только для правителей, подобно Сталину, но и для самых обычных людей, жизнь
которых далека от Кремля. Сложно решить, что важнее спасти —
свою порядочность или просто жизнь. Но, как заметил М. Швыд-
кой, «Рыбаков знал, что самое трудное — зная о могуществе страха, научиться жить не боясь».

УДК 821.161.1
ББК 84(2Рос-Рус)6-44

ISBN 978-5-389-06374-7

ЧАСТЬ ПЕРВАЯ

1

В положенный день не пришла почта. Не пришла она и через неделю. Но сани из Кежмы приходили к Федьке, к продавцу, привозили что-то.

Саша зашел в лавку. Федя дверь не открывал, пускал через заднее крыльцо, через кладовку.

— Тебе товары привезли?

— Привезли кой-чего.

— А почты почему нет, не знаешь?

— Кто знат. Тебе, может, чего в долг записать?

— Ничего не надо, спасибо.

Зашел Саша и к Всеволоду Сергеевичу. Тот лежал на кровати, укрытый хозяйской барчаткой — длинным полушубком до пят, со сборками на поясе.

— Заболели?

— Здоров.

— Чего же лежите?

— А что делать?

— Почему почта не приходит?

— Почта? Почты вам захотелось? Вам сейчас другую почту преподнесут.

— Не понимаю.

— Не понимаете... А что происходит в стране, понимаете? Враги рабочего класса убили товарища Кирова, а вы хотите, чтобы этим врагам аккуратно доставляли почту. Да вы что, Саша?! Властям надо изготовиться для ответного удара. Такого удара, чтобы дрогнула земля Российская. Чтобы неповадно было убивать вождей рабочего класса, чтобы враги рабочего класса, личность которых еще выясняется, не смели бы подсылать убийц, личность которых тоже еще выясняется. А вы письма ждете, по газеткам соскучились. Какие письма врагам рабочего класса? Чтобы они сговорились, как избежать возмездия за совершенное убийство? Какие газеты? Чтобы они могли сориентироваться в событиях, чтобы могли маневрировать? Нет, дорогой, такой возможности вы не получите. Еще скажите спасибо, что вас не трогают, не заставляют в такой мороз шествовать до Красноярска.

— Ладно, — засмеялся Саша, — не пугайте меня, а главное, не пугайте себя.

Всеволод Сергеевич сел на кровати, уставился на Сашу.

— Вы давно видели Каюрова?

— Каюрова? На днях встретил на улице.

— Больше не встретите.

Саша вопросительно смотрел на него.

— Да, да, — повторил Всеволод Сергеевич, — его увезли сегодня ночью, подъехала кошевка, побросали его барахлишко и увезли.

— Никто этого не видел, — растерянно проговорил Саша.

— Конечно. Собаки и те не лаяли. Все спали. Вот такие дела. Вы помните своего спутника Володю Квачадзе?

— Конечно.

— Его под конвоем этапировали в Красноярск. И всех его единомышленников и с Ангары, и с Чуны. И всех гольтявинских, Марию Федоровну, бывшую эсерку, Анатолия Георгиевича, бывшего анархиста, и эту красотку... Фриду. Всех подбирают. Скоро и наша с вами наступит очередь. Вам не попадалась в Кежме старуха, ссыльная Самсонова Елизавета Петровна?

— Да, я ее знаю.

Ей Саша передавал от Марии Федоровны деньги — двадцать пять рублей.

— Эту старушку тоже угнали, а ей, между прочим, семьдесят два года.

Саша пожал плечами.

— Молодых — Володю, Фриду, меня — можно отправить в лагерь, все же даровая рабочая сила. Но старуху — ее до Красноярска не дотащат, помрет по дороге.

— Кого это интересует, кого волнует? Предписана определенная акция: ссыльных с такими-то статьями и сроками этапировать в Красноярск. Что же вы думаете, какой-нибудь уполномоченный будет рассуждать: старая, больная, жалко... Да его расстреляют за невыполнение приказа. А так — отправил, выполнил приказ. Умрет по дороге — он за это не отвечает. А дотащат живой до Красноярска, добавят новый срок — и опять отправят — довезут, значит, довезут; не довезут, значит, спишут. Сошлось в отчетности — все правильно. Умер — сделаем отметку, уменьшим общий итог, и вся арифметика. Не знаю, как вам, Саша, вы маломерок, но мне, Михаилу Михайловичу, по их понятиям рецидивистам, нам, как говорится в песне, «в срок назначенный».

— Ну что ж, — спокойно сказал Саша, — будем дожидаться.

Так они и продолжали жить в своей Мозгове, на краю света, оторванные от мира, но чувствующие, что в мире происходит что-то страшное, что должно вскоре коснуться и их.

С Зидой Саша почти не виделся. В Кежме уволили двух учительниц, у одной муж ссыльный, другая сама в прошлом ссыльная. Сейчас, после убийства Кирова, страну очищали от «сомнительных элементов», и обеих учительниц уволили, их заменили Зидой. С семи до десяти утра она вела уроки в Мозгове, а в десять к школе подъезжали сани, увозили ее в Кежму и уже поздно вечером привозили обратно. Все же Саша, встретив ее на улице, остановился, ласково спросил, как дела. Она отводила глаза, говорила, что все хорошо, только работы много.

— Зида, — сказал Саша, — я был не прав тогда, зря обидел тебя и очень жалею об этом. Если можешь, прости меня.

Она наконец подняла на него глаза.

— Ладно, Сашок, что было, то прошло.

— Я хочу, чтобы мы остались друзьями.

— Конечно, — Зида улыбнулась, — конечно, как же иначе.

На том разговор и кончился.

Больше они не встречались: Зида была то в Мозгове, то в Кежме, а Саша нашел работу.

Лютые морозы стояли в январе 1935 года. Старые ангарцы таких не помнили. Сидели по избам, говорили: «Не зима, а зимища».

Много хлопот было у председателя колхоза Ивана Парфеновича. Конечно, разместить двести коров в деревне, где их недавно было две тысячи, несложно: женщин в колхозе хватало, и привычки к уходу за животными в них еще не истребили.

Но уследить за общим стадом, размещенным в десятке дворов, непросто. Большинство коров были стельными, и кормить надо внимательно, и поить нехолодной водой не менее трех раз в сутки, а воду ту с Ангары, с проруби таскают, и подстилку надо чистую, свежую, и прогулять хоть 2–3 часа в день, и беречь от падений, ударов, а когда начнется отел, перевести в специальное родильное отделение — так инструкция требует. Коров стало в десять раз меньше, инструкций — в десять раз больше. И от сквозняков надо беречь, чтобы не застудить корову, а скотные дворы пообветшали, поразвалились, кто за ними смотрит, если скота нет.

Колхоз уже третий год как строил молочную ферму — попросту сказать, большой двухрядный коровник. Но строительство не двигалось, то одно мешало, то другое.

Стали в районе отчет составлять, оказалось, нигде молочных ферм не строят... Обходятся частными скотными дворами. Начальство, конечно, переполошилось: срыв развития животноводства, еще и расстрелять могут как за вредительство. И был дан приказ — к весне, к массовому отелу, ферму закончить во что бы то ни стало.

Иван Парфенович сформировал бригаду, во главе ее поставил Сашиного хозяина Савву Лукича, был он в прошлом хороший плотник; впрочем, в деревне каждый — плотник.

— Может, подмотаешь, — сказал Савва Лукич Саше, — трудодни на меня выпишут, а я тебе отдам.

— А как Иван Парфенович?

— Он и велел, — простодушно ответил Савва Лукич.

И стал Саша плотничать.

В бригаде их было шестеро: Савва Лукич, Саша и еще четыре мужика. Обтесывали бревна. Клали на перекладину, укрепляли с боков скобами, проходили шнуркой — веревкой, которую чернили хорошо обугленным на костре куском дерева, — на бревне остается след, по нему и тешешь топором. Обтесал обе стороны, зовешь мужиков, переворачиваешь бревно, закрепляешь и обтесываешь вторые две стороны, так и получаются четыре канта, потом обтесываешь углы, бревно готово.

Савва Лукич посмотрел, прошелся вдоль бревна.

— Будешь тесать, пойдет.

— Парень молодой, яйца свежие, — посмеялись добродушно мужики.

Хотя и подмораживало крепко, работа была приятной. Стружки ложились возле бревна, пахло свежо, морозно. Мужики привозили каменные глыбы: здесь фундаменты не роют, на камень и кладут обвязку, просвет зашивают тесом, засыпают и опять покрывают тесом.

Саша обтесывал бревна для верхней и нижней обвязки, еще с одним мужиком пилил двухметровые бревнышки, в каждом бревнышке вырубали паз для сухого мха.

— Если бы не клин и не мох, плотник бы подох, — говаривал Савва Лукич. Дома он был молчалив, мастерил что-то во дворе, а здесь, на работе, был разговорчив, прибаутничал.

Другие мужики готовили тес, доски, работали на продольных пилах — один наверху, другой внизу. Работали весело, без раздражения, даже если кто и повел не в ту сторону, испортил, переделывали спокойно, не ругались. Промахнулся, не попал по гвоздю или шипу, шутили:

— Насте своей небось сразу попадаешь.

Спать теперь Саша ложился рано, вставал вместе со стариком на рассвете. У старухи уже был готов для них завтрак, они ели и уходили на работу.

Изредка вечерком заходил Всеволод Сергеевич.

Он как-то потускнел, хотя и пытался бодриться. Приходила к нему какая-то женщина из Кежмы, Всеволод Сергеевич суетился, готовил угощение, женщина была худая, рано состарившаяся.

Однажды Всеволод Сергеевич появился у их коровника, замахал бандеролью.

— Почта пришла! Я захватил ваши газеты и письма.

— Спасибо, дорогой!

9

Саша сдернул с рук кокольды — оленьи рукавицы с разрезом, удобные для работы зимой, снял исподни — шерстяные рукавицы под кокольдами, надорвал конверт, посмотрел на дату и тут же перевернул страницу: Варины приписки всегда шли в конце. В этом письме ничего от Вари не было. Он надорвал второй конверт, опять нет.

Третий. Наконец-то! Его охватывала радость, даже когда он видел ее почерк. Варя писала коротко: «У меня ничего нового. Живу, работаю, скучаю... Ждем тебя».

А что она еще может *открыто* написать ему? Ничего... Так же, как и он ей. Но ему достаточно и этих слов. Главное, она *ждет его*, ему осталось торчать в этой проклятой Мозгове уже меньше двух лет. Вот что главное! И после этого, дадут ему жить в Москве или не дадут, они все равно увидятся!

Улыбаясь, он рассовал по карманам письма.

— Всеволод Сергеевич, идите ко мне, посмотрите пока газеты, мы скоро придем.

Савва Лукич, добрая душа, золотой прямо-таки старик, свернул цигарку.

— Чо письма-то попрятал. Читай, читай.

— Потом посмотрю, — ответил Саша.

Стало смеркаться, кончили работу, сложили инструмент в ящик, запрятали меж бревен.

Дома Всеволод Сергеевич протянул Саше газету.

— Читайте!

— Подождите, дайте хоть раздеться.

Саша снял полушубок, шапку, положил на печь кокольды, рукавицы, переобулся, потом взял газету.

Постановление ЦИК СССР о терроре, опубликованное сразу после убийства Кирова, гласило:

«1. Следствие по этим делам заканчивать в срок не более десяти дней. 2. Обвинительное заключение вручать обвиняемым за одни сутки до рассмотрения дела в суде. 3. Дела слушать без участия сторон. 4. Кассационные обжалования приговоров, как и подачи ходатайств о помиловании, не допускать. 5. Приговор к высшей мере наказания приводить в исполнение немедленно по вынесении приговора».

— Это закон военного времени, — сказал Всеволод Сергеевич, — но ведь войны, кажется, нет. Никакая власть не смеет лишать обвиняемого права на защиту, а это постановление лишает подсудимого не только адвоката, но и возможности защищаться самому, — если ему вручают обвинительное заключение за сутки, то он не готов к защите. Никто не смеет лишать обвиняемого права на кассацию, судьи могут ошибиться, никто не имеет права лишать обвиняемого надежды на помилование, без милосердия не могут существовать государства. Постановление хуже законов военного времени, ведь речь в нем идет не о совершенном убийстве, а *вообще* о терроре против работников советской власти, это понятие растяжимое — под террор можно подвести все, что угодно, под работником советской власти можно понимать кого хотите, начиная со Сталина и кончая колхозным счетоводом, которого мужик угрожал прибить за обсчет в трудоднях. Это постановление о неконтролируемом уничтожении невинных и беззащитных людей. Это закон о массовом беззаконии.

Он покачал головой.

— Помните, что сказал Пушкин Гоголю, прослушав первые главы «Мертвых душ»? «Боже, как грустна наша Россия». Что же можно сказать после такого постановления? «Несчастная Россия»?! И заметьте, какая оперативность: 1 декабря убили Кирова — и уже готов и опубликован новый закон. Как это вам, а?

— Я вам не рассказывал, Всеволод Сергеевич, о своем следователе. Дьяков его фамилия. Такой сухарик в очках. Редкостная сволочь. Шил мне дело. И знаете, обижался, когда я не подписывал протокол, надувал губы: «Вы не хотите разоружаться перед партией». Дерьмо! Почему я о нем вспомнил? Да... Выйди такое постановление года полтора назад, он мог бы и мне предъявить обвинение в терроре. Логика простая. Почему в праздничном номере стенгазеты вы не упомянули имени товарища Сталина? Потому что вы против товарища Сталина. Вы не хотите, чтобы он руководил страной. А как вы можете его устранить? Только убив. Ах, вы никогда не говорили об этом? Еще бы, о таких вещах не распространяются, но вы *вынашивали* это намерение и при благоприятных обстоятельствах его бы осуществили. Вы потенциальный террорист, ваши друзья — потенциальные террористы, все вместе вы — террористическая организация. Значит — суд без защитника, приговор без права обжалования, расстрел через час после суда.

— Да, — согласился Всеволод Сергеевич, — вам в этом смысле повезло.

Саша усмехнулся.

— Выходит, я просто счастливчик. Не выпить ли нам по этому поводу?

— Не возражаю. Кстати, я вам объясню, почему вы действительно счастливчик...

У Саши было немного спирта, хозяйка нарезала копченого хариуса, захлопотала у печи.

Саша перечитывал письма, Всеволод Сергеевич просматривал газеты.

— Что делается, Саша... Повсюду суды, массовые расстрелы, из Ленинграда выслали тысячи дворян, бывших буржуев, детей бывших дворян, детей бывших буржуев — а они за что? А народ?! Народ безмолвствует? Что вы?! Народ не безмолвствует, народ требует расправы. От Владивостока до Одессы митинги: разоблачить, уничтожить, расстрелять! И партия не молчит! Коммунисты каются, бьют себя в грудь, признают свои ошибки: недосмотрели, недоглядели. Но не помогает. Эти покаяния считаются недостаточными, неискренними.

Хозяйка вынула из печи чугунок с картошкой.

Саша позвал к столу Савву Лукича. Сели. Выпили по рюмке, закусили, налили по второй.

— Так почему же я счастливчик? — спросил Саша.

— Потому что вы находитесь в Мозгове, — сдирая шкурку с рыбы, ответил Всеволод Сергеевич, — вы живете в стерильной обстановке. Будь вы на свободе, вы тоже должны были бы участвовать в этих митингах, требовать расстрела, уничтожения.

— Мог бы и не участвовать.

— Работая на предприятии, вы от митинга никуда бы не ускользнули, вместе со всеми голосовали бы за расстрел, потянули руку вверх, потому что, если бы не потянули, тут же с собрания вас увезли бы куда следует.

— Ну а вы как бы поступили?

— Я? Мне это не грозит. Пока существует советская власть, мне другой дороги нет: ссылка — лагерь — тюрьма — опять лагерь — опять тюрьма. А проводить такие митинги в лагерях или тюрьмах, я надеюсь, они не додумаются. В тюрьме или в лагере за это руку никто не потянет.

— Но, теоретически, кончился срок, вы живете в каком-то городке, у вас на работе митинг, требуют расстрела врагов, все за это голосуют, а вы будете голосовать?

Всеволод Сергеевич молча сдирал и сдирал шкурку с хариуса.

— Ну, так как?

— Не знаю, Саша, честно говорю, не знаю. На этих митингах есть люди, которые искренне верят в то, что им вдалбливают в головы. А кто не верит, те помнят о своих малолетних детках.

— У вас деток нет.

— Вероятно, и я поднял бы руку. Потому что мой единственный голос ничего не изменит, плетью обуха не перешибешь; если я *один* пойду на плаху, ничего не изменится, их все равно расстреляют, и меня заодно с ними. А они признаются, каются, почему я должен погибать за таких слабых людей? Они, коммунисты, сами посылали людей на смерть, теперь их посылают, почему я должен их защищать?

— Но ведь вы говорили, что высылают бывших дворян, бывших буржуев и их детей. Дети-то никого не посылали на смерть. Их-то надо защитить.

Всеволод Сергеевич наконец дочистил рыбу, откусил.

— Хорошая рыба, замечательная рыба. Вы поднимаете серьезный вопрос, Саша, серьезный и актуальный. Но он актуален для вас, Саша, а не для меня: передо мной такой дилеммы никогда не встанет — я на другой орбите. А вы, Саша, на той самой орбите, по которой кружится это государство, вы на их орбите, и вам с нее не сойти, и эта проблема перед вами встанет.

— Ну что ж, — сказал Саша, — когда она передо мной встанет, тогда я буду ее решать. Но ваше решение меня не устраивает.

— Я отказываюсь от своего решения как от необдуманного, — сказал Всеволод Сергеевич, — просто я говорил о том, как поступил бы на моем месте любой разумный человек: он поднял бы руку, он поступил бы так, как поступают все. В этом трагедия России, в этом трагедия русского народа.

— А как же «особое предназначение народа», а как же его «особая миссия»? Как же его «христианское, православное начало»?

— Саша, вы хотите такими примитивными вопросами опровергнуть нашу... или, скажем так, мою философию?

— Я не философ, — возразил Саша, — но я прихожу к убеждению, что ни у какого народа нет мессианской роли, мессианского назначения. Нет сверхнации, нет сверхнародов, есть люди: хорошие люди, плохие люди. И нужно создать общество, при котором никакие силы не могли бы заставить их быть плохими.

— Всякая идея о совершенном обществе — это иллюзия.

— Да, совершенного общества нет и вряд ли может быть. Но общество, которое *стремится* стать совершенным, — это уже прекрасное общество, — сказал Саша.

— Что-то не видно, чтобы наше общество к этому стремилось. Общество — это люди, а мы их превращаем в нелюдей, — Всеволод Сергеевич встал. — Пойду. Завтра вам на работу. Видите, даже плотничать вам доверили, а мне и этого нельзя.

Саша засмеялся, показал на хозяина.

— У меня протекция. Савва Лукич помог.

— А чего не помочь? — сказал Савва Лукич. — Кончать надо работу-то. Начальство велит.

— Вот и взяли бы меня.

— Ты человек умственный, ученый, тебе наша работа нехороша покажется.

Всеволод Сергеевич ушел.

Саша перечитал мамины письма, снова просмотрел Варины приписки — короткие, сдержанные, но даже в них находил он тайный смысл. «Живу, работаю, скучаю... Ждем тебя».

И он писал ей так же коротко: «Милая Варенька, когда я получаю почту, то сразу же смотрю, есть ли что-нибудь от тебя». Может быть, и она что-то увидит за его словами. Большего он не мог себе позволить. В Москве он не выказывал ей особого интереса, сейчас такой интерес может показаться лишь тоской по воле, по знакомым, просто по женщине. Саша не хотел быть ложно понятым.

Может быть, написав: «Как бы я хотела знать, что ты сейчас делаешь?» — она и повела себя более смело, более решительно, а может быть, он это придумал, просто хотела поддержать его: добрая девочка, с добрым сердцем. «Живу, работаю, скучаю... Ждем тебя». Конечно, что-то за этим все-таки есть... Что бы там ни было, но и этих скупых ее приписок он дожидался с волнением. Варина твердая уверенность в будущем обнадеживала и его.

Мамины письма были спокойны, он просил ее поискать в ящиках письменного стола его институтскую зачетную книжку и шоферские права (при обыске их не забрали), и, если найдет, пусть сохранит до его приезда, они ему понадобятся. Написал единственно для того, чтобы успокоить ее, уверить в своем скором возвращении, укрепить в ней надежду на свое освобождение. Сам он на освобождение не надеялся. Попросил также прислать некоторые свои книги о Великой французской революции. Он много занимался ее историей в школе, собирал книги, хотел перечитать. И еще написал, что работает на строительстве молочной фермы, работа приятная, платят хорошо, хватает на еду и жилье, так что денег ему высылать не надо.

Он долго писал письмо. Даже старуха с печи ему сказала:

— Зачем глаза маешь? Стели постелю, ложись.

— Завтра обратная почта пойдет, — ответил Саша, — надо дописать.

Он поздно лег и проснулся, когда Савва Лукич уже завтракал.

— Я мигом, Лукич!

Саша быстро оделся, умылся, принялся за яишню — она уже стояла на столе.

Старик вышел во двор.

— Иди, — сказал ему вслед Саша, — я тебя бегом догоню.

Савва Лукич тут же вернулся.

— Кошевка с милицией...

— К нам?

— Кто знат?

Ничего не собрано, ничего не готово. Саша метнулся было к письмам — не хотел, чтобы их трогали чужие руки, но он ничего не успеет собрать. Ладно, подождут, никуда не денутся.

Вот и все. Кончается жизнь на Ангаре. Где, в каком лагере она будет продолжаться? Наверно, никогда он больше не увидит маму, не увидит отца, не увидит Варю. Он вынул папиросу из пачки, закурил. Посмотрел в окно, оно заиндевело, ничего не видно. Прислушался. И скрипа полозьев не слышно.

Хлопнула калитка. Открылась дверь — вернулся Савва Лукич.

— Пронесло, Саня, — он перекрестился, — слава те господи.

— Куда поехали?

— За тот угол завернули.

«Тот» означало второй угол, первый угол назывался «этот». За кем же? За Масловым, наверно.

— Лукич, я туда забегу, а потом на работу.

— Иди, иди, — сказал старик, — не торопись, управимся.

Кошевка ждала у дома, где жил Маслов. Тут же стояли Всеволод Сергеевич и Петр Кузьмич.

И только Саша подошел, в дверях показался Михаил Михайлович Маслов с чемоданом в руке и рюкзаком за плечами. Когда успел собраться? Неужели жил с приготовленным чемоданом?

Впереди Маслова шел милиционер с винтовкой и сзади милиционер с винтовкой, высокий прямой парень с презрительно сжатыми губами.

Маслов положил чемодан в сани, снял с плеча и туда же положил рюкзак, повернулся к Всеволоду Сергеевичу. Они обнялись, поцеловались. И с Петром Кузьмичом обнялся и расцеловался. Саше протянул руку. Саша пожал ее, посмотрел Михаилу Михайловичу в глаза, спросил:

— Вы ничего не хотите передать Ольге Степановне?

— У Всеволода Сергеевича есть адрес, он напишет.

И, подумав, добавил:

— Спасибо, что вспомнили...

2

Саша пошел на стройку. Мужики на нижнюю обвязку ставили брусья через каждые два метра, отделяя одно стойло от другого. Ставили в «шип», чтобы создать жесткую конструкцию. Работа красивая, точная. Саша поражался, как все это делается такими немудреными инструментами: топор, пила и ножовка, долото, стамески, рубанок, фуганок, скобелка; как достигается такая точность с помощью отвеса уровня-ватерпаса.

И он мог бы делать такую работу, но сегодня запоздал, и его опять поставили тесать бревно для верхней обвязки.

— Проводил товарища? — спросил Савва Лукич.

— Проводил.

— Куда его угнали-то? — поинтересовался смуглый, горбоносый, сухопарый мужик Степан Тимофеевич.

— Кто знает, — ответил Саша.

— Может, срок вышел, — сказал Савва Лукич.

— На волю, значит? — усмехнулся Степан Тимофеевич. — На волю с милиционером не отправляют.

— В Кежме мужики толкуют — убили кого-то из начальства, в газетах пишут, — сказал другой мужик, его тоже звали Степан, но не Тимофеевич, а Лукьянович, — а убил его троцкист, что против колхозов, чтобы, значит, распустить колхозы энти.

— А куды их теперича распускать, — усмехнулся Степан Тимофеевич, — чего раздавать-то? Чем наделять? Все порушили...

— Ну ладно, — Савва Лукич опасливо посмотрел по сторонам, — ты того, не больно-то, значит.

— Чего не больно-то?!

— А то, что все, значит, от Бога, — сказал Савва Лукич, — как Господь Бог устроил, так, значит, и идет.

— Бог, Бог, все на Бога валите, — желчно ответил Степан Тимофеевич, — где она, ваша церква? Бог за тебя ничего не сделает, коровник ентот срубит тебе Бог? Коров губим, коровник рубим.

— А ты не руби, — сказал третий мужик, Евсей, как его по отчеству, Саша не знал, звали его просто Евсей, иногда прибавляли неприличную рифму.

— Куды уйдешь от ентого? — злобно ответил Степан Тимофеевич. — Вот, — он показал на Сашу, — кончат срок — уедут, хоть куда. А нам, хрестьянам, никуда дороги нет. Беспашпортные мы. Держат на одном месте — не шевелься!

— Какая змея тебя донимат?! — сказал Савва Лукич. — Услышит кто — разбазланит, знаешь, чего от этого быват?

— Знаю, — угрюмо ответил Степан Тимофеевич, — оттого и погибаем, что молчим, уду съели.

— Наше дело работа, весь уповод проговорили.

Действительно, приближался полдень. И они снова принялись за работу.

Мужики хотят поговорить, но, видно, Саша им мешает — чужой человек, при чужом человеке лучше держать язык за зубами...

Через неделю-другую вызвали в Кежму Петра Кузьмича, через сельсовет приказали: явиться такого-то числа.

— Может, отпускают, а? — Он заглядывал в глаза Саше и Всеволоду Сергеевичу. — Срок-то мой еще в ноябре кончился.

— А чего же вы тут сидели, если кончился? — спросил Саша. — Напомнили бы.

— Опасно напоминать, Александр Павлович, напомнишь, а они тебе новый срок пришьют... Ведь не увезли меня, как Михаила Михайловича. И статья у меня не политическая.

— Не политическая! — усмехнулся Всеволод Сергеевич. — Экономическая контрреволюция, ничего себе статейка. Ладно, отправляйтесь в Кежму — узнаете и нам потом расскажете.

Петр Кузьмич ушел в Кежму, Всеволод Сергеевич сказал Саше:

— А ведь могут и отпустить — машина бюрократическая... Срок вышел, никаких распоряжений нет, черт его знает, посмотрим!

К вечеру вернулся Петр Кузьмич, радостный, возбужденный. Освобожден! Показал бумажку. «За отбытием срока заключения... подпадает под п. II Постановления СНК о паспортной системе». Значит, минус — не может жить в больших городах.

— А зачем мне большие города, — возбужденно говорил Петр Кузьмич, — не нужны мне большие города. Родился я и вырос в Старом Осколе, там жена, дочери, родня. Там и буду жить.

— Деньги на проезд у вас есть? — спросил Саша.

— Доберусь... До Кежмы с почтарем договорился, только вещички положит — десятка. Билет до Старого Оскола, думаю, рублей, наверно, двадцать пять — тридцать. В общем, в полсотни уложусь. Полсотни у меня найдется.

— А пить, есть...

Петр Кузьмич махнул рукой.

— С голоду не помру. Сухарей хозяйка насушит, рыбки вяленой даст, яичек, кипяток на станциях бесплатный... Не беспокойтесь, доберусь.

На другой день с попутной колхозной подводой Петр Кузьмич уехал в Кежму. Всхлипнул, прощаясь с Сашей, со Всеволодом Сергеевичем, — стыдился своей удачи.

— Бог даст, и с вами все обойдется.

— Бог даст, Бог даст, — ласково-насмешливо повторил Всеволод Сергеевич, — живите там спокойно, лавку не заводите!

— Что вы, Всеволод Сергеевич, — старик отпрянул в испуге, — какая лавка по нынешним временам. Возьмут продавцом — спасибо!

— Идите лучше в сторожа, — сказал Всеволод Сергеевич.

— Это почему же?

— В магазине материальная ответственность, в случае чего придерутся. А в сторожах — сидите в шубе, грейтесь...

— Нет уж, Всеволод Сергеевич, как же можно? Я свое дело с детства знаю, я еще пользу могу принести.

Последние слова он произнес, уже взобравшись в сани... Возчик дернул вожжами, лошади тронулись.

— Прощайте, дай вам Бог! — крикнул Петр Кузьмич.

— Ничего не понял человек, — мрачно произнес Всеволод Сергеевич.

———

Освобождение Петра Кузьмича немного приподняло настроение. К тому же вскоре пришло известие: в деревне Заимка освобожден ввиду окончания срока отец Василий. Значит, не всеобщая акция, а частичная, не всех чохом, а с разбором.

Однако еще через неделю к коровнику прибежала девчонка и, став против Саши, сказала:

— Севолод Сергеич тебя кличут.

Девчонка эта была дочерью хозяйки Всеволода Сергеевича. Саша сразу понял: Всеволода Сергеевича отправляют.

Саша застал его бодрым, деятельным, собирающим вещи. Раньше он томился в неизвестности, в ожидании, теперь все решилось — опять дорога; теперь он твердо знал, что его ждет; для того, что его ждет, нужны силы, нужно быть готовым ко всему.

— Вам приказано явиться? — спросил Саша.

— За мной приедут из Кежмы. А в Кежме, видимо, последний этап на Красноярск. Вы в него не попали — это вселяет надежду. Впрочем, этапов еще будет много, Саша, так что будьте готовы ко всему... Это вам, — Всеволод Сергеевич указал на пачку книг, — вы не большой любитель философии, но тут есть интересные книжонки, а мне их тащить с собой... Да и все равно отберут... Вас отправят — оставьте кому-нибудь, в крайнем случае бросьте.

— Спасибо, — сказал Саша, — чего вам не хватает для дороги?

— Вроде все есть.

— Ничего у вас нет, — сказал Саша, — белья теплого нет?

— Я к теплому не привык, хожу в обычном. Да и зима кончается.

— У меня фланелевое есть — две пары. Носки шерстяные, лишний свитер, возьмите.

— Саша, ничего не надо... Уголовные все отберут.

— До Красноярска не отберут... Перчатки я ваши видел, в них по Невскому разгуливать.

— Нет, перчатки мои еще хороши...

— Я вам дам верхонки, хорошие лосиные рукавицы, натяните на свои перстянки — тепло будет. Обувь?

— Обувь у меня прекрасная, видите, валенки подшитые. Хватит, Саша... Все есть. Денег нет. Но теперь государство берет меня на свое иждивение.

— Откуда вы знаете, что за вами приедут?

— Знаю, — коротко ответил Всеволод Сергеевич.

Вещей у Всеволода Сергеевича оказалось немного — один туго набитый заплечный мешок.

— Вот и собрал.

Всеволод Сергеевич присел на лавку.

— Что я вам хочу сказать, Саша, на прощание. Мне грустно расставаться с вами, я полюбил вас. Хотя, как теперь говорят, мы с вами по разные стороны баррикады, но я вас уважаю. Уважаю не за то, что вы не отступились от своей веры, — таких, как вы, еще много. Но ваша вера не похожа на веру других — в ней нет классовой, партийной ограниченности. Вы, сами не сознавая, выводите свою веру оттуда, откуда выходят все истинные идеалы человеческие. И это я в вас ценю. Но я старше, опытнее вас. Не превращайтесь в идеалиста. Иначе жизнь уничтожит вас или, это еще страшнее, сломает вас, а тогда... Простите меня за прямоту: идеалисты иногда превращаются в святых, но чаще — в тиранов и охранителей тиранства... Сколько зла на земле прикрывается высокими идеалами, сколько низменных поступков ими оправдывается. Вы не обижаетесь на меня?

Саша усмехнулся.

— Что вы, Всеволод Сергеевич! Разве можно обижаться? Скажу только одно: я не идеалист в вашем понимании. Я идеалист в моем понимании: нет ничего на свете дороже и святее человеческой жизни и человеческого достоинства. И тот, кто покушается на человеческую жизнь, тот преступник; кто унижает человека в человеке, тот тоже преступник.

— Но преступников надо судить, — заметил Всеволод Сергеевич.

— Да, надо судить.

— Вот уже слабинка в ваших рассуждениях. А судьи кто?

— Не будем входить в дебри вопроса. Я повторяю, самое ценное на земле — человеческая жизнь и человеческое достоинство. Если этот принцип будет признан главным, основополагающим идеалом, то со временем люди выработают ответ и на частные вопросы.

Всеволод Сергеевич прислушался. У дома раздался скрип саней.

— Так, это за мной.

— Задержите их, я сейчас вернусь, — сказал Саша.

Он выскочил из дома, у крыльца стояла кошевка, в ней возчик и милиционер.

Саша прибежал домой, схватил пару фланелевого белья, свитер, верхонки, вернулся к Всеволоду Сергеевичу.

— Ну зачем вы все это? — поморщился Всеволод Сергеевич. — Смотрите, «сидор» мой набит.

— Ничего, втиснем, открывайте!

Они сложили все в мешок.

— Да, — сказал Всеволод Сергеевич, — вот адрес Ольги Степановны, город Калинин. Я письмо написал, надеюсь послать из Красноярска. Но там, может быть, привезут прямо в тюрьму. Поэтому напишите вы ей — из двух писем одно дойдет наверняка.

Саша положил бумажку с адресом в карман.

Милиционер и возчик кончили пить чай, вышли на улицу.

Всеволод Сергеевич оделся, взял мешок, опустил его на пол.

— Ну что же, попрощаемся, Саша.

Они обнялись, расцеловались.

Всеволод Сергеевич зашел на кухню, попрощался с хозяевами и вышел на улицу, положил мешок в сани.

В дверях стояла девчонка, дочь хозяйки, в накинутой на плечи шубейке.

— Ну, еще раз!

Всеволод Сергеевич и Саша расцеловались.

Всеволод Сергеевич сел в сани, укрыл ноги полостью, весело проговорил:

— Тронули, что ли!

Сани заскрипели...

Саша стоял, смотрел им вслед, пока они не скрылись за углом.

И девочка стояла в дверях, смотрела.

Ссыльных в Мозгове осталось только двое: Саша и Лидия Григорьевна Звягуро.

3

А на Арбате жизнь продолжалась по-прежнему, будто не было ссылок, тюрем, лагерей, не было заключенных.

Знакомые заключенных, знакомые этих знакомых жили, как и жили. О них, о рядовых тружениках, об их славных делах писали в газетах, сообщали по радио, говорили на собраниях.

О таких, как Саша Панкратов, тоже писали в газетах, сообщали по радио и говорили на собраниях, но как о врагах, которых надо уничтожить. И тех, кто им сочувствует, тоже надо уничтожить.

Так как никто не хотел быть уничтоженным, то никто не выражал сомнения в том, что надо уничтожать людей, суда над которыми не было и о вине которых узнавали из коротких газетных сообщений.

Безопаснее было вообще о них не говорить. Лучше говорить о другом. Например, об отважных полярных летчиках, вывозивших в прошлом году со льдин Ледовитого океана экипаж потерпевшего кораблекрушение парохода «Челюскин». А если и приходила кому-нибудь в голову мысль, что спасение из тюрем невинных людей не менее важно, чем спасение «челюскинцев», то вслух эту мысль не высказывали.

Юрий Денисович Шарок носил теперь шпалу — старший оперуполномоченный — и подчинялся непосредственно начальнику первого отделения Александру Федоровичу Вутковскому и его заместителю Штейну.

Вутковский и Штейн ценили Шарока: серьезный, добросовестный, исполнительный работник. И перспективный. Перспективным считался здесь тот, кто мог не только «расколоть» подследственного, не только заставить его признать собственную вину, но, что главное, вывести его на связи, создать не единичное, а групповое дело. Члены группы, в свою очередь, выведут следствие на новые связи. Таким образом, создается задел, обеспечивающий непрерывное функционирование карательных органов.

Шарок это усвоил хорошо, усвоил и много других истин, в частности ту, что не надо цепляться ни за чей хвост.

Березин к нему благоволил, но Шарок держался на расстоянии. И правильно. Березин загремел на Дальний Восток. И работников его рассовали кого куда. Так что ходишь по острию ножа. Сохраниться здесь можно только величайшей осторожностью. Тем более отделение их самое актуальное. Во втором отделении — меньшевики, бундовцы, анархисты, в третьем — всякие национальные движения — мусаватисты, дашнаки и тому подобное, в четвертом — эсеры, в пятом — церковники. Тихие отделения, какие теперь меньшевики и эсеры... Шарок с удовольствием бы туда перешел. Как-то ему представилась возможность перейти на церковные дела, но он после некоторого колебания отказался. Не хотел связываться с Господом Богом. Шарок не верил в Бога. Но к богомольности матери относился терпимо — ее дело. Да и черт его знает! Верят же в Бога образованные люди, академик Павлов например. Ученый с мировым именем, а завел церковь в Колтушах, бьет поклоны. Правительство между тем его ласкает, сам товарищ Сталин относится с уважением.

Бог не Бог, а что-то необъяснимое существует. Судьба, что ли... Как он горевал тогда, в октябре 1934 года: из-за дерьмового аппендицита не поехал в Ленинград, к Запорожцу. А поехал бы — трубить ему сейчас в лагере.

Юра тогда вернулся с работы, как обычно, под утро, и часов в семь, наверно, его скрутило. Боли были непереносимые, тело будто разламывало пополам, ни вздохнуть, ни выдохнуть, на правый бок ложился, на левый, подтягивал ноги к груди, ничего не помогало, не мог сдержать стона.

Мать металась по комнате: «Может, грелку поставить?» Слава богу, отец еще не ушел на работу, догадался, в чем дело, не разрешил ставить грелку, сказал: «Будем вызывать карету „скорой помощи"». Юра отказывался: карета «скорой помощи» наверняка увезет его в больницу, а ему вечером «Красной стрелой» ехать в Ленинград к Запорожцу, из больницы могут не отпустить, и накроется поездка, пропадет Ленинград, опять ему ходить под Дьяковым.

— Давай телефон, — настаивал отец.

— Не надо звонить, сейчас пройдет.

— Не дашь свою «скорую», вызову городскую.

Юра попытался сесть на постели, застонал, повалился на подушку, нет, терпеть невозможно, «скорая» хоть укол сделает, и боль пройдет. Он показал, откуда достать записную книжку. Через полчаса пришла машина, Юру вынесли на носилках, весь дом глядел, весь подъезд переполошился. Привезли на Варсонофьевский, в больницу НКВД, сразу положили на стол, прооперировали. Сказали, шов снимут дней через десять. Все! Накрылся Ленинград! Как горевал тогда, как горевал, а выходит, аппендицит спас его. Вот и не верь после этого в судьбу.

— Ваше счастье, вовремя привезли, а еще часа два-три — и был бы перитонит, — сказал профессор Цитронблат, делавший ему операцию. Лучший хирург, и что интересно: с протезом вместо ноги.

Но как оказалось, не только в том было счастье, что от перитонита спасли, главное — не поехал в Ленинград.

Дня через два после операции принесли ему пакет с фруктами — апельсины, мандарины, яблоки — и записку: «Юрочка, как ты себя чувствуешь? Что тебе надо, напиши. Лена».

Юра опустил записку. Лена пришла! Пришла все-таки! Уставший, измученный болью, он расчувствовался, даже в горле запершило. Значит, любит его, если все простила, не ревнует больше.

Правда, мелькнула и неприятная мысль: а может, это их интеллигентские штучки?.. Что бы ни было в прошлом, надо в трудную минуту прийти на помощь, проявить внимание, сочувствие. Так принято у *приличных* людей, ведь они *приличные* люди... Никто к нему не пришел, а она пришла. Только Вутковский Александр Федорович звонил, справлялся о здоровье, но он начальник, ему положено проявлять заботу о подчиненных. Ну и мать, конечно, приходила. Принесла какую-то бестолковщину, пироги, дура, испекла, хоть бы у врача спросила, что можно, чего нельзя. А ему тут ничего и не нужно, кормят хорошо, центральная больница НКВД все-таки... А Лена по-интеллигентному: мандарины, апельсины — не еда, не пироги с гречневой кашей, а знак внимания.

И все же не из приличия она явилась! Не может забыть его. Такие, как она, не забывают. И таких, как он, тоже не забывают. Не хлюпик — мужчина!

— Пишите ответ, — сказала сестра.

— Трудно писать... Пусть зайдет на пару минут.

— В палату нельзя. Начнете ходить, выйдете в коридор, у нас тут зальчик есть для посещающих. Потерпите.

На обороте Лениной записки Юра написал:

«Леночка, спасибо за передачу. Мне ничего не надо, все есть, не беспокойся. Хочется повидаться. Через два дня мне позволят ходить, и я выйду к тебе. Приходи...»

И, подумав, дописал: «Целую».

Через два дня Юре позволили вставать, в тот же день пришла Лена.

Они сидели в небольшом холле неподалеку от Юриной палаты. У Лены на плечи был наброшен белый халат с болтающимися завязками, под халатом синий костюм, белая блузка, на ногах высокие боты, обтягивающие полные, сильные ноги. Никогда он не мог равнодушно смотреть на ее ноги, и запах ее духов волновал... Красивая, здоровая, сияющая, а он в уродливом фланелевом халате, под халатом нижнее белье, на ногах шлепанцы, небритый.

— Узнала меня, — усмехнулся Шарок, — я, наверное, похож на покойника?

— Не преувеличивай, — улыбнулась Лена, — немного бледный, это естественно в больнице. Сколько тебя здесь продержат?

— Недели две-три.

— Не горюй, я буду тебя навещать.

Хорошая все-таки баба! Чужая, но хорошая, годится! Добрая, ласковая, любит его, он это видит, опять на все готова ради него, и тем не менее есть какая-то точка отталкивания, так, что ли, это называется по-научному. Именно ее доброта, ласковость, порядочность, деликатность, все, что так приятно в ней, противопоказано ему — он не может быть с ней откровенен, не может быть таким, каков есть на самом деле.

С Викой — поблядухой — он мог бы быть откровенным, конечно, будь она не стукачкой, а женой. С ней можно было бы говорить начистоту, выложить всю подноготную без всяких там цирлих-манирлих, и поняла бы, и совет хороший дала. А с Леной нельзя. Нужно приспосабливаться к ее представлениям о морали и нравственности. А какая мораль и нравственность в его деле, в его жизни, да и существуют ли они вообще?

Какая мораль и нравственность у ее отца, уважаемого Ивана Григорьевича Будягина? Скольких людей он перестрелял, будучи председателем Губчека? Какой моралью руководствовался, отправляя людей на тот свет? Интересами пролетариата? А кто определил эти интересы? Партия? Ленин? Прекрасно. И он, Шарок, тоже руководствуется интересами пролетариата, только определяет их теперешний вождь партии — товарищ Сталин. Но объяснять все это Лене бессмысленно. О людях он должен говорить, как и она, уважительно, о преследуемых тоже, как и она, с сочувствием. Сказал однажды что-то поперек, она не возразила, но посмотрела испуганно, испортила ему настроение.

В постели баба горячая, покорная, притягивает к себе, не оторвешься. Все это так, но и поговорить ведь с кем-то надо... Какой толк из того, что она таскается к нему в больницу каждый день?

Ему бы выложить ей все, что его волнует, погоревали бы вместе, что сорвался Ленинград, прикинули бы, кто из ребят мог попасть на его место в команду Запорожца. А вместо этого они болтают о какой-то чепухе, говорит он не то, что думает, все время настороже, как бы не сказать не то слово, как бы не увидеть ее испуганные глаза, это тяготило Шарока. Но и порывать не хотелось...

Шарок выписался из больницы, и их встречи снова возобновились от случая к случаю.

Юра работал по ночам, Лена работала днем. Да и встречаться было негде: квартира дьяковской Ревекки отпала, хватит с него того провала с Викой. Пару раз они съездили на дачу к Лене в Серебряный Бор, дача зимой отапливалась, но по выходным кто-то приезжал, и на каникулах жил Владлен, катался на лыжах.

Как-то Юра позвонил ей вечером с работы. Она обрадовалась, спросила, как дела.

— Устал как собака, возился тут с одним сукиным сыном.

Она, конечно, тут же замолчала. Чистоплюйка. Принцесса. Не то сказал, видите ли, не для их нервов такие слова. Он измотан как мочалка, не может же он взвешивать каждую фразу.

— Ладно, не думай о наших заботах. Расскажи о своих.

— У меня ничего, все по-прежнему.

— Я тебе просто так позвонил, — сказал Шарок, — давно не слышал твой голос. Как майские проведем?

— А сколько ты будешь свободен?

— Два дня.

— И я два дня. Давай поедем куда-нибудь.

— Куда?

— Придумаем... У нас три недели впереди.

— Добро, — сказал Шарок, — давай думать.

Это были два упоительных дня. Специально поданный автобус привез их в подмосковный закрытый санаторий для научных работников.

— Как достала путевки? — спросил Юра.

Лена ответила уклончиво:

— Какая разница.

Но когда предъявляла талоны администратору, Юра увидел, что выписаны они на фамилию Будягина. Понятно, папаша расстарался для доченьки.

Дом шикарный, но ни одного знакомого лица вокруг, а Лена здоровалась со многими. Назвала Юре несколько фамилий — ученые, есть среди них и академики, приехали с женами и детьми провести два дня первомайских праздников.

Им дали небольшую комнату, окна выходили в березовую рощу. Ветки на деревьях еще голые, но уже были как бы окутаны еле заметным светло-зеленым облачком, значит, листья вот-вот проклюнутся из почек.

— Только весной у берез бывают такие белые стволы, — Лена посмотрела на Юру, — ты не замечал?

Нет, он не замечал.

— Я уже и не помню, когда последний раз был за городом.

Из-под прошлогодних листьев высовывалась молодая травка, дни стояли прекрасные, солнечные, теплые, но лес еще не просох, под ногами хлюпала вода, тропинки влажные. Все ходили без пальто, женщины закатывали рукава на платьях, холеные, породистые бабы.

Играли в волейбол, в крокет, Шарок крокет видел впервые, старомодная игра, смешно было смотреть, как солидные академики и их дамы спорят и ссорятся из-за каких-то непонятных Юре правил: дотронулся до шара — не дотронулся, прошел ворота — не прошел. И те, кто наблюдал за игрой, тоже вмешивались в эти споры, игравшие вежливо, но твердо и даже язвительно просили не мешать им.

В общем, на крокетной площадке было довольно забавно. Юра смотрел, как играла Лена, улыбался ей, когда они встречались глазами. На вид такая далекая от спорта, большая, медлительная, она, как убедился Юра в Серебряном Бору, прекрасно плавала, здесь хорошо играла в крокет и в волейбол хорошо играла. Молодец, спортивная баба, оказывается. Веселая, глаза блестят, была внимательна к Юре.

Они уезжали на второй день к вечеру, после обеда прилегли... И, когда наступила пора вставать, она, лежа на его руке, спросила:

— Хорошо было здесь, правда?

— Да, подходяще, — в полудреме ответил он.

— А ведь мы с тобой расстанемся, Юра, — сказала она спокойно. И как показалось Юре, даже улыбнулась.

До него не сразу дошел смысл ее слов.

— Не понимаю.

— Я говорю, что мы с тобой расстанемся, Юра, и на этот раз навсегда.

— Почему вдруг?

— Это не вдруг. Это я решила не сегодня. Но я хотела с тобой расстаться хорошо, даже счастливо.

— Поэтому и привезла сюда?

— Поэтому и привезла.

— Ну что ж, красиво, элегантно, по высшему классу. Королева, так сказать, отстраняет своего фаворита. И все же хотелось бы знать причину.

— Причину? — Она откинулась, легла на спину, заложила руки за голову. — Стоит ли называть причину... Мы с тобой не дети уже, не юные влюбленные. Такие встречи по телефонному вызову не для нас... Не думай, это я не к тому, чтобы мы поженились.

— А почему?.. Может быть, я хочу жениться на тебе.

Она засмеялась.

— Может быть, ты хочешь. А я, может быть, не хочу.

Да он и не собирался жениться на ней. Смешно говорить об этом. Но самолюбие его было задето.

— Чем же я не подхожу тебе, интересно?

— Ты мне подходишь, и я тебе вроде бы подхожу. Но это здесь, на этой или какой-нибудь другой постели. Но постель — это еще не вся жизнь.

— Ты что, опять заревновала к Вике?

— А откуда ты знаешь, что я ревновала к Вике, я тебе на этот счет ничего не говорила.

— Ты не говорила, а я знаю, *мне все положено знать.* — Эту фразу Шарок любил вставлять к месту и не к месту.

— Ну так вот: и я знаю. Знаю, зачем и в качестве кого Вика приходила на ту квартиру.

Теперь он приподнялся на локте. Что-то тут неясно, попахивает неприятным. Она знает, что Вика была осведомительницей. Откуда знает? Не призналась ли сама Вика? Тогда у него прокол.

— В качестве кого же она ко мне приходила?

— Я не желаю обсуждать эту тему.

Он услышал в ее голосе металлическую будягинскую твердость.

— Мне эта тема неинтересна. И от меня это никуда дальше не пойдет. Так что не беспокойся: никакого вреда я тебе никогда, ни при каких обстоятельствах не причиню. Это ты прекрасно знаешь. Да, когда я увидела Вику у тебя, я возмутилась и порвала наши отношения. Но потом поняла, что была не права. Так что тот случай не имеет сейчас никакого значения. Почему мы расстаемся? Не хотела говорить, но, если ты настаиваешь, скажу: я опять беременна, Юра. Я жду ребенка. И как ты, вероятно, догадываешься, больше никакой горчицы не будет. У меня родится сын или дочь. Я тебя ни к чему не принуждаю. И алиментов с тебя не потребую, и отцом тебя не запишу — я знаю, ты этого не хочешь.

Ничего себе новости! Даже не так поразило само это известие, как ее спокойный, властный голос.

— Почему, собственно говоря?.. — начал Шарок.

Но она перебила его:

— Не возражай! То, о чем мы говорим, не повод для словоблудия.

Она не повысила голос, но в нем опять слышалась их, будягинская, категоричность.

— Этот брак не нужен нам обоим, зачем же притворяться?

Шарок встал, подошел к окну, раздвинул шторы, долго стоял так.

Правильно все. Он ей не нужен, и она ему не нужна. Войти в чужую семью, вечно жить с внутренним напряжением, обдумывать каждую фразу, — это исключено.

Но его поразило, когда Лена повторила почти слово в слово то, о чем он думал, стоя у окна. Видимо, он все-таки недооценивал ее.

— Мы чужие люди, Юра, у нас разные взгляды, разные ценности, мы с трудом понимаем друг друга. Я вижу, как ты приспосабливаешься ко мне, говоришь не то, что думаешь. Это обременительно.

— Что ты имеешь в виду?

— Я имею в виду твой рассказ о Саше, будто благодаря твоим стараниям ему дали всего три года ссылки, а не лагерь и будто тебе чем-то грозил его арест. Чепуха! Просто мне всегда хотелось хорошо о тебе думать, и я убеждала себя, что все так и есть.

Шарок молчал.

— И с Викой. Уж очень нечистоплотно было все мешать в одну кучу.

Он сел рядом с Леной на постели, взял ее за руку, улыбнулся.

— Зачем же ты тогда пришла ко мне в больницу?

— Очень одиноко лежать в больнице, когда никто к тебе не приходит.

— Значит, пожалела. А я-то надеялся, ты меня любишь.

— Я? — Она задумалась. — Не знаю. Вряд ли... Но я хочу, чтобы мы расстались по-дружески, именно в такой светлый, майский, праздничный день, чтобы именно таким он нам запомнился.

Заговорив о больнице, он дал ей повод показать свое интеллигентское превосходство: он не пришел к ней в больницу, хотя она умирала тогда, умирала по его вине, а она пришла к нему, оказалась лучше, выше его. И сейчас, беременная, она опять все берет на себя, освобождает его от забот, от ответственности, от алиментов. Небось все обговорили уже, в семейке-то, небось сам Иван Григорьевич сказал: «Обойдемся без твоего подлеца, рожай!» Опять показывают, что они аристократы, а он плебей.

— Мы очень хорошо провели эти дни, — сказал Юра, — не будем портить их выяснением отношений. Я понимаю: ты маленько накачала себя, не будем продолжать разговор. Уедем, ты подуспокоишься, и мы вернемся к нему.

Она покачала головой.

— Мы никогда не вернемся к этому разговору. Мы больше никогда с тобой не встретимся, Юра, все кончено.

Она взяла со столика часы, встала, начала одеваться.

— Сегодня будут два автобуса: в семь и в восемь. Я записала нас на семь. Для тех, кто уезжает в семь, ужин будет на полчаса раньше. Так что, Юрочка, поторопись!

4

Варя поступила в строительный институт. Не на дневное отделение, как советовала Нина, а на вечернее: стипендия мала, а сидеть на Нининой шее она не хочет.

Нину этот довод не убедил: обходятся же стипендией миллионы студентов. Конечно, пришлось бы жить скромно, но все живут скромно. Страна напрягает все силы, создается могучая социалистическая держава. Для этой великой цели народ отрывает от себя последнее, терпит невероятные лишения, сверстники Вари мерзнут в землянках и бараках, строят заводы, фабрики, электростанции. Студенты теснятся в общежитиях по шесть человек в комнате, питаются в дешевых студенческих столовых. А у Вари комната на Арбате, так что прекрасно могла бы учиться и на дневном. И не надо лукавить, наводить тень на плетень. Ларчик открывается просто: учеба на вечернем отделении избавит Варю от общественных обязанностей на работе, а работа освободит от общественных обязанностей в институте. Сама призналась: «Слава богу, теперь не буду на собрания ходить. Пусть другие тянут руки, ревут от восторга, бараны».

И это она говорит ей, Нине, члену партии! Спорить бесполезно, такая озлобленность в ее возрасте — поразительно!

Повесила над кроватью фотографию Саши Панкратова, — увеличенная, в рамке, под стеклом. На видном месте. У Нины над столиком висит портрет товарища Сталина, а у Вари портрет Саши Панкратова, сосланного в Сибирь по статье 58-10 — «контрреволюционная агитация и пропаганда». К Нине приходят люди, узнают Сашу, заходят соседи и тоже узнают, одна соседка Вера Станиславовна чего стоит, сволочь! Увидела, ехидно улыбнулась, донесет обязательно. Что ж теперь, не пускать людей в комнату?

— Зачем ты повесила фотографию Саши? — спросила Нина.

— А почему тебя это волнует?

— Мы живем в одной комнате, должны считаться друг с другом.

— А ты у меня спрашивала, когда повесила нашего лучшего машиниста?

Она показала на портрет Сталина.

— Почему машиниста? — не сразу поняла Нина.

— Ну как же. Железнодорожники пишут: наш лучший машинист Сталин.

— Не смей так говорить! Понятно? Не смей! Я повесила портрет товарища Сталина, когда тебя здесь не было, когда ты жила со своим муженьком-бильярдистом. Я уважаю товарища Сталина.

— А я уважаю товарища Панкратова.

— Пожалуйста, уважай, только держи это при себе... Нечего афишировать! Кто он тебе? Муж? У тебя, кажется, был другой муж! Жених? Что же ты его не дожидалась, выскочила за какого-то шулера. Он тебе никто. Никто! Ты повесила его фотографию для демонстрации. А чем это может кончиться, не думаешь? Если ты не снимешь фотографию, я сама ее сниму.

— Имей в виду, если только притронешься к Сашиной фотографии, то я сниму твоего усатого, вынесу в коридор, разорву на кусочки при всех. Можешь не сомневаться, что я это сделаю.

Психопатка, распутница! Сотворила себе из Саши кумира, новоявленная Магдалина, новоявленный Иисус Христос. Фанатичка! За одну сотую того, что она болтает, ей могут влепить пять лет. И Нине придется за нее отвечать. Что она скажет? Не знала о настроениях собственной сестры?

— Я запрещаю тебе со мной так разговаривать! Запрещаю!

— Может быть, мне вообще молчать?

— Да, молчи, если у тебя нет других тем для разговоров. Я коммунистка и антисоветчину слушать не желаю!

— Антисоветчину? Разве я говорю что-нибудь против советской власти? Я за советскую власть, только вашего «отца и учителя» терпеть не могу!

— Не смей так называть товарища Сталина, не смей! Товарищ Сталин и советская власть — это одно и то же.

— Это для тебя одно и то же.

— Не только для меня, для всей партии, для всего народа.

— Не говори за весь народ, вы его хорошо околпачиваете. Врете на каждом шагу!

В коридоре послышались шаги и замерли у их двери. Ну вот, дождались, эта сволочь Вера Станиславовна подслушивает.

— Повторяю, — Нина перешла на шепот, — я запрещаю тебе вести со мной такие разговоры, понимаешь? — Она рубила рукой воздух. — Запрещаю! И запрещаю вести их с кем бы то ни было.

— С тобой я могу не разговаривать, — Варя тоже понизила голос, — ну а с другими — это мое дело. И не махай руками!

— Ты понимаешь, чем это для тебя кончится?

— Ничем. Я разговариваю только с порядочными людьми.

— Если ты еще раз *при мне* заговоришь в таком духе, то кому-то из нас придется навсегда покинуть эту квартиру.

— Я тебя не задерживаю, — прищурилась Варя, — впрочем... Ты можешь сплавить меня в Бутырки.

— Если ты не одумаешься, то, может быть, придется это сделать.

— Ну что ж, — хладнокровно ответила Варя, — для тебя это будет весьма естественно и логично. Только вот передачи придется таскать. — Варя запела:

Не ходи по льду,
лед провалится,
не люби вора,
вор завалится.

Вор завалится,
будет париться,
передачи носить
не понравится...

— Не юродствуй! — прикрикнула Нина.

— Впрочем, передачи ты носить не будешь, еще бы, какой-то там антисоветчице. Другие принесут. Ладно, — она
встала, — не беспокойся: больше на эту тему разговоров
у нас с тобой не будет.

Прекратились разговоры не только на эту тему, прекратились разговоры *вообще*. О чем им говорить? Каждая жила своей жизнью.

Но Нину и это не устраивало. Суровое, ответственное
время. Страна, окруженная врагами внешними, борется
с врагами внутренними. Малейшее сомнение в Сталине
означает неверие в дело социализма. Только безграничная,
безоговорочная вера может сплотить миллионы людей на
строительство нового общества. В бою не рассуждают, в бою
выполняют приказы командования, а не обсуждают их. Ее
сестрица отрицает все, что дорого и священно для миллионов советских людей. Раньше были мальчики, танцульки,
рестораны, потом муж — бильярдный игрок, вор, мошенник, теперь антисоветчина. К чему это приведет? Что ждет
Варю? И что ждет ее, Нину? Дело не в страхе, дело в ее партийной честности. Прикрывая Варю, она поощряет антисоветские разговоры, значит, поощряет антисоветскую агитацию. Тем самым она совершает преступление перед партией, становится *соучастницей*.

Но как поступить? Пойти к Вариному начальнику и поговорить с ним? Сообщить в партийную организацию? Донести на сестру? Это ужасно! Ведь Варю посадят, и все будут знать, что посадила ее родная сестра. Но и молчать она
не может.

Посоветоваться с директором школы Алевтиной Федоровной? Алевтина Федоровна всегда вела себя с ней по-ма-

терински. Нина была ее любимицей, комсомолка, активистка. Когда Нина окончила педагогический институт, взяла ее в школу преподавать историю, не дала загнать на периферию. А когда Нина хотела собирать подписи под заявлением, связанным с арестом Саши Панкратова, Алевтина Федоровна прочитала заявление и порвала его.

— Этого документа не существовало.

И никогда больше о нем не говорила. А спустя месяц дала Нине рекомендацию для вступления в партию.

Алевтине Федоровне Нина доверяла безоговорочно. Эта полная низкорослая женщина с прямыми редкими волосами, в пенсне на круглом мордовском лице, участница Гражданской войны, член партии с 1919 года, олицетворяла для Нины партийную совесть, была образцом, на который она равнялась.

И все же рассказать ей о Варе — значит переложить на ее плечи ответственность: *знать* в наше время — это уже и отвечать.

Нина колебалась, никак не могла решить, как ей поступить. Помог случай. Алевтина Федоровна вызвала ее к себе для конфиденциального разговора.

Алевтину Федоровну прислали в свое время из Наркомпроса для укрепления школы, известной плохим социальным составом учащихся, реакционностью преподавателей, неистребимым духом старой гимназии.

Алевтина Федоровна этот дух истребила. Пришли молодые учителя, среди них Нина, появились пионерская и комсомольская организации, старый обструкционистский родительский совет заменили новым, лояльным. Школа перестала быть закрытым, кастовым учебным заведением — обычная районная средняя трудовая школа с обычным порядковым номером.

Но и Алевтина Федоровна превратилась в директора обыкновенной средней трудовой школы.

Ореол высокой значительности, с которым пришла Алевтина Федоровна, потускнел. Ее воинственность стала ненужной, неуместной, даже смешной. Требовательность обернулась придирчивостью, суровость — раздражительностью. Получив классическое педагогическое образование, она постепенно сомкнулась со старыми учителями, то есть с теми, кто требовал от учащихся знаний, не завышал отметок активистам, отвергал педологические и тому подобные эксперименты. Обнаружив вопиющую неграмотность учеников восьмого класса, знавших социальный генезис Гамлета, но не умевших ставить запятые, Алевтина Федоровна выгнала молодого преподавателя языка и литературы, последователя Переверзева, и вернула старого, учившего детей синтаксису, орфографии и пунктуации.

Опубликовано постановление ЦК и Совнаркома: преподавание истории носит отвлеченный характер, учащимся преподносятся абстрактные определения, а нужно, чтобы в их памяти закреплялись исторические деятели и хронология. Преподаватели привыкли к формуле: история человечества — это история борьбы классов, исторические деятели — всего лишь выразители их интересов. Теперь надо возвратиться к концепциям, трактовавшим историю как деяния великих людей?

Алевтина Федоровна отнеслась к новому постановлению спокойно. Ее, представительницу высшей партийной политики, никакие повороты этой политики не удивляли. К высшим инстанциям не испытывала пиетета, руководителей государства видела с близкого расстояния, относилась к ним как к равным. Троцкого всегда считала чужаком, Зиновьева и Каменева — паникерами. Ей были ближе Рыков, Томский, Бухарин и другие представители коренного русского большевизма. Но они оказались слабы, чтобы принять на себя руководство. Теперь она была за Сталина, не потому, что восхищалась его качествами, знала ему цену, но в данных условиях он единственный, способный держать вожжи. И держать крепко, практик, а не краснобай.

Алевтина Федоровна сама была практиком, оценивала людей с точки зрения приносимой ими пользы. Однажды на уроке истории даже сказала: «Декабристы? А что они сделали?»

Она понимала, что утверждение в истории роли личности вообще означает возвеличивание роли Сталина в частности. Но разве мало значение личности? Могла без Ленина свершиться Октябрьская революция? Сталину при жизни воздается больше, чем воздавалось Ильичу. Но это фигуры несоизмеримые. Ленин не нуждался в утверждении своего престижа, на то он и Ленин, а Сталин нуждается, он всего лишь Сталин. Но авторитет Сталина — это авторитет партии, ее кадров, которым Сталин обязан всем.

Новые учебники по истории еще не готовы. Пользоваться старыми уже нельзя. По этому поводу Алевтина Федоровна и пригласила Нину: организуется всесоюзный летний семинар историков, туда направляются лучшие преподаватели, способные потом сами провести городские и районные учительские семинары. Алевтина Федоровна выдвигает Нину — еще одно доказательство ее благожелательности.

— Спасибо, Алевтина Федоровна, я постараюсь справиться с этим.

— Справишься, — ободрила ее Алевтина Федоровна. — Все хорошо запомни и запиши, тебе придется потом самой вести инструктаж.

— Я все запомню.

Алевтина пристально посмотрела на нее.

— Ты чем-то озабочена?

Нина замялась:

— Ничего особенного.

— Говори, что у тебя! — приказала Алевтина Федоровна.

— Варя, моя сестра, вы ее помните?

— Помню, конечно. Красоточка. Что с ней?

— Выскочила замуж за какого-то бильярдиста, польстилась на красивую жизнь, потом разошлась с ним, ну, естественно, разочарование, плохое настроение и все прочее.

Алевтина Федоровна пытливо смотрела на нее. Понимает, что дело не в бильярдисте и не в ресторанах.

Нина замолчала, не в силах произнести слово «антисоветские разговоры». Она вдруг ясно осознала, что говорить об этом не следует. К этим словам Алевтина Федоровна отнесется серьезно, сентиментальничать не будет, последствия могут оказаться самыми неожиданными и суровыми.

— Ну и что? — отчужденно спросила Алевтина Федоровна.

— Ничего. Вы спросили, чем я озабочена, я вам рассказала.

И улыбнулась, как бы извиняясь за свою минутную слабость.

— Совещание предполагается провести в Ленинграде, но, возможно, оно пройдет в Москве, в помещении Института красной профессуры.

Нина подумала: лучше бы в Ленинграде, она уехала бы из Москвы и два месяца не видела бы Варю, жить вместе стало тягостно.

5

Варя была довольна тем, что поступила на вечернее отделение. Теперь уж никто не мог затащить ее ни на какие собрания: «А как же институт?» Кроме того, ей полагались дополнительные свободные дни, например на подготовку к экзаменам, к тому же на вечернем почти не было никаких общественных дисциплин, всяких там политэкономии и прочего, и она могла манкировать неинтересными лекциями, ссылаясь в этих случаях на работу.

И было легко заниматься. Среди своих сокурсников, простых строителей-практиков, прорабов, бригадиров, она, прекрасно подготовленная в школе, способная к математике, физике, была первой, гордостью группы, на дом почти ничего не задавали, к девяти вечера она освобождалась, успевала навестить Софью Александровну или сбегать в кино.

Как-то раз, возвращаясь из библиотеки, Варя встретила Вику.

Вика заулыбалась, обняла Варю, поцеловала. И тут же вынула из сумочки носовой платок, пахнущий духами «Коти», вытерла на Вариной щеке след от губной помады. По-прежнему красивая, нарядная, в легком бежевом пальто и такого же цвета берете, оживленная, обращала на себя внимание, прохожие оборачивались.

— Варя, милая, я так рада тебя видеть.

Была ли рада этой встрече Варя? Чужой человек, в общем-то. Но вспомнилась встреча Нового года, где был Саша, вспомнился ресторан, куда Варя попала впервые и где познакомилась с Левочкиной компанией. И она тоже улыбнулась Вике.

— Ты куда? — спросила Вика.

— Домой.

39

— Может быть, зайдем ко мне? — предложила Вика.

— Нет, меня ждут дома.

— Ну, тогда я тебя провожу...

Вика шла рядом с Варей, поглядывала на нее, весело улыбалась, и казалось, что она действительно рада их встрече. И опять, как и тогда, во времена их прошлого знакомства, повеяло от ее разговоров иной жизнью, бесшабашной, жизнью удачников, счастливчиков, которым все дозволено и которые все могут. Варя знала, что это не так, что людей, которые все могут и которым все дозволено, не существует. Но был *флер*, была видимость. Такая жизнь не притягивала, как раньше, но напоминала о том, что притягивала и увлекала когда-то.

— Я слышала, ты разошлась с Костей?

— Да, — неохотно ответила Варя, не хотела разговаривать на эту тему.

— Ты меня извини, Варя, что я вмешиваюсь, но я с самого начала не одобряла твоего брака. Жаль, что ты не спросила меня. Ведь, Варенька, я тебе всегда желала только добра, всегда к тебе хорошо относилась. Но ты без всяких причин оборвала нашу дружбу. Я тебя чем-то обидела?

— Так получилось, — сдержанно ответила Варя.

— Понимаю, — Вика сочувственно кивнула головой, — все мы рабы своих увлечений. Ты, наверно, слышала, за кем я замужем?

— Слышала.

— Он прекрасный человек, порядочнейший. Любит меня. Но, понимаешь, я почти его не вижу, он уходит рано утром и возвращается поздно вечером, иногда ночует в мастерской. Но что делать? Он одержимый, как всякий гений... Я должна терпеть, должна нести свою ношу. Однако скучновато.

— Пошла бы работать, — сказала Варя.

— Вставать в шесть утра?.. Трястись в трамвае через весь город... Ведь на мне дом, хозяйство, забота о муже, отце, Вадиме — все это на мне... Как работает мой муж, я тебе сказала. Отец и в институте, и в клинике, и в кремлевской больнице, его вызывают по ночам, надо проводить, накормить. В сущности, я домашняя хозяйка. Вадим стал известным критиком, крупным газетчиком. А в журналистике сумасшедшая жизнь, их задерживают в редакции до утра. Три такие личности требуют ухода, вот я их и обслуживаю.

Она покосилась на Варю и добавила:

— Мои мужчины и слышать не хотят, чтобы я пошла работать.

Варя усмехнулась про себя: все сказала, только про Феню, домработницу, забыла упомянуть, Феню, которая подает Вике кофе в постель.

— Разве у вас Феня больше не служит?

— Служит. Но Феня есть Феня. А в доме бывают не простые люди. Их надо принять, это могу сделать только я. Я не жалуюсь, просто рассказываю о своей жизни. Никуда не хожу, нигде не бываю. И ко мне никто не заходит, хоть бы ты заглянула как-нибудь.

— Когда? Днем я работаю, вечерами в институте.

— Да? Молодец! В каком?

— В строительном.

— Прекрасно! У меня масса знакомых по этой линии, архитекторы, инженеры-строители, может быть, нужна их помощь?

— Нет, — сказала Варя, — никакая помощь не нужна.

— Ну смотри, а то пожалуйста. Я говорю не только о своем муже, а о своих знакомых... Люди с мировыми именами... Одно их слово — и все для тебя будет сделано.

— Ничего не надо, — нахмурилась Варя.

— Не надо, значит, не надо.

Вика остановилась.

— Мой телефон не потеряла?

— Нет.

— Вот и прекрасно. Звони, приходи, посидим, поболтаем...

6

Почта начала приходить регулярно. После убийства Кирова в газетах почти ежедневно публиковались длинные списки террористов, заброшенных из-за границы и расстрелянных в Москве, Ленинграде, Киеве, Минске. Создалось впечатление, что именно они и убили Кирова.

Однако в конце декабря 1934 года газеты сообщили, что убийство Кирова из мести организовали зиновьевцы, бывшие руководители ленинградского комсомола, они хотели убить также Сталина и других руководителей партии и правительства.

Всех обвиняемых тогда же и расстреляли.

А в январе 1935 года на скамье подсудимых очутились сами Зиновьев, Каменев, Евдокимов, Бакаев и другие видные в прошлом деятели партии, всего девятнадцать человек. Их прямое участие в убийстве Кирова не было доказано на суде, и все же Зиновьеву дали десять лет, а остальным по восемь, шесть и пять.

Процесс был молниеносный, без защитников, однако версия о причастности зиновьевцев к убийству выглядела убедительной. Кто еще мог это сделать? Ведь и Николаев, как сообщали газеты, в прошлом зиновьевец, и все его товарищи зиновьевцы, и, конечно, моральную ответственность за них несут Зиновьев и Каменев. Сомнительно, заслуживали ли они такое суровое наказание, но все же, как ни говори, Кирова-то убили! Убили ведь! Не Зиновьев и Каменев убили, а их единомышленники... Убили ведь!

Иногда Саша заходил к Лидии Григорьевне Звягуро.

Жила она по-прежнему у Лариски, шила на машинке, работала много, особенно для кежемских. Лариска относилась к ней почтительно, теперь к ней в дом, к разводке, известной тут... приходили женщины, обсуждали, как и чего шить, и она принимала в этом участие, и ее роль в бабьей деревенской жизни стала значительней: была в курсе всех событий не только здесь, но и в самой Кежме. А может быть, и просто побаивалась Лидию Григорьевну — властная женщина, умела внушать к себе уважение.

Тарасик ее обычно сидел на лавке, молчаливый мальчик, изредка вертел в руках какую-нибудь деревяшку — играл таким образом. И Лидия Григорьевна была неразговорчива — старообразная, некрасивая, с косо выпирающими зубами.

Саша приносил ей газеты, через несколько дней она их ему возвращала, редко комментировала. Только о процессе Зиновьева—Каменева заметила:

— Начинается спектакль.

— Но ведь Кирова-то убили.

— В газетах можно написать что угодно, — желчно перебила Звягуро, — Зиновьев и Каменев никогда на такое не пойдут, и не нужно им это. Убийство Кирова выгодно только одному человеку.

Саша понимал, о каком человеке она говорит.

— Но ведь партия, народ...

— У нас нет партии, — оборвала его Звягуро, — есть кадры, послушно проводящие его политику. Он ненавидит партию и истребляет ее, и народ ненавидит и тоже истребляет.

Саша пробегал глазами по газетным листам.

— Вот что говорит Сталин о народе: «Людей надо заботливо и внимательно выращивать, как садовник выращивает облюбованное плодовое дерево».

— Кавказская цветистость, — снова перебила его Лидия Григорьевна, — «садовник», «дерево». Сколько миллионов этих «деревьев» он вырубил на селе, сколько миллионов погибли с голода? Вы его не знаете, а я знаю. Много лет видела вот так, как вижу вас сейчас. Люди, жизни — для него ничто, он хуже уголовника, кого угодно убьет, если понадобится. Он актер, может сыграть любую роль. Сейчас он говорит о людях, льстит народу. Так поступали все тираны. Умный тиран всегда льстит народу, на словах, конечно, а на деле он его уничтожает. Такие мысли не приходили вам в голову?

Да, такие мысли приходили Саше в голову и не могли не прийти. Но, вчитываясь в речи Сталина, он стремился понять этого человека сам, по-своему, а не так, как представляла его Лидия Григорьевна, пронизанная ненавистью к нему.

— Молчите?

Она насмешливо оглядела Сашу, задержала взгляд на обшлагах его брюк.

— Что же вы ходите в таких обтрепанных брюках?

Саша покраснел. Брюки были единственные, и в Москве у него не было запасных брюк, только костюм, который подарил Марк.

— Я обстригаю бахрому ножницами.

— Остроумно... Посидите за занавеской, я приведу в порядок ваши брюки.

Тон был, как всегда, категоричный.

Потом Лидия Григорьевна протянула ему подшитые брюки.

— Одевайтесь!

Он оделся, вышел из-за занавески.

Тарасик все сидел на прежнем месте, играл деревяшкой.

— Тарасик, — сказал Саша, — пойдем на улицу, погуляем.

Тарасик вопросительно посмотрел на Лидию Григорьевну.

— Иди, — сказала Лидия Григорьевна, — сидишь целыми днями дома, иди!

Она одела Тарасика, перевязала его платком крест-накрест, хотя было уже не так холодно, и они с Сашей вышли на улицу, пошли к Ангаре.

Мальчик шел рядом с ним, серьезный, молчаливый, маленький, неуклюжий в перевязанном крест-накрест платке.

— Сколько тебе лет? — спросил Саша.

— Не знаю... семь, однако.

— Значит, знаешь. Читать умеешь?

— Не.

— Буквы знаешь?

— Знаю.

— А стихи?

— Не.

— А тебе мама стихи читает?

— Читает.

— Какие?

— Не помню.

— Хочешь, я тебе почитаю?

— Хочу.

Они стояли над Ангарой. Пригревало. Тарасик мотал головой: видно, ему было жарко. Саша ослабил узел платка.

— Лучше?

— Ага.

Тарасик вынул руки из рукавиц, они висели на шнурке. Саша взял его руку.

— Не замерзнешь?

Теплота маленькой, слабой детской ручки пронзила его. Он присел на корточки, взял ладони Тарасика в свои ладони.

— Тепло?

— Тепло.

Мальчик смотрел на него серьезно. Саша подумал, что Тарасик, наверно, никогда не смеялся.

— Так хочешь, стихотворение прочитаю?

— Хочу.

— Рукавицы надень.

Тарасик натянул рукавицы.

Саша поднялся...

Белая заснеженная пустыня вокруг, только лес темнел на том берегу, освещенный с одного края солнцем.

Потом потемнело. Солнце зашло за облако.

— Тебе что-нибудь напоминают облака?

Тарасик пожал плечами.

— Не.

— А вон корабль, видишь? Видишь, мачты, они будто обледенели. Паруса. Видишь?

— Вижу, — неуверенно ответил Тарасик.

Саша вспомнил «Воздушный корабль» Лермонтова и прочитал его Тарасику:

> Из гроба тогда император,
> Очнувшись, является вдруг;
> На нем треугольная шляпа
> И серый походный сюртук.
>
> Скрестивши могучие руки,
> Главу опустивши на грудь,
> Идет и к рулю он садится
> И быстро пускается в путь.
>
> На берег большими шагами
> Он смело и прямо идет,
> Соратников громко он кличет
> И маршалов грозно зовет.
>
> И маршалы зова не слышат:
> Иные погибли в бою,
> Другие ему изменили
> И продали шпагу свою.

Мальчик напряженно слушал.

— Ну как, нравится? — спросил Саша.

— Да, — ответил Тарасик, — домой хочу.

Они вернулись. Саша хотел тут же уйти, но Лидия Григорьевна задержала его:

— Газеты забыли. Там фотографии вашего Сталина во всех видах. Оказывается, он даже вел пролетарские полки на штурм Зимнего дворца.

Действительно, в каждом номере газеты портрет товарища Сталина, а то и два и даже три: Сталин один, Сталин и Ленин, Сталин и Ворошилов, Сталин и Молотов, Сталин и Каганович, Сталин и Жданов, Сталин и колхозники, Сталин и военные, Сталин и рабочие, рисованные портреты Сталина, скульптурные изображения Сталина. Большие материалы о победах в Гражданской войне: оборона Царицына, взятие Ростова, Пермь, Восточный фронт, разгром Деникина, годовщина Красной армии, 15-летие Первой конной, Польский фронт — все Сталин.

В октябре 1917 года, по словам историка И. И. Минца, «Сталин, выполняя волю Ленина, вывел большевистские полки против буржуазного правительства». Ага, над этим издевалась Лидия Григорьевна. А ведь действительно вранье! Все заслуги Сталину, всюду побеждал Сталин. Приветствия Сталину с заводов, фабрик, из колхозов: с вершин Эльбруса, с вершин Казбека. Каждое выступление, каждая статья начинаются и кончаются его именем.

Но как бы лично он ни относился к Сталину, Сталин олицетворяет народ и партию. И потому все чаще и чаще приходила Саше мысль написать Сталину. Он знал: все пишут Сталину, он не в состоянии прочитать и тысячной доли этих писем, не прочитает и его письмо. Оно и не дойдет до него.

И все же, обратившись к Сталину, он сделает последнюю попытку; что бы ни постигло его, как бы ни сложилась его жизнь, он сможет сказать самому себе: «Я обращался к Сталину». Не помогло? Не помогло.

Два года назад, в институте, когда началась его печальная эпопея, он считал себя не вправе обращаться к Сталину, отнимать у него время, тогда он надеялся сам отстоять себя. Сейчас он не может сам отстоять себя, ему может помочь только Сталин, иначе новый срок, может быть, лагерь — и жизнь кончена. Он обратится к Сталину потому, что он, Саша, тот самый «маленький человек», о котором говорит Сталин, он будет честно трудиться, добросовестно делать свое дело, выполнять свой долг.

В эти одинокие томительные дни, длинные темные вечера, долгие бессонные ночи здесь, в Сибири, на краю света, устав от своих бесконечных дум, он начинал фантазировать, представлял, как присылает за ним телегу Алферов, как он едет в Кежму и Алферов объявляет ему, что из секретариата товарища Сталина пришла телеграмма: «Панкратова срочно отправить в Москву». В Красноярске для него уже готов билет, из Красноярска он звонит домой, маме. Встречайте таким-то поездом. Мама и Варя ждут его на перроне. Они идут к трамвайной остановке. И на четвертом номере — домой.

Саша долго обдумывал свое письмо, взвешивал каждое слово... «Уважаемый товарищ Сталин! — писал Саша. — Простите, что я посмел обратиться к Вам. Постановлением Особого совещания при ОГПУ от 20 мая 1934 года я, по статье 58-10, осужден на 3 года ссылки в Сибирь, с учетом предварительного заключения. Более половины срока я отбыл. Но за что я осужден — не знаю. Я ни в чем не виноват. Я учился в советской школе, в советском вузе, был пионером, комсомольцем, работал на заводе, хочу быть полезен стране, а обречен на бездействие. Так жить невозможно. Прошу Вас о пересмотре моего дела. С глубоким уважением. *А. Панкратов*».

Он написал письмо, но не отсылал его, не решался.

Честно ли он поступает? Не фальшивит ли? Как бы он ни рассуждал, какие бы доводы ни приводил, ведь в душе он не изменил своего отношения к Сталину. Наоборот, после всего, что он увидел и пережил, его сомнения в Сталине только укрепились. А теперь он обращается к нему. Он убеждает себя, что хочет работать, служить стране, а не стремится ли он просто спасти себя, свою жизнь, изменить свою судьбу?

И не наивно ли писать такое письмо? Дойдет — не дойдет? Будет читать — не будет? Пересмотрят его дело — не пересмотрят? Конечно, не дойдет, не прочитает, дело не пересмотрят. Зачем же затеваться, зачем давать его на прочтение в НКВД? Ведь именно туда оно и попадет.

И все же, все же...

7

14 мая 1935 года Сталин приехал в Колонный зал Дома союзов на торжественное заседание, посвященное пуску Московского метрополитена.

Глядя на сидевших в зале молодых людей — строителей метро, на их радостные, веселые лица, обращенные только к НЕМУ, ждущие только ЕГО слова, он думал о том, что молодежь за НЕГО, молодежь, выросшая в ЕГО эпоху, — это ЕГО молодежь, им, детям из народа, он дал образование, дал возможность осуществить свой трудовой подвиг, участвовать в великом преобразовании страны. Этот возраст, самый романтичный, навсегда будет связан в их памяти с НИМ, их юность будет озарена ЕГО именем, преданность ЕМУ они пронесут до конца своей жизни.

Его мысли прервал Булганин:

— Слово имеет товарищ Сталин.

Сталин подошел к трибуне.

Зал встал... Овация длилась бесконечно...

Сталин поднял руку, призывая к спокойствию, но зал не утихал, все хлопали в такт, это было похоже на удары по громадному барабану, и каждый удар сопровождался громовым скандированием одного слова: «Сталин!», «Сталин!»

Сталин привык к овациям. Но сегодняшние овации были особенными. Его приветствовали не чиновники, не комсомольские бюрократы, а простые рабочие: бетонщики, проходчики, сварщики, слесари — строители первого в стране метрополитена. Это народ, лучшее из народа и будущее народа.

Аплодисменты сотрясали зал — юноши и девушки вскакивали на кресла, кричали: «Да здравствует товарищ Сталин!», «Великому вождю товарищу Сталину — комсомольское ура!».

Сталин вынул часы, поднял их, показывая залу, что пора угомониться. Ему ответили еще большей овацией.

Сталин показал часы президиуму. Там заулыбались, польщенные тем, что тоже принимают участие в трогательном общении вождя с народом. И, как бы уступая требованию Сталина, так демократически выраженному, члены президиума стали усаживаться на места.

Садились и в зале, но аплодисменты продолжались.

— Товарищи, — Сталин улыбнулся, — подождите авансом рукоплескать, вы же не знаете, что я скажу.

Зал ответил ему радостным смехом и новыми овациями.

— Я имею две поправки, — продолжал Сталин, — партия и правительство наградили за успешное строительство Московского метрополитена одних — орденом Ленина, других — орденом Красной Звезды, третьих — орденом Трудового Красного Знамени, четвертых — грамотой ЦИК. Но вот вопрос: а как быть с остальными, как быть с теми товарищами, которые клали свой труд, свое умение, свои силы наравне с ними? Одни из вас как будто бы рады, а другие недоумевают. Что же делать? Вот вопрос.

Он сделал паузу.

Благоговейная тишина стояла в зале.

— Так вот, — продолжал Сталин, — эту ошибку партии и правительства мы хотим поправить перед всем честным миром.

Опять зал взорвался смехом и аплодисментами.

Сталин вынул из нагрудного кармана френча сложенную вчетверо бумажку, развернул.

— Первая поправка: за успешную работу по строительству Московского метрополитена объявить благодарность ударникам, ударницам и всему коллективу инженеров, техников, рабочих и работниц Метростроя.

И опять гром аплодисментов. Когда зал наконец утих, Сталин сказал:

— И вторая поправка: за особые заслуги в деле мобилизации славных комсомольцев и комсомолок на успешное строительство Московского метрополитена наградить орденом Ленина Московскую организацию комсомола.

Снова шквал аплодисментов. На этот раз аплодировал и сам Сталин, воздавал этим честь московскому комсомолу.

И когда он перестал аплодировать, утих и зал.

— Может быть, товарищи, этого мало, но лучшего мы придумать не сумели. Если что-нибудь еще можно сделать, то вы подскажите.

Жестом руки приветствуя собрание, Сталин направился в президиум.

Овация превзошла все предыдущие. «Ура любимому Сталину!» И зал загремел: «Ура!», «Ура!», «Ура!» Какая-то девушка вскочила на стул и крикнула: «Товарищу Сталину — комсомольское ура!» И снова понеслось по рядам: «Ура!», «Ура!», «Ура!».

Овация длилась минут десять. В зале продолжали стоять и аплодировать, выкрикивать: «Ура!», «Любимому Сталину — ура!».

Сталин молча стоял в президиуме и смотрел в зал. Нет, это не те, что полтора года назад аплодировали ему на Семнадцатом съезде, те аплодировали неискренне, эти совсем другие, это ЕГО люди.

Безусловно, по своей природе молодежь неустойчива. Молодые тоже со временем коснеют, подрастают новые, им тоже надо дать дорогу, обновление кадров — процесс неизбежный, надо только, чтобы кадры, приходящие к руководству, были ЕГО кадрами. Над тем фактом, что их предшественники уничтожаются, новые кадры не задумываются: захватывая власть, они убеждены в ее незыблемости. И когда им тоже придется уйти, они обвинят в этом не товарища Сталина, а своих соперников. Товарищ Сталин навсегда останется для них тем, кто вознес их к власти.

Так думал Сталин, вглядываясь в возбужденный, радостный, беснующийся от восторга зал, надо еще что-то сказать, что-то простое, человеческое, покорить их не только своим величием, но и своей простотой.

И когда аплодисменты наконец стихли, он негромко, но так, чтобы все слышали, спросил:

— Как вы думаете, хватит поправок?

Буря аплодисментов разразилась с новой силой.

Все встали.

Стоя аплодировал президиум. Аплодировали Сталин, Молотов, Каганович, Ворошилов, Орджоникидзе, Чубарь, Микоян, Ежов, Межлаук. Это продолжалось бесконечно долго. Люди не могли сдвинуться с места, не могли уйти, не могли расстаться со Сталиным, ведь это был их день, может быть, единственный в жизни день, когда они видят Сталина, они хотели продлить этот праздник, хотели еще и еще слушать Сталина.

Но Сталин уже выступил, больше выступать не будет, и тогда кто-то крикнул: «Кагановича!»

И зал мгновенно подхватил: «Кагановича!», «Кагановича!».

Каганович растерянно покосился на Сталина. Выступать после него?

Но Сталин сказал:

— Что же, Лазарь, народ ждет, поговори с народом.

Каганович поднялся на трибуну.

8

После заседания в Колонном зале Сталин, не заезжая в Кремль, уехал в Кунцево, на свою новую дачу. В прошлом году ее построил Мержанов — легкое одноэтажное строение среди сада и леса. Во всю крышу солярий. ОН солярием не пользовался, но пусть будет, не понравится — построят второй этаж.

Сталин впервые приехал в готовый и ожидающий его дом.

Покончено наконец с Зубаловым, с этим гадюшником, где обосновалась его так называемая родня: старики Аллилуевы, не простившие ему смерти Нади; их сыночек Павел — он-то и подарил Наде пистолет, из которого она застрелилась; Аня — Надина сестрица, толстая неряшливая дура, влюбленная в своего муженька Реденса, а тот, красавчик, спит с кем попало, грубый, заносчивый, высокомерный поляк.

Не выносил ОН и семейку Сванидзе — родственников своей первой жены, Екатерины. Да и ее он не любил: молчаливая, покорная, но ограниченная богомольная женщина, во всем ему чужая. Надеялась, что он бросит революцию и станет попом, ничего не понимала. Таким же ее сестрица воспитала и Яшу — его сына: молчаливым, чуждым ему подростком. И вот Яшу, которого он никогда толком, в общем-то, не видел и не знал, его шурин Алеша Сванидзе перевозит в Москву. Зачем привез?! Учиться, видите ли! В Тифлисе нет высших учебных заведений? Нет, не для этого он его привез. Привез для того, чтобы подчеркнуть, что ОН не интересуется судьбой сына, не заботится о его образовании. И потому об этом приходится заботиться его дяде, Алеше Сванидзе.

Ведь у НЕГО новая семья. Зачем же вводить в семью пасынка? Чужого, нелюбимого, плохо говорящего по-русски? Что это, как не стремление внести разлад в его семью, иметь своего человека в его доме. Все точно рассчитал. Надя ведь была деликатная, если Яшу отошлют обратно, то люди подумают, что это она его не приняла, для нее главное: что люди скажут!

Такой сюрприз преподнес ему дорогой шурин Алеша Сванидзе. И не единственный сюрприз. Своего собственного сына назвал ДЖОНРИД. А?! Какое имя придумал! В 1929 году! Грузинское имя? Русское? Нет, не русское, не грузинское. Джон — понятно. Есть такое английское имя. Рид? Тоже, может быть, есть. Но Джон Рид — это имя и фамилия того самого Джона Рида, который написал лживую книжонку, извращающую историю Октябрьского восстания, книжонку, где превозносится Троцкий и ни разу не упоминается ОН, Сталин. Эта книжонка изъята из библиотек, за ее хранение люди получают пять лет лагерей. А его шурин Алеша Сванидзе назвал этим именем собственного сына. Не знает, кто такой Джон Рид? Хорошо знает. Интеллигент. Образованный. Учился в Германии, в Йене. Знает и европейские языки, и восточные, полиглот вроде Менжинского, так что все понимает и назвал своего сына только в пику ЕМУ.

В жены взял оперную певицу, Марию Анисимовну, неважная, видно, певица, если ушла из оперы, чтобы жить с мужем в Берлине при торгпредстве. Привозила Наде из-за границы барахло, ЕГО жене прививала вкус к заграничным тряпкам, разлагала ее морально. Все делают нарочно, злобные, завистливые люди. Играя на бильярде, Алеша всегда ЕМУ проигрывает, а потом объясняет друзьям: «Я выиграю, а он за это другим головы снимет». Так этот дорогой Алеша Сванидзе говорит за его спиной, так он публично издевается над ним!

И почему такая нежная дружба между Аллилуевыми и Сванидзе? Казалось, они должны были бы ненавидеть друг друга: родственники первой жены и родственники второй. Разве могут Аллилуевы любить Яшу? Или Сванидзе любить Васю и Светлану? Их объединяет общая ненависть к НЕМУ. Его ноги больше не будет в Зубалове. Пусть живут там без него, пусть грызутся между собой. Им надо кого-то кусать, пусть кусают друг друга.

Сталин бродил по саду под теплым весенним, майским солнцем, любовался цветами. Одни стояли еще в бутонах, другие расцвели. Земля должна не только плодоносить, но и радовать глаз. Сталину понравился ухоженный сад, чистые дорожки, аккуратные беседки, открытые площадки, на площадке столик, плетеная лежанка, шезлонг.

Тихо, спокойно. Это не Зубалово с его суетней, толкотней, сплетнями, ссорами. Особенно теща — Ольга Евгеньевна, сварливая старуха, вечно ругалась с обслугой, с «казенными людьми», как она их называла, упрекала за бесхозяйственность, за трату государственных средств, обвиняла их чуть ли не в воровстве, бранила комендантов, поваров, подавальщиц. И это при НЕМ, при НЕМ, люди могли подумать, что ОН поощряет такое обращение с обслуживающим персоналом.

Персонал ее не любил, называл за глаза «блажной старухой», и она действительно была блажной: то кричала, то вдруг начинала изливаться в любви, лила то слезы горя, то слезы радости, то критиковала, как воспитывают детей, и шумела, шумела невыносимо.

Ее отец был наполовину украинец, наполовину грузин, а мать — немка, Магдалина Айхгольц, из немецких колонистов. Теща говорила с грузинским акцентом, вставляла грузинские слова: «Вайме, швило, генацвале, чириме». И тут же немецкое «майн готт»! И непрерывно негодующе воздевала руки к небу: «Майн готт!» Это «майн готт» особенно раздражало его, особенно било по нервам.

Старик Аллилуев, Сергей Яковлевич, — старый идиот! Завел в Зубалове верстак, инструменты, точит, паяет, чинит замки и у себя, и на соседних дачах. Этакий истинный пролетарий, «золотые руки».

ОН приезжает на дачу, а тут является какая-то девчонка и просит Сергея Яковлевича прийти починить замок.

А?! Каково?!

ОН сидит на веранде, а у него соседская девчонка спрашивает: «Где Сергей Яковлевич?» — «Зачем тебе Сергей Яковлевич?» — «Замок починить». ЕГО дачу превратили в слесарную мастерскую! И не переубедишь: физический труд, видите ли, облагораживает. Из марксистов-идеалистов. Из общества старых большевиков. Заседает с ними, разглагольствует, как и они. Мемуары пишет. Полдня чужие замки чинит, полдня мемуары пишет.

Что такое общество старых большевиков? Богадельня! Во время январского процесса Зиновьева—Каменева возмущались, пытались даже какие-то решения принимать. Особенно усердствовал Ваня Будягин. Нельзя судить старых большевиков. А почему нельзя? Почему дорогой Ваня не возмущался, когда высылали за границу Троцкого, когда посадили в тюрьму Смирнова Ивана Никитича, Смилгу, Раковского и других троцкистов? А вот по кировскому делу запротестовал. Почему именно по кировскому? Ведь личный друг Кирова, казалось бы, наоборот, должен быть беспощадным, а он против суда над его убийцами и их вдохновителями. Что-то знает? О чем-то догадывается?

Осиное гнездо! Какую пользу приносят? Почему отделяются от партии? Хотят создать особое положение для так называемых старых большевиков, хотят представить себя единственными представителями большевистских традиций, блюстителями ленинского наследия, хотят стать высшим партийным судом, «совестью» партии. Охранителями ее единства. От кого охраняют? Они не партию, они себя охраняют — бывшие троцкисты, зиновьевцы, бухаринцы, уклонисты и оппозиционеры всех мастей, убеждены, что их сила в сплоченности, единстве, монолитности, круговой поруке. Ошибаются. Связи, которые они называют деловыми, рабочими, партийными, дружескими, окажутся связями преступными — достаточно показаний одного, чтобы заподозрить многих, достаточно показаний многих, чтобы виновными стали все.

Теперь помалкивают. Молчание — тоже форма протеста.

Что издают в своем издательстве? Что они там пишут? Создают свою историю. Не историю, нужную партии, а историю, нужную им самим, в которой прежде всего нет места товарищу Сталину. Это, видите ли, личные воспоминания, мемуары.

Человек знает только то, в чем он сам участвовал, знает только частное, а не общее, это заставляет его фантазировать, а следовательно, искажать события. Это вредно для освещения истории партии.

Чем же еще занимаются эти так называемые старые большевики?

Ссорятся, меряются своими заслугами, обвиняют друг друга в сотрудничестве с царской охранкой и тем только компрометируют звание старого большевика. Приходится разбирать их склоки, их ссоры — КПК только этим и занимается. Разве у товарища Емельяна Ярославского нет другой работы, как разбирать их склоки?

Кстати, товарищ Емельян Ярославский — председатель этого общества. Конечно, почетно быть председателем общества старых большевиков, но товарищу Емельяну Ярославскому следовало бы подумать, кому это общество нужно? Кому и чему оно служит?

Между прочим, дорогой товарищ Емельян — еще и староста общества бывших политкаторжан и ссыльнопоселенцев. Конечно, это тоже почетно, тем более Емельян Ярославский родился в Чите, в семье ссыльнопоселенцев. Но опять же товарищу Емельяну следовало бы подумать, кому это общество нужно. Тоже богадельня, но уже для меньшевиков, эсеров, анархистов и просто бывших уголовников, выдающих себя за политических. Издают журнал «Каторга и ссылка», кого они там печатают? Чьи имена упоминают? Имеют чуть ли не пятьдесят филиалов по Союзу — что там за люди? Для чего эта организация? Чуждые люди, потенциальные враги советской власти.

Пусть товарищ Ярославский сам внесет в ЦК предложение о ликвидации и общества старых большевиков, и общества бывших политкаторжан и ссыльнопоселенцев.

Ярославский — умный человек, знает, как все сделать. В июле двадцать восьмого года на Пленуме ЦК хорошо одернул Крупскую: «Дошла до того, чтобы позволить себе к больному Ленину прийти со своими жалобами на то, что Сталин ее обидел. Позор! Нельзя личные отношения примешивать к политике по таким большим вопросам».

Хорошо сказал. Внес ясность, *нужную* ясность во весь тот злосчастный эпизод, показал истинную виновницу, подчеркнул ЕГО, товарища Сталина, благородство, принесшего свои извинения, принявшего все на себя, чтобы успокоить больного Ленина. Молодец! *Отдельные* такие имена надо сохранить в партии. Общество старых большевиков будет ликвидировано, зато старый большевик Емельян Ярославский останется.

Начало свежеть, и Сталин вошел в дом.

Заднюю большую комнату он велел обставить так, чтобы она могла служить ему и кабинетом, и спальней, даже столовой, когда в доме не бывало гостей. Только бездельники любят слоняться из комнаты в комнату, а занятый человек все должен иметь под рукой.

У дивана, на котором он спал, стоял столик с телефонами, у противоположной стены — буфет с посудой, там же в одном из ящиков лежали нужные лекарства. Письменный стол Сталин ставить не разрешил — письменный стол придал бы комнате казенный вид, а здесь не присутствие, здесь жилой дом. Да и работать он мог за большим столом, где лежали бумаги, газеты, журналы, здесь же, на краю, стелили и скатерть, когда приносили обед, завтрак или ужин.

Так и сейчас, когда он вошел, накрывала на стол зубаловская экономка Валечка, веселая молодая миловидная женщина.

— Здравствуйте, Иосиф Виссарионович, я вам ужин принесла.

Она, как всегда, смотрела на него с обожанием и преданностью.

— Спасибо, — ответил Сталин.

А ведь он приказал Власику ни одного человека из зубаловской обслуги в Кунцево не брать.

Валечка накрыла все салфеткой.

— Через полчаса заберете, — сказал Сталин.

— Ладненько! Будет сделано.

Валечка вышла.

Сталин поужинал. Ел мало. Отщипнул кусок хлеба, чуть смазал маслом, выпил рюмку сухого вина, полчашки слабого чая. Просмотрел газеты.

Ровно через полчаса явилась Валечка.

— Поели, Иосиф Виссарионович?

И по-прежнему смотрела на него весело и преданно, счастливая возможностью ему услужить, ловкая, простая женщина.

— Да, спасибо.

Валечка собрала все со стола, поставила на поднос, улыбнулась Сталину, пошла к двери, держа поднос на поднятой руке.

— Пусть ко мне зайдет Власик! — приказал Сталин.

— Ладненько! Будет сделано.

Сталин дочитал газету, встал, прошелся по комнате.

На полу лежал ковер, другой висел над диваном. Эти два ковра да еще камин — вот и вся роскошь, которую он себе позволил.

Дверь открылась, на пороге стоял Власик, стоял по стойке «смирно», по-солдатски выпучив глаза на Сталина.

Сталин посмотрел на него так, как только он один умел смотреть.

Власик стоял ни жив ни мертв.

Сталин снова прошелся по комнате, стал перед Власиком.

— Я вам приказал ни одного человека из зубаловской обслуги сюда не переводить.

— Так точно, товарищ Сталин, приказывали.

— Почему нарушили?

— Никого не перевели, товарищ Сталин, кроме товарищ Истоминой Валентины Васильевны.

— Почему без моего разрешения?

— Вас как раз не было, товарищ Сталин. Мы, значит, собрались, обсудили и решили перевести только товарищ Истомину Валентину Васильевну, поскольку она, то есть Истомина Валентина Васильевна, знает, как подать, как унесть. Человек проверенный.

— С кем вы собрались, обсудили и решили?

— С товарищ Паукером.

Сталин отвернулся, подошел к застекленной двери, выходящей на террасу, поглядел на сад.

— Большое собрание... И долго обсуждали?

— Да, — начал Власик и умолк.

Сталин отошел от двери, переставил чернильницу на столе.

— Я спрашиваю, сколько времени вы это обсуждали — час, два, три?

— Час, — едва слышно проговорил Власик, забыв добавить «товарищ Сталин».

Теперь Сталин смотрел на Власика в упор.

— Вы добрый, значит, — перевели Истомину сюда, а я, значит, злой, — должен прогнать ее отсюда?!

Власик молчал.

— Я должен ее прогнать? — переспросил Сталин.

— Что вы, — забормотал Власик, — товарищ Сталин, мы это моментально...

— Моментально?! — Сталин наконец взорвался: — Болван! Из-за болвана я должен человека прогонять?! Я лучше тебя, дурака, прогоню... Собрались, обсудили и решили... Идиоты!

Сталин снова отошел к застекленной двери террасы, не оборачиваясь, проговорил:

— Идите!

В эту ночь Николай Сергеевич Власик, грубый, невежественный солдафон, впервые в жизни пожаловался на сердце. А ничего не подозревавшая Валечка проработала в Кунцеве до самой смерти Сталина.

С западной террасы, которая примыкала к комнате, был выход в сад. Последние лучи солнца пробивались сквозь кусты сирени. Сталин накинул на плечи шинель, снова вышел на террасу, присел в кресло.

Давно надо было уехать из Зубалова.

Кремлевскую квартиру он переменил после смерти Нади, а с переездом на дачу задержался, напрасно — пока строилась «ближняя», можно было ездить на любую из «дальних». Только не в Зубалово. Раньше, при Наде, он еще терпел эту родню, но после ее смерти все там напоминало о ней. И они напоминали о ней. Во взгляде стариков чувствовался укор.

И зачем она это сделала?

Говорят, у него трудный характер. А у кого из великих легкий характер? С легким характером великих не бывает. Видела, какую титаническую борьбу он ведет, видела, как на него нападают, клевещут, плетут интриги, или не понимала, какое государство он получил в наследство и *какое* государство он должен создать?! Не хотела понимать! Как была петербургской гимназисткой, так и осталась гимназисткой из мещанской семьи.

Истинная аристократка себе такого бы не позволила. Не случайно государи женятся только на женщинах царских кровей, те с молоком матери впитывают в себя *понимание* того, что интересы династий выше всего.

Даже дочери оскудевших немецких баронов это понимали. Все прощали своим царственным мужьям — и измены, и жестокость, понимали, что такое *царствовать*. Екатерина Первая была простой прислугой — какая она царица? Меншиков ею управлял, как хотел. А Екатерина Вторая, хоть и из мелкого княжеского рода, сама всеми управляла.

Покончить с собой! Жена какого царя позволила бы себе такое? Нигде и никогда этого не бывало. Понимали, что такое царствование! Не смели бросать тень на царственного супруга. Даже в заточении, даже в монастыре не кончали с собой.

Ну хорошо, не было в ней царственности, не понимала ЕГО значения, считала ЕГО *одним из руководителей*, не понимала ЕГО роли, не понимала своей роли. К тому же наслушалась всякой чепухи в своей академии, понадобилась ей эта академия — факультет искусственного волокна! А! Очень нужно ей искусственное волокно! Авель, подлец, уговорил. Наслушалась там оппозиторов. Как она смела их слушать?! Она не смела их слушать! Должна была прекратить всякие разговоры! Должна была вести себя так, чтобы с ней даже не смели говорить о НЕМ, а она, наоборот, повела себя так, что с ней смели говорить о НЕМ.

И она слушала.

Самолюбивая, властная, хотела всем управлять, а оказалось, что ИМ управлять нельзя, ОН сам должен управлять. Сопротивлялась ЕМУ, ОН хорошо видел: молчит, а сама против каждого ЕГО слова. Женщина! Не умеешь быть женой, так будь хоть матерью. На кого бросаешь своих детей? Василий, ладно, мальчик, вырастет, а Светланка — шесть лет девочке, шесть лет, — на кого ее бросила?! На ЕГО плечи переложила?

Учителя в школе жалуются на Василия — плохо учится, дурно ведет себя, ОН сам ездил в школу объясняться, САМ — пусть народ знает, что свои отцовские обязанности он выполняет, как обыкновенный советский человек. Но ведь эти обязанности должна выполнять мать. Ушла от своих обязанностей, *дезертировала*, отомстила ему — за что?

А ведь любил ее. Помнит день, когда увидел ее совсем маленькой, трехлетней девочкой. После побега из Уфы он пришел к Аллилуевым и внимания не обратил на нее, а вот помнит тот день в Тифлисе... Не заметил, а помнит.

Заметил ее уже в 1912 году, когда с Силой Тодрия пришел к Аллилуевым в Петербурге на Сампсониевский проспект. Он увидел красивую одиннадцатилетнюю девочку, на вид ей можно было дать лет тринадцать. По грузинским обычаям — невеста. Серьезная, замкнутая, малоразговорчивая в отличие от сестры своей Ани.

Он стал часто бывать у Аллилуевых, иногда ночевал в маленькой комнатке за кухней, спал на узкой железной кровати.

В феврале, на Масленицу, они катались на низких финских саночках — «вейках», как их тогда называли, украшенных разноцветными лентами, звенящими колокольчиками и бубенцами, с запряженными в них коренастыми лошадками с заплетенными гривами. Аня, здоровая уже девица, визжала, когда подскакивали на сугробах, манерничала, а Надя сидела спокойная, неразговорчивая, прелестная девочка в круглой меховой шапочке, шубке и ботинках на стройных ножках.

И наконец, март, весна 1917 года... Он приехал в Петроград и сразу отправился на Выборгскую, но оказалось, что Аллилуевы переехали, живут вблизи торнтоновской фабрики, пришлось добираться туда паровичком. Застал дома только Аню. Надя была на уроке музыки.

Кого ОН ждал тогда? Стариков Аллилуевых ждал, конечно, — к ним приехал. А ведь на самом деле ждал, когда придет эта девочка. Пришел сам Аллилуев, они сидели с ним на кухне за самоваром, и вдруг в дверях кухни появилась Надя. В такой же шапочке и шубке, но высокая, стройная шестнадцатилетняя красивая девушка, похожая на отца, Сергея Яковлевича, у того бабка была цыганкой, и у Нади большие черные глаза, смуглая кожа, ослепительно-белые зубы.

Она сняла пальто, осталась в гимназической форме, помогала накрывать на стол, исподлобья поглядывая на НЕГО. И когда сидели за столом, так же молча, внимательно и серьезно слушала разговор, слушала, что ОН рассказывает. И потому ОН не поддерживал политическую болтовню Сергея Яковлевича, а рассказывал о ссылке, о Сибири, о рыбной ловле, о том, как, живя со Свердловым, старался вне очереди ходить за почтой, чтобы увильнуть от работы по домашнему хозяйству. Смешно рассказывал.

Его уложили тогда спать на кушетку в столовой, там же на другой кушетке спал Аллилуев. За тонкой перегородкой спали Ольга Евгеньевна и Аня с Надей. ОН слышал их смех, приглушенные голоса. Потом старик Аллилуев постучал кулаком в стену.

— Угомонитесь!.. Спать пора!

Помнится, ОН тогда громко сказал:

— Не тронь их, Сергей, молодежь, пусть смеется.

Он нарочно сказал «молодежь». Держался как старший, как друг отца, но он на тринадцать лет младше Аллилуева, тогда ему было 38 лет, а Аллилуеву уже за пятьдесят. И он хотел, чтобы Надя сама бы отметила эту разницу, неправомерность того, что он держится с отцом как сверстник, чтобы подумала: «Какой вы старик! Вы молодой!» Не сказала бы так, а только подумала.

Если бы сказала, было бы нехорошо, звучало бы комплиментом, утешением; Аня, дурочка, могла бы так сказать, а она — нет, не могла и не сказала. И он тогда это оценил — умная. И видел ее интерес к нему, не просто интерес к революционеру-подпольщику, прошедшему тюрьмы и ссылки, такой интерес проявлялся всей молодежью. Ее интерес был особенный.

Утром опять все вместе пили в столовой чай. Надя была совсем уже знакомая, домашняя, пришла с улицы, принесла утренние газеты, положила на стол, как бы для всех, но ОН чувствовал: это знак внимания к НЕМУ.

Потом, помнится, в воскресенье они ехали на крыше двухэтажного вагончика: ОН, Надя, Федя, Аня. Аллилуевы собирались переезжать с Невской заставы поближе к центру и послали сына и дочерей искать новую квартиру. И как было решено, там будет комната и для НЕГО. Кажется, он тогда еще, смеясь, им напомнил:

— Обо мне не забудьте... И для меня снимите комнату... Не забудьте, — повторил он, выходя из вагончика, и погрозил пальцем.

И когда он погрозил пальцем, Надя первый раз улыбнулась. Это он хорошо помнит: именно тогда она первый раз улыбнулась не его шутке, а именно ЕМУ улыбнулась.

Они сняли квартиру на 10-й Рождественке, в доме № 17а, хорошую квартиру на шестом этаже: просторная прихожая, большая комната — столовая, она же спальня Аллилуева и Феди, спальня Ольги Евгеньевны, Ани и Нади и в конце коридора обособленная комната для НЕГО.

В сущности, ОН стал членом их семьи. Почти каждый день видел Надю — его влекло к этой девочке, красивой, молчаливой, загадочной. И ее тянуло к нему — он это видел, понимал... Но он был занят Революцией, впервые открыто, легально был занят Революцией — она совершалась на его глазах, он был ее участником, работал в «Правде», часто ночевал в редакции, жизнь на ходу, на ногах. Шла борьба, судьба его, судьба всего их движения — все было неясно. Может ли он сейчас связать жизнь этой девочки со своей жизнью, бурной и переменчивой? Он старше ее на двадцать два года. На Кавказе это не помеха, на молоденьких женятся и более пожилые люди. И в ее возрасте часто увлекаются взрослыми мужчинами.

Но она, как и ее отец, революционная идеалистка, не смотрит ли она на него через романтические очки? А ведь семья — это не романтика, далеко не романтика. Он уже попробовал это один раз. Что получилось? Растет в Тифлисе сын, которого он не знает, которого он почти не видел. Была жена — тоже чужой ему человек. Семья для революционера — обуза... Тем более обуза сейчас, когда совершается Революция. И Революция — не время для свадьбы. Все его товарищи женаты. Жены — их товарищи по партии. Не женщины... Нет!

Надя, конечно, им не чета. Это совсем другое. Но и время другое... Надо утвердить свое положение в партии. Приехав в Петроград 12 марта, ОН уже 15 марта им показал, КТО здесь истинный руководитель. В борьбе за руководящую роль в партии он маневрировал, это было неизбежно в тех условиях и дало результат — во время Октябрьской революции он стал одним из руководителей партии, членом Политбюро ЦК и членом первого советского правительства. ОН не бегал, как другие, по митингам, не ораторствовал, ОН работал. И когда все определилось, ОН пошел с Лениным до конца, и никто ЕГО сейчас ни в чем упрекнуть не может.

В те дни ему было не до личных дел. Он видел Надю в те редкие часы, когда появлялся на Рождественке, эта девочка волновала его, но было не до того. Он не имел времени даже подумать об этом.

За него подумала она.

Памятный июньский день. Он сидел в маленькой комнате редакции, писал что-то, в комнату входили люди, выходили, он не обращал внимания, кто входит, кто выходит, только раздражался — хлопают дверью, он всегда не любил этот звук. Но тут приходилось терпеть, и он терпел.

И только один раз оглянулся, когда открылась дверь. Почему оглянулся?

В дверях стояла Надя. Ее он увидел. Потом увидел и Аню.

Был пустой разговор. Отчего так долго не появляется... Его комната ждет его. Все это пустое. Главное — она пришла к нему. Значит, хотела видеть его.

Аня сказала:

— Вы давно не приходили. Мы беспокоимся о вас.

А зачем беспокоиться? Нет оснований беспокоиться. Они дома каждое утро получают газеты, читают его статьи, знают: жив-здоров. Надя *пришла его повидать*... Соскучилась. Вот это важно, это главное. И когда увидел ее, стоящую в дверях, высокую, стройную, красивую, он и решил, что эта девушка будет его женой.

С этого дня он стал чаще бывать дома, на Рождественке.

Аллилуевы заботились о нем, кормили, даже купили ему костюм. Больше всех хлопотала Аня, но истинной хозяйкой в доме была Надя, самая младшая. Ольга Евгеньевна, Аня суетились, громко, на всю квартиру переговаривались, мешали ему своим криком. А Надя, в фартуке, с щеткой, тщательно убирала квартиру, ставила все на свое место, любила порядок, чистоту — и все молча, без суеты, без крика. Настоящая хозяйка!

Вечерами она играла на пианино, для себя играла и, когда приходил ОН, переставала играть.

— Почему не играешь, зачем перестала? — спрашивал он.

— Отдыхайте, — отвечала она, — не буду вам мешать.

Она училась в гимназии, слыла там большевичкой, высмеивала в классе «душку Керенского», отказалась жертвовать деньги в пользу каких-то обиженных царских чиновников. Но все это он слышал не от нее, а от Ольги Евгеньевны.

Иногда вечерами все сидели дома, ОН просил ее почитать Чехова. ОН любил Чехова и любил, когда его читала Надя. Хорошо читала.

Аня тоже читала, но плохо, не могла удержаться от смеха, прерывала чтение, покатывалась с хохоту — ничего не разберешь... Надя читала, никогда сама не смеялась, а если смеялись слушатели, делала паузу и снова читала. Читала «Хамелеона», «Унтера Пришибеева», «Душечку» тоже читала, но, как казалось ЕМУ, без особого удовольствия.

Иногда к ней приходили подруги. Он слышал их молодые девичьи голоса... Потом они переходили на французский... Он злился, точно они говорят по-французски, чтобы что-то скрыть от НЕГО, выходил нахмуренный. Но то, что Надя знает французский, играет на фортепьяно, ее серьезность, сдержанность привлекали ЕГО.

Как-то он прилег на постель и проснулся от оклика:
— Иосиф!

Он открыл глаза. В дверях стояла Надя... Он сразу почувствовал запах гари, тлело одеяло — он заснул с трубкой в руках...

Она открыла окно. Он вскочил, закатал одеяло. Потом вбежали Ольга Евгеньевна, Аня. Засуетились. Заохали. Надя улыбнулась ему, помахала рукой, вышла из комнаты.

Через год, в восемнадцатом, он на ней женился. И сразу увез в Царицын. Но потом вернул в Москву и больше в поездки не брал.

С какого времени между ними начались трения?..

Наверно, сразу после рождения Светланы... Она тогда вдруг с Васей и грудной Светланой уехала в Ленинград к родителям, объявила, что больше не вернется. Назвала его грубияном, хамом. Такого он никому бы не простил, а ей простил: женщины после родов, говорят, нервные, истеричное начало проявляется у них с особой силой.

Он ей простил, позвонил в Ленинград, просил вернуться, хотел даже сам за ней ехать. Она насмешливо ответила:

«Твой приезд будет слишком дорого стоить государству».
И вернулась сама.

Что вложила она в эти слова? «Твой приезд будет слишком дорого стоить государству». Тогда он подумал, что это ее обычная насмешка, обычное женское ехидство. Теперь он понимает это по-другому. Его приезд в Ленинград через несколько месяцев после Четырнадцатого съезда, после разгрома зиновьевской оппозиции, после смены ленинградского руководства никому не нужен. Киров не хотел ЕГО приезда в Ленинград. Там завязалась их нежная дружба.

Уже перед самой смертью она объявила, что, как только кончит академию, уедет в Харьков к Реденсам, будет там работать.

Ему донесли ее разговор с няней. «Все надоело, все опостылело, ничто не радует». Что значит «ничто»?! А дети?

Все делала назло ему.

Знала, что ОН ненавидит духи, считает, что от женщины должно пахнуть только свежестью и чистотой. А она душилась, да еще заграничными духами, их привозил ее братец Павел, и назло одевалась в заграничные платья, которые привозил тот же Павел и дорогие, милые Сванидзе. Сидит в академии среди простых советских людей и пахнет заграничными духами. ЕГО жена... А?!

Зачем Павел подарил ей пистолет? Зачем женщине пистолет? Кому придет в голову дарить женщине пистолет?! Не готовил ли он ее исподволь к ЕГО убийству? После того, что случилось, ОН приказал отобрать у него пропуск в Кремль. Мало, мало! Он подумал о Павле с ненавистью. Надо строго наказать его. Пусть знает!

Теперь он уже не женится.

Народ его поймет. Потерял любимую жену, не хочет другой — так это поймет народ. Хороший отец не хочет своим детям мачехи — так это поймет народ. И он не хочет своим детям мачехи — новые осложнения, новая родня, новые склоки. Его одиночество много добавит к ЕГО простоте, которая так импонирует и народу. Даже позаботиться о нем некому.

ОН не ездит на заводы и фабрики, не митингует, выступает только в исключительных случаях: на съездах, на пленумах, с короткими приветствиями в печати. Каждое его выступление должно быть событием. И здесь прав Пушкин:

> Будь молчалив: не должен царский голос
> На воздухе теряться по-пустому.
> Как звон святой, он должен лишь вещать
> Велику скорбь или великий праздник.

Как сказано!

Надо проследить, проверить, как идет подготовка к столетию со дня смерти Пушкина. Конечно, в Пушкине есть и много неприемлемого, но это неприемлемое надо направлять против тогдашнего царя Николая Первого и его окружения. И надо выпячивать то, что нужно, что выгодно нам. Ведь это он возвеличил Петра: «Медный всадник», «Полтава», «Арап Петра Великого»... Да, когда надо было, Пушкин восхвалял и существующую власть, защищал ее внешнюю политику.

Жалко, что в ЕГО эпоху нет поэта масштаба Пушкина. Впрочем, почему жалко? Наоборот, это закономерно: рядом с великими правителями не бывает великих поэтов. Какие великие поэты были при Александре Македонском, Чингисхане, Наполеоне, Иване Грозном, Петре Великом? И наоборот: Гомер, Гете, Шекспир, Пушкин, Толстой — при каких царях они были? Кто этих царей помнит? Великий поэт претендует на роль духовного главы народа. Великий правитель — сам духовный глава народа, и рядом с ним никакого другого духовного главы быть не может.

Но все это так, кстати... Разбегаются мысли. Нехорошо. Надо уметь сосредоточиваться... Да... теперь он уже не женится.

Брата первой жены Сталина Екатерины Семеновны Сванидзе, старого большевика Александра Семеновича (Алешу) Сванидзе арестовали в 1937 году и через пять лет — в 1942 году — расстреляли.

Перед расстрелом ему сказали, что, если он попросит прощения у товарища Сталина, тот его помилует.

— О чем я должен просить? Ведь я никакого преступления не совершал, — ответил Сванидзе.

И его расстреляли.

Когда об этом доложили товарищу Сталину, он сказал:

— Смотри, какой гордый, умер, но не попросил прощения.

Тогда же — в 1942 году — в лагере в Казахстане погибла его жена Мария Анисимовна.

Их сын Джоник (Иван Александрович) сидел в тюрьме вместе с уголовниками и был освобожден только в 1956 году.

Сестра первой жены Сталина Екатерины, Марико, была арестована в 1937 году и очень быстро погибла в тюрьме.

Анну Сергеевну Аллилуеву, сестру второй жены Сталина Надежды, арестовали в 1948 году, приговорили к десяти годам тюремного заключения. Она сидела в одиночной камере Владимирской тюрьмы и была освобождена после смерти Сталина. Ее мужа Станислава Францевича Реденса расстреляли в 1938 году.

Павел Аллилуев, брат жены Сталина Надежды, служил в бронетанковом управлении, пытался защищать невинно репрессированных сотрудников, после чего Сталин перестал его принимать. В 1938 году Павел неожиданно скончался в возрасте сорока четырех лет.

Его жену Евгению Александровну Аллилуеву арестовали 10 декабря 1947 года и приговорили к десяти годам тюремного заключения. Когда Евгению Александровну 2 апреля 1954 года освободили, она уже в Москве, придя домой, сказала сыну: «А все-таки наш родственник нас освободил». Она не знала, что Сталин уже год как умер.

Киру Павловну Аллилуеву, дочь Павла и Евгении, арестовали в 1948 году и освободили после смерти Сталина.

Сын Сталина от первой жены Яков летом 1941 года попал в немецко-фашистский плен, вел себя мужественно и погиб при невыясненных обстоятельствах в 1943 году.

Его жену Юлию арестовали в Москве осенью 1941 года и освободили вскоре после гибели Якова.

9

Первой в доме заметила беременность Лены Ашхен Степановна.

После ужина, когда все разошлись по своим комнатам, она задержала Лену в столовой.

— Останься, мне бы хотелось поговорить с тобой...

Они сели за стол друг против друга.

— Скажи мне, Леночка, я не ошиблась, ты беременна?

— Да.

— Значит, у тебя есть муж?

— У меня нет мужа.

— Прости... Кто в таком случае отец ребенка?

— Я не хочу называть его имени.

Ашхен Степановна пожала плечами.

Лена добавила:

— И я тебя попрошу: передай, пожалуйста, папе, пусть и он не спрашивает, кто отец ребенка.

Иван Григорьевич молча выслушал жену, сказал:

— Вероятно, это все тот же сукин сын.

— Но она тогда порвала с ним.

— Они встречались после этого. Скажи ей, пусть зайдет ко мне.

— Она боится разговаривать с тобой, Иван, она просила, чтобы ты ни о чем ее не спрашивал.

— Я ни о чем не буду спрашивать, пусть зайдет ко мне.

— И будь с ней поласковей. Обещаешь?

— Обещаю.

Ашхен Степановна вошла в комнату Лены.

— Леночка, отец тебя зовет. Хочет поговорить с тобой.

— Я тебе уже все сказала. Больше ничего не скажу.

— Он ничего у тебя не будет спрашивать. Обещал. Зайди.

Лена отложила книгу, встала и решительно направилась в кабинет Ивана Григорьевича.

Отец сидел на диване. Движением руки показал на место рядом с собой.

Лена села.

Иван Григорьевич долго смотрел на нее, потом улыбнулся.

— Ну что, хочешь произвести меня в дедушки?

— Если получится.

— Надо, чтобы получилось. Прошлогодняя история не должна повториться. Я не упрекаю тебя, просто боюсь, как бы это не повлияло на роды. Поэтому прошу тебя показаться врачу и быть под его наблюдением. Скажи об этом маме, хочешь, я скажу?

— Я скажу сама, — ответила Лена, — и схожу к врачу.

— Теперь деликатная часть вопроса. Безусловно, меня интересует, кто отец ребенка. Не для того, чтобы заставить его жениться на тебе и не для получения алиментов. Воспитаем ребенка и без него. Кто же? Этот твой одноклассник... Юра, кажется?

— Да.

— Он знает об этом?

— Да.

— Вы хотите пожениться?

— Ни в коем случае.

— Он будет предъявлять права на ребенка?

— Никогда.

— Еще кто-нибудь знает?

— Никто.

— Тогда все в порядке, — сказал Иван Григорьевич, — ребенок есть ребенок, будет жить. Прояви только твердость в своем решении: отсеки этого человека от себя навсегда.

— Я так и сделала.

Она не лукавила перед отцом. После майских праздников Юра позвонил ей на работу, спросил, не изменила ли она своего решения. Непонятно было, что он имел в виду: аборт, их разрыв... Но она не стала выяснять и ответила:

— Нет, своего решения я не изменила и не изменю.

— Тогда прощай.

— Прощай, Юра. — И повесила трубку.

Так обстояли теперь ее дела.

— Правда, папа, — повторила она, — я уже это сделала.

Иван Григорьевич хотел спросить, твердо ли она уверена в своем решении, но не спросил, посмотрел ей в глаза, и то, что Лена не отвела их, успокоило его и обрадовало. Говорят: инфантильная, пассивная. Нет! Его дочь, его кровь, его характер!

Он обнял ее за плечи, притянул к себе, она прижалась к нему, положила голову на плечо, как бывало в детстве.

В кабинете Ивана Григорьевича, всегда полутемном из-за выступающего угла стены, стало совсем темно. А они все сидели на диване молча, прижавшись друг к другу, отец и взрослая дочь. Такие минуты редко выпадали им в жизни.

Они вознаграждали за все то трудное и мучительное, через что им пришлось пройти в последние годы, давали силы спокойней смотреть в туманный и тревожный завтрашний день.

В коридоре раздался звонок.

Иван Григорьевич поцеловал Лену в голову, потрепал по щеке.

— Все, дочка, посидели, это ко мне.

Он встал, зажег свет, вышел из кабинета.

В прихожей стоял Марк Александрович Рязанов.

Приехал он в Москву на июньский Пленум ЦК, позвонил, попросил разрешения заглянуть вечером домой, хотя их отношения и разладились: Рязанов не попросил Сталина за племянника, и Иван Григорьевич позволил себе удивиться на этот счет.

Будягин знал, что у Рязанова сложности, его будто бы снимают с завода и переводят в Кемерово на строительство комбината. Назначение странное: Марк Александрович — металлург, а не горняк, не химик, тем более не строитель. За этим, конечно, он и пришел, хочет узнать, в чем суть дела. Но Иван Григорьевич ничем не может ему помочь — сам ничего не знает.

Они прошли в кабинет. Марк Александрович попросил разрешения снять пиджак, небольшого роста лысеющий толстяк с короткой апоплексической шеей, задыхался, взгляд беспокойный и настороженный.

— Ну что, Марк, говорят, в Кемерово едешь? — спросил Будягин. Назвав Рязанова по имени, он хотел подчеркнуть дружеское к нему отношение. Понимал: Рязанов сейчас в нем нуждается.

— Я бы хотел знать причины перевода. Но Григорий Константинович мне их не назвал. Такова, мол, воля партии. Орденом тебя наградили, значит, ценим.

В марте в «Правде» опубликовали большой список руководителей тяжелой промышленности, награжденных орденами Ленина. Среди них был и Рязанов. Возглавлял список сам Орджоникидзе. Будягина в списке не было.

— Я не могу понять, в чем дело. Ломинадзе? Ломинадзе покончил с собой в январе. У нас с ним не было близких

70

отношений, но мы с ним никогда и не ссорились. И не во мне причина его самоубийства. Его вызывал секретарь обкома Рындин, разговаривал грубо.

— Откуда ты знаешь?

— На заводе все это знают, Иван Григорьевич. Лично мне Ломинадзе об этом не рассказывал, но говорят, будто ему предъявили чьи-то показания о том, что он возглавлял заговор в Коминтерне. И когда его в очередной раз вызвали к Рындину, он прямо в машине застрелился, шофер остановился — подумал, лопнула шина. Смотрит, Ломинадзе повалился на бок и говорит: «Бабский выстрел». Как рассказывал шофер, они перед этим останавливались, выпили, закусили; по-видимому, диафрагма поднялась, и, хотя Ломинадзе стрелял правильно, на два пальца ниже соска, пуля не попала в сердце. Они вернулись обратно, Виссариона Виссарионовича положили в больницу, прооперировали, но он умер под хлороформом.

Иван Григорьевич внимательно слушал, хотя знал все, что рассказывал Рязанов, знал больше — выдуманные показания Чира и других негодяев посылались самому Ломинадзе по личному распоряжению Сталина.

— Я был убежден, что Виссариона Виссарионовича похоронят на родине, как это принято у грузин, но было приказано похоронить его на городском кладбище, что и было сделано. Грузины поставили ему памятник, собрали деньги по подписке, не бог весть какой монумент, приличный памятник, мог я им это запретить? Может быть, товарищ Сталин недоволен этим?

— А где этот список, этот подписной лист? — спросил Будягин.

— В бухгалтерии. Все оформлено, все законно.

Страхуется... Боится. И подписной лист держит в бухгалтерии. Неужели не понимает, что всех, кто фигурирует в этом подписном листе, всех этих несчастных грузин со временем передушат. Сталин такой благотворительности не прощает.

— Иван Григорьевич, — неуверенно начал Рязанов, — я, конечно, понимаю, что мой перевод не случаен. Но причины его мне не ясны: сроки строительства выполняются, металл высокого качества, город благоустраивается, в янва-

71

ре пустили трамвай, ликвидировали неграмотность, в прошлом году в вузах, техникумах, школах ликбеза обучались тридцать две тысячи человек. Город стал культурным центром, к нам приезжали Собинов и Обухова, Катаев и Гладков, даже Луи Арагон приезжал. Ведь все сделано нашими руками, с нуля. Почему же вдруг снимать?

— Но ведь тебя не снимают, — возразил Иван Григорьевич, — тебя переводят на другую, не менее ответственную работу. Вытянул здесь, молодец, теперь вытягивай в другом месте. Так у нас заведено.

— Да, конечно, — согласился Марк Александрович, — я готов работать всюду, куда пошлет меня партия. Но помните прошлогоднюю историю с комиссией Пятакова?

— Это та, которую ты арестовал? — засмеялся Будягин.

— Да не арестовывал я ее, Иван Григорьевич, — возразил Рязанов, — просто не хотел пускать на завод до разговора с Орджоникидзе, а они обиделись и уехали... Дело это разбиралось у товарища Сталина, товарищ Сталин признал наши действия правильными. А неделю назад меня вызвали в область на бюро обкома и потребовали письменного объяснения по поводу этого инцидента. Я им сказал, что товарищ Сталин одобрил мои действия. Они мне ответили: «Не прикрывайтесь именем товарища Сталина, имейте мужество сами ответить за свои поступки». Я говорю: это строительство было необходимо для завода, для рабочих. Рындин, секретарь обкома, оборвал меня: «Не рабочим оно было нужно, а вам лично для создания себе дешевой популярности».

— Ну и что они решили?

— Поручить парткомиссии разобраться. В общем, уезжаю с персональным делом — вот и вся награда за мою работу.

— А почему тебе не поговорить со Сталиным?

Рязанов опустил голову.

— Он меня не принял.

— Но ведь ты кандидат в члены ЦК, ты был на Пленуме.

— На Пленуме я не мог к нему подойти. Пленум был тяжелый. На Енукидзе было страшно смотреть. Вы, вероятно, знаете решение?

Иван Григорьевич взглядом указал на «Правду» от 8 июня с резолюцией Пленума ЦК ВКП(б), которым руководил Сталин.

Рассчитался Сталин с лучшим своим другом, с крестным своей покойной жены, с любимцем своих детей, Светланы и Васи, звавших его «дядя Авель», с единственным человеком, который как-то поддерживал хотя бы видимый лад и согласие в их семье...

И за что?

За то, что Енукидзе написал правду про бакинскую типографию «Нина», не сфальсифицировал, не упомянул в своей брошюре Сталина, который даже и не знал о ее существовании.

Рассчитался! И как рассчитался!

За две недели создали «кремлевский заговор», арестовали 78 человек, брали всех подряд: сотрудников секретариата ЦИК СССР, правительственной библиотеки, Оружейной палаты Кремля, особенно много уборщиц Дома Правительства, плотника, возчика, сторожа. Брали знакомых этих уборщиц, сторожей, библиотекарей и дворников, знакомых тех знакомых, большинство «заговорщиков» даже не знали друг друга, выбили из них показания о разговорах по поводу смерти Кирова и Аллилуевой, квалифицировали как контрреволюционную клевету, дискредитацию товарища Сталина и других руководителей и соорудили «кремлевский заговор».

За это Авеля Енукидзе топтали на Пленуме: допустил засоренность служебного аппарата, покровительствовал классово-враждебным элементам, которые использовали его в своих гнусных целях; связь его с людьми из чужого мира ему дороже, чем связь со своей собственной партией; обнаружил себя гнилым обывателем, зарвавшимся, ожиревшим меньшевиствующим вельможей.

Все это говорилось на Пленуме, все это слышал Рязанов собственными ушами, но не рассказывает об этом Будягину. Почему так осторожен? Стыдно за то, что участвовал в расправе над старым коммунистом Авелем Енукидзе, над простыми, беззащитными, малограмотными людьми, уборщицами и сторожами?

Нет, не стыдно. Привык. Не хочет рассказывать подробности, тогда пришлось бы выразить свое отношение, а этого он боится — какое может быть отношение ко всей этой грязной фальсификации? Боится сейчас, как боялся и год назад вступиться за Сашу, за своего племянника, хорошего, ни в чем не повинного парня, как неповинны и эти 78 человек. Чтобы расправиться с одним Авелем Енукидзе, Сталину потребовалось еще 78 жизней. Осудить одного Авеля значило бы явно рассчитаться с ним за ту брошюру, а вот в куче — это уже заговор, бакинская история здесь ни при чем. Енукидзе отвечает за Кремль, в Кремле враги, вот Енукидзе и поплатился за это. Пострадали при том еще 78 ни в чем не повинных людей — подумаешь, какое дело!.. И еще пострадают многие, круги разойдутся еще шире, чтобы все, кто покушается на ЕГО историю, знали: можно уничтожить не 78 человек, а 78 тысяч. История дороже людей — такова сталинская философия.

Но Рязанов сейчас не этим озабочен, он озабочен своей судьбой, почувствовал *поворот* в своей судьбе, так хорошо шел, так стремительно поднимался, и вдруг — стоп!

Перемещение на Кузбасс — это в порядке вещей. Но без объяснения причин, с персональным делом, Сталин не пожелал с ним разговаривать... Окончательного краха Рязанов еще не предчувствует, но возник страх. И страх этот оправдан.

На Орджоникидзе Сталин не будет искать Николаева, как на Кирова, или сомнительных врачей, как на Куйбышева, он будет истреблять тех, кем Серго больше всего гордится, — хозяйственные кадры, которые Серго сам нашел, выдвинул и воспитал, эти кадры Сталин будет уничтожать как врагов, как вредителей и заставит Серго или принять участие в их избиении, или разделить с ними ответственность за вредительство.

Конечно, авторитет Орджоникидзе велик, но разве меньше был авторитет Троцкого, Зиновьева, Каменева, Бухарина, Рыкова, Томского? И дело Рязанова, наверно, одно из звеньев этого плана — Сталин начинает обдумывать свои планы задолго и ходы начинает делать тоже задолго. Рязанов, видимо, для Сталина хороший ход — верит в него, как в бога, и сломается мгновенно.

И потому никакими своими мыслями, никакими своими сведениями Будягин с Рязановым делиться не стал, только спросил:

— Ну и что ты хочешь от меня?

— Я прошу вас, Иван Григорьевич, выяснить и сказать мне, в чем истинная причина моего перевода, в чем истинная причина того, что на меня завели персональное дело.

— Хорошо, — сказал Будягин, — я попытаюсь поговорить с Григорием Константиновичем.

Он встал. Рязанов тоже поднялся.

— Как твой племянник?

Марк Александрович вздохнул.

— В ссылке.

— Где?

— В Сибири.

— Сибирь большая.

— На Ангаре где-то.

— На Ангаре где-то, — повторил Иван Григорьевич не то задумчиво, не то насмешливо. — Ладно! Если что узнаю, сообщу; если не узнаю, не обессудь...

10

Вика сказала Варе не всю правду. Архитектор действительно много работал, она действительно мало его видела, но она примирилась бы с этим: когда муж весь день занят, а ты весь день свободна, то жизнь-праздник можно устроить и без него. Но для такой жизни нужны деньги, а Архитектор половину зарплаты отдает своей бывшей жене, ее детям, достаточно, между прочим, взрослым, чтобы самим зарабатывать на жизнь. А с ней, с Викой, завел глупейший разговор о том, что ей следует чем-нибудь заняться: пойти на службу и учиться, еще не поздно. Этого не хватало! Ведь у нее есть официальное положение — *жена* по их официальному хамскому статусу, — она *домашняя хозяйка* и имеет право не работать... Он не жалеет, не бережет ее. Все его интересы в работе и в бывшей семье... Дает им деньги, не прервал с ними отношений, ходит на их семейные праздники. Даже Новый год умудрился встретить и с Викой —

до двенадцати, и с ними — после двенадцати. «Поеду навещу детей, я им обещал». Там, видите ли, семья, а здесь что?

Даже вещей своих не перевез, явился с чемоданчиком, а в чемоданчике пара рубашек, пара кальсон и подтяжки. Вот тебе и гений! Он не только не поделил с женой «совместно нажитое имущество», все оставил. И библиотеку оставил, а ведь библиотека нужна ему для работы. Истинный его дом там, и в тот дом он вернется. Вика не сомневалась в этом, да и не слишком жалела, такая жизнь ее не устраивала. Получился не праздник, а тусклятина.

Вика не спорила с ним, понимала: все держится на ниточке и если конфликтовать, то ниточка оборвется. А рвать ее нельзя. Новую жизнь, новую судьбу надо устраивать, именно пока она жена Архитектора. Не подобрать ее должен *другой*, наоборот, она ради *другого* пожертвует своей счастливой семейной жизнью. Чего не сделаешь ради любви!.. И тогда ее новое замужество снова станет событием, и прежде всего событием для ее нового избранника.

Опять возникла мысль о летчике. Но где они, где их искать? Это фантазии. К тому же Вика почти нигде не бывала. Сидела дома.

Дом Марасевичей по-прежнему был полон людей, оживлен и хлебосолен. По-прежнему посещали его московские знаменитости. Композитор? Художник? Нет, слишком неустойчиво их положение.

Братец ее громил всех подряд, писал о музыке, о театре, живописи, литературе, вел знакомство со знаменитыми писателями, знаменитыми поэтами, многие из них бывали у Марасевичей, участвовать в их беседе ей было трудно — она, честно говоря, ничего не читала, скучно: ударники, энтузиасты, заводы и фабрики, чугун и сталь. Но внимательно слушала собеседника, восхищалась его рассказом, давая понять, что ценит его ум и образованность, это всегда льстит людям.

Один был молодой, тридцатилетний, маленький, худенький, суетливый, только что опубликовал роман, который все читали, все хвалили, даже Вика его прочитала, славу богу, это был роман не про ударников, а про кулацкое восстание, читать можно, хотя сам писатель был не интеллигентен, сын не то деревенского попа, не то дьячка. Блистательный дебют так ошеломил его, так вскружил голову, что он никого не слышал, кроме себя, никого не видел, даже не оценил, как внимательно слушает его Вика, отстранился, посмотрел на нее с недоумением: он вовсе не желал, чтобы его собеседник молчал, наоборот, он хотел, чтобы говорили о нем, о его романе, а уж коли молчишь, тогда он сам расскажет, как хвалят его роман другие люди в других домах.

Может быть, Вике и удалось бы увлечь его, но он быстро исчез, — как говорил Вадим, уединился, чтобы написать новый роман о троцкистском подполье, — успех, мол, надо развивать.

Появился другой писатель, постарше, лет, наверное, под сорок, петербургский интеллигент, очки в роговой оправе, живал за границей, писал что-то экзотическое, про Азию, как будто насчет басмачей, но тоже вскоре исчез, хотя Вике казалось, что уж тут-то она преуспела: она и поддакивала ему, и ахала, всем своим видом давая понять, что таких людей еще не встречала. Но не вышло: и этот куда-то смылся, кажется, на Восток, писать новый роман. Осечка за осечкой, из всех, кто приходил к ним в дом, Вика никого и не окрутила.

Встречи со старыми знакомыми прекратились, в рестораны Вика не ходила — Архитектор был занят, а ходить без мужа значило разрушить созданный ею же образ великосветской дамы.

Трепалась по телефону с Ноэми, с Ниной Шереметевой (весело жили девки, не то что она), но в гостях бывала только у Нелли Владимировой, вышедшей замуж за богатого французского коммерсанта Жоржа.

Этот французик не нравился Вике — низкорослый, толстогубый, поглядывал на женщин масляными глазками, по-русски почти не говорил или притворялся, что не говорит, только иногда неожиданно запевал: «Марья Сидоревна, Марья-си, Марья-до, Марья-ре», делая ударение на «си», «до», «ре», и глупо смеялся.

Но квартира у них шикарная, ковры, старинная мебель, фарфор, собственная машина, заграничные тряпки, много тряпок, Жорж, видно, был и в самом деле богат, хотя чем он занимался, никто не знал, и Нелли на этот счет темнила.

В общем, Нельке повезло. А что в ней? Лошадь! Здоровая, костистая, а вот мужики на нее кидаются. И Жоржа подцепила. А он ниже ее на полголовы. «Ты его ночью не заспишь, не придавишь?» — смеялась Вика. «Не беспокойся, — отвечала Нелли, — он сообразительный, находим нужное положение».

Дом поставила на европейский лад — два раза уже ездила в Париж, присмотрелась: аперитивы, крошечные бутерброды из всякой всячины, сама водит машину, — в общем, такая, даже не европеизированная, а американизированная бабенка, цепкая, хваткая, немного шумноватая, но работящая, успевает читать, рисует, в углу стоит мольберт... Есть и страстишки: ездит на бега, играет в тотализатор и всегда выигрывает, оборотистая — тряпки свои сплавляет очень ловко, не спекулирует, а так, как бы лишнее продает подругам, мол, одно ей не подходит по росту, другое по цвету. Завела свои «среды» — традиционный день, когда собираются друзья дома.

Но главное, у Нелли постоянно бывали люди, много людей, в основном иностранцы. Это уже давало Вике кое-какие шансы. Нелли рассказывала ей почти о каждом — сколько лет, каковы интересы, каковы возможности, иногда добавляла пикантные подробности, перемывала косточки, одним словом.

Многие обращали на Вику внимание, но пока все было не то — маленькие люди. Почти все женатые. Вика держалась просто, сдержанно, с ни к чему не обязывающей приветливостью, как и положено держаться даме ее уровня, тактично отводила попытки ухаживать, но не пресекала их полностью, впредь до «выяснения личности». А когда выяснялось, что «личность» не та, умело лишала и той малой надежды, которую подавала в первый вечер.

В доме у Нелли Вика и встретила Шарля.

Высокий, светловолосый, с бокалом в руке, он стоял возле Жоржа, что-то ему рассказывал. Вике сразу бросилось в глаза его породистое лицо, нос с горбинкой, отметила она и строгий элегантный костюм. Птицы такого полета еще не залетали в дом к Нелли. Аристократ? И по тому, как он несколько раз пристально посмотрел на нее, Вика поняла — искра высеклась. Она безошибочно отличала беспардонный шарящий мужской взгляд от того настоящего, перспективного.

На следующий день, когда они с Нелли перемывали косточки, Вика сказала о Шарле:

— Нечасто встретишь француза блондина.

— Все французские аристократы, как правило, блондины. И вообще все французы с севера, а особенно с северо-востока, — блондины: в них тевтонская кровь, — объяснила Нелли.

Выйдя замуж за француза, она считала себя специалисткой по Франции.

— Он аристократ?

— Не то слово. Он виконт, его фамилия пишется с приставкой «де».

— Интересно, — засмеялась Вика, — и чем занимается виконт в Москве?

— Шарль — корреспондент, — Нелли назвала знаменитую французскую газету, — этой газетой владеет его семья, одна из богатейших семей Франции. А невеста Шарля — дочь какого-то финансиста, что-то вроде Ротшильда, забыла его фамилию.

Итак, Шарль красив, богат и *холост*. Это серьезное обстоятельство, ведь католикам запрещен развод.

Дома Вика все тщательно обдумала. Этот шанс упускать нельзя. Она упустила Эрика — Дьяков и Шарок помешали, сейчас ничто не должно ей помешать. В этой стране ей делать нечего. Обрыдли хамство, зависть, пугающая неизвестность, лозунги и марши, вечный страх. Сегодня она разгуливает по Москве, а завтра могут позвонить и, как в тот раз, сказать: «Гражданка Марасевич, с вами говорят из НКВД...» Неважно, что они ее отпустили, могут вызвать опять, опять заставят работать.

Ее обязательство-то у них.

Надо сматываться в Париж! Вечный, великий Париж. В школе у них был французский, правда, она подзабыла его немного, но займется, вспомнит... Как эти стишки?.. «Bonjour, madame San-Souci, combien coûtent ces saucisses?»[1] Главное — грамматика, а ее она вспомнит быстро, девять

_____
[1] «Здравствуйте, мадам Сан-Суси, сколько стоят эти сосиски?»

лет долбила все эти: présent, passé composé, passe simple, futur simple, participe passé[1]. Вика даже растрогалась, перебирая глагольные формы, они напомнили ей детство.

Уехать во что бы то ни стало. Архитектор смоется, папа умрет, куда ей тогда деваться? С Вадимом она и сейчас не может сидеть рядом за столом, не может слышать его чавканья, ей отвратительна его прожорливость, да еще разглагольствует с полным ртом.

Выйти замуж за какого-нибудь инженеришку, прозябать на его зарплату. Нет, великая страна обойдется и без нее. Уж если эту лошадь Нелли забирают в Париж, то ей, Вике, и подавно там место.

Может быть, что-нибудь серьезное и выйдет на этот раз. Она вспомнила внимательный взгляд Шарля, его молчание, ведь они болтливы — французы, а Шарль при ней молчал, многозначительно молчал. Именно это и вселяло в Вику надежды.

Она ушла раньше других, умная женщина никогда не будет засиживаться до конца вечеринки, ушла, как говорится, по-английски, ни с кем не попрощавшись, загадочно исчезла.

И домой вернулась веселая, раскрасневшаяся. Архитектор в пижаме и тапочках прошлепал по коридору, открыл ей дверь. Лицо серое, под глазами мешки.

— Пришла. А я уже спать собирался.

Вика скинула шубку ему на руки, чмокнула в щеку.

— Правильно, мой дорогой, у тебя усталый вид... А я полежу немного в ванне.

Вовлечь Нелли в это дело или не надо? Вот о чем она думала.

Нет, пожалуй, пока не надо. Одно неправильное движение, сообщническая улыбка могут все испортить. Другое дело, если Шарль не появится больше у Нелли. Впрочем, подождем до среды.

Если Шарль придет, значит искра действительно высеклась. И тогда Нелли не потребуется.

---

[1] Глагольные формы: настоящее время, прошедшее сложное, прошедшее простое, будущее простое, причастие прошедшего времени.

В следующую среду Шарль пришел к Нелли.

Конечно, пришла и Вика. И, как всегда, чуть позже остальных...

11

Седьмого июля 1935 года Сталин председательствовал на пленуме Конституционной комиссии.

Главные докладчики — Бухарин и Радек, они авторы основного проекта новой Конституции. Но, конечно, будут выступать и остальные. А как же! Войдут теперь в историю как «отцы Конституции».

В феврале, выступая на Втором всесоюзном съезде колхозников-ударников, Бухарин сказал: «Вся страна сгрудилась вокруг ленинской партии, которую железной рукой ведет замечательный вождь трудящихся, полководец миллионов, чье имя — символ великих пятилеток, исполинских побед и исполинской борьбы — Сталин».

А ровно через неделю «Правда» опубликовала статью Радека «Полководец пролетариата», где Радек по части славословий обогнал даже Бухарина. Недаром его зовут Крадек — вор и жулик с обезьяньей мордой.

Конституция должна обеспечить народу всевозможные свободы, величайшие в мире права, полное равноправие граждан, самую демократичную в мире избирательную систему, самое справедливое в мире правосудие...

Так они, Бухарин и Радек, резвились. Даже ОН не ожидал от них такой прыти. Перещеголяли самые демократические в мире конституции. Наивные люди. Надеются такой Конституцией обезопасить себя, обеспечить себе спокойное существование на первых порах, а потом и «конституционную» замену власти. Идиоты! Эта Конституция нужна ЕМУ, и прежде всего ЕМУ. Она будет мощным политическим прикрытием предстоящей кадровой революции. Когда власть в одних руках, когда эта власть несокрушима, когда народ ее поддерживает, годится любая конституция.

А народ с НИМ. Несмотря на голод, нищету, несмотря на миллионы жертв, народ за НЕГО. ЕГО боятся. И ЕГО любят. Главное условие единоличной власти осуществлено. Во все времена народ винил в своих страданиях кого угодно, только не Бога. Бога не осуждают, Бога благодарят.

Раздумывая таким образом, Сталин внимательно слушал Бухарина. Впрочем, его внимательно слушали все, особенно националы. Млели от восторга и умиления — перед ними выступает сам Бухарин, «лучший теоретик партии», «любимец партии», они наслаждались его логикой, блеском его формулировок. Айтаков из Туркмении даже рот раскрыл, Ербанов из Бурят-Монголии щурится, как сытый кот. А ведь националисты. И Мусабеков — председатель СНК Закавказья — националист, и Рахимбаев из Таджикистана — националист, и узбеки Икрамов с Файзуллой Ходжаевым — тоже националисты. У них у всех прямо глаза разгорелись, когда Бухарин разглагольствовал о суверенитете союзных республик. Для них Бухарин по-прежнему «вождь». Надеются, наверно, что, поручив Бухарину готовить новую Конституцию, ОН возвращает его к руководству. Им очень этого хочется. Убеждены в своей самостоятельности, своей незаменимости, удельные князьки!

Таковы же сидящие здесь Голодед и Червяков из Белоруссии, Любченко, Петровский и Чубарь с Украины... Люди неясные, ненадежные.

Микоян — хитрец, плут, но ЕГО хитрец, ЕГО плут и работник хороший. И неясны обстоятельства его спасения в Баку в 1918 году. Все бакинские комиссары расстреляны, а товарищ Микоян остался жив. Странно, не правда ли? Этот человек будет верно служить.

Да и не все сидящие здесь русские ясны.

Вышинский, прохвост, сидит с нахмуренным лицом, делает вид, что не в восторге от доклада Бухарина, для НЕГО делает вид, все понимает, скотина с аккуратной прической, седыми, тщательно подстриженными усиками, в дорогом, видно, костюме, в рубашке с накрахмаленным воротничком, при галстуке — изображает из себя европейского интеллигента, а сам в душе уголовник. Иногда любезно улыбается Крыленко, которого ненавидит, слопал бы без соли и перца.

Крыленко, безусловно, враг. Как он вел себя в вопросе об уголовной ответственности детей?

Несмотря на закон от 7 августа, хищения государственного имущества продолжаются, особенно на транспорте.

Главные расхитители — дети. Но дети неподсудны. А почему, собственно говоря, дети неподсудны?

Мальчик в двенадцать лет хорошо знает, что воровство — преступление. Но этому мальчику известно также, что судить его нельзя. Так вот, пусть знает: судить его можно и должно. И родители, посылающие своих детей воровать, тоже пусть это знают. Нужна была поправка к Уголовному кодексу: любая уголовная ответственность, вплоть до высшей меры наказания, распространяется на всех граждан, начиная с двенадцатилетнего возраста.

Однако товарищ Крыленко воспротивился изданию такого указа: не имеет аналогий в мировой судебной практике, ни в одной стране мира двенадцатилетних детей не казнят, дети могут стать жертвами ложного обвинения, а то и просто недоразумения, принятие такого указа на восемнадцатом году советской власти произведет жуткое впечатление за границей, подорвет престиж Советского государства.

С чего это вдруг товарищ Крыленко стал такой гуманный, с чего это вдруг стал считаться с буржуазным общественным мнением?.. Раньше, выступая обвинителем на процессах Промпартии, меньшевиков и на других процессах, он с этим не считался. Не желает бороться с врагами внутри партии. Пытался скомпрометировать Вышинского.

А Вышинский нужен. У Вышинского нет связей в большевистской партии, следовательно, на борьбу с врагами внутри партии он более пригоден. Знает свое место, до сих пор дрожит от страха, готов выполнить любое задание, предан из страха, но предан; Крыленко — нет, не предан. Ненадежный человек. Чужой человек.

Много чужих людей, много ненадежных людей. Вот сидят здесь 30 человек. На кого из них ОН может более или менее твердо положиться? Ворошилов, Жданов, Каганович, Мехлис, Микоян, Молотов. 6 из 29. Ну, негодяй Вышинский седьмой. 7 из 29, даже четверти нет.

Остальные? Это враги. Или ненадежные. Такой подсчет о многом говорит, отражает положение в партии, отражает положение в ЦК и даже в Политбюро. И в Политбюро есть ненадежные.

ОН не должен зависеть от того, имеет ли ОН большинство в Политбюро или не имеет. Не партия абсолют, ОН абсолют. У него не должно быть ни явных, ни потенциальных соперников. Все потенциально опасное должно быть истреблено. Ни один человек не имеет права стремиться к верховной власти. Чтобы это понял каждый житель страны, он должен ощущать угрозу своему существованию. Свою безопасность он должен видеть только в беспрекословном подчинении, террор должен быть непрерывен, он должен стать нормальным и привычным методом управления.

Понадобился голод начала тридцатых годов, чтобы показать деревне, КТО в ней хозяин. Голод унес миллионы жизней, но он принес победу. Его правление тоже будет стоить миллионов жизней, но ОН покажет стране, КТО в ней хозяин. ОН покажет всему миру, КТО хозяин в этой стране.

Первый шаг сделан. На убийство Кирова ОН ответил беспощадными ударами, создав в стране атмосферу устрашения. Самый мощный удар нанесен по Ленинграду. Как вторая столица этот город уже никогда не возродится. По всей стране идет гласная проверка партдокументов и негласная проверка каждого члена партии через органы НКВД. Вылавливаются, изолируются, а когда надо, уничтожаются бывшие участники всякого рода оппозиций, выходцы из других партий, выходцы из чуждых классов, царские чиновники и офицеры, служители религиозных культов, бывшие кулаки и подкулачники, все антисоветски настроенные люди.

Зиновьев и Каменев признали свою моральную ответственность за убийство Кирова. Как хитро они ее признали, в какую двусмысленную формулу облекли: «В силу *объективной* ситуации *прежняя* деятельность *бывших* оппозиций *могла* вести только к вырождению этих преступников».

Политиканы! Думают спастись такими уловками... Но в тот момент из них большего нельзя было вытянуть. Признание Зиновьева и Каменева позволило их изолировать. Однако изоляция — это полумера. История показывает: от тюрьмы до престола — один шаг. Чтобы этого не случилось, на пути должен стоять эшафот.

Ответственность за убийство Кирова должна быть не моральная, а *уголовная*. Зиновьев и Каменев должны быть осуждены за то, что *сделали*.

Буржуазные газеты не признали январского процесса — он, видите ли, был закрытым, ссылаются на знаменитое изречение болтуна Мираба: «Дайте мне какого угодно судью — пристрастного, корыстолюбивого, даже моего врага, но пусть он меня судит публично».

Хорошо! Прекрасно! Они получат открытый процесс, они получат публичный суд. Зиновьев и Каменев признаются в своих преступлениях перед всем миром. Они признаются, что *приказали* убить Кирова, готовили убийства и других руководителей партии и правительства. И потому должны быть не изолированы, а уничтожены. И будут уничтожены.

Признаются ли Зиновьев и Каменев? Если им пообещают жизнь, признаются. Пока есть жизнь, есть надежда на власть. Лишившись жизни, они эту надежду теряют навсегда. А будут упорствовать, на них навалится вся громада репрессивного аппарата, вся громада государства. Не устоят. Перед этим они не устоят. Заложниками будут их семьи, их жены и дети, перед этим они тоже не устоят, любящие мужья, чадолюбивые папаши.

Вот выступает Файзулла Ходжаев — председатель Совнаркома Узбекской ССР. Разве такой откажется от жизни? Красавчик, тонкое лицо, таких красавчиков рисовали на древнеперсидских миниатюрах.

Роскошествует, дом в коврах, в дорогих безделушках, драгоценности, наверно, припрятаны, все они там, в Бухаре и Самарканде, копят бриллианты.

Между прочим, Файзулла не ладит с Икрамовым — секретарем ЦК Узбекистана. Первый — аристократ, второй — плебей, но плебей нахальный. На Пленуме ЦК и ЦКК ВКП(б) в апреле 1929 года в ответ на ЕГО реплику раздраженно ответил: «Товарищ Сталин, в конце концов, вы дадите мне закончить или нет?!»

Икрамов — друг Бухарина, в прошлом году Бухарин отдыхал в Узбекистане, жил у него, у Икрамова. Так что в будущем место Икрамова рядом с Бухариным, да и Файзуллу туда подсадить: будут с Икрамовым топить друг друга. Все на свете оборачивается предательством: и вражда, и дружба.

Так раздумывал Сталин, пока выступали члены комиссии. Он выслушал только Бухарина и Радека — это составители, остальные — болтуны, которым надо только, чтобы ОН услышал их голос.

Главные направления новой Конституции намечены Бухариным и Радеком правильно.

Это документ, по которому потомки будут судить о лице Советского государства, о его *демократическом* лице, о великих свободах его граждан. На фоне такой Конституции нелепым вымыслом будут выглядеть любые разговоры о терроре и беззаконии.

Эта Конституция дает громадный международный выигрыш. Да, будут суды, будут процессы, но они будут происходить на фоне самой демократической конституции и потому будут выглядеть абсолютно законными и правдивыми. Особый выигрыш эта Конституция дает в сравнении с тем, что происходит в фашистской Германии. Гитлер тоже творит свою революцию, свою национальную революцию, Гитлер сумел сплотить вокруг себя немецкий народ, и, видимо, надолго, — создал могучий аппарат власти. Но действует грубо, с чисто немецкой прямолинейностью, с чисто прусским высокомерием. Не тонкий политик, делает много ошибок, вредящих ему в глазах мирового общественного мнения.

Есть ли опасность в принятии такой Конституции? Никакой опасности нет, ибо власть остается в руках у партии, а следовательно, в ЕГО руках. Это *реальная* власть. Ее надо узаконить *конституционно*. Надо прямо сказать в Конституции, что коммунистическая партия есть ведущая и направляющая сила Советского государства. Но кандидатов будут выставлять не только партия, но и профсоюзы, и комсомол, и другие общественные организации. Это будут кандидаты от блока коммунистической партии с этими организациями.

Нет, это неправильно. Блока коммунистической партии с другими организациями быть не может, это значило бы поставить эти организации на одну доску с партией, никакое равноправие, никакой *паритет* тут невозможны. Блок может быть не с организацией, а с народом...

«Блок коммунистов с беспартийными» — вот как будет правильно.

Безусловно, новая Конституция потребует от наших карательных органов большей оперативности, большей бдительности — враги не должны воспользоваться новой Конституцией в своих целях, такие попытки будут подавлены в зародыше.

Безусловно также, что новая избирательная система потребует от партийных организаций тоже большей оперативности, большей бдительности. Ничего, пусть поработают в новых условиях, пусть шевелятся. Каждые выборы должны превратиться в широчайшую политическую кампанию. На Западе избиратели голосуют за ту или иную буржуазную партию, у нас избирательная кампания будет могучей политической агитацией за коммунистическую партию, за советскую власть, будет демонстрацией единства партии и народа, будет всенародным праздником.

Конечно, новая Конституция — хорошее политическое прикрытие для грядущей кадровой революции. Но недостаточное. Надо во много раз больше популяризировать наши победы и достижения, показывать энтузиазм народа.

Безусловно, этот энтузиазм вызван Октябрьской революцией. Всякая революция рождает надежду на лучшее будущее, надежды на лучшее будущее вызывают энтузиазм. Задача теперь в том, чтобы *показать* народу его энтузиазм, а энтузиазм советского народа показать всему миру.

Для этого изо дня в день органы печати должны говорить о достижениях, и не только органы печати, но и литература, искусство, театр — все это должно служить показу достижений советского народа, должно способствовать развитию его энтузиазма, его веры в общее дело.

Конечно, следует писать и о недостатках. Но недостатки должны прежде всего объясняться сопротивлением вражеских элементов, вражеские элементы надо уничтожать.

Сталин вздрогнул, Сулимов, наливая воду из бутылки, уронил стакан, тот ударился о тарелку.

Неуклюжий болван! Стакан не может удержать. А ведь председатель Совнаркома РСФСР. Премьер-министр, так сказать... С похмелья, что ли?..

Строит из себя простачка, этакого демократа. Недавно пошел в ЦУМ как простой покупатель, обошел магазин, потом явился к директору магазина, ждал своей очереди на прием, предъявил жалобы опять же как рядовой покупатель (в лицо его мало кто знает), а потом в конце разговора объявил, кто он такой. Нагнал страху на весь ЦУМ. Все это с восторгом расписали газетчики. Нашли, понимаете, нового Гарун аль-Рашида.

Советские люди не нуждаются в таких руководителях, которые тайком, инкогнито, толкаются среди народа якобы для того, чтобы узнать его нужды... Истинный советский руководитель знает нужды своего народа, не толкаясь по очередям. Все эти новоявленные Гарун аль-Рашиды хотят оригинальничать, подражают покойному Кирову, хотят показать народу свой особенный, «демократический» стиль руководства, а борзописцы вроде Михаила Кольцова и Зорича создают им дешевую популярность.

Сталин перестал слушать Сулимова и других членов комиссии, снова погрузился в свои мысли.

Всякая революция сопровождается жертвами, без жертв нет и революции. Вся история человечества — это жертвы: жертвы войн, стихийных бедствий, эпидемий, голода, нищеты; погибают миллионы. Человечество быстро забывает о своих потерях, ибо в итоге все кончается смертью, любая жизнь кончается смертью, естественной или неестественной, ранней или поздней. Смерть неизбежна, люди смирились с ее неизбежностью. Помнят только тех, кто посылал людей на смерть: полководцев, правителей, великих предводителей народа. Человечество помнит имена Александра Македонского, Юлия Цезаря, Наполеона, Суворова и Кутузова, Степана Разина и Пугачева — кто помнит имена людей, погибших при них, из-за них, во имя их? Никто не помнит.

Только *никогда* не надо оправдываться. Утвердив свою власть, Наполеон расстрелял из пушек сотни людей. Кто их помнит? Миллионы людей погибли в Наполеоновских войнах, их тоже никто не знает. А вот в смерти герцога Энгиенского попробовал оправдаться, и эту единственную смерть история не простила ему до сих пор.

Настоящий властитель должен оставить после себя торжественные гимны, победные марши, а не траурные плачи и унылые причитания. Народ должен петь песни, вселяющие надежду и оптимизм, а не грусть, тоску и безверие, должен петь радостно и громко, во весь голос — великое время должно запомниться как великий праздник. На это надо ориентировать работников культуры, поэтов, композиторов, драматургов, деятелей театра и кино. Всякий пессимизм, упадничество, безверие, очернительство, явное или скрытое, должно пресекаться в корне и беспощадно. Победные клики должны заглушать стенания поверженных врагов.

Прения наконец кончились, последний болтун отговорился.

— Ну что ж, — сказал Сталин, — я думаю, товарищи высказали разумные мысли, внесли существенные предложения. Я думаю, надо выбрать редакционную комиссию, которая учтет высказанные здесь мнения и предложения и внесет их в окончательный проект Конституции, который мы и вынесем на обсуждение всего советского народа. Нет возражений?

Возражений не было.

Председателем редакционной комиссии был избран товарищ Сталин.

Из 30 членов Конституционной комиссии СССР были расстреляны:

в 1937 году — Голодед, Енукидзе, Сулимов;

в 1938 году — Айтаков, Бухарин, Ербанов, Икрамов, Крыленко, Мусабеков, Рахимбаев, Уншлихт, Ходжаев;

в 1939 году — Акулов, Радек, Чубарь;

в 1940 году — Бубнов.

Червяков и Любченко покончили жизнь самоубийством.

Панас Любченко, перед тем как застрелиться, застрелил жену, чтобы избавить ее от мучений и пыток.

12

Иван Григорьевич не стал говорить с Орджоникидзе о Рязанове. Формальный повод не представился, а неофициальный разговор? Для чего? Рязанов — знающий инженер, хороший организатор, но струсил с Сашей, упоен благорасположением Сталина, стелется перед ним, а чем оборачивается сталинское благорасположение, не знает — теперь, видимо, узнает.

Да и не те отношения у Будягина с Орджоникидзе, чтобы вызвать его на откровенный разговор. В личном плане их раньше связывала дружба с Кировым. Теперь Кирова нет. Больше того, смерть Кирова отдалила их друг от друга, ведь Будягин передал Орджоникидзе предупреждение Березина. Допустим, Орджоникидзе недооценил это предупреждение, ведь и сам Будягин не понял тогда, что дело идет о жизни Кирова. Но почему Орджоникидзе допускает сейчас избиение хозяйственных кадров? Оно еще не приняло массового характера, но к этому идет, то здесь, то там арестовывают инженеров, директоров заводов по нелепейшим обвинениям.

Вчерашний пленум. Как позволил Орджоникидзе уничтожить Авеля Енукидзе? Своего лучшего друга, которого знает с юности, знает как истинного коммуниста, человека кристальной честности и порядочности. Отлично понимает, что Сталин с ним сводит счеты из-за брошюры, в которой Енукидзе написал правду.

Не поднял голоса в его защиту. Мог же встать и сказать: «Коба! Ты считаешь, что Авель не оправдал твоего доверия. Хорошо, отстрани его, отправь в Тифлис, пусть доживает свои дни — 30 лет верой и правдой служил нашей партии». Боишься вступиться за Авеля, вступись хоть за этих, ни в чем не повинных простых людей, несчастных сотрудников Кремля: секретарш, уборщиц, швейцаров, кладовщиков, просто случайных людей, уничтожаемых только для того, чтобы придать делу Енукидзе видимость заговора. «Нехорошо, Коба, некрасиво...» Не сказал, не опротестовал, не защитил.

Рязанов заблуждался, когда считал, что, находясь за рубежом, Иван Григорьевич оторвался от страны. Свободно владея тремя языками, Будягин получал широкую информацию. Техник по призванию и образованию, был в курсе проблем современной науки. Орджоникидзе поручил ему ведать в наркомате научными работами, в том числе и работами для оборонной промышленности. Возможно, к неудовольствию Сталина.

Последний пример тому: месяц назад, 14 июня, Сталин, Молотов, Ворошилов и Орджоникидзе осматривали на полигоне новые образцы артиллерийского вооружения. Ивана Григорьевича не позвали, а позвать полагалось. Даже не информировали. Фраза Орджоникидзе: «Остались довольны» — ни о чем не говорила.

Это была пощечина. Такая демонстрация, такое унижение роняли его престиж в глазах военных: партийное руководство с ним не считается, он всего лишь чиновник в министерстве, ему ли перевооружать армию, создавать военную промышленность?!

Как на это реагировать? Жаловаться? Кому? Сталину? Нарваться на грубость?! Подать в отставку? В партии подавать в отставку не принято. Сталин окрестит его саботажником, уклонистом, «открывшим наконец свое подлинное лицо». Может быть, именно на такой шаг и провоцировал его Сталин, не пригласив на полигон?!

Какой же выход?

Сегодня в десять утра он должен принять Тухачевского с группой его работников — как он объяснит им свое отсутствие на полигоне? «Не позвали»? Нет, так отвечать нельзя, прозвучит жалобно, недостойно. «Не мог», коротко и сухо — «не мог». Впрочем, вряд ли Тухачевский спросит — воспитанный человек.

Ровно в десять военные явились: Тухачевский — заместитель наркома обороны по вооружению, Якир — командующий Киевским военным округом, Уборевич — Белорусским военным округом. Будягин улыбнулся про себя: Тухачевский воспользовался тем, что Якир и Уборевич были на Пленуме ЦК, и привел их с собой для поддержки: речь пойдет о сконструированном в прошлом году новом танке.

Иван Григорьевич с удовольствием смотрел на этих сравнительно еще молодых людей, прославленных полководцев Гражданской войны, гордость и надежду армии. Тухачевский — статный, среднего роста, могучего сложения красавец с синими глазами на правильном породистом лице, в ладно сидящей на нем военной форме. Якир — широкоплечий, с живыми карими глазами, курносым носом, отчаянной храбрости человек. Однако в черных вьющихся волосах появились седые пряди — рановато для тридцати девяти лет. Иероним Уборевич — типичный интеллигент, в пенсне, с тонкими чертами лица.

И все же не оставляла мысль: вчера на Пленуме ЦК они голосовали за исключение Енукидзе из партии. Голосовали не потому, что верили Ежову, а потому, что за Ежовым стоял Сталин, а ему они были обязаны верить, ему нельзя не верить. А если война? Неужели они и тогда будут слепо подчиняться невежественным приказам Сталина и Ворошилова? Но ведь это значит проиграть войну.

Нет! В военных делах они проводят свою линию, укрепляют армию, вооружают ее, преодолевают сопротивление руководящих невежд.

Командуя 5-й армией, Тухачевский участвовал в разгроме Колчака, участвовал и в разгроме Деникина. Кстати, именно тогда Иван Григорьевич убедился в истинном отношении Сталина к Тухачевскому.

Буденный не выполнил приказа Тухачевского, из-за чего Деникину удалось уйти на Новороссийск, эвакуироваться в Крым и создать там новый фронт. Буденный осмелился ослушаться Тухачевского только потому, что за его спиной стояли Сталин и Ворошилов.

То же самое произошло в 1920 году под Варшавой. Вопреки прямому распоряжению Главного командования Сталин задержал армию Буденного подо Львовом и тем самым дал возможность Пилсудскому нанести армии Тухачевского фланговый удар, решивший кампанию. Виноват был Сталин, даже Ленин сказал: «Ну кто же ходит на Варшаву через Львов?» Но после смерти Ленина угодливые историки свалили неудачу на Тухачевского. Приложили к этому руку и Егоров в своей книжонке «Львов — Варшава», и Шапошников в книжке «На Висле». Активно доказывал свою правоту и Буденный. Травля Тухачевского дошла до того, что в 1930 году на очередном заседании в ЦДКА один из сталинских подхалимов крикнул Тухачевскому: «Вас за 1920 год вешать надо». И это победителю Колчака, Деникина, покорителю Кронштадтского и антоновского мятежей.

Находясь за границей, Иван Григорьевич с большим вниманием следил за этими событиями. Видел в Тухачевском не только крупнейшего стратега в грядущей войне, но и человека, в отличие от Сталина понимающего, что война будет с Германией. И хотя кампания против Тухачевского прекратилась, Будягин с горечью думал о том, что отношение Сталина, Ворошилова и Буденного к Тухачевскому таит в себе большую опасность.

Давно, еще в Гражданскую, рассказал ему Тухачевский историю своей семьи. Отец, из оскудевшего дворянского рода, влюбился в крестьянку. Мать овладела грамотой, когда уже была замужем.

А его в детстве учили играть на скрипке. Мало того, он и сам делал скрипки. «Неужели сам делал?» — «Делал». Тухачевский на листе бумаги набросал чертеж: сначала выпиливается то, потом это.

Был ли Тухачевский убежденным коммунистом? В партию вступил в апреле 1918 года, когда победа большевиков была еще неясна. Но он понял значение Октябрьской революции и связал с ней свою жизнь. Это был истинно русский человек, к тому же прирожденный полководец — укреплять могущество России считал делом своей жизни. Могучая страна — это могучая армия, а боеспособность армии внушала ему тревогу. Ее стрелковое оружие устарело, самолетов, танков, средств транспорта и связи ничтожно мало. Тухачевский, как и Будягин, владел иностранными языками. Оба прекрасно видели, насколько и в чем именно Россия отстала от других стран.

В 1928 году Тухачевский написал докладную записку о перевооружении армии. Сталин и Ворошилов ее отклонили, отношения с Тухачевским еще больше обострились, он подал заявление, ушел с поста начальника штаба и был назначен командующим Ленинградским военным округом. В январе 1930 года послал новую докладную. К ней отнеслись как и к предыдущей. Сталин и Ворошилов смотрели в прошлое, опираясь на опыт мировой и Гражданской войн, Тухачевский смотрел в будущее.

Однако через год записки Тухачевского извлекли из сейфа — поняли наконец, что армию нужно технически реконструировать. И те, кто осмеивал и отвергал предложения Тухачевского, теперь скрепя сердце вынуждены были именно ему поручить выполнение этой программы. Тухачевского назначили заместителем наркома обороны по вооружению, и он энергично принялся за дело.

Будягин помогал ему, как мог. Привлекли выдающихся ученых, конструкторов. Много занимались танкостроением. Что лучше — быстроходный танк, но с легкой броней или, наоборот, хорошо защищенный танк с тяжелой броней, но менее подвижный? Тухачевский настойчиво добивался создания среднего танка, хорошо защищенного, но и подвижного, пригодного и для маневра, и для прорыва обороны. Такой и была вновь сконструированная модель.

— Это прекрасная машина. — Уборевич разглядывал лежащий на столе чертеж. — Выдержала все испытания, пора приступать к массовому производству.

Он выглядел усталым, глаза за стеклами пенсне казались больными. Его нездоровый вид Иван Григорьевич связал со вчерашним пленумом. Видимо, Уборевич смотрит дальше других.

— Мы привыкли выпускать легкие танки. Главное же сейчас — средний танк с противоснарядным бронированием, — сказал Якир.

— Этот танк — наиболее перспективная машина, и, я думаю, надолго, — заключил Тухачевский.

Обсудили модели и легких, и тяжелых танков. Здесь мнения не совпадали, еще нужны испытания, но о среднем танке мнение было единодушное: это тот танк, который нужен, с производством его медлить нельзя.

Об осмотре руководителями партии нового артиллерийского вооружения никто не заговорил, хотя Тухачевский наверняка на нем был. А может, и Тухачевского не позвали. Сталина могли вполне удовлетворить объяснения Ворошилова.

13

Военные ушли. Будягин опять погрузился в свои невеселые мысли... Прошлогодний разговор Сталин ему никогда не простит. И все же направление сталинской политики чревато трагическими последствиями и для Советского Союза, и для мирового коммунистического движения. Из прихода Гитлера к власти Сталин сделал выводы ошибочные, как насквозь ошибочной была вся его предыдущая политика. Все прогнозы оказались неверными, стратегия недальновидной, тактика неумелой.

Наступление фашизма в Германии в двадцатые годы требовало решительного поворота. Следовало образовать единый фронт рабочего класса, сблизиться с социал-демократическими партиями. Перед лицом фашистской опасности они заняли твердую антифашистскую позицию.

Такового поворота сделано не было.

Наоборот, с 1929 года, когда Сталин утвердил свое лидерство в Коминтерне, непримиримость к социал-демократам усилилась, их объявили главным врагом революционного пролетариата, «особой формой фашизма, социал-фашизмом». Этот безрассудный экстремизм облегчил приход Гитлера к власти.

В 1928 году за нацистов в Германии проголосовали 810 тысяч избирателей, а 14 сентября 1930 года, когда немецкие коммунисты обрушили огонь на социал-демократов, за нацистов было подано 6 миллионов 400 тысяч голосов, то есть в восемь раз больше.

Ошеломляющий успех Гитлера должен был бы, казалось, заставить Сталина пересмотреть политику Коминтерна. Но по мнению Сталина, рост популярности нацизма свидетельствовал лишь о том, что трудящиеся массы теряют свои парламентские иллюзии и неизбежно перейдут в революционный лагерь. И потому главной остается задача разгрома социал-демократии.

Раскольническая политика Коминтерна подорвала немецкое рабочее движение, усилила Гитлера. Итог политики Сталина известен: в январе 1933 года нацисты получили 11,7 миллиона голосов, социал-демократы — 7,2 миллиона, коммунисты — около 6 миллионов. Образуй тогда коммунисты и социал-демократы единый антифашистский фронт, еще можно было бы спасти положение. Но этого сделано не было, и к власти пришли фашисты.

Иван Григорьевич помнит, с каким страхом раскрывал он тогда газеты в Лондоне... Все было заполнено фотографиями Гитлера, его сподвижников, его штурмовиков. Гитлер произносит речь, принимает парад, приветствует парад, Гитлер с Герингом, с Геббельсом, с Риббентропом, с молодежью, перед рабочими. И наконец, самое ужасное: президент Германии фельдмаршал Гинденбург пожимает руку Гитлеру, поздравляя его с вступлением в должность рейхсканцлера... Гитлер в штатском, со шляпой в руке, торжественно улыбаясь, склонил голову перед Гинденбургом, а тот, в военной форме, в прусской каске, при шпаге, с горечью и страхом смотрит на новоявленного руководителя Германии.

Это страшнейшее свое поражение Сталин прикрыл жалкими словами: «Установление открытой фашистской диктатуры, разбивая все демократические иллюзии в массах и освобождая массы из-под влияния социал-демократов, ускоряет темп развития Германии к пролетарской революции».

Победа фашистов не образумила его, даже не обескуражила. Он упрямо продолжал считать нацистов противниками Англии и Франции, а социал-демократов, наоборот, сторонниками Англии и Франции. Следовательно, победа национал-социалистов в Германии — победа антизападных сил к выгоде Советского Союза. И наоборот, победа социал-демократов была бы победой прозападных сил к невыгоде Советского Союза.

И фраза, сказанная Сталиным в прошлом году Будягину: «Мы заинтересованы в сильной Германии — противовесе Англии и Франции» — не случайная фраза. Это сущность его политической линии. Все остальное — болтовня.

Что же делать?.. Спокойно взирать на то, как укрепляется фашизм — злейший враг Советского Союза, злейший враг всего цивилизованного мира? Или поднять свой голос против этой политики?..

Иван Григорьевич вернулся домой, как всегда, поздно: Лена и Владлен уже спали, Ашхен Степановна работала в своей комнате. Лектор ЦК по международным вопросам, она тщательно готовилась к выступлениям, переводила, по ее словам, казенную галиматью на человеческий язык.

Иван Григорьевич уселся в кресло сбоку от ее маленького стола.

— Есть будешь? — спросила Ашхен Степановна.

— Нет, перекусил в буфете.

С неприязнью обвела Ашхен Степановна взглядом свой столик, лежащие на нем бумаги и книги, твердо сказала:

— Надо переходить на другую работу.

— Конкретно?

— В какой-нибудь музей: исторический, археологический. А может быть, в здравоохранение...

— Миленькая, — засмеялся Иван Григорьевич, — медицину ты давно забыла.

— Безусловно. Но я имею в виду административную работу. Я готова на любую работу, кроме этой. Перед лекцией я обязана представить агитпропу полный текст своего выступления, его проверяет полуграмотный и трусливый долдон, вымарывает любую мою мысль, оставляет то, что есть в газетах, и в том виде, как это напечатано в газетах, и я должна повторять эти слова, эту нелепицу, эту брань и вранье. И читать это все по бумажке. Для чего я нужна? По бумажке может прочитать любой. Я не смею даже дать оценку фактам, а ведь моя тема — международное положение, и оно меняется каждый день... А я прихожу на лекцию и рассказываю о событиях месячной давности. О том, что произошло вчера, сегодня, я должна говорить только так: «Как правильно предвидел это товарищ Сталин», «Как точно предсказал товарищ Сталин», «Как правильно сказал об этом товарищ Сталин». А он, между прочим, предвидел, предсказывал и говорил совершенно обратное тому, что произошло. И люди мало-мальски грамотные смотрят на меня как на дуру-начетчицу или как на циничную лгунью. А я, как-никак, двадцать пять лет в партии.

— Двадцать шесть, — уточнил Иван Григорьевич, — двадцать пять лет, как мы с тобой познакомились, но ведь это не партстаж, так что не молодись.

Она засмеялась:

— Да, ты прав, — и снова погрустнела. — Иван, ты помнишь Павла Родионова, он тоже был в Лондоне? Я не хотела тебе рассказывать даже. Приезжаю в Казань, выступаю, в первом ряду сидит — кто бы ты думал? — Пашка. Улыбается мне, сколько лет не виделись. Я талдычу по своей бумажке и вижу, что Павел мой опустил глаза. Ему стало стыдно за меня. И после лекции он ко мне не подошел, дал мне понять, что ему и так все ясно про меня... Я тогда в гостинице всю ночь не спала. Знаешь, это было последней каплей.

Родионова Иван Григорьевич прекрасно помнил, он даже когда-то ревновал Ашхен к нему. Пашка тоже учился на медицинском факультете, кончались лекции, и он провожал Ашхен до дому. Не изредка, а каждый день увязывался за ней. Иван Григорьевич как-то увидел их вместе: идут, смеются. Ашхен тоненькая, двадцать один год всего. Но потом они поженились, и эти провожания кончились сами собой.

Была она из богатой армянской бакинской семьи, ушла в революцию, примкнула к большевикам, порвала с родителями, отчаянная, бесстрашная, истово служила революции. Умница, знала три языка и Ивана Григорьевича натаскала, день они разговаривали на немецком, день на французском, день на английском.

Работала с Литвиновым, перевозила в Россию нелегальную литературу, воевала в Гражданскую войну начальником политотдела армии, болела сыпняком. Еле спас он тогда ее, еле спас... Словом, типичная биография кадровой большевички-подпольщицы. Теперь мотается по стране с лекциями. Но если стало невмоготу, тогда действительно надо искать другую работу.

— Может быть, тебе перейти к Литвинову, тем более с твоим знанием языков?

— Нет! — категорически отказалась она. — Эту политику я проводить не буду. Литвинов пассивен, а куда ОН ведет дело, я вижу.

— Двадцать пятого июля откроется VII конгресс Коминтерна, — сказал Иван Григорьевич, — я думаю, мне следует отправить свою докладную.

Она резко повернулась к нему. Глаза округлились.

— Это будет стоить тебе головы!

— Но если так рассуждать, Ашхен...

Она перебила его:

— Все так рассуждают. И правильно рассуждают. Упустили время, дорогой! Вы все думали о том, как бы кого не допустить до власти: Троцкого, Зиновьева, Каменева, Бухарина. И только ОН один думал о том, *как самому взять* власть. И взял. И уничтожит всякого, кто встанет на его пути, — встал хоть раз на ЕГО пути, будешь уничтожен. А ты никогда ни в каких оппозициях не состоял, у тебя в этом смысле чистейшая биография. И не подставляйся сам под удар. Сейчас с НИМ ничего нельзя сделать. Надо ждать.

— Чего?

— Краха его политики.

— Но тогда будет поздно.

— Нет! Если партийные кадры сохранят себя, не будет поздно. Тогда можно будет выбить власть из его рук. Надо только сохранить себя. Себя и своих детей. Да, да, детей, не вижу ничего преступного, ничего антипартийного в том, что люди задумываются над судьбами своих детей. И ведут себя *благоразумно*.

Иван Григорьевич встал.

— Признаюсь, Ашхен, я не это рассчитывал услышать от тебя.

Она тоже встала, строго и решительно сказала:

— Я вынуждена напомнить тебе, Иван, что Владлену девять лет, а Лена, как ты вчера узнал, ждет ребенка. Обдумай мои слова.

И вышла из комнаты. Иван Григорьевич слышал, как она ходит по его кабинету, раздвигает диван.

Он усмехнулся. Давняя привычка Ашхен: если бывала им недовольна или не хотела продолжать разговор, то стелила ему постель в кабинете. Войдя к себе, он обнял ее за плечи.

— Не сердись!

— Я не сержусь. Но снова напоминаю тебе о твоих детях и о твоем будущем внуке или внучке. Нельзя ими жертвовать так *безрассудно*!

Иван Григорьевич остался один.

Ашхен боится, как боятся теперь многие. Но имеет ли право бояться он? Да, трудные времена, тяжелые времена. Но он должен выполнить свой долг, это заставит выполнить свой долг и других. Сейчас, когда так явно, так очевидно провалилась сталинская стратегия, когда в результате этой стратегии к власти пришел Гитлер, самое время поднять свой голос. Иначе Гитлер наберет такую силу, что Сталин будет вынужден ему уступить, и кто знает предел этих уступок?!

Иван Григорьевич знал, что Сталин отвергает его позицию, но это еще не значит, что он не прислушается к его словам. Он часто перенимал идеи у людей, которых потом уничтожал; чаще сначала уничтожал, потом перенимал.

Объявит ли Сталин на VII конгрессе Коминтерна политику единого фронта, прекратит ли раскол в рабочем движении, преградит ли тем самым дорогу фашизму? Другого пути нет. Пропагандистская машина работает против Гитлера. И все же стратегия это или тактика?

После прошлогодней встречи со Сталиным Будягин написал в ЦК докладную записку. Весь этот год он колебался, отправлять ее или не отправлять. Разговор со Сталиным показал, что никаких результатов это не даст. И Ашхен считает, что отправлять докладную нельзя.

Однако вступление в сентябре прошлого года СССР в Лигу Наций после выхода из нее Германии и Японии, подписание союзных договоров с Францией и Чехословакией привели его к решению послать в ЦК свой доклад. На VII конгрессе должна быть выработана политика единого фронта.

Иван Григорьевич снова просмотрел докладную. Он уже убрал из нее некоторые резкости, которые привели бы Сталина в бешенство. Она и теперь звучала резко, но критика была направлена в адрес германской компартии. И на то, что главная опасность для страны — германская, он тоже указал, хотя понимал, как на это отреагирует Сталин.

14

К новому замужеству дочери профессор Марасевич отнесся с тем же безразличием, как и к предыдущему: дети — взрослые люди, лучше понимают время, чем он, старик, пусть живут как знают.

Зато Вадим пришел в ярость. Как? Выйти замуж за иностранца?! Уехать в Париж?! Теперь в анкетах на вопрос: «Есть ли родственники за границей?» — он должен будет писать: «Да, есть». И не какая-нибудь там нафталиновая тетя, а родная сестра, сама уехала, вышла замуж, и за кого — за антисоветчика! Ведь он антисоветчик, этот Шарль. Уже были две реплики в «Известиях» по поводу его клеветнических корреспонденций в парижской прессе. Теперь он сам уезжает, можно представить, какие ушаты грязи будет выливать на Советскую страну ее муженек. Ее муженек и его зятек... Да, да, его, Вадима Марасевича, зять, муж его единственной сестры будет публиковать в парижской прессе злобные антисоветские статьи. Ну и ну!

Еще в школе Вадим пытался перевоспитать сестру, негодовал по поводу ее образа жизни: тряпичница, шляется по ресторанам. Потом примирился. Наступили иные времена, сестра вписалась в новый пейзаж, уважения не прибавилось, сосуществование стало возможным.

Их семья спаялась на удачах, все должны вносить свой вклад в копилку семейного благополучия, приносить в дом невзгоды не принято, запрещено, это было условием их жизни, слишком много тяжелого позади. А Вика это условие нарушила, нанесла удар в спину, разрушила семью, разрушила его судьбу, его будущее.

Отцу, конечно, ничего, его жизнь состоялась, его званий, окладов и наград никто не отнимет.

А ему, Вадиму, каково придется? Ведь он так успешно начал. Статьи его с удовольствием печатает любой журнал, он признан одним из самых принципиальных критиков. Что теперь скажут Ермилов и Кирпотин, его покровители? На съезде писателей он им помогал, носил на просмотр стенограммы и Маршаку — докладчику по детской литературе, и Ставскому — докладчику о литературной молодежи страны, и Кузьме Горбунову — докладчику о работе издательств с начинающими писателями, даже был у Николая Ивановича Бухарина, и у Карла Радека был, и не в качестве посыльного, а как сотрудник редакционной комиссии: стенограмму можно править, но не искажать смысл собственной речи. Владимир Владимирович Ермилов был очень доволен его работой.

Теперь он вынужден будет объяснять, что сестра его — ресторанная шлюха, спуталась с иностранцем, уехала за границу.

Он ходил по квартире и стонал, словно от зубной боли. Шлюха, шлюха, чертова шлюха! Наконец не выдержал и ворвался к Вике в комнату.

— Прекрати истерику, — спокойно сказала Вика, — баба! При чем здесь ты? Брат? Ну и что? Я не из семьи ушла. Я ушла от одного мужа к другому. Я ушла от Архитектора. Пусть у него и спрашивают: почему он так плохо жил с женой, что она ушла?

— Ты носишь не его, а нашу фамилию, — закричал Вадим, — почему ты с ним не зарегистрировалась? Потому, что у него есть официальная жена, а ты не жена, ты любовница, вот ты кто! Ты всего-навсего спала с ним. Ты Марасевич, понятно?

— Я с Шарлем официально зарегистрировалась, взяла его фамилию, получила официальное разрешение на выезд за границу. Чем я нарушила закон?

— Ты нарушила больше чем закон, ты нарушила элементарный долг советского гражданина. Высылка за границу — одна из высших мер наказания. А ты уезжаешь по собственной воле. Позор!

— Ах, ах, — усмехнулась Вика, — какой ты сознательный, какой правоверный, давно ли ты таким стал? Ведь ты трус, из трусости и служишь этим хамам. Тебя все презирают. Называют убийцей, я сама слышала, убийцей и холопом... Так что не беспокойся, тебе за меня ничего не будет. И вообще, перестань читать мне нотации, надоело! Закрой дверь с той стороны!

Вадим вышел, хлопнув дверью. Дрянь! Проститутка! Сволочь! Если бы ее посадили за связь с иностранцами, то ему было бы тоже несладко, но все же лучше. Отбрехался, отговорился бы один раз — сестра в заключении или выслана за то-то и то-то, и все! А теперь ее муженек будет напоминать о себе каждую неделю.

Обладая ораторскими способностями, Вадим часто выступал. С лекциями, с докладами, на собраниях и совещаниях, на редакционных и художественных советах, много писал. Слово «настораживают» было его любимым словечком. Он употреблял его по отношению к произведениям, разгрома которых ожидал, и, когда такой разгром совершался, он принимал в нем законное участие. В отношении же к произведениям, разгрома которых не ожидал, выражение «настораживает» он употреблял, говоря о стилистических и композиционных погрешностях, тусклости отдельных персонажей, скороговорках и так далее. Если это произведение проходило благополучно, то голос Вадима вливался в общий поток славословий, которые, безусловно, не исключают отдельных дружеских и необидных критических замечаний. Если же произведение тоже подвергалось разгрому, а такое случалось даже с вещами, ранее высочайше одобренными, то Вадима опять же выручало спасительное слово «настораживает».

Вадим умел очень ловко, *своими словами* перефразировать предписанную свыше официальную точку зрения. В отличие от начетчиков, тупых долдонов, которые повторяли фразу за фразой, боясь отступиться даже в запятой, Вадим пользовался изысканными оборотами речи, неожиданными цитатами давно умерших, а следовательно, безопасных авторов, даже латынью. Это создавало иллюзию собственной позиции, независимости суждений, мощной эрудиции. Он прослыл человеком лояльным, но прогрессивным. За первое его ценило литературное начальство, за второе — литературная интеллигенция.

К тому же простой, доступный, общительный человек. Демократ. Этот стиль Вадим усвоил еще в школе, когда приспосабливался к демократическому поведению тогдашних комсомольцев, комсомольцев двадцатых годов, когда старался избавиться от всех видимых признаков своего, так сказать, буржуазного воспитания. Этот демократизм, этот простецкий стилек, рабочий, пролетарский, пригодился ему сейчас в общении с долдонами, начетчиками, гужеедами, которых он боялся, но с которыми держался запанибрата. При встречах один на один он хвалил их малограмотные говенные статьи, чего, однако, никогда не делал с трибуны. Но с трибуны никогда долдонов и не ругал. Таким образом, сохраняя высокий интеллектуальный авторитет, Вадим сохранял и доверие гужеедов.

В партию он не вступил. Беспартийный большевик — этого достаточно. Нынче беспартийные большевики в гораздо большей цене, чем большевики партийные — с тех спрос другой. Раньше принадлежность к партии давала преимущества, сейчас наоборот — чистки, проверка партийных документов, все под стеклянным колпаком. Будь он членом партии, он обязан был бы сообщить в партийную организацию о том, что его сестра вышла замуж за иностранца и уехала за границу. А будучи беспартийным, он никому не обязан об этом докладывать. Он обязан указать это в анкете, но все анкеты уже заполнены.

Вне партии его положение было более свободным. В его кругу все понимают любое иносказание, такие же циники, как и он, принимают условия, в которых живут, пишут то, что требуется, выступают так, как надо выступать. И между собой они говорили, как предписано говорить, восхищались тем, чем полагалось восхищаться, осуждали то, что полагалось осудить. Восхищались без энтузиазма, осуждали без негодования. Шуточками, прибауточками как бы скрашивали, оправдывали, камуфлировали предстоящее участие в беспощадном разгроме или, наоборот, в неумеренных восхвалениях. Что делать? Кусок пирога даром не дают, надо отрабатывать.

Со временем Вадим и насчет Вики успокоился. Полгода, как она уехала, а никто ни о чем его не спрашивал. Парижские газеты в московских киосках не продавались, и упражнялся ли ее муженек в пасквилях, Вадим не знал. Вика домой не писала, все-таки понимает, что этого делать нельзя. Пришли за эти полгода два письма с московским штемпелем отправления, значит, послала с оказией. Письма были короткие: жива, здорова, отвечать просила через некую Нелли Владимирову, сообщила ее телефон. Вадим категорически запретил отцу отвечать.

— Кто такая Нелли Владимирова? — вопрошал он. — Где гарантия, что она не понесет это письмо на Лубянку? Связь с заграницей неужели ты не понимаешь, чем может кончиться? Те, у кого есть родственники за границей, это скрывают, а мы будем афишировать?

— Но, Вадим, — растерянно бормотал старик, — неужели я не могу переписываться с собственной дочерью?

— Не можешь. Даже она это понимает, не пишет на наш адрес, передает через кого-то, знает, чем это чревато.

— Но, Вадим!

— Папа, смотри на вещи трезво. Она нас бросила, бросила навсегда. Из Франции сюда не возвращаются, тех, кто уехал, мы обратно не принимаем. Она захотела *той* жизни, не пожелала думать, какой станет *наша* жизнь здесь из-за ее отъезда! Тебе придется теперь писать в анкетах: «Дочь уехала за границу, живет во Франции». Конечно, ты знаменитость... Но неприкосновенных теперь нет, запомни это. А я на идеологической работе, там родственники уехавших за границу не нужны, там таким не доверяют. Я, конечно, понимаю: ты считаешь меня эгоистом, думаю, мол, только о своей карьере. Нет! Меня в данном случае прежде всего интересует этическая сторона вопроса: она не посчиталась с нами, почему мы должны считаться с ней? Самим фактом своего отъезда она поставила нас под удар, почему мы должны расшаркиваться перед ней? Она ничем не рискует, мы рискуем всем. Она нас вычеркнула из своей жизни, ее письмо — пустая формальность, она им тешит свои так называемые родственные чувства... Ах, как же, папенька, братец... Ах, мон шер, мон фрер, ведь французы это очень любят, еще Лев Николаевич Толстой подметил... Помнишь, в «Войне и мире»: «О, ma mére, ma pauvre mére...»[1] Все это притворство... Вот так, отец, я на этом категорически настаиваю.

— Ну что ж, Вадим, поступим, как ты считаешь нужным, — согласился Андрей Андреевич.

И все же профессор Марасевич позвонил Нелли Владимировой, заехал к ней и передал Вике письмецо: он и Вадим живы, здоровы, все у них в порядке, рад, что и у Вики тоже все хорошо.

— Только прошу вас, — сказал старик Нелли, — не обмолвитесь моему сыну, что я послал это письмо. Он не в ладах с сестрой.

— Пожалуйста, — равнодушно ответила Нелли.

Профессор Марасевич не сообразил, что Вика подтвердит получение его письма. «Папочка, дорогой, весточку твою получила...» Ответ ее попал в руки Вадима.

— Ты можешь мне объяснить, что это значит?!

Отец мямлил: позвонил этой даме, просил всего лишь передать привет, стоит ли создавать проблемы из пустяков...

— Поступай как хочешь, — холодно ответил Вадим, — но, если ты намерен продолжать переписку, нам придется с тобой разъехаться.

— То есть как? — не понял профессор.

— Нам придется разменять эту квартиру. Я буду жить отдельно.

Такая угроза ошеломила старика. Он не мыслил, не представлял себя вне этой, известной всей Москве квартиры. Конечно, сейчас, без Вики, дом стал не тот, гостей стало меньше. Умер Сумбатов-Южин, умер Анатолий Васильевич Луначарский, постарела Екатерина Васильевна Гельцер, и Качалов постарел, и Игумнов Константин Николаевич, но звонят, вчера, например, Мейерхольд звонил, поздравляют и с Новым годом, и с днем рождения, наве-

---

[1] «О, моя мать, моя бедная мать...» *(фр.)*

щают, просят совета. Театральной молодежи, правда, стало меньше, не жалует ее Вадим, но она и раньше утомляла Андрея Андреевича. И из-за рубежа гости приезжали реже; новых знакомств профессор не заводил, но старые друзья, оказавшись в Москве, обязательно объявлялись, и он их принимал у себя. И вообще, он не мыслит себя вне этого дома, одинокий, без жены, без дочери, а теперь он лишается и сына, так надо понимать Вадима.

— Это очень жестоко с твоей стороны, — огорченно пробормотал Андрей Андреевич.

— Суди меня как хочешь, но не приведи господь тебе узнать *на личном опыте*, насколько я прав. У тебя старомодные понятия, это не ко времени, понимаешь, не ко времени. Учти это.

— Хорошо, — согласился Андрей Андреевич, растерянный и испуганный угрозами сына, — больше я писать Виктории не буду.

На этом кончили разговор и разошлись по своим комнатам.

А утром Вадима разбудил телефонный звонок... Черт побери! Так рано! Он снял трубку, услышал незнакомый мужской казенный голос:

— Вадим Андреевич Марасевич? С вами говорят из Народного комиссариата внутренних дел. Сегодня в двенадцать часов утра вам надлежит явиться по адресу: Кузнецкий мост, 24, бюро пропусков, к товарищу Альтману. Поняли?

— Да, я понял, — сразу охрипшим голосом ответил Вадим.

— При себе иметь паспорт. Поняли?

— Понял, конечно.

В трубке раздались короткие гудки, и Вадим положил ее.

Так! Он знал, что рано или поздно этим кончится. Дрянь! Проститутка! Шлюха! Здесь была шлюха, шлюхой будет и в Париже.

Черт! Почему он не сказал, что занят сегодня, у него заседание, совещание, не может он быть, не может... И почему его вызывают по телефону? Если он в чем-либо виноват, пусть вызовут официально, повесткой. Он им не мальчик! Он член Союза писателей, в конце концов, не последний в стране критик.

Впрочем, может быть, именно поэтому не вызвали повесткой. Хотят предупредить, что переписка с Викой накладывает тень на него и на отца и потому не следует ее вести. Вызвали неофициально из самых лучших побуждений. А то что голос хамский, так ведь звонил обыкновенный исполнитель.

Да и что могут ему предъявить? Он с сестрой давно порвал, еще до ее отъезда в Париж. Он в прошлом комсомолец, она ресторанная девица. Они даже не разговаривали друг с другом последние три года. А отец? Что взять со старика, семейные предрассудки, дочь, видите ли.

О боже, боже... А вдруг его не выпустят оттуда?! Впрочем, нет, при аресте предъявляют ордер. И все же это учреждение внушало ему ужас. Страх, в котором он рос в детстве, который, казалось, преодолел, вступив в комсомол, снова обуял его, хотя таким устойчивым казалось его теперешнее положение. Став одним из самых ортодоксальных критиков, став, в сущности, «интеллигентной дубинкой» в руках твердолобых, он может ничего не бояться — он нужен своей стране! Да, именно такие, как он, нужны государству, и там, куда его вызывают, должны это понимать.

Он стоял перед зеркалом, завязывал галстук. Черт! Руки трясутся. Конец галстука никак не попадал в петлю. А до двенадцати оставалось мало времени.

Ну как отец решился на такую глупость — позвонить какой-то Нелли Владимировой, может быть, она стукачка, подсадная утка, ведь он предупреждал отца, ведь отец, несмотря на свое высокое положение, по-прежнему всего боится. Его высокопоставленных пациентов сажают, высылают, и все его коллеги, все эти профессора и знаменитости, дрожат от страха. А его, Вадима, коллеги? Строят из себя властителей дум и тоже дрожат от страха. Боятся собственной тени. Если с ним что-либо случится, их как ветром сдунет, не останется ни одного, еще будут негодовать, возмущаться. Как это они «проглядели»? Он хорошо знает их самоуверенные улыбочки, апломб, за которым ничего не стоит.

А не посоветоваться ли с Юркой Шароком?

Они, правда, давно не виделись. Но ведь они друзья, друзья детства, девять лет почти просидели за одной партой. И потом встречались... Сколько раз Юра бывал здесь, у них в доме, по его, Вадима, звонкам ходил в театры. Ведь, в сущности, их двое осталось от школьной компании.

Юрка обязан помочь. Пусть там все объяснит. Возможно, этот Альтман и не подозревает, что Вадим не только сын знаменитого профессора Марасевича, консультанта кремлевской больницы, но и сам известный критик. И главное, Юрка подтвердит, что Вадим твердо стоит на позициях советской власти.

Да, надо позвонить Юре, посоветоваться, заговорить об этом как бы между прочим, сохраняя достоинство. Кстати, и у Юры есть основания беспокоиться. Между ним и Викой что-то было, это факт. Как-то, придя домой, он зашел в комнату Вики, там сидел Юра, и по их лицам Вадим все понял. А до этого у Нины на встрече Нового года где-то в коридоре Юра и Вика тискались. Нина даже скандал устроила. В общем, Юра должен ему помочь, не может не помочь.

Он набрал Юрин номер, услышал в трубке глухой плебейский голос, голос его отца, портного. Черт возьми, он даже не знает его имени-отчества.

— Нет дома, не знаю, когда будет.

И повесил трубку.

Да... А служебного телефона Юры он не знает. К тому же о таких вещах по телефону не говорят. Как же быть?

Что за человек этот Альтман? Молодой, старый? Интеллигент, хам? Вообще-то, Альтман — фамилия интеллигентная.

Натан Альтман — художник, известный своей серией зарисовок Владимира Ильича Ленина и скульптурным портретом Ленина, выполненным с натуры. Живописец, оформлял и спектакли — «Мистерию-буфф» Маяковского, «Гадибук» в театре «Габима», «Бронепоезд 14-69» Всеволода Иванова, — но в его работах сильна примесь схематизма и абстрактности. Вадим об этом писал.

Другой Альтман, Иоган, — литературовед, театральный критик, старый член партии, редактор газеты «Советское искусство».

Так что, возможно, и этот Альтман — интеллигент.

Лучше бы интеллигент — с ним хотя бы можно объясниться. А хам? Сидит у себя в кабинете в сапогах, курит махорку, нарочно воняет, изображает пролетария.

За последние годы Вадим научился обращаться с хамами, как они того заслуживают; казалось, он давно перестал их бояться. Нет! Голос старого Шарока поверг его в замешательство, он по-прежнему боится их, дрожит перед ними. Тем больший ужас испытывал Вадим перед тем таинственным, неведомым, могущественным хамом, который сидит на Лубянке и ждет его.

Этот могущественный хам оказался рыжеватым сутулым евреем в военной форме, с длинным носом и печальными глазами.

Увидев Альтмана, Вадим с облегчением вздохнул. О своих знаменитых однофамильцах этот тощий рыжеватый военный наверняка не слышал, образование, видимо, в рамках шести-восьми классов, но на хама не похож. Впалые щеки, узкие плечи... Возможно, даже пиликал в детстве на скрипочке, во всяком случае, не сморкается двумя пальцами, пользуется носовым платком. И надо думать, не выкручивает руки подследственным.

— Садитесь!

Вадим сел. Альтман вынул из стола бланк, положил перед собой, обмакнул перо в чернильницу.

— Фамилия, имя, отчество? Год и место рождения? Работа и должность?

Допрос? За что, почему? К тому же ему действовал на нервы монотонный голос Альтмана.

На последний вопрос Вадим ответил так:

— Член Союза писателей СССР. Я бы хотел знать...

— Все узнаете, — перебил его Альтман, — должность?

— В Союзе писателей нет должностей.

Альтман воззрился на него.

— Что же вы там делаете?

— Я критик, литературный и театральный критик.

Альтман опять уставился на него.

— Получаю гонорар за свои статьи, — уточнил Вадим.

Альтман все смотрел задумчиво. Потом записал: «критик».

Этот маленький успех ободрил Вадима, и он добавил:

— Гонорары, конечно, незначительные, работа критика в этом смысле весьма неблагодарная. Но живем... Нас с отцом двое, отец мой — профессор Марасевич... — Вадим сделал паузу, ожидая реакцию Альтмана на столь значительную фамилию, но на лице Альтмана не дрогнул ни один мускул, и Вадим продолжал: — Он руководитель клиники, консультант кремлевской больницы.

И опять ничего не отразилось на скучном лице Альтмана. Он перевернул страницу, аккуратно поправил сгиб, провел по нему ногтем, страница была чистая, линованная.

И, разглядывая эту чистую страницу, спросил:

— С кем вы вели контрреволюционные разговоры? — Голос его был ровным, таким же скучным, как и лицо.

Этого Вадим никак не ожидал. Он ожидал разговора о Вике, приготовился, выстроил, по его мнению, логичную и убедительную версию. Но «С кем вы вели контрреволюционные разговоры»?! Ни с кем он их не вел, не мог вести, он советский человек, честный советский человек. Такой вопрос — ловушка. Пусть скажет, по какому делу вызвал его, он готов отвечать, но должен знать, в чем дело. Но если он начнет возражать, то разозлит этого тупицу, он единовластный хозяин здесь, в этих голых стенах, с окнами, закрашенными до половины белилами и забранными металлической решеткой.

— Я не совсем понимаю ваш вопрос, — начал Вадим, — какие разговоры вы имеете в виду? Я...

Альтман перебил его:

— Вы отлично понимаете мой вопрос. Вы отлично знаете, какие знакомства я имею в виду. Советую вам быть честным и откровенным. Не забывайте, где вы находитесь.

— Но я, право, не знаю, — пролепетал Вадим, — я ни с кем не мог вести контрреволюционных разговоров. Это недоразумение.

Альтман посмотрел на листок допроса.

— Вы член Союза писателей, да? Вокруг вас писатели? Что же, никто из них не ведет, по-вашему, контрреволюционных разговоров? — Он задавал вопрос за вопросом, а голос был монотонный, будто он читал ему нотацию. — Вы хотите меня в этом убедить? Вы хотите мне доказать, что все писатели абсолютно лояльны к советской власти? Вы это хотите доказать? Вы берете на себя ответственность за всех писателей? А может быть, вы слишком много на себя берете?

Вадим молчал.

— Ну? — переспросил Альтман. — Будем играть в молчанку, а?

Вадим пожал толстыми плечами.

— Но никто не вел со мной контрреволюционных разговоров.

— Не хотите нам помогать, — с тихой угрозой проговорил Альтман.

— Почему не хочу, — возразил Вадим, — помогать органам НКВД — обязанность каждого человека. Но никаких разговоров не было. Не могу же я их придумать.

Хотя вся обстановка — и этот кабинет, и этот автомат Альтман со своим монотонным голосом — пугала Вадима, внутренне он немного успокоился: он уязвим только со стороны Вики, но о Вике речи нет. А контрреволюционные разговоры — тут какая-то ошибка, какое-то недоразумение.

Альтман молчал, в его глазах не было ни мысли, ни чувства. Потом он перевернул листок, посмотрел фамилию, имя и отчество Вадима.

— Вадим Андреевич!

Этот жест был оскорбителен. Альтман не скрывает, что даже не помнит его имени-отчества, не дал себе труда запомнить его: мол, это ему ни к чему.

— Вадим Андреевич!

Он в первый раз посмотрел Вадиму прямо в глаза, и Вадим похолодел от страха: столько ненависти было в этом взгляде, в неумолимом палаческом прищуре.

— Но я...

— Что «я», «я»? — Тихий голос Альтмана был готов взорваться, перейти на крик. — Я вам повторяю: вы забываете, где находитесь. Мы вас вызвали сюда не для того, чтобы вы нас просвещали, понятно вам это или не понятно?

— Конечно, конечно, — угодливо подтвердил Вадим.

Альтман замолчал, потом прежним унылым голосом спросил:

— С какими иностранными подданными вы встречаетесь?

Наконец! Подбирается к Вике. Ясно!

Вадим изобразил на лице недоумение.

— Я лично с иностранными подданными не встречаюсь.

Альтман опять посмотрел ему прямо в глаза, и Вадим снова похолодел от этого палаческого прищура.

— В жизни не видели ни одного иностранца?

— Почему же? Видел, конечно.

— Где?

— Иностранцы бывают в доме моего отца. Мой отец — профессор медицины, очень крупная величина, знаете, мировое имя... И конечно, его посещают иностранные ученые, официально, с ведома руководящих инстанций... Я не медик, не участвовал в их беседах; кстати, на их беседах всегда присутствовали официальные лица... Но я помню некоторые имена. Несколько лет назад отца посетил профессор Берлинского университета Крамер, другой профессор — Россолини, так, кажется. Профессор Колумбийского университета, не помню его фамилию, его называли Сэм Вениаминович.

Альтман что-то записал на бумажке. Неужели фамилии этих профессоров? Странно! О них можно прочитать в газетах.

Упомянул Вадим и профессора Игумнова, и Анатолия Васильевича Луначарского, приходивших в их дом с иностранцами. Назвал одного польского профессора, он приходил с Глинским, известным партийным работником, другом и соратником Владимира Ильича Ленина, назвал еще несколько имен. И замолчал.

Молчал некоторое время и Альтман, затем спросил:

— Ну и о чем вы разговаривали с этими иностранцами?

— Я лично ни о чем. Это были знакомые отца.

— А вы сидели за столом?

— Иногда сидел.

— Ну и что?

— Я не понимаю...

— Я спрашиваю: ну и что?! Что вы делали за столом? Говорили?

— Нет, о чем мне было с ними говорить, это люди науки...

— Ах, значит, не говорили. Только пили и ели. А уши что? Заткнули ватой? Пили, ели и слушали их разговоры. О чем они говорили?

— На разные темы, главным образом о медицине.

— И с дирижером тоже о медицине?

И тут Вадим произнес фразу, которая показалась ему очень удачной и даже несколько взбодрила его:

— Да. Он советовался с моим отцом по поводу своих болезней.

Альтман взял в руки листок и, путаясь в ударениях, прочитал названные Вадимом фамилии.

— Это все?

В его монотонном голосе звучала уверенность, что это не все.

— Как будто все.

— Подумайте.

И опять в его голосе прозвучало ожидание того, что Вадим назовет то единственное имя, ради которого он и вызвал его сюда. Ясно: имеет в виду Шарля, муженька Вики, этого виконта, черт бы его побрал! Он бывал у Вики, но Вадим его почти не видел, сухо поздоровался, когда Вика представила Шарля ему и отцу, но ужинать с ними не остался, ушел, сославшись на срочное заседание, так что Вика *ввела* Шарля в их семью не только без его ведома, но и без его участия. И все дело, конечно, в Шарле, и только в Шарле. И надо его назвать, самому назвать, свободно, спокойно, а не вынужденно.

— Ну, — сказал Вадим. — Есть еще муж моей сестры, они живут в Париже... Но никаких связей с ними я не поддерживаю.

— Это все? — снова переспросил Альтман.

— Да, все, что я могу припомнить.

Альтман придвинул к себе бланки и начал писать ровным писарским почерком, заглядывая в листок бумаги, который заполнил фамилиями и именами, названными Вадимом.

Вадим наблюдал за тем, как он пишет. Медленная, спокойная работа, которую уже ничто не может остановить. И эта неотвратимость подавляла Вадима.

Кончив писать, Альтман протянул ему протокол.

— Прочитайте и подпишите.

И с прежней ненавистью воззрился на него. Будто решал, что лучше: повесить Вадима или отрубить ему голову? И, холодея от страха под этим взглядом, Вадим прочитал протокол.

Две страницы текста, без абзацев и отступлений, заключали в себе ответ на вопрос: «С какими иностранными подданными вы встречались, где, когда, при ком?»

Названные Вадимом имена, фамилии были записаны правильно. Но их оказалось очень много — этих имен, и русских, и иностранных. Иностранные имена принадлежали тем, кто приходил к ним на Арбат, русские — тем, кто их приводил, а сама картина выглядела нелепой, неправдоподобной, получалось, что их дом то и дело посещают иностранцы, а Вадим только и занимается разговорами с ними. К тому же все начиналось с Вики, с того, что она замужем за французом, таким-то и таким-то, выходило, что именно поэтому иностранцы бывают в их доме.

Но внешне все записанное соответствовало показаниям Вадима, возразить нечего, да и страшно возражать. Его угнетал, подавлял этот палаческий прищур, неумолимость монотонного голоса, неожиданные вспышки гнева и ненависти. Вадим подписал обе страницы протокола.

Альтман положил его в папку.

— О вызове сюда и о ваших показаниях никто не должен знать.

— Конечно, — поспешно ответил Вадим. Он готов был согласиться со всем, лишь бы поскорее выйти отсюда.

— Вы никому ничего не должны рассказывать. Иначе вас ждут большие неприятности.

— Ну что вы!

— Считайте себя официально предупрежденным.

— Понятно.

Альтман поднял голову, опять злобно прищурился.

— А к вашим контрреволюционным разговорам мы еще вернемся. Поговорим об этом подробнее. Я вам позвоню.

15

Варя, конечно, не позвонила Вике. И Вика не звонила ей. И слава богу! С той жизнью покончено навсегда.

С Левочкой, Риной она виделась только на работе. И никаких разговоров о Косте. Левочка как-то заикнулся было, Варя осадила его, грубо осадила, пусть запомнит. И Левочка больше не заикался, а Рина тем более — ей, хохотушке, все равно.

Игорь Владимирович был по-прежнему благожелателен, внимателен, ровен в обращении. Но Варя чувствовала, что после ее разрыва с Костей у Игоря Владимировича появились какие-то надежды, он скрывал их подчеркнутой корректностью. После профсоюзного собрания, после «Канатика» он сильно упал в ее мнении — такой же кролик, как и остальные, но хороший руководитель, талантливый архитектор, Варе нравились его решения, логика и убедительность доказательств. На совещания, где обсуждались технические вопросы строительства и где Игорь Владимирович демонстрировал свои проекты и предложения, он брал с собой Варю, проделал это очень тактично: у Левочки срочная ответственная работа, и у Рины сложная ответственная работа, не следует их отрывать, с ним пойдет Варя. Так и повелось: на технические совещания Игоря Владимировича сопровождала Варя.

Она ходила на эти совещания с удовольствием: приятная атмосфера, интеллигентные, остроумные люди, крупнейшие специалисты. Но Игорь Владимирович выделялся даже здесь, среди этих выдающихся людей, и это до некоторой степени примиряло с ним Варю.

Конечно, и над ним довлеет страх, как и над другими, он не герой, но и не подлец, любит свое дело, человек творческий, но слабый. Такие творческие, талантливые люди, видно, часто бывают слабыми. Достаточно посмотреть газеты. Знаменитые писатели, актеры, художники ставят свои подписи под требованиями истребить, уничтожить, расстрелять людей, чья вина еще не доказана.

Имени Игоря Владимировича Варя в газетах, слава богу, не находила, он такие требования не подписывал, а его поведение на профсоюзном собрании и в «Канатике», в общем, мелочи, хотя это ее и покоробило в свое время.

Несколько раз Игорь Владимирович провожал ее с работы, им было по пути... Пошли почему-то по улице Герцена, в кинотеатре показывали фильм «Ради ребенка», зашли, фильм оказался хорошим.

А на следующий день через Красную площадь спустились к Москве-реке, сидели на парапете, рассматривали прохожих, придумывали им судьбы.

Как-то, проходя мимо метро на Арбатской площади, он купил ей три розы; перебирая их, она случайно одну уронила, они нагнулись одновременно, стукнулись лбами, рассмеялись.

Эти прогулки становились опасны — начиналось ухаживание, которого Варя не хотела. Она сделала так, чтобы к ним присоединилась Зоя, — они живут в одном доме, естественно, идут вместе. Игорь Владимирович не выразил своего недовольства, так же шутил, смеялся, но был разочарован и, когда на следующий день увидел Зою рядом с Варей, сказал:

— Мне с вами по пути до Воздвиженки.

И там, на углу, распрощался с ними.

В другой раз они вышли одновременно с Игорем Владимировичем, Зои не было, но Варя сказала:

— Я тороплюсь, Игорь Владимирович, и поеду на трамвае.

— Я вас посажу на трамвай.

Он молча проводил ее до остановки, молча стоял рядом и, когда трамвай подошел, вдруг спросил:

— Вы разрешите вам позвонить?

— Звоните, — сказала Варя, садясь в вагон.

Он не позвонил, но прислал корзину цветов.

— Новый поклонник? — спросила Нина.

— Возможно...

Красивые цветы, но ей не надо этого. Она не любит Игоря Владимировича и никогда его не полюбит. Она ждет Сашу... В последнем письме Софьи Александровны она приписала фразу: «Дорогой Саша, мы ждем тебя». Потом зачеркнула «мы ждем» и подписала: «Я жду».

Софья Александровна посмотрела, улыбнулась:

— Спасибо, Варя, Саше это будет радостно читать.

Возвращать цветы, конечно, глупо. И куда она потащится с этой корзиной по Москве?.. И объясняться на работе тоже глупо. Варя решила написать Игорю Владимировичу.

«Дорогой Игорь Владимирович! Спасибо за ваш милый подарок, цветы чудесные. Но в нашей бедной коммунальной квартире эта корзина вызвала большой переполох и всяческие пересуды, связанные с моим бывшим мужем.

Чтобы в дальнейшем не волновать моих соседей и не давать пищу сплетням, прошу вас больше цветы не присылать. С самым нежным приветом, Варя».

Она заклеила конверт и на следующий день, зайдя в кабинет Игоря Владимировича, положила это письмо перед ним на стол, улыбнулась.

— Прочитайте и не сердитесь!

И вышла из кабинета.

Через некоторое время Игорь Владимирович вошел к ним в комнату и тоже улыбнулся Варе в знак того, что прочитал и понял ее записку.

Дни и вечера у Вари были заняты, но она все-таки выкраивала время, чтобы навестить Софью Александровну и забежать к Михаилу Юрьевичу — единственные люди, которых ей хотелось видеть.

У Софьи Александровны болело сердце. Она не жаловалась, но тяжело поднимается со стула, задыхается, глотает таблетки.

— Чем вам помочь, Софья Александровна?

— Ничего, пройдет, — отвечала обычно Софья Александровна, — до Сашиного возвращения дотяну.

— Бросьте, Софья Александровна, — сердилась Варя, — выкиньте это из головы. Я не могу видеть, как вы мучаетесь. Хватит. Собирайтесь в поликлинику, я пойду с вами.

— Тебе некогда, ты работаешь, учишься, а там, чтобы попасть к врачу, надо просидеть в очереди целый день.

— Ничего, я возьму два дня в счет отпуска.

Варя пришла на следующий же вечер.

— Софья Александровна, завтра пойдем, я договорилась на работе.

Софья Александровна не могла быстро ходить, они долго добирались до Собачьей площадки — там находилась районная поликлиника. Варя усадила Софью Александровну на стул, народу было действительно полно, ждать пришлось долго. Наконец подошла очередь Софьи Александровны. Она вошла в кабинет, Варя вслед за ней.

— Вы кто? — спросил ее врач.

— Дочь, — ответила Варя.

— Побудьте в коридоре.

Софья Александровна сказала:

— Посиди, Варенька, подожди.

Визит к врачу действительно ничего не дал. Он назначил сердечные капли, в крайних случаях принимать нитроглицерин. Даже бюллетень не выписал, и Софья Александровна продолжала ходить в прачечную на Зубовском бульваре, где по-прежнему работала приемщицей белья.

Варя представляла, как бедную Софью Александровну атакуют взбешенные клиенты, у которых прачечная постоянно путает или теряет белье, а Софья Александровна отвечает им больным, слабым голосом и, конечно, тут же кладет под язык таблетку нитроглицерина. К тому же и заведующий стал придираться к ней, откуда-то узнал про Сашу, даже хотел уволить ее за то, что скрыла это при поступлении на работу, но не смог — на такую должность и на такой оклад желающих не находилось. И на его придирки Софья Александровна отвечает тем же слабым больным голосом.

Помогать Софье Александровне в прачечной Варя не могла — сама ходила на службу, но старалась хотя бы освободить ее от домашней работы. Варе казалось иногда, что это и есть ее настоящий дом, так свободно и легко можно чувствовать себя только в своем доме. И удивительное дело: ничто тут не напоминало ей Костю, будто Костя никогда и не жил в этой квартире. Здесь жила Софья Александровна, здесь незримо присутствовал Саша.

Управившись с делами, Варя навещала Михаила Юрьевича. В комнате, тесно уставленной шкафами, полками, этажерками, сплошь забитыми книгами, альбомами, папками, царил полумрак. Освещен был только стол, уставленный баночками, стаканами с кисточками, ручками, карандашами, тут же лежали тюбики с клеем и красками, ножницы, бритвочки — все, что нужно Михаилу Юрьевичу для работы. Варя с ногами забиралась в старое кресло с продавленным сиденьем и высокой спинкой.

Пахло красками, клеем, уютно выглядел Михаил Юрьевич в клетчатой домашней куртке, старомодный холостяк в пенсне.

Склонившись над столом, он подклеивал страницы какой-то ветхой книги.

Как-то Варя увидела у него на столе томик Сталина, удивилась:

— Вы это читаете?

— Приходится. Для работы.

— А где вы работаете?

— Я работаю в ЦУНХУ.

— ЦУНХУ?.. Что это такое? Первый раз слышу.

— Центральное управление народнохозяйственного учета. Раньше называлось правильнее — ЦСУ, Центральное статистическое управление. Я, Варенька, статистик. Знаете такую науку?

— Скучная наука, — заметила Варя, — все цифры и цифры.

— Ну почему же. За цифрами стоит жизнь.

— Когда я вижу в газетах цифры, сразу ее закрываю: скучно читать. И все врут, все неправда.

— Нет, цифры не всегда врут, — сказал Михаил Юрьевич серьезно, — иногда говорят и правду. Вот, например.

Михаил Юрьевич открыл заложенную страницу в книге Сталина.

— Это доклад товарища Сталина на XVII съезде. Товарищ Сталин сравнивает 1933 год с 1929 годом, и получается, что за эти годы мы потеряли 153 миллиона голов скота. Больше половины.

— Что же случилось, падеж? Мор? — насмешливо спросила Варя.

— Товарищ Сталин объясняет это тем, что во время коллективизации кулаки забивали скот и уговаривали это делать других.

— Кулаки? — все так же насмешливо переспросила Варя. — А сколько их, кулаков-то?

— Ну. В этом же докладе товарища Сталина говорится, что кулаки составляли около пяти процентов сельского населения.

— И эти пять процентов перебили половину скота в стране? И вы этому верите?

— Я не сказал, Варенька, что я этому верю, я прочитал слова товарища Сталина.

— Ваш товарищ Сталин говорит неправду! — возмутилась Варя. — У нас в квартире живут Ковровы, они работают на фабрике «Красная Роза», они из деревни, и к ним приезжают деревенские, я сама слышала сто раз: коллективизировали силой, в несколько дней, в январе месяце, ни скотных дворов, ни кормов, «быстрей», «быстрей». Скот оказался на улице — так они прямо и говорят. «Даешь проценты!..» Проценты получили, а скот пропал... А колхозникам наплевать: их загнали в эти колхозы, скот отобрали — он для них чужой, ну и пусть дохнут эти коровы, овцы, свиньи, лошади. Этого ваш товарищ Сталин не сказал! Обман, обман, всюду обман!

Михаил Юрьевич посмотрел на нее; подумав, сказал:

— Варенька, поймите меня правильно. Я разделяю ваше негодование, но, Варенька, вам следует считаться со временем, в котором мы живем. Выражать свое негодование небезопасно, очень много подлых людей кругом, вам следует быть осторожней.

— Но с вами я могу говорить откровенно?

— Со мной можете... Но я надеюсь, что наши разговоры останутся между нами.

— Безусловно. Неужели, Михаил Юрьевич, вы мне не верите?

— Верю, Варенька, верю, вы прекрасная, честная девочка.

— «Девочка», — усмехнулась Варя, — я замужем была.

— Это не имеет значения. Для меня вы девочка, Варенька... И я боюсь за вас, вы очень открыты, незащищенны, на каждом шагу вас подстерегает опасность, за одно неосторожное слово вы можете пострадать, можете сломать свою жизнь. Обещайте мне ни с кем, кроме меня, на эти темы не разговаривать.

— Обещаю.

— Имейте в виду, только в этом случае вы можете рассчитывать на мое доверие.

— Конечно, Михаил Юрьевич.

— Тогда я скажу вам больше. Почему кризис в земледелии? Оттого что поголовье скота снизилось в два раза, а его продуктивность в двенадцать раз... То же самое с молоком, маслом, шерстью, яйцами. Вот почему ничего нет в магазинах.

Варя молчала, думала. Хороший человек Михаил Юрьевич, но все люди теперь на один лад... Как осторожно выражается... Кризис в земледелии. Она усмехнулась.

— Вот вы говорите «кризис», «продуктивность». Все это, Михаил Юрьевич, простите меня, общие слова. А вы знаете, у нас целые деревни вымирают от голода, мне Ковровы рассказывали. Да я это и своими глазами видела здесь, в Москве, на Брянском вокзале.

— Теперь он называется Киевским.

— Хорошо, пусть Киевский, какая разница? Так я помню, там люди лежали вповалку, мужчины, женщины, дети, живые и мертвые, с Украины бежали от голода, а их милиция не выпускала в город, чтобы не портили вида «Москвы-красавицы», только по ночам трупы вывозили, освобождали место для новых голодных, чтобы те умирали хоть под крышей, а не на улице, чтобы их трупы не со всей Москвы собирать, а только с вокзалов... А мы проходили мимо них, садились в поезд и ехали к подругам на дачу, и другие тоже проходили мимо, садились в поезд и ехали на дачу. И все, наверное, считали себя высокоморальными и нравственными людьми.

— Варенька! Но что мы могли с вами сделать?

— Я читала: во время голода до революции, не помню, в каком году...

— Голод был в начале 90-х годов, — сказал Михаил Юрьевич.

— Так во время того голода люди жертвовали деньги, организовывали бесплатные столовые. Я где-то даже видела фотографию: Лев Николаевич Толстой в столовой для голодающих детей... И я помню, я тогда маленькая была, моя сестра Нина, и Саша Панкратов, и Максим Костин, и другие ребята ходили с кружками, собирали в пользу голодающих Поволжья, не скрывали, что в Поволжье голод, помогали.

— Тогда Ленин был, — сказал Михаил Юрьевич.

— Вот именно, — подхватила Варя, — а сейчас: «Спасибо товарищу Сталину за счастливую жизнь». Спасибо ему за право подыхать не на улице, а на вокзале. Сколько погибло овец и свиней, товарищ Сталин говорит открыто, а вот сколько погибло людей, сказал?

— Этого нет в докладе, — признался Михаил Юрьевич.

— Вот видите, о свиньях сказал, а о людях — нет. Свиней можно на кулаков списать, зарезали, мол, контрики, кулаки, а людей на них не спишешь, людей надо на себя принять. Вот вы статистик, Михаил Юрьевич, сколько у нас в стране погибло людей во время коллективизации?

— Никаких официальных данных нет и никогда не будет, мертвых не считали. Голодающие районы изолировали от остальной части страны.

— Неужели вы, статистики, не можете вычислить? Вы же сами сказали, что статистика — это наука.

— Да, — согласился Михаил Юрьевич, — статистика — это наука. И она позволяет довольно точно выяснить то, что скрывают официальные источники.

— Ну и что же получается?

— Видите ли... На XVII съезде товарищ Сталин назвал цифру населения на конец 1933 года в 168 миллионов. Эту цифру мы, статистики, товарищу Сталину не давали, в нас она вселила даже страх, нам было ясно, что говорить о приросте населения в 1933 году — значит говорить неправду. Наоборот, за 1933 год население страны уменьшилось — голод, высокая смертность населения, особенно детская смертность. Даже в городах, где положение с продовольствием было гораздо лучше, число рождений уступало числу смертей.

За дверью раздался голос соседки Гали:

— Михаил Юрьевич, чайник ваш вскипел.

Варя встала.

— Я погашу. Может быть, вам чай приготовить?

— Нет, спасибо, я не хочу. Откровенно говоря, забыл про чайник... Но может, вы попьете чайку?

— Я уже пила у Софьи Александровны.

Варя вышла на кухню, вернулась, снова забралась в кресло.

— Да, так вот, — сказал Михаил Юрьевич, — как же у товарища Сталина получилось 168 миллионов? Я вам объясню. Известно, что во второй половине 20-х годов, когда нэп поднял уровень жизни, население росло примерно на три миллиона в год. Эту цифру прироста товарищ Сталин механически перенес на начало 30-х годов. Он считал очень просто: последняя перепись населения была в 1926 году, население составило 147 миллионов человек. Прошло семь лет. Семь, умноженное на три, получается 21 миллион, 147 плюс 21 — равняется 168 миллионам. Вот такая статистика у товарища Сталина. В начале 1937 года предстоит новая перепись. Ежегодный прирост — три миллиона. Значит, в 1937 году население должно составить 177 миллионов. А наши руководители ожидают максимум 170 миллионов. Куда девались 7 миллионов человек, куда они исчезли? Я опытный статистик, Варя, и я вам скажу: перепись 1937 года не даст 170 миллионов. По моим расчетам, максимальная цифра составит 164 миллиона. Значит, прямые и косвенные потери составят 13 миллионов человек минимум — это умершие от голода, погибшие в ходе раскулачивания и потери от снижения рождаемости.

— Тринадцать миллионов, какой ужас! — задумчиво произнесла Варя. — А сколько Россия потеряла во время мировой войны?..

— Полтора миллиона...

— Полтора миллиона во время мировой войны и тринадцать во время коллективизации. За те полтора миллиона царя скинули, а за эти тринадцать миллионов кричат: «Спасибо товарищу Сталину за счастливую жизнь!..» Но все же непонятно, почему они умерли. Ну, пал скот. Но ведь хлеб сеяли, собирали, хлеб-то ведь был.

— Хлеба не было! В этом же докладе товарищ Сталин утверждает, что в 1933 году мы собрали 89,8 миллиона тонн зерна. Но это неправда. Мы собрали только 68,4 миллиона тонн, то есть на 21 миллион тонн меньше, чем утверждает товарищ Сталин, и намного меньше, чем в 27—29-м предколхозных годах. Кроме того, к 1933 году городское население увеличилось на двенадцать миллионов. Хлеб оно не производит, а кормить его надо. В 27—29-м урожайных годах вывезли за границу 2,5 миллиона тонн, а в 30—32-м неурожайных годах — почти 12 миллионов тонн. Такого экспорта наша страна не знала.

— Люди умирали с голоду, а хлеб вывозили за границу?!

— Да. Нужна валюта для закупки западной техники. Индустриализация!

— Хлеб у крестьян просто отбирали, — сказала Варя, — мне рассказывали, отбирали милиция, военные части, ОГПУ. За несдачу хлеба крестьян судили как за саботаж, конфисковывали имущество и высылали.

Они помолчали.

— Да, — сказал наконец Михаил Юрьевич, — забирали подчистую, обрекали людей на голодную смерть... В этом,

Варя, вы правы... Ну а раскулачивание? Ведь раскулачивали не только кулаков, но и середняков и даже бедняков, которых называли нелепым словом «подкулачники». По моим самым осторожным расчетам, у нас раскулачили минимум десять миллионов человек, повторяю — минимум. В подавляющем своем большинстве они высланы на Север и в Сибирь. Многие из них, конечно, погибли.

— Все это чудовищно, — сказала Варя, — и все это скрывается от народа.

— Ну, — улыбнулся Михаил Юрьевич, — чего вы захотели! — И снова взял в руки бутылочку с клеем.

— Неужели нельзя проводить индустриализацию страны без таких жертв?

— Думаю, можно. К двадцать второму году после мировой и Гражданской войн страна была совершенно разорена. Заводы пустовали, оборудование растащили на зажигалки. И за пять лет — с 1922 по 1927 год — все было восстановлено, поднялось из руин, и промышленность, и сельское хозяйство, и транспорт, без человеческих потерь, без массовых смертей, голода, высылки, расстрелов. Оказывается, промышленность можно развивать без всяких эксцессов. На это и была рассчитана новая экономическая политика. А сейчас, сейчас, очевидно, изменились обстоятельства. Это все вопросы большой политики. — Он посмотрел на Варю. — Цифрами, которые я называл, вам не следует оперировать.

— А почему? Ведь эти цифры назвал товарищ Сталин.

— Товарищ Сталин говорил только об уменьшении поголовья скота. О людских потерях ничего не говорил. Это мои частные расчеты. И пожалуйста, нигде их не повторяйте, забудьте их.

— Не беспокойтесь, Михаил Юрьевич, я никому о ваших расчетах рассказывать не буду. Буду говорить только о том, о чем говорил товарищ Сталин, об уменьшении поголовья скота.

— И об этом не следует говорить!

— Почему? Ведь это говорил сам Сталин.

— То, что позволено говорить Сталину, не позволено говорить простым смертным. Сталин называет цифры, чтобы бороться с недостатками. Но то же самое в ваших устах будет звучать как смакование недостатков. К тому же Сталин говорил о великих достижениях в других областях, вы же эту тему не будете развивать, как я понимаю, и вас обвинят в односторонности.

— А товарищ Сталин говорил не односторонне?

— Что вы имеете в виду?

— О коровах и лошадях говорил, а о людях нет! На тринадцать миллионов людей больше, на тринадцать миллионов меньше, подумаешь! Сдохли, и все!

Михаил Юрьевич сложил свои инструменты, завязал папку, из которой брал газеты, озабоченно посмотрел на Варю.

— Мы живем в трудное, жесткое, даже жестокое время. Мы попали на великий перелом истории России, что делать, мы не выбираем себе день, месяц и год рождения. И мы обязаны считаться со временем. Это не значит, что мы должны приспосабливаться, подличать, лгать, предавать, но это значит, что мы должны быть осторожны, не произносить слова, которые могут быть гибельны для нас и наших близких. Разве Саша — плохой человек, разве, будем говорить прямо, не советский человек? А что с ним сделали? За шалость в стенной газете, за то, что вступил в спор с преподавателем чего? Бухгалтерии... Стоит ли эта стенгазета вместе с преподавателем того, на что обрекли Сашу, сломав ему жизнь? Он мог не выпускать такой стенгазеты, мог не спорить с преподавателем бухгалтерии и остаться при этом честным и порядочным человеком. Так же и вы. Будете развивать эти темы, вашу жизнь сломают так же, как и Сашину, более того: теперь тремя годами ссылки не обойдешься. Теперь другие сроки, другая мера наказания. Я вас призываю к осторожности.

Варя молчала. Да, Михаил Юрьевич прав, он боится за себя, за нее, страх владеет всеми. Но тогда не надо говорить высоких слов о морали и нравственности, потому что бояться говорить правду безнравственно и аморально.

Ей не хотелось спорить с Михаилом Юрьевичем, но и удержаться она не смогла:

— Михаил Юрьевич, вот вы сказали, что мы не должны изменять принципам морали и нравственности. А если рядом умирают от голода люди, а мы им не помогаем, молчим, делаем вид, что ничего не происходит, — это мораль-но, это нравственно?

Михаил Юрьевич снял пенсне, протер его кусочком лайки. Взгляд его был растерянный и беспомощный, как у всех близоруких людей, когда они снимают очки. Варе стало жаль его.

— Михаил Юрьевич, — сказала она, — я не хотела вас обидеть, и, если обидела, ради бога, извините меня, прос-тите. Мне важно все уяснить для себя. И вывод, по-види-мому, таков: не надо делать зла, но и добра делать нельзя.

Михаил Юрьевич посмотрел на нее.

— Нет, вы меня неправильно поняли. Потребность со-вершать добро, слава богу, неискоренима в человеке, и его надо совершать, и даже без оглядки. Я призываю вас к дру-гому: *не болтать*. Подальше от политики, Варя, подальше. Вы видите, во что все это оборачивается. Людей, совер-шивших революцию, руководивших государством, судят и расстреливают как убийц, террористов и шпионов. Подаль-ше от этого, Варя. Вы любите свою работу, свою учебу, за-нимайтесь этим. Все остальное не для вас.

16

Сталин расхаживал по кабинету. Ягода и Ежов сидели друг против друга по обеим сторонам стола. Перед Ежо-вым, как всегда, лежал большой блокнот, у Ягоды блокнота не было, и он никогда ничего не записывал, все запоминал.

Сталин прохаживался молча, искоса поглядывая на хму-рое лицо Ягоды. Недоволен присутствием Ежова. А почему недоволен? Ежов секретарь ЦК, ведающий административ-ными органами, в том числе и Наркомвнуделом, должен быть в курсе партийного поручения, которое дается Ягоде. Более того, Ежов будет контролировать выполнение этого поручения. Ягода привык к тому, что ОН разговаривает с ним с глазу на глаз. Ягода хочет быть ЕГО *сообщником*. Но ЕМУ сообщники не нужны, ему нужны исполнители.

— Девять лет Зиновьев и Каменев каются в своих гре-хах, — наконец заговорил Сталин, — поливают себя гря-зью, просят прощения. Они приняли на себя моральную ответственность за убийство товарища Кирова и осуждены за это. Почему приняли? Зачем приняли? Чтобы сохранить жизнь. Таким путем они решили увильнуть от настоящей, от истинной ответственности. Они думали о себе, о том часе, когда они сумеют взять реванш. Нет! Пусть окончательно разоружатся, пусть *наконец* по-настоящему помогут партии.

Он замолчал, продолжая прохаживаться по кабинету. Потом заговорил снова:

— Верхушка социалистов все теснее смыкается с фашизмом, превращая свои партии из социал-демократических в социал-фашистские. В этих условиях неизбежен отход от социалистов наиболее сознательных рабочих. Они должны будут двигаться к нам, в нашу сторону. Кто стоит на их пути? На их пути стоит Троцкий, стоят троцкисты и троцкизм. Троцкий сколачивает IV Интернационал, собирает вокруг себя силы, враждебные нашей партии, нашей стране, клевещет, поливает нас грязью, отталкивает от нас левеющих рабочих-социалистов, передовую интеллигенцию, народно-освободительные движения колониальных стран. Кому это выгодно? Это выгодно английскому и французскому империализму, германскому фашизму, японскому милитаризму. Вот на кого работает Троцкий. Всю жизнь боролся с большевистской партией, борется и сейчас. И партия всю свою историю боролась с Троцким, будет бороться и сейчас. Пусть Зиновьев и Каменев помогут партии в этой борьбе, пусть делом докажут свою преданность партии.

Сталин замолчал, стал опять прохаживаться по кабинету. Ягода и Ежов тоже молчали.

— Кому оказалось выгодным убийство Кирова? Троцкому. Кому нужно было убийство Кирова? Троцкому. Почему это выгодно Троцкому? По двум причинам. Первая — показать миру непрочность внутреннего положения в Советском Союзе, ободрить японских милитаристов, германских фашистов, английских и французских империалистов. Вторая — направить внутреннюю контрреволюцию в СССР на путь террора как на единственный путь борьбы с советской властью. Вот пусть Зиновьев и Каменев и их сторонники... — В этом месте Сталин сделал паузу и внушительно повторил: — И их сторонники разоблачат Троцкого как организатора убийства Кирова, как организатора и вдохновителя террора против советской власти, против руководителей советской власти. Многого от них не требуется: признать, что Троцкий приказал убить Кирова, приказал готовить террористические акты против руководителей партии и правительства. Кому приказал? Их организации, объединенной организации троцкистов и зиновьевцев, назовем ее, скажем, «Объединенный центр»... Хорошее название. В Ленинграде был «Ленинградский центр», а это будет «Объединенный центр», центр, объединяющий троцкистов и зиновьевцев и подчиненный Троцкому.

Ежов сделал пометку в блокноте. Сталин покосился на него, отвел взгляд и продолжал:

— Безусловно, чтобы придать весомость и убедительность показаниям Зиновьева и Каменева, придется посадить рядом с ними на скамью подсудимых и троцкистов. И чем больше троцкистов, тем лучше. И чем крупнее и известнее эти троцкисты, тем еще лучше. Я думаю, что найти таких троцкистов будет нетрудно. Их много в тюрьмах и лагерях. Пусть валят все на Троцкого, пусть проклинают Троцкого, Троцкий — злейший враг нашего государства, это всем хорошо и давно известно.

Он снова молча прошелся по комнате, затем продолжил:

— Конечно, с кадровыми троцкистами будет трудно. Там публика покрепче. И за спиной нет многих лет покаяний, не били себя в грудь, не признавали ошибок, как Зиновьев и Каменев. К тому же много лет сидят в тюрьмах и лагерях — этим и будут оправдываться, тюрьмой и лагерем будут доказывать свое алиби. Не докажут. Никакая тюрьма, никакой лагерь не доказывают алиби. Опыт революционного, как, впрочем, и контрреволюционного, движения показывает, что, находясь в тюрьме, можно вполне участвовать в революционной или, наоборот, контрреволюционной работе, можно давать директивы своим сторонникам, можно вести переписку со своими лидерами.

Что-то неуловимое пробежало по лицу Ягоды, но Сталин это заметил... Не нравится Ягоде, не согласен Ягода, мол, какое может быть сравнение между прежними, царскими тюрьмами и сегодняшними, где и муха не пролетит... Мол, свое ведомство Ягода знает и за свое ведомство отвечает... А вот товарищ Сталин, мол, не знает, живет старыми представлениями.

Глядя на Ягоду, с нажимом в голосе Сталин повторил:

— Можно вести переписку. Вполне можно. И ведут, между прочим. Конспираторы там опытные, тот же Смирнов, тот же Мрачковский... Мрачковскому, я вообще думаю, надоело сидеть, человек он малообразованный, но деятельный, почитает себя большим военным стратегом.

Ежов аккуратно записывал в блокнот.

— В общем, — заключил Сталин, — если вы из тюрем и лагерей привезете несколько сот троцкистов, то найдете из них человек двадцать—тридцать, которые поймут бесперспективность своей борьбы против партии, поймут, в какое болото затянул их Троцкий, захотят честным признанием вырваться из этого болота. Конечно, задача не из легких. Но у аппарата НКВД не бывает легких задач. Борьба с врагом — это трудная, но почетная работа. Выполняя эту задачу, чекисты должны понять, что выполняют ответственное партийное поручение.

Он остановился перед Ягодой, медленно и внушительно произнес:

— Партия располагает неопровержимыми доказательствами, что Троцкий ведет оголтелую подрывную работу против Советского Союза. Органам дознания остается только одно: заставить участников «Объединенного центра» признать свое участие в террористической деятельности, в частности в убийстве товарища Кирова... — Он сделал паузу, не сводя с Ягоды мрачного взгляда. — Не признаться они не могут, ибо это соответствует фактам. Непризнание ими фактов грозит им самыми тяжелыми последствиями.

Ягода и Ежов вышли из кабинета.

Сталин остался один.

Недовольство Ягоды присутствием Ежова не было случайным. За этим недовольством стоит нечто большее, чем просто соперничество. Понял, что ОН не считает его сообщником. Понял, что ЕМУ нужны не сообщники, а исполнители. Понял, что за все свои действия будет отвечать сам, никто с ним ответственности разделять не намерен.

Сегодняшняя демонстрация Ягоды не первая и не единственная. Не скрывает своей симпатии и сочувствия Медведю и Запорожцу. Отправил их не в арестантском, а в специальном вагоне прямого назначения. Перед отправкой вызывал к себе, беседовал.

Зачем вызывал, о чем беседовал?

Успокаивал. Потерпите, мол, ребята, все образуется, так уж получилось, не по нашей вине получилось. ОН настоял, но мы вас в обиду не дадим.

Почему разрешают жене Медведя ездить к мужу туда и обратно? Зачем это демонстрируется у всех на глазах?

Начальник транспортного отдела НКВД Шанин послал Запорожцу два альбома пластинок старинных русских песен. Зачем послал? Утешить друга, попавшего в беду? Запорожец не может прожить там без этих пластинок?

Даже Паукер, начальник ЕГО личной охраны, фигляр и трус, парикмахер из Будапешта, и тот осмелился послать Запорожцу радиоприемник. Сочувствуют, попал, мол, наш Ваня ни за что ни про что... В их работе не должно быть места жалости. Обошелся бы Запорожец и без пластинок, и без приемника, живет там великолепно, и жена Медведя могла бы жить рядом с мужем, а не раскатывать взад-вперед.

Все это демонстрация того, что работники НКВД *своих* в обиду не дадут, хотят показать ему, что они друг за друга, где бы они ни находились. Неужели не понимают, что мог ОН сделать с Медведем и Запорожцем, *не уберегшими* члена Политбюро?

Мог расстрелять. И надо было расстрелять. А ОН их послал на руководящую работу, фактически в санаторий, одного на два года, другого на три. Вот они и решили, что они ЕГО соучастники, что ОН их боится, что ОН у них в руках. И демонстрируют свою силу, независимость и недовольство. Это зачатки заговора, нового заговора, «чекистского заговора».

Ягода и аппарат НКВД выполняют ЕГО волю. Пока. И только пока. И потому Ягоду и его аппарат придется сменить. Ягода пошел на борьбу с врагами внутри партии, и его аппарат на это пошел. Но только с теми, кто официально участвовал во фракционной работе: с троцкистами, зиновьевцами, сапроновцами, возможно и с правыми, впрочем, насчет правых сомнительно. Но дальше они не пойдут, в предстоящей кадровой революции они не помощники; в сущности, основные кадры НКВД — это еще старые чекистские, то есть партийные, кадры — считают себя «идейными», свою борьбу с врагами — «идейной борьбой». А они не более как исполнители и охранители.

Но сейчас их еще рано менять. Пусть добьют Зиновьева с Каменевым — это они сделают, на это они уже пошли, и это в их силах, троцкистами и зиновьевцами они занимаются давно, знают их кадры, процесс подготовят.

Сам же процесс проведет Вышинский — этот сумеет. А за это время Ежов, куририруя НКВД как секретарь ЦК, войдет в курс дела и сразу после процесса сменит Ягоду и приведет людей, которые сменят аппарат Ягоды. Удар будет неожидан. И есть противовес — армия. Временный противовес, но пока противовес.

Любая армия ненадежна, если хоть на одно мгновение ослабить бдительность, если хоть чуть-чуть ослабить вожжи. Все дворцовые перевороты совершены армией, или, правильнее сказать, верхушкой армии. А верхушка армии всегда ненадежна. Нынешние военные кадры еще менее надежны, чем кадры НКВД. Много там затаившихся сторонников Троцкого, много работавших с ним, когда он был наркомвоенмором, для многих он часть их «героического» прошлого. Они считают себя героями Гражданской войны, в душе не признают роли и значения товарища Сталина в Гражданской войне, ненавидят его.

У НЕГО до сих пор переворачивается сердце, когда ОН вспоминает этого подонка, негодяя Шмидта. На XV съезде партии Шмидт поддерживал оппозицию. После дискуссии, когда ОН, Сталин, выходил из Кремля, Шмидт подошел к НЕМУ, разукрашенный, как попугай, в черной черкеске с наборным серебряным поясом, в папахе набекрень, и как бы шутя, как бы даже ласково, по-панибратски стал осыпать его казарменными ругательствами.

Все расценили это тогда как грубую солдатскую шутку, не носящую политического характера, мол, позабавился старый вояка, член партии с 1915 года, еще в мировую войну получивший четыре Георгиевских креста, а в Гражданскую войну — два ордена Красного Знамени.

Но Сталин расценил это вовсе не как шутку, а если и шутку, то такую шутку, которая отражает отношение к НЕМУ, Сталину, всех этих зазнавшихся «героев» Гражданской войны.

Теперь Шмидт командует танковой бригадой у Якира, друг Якира и Примакова, бывшего командира червонного казачества, а Туровский, бессменный начальник штаба у Примакова, — родственник Шмидта: женаты на сестрах. Вот какое гнездо опекает Якир, вернейший соратник Тухачевского.

Пока они помалкивают, а если и признают ЕГО роль в Гражданской войне, то выдавливают слова сквозь зубы. На эти кадры и опирается Тухачевский — потенциальный Бонапарт, царский офицер, из честолюбивых замыслов примкнувший к революции.

Тухачевский и его сподвижники никогда не забудут своего поражения под Варшавой в двадцатом году, которое они пытались свалить тогда на товарища Сталина. Даже Ленин косвенно их поддержал своей ехидной фразой: «Ну кто же на Варшаву ходит через Львов?»

Но Ленин всегда был слишком доверчив, видел в Тухачевском честного, преданного революции военного специалиста. И Троцкий поддержал Тухачевского, думал на его плечах дойти до Берлина. Это была авантюра — легкомысленная, опасная, чреватая самыми пагубными последствиями для судеб советской власти. Из Варшавы явился бы новый Юлий Цезарь, новый Бонапарт. Такого шанса Тухачевскому нельзя было давать, и ОН такого шанса ему не дал. И тем самым сохранил советскую власть и Советское государство.

Тухачевский затаился, ушел якобы в военную науку, пишет военные труды, никогда не состоял в оппозициях, шел, видите ли, своим путем, ставку делал только на самого себя, независимый военный профессионал, чуждый политических распрей, способный в нужный момент навести в стране порядок, спасти идеалы революции, то есть спасти советскую власть от НЕГО, Сталина, — вот его конечная цель, вот его главная задача! Себя самого он видит в роли диктатора.

Политорганы также ненадежны, в них еще больше троцкистов, чем в командном составе. И армия по-прежнему крестьянская, а после коллективизации и раскулачивания это контингент малонадежный. Сейчас и рабочие на три четверти дети бывших кулаков и подкулачников.

Одним Тухачевским, конечно, не обойтись. Надо уничтожить все потенциально опасные силы в армии. Главные: Тухачевский, Якир, Уборевич.

Конечно, это известные люди. Сегодня известные. А завтра кто их вспомнит? Забудут или будут помнить как шпионов и предателей. Это тройка единомышленников, за ней потянутся другие, потянется почти весь командный состав. Армия это выдержит. За 3—4 года подрастут новые командные кадры. Для войны не обязательны академики, тем более академики царской школы.

Кто командовал армиями, дивизиями, бригадами в Гражданскую войну? Фрунзе, Буденный, Ворошилов, Пархоменко, Лазо, Киквидзе, Щорс, Котовский. Первый Главнокомандующий Крыленко — кто он? Прапорщик. Наркомвоенмор Троцкий? Журналист.

Кто были маршалы Наполеона? Булочники и мясники.

Война проста. ОН всю Гражданскую войну провел на фронте, а до этого даже не служил в армии.

Смена командного состава никакого ущерба армии не нанесет. Младшие командиры станут старшими, старшие — высшими, всем этим они будут обязаны ЕМУ, и только ЕМУ, это будет ЕГО армия. Вместе с уничтоженными командирами уйдут в небытие и все мифы Гражданской войны, будет создана новая история Гражданской войны, истинная история Гражданской войны, в которой будет правильно и достойно отражена ЕГО роль.

Тухачевский разрабатывает новую военную доктрину, формирует теорию «глубокой операции» в противовес тому, что он называет «позиционным тупиком». А ведь каждое государство укрепляет свои границы. Именно поэтому мировая война и была позиционной войной. И будущая война будет позиционной. Не случайно французы построили на границе с Германией линию Мажино, почти в 400 километров длиной, и продолжают ее совершенствовать. Что же, французские военные теоретики глупее Тухачевского? Что же, генерал Вейган понимает меньше Тухачевского? Тот самый генерал Вейган, который погнал

Тухачевского из-под Варшавы. Вейган строит линию Мажино, готовится к позиционной войне, а Тухачевский ее отрицает, утверждает, что война сразу же, на первом ее этапе, начнется с глубокого прорыва в тыл противника.

Для чего нужна Тухачевскому такая теория? Для того, чтобы в нужный момент сосредоточить под своим командованием крупные ударные группировки войск и двинуть их в нужном ему, Тухачевскому, направлении. Вот такую войну готовит Тухачевский. Во всех своих лекциях и на разборах Тухачевский утверждает, что потенциальный враг — Германия. Безусловно, Тухачевский ненавидит Германию. Ненавидит лично — был в плену, пять раз бежал, и только в пятый раз успешно. Ненавидит традиционно, как бывший царский офицер, их немцы били в прошлой войне... И, как старый царский офицер, видит во Франции естественного противника Германии и естественного союзника России. Не может и не хочет понять, что поражение Германии в мировой войне изменило ситуацию. Для Германии главные враги — это те, кто закабалил ее Версальским договором, Франция и Англия.

Что бы ни говорил Гитлер, что бы ни писал в «Майн кампф», что бы ни декларировал, — это все блеф... Угрожая Востоку, Гитлер усыпляет бдительность Франции и Англии. Потенциальный союзник Германии не Франция, не Англия, а Советский Союз. Потенциальные противники Советского Союза — Франция и Англия. Франция за влияние в Европе, Англия за влияние в ее азиатских и африканских колониях.

Своей позицией Тухачевский толкает Германию в объятия Франции и Англии, объективно способствует блоку этих трех стран против Советского Союза. Тухачевский провоцирует военную ситуацию, для этого и готовит себе армию, которую в подходящий момент использует для военного переворота.

Осуществим ли военный переворот? Безусловно, осуществим. Имея в своем подчинении армию, опираясь на верных ему военачальников типа Уборевича, Якира, Белова и других, используя недовольство крестьянства, недовольство сменяемого аппарата, демагогически провозглашая защиту революции от «сталинской диктатуры», он может совершить переворот, перебив, перестреляв в ходе переворота все преданные ЕМУ кадры, перед кровью Тухачевский не остановится — подавления Кронштадтского и антоновского мятежей это доказали.

Ладно, пусть тешат себя такими надеждами. Надо будет назначить Тухачевского *первым* заместителем наркома, пусть почувствует доверие, пусть думает, что товарищ Сталин ни о чем не догадывается.

Но монолит следует разрушить, армию надо расслоить, ввести воинские звания, как это было в царской армии, как это существует во всех армиях мира. Введение воинских званий отделит командный состав от рядового, а сам командный состав разделит на многие категории, это направит честолюбивые устремления офицерства не на мысли о положении в стране и партии, а на мысли о своем собственном положении внутри армии.

Самым главным — Ворошилову, Буденному, Блюхеру, Егорову, Тухачевскому — дать звания маршалов, последующим — генералов. Пожалуй, звание «генерал» преждевременно: слишком ассоциируется с царским генералитетом. Слово «маршал» идет откуда-то оттуда, от французской революции, от Наполеона, в царской России такого звания не было, фельдмаршал был, а маршалов не было. Вместо генералов — командармы, комкоры, комдивы, комбриги, а уже ниже можно, как было в царской армии: полковник, майор, капитан, поручик. Поручик тоже что-то белогвардейское. Скажем, лейтенант или что-нибудь в этом роде. Пусть Егоров с Тухачевским подумают. Они эти звания хорошо знают. Еще по службе в царской армии.

Для разных категорий командного состава установить разные оклады, высокие оклады, разработать систему привилегий: дополнительную оплату за срок службы, большие пенсии, построить жилые дома для комсостава, клубы и тому подобное — это еще больше отделит армию от народа, народ никогда не жаловал офицерства. Можно даже ввести новую форму для комсостава, чтобы выделялись. Отменить все ограничения для казаков, восстановить форму казачьих соединений.

Казаки особенно недовольны коллективизацией, привыкли к своей сословности, а их превратили в обыкновенных колхозников, вот и надо восстановить традиционную форму донских, кубанских, терских и иных казаков, пусть носят свои лампасы, околышки, кубанки — это удовлетворит их самолюбие и еще больше разделит народ. Надо показать армии, что ОН любит, пестует ее, полностью ей *доверяет*. И командному составу прежде всего.

Все это нейтрализует армию на то время, пока будет происходить смена аппарата НКВД. А потом, опираясь на новый аппарат НКВД, надо будет нанести быстрый и решительный удар по военным кадрам, по Тухачевскому и его компании, по так называемым героям Гражданской войны. Эти «герои» никому не нужны.

Конечно, романтика Гражданской войны — это капитал. Он нужен для воспитания молодежи. «Чапаев» оказался хорошим фильмом; говорят, даже дети играют в Чапая.

Пусть создают побольше фильмов о героях Гражданской войны, но не о ныне живущих, а о погибших: Щорсе, например, Котовском, Пархоменко, Лазо, Киквидзе. Только так! О живых никаких фильмов. Неизвестно, что будет с живыми! Серафимович — хороший писатель, «Железный поток» — популярная повесть, однако главным героем сделал реальное лицо — тогдашнего командира таманцев Ковтюха, бывшего штабс-капитана царской армии, лицо сомнительное во всех отношениях.

Сейчас главная задача — использовать факт убийства Кирова. Для начала открытый троцкистско-зиновьевский процесс, большой процесс, вытащить на него побольше народа. И всех расстрелять.

Этот процесс положит начало уничтожению всех врагов, активных, притаившихся и потенциальных, потянет за собой другие процессы — открытые и закрытые, положит начало кадровой революции.

Киров, Киров, Киров! Эту жертву народ не должен забывать, эту жертву народ должен помнить и должен мстить и мстить за нее. Надо глубоко внедрить в душу, в сознание народа любовь к Кирову, народ не должен забывать о нем ни на минуту.

Нужно выпускать книги о Кирове, фильмы о Кирове, называть его именем города и села, фабрики и заводы, музеи и театры. Все должно напоминать народу Кирова — он должен стать реликвией, вечной болью, народной незаживающей раной. Эту рану надо бередить и бередить, она должна служить народу вечным напоминанием о врагах, которых надо истреблять и истреблять.

Все соратники Кирова по работе в Ленинграде были уничтожены.

Члены бюро Ленинградского обкома партии, они же члены или кандидаты в члены ЦК ВКП(б): Чудов, Кодацкий, Алексеев, Смородин, Позерн, Угаров, Струппе — были расстреляны в 1937—1939 годах.

Также были расстреляны большинство членов Ленинградского обкома и горкома партии, Комиссии партийного контроля.

За пять лет, с 1933 по 1938 год, Ленинградская партийная организация уменьшилась вдвое.

На XVII съезде партии Киров возглавлял делегацию от ленинградской партийной организации в составе 154 человек, включая Сталина, Андреева и Шкирятова. Из них на XVIII съезде в 1939 году делегатами оказались только трое: И. В. Сталин, А. А. Андреев и М. Ф. Шкирятов.

17

Приближалась осень 1935 года, вторая осень Сашиной ссылки. Коровник закончили, и работы у Саши опять не было. Пойдет по реке шуга, и он, и без того одинокий, будет совсем оторван от мира. Зарядили осенние дожди. Деревня казалась безлюдной, собаки и те попрятались. Саша перечитывал старые газеты, старые журналы, знал их наизусть.

Летом 1935 года Зида уехала на каникулы к дочери, но к 1 сентября не вернулась, в школу прислали другую учительницу. Значит, уехала навсегда, исчезла из его жизни. Только уже зимой Саша получил от нее письмо. «Прощай, Саша, спасибо за все, что ты мне дал. Желаю тебе свободы и счастья... Вспоминай иногда обо мне...» И есенинские строки: «Но тебя я разве позабуду! И в моей скитальческой судьбе близкому и дальнему мне люду буду говорить я о тебе».

Письмо без обратного адреса, штамп на конверте неразборчив. В общем, исчезла. Почему? Из-за дневника? Но он ведь искренне раскаялся тогда, попросил прощения, их отношения как будто наладились, и все же, видно, рубец остался. И Варя. Саша думал о ней, Зида это чувствовала, хоть вида не показывала, не ревновала. Может быть, другое: видела — ссылку с Ангары уводят, уведут и Сашу; может быть, не хотела, чтобы это было при ней, и сама уехала, не вернулась. Правильно, наверно, поступила.

Письмо Сталину Саша не отсылал. Он всегда считал себя политиком: комсомольский вожак, мечтал когда-то поступить в Свердловский коммунистический университет. А какой он политик? Политика — это совсем не то, что представлял он себе в юности: нечто простое, прямолинейное, честное, идейное, без интриг и обмана. Наивный дурачок, потому и попал сюда. Будь он настоящим политиком, ловким, гибким, сообразил бы, что в праздничном номере стенгазеты нельзя не упоминать имени товарища Сталина, нельзя под портретами ударников учебы помещать эпиграммы на них, нельзя конфликтовать с преподавателем по бухгалтерии, если тот прикрывается марксизмом-ленинизмом. И если тебя вытащили на партийное собрание, то надо каяться и признавать свои ошибки. И после того как Сольц его восстановил, не надо было конфликтовать с Баулиным и Лозгачевым. Настоящий политик знает, что надо и что не надо, что можно и чего нельзя. Мог прекрасно жить, свято верить в идею, как верят в нее миллионы людей, работать, заниматься своим делом, опять же, как занимаются своим делом миллионы людей, верящих в коммунизм и не лезущих в политику. Политика — это не для него, политики честолюбивы, стремятся к власти, к сохранению власти, это неизбежно ведет к политиканству, к интригам, озлоблению, лжи, вероломному уничтожению противников, о чем свидетельствует последний процесс. Он пошел в технический вуз вместо гуманитарного, исторического, ведь любил, знал историю, но разве может историк активно участвовать в социалистическом строительстве? Старинный документ, найденный историком и принесший ему славу, чего стоит он по сравнению с кирпичом, положенным каменщиком в основание доменной печи? Документ — прошлое, домна — будущее, так рассуждал он всегда, убежденный, что материальные ценности имеют решающее значение для человечества вообще, а для России особенно: ее надо превратить из отсталой в передовую, из аграрной в индустриальную, мощную пролетарскую державу, оплот грядущей мировой революции. До архивных ли изысканий при этом?

Безусловно, без духовных ценностей человечество тоже не может существовать. Саша любил литературу, читал и по-русски, и по-французски, читал много, легко запоминал стихи, никогда не плакавший даже в детстве, мог прослезиться над пронзительной строкой.

Его сосед по квартире Михаил Юрьевич спрашивал:

— Саша, почему вы не пишете?

— Почему я должен писать?

— Человек пишущий привыкает грамотно, литературно выражать свои мысли. Умение писать — первый признак интеллигентности, раньше в классических учебных заведениях этому учили, хотя и не готовили писателей. Вспомните Царскосельский лицей. Не будь там рукописных лицейских журналов, литературных кружков, сочинения экспромтом стихов, даже повестей, эпиграммных стычек, то есть всего, что мы называем сейчас литературной самодеятельностью, я не уверен, имели бы мы Пушкина... Писательство, пусть даже для себя, развивает наблюдательность, воображение, фантазию, цивилизует человека. Мне кажется, вы совершаете большую ошибку.

Саша часто вспоминал Михаила Юрьевича. В его комнате он просиживал в детстве часами. Михаил Юрьевич подкидывал ему то одну книгу, то другую. Чистый, порядочный, прекрасный человек, несгибаемый в своих взглядах и убеждениях. Царское Село. Лицей. Саша усмехнулся — особенно актуально это звучало здесь, в ссылке, на Ангаре.

На Ангаре он не только не вел дневника, не делал даже записей в блокноте. Помнил адреса мамы, отца, Марка, маминых сестер, этого достаточно. У него и блокнота не было. Завтра придут с обыском — отвечай, кто есть кто, упоминание в его записной книжке может погубить человека.

Только бы не погибнуть в этой мясорубке. Только бы отпустили, когда закончится срок. Конечно, освободят с минусом, с запрещением жить в двадцати или тридцати городах, поставят отметку в паспорте, чтобы опять забрать при первом удобном случае. И придется обязательно заполнять анкету. Он может работать шофером, но на любой автобазе сидят кадровики, проверяют каждого, судимость не скроешь.

Значит, ни в учреждение, ни на предприятие поступать нельзя. Нужно найти что-нибудь такое, что позволит не заполнять анкет. Но что? Свободная профессия. Какая?.. Рисовать он не умеет, петь — голоса нет, в актеры — никогда не пробовал, к тому же в театре тоже заполняют анкеты. Зря он не научился у Феди играть на баяне, мог бы играть на танцплощадках, на свадьбах, перебивался бы как-нибудь... Но уже теперь поздно учиться, Федя скоро уезжает.

Псевдоним — вот что главное! Только под псевдонимом он скроется «от их всевидящего глаза, от их всеслышащих ушей». Но псевдонимы бывают только у писателей, у поэтов. А для этого нужен талант, а таланта у него нет. Михаил Юрьевич советовал ему писать, и в школе у них был литературный кружок, ребята читали свои стихи, рассказы. Саша не ходил туда, смешно читать беспомощные опусы, когда есть Пушкин и Толстой, Бальзак и Шекспир.

А вот на занятия исторического кружка ходил, вел его преподаватель истории Алексей Иванович Стражев, прекрасный преподаватель, умница, замечательный рассказчик. Они работали в кружке по темам. Саша выбрал историю Великой французской революции, Алексей Иванович хвалил его работы. Однажды даже пригласил к себе домой и долго разговаривал с ним по поводу Сашиного очерка «Сен-Жюст. Опыт политического и психологического портрета». Сказал, что со временем, если Саша будет серьезно заниматься этим периодом, он поможет публикации некоторых его работ.

Но Саша не стал заниматься историей, поступил в Транспортный институт, однако интереса к истории не потерял, почитывал, что попадалось под руку, а по Великой французской революции даже собирал книги, когда представлялась возможность что-нибудь купить. А теперь может пригодиться! Как хорошо, что он еще зимой попросил маму прислать ему эти книги... Вот они, лежат у него на столе. Книги Матьеза, Жореса, переведенные с французского, Лефевра и Кардела на французском, статьи Маркса, Энгельса, Ленина, относящиеся к Великой французской революции, книги Лукина, Тарле...

В сущности, материал у него есть. Конечно, исторические работы под псевдонимом не печатают, но если их беллетризовать, писать очерки или рассказы о Робеспьере, Сен-Жюсте, Дантоне, Марате, об убийстве Марата Шарлоттой Корде, о казни Людовика XVI и Марии-Антуанетты, о борьбе якобинцев с жирондистами, о взятии Бастилии, о создателе «Марсельезы» Руже де Лиле, о Мирабо, Лафайете... А трагическая судьба коммуниста-утописта Бабефа? Сколько имен, сколько событий, сколько революционной романтики...

У Саши не выходила из памяти повесть «Под знаменем башмака» Алтаева о Гуситских войнах. В детстве он читал ее с увлечением, так же как и другие его повести: «Освободитель рабов» — о Линкольне, «Черную смерть», «Под гнетом инквизиции»... Все это были исторические рассказы для детей из эпохи народных движений и революций. Потом, повзрослев, он понял, что повести Алтаева поверхностны, наивны, сентиментальны, но для детей занимательны по фабуле — действия исторического лица всегда интересны, узнал, что Алтаев — это псевдоним писательницы Маргариты Владимировны Ямщиковой. И вот всю жизнь прожила под псевдонимом и перерабатывала исторические сюжеты в занимательные книги для детей.

Может быть, и у него получится. Что-что, а историю он знает, умеет пользоваться историческими источниками, этому его научил Алексей Иванович.

И у него нет другого выхода.

Первый рассказ Саша начал писать о Сен-Жюсте. Хорошо или плохо у него получается, он не знал, но писал. Если при новом аресте, обыске найдут эти бумаги, он скажет: «Пишу очерки и рассказы для детей и юношества». Они, конечно, усмехнутся — выискался «писатель», но состава преступления тут нет, каждый имеет право писать рассказы. Они не антисоветские, наоборот, о революции, которую Маркс, Энгельс и Ленин оценивали очень высоко. Владимир Ильич Ленин называл ее великой революцией.

Главное — написать побольше. Основным расходом был теперь керосин, Саша писал до глубокой ночи и, встав рано утром, рвался к столу — в этих страницах его будущее, его свобода. По нескольку раз переделывал каждую страницу, каждую главу, а потом и весь рассказ. Окончательный вариант переписывал в двух экземплярах (копирки у него не было): один для себя, другой для мамы, мало ли что может с ним случиться, хоть рассказы сохранятся. Саша торопился, чтобы с первой зимней почтой отправить их маме. Но когда переписывал, опять что-то не нравилось, опять переделывал, казалось, этому не будет конца.

Первые свои рассказы о Великой французской революции Саша отослал маме только зимой 1936 года.

«Время свободное есть, вот и балуюсь пером. Только никому не показывай».

Захаживал Саша только к Феде.

В его тесной лавке стоял особенный москательно-бакалейный запах, уютный, приятный, наверное, потому, что отличался от опостылевших деревенских запахов. Прилавок — широкая плаха, с потолка свисают весы, похожие на коромысло, вдоль стен полки, на них табак, спички, кирпичный чай, пуговицы, нитки, в медных котелках дробь, куски свинца, в жестянках пистоны, порох, в синей бумаге головки сахара, тут же куски крестьянского сукна, ситца, молескина, на вбитых в стену гвоздях бусы, дешевенькие колечки, сережки, цепочки...

Каждая иголка, каждое колечко стоят денег — за всем надо уследить, за все отвечать, за все спросят. И все надо продать, сбыть, пока не испортилось, не залежалось, не протухло, не вышло из цены — наедет ревизор, корми его, пои, заливай глотку спиртом и в дорогу дай... Федино рвение тоже было уютным — он *хозяйствовал*. Себя Саша не представлял за прилавком, но мальчишкой любил толкотню Смоленского рынка. В начале двадцатых годов в Москве было голодно, и он с мамой уезжал на лето к дедушке, в маленький городок на Черниговщине, и там Саша тоже любил потолкаться по пестрому, живописному украинскому базару.

Федя встречал Сашу радушно, времени для общения было достаточно — товар ему уже не завозили. С первой санной дорогой в Мозгову прибудет новый продавец, а Федю зачислили на курсы в Красноярск, с 1 января тридцать шестого года начнет учиться и через два года станет председателем райпотребсоюза, а поглянется начальству — оставят в Красноярском краевом потребсоюзе.

— Теперь округа ликвидировали, знаешь? На области перешли и на края. Область, значит, где одни русские живут, а край — где, кроме русских, живут и другие *нации*: тунгусы — по-нынешнему эвенки, хакасы, долганы, ненцы, оттого и зовется *край*. Все будет ладно! Чё мне тут делать? Нету ходу! В райпо из продавцов не выгребешь, сверху все присылают обученных. И кого видишь в Мозгове, никого не видишь, торговать не с кем, что мне тута делать? Сидеть, носом клевать... Ушла белка, пропала охота, денег, однако, ни у кого нет. Отец и мать помрут скоро. Мария замуж вышла... Лариска? А пошто мне Лариска, разводка? В Красноярске жену себе подберу городску, не деревенску, образование, чтобы на людях показаться не в зазор.

Так рисовал себе свою блестящую будущность Федя, нисколько не смущаясь тем, что перед ним человек, который остается в ссылке и не знает, что его ждет после ссылки. В Феде была твердая убежденность в справедливости устройства мира. Так, значит, положено: одни идут наверх, другие — вниз, третьи остаются на своих местах, каждый должен довольствоваться тем, что ему определено. А если каждый будет лезть в начальники, то произойдет полный беспорядок. Порядок тогда, значит, когда начальники сами определяют каждому его место.

Поражало в Феде еще и другое. Саша раньше встречался с сельскими комсомольскими активистами, никто из них не думал о карьере, о личных выгодах, были преданы общему делу, интересы партии были для них единственными. Для Феди же единственными были интересы собственные, он искренне считал это само собой разумеющимся. Откуда такое? Неразвитость, малограмотность или признаки чего-то нового, новый тип активиста, черты которого

Саша уже видел в Лозгачеве и Шароке, они казались ему тогда единичными, а они, оказывается, приобрели массовый характер, создается новый общественный тип.

Но, кроме Феди, здесь не с кем было общаться, и Саша принимал его таким, каков он есть.

Сидели они обычно в кладовке, выпивали. Иногда Федя брал гармонь и, подыгрывая себе, пел:

В одном прекрасном месте,
На берегу реки,
Стоял красивый домик,
В нем жили рыбаки.

Там жил рыбак с женою
Рыбачьим трудом,
У них было три сына —
Красавцы — хоть куда.

Один любил крестьянку,
Другой — партийную,
А третий — молодую
Охотника жену.

В этом месте Федя замолкал, делал таинственное лицо, подмигивал Саше...

Охотник в лес собрался
За белкою идти,
С цыганкой повстречался,
Умела ворожить.

Раскинула все карты,
Боялась говорить:
«Твоя жена не верна —
Король бубен лежит.
А тут ей — и могилка,
Шестерка говорит».

Охотник разволнован,
Цыганке уплатил.
А сам скорей на лошадь
И к дому поспешил.

Он к дому подъезжает
И видит: у крыльца

Жена его в объятьях,
Целует рыбака.

Он снял с себя винтовку
И стрелял в рыбака.
Рыбак упал на землю
И кровью залился.

Когда над дверью звонил колокольчик, Федя выходил в лавку ненадолго, не болтал лишнего с покупателями, предпочитал сидеть с Сашей. Если задерживался, значит пришел сам Иван Парфенович, председатель колхоза. Но Иван Парфенович обычно торопился, угрюмый, озабоченный мужик. На Сашу не обращал внимания, но и ничего плохого ему не делал — Саша для него не существовал. Существовал только колхоз. Надо возобновить разрушенное земледелие, а пашни уже заросли молодым лесом, надо снова корчевать, а мужиков нет — разбегаются мужики по городам... Надо чего-то давать колхозникам на трудодни, а давать нечего. Саша видел бесплодность его усилий, жалел, хотя, конечно, *того* случая не забывал и держался с ним настороженно. А вот Федя отзывался об Иване Парфеновиче хорошо.

— Резонный мужик, и тебе работу дал.

Наконец Федя объявил, что вечером поедут они с Сашей лучить рыбу.

— Водяная трава легла на дно, просветлела вода-та, не ушла еще рыба вглыбь, и ночь сёдни должна быть тихой, темной, авось не вызвездит. Поспи после обеда, чтобы не дремать ночью в лодке, а как солнце на вечер повернет, приходи, поможешь лодку оборудовать. Кепку с козырьком надень.

Саша спать не лег, никогда днем не спал, засветло вернулся к Феде, они снесли в лодку *козу* — род жаровни, *смолье* — сухие чурки, наколотые из смолистых сосновых пней, снесли острогу с восемью зубьями, прикрепленную к *ратовищу* — сухому шесту длиною метра в полтора-два, к концу его была привязана длинная крепкая бечевка с поплавком на конце, как объяснил Федя, на тот случай, если попадется очень крупная и сильная рыба, сом например, и, раненный, уходя, вырвет острогу из рук.

— Так дернет, — говорил Федя, — на ногах не устоишь, из лодки вылетишь. Таймень попадет пуда в три — удержи попробуй!

Федя закрепил *козу* на носу лодки, наложил смолье, зажег, отражения огня забегали по темной воде красными пятнышками.

— Посидишь на корме, — сказал Федя, — а я острогой поработаю, потом тебе дам. Греби тихо, рыбу не спугни, вот так вот вдоль берега и держи. Как ударю, так удерживай лодку-ту...

Тихонько подгребая веслом, Саша двинулся вдоль берега. Смолье разгорелось, свет упал на воду. Федя с острогой стоял впереди у правого борта, всматривался в светлое пятно — оно тихонько двигалось вместе с лодкой. Потом с силой ударил острогой. Вода замутилась. Саша перестал грести, только прижимал весло к борту, чтобы не развернуло лодку, не снесло течением. Федя налег на острогу, — видно, крупная попалась рыба. Он вытащил ее, бросил на дно лодки — таймень действительно оказался большой.

Саша снова тихонько двинул лодку вперед. Они попали на стойбище, Федя бил без промаха, дно лодки заполнялось рыбой: слизоспинные толстобрюхие налимы, щуки, таймени — большие, однако ни одного трехпудового, как обещал Федя, не попадалось. Хариуса Федя бил только крупного, мелким пренебрегал.

— Становись! — сказал наконец Федя.

Передал Саше острогу, подбросил смолье в огонь, сел на корму, выровнял ход лодки.

Саша взял острогу, встал на Федино место, его охватил азарт охоты, он пытался овладеть собой — дрожащими руками в рыбу не попадешь.

Лодка медленно, неслышно подвигалась вперед, луч света падал на воду, Саша отчетливо видел дно: песок, камни, полегшие водоросли, раковины, листья... Но рыбы не было. Левой рукой Саша глубже надвинул кепку на лоб, Федя был прав — без козырька не обойтись. И вдруг луч наплыл на длинное тело тайменя. Рыба стояла на месте, будто растерялась, не понимала, что на нее надвинулось, только тихонько пошевеливала плавниками. Саша напрягся, неожиданно мелькнула мысль: «Если добуду этого тайменя, отправлю письмо». И тут же с силой ударил острогой. Зубцы с хрустом вошли в спину тайменя. Замутилась вода, задрожало ратовище в руках у Саши, он навалился на него, прижал рыбу ко дну.

— Все, выбрасывай! — тихо сказал Федя.

Саша вытянул острогу, на зубцах еще вздрагивал громадный таймень. Саша бросил его на дно лодки, в кучу уже бившейся там рыбы, вытащил острогу.

— Ладно будешь рыбу добывать, — сказал Федя.

В приметы Саша не верил. И загаданное в лодке укрепило его решение. Со дня на день пойдет шуга, завтрашняя почта будет последней, и если он не отправит с ней письма, то все отложится до зимней дороги. А если отправит, то оно скоро дойдет до Москвы. И вдруг! Вдруг все-таки попадет на стол Сталина.

Саша аккуратно переписал письмо, заклеил конверт — «Москва, Кремль, товарищу Сталину», — наклеил марки. На следующий день пришла почтовая лодка. Почтальон увидел на конверте «заказное», предупредил: «Квитанцию зимой» (квитанции выписывались в Кежме), — бросил письмо в мешок, сел за весла.

И поплыло Сашино письмо вниз по Ангаре в Москву, в Кремль, к товарищу Сталину.

18

В декабре 1935 года пришла первая зимняя почта. И в тот же день Лидию Григорьевну Звягуро отправили в Красноярск. Прислали из Кежмы сани-розвальни. Саша положил в них оба ее старых чемодана, перевязанных веревкой, вернулся, взял на руки закутанного в теплый серый платок Тарасика.

— «На нем треугольная шляпа и серый походный сюртук», — пошутил Саша.

Тарасик что-то зашептал тихонько...

— Ты что, Тарасик?

— Не встают мертвяки из гроба. Я видел, когда папка с мамкой померли. И на лодках не плавают. Брехал ты все.

И посмотрел на Сашу укоризненно.

Лариска стояла на крыльце, ревела в голос.

— Прекратите, Лариса, — сурово проговорила Лидия Григорьевна, — вы пугаете Тараса.

Лариска притихла, только всхлипывала, шмыгая носом и утираясь краем платка.

Лидия Григорьевна протянула Саше руку.

— До свидания, Саша, спасибо за то, что вы делали для меня.

— Что я для вас делал? — засмеялся Саша.

— Делали. Спасибо.

— Может быть, напишете с нового места?

Она усмехнулась, на ее некрасивом лице усмешка выглядела гримасой.

— Вряд ли придется. Спектакль только начинается.

Возчик тряхнул вожжами. Заскрипели полозья, розвальни тронулись, возчик шел рядом, потом присел на грядку, опять тряхнул вожжами, лошадь затрусила по мелко накатанной колее, Саша смотрел им вслед, сани удалялись и наконец скрылись в лесу. Лидия Григорьевна ни разу не обернулась. Не оглянулся и Тарасик.

Теперь Саша остался в Мозгове один.

Проводив Лидию Григорьевну, Саша вернулся домой и сел разбирать почту — писем и газет, посланных из Москвы еще летом и осенью, было много.

Мама писала, что зачетную книжку и шоферские права она нашла и сохранит до Сашиного приезда. Книги, которые просил Саша, выслала. Письмо было хорошее, Сашин расчет, что его просьба найти документы успокоит мать, оказался правильным. Варя писала, что поступила в строительный институт на вечернее отделение.

Несмотря на будничность и скупость таких сообщений в письмах мамы, в Вариных приписках было нечто ободряющее — жизнь продолжается, его документы целы, *ждут его,* шофером-то он сможет работать, из зачетной книжки видно, что он фактически закончил институт... Конечно, это бумажки, и, если его не освободят, они ему не понадобятся. И все же что-то официальное, вещественное, какие-то ниточки в будущее. Впрочем, могут пригодиться даже в лагере — не зашлют на лесоповал, а дадут работу по специальности. Ответа на письмо Сталину не было — раньше февраля-марта Саша его и не ждал.

Он опять отращивал бороду — для кого и к чему тут бриться? Несмотря на морозы, январь здесь хлящий, ходил на лыжах, пытался охотиться, хотя и безрезультатно.

Однажды ему встретились лыжники в красноармейских шлемах. Саша сошел с лыжни, уступая дорогу: он один, а их пятеро. Они тоже остановились.

— Здорово, отец!

Отцом они его назвали, наверно, из-за бороды.

— Здравствуйте. — Саша с интересом разглядывал красноармейцев. Красноармейцев Саша здесь никогда не видывал. Здоровые, молодые, краснощекие ребята с заиндевевшими бровями и ресницами, в шерстяных свитерах, ватных брюках, телогрейках с меховым воротником, валенках, обшитых снизу кожей и войлоком, меховых рукавицах, в утепленных шлемах с подшлемниками. За каждым короткие ручные нарты.

— Это какая деревня? — спросил первый красноармеец.

— Мозгова.

— Так точно, Мозгова. Сколько до Кежмы?

— Двенадцать километров.

— Верно, — подтвердил лыжник, — так и должно быть.

— Вы откуда? — спросил Саша.

— Из Нижнеангарска. Про лыжный пробег Байкал — Баренцево море слышал?

— Нет.

— Газеты надо читать, отец, ты грамотный?

— Грамотный, — улыбнулся Саша.

— Грамотный, вот и почитай.

— Почитаю. Что у вас в нартах?

— Мешки спальные, имущество походное. Маршрут четыре тысячи километров.

Саша покачал головой.

— Много.

Лыжники стояли, опершись на палки, отдыхали.

— И давно идете?

— Месяц идем, Байкальский хребет подвел. Знаешь Байкальский хребет?

— Знаю.

Лыжник причмокнул губами.

— Крепкий орешек! Склоны крутые, кустарник непролазный, ветер ураганный, морозы, сам видишь, лютые. Взбирались по отрогам с лыжами в руках. А когда перебрались — тайга, лыжни нет, по целине шли, лыжню прокладывали...

— Досталось вам, — посочувствовал Саша.

— Не то слово! Главное — из графика выбились, опаздываем. В Кежме нас уже пять дней ждут. База наша там.

— А из Кежмы куда?

— Из Кежмы, — охотно ответил лыжник, давно, видно, не разговаривал с посторонним человеком, — из Кежмы пойдем на Подкаменную Тунгуску...

Он выпрямился.

— Ладно, отец, заговорились с тобой...

И обернулся к попутчикам.

— Пошли, что ли?

— Пошли.

— Двенадцать километров рванем, а уж там в баньке попаримся, отдохнем, отоспимся.

Он поднял палку, показал на свой отряд.

— Запомни, отец! Исторический момент. Своими глазами видел великий северный марафон. Марафон знаешь что такое?

— Знаю, — снова улыбнулся Саша.

— Ты, отец, видать, образованный. Охотник, что ли?

— Охотник. А как я вас запомню, как вас зовут?

Старший ткнул себя в грудь варежкой.

— Я Егоров Евгений, а эти, — он показал на своих товарищей, — Попов Иван, Куликов Андрей, Бражников Константин, Шевченко Александр. Запомнишь?

— Запомню. Обязательно.

— Ну вот. И детям своим расскажи, и внукам: видел, мол, героев великого северного марафона. Ну, бывай, папаша!

И они пошли вперед, к Кежме, неспешным, уверенным, отработанным шагом опытных лыжников. Саша с завистью и грустью смотрел им вслед: свободные люди, идут от Байкала до Баренцева моря. В его юности к рекордсменству относились плохо: спорт не для чемпионов, а для масс, для их физического воспитания. И все же хорошо, когда люди так испытывают свои силы, свои возможности, свою волю и характер. И как счастливы они, не зная, что такое ссылка, что такое неволя.

Уже летом, в майском номере газеты, он прочитал, что пятерка отважных лыжников после 151 дня пробега финишировала в Мурманске 30 апреля 1936 года в 18 часов.

А тогда, после встречи с лыжниками, Саша ждал ответа на свое письмо Сталину.

Однако минули февраль, март, апрель, а ответ так и не пришел.

Еще стояли морозы, лежал в лесу снег, но уже виднелись на нем заячьи и лисьи следы, все чаще перелетали с дерева на дерево птицы, припекало солнышко, на обращенных к югу склонах появились первые проталины, а через неделю-другую на солнцепеке не было уже ни снежинки, забурлили горные речки, скованные еще льдом по краям, ожили родники. Метели, снежные бураны, «отзимки» сменились теплыми, почти летними днями, солнце на глазах растапливало снег, обнажало пожелтевшую траву, жухлые, слежавшиеся листья.

И наконец по Ангаре пошел лед... Раздробленный, он застывал в узких проходах между островами, на крутых изгибах, на пологих плесах, нагромождался гигантской плотиной, а через день-другой, сломленный тяжестью воды, скопившейся выше по руслу, всей массой устремлялся вниз с быстротой и грохотом водопада. Громадные льдины бились о берега, тараня их и разрушая, срезали мелкие острова, вырывали и уносили высоченные деревья вместе с глыбами камней, оторванных от утесов.

Прошел лед, Ангара вернулась в берега, начали распускаться лиственницы, окутанные дымчатым инеем, запели на утренней заре глухари, с шумом слетали на землю — токовали.

Раньше Саша любил весну, она возбуждала его, мир наполнялся радостью и надеждой. Здесь, на Ангаре, весна означала одиночество, тоску, мрачные предчувствия. Прерывалась почта — единственное, что связывало его с миром. Газеты, книги, письма читаны-перечитаны, не с кем слова вымолвить. Федя и тот уехал.

В теплые солнечные дни Саша выходил на берег Ангары. Мужчины смолили лодки, перевернутые вверх дном, бабы разбирали и навешивали на колья сети. Саша садился на выброшенное из воды дерево, сидел часами, смотрел на реку, на дальний берег, за которым была матера — материк, страна.

Подошел горбоносый мужик Степан Тимофеевич, с кем Саша рубил коровник.

— Чего сидишь, паря?

— Сижу, делать нечего, вот и сижу.

— Айда с нами илимки смолить...

На берегу лежали две илимки — большие крытые лодки с палубой для перевозки грузов.

Саша встал, помог перевернуть илимки на ребро. Потом их высушивали, конопатили, просмаливали горячей смолой, оставляли сушиться на солнце, чтобы после половодья сдать Ивану Парфеновичу на воде уже готовыми.

Заработанные Сашей трудодни Иван Парфенович опять списал на его хозяина. И летом, когда Саша косил на островах, тоже списывал трудодни на хозяина, за что тот бесплатно держал его на квартире да и кормил хорошо.

Но и работа не спасала, тоска все чаще и чаще наваливалась на Сашу. Чуть более полугода оставалось до 19 января — даты окончания его срока. Прибавят новый? Зашлют в лагеря? Письмо его до Сталина не дошло, глупо было на это надеяться, подшито в деле или выброшено в корзину... Пропала жизнь! Если даже оставят его здесь на поселение, то что ему делать? Обангариться, как говорила Лукешка? Жениться на неграмотной девке, вечно жующей *серу* — смолу, добываемую из пней лиственницы, сохраняет будто бы зубы, предохраняет от цинги. Саша пробовал ее жевать, чтобы поменьше курить, да не вошло в привычку: приторно-сладковатая масса, отдает смолой и липнет на зубах. Все здесь раздражало — все надоело, обрыдло. Правильно сделал Соловейчик, убежав отсюда. Выжил — значит, теперь на воле; попался — значит, сидит. Ну и что? Другие не убежали, а все равно сидят. Соловейчик имел хотя бы какой-то шанс на свободу.

19

Шарок был единственным оперуполномоченным, которого вызвали на совещание к Молчанову. За столом усаживались начальники отделов и отделений, их заместители и помощники, человек, наверное, тридцать, а может быть, и сорок. Шарок подсчетами не занимался, видел только, что он единственный здесь с одной шпалой, остальные — с двумя, тремя, а кое-кто и с комиссарскими звездами.

Молчанов, темный шатен с простым приятным лицом, выше среднего роста, крепко сбитый, несмотря на свою внешнюю суховатость, не лишен был чувства юмора, особенно любил подшучивать над Дьяковым, над его крючкотворством.

«Ну поплел, поплел, — усмехался он, слушая доклады Дьякова, — давай ближе к делу».

Но сегодня Молчанов держался строго. В напряженной тишине ровным голосом он сообщил, что раскрыт троцкистско-зиновьевский заговор, направляемый из-за границы лично Троцким, а в стране возглавляемый Зиновьевым, Каменевым, Бакаевым, Евдокимовым и другими зиновьевцами, а также видными троцкистами Смирновым и Мрачковским. Смирнов и Мрачковский, правда, давно в тюрьме, но они действуют и оттуда.

Далее Молчанов сказал, что зиновьевцы и троцкисты вошли в «Объединенный центр», создавший по всей стране террористические группы с целью убить Сталина, других членов Политбюро и захватить власть. Кирова они уже убили.

Признание Зиновьева и Каменева на январском процессе в моральной ответственности за убийство Кирова — не более чем уловка, чтобы уйти от ответственности уголовной, скрыть существование «Объединенного центра», скрыть свою террористическую организацию, свои террористические группы, выиграть время.

Молчанов сделал паузу и многозначительно добавил:

— Политбюро и товарищ Сталин считают эти обвинения доказанными. Никаких сомнений в них нет и быть не может. У нас только одна задача — получить признание от обвиняемых. Учтите, товарищ Сталин и секретарь ЦК товарищ Ежов берут это следствие под *личный* контроль. Понятно?!

Он опять сделал паузу и твердо сказал:

— Нам поручено исключительно ответственное дело. Поставленную задачу мы обязаны выполнить до конца.

В ответ на высокое доверие Центрального комитета и лично товарища Сталина мы должны доказать, что чекисты беззаветно преданы партии и ее высшим интересам. Вопросы есть?

Все молчали.

— Хорошо, — сказал Молчанов, — тогда слушайте... По приказу товарища Ягоды вы все передаете свои дела другим следователям и поступаете в мое распоряжение.

В заключение он объявил состав следственных групп, в одной из них Шарок услышал и свою фамилию.

Никто на совещании у Молчанова вопросов не задавал, хотя вопросы, как отлично понимал Шарок, возникли у каждого.

Возможно ли, что НКВД с его гигантским агентурным аппаратом, с его всеохватывающей сетью осведомителей, державших под постоянным наблюдением *каждого* бывшего оппозиционера, где бы он ни находился, не знал о таком широком, разветвленном заговоре, не знал о существовании многочисленных террористических групп, разбросанных, как сказал Молчанов, по всему Советскому Союзу? Могло ли такое случиться? Как НКВД не заметил такой организации? Тем более, по словам Молчанова, эта организация существует уже несколько лет. А они, работники НКВД, ее прохлопали. Их бы всех судить надо, а им ни слова упрека. Ведь отделение, в котором он служит под начальством Вутковского, как раз и занимается троцкистами, зиновьевцами, правыми, и ни о каком заговоре, ни о каких террористических группах они и слыхом не слыхивали.

На заседании у Молчанова Шарок поглядывал на Вутковского, тот сидел, как и все, молча, с суровым замкнутым лицом, но Шарок чувствовал: Вутковский потрясен словами Молчанова так же, как и остальные, а может быть, и больше других, ведь все это касается его отделения, оно ведает этими людьми. Выходит, он и его сотрудники проглядели.

Ничего они не проглядели, это понимал Шарок. И все это понимали. Никаких террористических групп не существует, никакого широко разветвленного заговора нет и не может быть. Все, кого называл Молчанов, сидят по тюрьмам, кто недавно сел, после убийства Кирова, кто давно сидит. Этот заговор нужно *создать* для того, чтобы расстрелять Зиновьева и Каменева, Смирнова с Мрачковским и других бывших противников Сталина.

И задача следствия, в том числе и его, Шарока, задача, сводится к тому, чтобы выбить из подследственных нужные показания. А они их давать не будут. Как там ни говори, Зиновьев, Каменев. Крупняки... Неплохо бы действительно расстрелять их к чертовой матери. Сами-то они скольких людей перебили. И евреи к тому же. А троцкисты хотя в большинстве и не евреи — Смирнов, Мрачковский, Пятаков, Муралов, — но народ упрямый, крепкий, показаний из них не выбьешь.

Нынешнее дело есть продолжение того, ленинградского. Первого декабря 1934-го завязался главный узел, долго придется его развязывать, крепко закручено, много там веревочек и ниточек. И чем кончится? Чем кончилось кировское дело для Запорожца?

Надо было уйти тогда к церковникам. Впрочем, и это бы не помогло, в следственные группы вошли люди из всех отделений — большой силой, большим числом хотят навалиться.

План, как его объяснил работникам отделения Вутковский, заключался в следующем: из тюрем, лагерей и из ссылки в Москву доставляются несколько сот бывших оппозиционеров. Если даже одна десятая их часть признает существование троцкистско-зиновьевской террористической организации, то уже будет двадцать—тридцать показаний, под тяжестью которых сломаются главные обвиняемые. Но для такого взрыва нужен «детонатор». Трех человек и наметили на эту роль. Валентина Ольберга, Исаака Рейнгольда и Ричарда Пикеля.

Ольберга Шарок не знал: он жил в Берлине, потом в Турции, в Чехословакии, по приезде в СССР работал в Горьком в пединституте.

Молчанов и Вутковский сразу оценили значение Ольберга для процесса: недавно вернулся из-за границы, знаком с сыном Троцкого Седовым, подпишет показания, что был послан в СССР Седовым по указанию Троцкого организовать убийство Сталина. К тому же в Горьковском пединституте ходит «завещание Ленина». Вот эти студенты и образуют группу, которая готовила убийство Сталина.

Ольберг был «легким» подследственным, но Шароку не достался, с ним работала группа, состоявшая из работников ИНО.

Не достался Шароку и Ричард Пикель, бывший заведующий секретариатом Зиновьева. Короткое время Пикель примыкал к оппозиции, хотя вскоре порвал с ней, однако был на картотеке. Шарок прочитал его досье. Участник Гражданской войны. Во второй половине двадцатых годов отошел от политической жизни, занимался литературой, работал в театре. В досье есть и личная характеристика: мягкий, контактный человек, хорошо играет в преферанс. Между прочим, было кое-что и не вошедшее в досье, но оставшееся в донесениях осведомителей: Пикель играл в карты с видными чекистами — Гаем и Шаниным. Гай был начальником особого отдела, Шанин — транспортного. Пикель часто бывал на их дачах и, конечно не без их помощи, ездил за границу. Шарок понял, что и Пикеля ему не дадут, его возьмут себе те, с кем он дружил. Так оно и вышло: Пикеля допрашивали люди Гая.

Следственной группе, в которой состоял Шарок, достался Исаак Рейнгольд, самый трудный из этой троицы.

Рейнгольд когда-то короткое время участвовал в оппозиции и хотя вскоре отошел от нее, но, как и Пикель, был на картотеке: известный хозяйственник, бывший начальник Главхлопкопрома. В январе прошлого года арестовали его заместителя Файвиловича по делу об убийстве Кирова. И тут же Рейнгольда сняли с должности и исключили из партии. Как писала «Правда» 11 января 1935 года, «в течение восьми лет Рейнгольд поддерживал самые близкие отношения и тесную связь с гнусным подонком троцкистско-зиновьевской оппозиции Л. Я. Файвиловичем».

Прицел тогда был дальний. Рейнгольд — родственник Сокольникова и на его даче встречался с Каменевым. Видимо, именно поэтому было решено попытаться использовать его в качестве «детонатора»: бывший оппозиционер, родственник Сокольникова, знакомый обвиняемого Каменева, исключен из партии и арестован за связь с одним из убийц Кирова — Файвиловичем. По тем же агентурным сведениям, человек твердый, волевой и властный. Случай не из легких.

Это предположение Шарока подтвердил и начальник отделения Александр Федорович Вутковский, осторожный, спокойный поляк, как считал Шарок один из умнейших людей в управлении госбезопасности, а возможно, и во всем наркомате.

Закрыв досье, Александр Федорович Вутковский поставил локти на стол, подперев кулаками подбородок, посмотрел на Шарока живыми умными глазами.

— Ни де-юре, ни де-факто.

Шарок привык к иносказательной речи Вутковского и понимал его с полуслова. «Ни де-юре, ни де-факто» означало, что формальных показаний Рейнгольд, по-видимому, не даст, в беседы вступать не будет.

— Да, видимо, так, — почтительно согласился Шарок.

— Ну что ж, — заключил Вутковский этот короткий разговор, — будьте ему ангелом-хранителем.

Директива ясна: если Рейнгольд не расколется, то «ломать» его придется не Шароку, «ломать» будет другой. Шарок же должен расположить к себе Рейнгольда, внушить ему доверие. Шарока это устраивало. «Ломать» — грязная работа! Пусть ею занимаются другие.

Предчувствие Шарока и предсказания Вутковского оправдались.

Конвоир ввел в его кабинет высокого, крупного человека лет сорока, с красивым энергичным лицом, одетого хотя и в помятый, но модный костюм, — типичный московский интеллигент с барскими замашками, таких много жило на Арбате. Шароку они были ненавистны — на лицах написано их интеллектуальное высокомерие, их партийное чванство. Душить таких гадов надо, а не миндальничать с ними.

Шарок встретил Рейнгольда по давно разработанному ритуалу первого допроса: осветил лампой, опустил лампу, сухо приказал сесть, углубился в бумаги, как бы изучая дело Рейнгольда, — проверенный, «накатанный» прием, позволяющий самому обдумать метод допроса. А их было два. Как шутил про себя Шарок, метод дедуктивный и метод индуктивный. Первый заключался в том, что подслед-ственному с ходу объявляется максимальное обвинение, а уж потом переходят к деталям. Второй наоборот — сначала детали, имена, фамилии, встречи, неточности, уточнения, расхождения в показаниях, нагромождение чего-то как бы несущественного, второстепенного, а потом уж предъявление главного обвинения, и если не будет в нем признаваться, то вывести это обвинение можно из его частных показаний. Шарок остановился на втором: если сразу предъявить Рейнгольду обвинение в терроре, он вообще не будет отвечать.

Закончив чтение бумаг, Шарок отложил их в сторону, взял бланк допроса, спокойно задал анкетные вопросы.

Рейнгольд отвечал так же спокойно, уверенно, в упор разглядывал Шарока, — да, этот тоже готовится к схватке, в его взгляде не было ни волнения, ни искательности, он изучал противника, голос твердый, красивый, голос человека, привыкшего отдавать приказания, произносить речи, читать лекции. Этот самоуверенный голос раздражал Шарока. Ему ничего не стоит сделать так, чтобы этот холеный сукин сын и слова не мог бы выдавить из себя. Но рано.

Среди других анкетных вопросов Шарок задал вопрос об участии Рейнгольда в оппозиции. Рейнгольд ответил, что во время внутрипартийной дискуссии перед XV съездом партии он разделял взгляды оппозиции, однако вскоре их пересмотрел, порвал с оппозицией и больше никаких связей с ней не имел.

Шарок записал только следующее: «Примыкал к троцкистско-зиновьевской оппозиции».

Положив ручку, Шарок сказал:

— Расскажите более подробно о вашей оппозиционной деятельности.

— Какая такая деятельность? Голосовал за тезисы оппозиции, а потом порвал с ней и больше не примыкал.

— Голосуя за оппозицию, вы встречались с другими оппозиционерами. С кем именно?

— Товарищ Шарок, — внушительно ответил Рейнгольд, — это было почти десять лет назад. Мое дело разбиралось в партийной организации, там я дал полные и исчерпывающие объяснения. Можете с ними ознакомиться. Добавить к ним мне нечего.

— Исаак Исаевич, вы ошибаетесь, если надеетесь улучшить свое положение, конфликтуя со следствием. Со следователем вам надо сотрудничать в ваших же интересах.

— Свои интересы я знаю сам, — парировал Рейнгольд, — и сам буду их защищать. А на эти уловки, — он кивнул на бланк протокола допроса, — вы меня не поймаете. Простачков ищите в другом месте... И вообще, ни одного слова вы от меня не услышите, пока не предъявите обвинения. Учтите, законы я знаю не хуже вас.

Он насмешливо смотрел на Шарока, считает его мелким следователем, не понимающим, кто перед ним сидит.

— Исаак Исаевич, — возможно мягче произнес Шарок, — я беседую с вами, хочу кое-что выяснить, вы же требуете предъявления обвинения. Хотите стать обвиняемым?

— Для приятной беседы вы могли бы просто вызвать меня. Я же арестован. Следовательно, меня в чем-то обвиняют. В чем?

Все для Шарока было ясно. Придется применять крайние средства. Но надо сделать еще одну попытку.

Шарок вздохнул, перебрал бумаги на столе, сочувственно посмотрел на Рейнгольда.

— Ну что ж, Исаак Исаевич, запомните: я пытался договориться с вами, старался найти с вами общий язык. Когда-нибудь вы это поймете и оцените, — он многозначительно посмотрел на Рейнгольда, — да, да, оцените.

Он снова замолчал.

Рейнгольд сидел перед ним в свободной позе человека, уверенного в своей силе.

— Когда вы в последний раз виделись с Каменевым? — спросил Шарок.

Рейнгольд усмехнулся.

— Товарищ следователь, предъявляйте обвинение!

Шарок нахмурился, помолчал, тянул время. Как ни решительно настроен Рейнгольд, но неизвестность мучает любого.

Потом Шарок сказал:

— Гражданин Рейнгольд! Надеюсь, вы запомнили, что я вам говорил. А теперь я выполню ваше требование. Так вот. Мы располагаем абсолютно достоверными сведениями о том, что вы встречались с гражданином Каменевым Львом Борисовичем.

Рейнгольд молчал.

— Так это или не так?

— Это и есть обвинение? — вопросом ответил Рейнгольд.

— Да.

— Встречался с Каменевым. — Рейнгольд пожал плечами. — В чем же криминал?

— А в том, что Каменев является одним из руководителей террористической организации и вовлек в эту организацию вас.

Рейнгольд выпрямился на стуле, впервые внимательно посмотрел на Шарока.

— Так это или не так?

Рейнгольд продолжал смотреть на Шарока.

— Так это или не так? — Шарок повысил голос.

— Вы это серьезно? — спросил наконец Рейнгольд.

— Конечно. Следствие располагает абсолютно достоверными, неопровержимыми данными.

— Ну что ж, — хладнокровно ответил Рейнгольд, — на основании этих данных и судите меня.

— Будут судить — расстреляют.

— Пожалуйста.

— Вам не жаль своей жизни?

— Жаль. Но признаваться в том, чего не совершал, я не буду никогда. Об этом не может быть и речи. Не старайтесь!

— Вы представляете, что ожидает вашу семью, если вас расстреляют как шпиона и террориста?

— Не пугайте! Можете расстрелять меня, мою семью, но еще одной шпалы на моем деле вы не заработаете.

Шарок встал, оправил гимнастерку, нажал на звонок.

— Ну что ж, очень жаль. Вы сами выбрали себе судьбу.

В двери возник конвоир.

— Уведите!

— Позвольте, — Рейнгольд показал на протокол, — почему не зафиксированы мои показания?

— А вы никаких показаний и не давали, — ответил Шарок.

— Но ведь я отрицал то, в чем вы меня обвинили.

— Я вам никакого формального письменного обвинения не предъявлял. Следовательно, никаких формальных показаний вы не делали. Наши дружеские беседы не протоколируются. И запомните, Исаак Исаевич, я говорил с вами дружески, а вы со мной говорили враждебно.

Работу всех следственных групп координировал Молчанов. Через день он собирал у себя следователей, каждый докладывал о своих подследственных, и потому Шарок был хорошо осведомлен об общем ходе следствия.

Ольберг сразу начал давать нужные показания, признал, что по указанию Троцкого был послан его сыном Седовым в Москву с заданием убить Сталина. Уже арестованы и доставлены в Москву преподаватели и студенты Горьковского педагогического института, готовившие террористический акт против Сталина на Красной площади во время демонстрации.

Пикель пока не дал нужных показаний, но по усмешке Молчанова и его короткому замечанию: «Гай с Шаниным разберутся» — Шарок понял, что с Пикелем тоже все будет в порядке. И действительно, как впоследствии узнал Шарок, начальник особого отдела Гай и начальник транспортного отдела Шанин запросто приходили к Пикелю в камеру, называли его по имени, и он называл их по имени, они уговорили его дать показания против Зиновьева в обмен на жизнь и свободу. Пикель в конце концов согласился, но при условии, что все обещанное Гаем и Шаниным должен подтвердить Ягода. Ягода обещания Гая и Шанина подтвердил.

Об этом и многом другом Шарок узнал позже, узнавал постепенно по ходу следствия на совещаниях у Молчанова, где все добытые показания согласовывались между собой, чтобы не было разночтений: сценарий наметили в общих чертах, он уточнялся, дополнялся и развивался по мере накопления «признаний».

После совещания Молчанов задержал Вутковского и Шарока и выразил им свое недовольство: Рейнгольд, единственный из «детонаторов», доставшийся его, Молчанова, секретно-политическому отделу, показаний не дает.

Шарок насторожился. Если Молчанов выразит недовольство тактикой его допроса, придется сослаться на Вутковского — тот продиктовал ему такую тактику. Он будет вынужден «продать» Вутковского. А вдруг Вутковский откажется от своего указания, ведь в прямой форме он его не давал. И тогда Шарок окажется не только плохим, но и склочным следователем.

Тревога Шарока оказалась напрасной. За него ответил Вутковский:

— С Рейнгольдом на этой стадии следствия, я имею в виду начальную стадию, не поможет и крайняя степень допроса. Он агрессивен. Надо комбинировать. Пусть им займутся люди Миронова. Они ведут Зиновьева с Каменевым, а на Каменева мы Рейнгольда и выводим. Получится у них — хорошо, не получится — вернется к нам, будем решать.

«Молодец», — подумал Шарок о Вутковском; хорошо бы им вообще избавиться от Рейнгольда.

— Ну да, — ехидно заметил Молчанов, — Зиновьев с Каменевым у Миронова, Смирнов с Мрачковским у Гая. Транспортный отдел практически вышел из игры.

Шарок знал, почему транспортный отдел вышел из игры. Народным комиссаром путей сообщения назначен Каганович, с первого же дня он стал по-своему наводить порядок и дисциплину — расстрелы работников железных дорог шли непрерывно, транспортный отдел не успевал эти расстрелы оформлять. Конечно, подготовка процесса — главная задача, на ней надо сосредоточить все силы, но Ягода боялся конфликтовать с Кагановичем.

— Кто же остается нам? — спросил Молчанов.

— Нам остаются самые трудные, — возразил Вутковский, — надо перебрать несколько сот троцкистов из тюрем и лагерей, а они ни разу не раскаивались.

Он многозначительно посмотрел на Молчанова.

Смысл этого взгляда был ясен: Зиновьев и Каменев уже девять лет каются, и с каждым годом все в больших и больших грехах, они уже покатились по этой дорожке и докатятся по ней до конца. Приняли на себя моральную ответственность за убийство Кирова, примут и уголовную, никто в этом не сомневается, логика железная. Но кадровые троцкисты непримиримы, с каждым годом все больше ожесточаются, закалились в тюрьмах и лагерях, голыми руками их не возьмешь, их ничем не возьмешь... И вот из таких людей они должны отобрать самое меньшее двадцать—тридцать человек, заставить их признаться, что они террористы и шпионы, их, которые даже официально себя именуют большевиками-ленинцами, людей, которые не только не каются, но даже не скрывают своих взглядов, открыто поносят Сталина, обвиняют его в измене Революции. И ничего с ними не поделаешь, они ничего не боятся, смерти не боятся, люди одержимые, фанатики...

— В общем, — заключил Вутковский, — с Рейнгольдом другого выхода я не вижу.

— Работайте! — хмуро бросил Молчанов.

20

Приказав Поскребышеву ни с кем его не соединять по телефону, Сталин в своем кабинете рассматривал представленный ему Ягодой список зиновьевцев и троцкистов, отобранных на роль подсудимых в предстоящем процессе.

С зиновьевцами ясно: Зиновьев, Каменев, Бакаев, Евдокимов — они главные, их остается только дожать.

Сложней с троцкистами. Сокольников, Серебряков, Пятаков, Радек, Преображенский — на свободе, внешне лояльны, с ними успеется. Из тех, кто в тюрьме и ссылке, самые крупные — Смирнов и Смилга. Все крепкие. Но к Смилге ключей пока нет. А вот Смирнов... Бывший председатель Сибревкома, победитель Колчака, личный друг Троцкого... Но ключ есть — Мрачковский, ближайший приятель Смирнова, бывший соратник по сибирским боям.

Мрачковский — контуженный, неоднократно раненный, неврастеник, истерик, раздражительный, невыдержанный. Родился и вырос в тюрьме, мать была революционеркой, и отец, и даже дед — члены Южно-русского рабочего союза. Но хотя и вырос в такой семье, человек не слишком образованный и не очень устойчивый. К Троцкому примкнул из-за Смирнова, к тому же, как военный, предполагал, что в случае победы Троцкий сделает его своим Ворошиловым. Как все ограниченные люди, военные недоучки, воображал себя великим военным стратегом. Тщеславен.

ОН беседовал с ним в 1932 году, уговаривал порвать со Смирновым. Мрачковский не послушался, но по глазам его ОН видел, что Мрачковский колеблется, что ему надоела его безвестность, время уходит... Немного нажать на него — и он уступит. А если уступит, то потянет за собой Смирнова и выложит на Смирнова все, что требуется.

Гольцман в этом списке тоже подходящая фигура. Во время Гражданской войны служил в 5-й армии Восточного фронта, с тех пор Гольцман и Смирнов друзья-приятели. Некоторое время примыкал к оппозиции, потом отошел, с 1933 года и по нынешнее время — на ответственных постах в Наркоминделе, часто ездит за границу. Что мешало ему там встретиться с Троцким! Подходящая фигура!

Дрейцер — бывший начальник личной охраны Троцкого, но, по сведениям Ягоды, свидетель надежный.

Еще вот Тер-Ваганян, теоретик, был когда-то редактором журнала «Под знаменем марксизма», наивный идеалист, личный и непримиримый враг Вышинского. Даже ОН удивлялся, как в таком мягком, деликатном человеке может быть столько ненависти. Конечно, Вышинский — негодяй. Но разве мало негодяев? А у Тер-Ваганяна вся ненависть сосредоточилась на Вышинском. Еще с дореволюционных бакинских времен: Тер-Ваганян был большевиком, Вышинский — меньшевиком. В 1920 году Тер-Ваганян требовал ареста Вышинского, именно тогда Вышинский бросился к НЕМУ за спасением. Все это Вышинский хорошо помнит, пусть встретятся «друзья» на процессе.

Сталин поставил галочки против фамилий Гольцмана, Дрейцера, Тер-Ваганяна. Такие же галочки и перед двумя десятками других фамилий в списке: на этих обратят особое внимание. Отметил же он их потому, что знал этих людей, одних больше, других меньше, но знал, видел когда-то. Люди, значит, слабы, как и все люди, нажмут на них — скажут что надо. Человек сильным становится только перед слабой властью. В этом обреченность буржуазной демократии. Сам принцип сменяемости верховной власти обрекает ее на недолговечность.

Ленин угадал час, который предоставляет история истинному вождю для взятия власти. Но угадал этот час как великий революционер западного толка, которому история дала возможность проявиться на Востоке. Он увидел слабость тогдашней власти, воспользовался этой слабостью, но причин ее не знал. Причина же слабости тогдашней власти заключалась в том, что русский народ, хотя и способен на редкий необузданный бунт, привык, однако, чтобы им управляли. Власть Керенского была слабой властью, она питалась иллюзиями о парламентской республике и должна была пасть. Парламентская республика немыслима в России, мужик со своим здравым смыслом сам хочет, чтобы власть держала его в узде.

Ленин знал, что диктатура требует единовластия, но не понимал, что единовластие требует единомыслия. Русский народ в массе своей единоверен, он не знал ни религиозных войн, ни серьезных религиозных движений, какие знал Запад. На протяжении почти тысячи лет он сохранял религию, данную ему властью. Теперь он получает новую веру, она должна быть единой, иначе народ не поверит в нее.

Царская власть не допускала сменяемости, слабость ее была в тупости и самоуверенности, бюрократизм сводил на нет ее беспощадность, боязнь мирового общественного мнения ослабляла свирепость, фикция законности позволяла действовать ее противникам, революционеры чувствовали себя сильными, а противник, чувствующий себя сильным, опасен для власти. Перед верховной властью каждый должен чувствовать себя бессильным.

Предстоящий процесс должен будет показать это *всем*, в том числе и тем, кому предстоит выйти на следующие процессы. Предстоящий процесс важен как трамплин для будущих.

Можно ли назвать это террором?

Сталин подошел к шкафу, вынул том Энгельса, открыл заложенную страницу. Это было письмо Энгельса Марксу от 4 сентября 1870 года.

«Террор — это большей частью бесполезные жестокости, совершаемые ради собственного успокоения людьми, которые сами испытывают страх».

Тут неверно все, от первого до последнего слова.

Террор вовсе не состоит из бесполезных, *бессмысленных* жестокостей. Да, террор жесток, но он всегда осмыслен, всегда преследует определенную цель и не всегда совершается перепуганными людьми. Наоборот, перепуганные люди не решаются на террор, не самоутверждаются, а уступают врагу. Именно террор осуществил задачи Великой французской революции, сделал необратимыми вызванные ею исторические процессы, несмотря на последующий Термидор. И наоборот, неприменение террора привело к гибели Парижской коммуны. Слова Энгельса, написанные за год до Парижской коммуны, оказали ей плохую услугу.

Из другого шкафа Сталин достал томик Плеханова, открыл и в нем заложенную страницу...

«Что такое террор? — писал Плеханов. — Это система действий, имеющих целью устрашить политического врага, распространить ужас в его рядах».

Это определение правильнее энгельсовского, ибо утверждает позитивную роль террора, но и оно недостаточно. Оно ограничивает объект террора только врагом, только противником. Плеханов примитивно истолковал латинское слово terror — страх, ужас...

На самом деле террор — это не только средство подавления инакомыслия, а прежде всего средство установления единомыслия, вытекающего из единого для всех *страха*. Только так можно управлять народом в его же, народа, интересах. Никакого народовластия никогда не было, нет и не будет. Не может быть власти народа, может быть власть только над народом. Самый большой страх внушают массовые тайные репрессии, и они должны быть и являются главным методом террора.

Но сейчас важно провести публичную гласную подготовку, важно, чтобы в своих преступлениях признались люди, известные всей стране. И чем известнее их имена, тем больше будет убежден народ в правильности того, что называют террором. Опыт Шахтинского дела, опыт процесса Промпартии это подтвердили. Слово «вредитель» стало обозначением заклятого врага, теперь им станут слова «троцкист», «зиновьевец», «бухаринец»...

Эти показательные процессы имеют и свои отрицательные стороны, свои минусы, но их положительный результат значительнее; плюсов у них больше. Силу, значение и масштаб этих показательных процессов надо наращивать. Убийство Кирова надо использовать до конца — это беспроигрышная карта, Киров должен стать неоплатной жертвой, его убийство должно стать основой всех предстоящих процессов, его участники — убийцами Кирова, заклятыми врагами партии и народа. Предстоящие показательные процессы должны стать грандиозными, всемирными. Все остальное и последующее разыграется за кулисами. И самый важный процесс — первый: удастся он — удадутся и остальные.

За этим звеном потянется длинная цепь: троцкисты, бухаринцы, чванливые партийные чиновники и молодые партийные бюрократы, алчущие власти, двуличные делегаты XVII съезда партии, члены ЦК и Политбюро, которые спят и видят, как бы растоптать ЕГО, их друзья и ставленники в обкомах и райкомах, в республиках и наркоматах.

По партийной переписи 1922 года в партии состояло 44 тысячи человек с дореволюционным стажем и вступивших в партию в 1917 году. Прошло почти 15 лет, многие из них умерли, многие исключены как троцкисты, зиновьевцы, сапроновцы, бухаринцы. Сколько же осталось? Тысяч 20 или 30 самое большее. Жалкая горстка! А все еще мнят себя хозяевами положения... Двадцать тысяч из двухмиллионной партии! Один процент! Партия обойдется без них.

ОН обрушит лавину, которая сметет десятки и сотни тысяч ненадежных людей и откроет дорогу людям, преданным ЕМУ, и только ЕМУ. Террор прививает народу беспрекословное подчинение, внушает сознание малоценности человеческой жизни, уничтожает буржуазные представления о морали и нравственности. И тогда народ повинуется без сопротивления. Коллективизация и раскулачивание великолепно это доказали. У крестьян отняли землю, скот, инвентарь — крестьяне подчинились. Голод начала 30-х годов унес миллионы жизней — люди покорно умирали.

Теперь надо покорить аппарат, покорить старые кадры, покорить Будягиных, а их можно покорить, только уничтожив. Процессом Зиновьева—Каменева будет положено начало.

Но ЕГО эпоха не должна войти в историю как эпоха террора. ЕГО правление должно войти в историю как эпоха величайших завоеваний советского народа, достигнутых под ЕГО руководством. В памяти народа ОН должен остаться как твердый, строгий, справедливый и гуманный правитель. Да, к врагам народа он был беспощаден. Но с самим народом он был великодушен. После смерти Нерона все его статуи были разбиты. С ЕГО памятниками этого не произойдет.

Что же касается репрессивных органов, то их должны бояться, но должны и любить. Слово «чекист» надо романтизировать, в народе оно должно быть окружено ореолом революционной беспощадности, большевистской непримиримости, партийной принципиальности, честности и бескорыстия, тем отвратительней будут выглядеть враги: троцкистские, зиновьевские, бухаринские и прочие преступники. Но воплощение чекистской доблести должно быть связано только с одним именем — Дзержинского. Дзержинский умер и опасности уже не представляет.

21

Шарок был измотан, недосыпал — допросы шли каждую ночь, доклады начальству каждый день, совещания у Молчанова через день, подследственные — кадровые троцкисты и децисты, доставленные из тюрем и лагерей, показаний не давали, ничего не боялись, ни пыток, ни палок, ни «конвейера», ни угрозы расстрела, ненавидели Сталина, ненавидели органы госбезопасности, ни на какие приманки не попадались, не верили ни единому слову следователя. Люди с многолетней лагерной хваткой, они отвечали так, что ни за одно слово не уцепишься, а чтобы наговорить на себя и на других — об этом не могло быть и речи. Были верны Троцкому до конца, и заставить их показать, что Троцкий — террорист, убийца и шпион, было невозможно.

От этой проклятой работенки у Шарока даже волосы стали выпадать.

Мать как-то утром уткнулась глазами в его затылок.

— Чтой-то ты, сынок, будто лысеть начинаешь...

Он чего-то рявкнул в ответ, мать обиженно поджала губы: уж правду-истину нельзя сказать, ведь родной сын, жалко ведь, извелся весь, так и заболеть недолго.

За эти три недели сплошных ночных допросов Шарок сильно переменился. С теми, с кем можно быть грубым, наглым, нахальным, он всегда был груб, нагл, нахален, но черную работу оставлял другим, *исполнителям*, не хотел пачкать руки.

И подростком никогда не дрался — боялся ответного удара, этого страха не мог преодолеть и сейчас. При нем валили человека на пол, били резиновыми палками, Шарок наклонялся, тряс ему голову, требовал признания. Но сам раньше никого не валил, не бил резиновой палкой, не топтал сапогами.

Теперь же он сам швырял на пол, топтал сапогами, бил резиновой палкой.

Вывела его из себя Звягуро Лидия Григорьевна, доставленная из сибирской ссылки, старый член партии, исключенная еще в 1927 году, децистка, сторонница Сапронова, а это самые бешеные, самые непримиримые фанатики, сволочи и сукины дети!

Даже разговаривать отказалась.

— Где мой сын Тарас?

Какой такой Тарас? Нет в деле никакого Тараса, и в старом, доставленном из архива деле в графе «Семейное положение» ясно написано: «Детей нет».

— У вас нет детей.

— Откуда это вам известно?

— Вот ваше дело, допрос 1927 года.

— Тогда не было, сейчас есть.

— Сколько же лет вашему сыну?

— Семь.

Шарок с удивлением воззрился на нее. Сын. Семь лет. Кто польстился на эту уродливую старуху с выпирающими зубами? И вот пожалуйста, родила. Впрочем, в местах заключения любая баба — баба, хоть столетняя, с двадцать седьмого года по тюрьмам и лагерям, но вот забрюхатела, в ее-то годы, странно!

— Поздненько вы обзавелись ребенком.

— Моя забота.

— Конечно, — устало рассмеялся Шарок, — сработали... Так где он, ваш сын?

— Я у вас спрашиваю, где мой сын?! Меня привезли с Ангары в Красноярск, провели внутрь управления, Тарасик остался внизу, в приемной. Больше я его не видела.

Меня вывели во двор, посадили в машину, потом в поезд и доставили сюда, к вам на Лубянку. В дороге я объявила голодовку, голодаю и сейчас, требую, чтобы мне сказали, где мой сын и что с ним.

Шарок с интересом смотрел на нее. Кажется, он получает свой шанс. Такие, как она, обычно не боятся за судьбу родных, они всех и вся отринули от себя во имя политики. Но эта старуха, оказывается, живет не одной политикой, она живет сыном.

— Напрасно голодаете, — сказал Шарок, — прекратите голодовку, помрете — ваш сын останется сиротой.

Он придвинул к себе чернильницу, блокнот.

— Точно: фамилия, имя, отчество ребенка?

— Фамилия моя Звягуро, зовут сына Тарас Григорьевич.

— Где его документы? Метрики?

— У него нет документов, нет метрик.

— Почему?

— А какое это имеет значение?

— Лидия Григорьевна, — мягко сказал Шарок, — я готов вам помочь. Органы, изолируя родителей, обязаны проявлять заботу о малолетних детях. О вашем ребенке, вероятно, тоже позаботились. Если это так, то надо правильно оформить документы, чтобы потом вы могли его найти. Если же он ушел из приемной сам, то объявим розыск. Для этого нужны приметы.

— Обыкновенный мальчик, семи лет, белобрысый, голубоглазый, не произносит «р», одет в белую рубашку и коричневые штанишки. Пальто из синего сукна, на вате, теплый серый платок, валенки... Документов при нем нет, у него вообще нет документов, это мой приемный сын, я его подобрала в Сибири, родители его погибли. Знает свое имя — Тарасик, знает меня как маму — Лидию Григорьевну.

Все ясно. Старая дева, привязалась к своему Тарасу, совсем ошалела, ради него пойдет на все.

— Усыновление оформлено? — спросил Шарок.

— Вы задаете странные вопросы. Как я могла оформить усыновление? Ведь у меня нет паспорта, куда его вписать. Но Алферов, ваш уполномоченный, в курсе, я ему официально написала.

— Да, — задумчиво проговорил Шарок, — дело очень сложное. Никаких формальных прав на этого ребенка вы не имеете. Не ваш ребенок. И давать вам о нем сведения мы не обязаны.

— Он мой сын, — сказала Звягуро, — я его воспитала. Своей матерью он считает меня.

— Да, да, конечно, — согласился Шарок, — по-человечески я вас понимаю. Но формальную сторону мы не имеем права игнорировать — ни я, ни кто-либо другой. В стране тысячи заключенных, и мы можем говорить только об их законных родственниках. Поймите нас! Мало ли кто кого объявит своим сыном или дочерью! Мальчик — сирота, он, я думаю, попадет в детский дом, вот и все.

— Пока вы мне не сообщите о его судьбе, я не сниму голодовку.

— Не ставьте себя в глупое положение. На вашу голодовку никто не обратит внимания. Какая голодовка в общей камере? Вы не берете свою пайку, но вас подкармливают соседи.

— Как угодно, — отрезала Звягуро. — Пока мне не дадут точной справки, где мой сын, я голодаю и никаких разговоров с вами не веду.

— Ну хорошо, я узнаю, сообщу вам, что он в таком-то детском доме, там-то и там-то. Дальше что?

— Буду знать, где он. Пока мне этого достаточно. Вы можете меня расстрелять. Но пока я жива, я хочу и имею право знать, что с моим сыном.

— Ни на что вы не имеете права, я вам это объяснил. Он вам не сын, даже не приемный сын, просто чужой ребенок, никто на ваши жалобы не обратит внимания.

Он замолчал, разглядывая Лидию Григорьевну. До чего страшна, черт возьми! Но фамилия громкая — Звягуро! Была в учебнике истории партии, теперь, правда, выброшена. Если такую расколоть, то можно поправить неудачу с Рейнгольдом.

Шарок откинулся на спинку стула.

— Лидия Григорьевна! Вы умный человек и опытный политик. Вы хорошо понимаете бесполезность и тщетность своих претензий. Я не обязан разыскивать случайно встреченного вами сироту. С голоду он не умрет, поместят в детский дом, под фамилией, которую вы никогда не узнаете, и в какой детдом его отправили, тоже никогда не узнаете.

Все это вы хорошо понимаете, но, видимо, ваша привязанность к мальчику сильнее такого понимания. Это очень человечно, и я вам сочувствую: наши с вами дела пройдут, забудутся, вот этот кабинет, — он обвел рукой комнату, показал на стол, — эти бумаги, мы с вами, а ребенок останется — ему жить. И вы должны жить ради него. Я понимаю, идеи, взгляды — все это очень важно, значительно, но ребенок важнее и значительней. Буду говорить с вами прямо. Мы не только узнаем про вашего сына, но и поможем вам вернуться к нему. Но и вы помогите нам.

Она сидела, все так же опустив голову, и смотрела в сторону ускользающим взглядом.

Шарок продолжал:

— Оставаясь в том качестве, в котором вы сейчас находитесь, вы не нужны вашему приемному сыну, простите, как его зовут?

Она не ответила, сидела с опущенной головой, глядя в сторону, и взгляд ее по-прежнему ускользал.

Шарок оценил ее молчание: пытается угадать, что он ей преподнесет, готовится к отпору, а может быть, и к согласию.

— Оставаясь в вашем положении, вы обречены на тюрьмы, лагеря и ссылки, — продолжал Шарок, — вы видите, что делается. Партия усиливает борьбу с антипартийными, *антисоветскими элементами*...

Он нарочно подчеркнул слово «антисоветский» — они всегда негодовали, протестовали, когда их так называли. Но Звягуро по-прежнему молчала.

— Борьбу с антипартийными, антисоветскими элементами партия доведет до конца, — сказал Шарок, — дело оппозиции проиграно, народ и партия отвергли ее, никаких шансов она не имеет. Представляете ли вы опасность для партии, для народа? Нет! Достаточно шевельнуть пальцем — и вас не будет. Возвращайтесь к партии, к народу, помогите строить социализм, ведь ради этого вы и пошли в революцию.

Шарок сделал паузу, ожидая реакции Звягуро. Но она по-прежнему молчала, сидела, опустив голову, глядя мимо Шарока, будто шарила взглядом по тюремному полу.

— Я знаю, что вы ответите: я родился, когда вы уже были в партии, и не мне вас убеждать. Но не я вас убеждаю, вас убеждает партия, народ вас убеждает, если угодно, ваш сын, которого вы бросаете на произвол судьбы.

Он опять сделал паузу, но эта Звягуро чертова все молчала и сидела все в той же позе...

С другой стороны, ее молчание обнадеживало Шарока — слушает, не возражает.

— Помогите политически обезвредить Троцкого. Он руководит из-за границы деятельностью террористических и подрывных групп на территории Союза. Действовал через «Объединенный центр» в Москве, куда входили, с одной стороны, Зиновьев, Каменев и другие зиновьевцы, с другой — бывшие видные троцкисты Смирнов и Мрачковский. По приказанию этого центра убит Киров, готовились террористические акты против товарища Сталина и других членов Политбюро. Вы об этом ничего не знали? А вот от меня узнали. И помогите нанести последний удар по Троцкому и троцкизму. В этом нам помогают многие бывшие зиновьевцы, троцкисты и децисты. Помогите и вы. Мы не собираемся вас судить. Мы хотим, чтобы вы засвидетельствовали, что такая террористическая организация существовала, что директивы о терроре давались. Что, где, как, кому — это вы решите сами. Это вопрос технический. Важно подтвердить: Троцкий руководил заговором из-за границы через Зиновьева, Каменева, Смирнова, Мрачковского и еще некоторых лиц... Все честные люди нам помогают, и вы помогите. Никакого предательства вы не совершаете. Отказаться от ошибочной линии, отказаться от бесполезной борьбы не стыдно, не зазорно. Зато, сохранив свою жизнь, вы сохраните и жизнь своего приемного сына. Вы ведь знаете, что такое наши детские дома, к сожалению.

Ее молчание начало раздражать Шарока, он повысил голос:

— Лидия Григорьевна! Я вам все объяснил, и достаточно ясно. Вы должны сделать выбор. Я не настаиваю на немедленном ответе. Я вас не тороплю. Подумайте, завтра я вас вызову.

Не поднимая головы, она спросила:

— Что будет с Тарасом?

— Как только я получу от вас положительный ответ, я тут же приму меры. Более того, мы привезем его в Москву, покажем вам, оформим усыновление и поместим в лучший московский детский дом, а если пожелаете, то отправим к вашим родным, у вас, — он перелистал дело, — у вас в Ярославле, кажется, есть племянник; пожалуйста, отправим вашего Тараса к нему.

— Понятно, — тихо проговорила Звягуро, — а не соглашусь участвовать в этой комедии — ничего о Тарасе не узнаете и ничего для него не сделаете.

— Абсолютно ничего, — подтвердил Шарок, — мы можем вам помочь только в порядке исключения, если вы поможете нам.

Он смотрел на нее спокойно, даже как будто участливо, но в душе торжествовал: идейная, до революции еще сидела в каторжной тюрьме, у нас восемь лет мотается по тюрьмам, лагерям да ссылкам, и вот такую он сломает, нашел уязвимое место, нашел ахиллесову пяту. Сама назвала своего Тараса.

А ведь районный уполномоченный Алферов ничего об этом Тарасе не написал, дал характеристику: кадровая, непримиримая децистка, а вот что мальчика воспитывает, не написал, знал об этом, от самой Звягуро знал, но не написал. Понимал, не мог не понимать значения такого обстоятельства для следствия, а не упомянул. Почему? Ладно, разберемся. А эта тетка никуда не денется.

— И с другими вы тоже вступаете в подобные сделки?

— Вступаем. В отдельных случаях. В большинстве случаев никаких сделок не требуется.

— Детьми шантажируете.

— Лидия Григорьевна! — сурово произнес Шарок. — У меня нет времени на дискуссии. Я вам предложил простой, прямой, безболезненный выход из положения, одинаково выгодный вам и нам. Вы отлично понимаете, что мы добьемся от вас нужных показаний, у нас есть для этого достаточно мощные средства. Я хочу обойтись без них. Всякая оппозиция в нашей стране будет уничтожена раз и навсегда, тем, кто это понимает, кто будет помогать нам, мы сохраним жизнь, тех, кто будет сопротивляться, уничтожим. Я долго с вами вожусь только потому, что вошел в ваше положение. Хотите — примите мои условия, не хотите — я не ручаюсь ни за вашу жизнь, ни за судьбу вашего приемного сына.

Она подняла голову, посмотрела на Шарока. Такой ненависти Шарок никогда не видел, он даже испугался, ему даже стало не по себе. И она вдруг, подумать только, она, сволочь, стерва, плюнула ему в лицо. Это произошло в одно мгновение. Шарок отшатнулся, плевок попал ему на грудь. Ах ты, рвань, падаль!

Шарок встал, носовым платком вытер гимнастерку, подошел к Звягуро, поднял ее голову, она с вызовом смотрела на него, он стукнул по этой поганой харе кулаком справа, потом слева, голова у нее моталась между ударами, как у Петрушки, уродина с выпирающими зубами, не человек даже, отвратительная обезьяна! Он бил ее справа, слева, не давая свалиться со стула. А она, стерва, молчала, ни звука, ни стона, гадина, даже глаз не закрывала, смотрела на него с ненавистью.

В конце концов она свалилась со стула... Шарок вызвал конвоиров, и они утащили ее в камеру.

С этой ночи, с допроса Звягуро, Шарок уже не боялся бить подследственных. Бил по физиономиям кулаками, бил сапогами, бил резиновой палкой. И когда бил, приходил в еще большую ярость, но со временем научился и владеть собой. Как только арестованный сдавался, переставал его бить, возвращался за свой стол, закуривал, сидел несколько минут молча, отдыхал: бить — работа нелегкая. И возобновлял допрос. Показания записывал с обиженным видом, будто это не он бил, а его били, будто арестованный сам виноват в том, что заставил его выполнять такую неприятную работу.

Но давали нужные показания люди малозначительные, даже не второстепенные, а третьестепенные. Серьезные арестованные показаний не давали. Никаких реальных, существенных результатов Шарок добиться не сумел.

А тут на совещании у Молчанова выяснилось, что из «детонаторов», кроме Ольберга, уже и Пикель начал давать нужные показания, а Рейнгольд не дает. Три недели в руках у Черток, чего только с ним не делали, а не дает. Теперь Вутковскому и Шароку предстояло оправдать свой запасной план с «ангелом-хранителем».

———

Рейнгольда вернули Шароку.

Три недели Черток, самый страшный следователь в аппарате, садист и палач, держал Рейнгольда на «конвейере» — по сорок восемь часов без сна и пищи, избивал нещадно, подписал в его присутствии ордер на арест жены и детей, но ничего добиться не смог. Однако перед Шароком предстал уже не тот Рейнгольд, что сидел перед ним на первом допросе. Его шикарный прежде костюм, теперь грязный, порванный и обтрепанный, висел на нем как на вешалке — за эти три недели он потерял, наверное, килограммов пятнадцать (Шарок умел это определять на глаз), зарос бородой, глаза лихорадочно блестят, как у человека, не спавшего много-много дней и столько же не евшего, подвергавшегося унижению, избиению и пыткам. И все равно Рейнгольд смотрел по-прежнему злобно и непримиримо.

Но Шарок хорошо знал: эта злоба и непримиримость обращены к тому, кто его пытал и мучил, они сосредоточены прежде всего на Чертоке. В этом и заключался смысл «комбинации» — из горячего в холодное, из холодного в горячее, как в вытрезвителе. На этой «комбинации» настояли Вутковский и Шарок, теперь на них лежала ответственность за ее успешную реализацию. И потому они тщательно все обдумали. Средство придумали сильное.

— В свое время, Исаак Исаевич, я думал найти с вами общий язык, но не нашли мы с вами общий язык не по моей вине, Исаак Исаевич, по вашей. Лучше вам было у Чертока? Не думаю. Мы его тут хорошо знаем.

Шарок говорил правду. Чертока здесь знали как садиста, негодяя и подлипалу. Шарок очень сетовал на то, что у него с Чертоком схожие фамилии, — их иногда даже путали.

— Так вот, Исаак Исаевич, — продолжал Шарок, — мне выпала на долю печальная обязанность.

Он посмотрел на Рейнгольда сочувственно-отстраненно, как смотрят на человека обреченного, как смотрят на мертвого. Так он посмотрел на Рейнгольда и протянул ему постановление Особого совещания при Наркомвнуделе, приговорившего Рейнгольда И. И. к расстрелу за участие в троцкистско-зиновьевском заговоре, а членов его семьи к ссылке в Сибирь. Постановление было заверено большой круглой печатью НКВД.

Рейнгольд прочитал бумагу, положил на стол, спросил:

— Я должен это подписать?

— Конечно.

Рейнгольд пошарил глазами по столу, ища ручку. Шарок подивился его твердости, а может, это апатия, желание умереть после всего, что сделал с ним Черток? И он молча наблюдал, как Рейнгольд ищет глазами ручку и не находит.

— Я бы мог дать вам один хороший совет, но вы не слушаете моих советов, — сказал Шарок.

Рейнгольд вопросительно посмотрел на него.

Шарок воровато оглянулся на дверь — старый прием, обозначающий особую доверительность разговора.

— Напишите товарищу Ежову, настаивайте на пересмотре дела, но главное, просите отсрочить исполнение приговора. Найдите для этого мотивы: растеряны неожиданным арестом, измучены допросами у Чертока, ну и тому подобное, в общем, хотите обдумать свое положение, а для этого нужно время. Попробуйте. Я обещаю вам, что через день-два ваше прошение будет лежать на столе у товарища Ежова. И я допускаю, что товарищ Ежов распорядится пересмотреть дело. Я прикажу доставить вам в камеру бумагу, чернила, и вы к утру напишете. Согласны?

Рейнгольд молчал.

— Ну что ж, — сухо произнес Шарок, — вы и в прошлый раз не вняли моим советам и вот получили, — он показал на фальшивый приговор ОСО, — не слушаете и сейчас. Жаль, это будет стоить вам жизни.

— Хорошо, — согласился Рейнгольд, — я напишу.

На следующее утро Шарок сам отправился в камеру к Рейнгольду. Письмо на имя секретаря ЦК Ежова было готово. Письмо длинное, путаное, Рейнгольд клялся в своей верности Центральному комитету, лично товарищу Сталину, настаивал на своей невиновности, проклинал то короткое время, когда он, еще совсем молодой коммунист, разделял взгляды оппозиции, но он давно и искренне с ней порвал, он действительно бывал на даче у Сокольникова, видел там как-то Каменева, но ни в какой преступный сговор с ним не вступал. Он умоляет пересмотреть его дело, он готов умереть, но не как враг партии, а как ее верный сын.

Шарок забрал письмо, забрал чернила и ручку, пообещал скорый ответ.

Он был доволен. Задуманный план пока выполнялся; если даже сорвется, то в этом письме Рейнгольда содержится многое такое, чего из него никак не могли выбить: осуждение своих прошлых взглядов, признание в прямой и близкой связи с Сокольниковым и знакомстве с Каменевым. А это уже само по себе давало кое-что для *начала*.

Ночью Шарок вызвал Рейнгольда.

Шарок излучал довольство, радость, даже ликование.

— Поздравляю вас, Исаак Исаевич, товарищ Ежов прочитал ваше письмо.

Он следил за реакцией Рейнгольда. Тот, однако, был невозмутим. Умеет держать себя в руках.

— Так вот, — продолжал Шарок, — руководство наркомата доложило ваше письмо секретарю ЦК товарищу Ежову. Товарищ Ежов согласен отдать распоряжение об отмене приговора.

Он по-прежнему не спускал глаз с Рейнгольда, но у того на лице не дрогнул ни один мускул.

— Товарищ Ежов согласен отдать распоряжение об отмене приговора, — повторил Шарок, — но при одном условии — вы должны помочь следствию разгромить троцкистско-зиновьевскую банду. В какой форме помочь — это вопрос техники, об этом мы с вами договоримся, но вы должны помочь, таково условие товарища Ежова. Примете — приговор будет отменен, отклоните — приговор будет немедленно приведен в исполнение.

Рейнгольд молчал, думал, потом неожиданно твердым, *прежним* своим голосом сказал:

— Хорошо. Я согласен. Но у меня тоже есть одно *непременное* условие: товарищ Ежов или кто-либо из членов Политбюро от имени Центрального комитета скажет мне, что я ни в чем не виновен, но высшие интересы партии требуют от меня тех показаний, на которых вы настаиваете.

Шарок откинулся на спинку стула, с деланым изумлением посмотрел на Рейнгольда.

— Вы считаете себя вправе ставить условия Центральному комитету партии?

— Считаю.

— А вы не боитесь, что, выдвигая встречные условия, вы тем самым фактически, по существу, отказываетесь выполнить требование Центрального комитета?

— Не боюсь.

— Вы понимаете, на что идете? Вы хотите, чтобы ЦК с вами торговался?

— Я этого не хочу, — резко возразил Рейнгольд, — требование товарища Ежова я слышу не от товарища Ежова, а от вас. А вы не секретарь ЦК, вы следователь, и ваши слова для меня не гарантия. Можете меня расстрелять, но иначе не будет. Будет только так, как я сказал.

Шарок понимал, что Рейнгольд не уступит. Крепкий человек! Но успех есть: на некоторые условия согласен, это главное, остальное приложится.

— Я доведу вашу просьбу до сведения руководства, — сухо проговорил Шарок, — прошлый раз вы мне не поверили — дело кончилось Чертоком, теперь опять не верите; чем кончится сейчас, не знаю. Но повторяю: вашу просьбу я доведу до сведения руководства наркомата.

С этим он отослал Рейнгольда в камеру, а сам отправился на доклад к Вутковскому.

— Ну что ж, — сказал Вутковский, — его можно понять. Но, я думаю, он удовлетворится обещанием Молчанова. К тому же они старые знакомые.

Но Рейнгольд не удовлетворился обещаниями Молчанова, хотя они и были старые знакомые, хотя Молчанов возмущался действиями Чертока, обещал его наказать. Рейнгольд упорно стоял на своем — один из высших представителей ЦК должен объявить ему, что он, Рейнгольд, ни в чем не виновен и что высшие интересы партии действительно требуют его сотрудничества со следствием в разоблачении «троцкистско-зиновьевского заговора».

Шарок был убежден, что требование Рейнгольда будет выполнено — слишком серьезной фигурой он представлялся для будущего процесса: крупный хозяйственник, старый коммунист, личный знакомый Каменева, показания такого человека в сочетании с показаниями Ольберга (курьера-посланца Троцкого) и Пикеля (секретаря Зиновьева) составили бы прочную свидетельскую основу будущего процесса.

Но Шарок ошибся. Ягода и думать не захотел об обращении к Ежову. Приказал держать Рейнгольда на положении смертника и добиваться показаний шаг за шагом, пока не согласится сотрудничать окончательно. И не медлить, через три дня он должен сдаться.

Ягода не хотел помощи Ежова, ибо такая помощь означала бы, что его аппарат самостоятельно с этим делом справиться не может. В аппарате НКВД поговаривали о скрытой борьбе между Ежовым и Ягодой, о ревности Ягоды к Ежову. Но Шарока это мало утешало: паны дерутся, а у хлопцев чубы трещат.

Что имел Шарок по делу Рейнгольда? Показания Ольберга и Пикеля о том, что и он был участником заговора? Устроить им очную ставку? Но Рейнгольд запутает Ольберга. Что касается Пикеля, то они шапочно знакомы, и как поведет себя Пикель, тоже неизвестно. Когда ему устроили очную ставку с Зиновьевым, он так оробел и растерялся, что не мог и слова вымолвить. Не повторится ли такая же история и сейчас? Очная ставка остается на крайний случай. Что же еще? Письмо Ежову — это важно, признал участие в оппозиции, раскаивается, клянется в верности партии, при известных условиях готов к сотрудничеству и, конечно, боится расстрела, хотя притворяется, что не боится.

Все это Шарок обдумывал, сидя в своем кабинете над тощей папкой Рейнгольда, которую он, Шарок, обязан превратить в толстый том показаний. И это его последний шанс. Он ходит в самых отстающих — ни одного человека, ни одного признания.

Шарок сидел за столом, пытаясь сосредоточиться, и не мог сосредоточиться. Ночь была сумaтошная, во всех следовательских кабинетах шли допросы шум, крики избиваемых, топот сапог, выла какая-то баба. К тому же еще закрыт ларек, у некоторых следователей кончились папиросы, они стреляли друг у друга, стреляли и у Шарока, он давал, но, когда увидел, что в пачке осталось всего шесть папирос, сообразил, что ему самому не хватит до утра, спрятал пачку в стол и каждому просящему отвечал:

— Нету, нету, сказал вам, нету!

Но на этаже решили, что Шарок жадничает, продолжали клянчить, открывали дверь... Шарок всех прогонял:

— Нету, русским языком сказал, самому нечего курить.

И когда кто-то опять открыл дверь, он, не поднимая головы, сказал:

— Идите к ... матери! У меня нет папирос!

Дверь не закрывалась. Он повернул голову и помертвел от страха: в дверях стоял маленький человек — Шарок сразу узнал его... Это был Николай Иванович Ежов.

Шарок вскочил, одернул гимнастерку.

— Товарищ секретарь Центрального комитета, докладывает старший оперативный уполномоченный Шарок. Извините за грубость. У меня сложное дело, а товарищи все время заходят просить папиросы. Я все роздал. У меня их осталось всего шесть штук, а мне работать до утра.

Пока Шарок докладывал, Ежов вошел в комнату, за ним вошли Агранов, Молчанов и Вутковский. Ночные обходы начальство совершало часто, но Ежов появился в кабинете Шарока впервые.

Несмотря на маленький рост, он был хорошо сложен, быстрый, с суровым солдатским лицом и фиалковыми безжалостными глазами.

— Каким делом вы занимаетесь?

— Исаака Рейнгольда.

— Нужный человек, дело важное. Как оно двигается?

Шарок мгновенно оценил ситуацию. Сейчас решается его судьба, его будущее в этом учреждении. Он ожидал, что Молчанов или Вутковский вместо него доложат, как обстоят дела, не может же он через их голову докладывать о том, что Рейнгольду был предъявлен фиктивный приговор о расстреле, рекомендовано написать Ежову, а написанное Рейнгольдом письмо Ежову не передано по приказу Ягоды.

Но Молчанов и Вутковский молчали. Утаивают. И мгновенное чувство, шевельнувшееся в Шароке, когда Ежов вошел в кабинет, когда он нечаянно обругал его матерно, чувство, что сейчас, в этот час, решается его судьба, это чувство укрепилось. Когда-то этот час должен был наступить.

Шарок четко, спокойно, ровным голосом доложил:

— Дело Рейнгольда продвигается очень медленно. Рейнгольд на даче у своего родственника Сокольникова познакомился с Каменевым. Мои попытки убедить Рейнгольда дать показания о связях с Каменевым не дали результата. Не дал результата и трехнедельный допрос помощника начальника оперативного отдела Чертока. Рейнгольда вернули мне. Понимая значение этого соучастника, я пошел на крайнюю меру: я предложил помочь нам в разоблачении троцкистско-зиновьевского заговора и предупредил его, что в случае отказа он будет расстрелян. Для этого мне пришлось написать и предъявить ему постановление ОСО о расстреле. Рейнгольд согласился при условии, что лично вы, товарищ секретарь Центрального комитета, подтвердите, что его участие в разоблачении заговора соответствует высшим интересам партии. Но я не решился обратиться с этим к вам, товарищ секретарь Центрального комитета.

Ежов не сводил с Шарока своего холодного, безжалостного взгляда. Потом перевел взгляд поочередно на Агранова, Молчанова и Вутковского. Те молчали, видимо пораженные неожиданным и откровенным сообщением Шарока.

— Пришлите Рейнгольда сейчас ко мне, — приказал Ежов и вышел. Вслед за ним вышли Агранов, Молчанов и Вутковский.

Шарок остался один, сел, перевел дыхание.

Когда он докладывал Ежову, то никакого страха не испытывал. В тот момент у него не было иного выхода. Он только тщательно выбирал выражения, чтобы никого не подвести. Конечно, если бы Ежов начал расспрашивать о подробностях, он был бы обязан их изложить, и тогда ему, возможно, пришлось бы назвать и Вутковского, и Молчанова, а возможно, и Ягоду.

Ежов ничего не спросил, и он никого не назвал. Но сейчас там, в кабинете Ежова, у него неподалеку от кабинета Ягоды был свой кабинет, неофициальный, никто его не занимал, не входил туда, все знали, что это кабинет только для Ежова, так вот, в этом кабинете Ежов расспрашивает и Молчанова, и Агранова, и они все валят, конечно, на Шарока, спасают свою шкуру... Что сделает с ним Ежов или что сделает с ним Ягода, когда Ежов уедет, неизвестно, могут отправить в камеру уже в качестве заключенного.

Дверь распахнулась, в ней возник порученец Ягоды. Это означало вызов к самому наркому.

Шарок поднялся.

Порученец шагнул в кабинет и что-то положил на стол.

— Вам от товарища Ежова.

И тут же вышел.

На столе лежала нераспечатанная коробка папирос «Герцеговина флор».

22

Вернувшись тогда от Альтмана и все обдумав, Вадим ужаснулся. Перечислив десятка два людей, бывавших у них на Арбате, он не может утверждать, что ни о чем, кроме медицины, они не беседовали. Это смешно. Альтман прямо объявил: контрреволюционные разговоры. Значит, что-то дошло туда... Но что именно? Раньше, года два-три назад, собиралась у них театральная молодежь, да и маститые артисты приходили, но никаких разговоров о политике, даже анекдоты не рассказывали. Чего от него хотят?

Он боялся новой встречи с Альтманом. Что готовит ему этот палач? Плетет сеть, начал с одного, думает о другом, перескакивает на третье, держит в неведении... Для того чтобы сопротивляться, выйти из этой нелепицы, ему надо точно знать, в чем суть дела. Жить, существовать в этой неизвестности невозможно.

Он думал об этом не переставая, страх не отпускал его ни днем ни ночью. Надо поговорить с Юрой. Товарищ, друг детства, пусть скажет, объяснит ему, чего от него хотят. Он не будет просить ни помощи, ни защиты, сам защитится: честнейший советский человек, надежный помощник партии в борьбе за истинно партийное искусство, человек, беспредельно преданный товарищу Сталину.

Конечно, он обязался никому ничего не рассказывать, но Юре можно: он там работает. И надо это сделать немедленно, пока его не вызвали второй раз. Юру трудно застать дома, но он должен его поймать во что бы то ни стало.

Юра оказался дома, сам поднял трубку, приятно удивился:

— Вадим? С какой планеты свалился?

— Это ты пропал. Я всегда на месте. Я тебе звонил — тебя нету.

— Работы много.

— Надо бы встретиться.

— Мне самому хочется, есть о чем поболтать. Но когда?

— Давай сегодня.

Юра засмеялся.

— Сразу видно человека свободной профессии. Милый, у меня все вечера заняты, остается одно воскресенье. Но и в это воскресенье работаю. Давай созвонимся в следующее.

— Юра. Мне обязательно тебя надо увидеть. И срочно.

— Смотри, год не виделись, и вдруг срочно.

— Да, Юра, да! Мне срочно надо тебя видеть.

— Что случилось?

— Особенного ничего. Но я нуждаюсь в твоем совете.

— Я его могу дать по телефону.

— Это разговор не для телефона, — с отчаянием сказал Вадим.

Почва уходила из-под ног. Если он не встретится с ним до вызова к Альтману, все пропало.

— Юра! С тобой говорит твой старый товарищ. Пойми! Если бы это не было для меня так важно, я бы не стал тебя беспокоить. Хочешь, я зайду к тебе?

— Я скоро ухожу. Мать уже обед поставила греть.

— Юра, давай пообедаем у меня. У Фени телячья грудинка с грибами, пирожки к бульону. — Голос у него был умоляющий...

Шарок помолчал, потом сказал:

— Перезвоню через десять минут. Скажу, смогу прийти или нет.

Через десять минут он позвонил:

— Уговорил, иду. Но учти, рассиживаться у меня нет времени, пообедаем по-быстрому.

Шарок был рад встрече, улыбаясь, хлопнул Вадима по плечу.

— Толстеешь, Вадим, грудинка, пирожки, не следишь за фигурой.

— Некогда следить, дорогой мой.

— Конечно, всех на карандаш, на мушку берешь, долбаешь всех подряд... Ну так что у тебя случилось?

Они прошли в столовую. Феня внесла супницу, налила в тарелки бульон, поставила блюдо с пирожками.

Вадим дождался, пока она выйдет.

— Ничего особенного. Наверно, я напрасно тебя беспокою. Но, понимаешь, я никогда не попадал в такие ситуации. Хорошо знаю, что все это ерунда, ничем мне не грозит, но неприятно.

Шарок рассмеялся.

— Нас, юристов, учили отсекать первую страницу приготовленной речи и сразу начинать со второй.

— Юра, — сказал Вадим, — меня вызывали на Лубянку...

Лицо Шарока напряглось. Не нахмурился, не насупился, а именно напрягся. Губы сжались в полоску, взгляд затвердел.

— Вызывал какой-то Альтман, я не разобрал его чин, в чинах я мало понимаю, ужасный такой тип, формальный, сухой, бездушный, я совершенно обалдел — видимо, наделал глупостей. У меня было только одно желание — поскорее выбраться оттуда.

Голос у него дрогнул, неужели Юрка ему не посочувствует?

Но у того лицо оставалось по-прежнему напряженным, он молчал и смотрел мимо Вадима.

Заглянула Феня.

— Телятину подавать?

— Давай, — буркнул Вадим и подождал, пока она прикроет дверь. — Собственно, ничего особенного, он спрашивал про знакомых иностранцев. Я назвал всех, кого знал, он записал, я подписал, и он меня отпустил. Но сказал, что вызовет еще. И я не понимаю зачем. Что ему от меня нужно? С иностранцами я никаких дел не имел, никаких разговоров не вел, ты меня знаешь... Ну а то что Вика уехала во Францию, при чем здесь я?

И тут Шарок неожиданно проявил заинтересованность:

— Уехала во Францию? Зачем?

— Вышла замуж и уехала.

— За кого она вышла замуж?

— За какого-то корреспондента.

— А, — пробормотал Шарок, — за антисоветчика.

— Он антисоветчик? Ты знаешь?

185

— Все корреспонденты — антисоветчики, кроме корреспондентов коммунистических газет. Да и им тоже особенно верить нельзя.

Они занялись телятиной.

— Так в чем суть дела? — спросил Шарок.

— Я не понимаю истинной причины, из-за которой меня надо таскать туда. За что? За иностранцев, которые приезжают к папе? Но они приезжают официально, их сопровождают официальные лица. Тогда что же? Спрашивает: «С кем вы вели контрреволюционные антисоветские разговоры?» Какие разговоры, что за глупости? Я ни с кем не мог их вести. Я честнейший советский человек.

— Нет такого советского человека, который хоть раз не сказал бы какую-нибудь антисоветчину, — изрек Юра.

«Ничего себе рассужденьице», — подумал Вадим.

— В таком случае я исключение, — ответил он, — я таких разговоров не веду. И перспектива объясняться с этим Альтманом меня не устраивает. Я мог бы обратиться к руководству Союза писателей, к Алексею Максимовичу Горькому, наконец; но я имел глупость обещать Альтману никому об этом не рассказывать.

Шарок перегнулся через стол, приблизил свое лицо к лицу Вадима.

— Ты дал такое обязательство?

— Да.

— Почему же ты мне рассказал?

— Но ведь ты там работаешь, — робко ответил Вадим, понимая, что совершил какую-то оплошность.

Шарок резко отодвинул от себя тарелку.

— Ты понимаешь, в какое положение ты меня поставил?

— Юра...

— Юра, Юра... — Как и Альтман, он с раздражением повторял слова Вадима. — Что Юра?! Тебе *доверили, ты обязался* молчать, ты *нарушил* обязательство. Я, видите ли, там работаю... А ты знаешь, кем я работаю?! Может быть, дворником!

Он снова замолчал, потом мрачно произнес:

— Я работник этого учреждения, мне разглашена служебная тайна, я обязан доложить об этом своему начальству.

Вадим в растерянности смотрел на него.

— Да, да, — с раздражением продолжал Шарок, — я обязан так сделать по долгу службы. Ты сказал мне; где гарантия, что ты не скажешь еще кому-нибудь? И еще добавишь: «У меня один знакомый там работает, я ему все рассказал, он меня выручит».

— Юра, как ты можешь это говорить?

— А почему не могу? Раз ты ставишь меня в такое двусмысленное положение, то я все могу, все!

— Юра, поверь мне...

— Я обязан выполнить свой долг, — объявил Шарок, — особенность нашего учреждения обязывает каждого сотрудника докладывать начальству обо всем, что касается этого учреждения.

Он вышел из-за стола, посмотрел на часы.

— Мне пора ехать.

— Юра, неужели ты это сделаешь?

Вадим с мольбой смотрел на него.

Не глядя на Вадима, Шарок хмуро спросил:

— Ты обещаешь никому не передавать нашего разговора? Впрочем, зачем я спрашиваю, ведь ты и Альтману обещал.

Вадим приложил руки к груди.

— Клянусь тебе... Никому ни слова. Кроме тебя, я никому ничего не говорил, поверь мне. Ты единственный, кому я решился сказать. Я думал...

Шарок перебил его:

— Ты уже говорил, что думал, не повторяйся. Мой тебе совет дружеский: не запутывайся дальше, никому ни слова — ни о допросе, ни о встрече со мной. Перестань болтать, продолжай жить так, как жил до сих пор, иначе догадаются, что у тебя что-то произошло, и вынудят рассказать.

— Кто догадается, кто вынудит? — изумился Вадим.

— Кто надо, — внушительно ответил Шарок, — тебя не могли вызвать просто так. Просто так у нас ничего не делается, мы людей зря не беспокоим, из пушки по воробьям не стреляем. Тебя вызвали, допросили, составили протокол, предупредили о неразглашении, значит, дело есть, и дело серьезное. Эти люди вокруг тебя, разве ты знаешь, кто они на самом деле?! Тебе кажется — пустяки. Не пустяки! Я отлично понимаю, что ни ты, ни твой отец не вели антисоветских разговоров. Но ведь ты встречаешься с людьми не только дома. Ты со многими людьми встречаешься, Вадик, у тебя обширные знакомства. Покопайся в памяти. — Он посмотрел на Вадима и многозначительно добавил: — Один анекдот, рассказанный или услышанный, вот и статья.

Надел шинель, застегнул пуговицы.

— Бывай!

А лучик надежды все-таки блеснул. Молодец Шарок, все же настоящий друг. Не бросил в беде. Намекнул, дал понять, что дело упирается в анекдот. О господи, погибнуть из-за анекдота!

Он перебирал в памяти слышанные за последнее время шутки, анекдоты. Все мелочь, ерунда. К тому же анекдоты рассказывали, как правило, один на один, мельком, на ходу. «Слыхал?» — «Не слыхал?» Из всего, что он вспомнил, только анекдот про Радека и Сталина можно было посчитать более или менее криминальным. От кого же он его слышал? Эльсбейн, литературовед Эльсбейн, точно, именно он его рассказал. Вадим обедал в ресторане Клуба писателей со своим старшим другом и покровителем Ершиловым. В дверях появился Эльсбейн, оглядел зал и бочком, бочком направился к их столику — он прихрамывал и по тому ходил, выставляя вперед плечо. Ершилов отодвинул для него стул, Вадим поморщился: не нравился ему этот тип. Казенная улыбочка, бегающие глазки.

— Новый анекдот знаете? — спросил Эльсбейн. — Сталин вызывает Радека и говорит: «Слушай, Радек, ты любишь анекдоты сочинять; говорят, и про меня сочиняешь. Так вот, этого делать не следует, не забывай, я вождь!» Радек отвечает: «Ты вождь? Вот этого анекдота я еще никому не рассказывал».

Ершилов улыбнулся, Вадим тоже улыбнулся, Эльсбейн встал и пошел дальше.

Вадим не придал тогда этому случаю особого значения. Конечно, в анекдоте упоминался товарищ Сталин, но Радек — крупный партиец, хотя и бывший оппозиционер, раскаявшийся троцкист, но знаменитость. Помимо всего, знаменит своими анекдотами, которые носили как бы легальный характер именно потому, что Радек был лицом официальным. В прошлом один из руководителей Коминтерна, сейчас известный журналист, публицист, его статьи регулярно появляются то в «Правде», то в «Известиях» — руководящие статьи. Правда, когда Эльсбейн рассказал анекдот, Ершилов улыбнулся довольно кисло, глаза его не улыбались. Но ведь он, Вадим, этот анекдот, кажется, никому не пересказывал?

Впрочем, нет, рассказал... Парикмахеру Сергею Алексеевичу, *своему* парикмахеру Сергею Алексеевичу, который работает здесь, на Арбате, в парикмахерской на углу Калошина, и которого Вадим знает с детства. Постоянный парикмахер его отца, еще до революции обслуживал его, обслуживает и сейчас; когда отец болел, Сергей Алексеевич приходил к ним домой, стриг и брил его дома, и покойная мама водила Вадима к нему стричься, солидный, представительный, с красивой бородкой, приветливый и доброжелательный... Он клал на подлокотники кресла дощечку, говорил: «Ну-с, молодой человек», поднимал Вадима, сажал на дощечку, стриг, шутил с ним, с маленьким... Потом он ходил к Сергею Алексеевичу уже без мамы, мама умерла, ходил подростком, юношей и, наконец, взрослым человеком, и уже не Сергей Алексеевич обращался к нему покровительственно, а Вадим говорил с ним снисходительно. Вряд ли Сергей Алексеевич читал газеты и журналы, где публиковались статьи Вадима, но о его успехе наверняка был наслышан хотя бы от той же Фени, которая поступила к ним по рекомендации Сергея Алексеевича: то ли они были из одной деревни, то ли он назвал ее своей родственницей.

По дружбе Вадим сообщал ему разные политические новости, комментировал газетные сообщения. Тешил самолюбие, хотелось выглядеть лицом значительным, приближенным к высшим сферам.

Сергей Алексеевич многозначительно поднимал брови и все услышанное заключал одной добродушной фразой: «Без Льва Давыдовича не обошлось», произносил эту фразу про Троцкого так, как когда-то произносили слова: «Англичанка гадит...»

Выслушав анекдот, Сергей Алексеевич вежливо улыбнулся и сказал свое обычное: «Без Льва Давыдовича не обошлось», мол, это Троцкий надоумил Радека так ехидно ответить Сталину.

Неужели Сергей Алексеевич донес? Близкий человек, можно сказать — друг семьи, знает отца уже лет двадцать, и покойную маму знал, и его, Вадима, знает чуть ли не с пеленок, и Феня — его родственница. А может, он профессиональный стукач, место удобное, через его руки проходят десятки, сотни людей, и все рады почесать языки. Свою дежурную фразу: «Без Льва Давыдовича не обошлось» — он произносит с двусмысленной улыбочкой и вставляет ее не только в разговоры с Вадимом, всем ее говорит, значит, все должны знать и знают, что под Львом Давыдовичем он имеет в виду Троцкого. Не вызывает ли он таким образом нарочно всех на разговор о Троцком?..

Вадим вспомнил вдруг рассказ Фени о том, как они в деревне спасались от хлебозаготовок. «Нас семеро у родителей было, — рассказывала Феня, — чем кормить? Зерно подчистую отбирали, все облазают, каждый уголок заметут. Мать-покойница придумала — матрасы мы заместо соломы зерном набивали, спим на них, жестко спать, колется зерно-то. Зато хоть с малым, но хлебушком были, пекли тайком, чтобы соседи не доказали, что утаили мы, не все сдали».

Феня из кулацкой семьи Как-то приезжал ее отец, сидел на кухне, смотрел искательно, настороженно — конечно, раскулаченный. А ведь Феня Сергею Алексеевичу — родня. Как он, Вадим, это раньше не учел, не придал значения? Друг семьи. Свой человек. Да он всем арбатским свой человек. И на всех пишет «информации». И на него, на Вадима, мог написать.

Приходя в Клуб писателей, встречаясь с Эльсбейном, с Ершиловым, Вадим вглядывался в их лица: может, как-нибудь выдадут себя — смущением ли, или в глазах что-нибудь промелькнет. Нет, вели себя обычно. Но кто-то все же донес на него.

Эльсбейн? Всем известно, что Эльсбейн почти ежедневно бывал в доме Каменева, сотрудничал в издательстве «Academia». Каменева посадили, а Эльсбейна не тронули. С другой стороны, Эльсбейн сам рассказал анекдот, не будет же он на себя доносить.

Ершилов? Ершилов не того ранга человек, не для мелкого доноса. Его специальность — доносы крупные, каждая его критическая статья — политический донос, каждая его обличительная статья, в сущности, уже приговор. Такой ерундой, такой мелочью заниматься не будет.

Итак, если дело именно в анекдоте, то настучал на него только Сергей Алексеевич. Вадим Марасевич стал распространителем антисоветских анекдотов, распространяет их где попало, даже в парикмахерской. Его сестра уехала в Париж, вышла замуж за антисоветчика, а он, Вадим, занимается антисоветчиной здесь.

Но это неверно! Неверно! Неверно! Он не антисоветчик! Конечно, глупо было рассказывать такой анекдот Сергею Алексеевичу, тем более тот вряд ли его понял. Но ведь анекдот не про Сталина, а про Радека, для интеллигенции Радек стал как бы советским Козьмой Прутковым. Само его имя было символом дозволенности, признаком хотя и свободомыслия, но официального, негласно разрешенного.

Как ни утешал себя Вадим, как ни успокаивал, он понимал, что дело его плохо, очень плохо. Альтман этот анекдот растолкует совсем по-другому: рассказывал анекдоты про товарища Сталина. И где? В парикмахерской! И кому? Парикмахеру! А кому еще рассказывали? Никому. Ах, никому, а почему мы должны вам верить?

В какую страшную историю он попал. Он ничего не сможет отрицать, отрицать глупо, только усугубишь свою вину.

Но если он признается, что рассказал этот анекдот Сергею Алексеевичу, он должен будет сказать, от кого он его услышал. Должен будет назвать Эльсбейна, а кто при этом присутствовал? Ершилов. И его надо будет назвать. Если он будет выкручиваться, скрывать, то его посадят. Неужели его посадят? Тогда кончена жизнь. За что он должен погибать, ведь ему всего двадцать пять лет! За кого?! За Радека, который выдумывает такие анекдоты, за Эльсбейна, который их распространяет? Радеку легко, с него как с гуся вода, скажет: «Это все мне приписывают», и ему в самом деле многое приписывают. А Эльсбейн, сукин сын, провокатор, рассказывает такие анекдоты, да еще при третьих лицах, при Ершилове. И Ершилов хорош! Член партии, больше того, член партийного комитета, почему не дал отпор Эльсбейну? Его отпор послужил бы сигналом для Вадима, он не стал бы этот анекдот рассказывать Сергею Алексеевичу. Так что они оба хороши — и Эльсбейн, и Ершилов. Их он тоже щадить не собирается. Да! Эльсбейн рассказал этот анекдот, но в присутствии члена парткома Ершилова, тот *одобрительно* посмеялся, и он, Вадим, решил поэтому, что в анекдоте никакого криминала нет, и несколько неосторожно рассказал его парикмахеру.

И все же Вадим нервничал, мысли путались. Его страшило новое свидание с Альтманом, этот его грустный взгляд, неожиданно переходящий в палаческий прищур, эта тупая, непробиваемая монотонность речи с неожиданными взрывами гнева и истерическими выкриками. Ужас!

С другой же стороны, тяготила, мучила, не давала покоя неопределенность, неизвестность. Скорее бы вызвал, выслушал, записал бы что надо и успокоил бы Вадима, ведь он честно выполнил свой долг. Конечно, может закрутиться дело, но Ершилов вывернется — слишком большая величина, на него руку не поднимут, ну а Эльсбейн, черт с ним, пускай выкарабкивается как хочет, пусть признается, кто ему рассказал эту пакость, и объяснит, зачем он несет ее по всему ресторану.

Да, только бы поскорее вызвал. Вадим сидел дома, ждал звонка, а если уходил, то строго наказывал Фене спрашивать, кто звонил, и записывать фамилию. Феня фамилии не записывала, Вадим впадал в бешенство, стучал кулаком по столу, хотя прекрасно понимал, что в НКВД вызывают не через домработниц.

— Я ведь тебе русским языком говорил — записывай, вот ведь специально положил тебе у телефона бумагу и карандаш. Неужели трудно вывести свои каракули?

Но Феня не желала «выводить каракули» и на следующий день докладывала: звонил какой-то мужчина, кто такой, не сказал.

— А ты спросила?

— Спрашивала, а он трубку положил.

Или так:

— Фамилию не сказал, только спросил, когда будет.

— И что ты ответила?

— Чего?! Вечером, говорю, будет.

— Я ведь тебе велел сказать: будет в семь часов.

— Я и сказала: в семь.

— Сказала ты! Ничего ты не сказала!

— Нет, сказала.

Но почему Альтман не звонит, черт бы его побрал! Может, он в отпуске, а может, прекратили дело... Юрка сказал Альтману: «Я знаю Вадима Марасевича. Это наш парень, наш человек!»

«Наш парень, наш человек!» Надежные слова, крепкие слова. Ему всегда хотелось, чтобы они считали его своим парнем, своим человеком, не «нашим товарищем», а именно «нашим человеком». «Товарищ» — это что-то попутное, временное, а «человек» — устойчивое, это навсегда.

Наверно, Юрка так и сказал: «Наш парень, наш человек», и Альтман выбросил этот дурацкий протокол. Хорошо бы позвонить Юре, узнать, выведать, но звонить неудобно, и Юра ничего не скажет, достаточно того, что он намекнул про анекдот, он благородно поступил, Юра молодец, и не следует просить у него большего, это будет не дипломатично.

Прошел месяц, другой, жизнь вернулась в привычную колею, и Вадим начал рассуждать спокойнее: если даже предположить, что Альтман уходил в отпуск, то он давным-давно вернулся, трехмесячных отпусков у нас не бывает. Может быть, его сняли с работы, ну что же, тем лучше, значит, на его место пришел кто-нибудь поумней, сразу увидел, что дело Вадима выдумано, и прикрыл его. А главное, Юрка наверняка сказал о нем что-то положительное, мол, оставьте в покое *нашего* парня.

Вадим успокоился окончательно. Опять в газетах и журналах замелькали его статьи, опять он громил и обличал.

Им были довольны. Даже Владимир Владимирович Ермилов сказал:

— Молодец, правильно мыслишь!

23

После разговора с Ежовым Рейнгольд преобразился. Он не только подписывал все, что требовал Шарок, но и многое добавлял, придавая своим показаниям еще большую остроту и убедительность.

Что обещал ему Ежов, о чем они договорились, Шарок мог только догадываться. Жизнь ему обещана, невиновность подтверждена, воля партии ему объявлена — это ясно, но от чьего имени? Имя Ежова авторитетно, но удовлетворился ли им Рейнгольд, не передана ли ему более высокая воля, после чего он почувствовал себя участником крупнейшей партийно-государственной акции? К Рейнгольду снова вернулось то, что всегда было ненавистно Шароку: интеллектуальное высокомерие, сановная властность. Он заменял в протоколе формулировки Шарока более ловкими и грамотными, говорил: «Напишите так».

Все это было полезно для дела, но раздражало Шарока, и он не позволял Рейнгольду распускаться, слушал его с каменным выражением лица, внимательно, но как человек, который *решает*, а Рейнгольд только предлагает, эту дистанцию Рейнгольд, человек умный, почувствовал и принял — побоялся конфликтовать со следователем, тем более Шарок отклонял то, что расходилось с общим сценарием, которого Рейнгольд не знал, а Шарок знал, с этим Рейнгольду надо считаться, он подследственный, а Шарок следователь, в случае успешного окончания дела Шарок получит орден, а что получит Рейнгольд, еще неизвестно, хотя, как казалось Шароку, он свято верил в данные ему обещания.

Акции Шарока поднялись высоко: его подследственный Рейнгольд давал самые обширные, самые убедительные и острые показания. Ольберг мог свидетельствовать только о том, что было за границей, подписывал все, что требуется, но был лишен фантазии, за него приходилось думать следователям. А они, плохо знавшие заграницу, ничего *абсолютно достоверного* придумать не могли, кроме того, что Ольберг был послан Седовым в СССР по указанию Троцкого с заданием организовать террористический акт против Сталина, который он собирался осуществить с помощью студентов Горьковского пединститута во время праздничной демонстрации в Москве.

Что касается Пикеля, то он после провала очной ставки с Зиновьевым впал в апатию и оказался в конце концов в состоянии такой глубокой депрессии, что пришлось снова призвать на помощь его друзей Шанина и Гая. Пикеля перевели в хорошую камеру, где Шанин и Гай засиживались с ним допоздна. Пили вино, ужинали, играли в карты, всячески ободряли Пикеля. Следователь внушил Пикелю, что Зиновьев дал такие же показания. На очной ставке Пикель убедился, что это не так, Зиновьев умолял его отказаться от ложных показаний. Пикель был потрясен, не мог вымолвить ни слова, и его увели.

Теперь Шанин и Гай уверяли его, что Зиновьев действительно дал раньше нужные показания, но на очной ставке вдруг от них отказался и что дальше все будет хорошо. Под влиянием этих увещеваний, сопровождаемых выпивкой, закуской и игрой в карты, Пикель несколько пришел в себя и успокоил тем Ягоду и Молчанова, опасавшихся, что в состоянии депрессии Пикеля не удастся вывести на процесс.

Таким образом, сценарий пришлось менять на ходу; конечно, Ольберг и Пикель были полезны, они, бесспорно, сыграют свою роль: показания есть показания, соучастники есть соучастники. Но главным «детонатором» стал Рейнгольд, и наиболее заметным следователем стал Шарок, ведущий дело Рейнгольда.

Все свои случайные встречи с любым бывшим оппозиционером, будь то в частном доме или на официальных служебных встречах, заседаниях, совещаниях, даже съездах или конференциях, Рейнгольд истолковывал, изображая как встречу, на которой обсуждались подробности заговора. Ему важно было только точно вспомнить дату и место встречи, чтобы уличаемый им человек не мог доказать свое алиби.

Крупный хозяйственник, видная фигура в государственном аппарате, Рейнгольд участвовал во многих заседаниях, где были и другие бывшие оппозиционеры, тоже крупные деятели.

Таким образом, в смысле места и времени показания Рейнгольда приобретали полную достоверность, а это, в свою очередь, придавало убедительность его версии о содержании разговоров.

Рейнгольд показал, что является участником троцкистско-зиновьевского заговора, действовал под руководством

Зиновьева, Каменева и Бакаева, подготавливал убийство Сталина, а также Ворошилова, Кагановича и других руководителей партии и государства. Убийство Кирова было совершено по прямому указанию Зиновьева.

Показания Рейнгольда, Ольберга и Пикеля, точно между собой согласованные, взаимно одно другим подтверждаемые, тщательно выверенные Молчановым и Ягодой и, как догадывался Шарок, доложенные товарищу Сталину, теперь предъявлялись главным обвиняемым: Зиновьеву, Каменеву и другим, должны были лечь в основу предстоящего процесса.

Вутковский, человек умный, осторожный, сказал:

— Рейнгольд понимает свою задачу как задачу партийную. Вы знаете, мне кажется, что он искренне в это верит. Он цельная и сильная личность.

Шарок сделал вид, что его устраивает такое объяснение. Какая разница между Вутковским и Рейнгольдом? Один сочиняет липу, другой делает вид, что этой липе верит. И делает это якобы в интересах партии. Врут! И тот и другой спасают свою шкуру. И он, Шарок, спасает свою шкуру, но он партийными интересами не прикрывается, выполняет служебный долг, так, и только так. Он выполняет распоряжения начальника, не слепо выполняет, а то, что соответствует закону и инструкции, — ответственность несут те, кто эти законы издавал и эти инструкции подписывал.

Высший закон — это Сталин. И все, что делается в интересах Сталина, все оправданно. Шарок всю жизнь ненавидел коммунистов. Кроме одного — Сталина. Сталин сам истребляет коммунистов, особенно старых коммунистов, а ведь в них-то и заключается устрашающая сила этой диктатуры, они сами всех безжалостно истребляли, теперь пришла и их очередь, теперь Сталин гнет их в дугу, дай Бог ему здоровья. Работая в органах, Шарок навсегда связал себя с этой системой, и от крепости и незыблемости системы зависит его собственная жизнь. Гарантия этой крепости и незыблемости — Сталин, и только Сталин. И потому Шарок верен ему, и только ему. И потому все, что делается в интересах Сталина, все оправданно.

24

Восьмого июня ОН посетил в Горках больного Горького. С ним были Молотов и Ворошилов. А через десять дней, восемнадцатого июня, Горький умер. Был объявлен всенародный траур, и двадцатого июня Горького похоронили на Красной площади.

Жалел ли ОН о смерти Горького? Каждый умирает в предназначенный ему час. Как художник Горький кончился. «Егор Булычев» был, *конечно*, пиком его творчества. Что касается «Клима Самгина», то эту тягомотину ОН до сих пор прочесть не может. Да, не его, Горького, призвание писать эпопеи, для эпопеи нужны крупные исторические фигуры, а какие фигуры в «Климе Самгине»?! «Детство», «В людях», «Мои университеты» — это его, Горького, вещи, хорошие вещи, жизнь там настоящая, а не надуманная, как в «Климе Самгине». Хотел будто бы писать о НЕМ, но все «собирал материал», что-то долго собирал. Конечно, тогда, по поводу «Девушки и смерти», ОН польстил ему: «Эта штука сильнее, чем „Фауст" Гете». Тут и сравнения быть не может. А ОН не только сказал, ОН так написал, оставил в истории, показал Горькому, что отношения с ним ОН ставит выше суда потомков. Как будут эти слова через сто лет растолковывать литературоведы, ЕМУ безразлично, а как сейчас Горький растолковывает в стране и в мире ЕГО политику, ЕМУ важно.

Свое дело Горький сделал — объединил интеллигенцию. Чтобы подчинить народ, надо или уничтожить, или купить его интеллигенцию. Правильнее — одну часть уничтожить, другую купить и держать в страхе. Горький эту миссию выполнил, сказав: «Если враг не сдается, его уничтожают», от имени интеллигенции внес весомый вклад в дело кадровой революции. Но писатели не всегда и не до конца осознают то, что говорят, часто в угоду меткому слову, красивой фразе поступаются смыслом сказанного, говорят не совсем то, что думают. Неизвестно, как бы повел себя Горький во время процессов Каменева, Пятакова, Бухарина и других негодяев, среди которых много его личных друзей.

Так что правильно умер, вовремя умер. Умер, а кадровую революцию одобрил: «Если враг не сдается, его уничтожают». Лозунг оставил, хороший лозунг.

Вел он себя, в общем, лояльно. Иногда взбрыкивал, пришлось в прошлом году его осадить статьей Панферова, показать, что неприкосновенных у нас нет. Ведь сам товарищ Горький утверждал, что искусство и литература должны развиваться в условиях свободного обмена мнениями. Вот Панферов *свободно* и высказал свое мнение.

Горький все понял. И больше не артачился. Нанесли удар по Шостаковичу, по композиторам-формалистам — смолчал; ударили по архитектору Мельникову и другим архитекторам-формалистам — смолчал; стукнули художников-пачкунов, в их числе брата Каменева, — тоже промолчал. Ну, то ладно, смежные искусства, не литература. Но вот в марте выпороли Булгакова, а ведь это уже литература, драматургия, где Горький — первый человек, — и тоже ни слова не возразил...

И все же не до конца был надежный человек. Семнадцатый год это доказал, его отношение к Октябрьской революции это подтвердило. И как повел бы он себя во время кадровой революции, неизвестно. Может быть, не захотел бы терять лица перед так называемым мировым общественным мнением.

Так что правильно умер, вовремя умер. Его память надо увековечить, его имя должно остаться в памяти народной. «Если враг не сдается, его уничтожают». Для интеллигенции он должен оставаться примером служения партии и Советскому государству, примером преданности нынешнему руководству.

Девятого июля вечером из Тбилиси позвонил Берия.

— Товарищ Сталин! Сегодня бюро крайкома заслушало сообщение о раскрытии контрреволюционной террористической организации в Грузии, Азербайджане и Армении. Серьезные обвинения в потере бдительности были предъявлены секретарю ЦК Армении Ханджяну. Ханджян обвинения категорически отрицал. Вечером, час тому назад, он явился ко мне, вел себя вызывающе, обвинил меня в избиении старых партийных кадров, в фальсификации истории партии. Он был в диком, возбужденном состоянии, грозился меня убить, чуть было не выполнил свою угрозу, но я его опередил и в целях самозащиты застрелил его.

Сталин молчал.

— Вы меня слышите, товарищ Сталин?

— Слышу, — негромко ответил Сталин.

И опять замолчал.

Молчал и Берия.

Наконец Сталин спросил:

— Какую версию вы выдвинули для аппарата?

— Самоубийство.

— А версию публичную?

— Я думаю, то же самое.

— Сколько ему было лет?

— Тридцать пять.

Сталин помолчал, потом сказал:

— Завтра к вам вылетает руководящий работник ЦК.

И положил трубку. Встал. Прошелся по кабинету. Секретарь крайкома застрелил в своем кабинете первого секретаря ЦК компартии республики. Первый такой случай в партии.

Конечно, Берия не оборонялся и не защищался. Ханджян не покушался на него — не тот человек, плохой человек, но не может убить секретаря крайкома, понимает, чем это грозит.

Берия просто его пристрелил. Но ведь и честно признается в этом ЕМУ. Мог соврать, будто Ханджян сам застрелился, подобрать свидетелей, составить протокол. Все мог. Нет, ЕМУ не посмел соврать. Уголовник, конечно, но верный уголовник.

Безусловно, Берии было трудно. Закавказье не хотело его признавать — в Грузии есть крупнейшие работники партии, члены ЦК ВКП(б). Например, Мамия Орахелашвили, член партии с 1903 года, Картвелишвили, член партии с 1910 года, мнят себя создателями Закавказской партийной организации, а тут какой-то Берия, следователь из Чека.

ОН близко узнал Берию в 31-м году на отдыхе в Цхалтубо.

Берия, тогда полномочный представитель ОГПУ СССР в Закавказье, принял лично на себя ЕГО охрану, создал тройное кольцо охраны из 250 чекистов и полтора месяца не отходил от НЕГО.

За полтора месяца можно изучить человека. ОН его хорошо изучил. Берия выложил ЕМУ исчерпывающие данные на всех руководителей Закавказья, подробнейшие агентурные сведения о каждом. ОН узнал, что каждый говорил о НЕМ, что думал о НЕМ. Правильно информировал, честно, подтвердил то, что подозревал в них ОН сам. Все они противники «пересмотра истории» — так они называют установление ЕГО истинной роли в истории дореволюционного Кавказа. Они, видите ли, «свидетели», они, видите ли, «прямые участники». Из всех «старых большевиков» они самые неприемлемые, мнят себя равными с НИМ, мнят себя такими же, как и ОН, «участниками революционной борьбы в Закавказье». Их истинные мысли, их истинные настроения и выразил простодушный Авель в своей брошюре. Берия правильно понял, раскусил их.

Рассказал Берия и о себе. Подробно рассказал, а честно или не честно, этого никто не знает. Родился в селе Мерхеули, близ Сухуми, учился в Баку в техническом училище, в марте 1917 года вступил в партию, работал в подполье. По поручению партийной организации связался с мусаватистской разведкой. Этот пункт Берия особенно подчеркнул, назвал по именам всех членов Бакинского комитета, принявших это решение, положил на стол их письменные подтверждения о том, что такое поручение было им дано.

ОН не посмотрел на бумажки, отодвинул. Понимал, что бумажки в порядке, иначе бы Берия их не предъявил. Но этот человек у НЕГО в руках: был связан с мусаватистской разведкой. Этот человек умеет служить, будет служить и знает, как служить.

Там, в Цхалтубо, ОН решил: Берия — именно тот человек, который может справиться в Закавказье с этой чванливой кастой. Но для этого он должен обладать достаточной властью. На посту руководителя ОГПУ он с ними справиться не сможет, он должен быть партийным руководителем Закавказья. Только с этой высоты он сумеет поменять людей, освободиться от ненужных, поставить нужных.

Сразу после ЕГО возвращения в Москву осенью 1931 года в ЦК были вызваны руководители Заккрайкома из всех трех республик — Грузии, Азербайджана и Армении. Повестка дня совещания объявлена не была. ОН говорил час — об экономике, о национальных делах, еще о чем-то, говорил спокойно, хотел все сделать по-хорошему. И, уже вставая, сказал:

— А что, если мы так сформируем руководство Заккрайкома: первый секретарь — Лаврентий Картвелишвили, второй — Лаврентий Берия?

ОН увидел их реакцию: они точно онемели, сидели выпучив глаза, даже не поднялись со своих мест, хотя ОН уже встал. И только сам Картвелишвили резко ответил:

— Я с этим жуликом работать не буду.

Вот так посмел ответить ЕМУ Лаврентий Картвелишвили по кличке Лаврентьев. Впрочем, в тридцать первом году они еще многое себе позволяли. Позволяли обвинять ЕГО в том, что ОН рекомендует в руководители партийной организации жулика.

Все усмехнулись. И Орахелашвили, и Мусабеков, и Буниат-Заде, и другие. Даже рядовой работник крайкома, заведующий оргтделом Снегов тоже посмел усмехнуться. Этой усмешки ОН им не забудет.

И только один Ханджян не усмехнулся. Сидел с каменным лицом, понимал, что усмешка сейчас не к месту. Хитрый. А хитрый — это опасный человек.

И тогда ОН сказал:

— Ладно, езжайте домой. Решим вопрос в рабочем порядке.

Конечно, ОН сделал тогда по-своему. Лаврентий Картвелишвили (ОН приказал ему именоваться только Лаврентьевым) был отправлен на партийную работу в Сибирь, первым секретарем сделали Мамию Орахелашвили, вторым — Берию.

Через несколько месяцев Орахелашвили перевели в Москву заместителем директора института Маркса—Энгельса—Ленина.

Первым секретарем Заккрайкома стал Берия.

За эти почти пять лет он хорошо показал себя. Сменил всех секретарей райкомов партии, перетряхнул весь аппарат, успешно проводит в масштабах Закавказья кадровую революцию, сам проводит, без Ягоды и без Ежова, имеет прямой выход на НЕГО. Ягода и Ежов здесь не нужны. ОН и Берия лучше знают обстановку на Кавказе.

В Азербайджане у него свой человек — Багиров. Багиров справился и с Мусабековым, и с другими недовольными. Недовольство, конечно, осталось, но оно скоро исчезнет вместе с недовольными.

А вот Армения для Берии — трудный кусок, Ханджян — кость в горле. Ханджян не признавал и не мог признать Берию: почему Берия, а не он, Ханджян? Он истинный, кадровый партийный работник, а Берия назначенец, из органов, и для чего назначен, всем понятно. И потому Ханджян не давал своих армян в обиду, защищал даже своего наркома просвещения Степаняна. Как его? Нерсика. Нерсика Степаняна, когда тот, сукин сын, подверг критике книгу Берии «К вопросу об истории большевистских организаций в Закавказье».

Эту книгу Берия написал по ЕГО поручению. Эта книга — опровержение лживых выдумок Авеля Енукидзе. В ней правильно освещена ЕГО роль в истории большевистской партии вообще и в Закавказье в частности. Книга не свободна от недостатков, но какой он, Берия, литератор. И есть слухи, что не сам писал. Какое это имеет значение? Книга нужная. *Всем* это понятно. А Степанян высмеял ее, критиковал, видите ли, за псевдонаучность и многочисленные фальсификации. Против кого выступал Степанян? Против Берии? Нет, он против НЕГО выступал, против восстановления ЕГО истинной роли в истории партии выступал. Берия потребовал расстрела Степаняна как врага народа. Ханджян не дал. Осудил Степаняна, но расстрелять не дал. Никого не дает трогать. Хитрый человек. Двуличный человек.

ОН вспомнил, как в тридцать втором или в тридцать третьем году к НЕМУ в Сочи приехала группа армян. Посидели, выпили. Потом вышли на террасу, солнце пекло. Ханджян посмотрел на ЕГО ноги и спросил:

— А вам не жарко в сапогах?

Негодяй. Ведь это ЕГО привычный для всех облик. Облик вождя. Таким ЕГО знает народ, знает вся страна, весь мир. С вежливой, участливой улыбочкой спросил. Думал улыбочкой скрыть от НЕГО издевательство своего вопроса. Мерзавец!

— Нет! — ответил ОН Ханджяну. — Не жарко. Зато легче в зубы дать, легче морду бить!

Ханджян вежливо улыбнулся. Но все понял. И конечно, стал еще большим врагом.

И все же застрелить у себя в кабинете секретаря Центрального комитета коммунистической партии республики — это случай из ряда вон выходящий.

Что творилось с Лениным, когда он узнал про оплеуху, которую Орджоникидзе отвесил Кобахидзе. Требовал чуть ли не исключения Орджоникидзе из партии. А кто такой этот Кобахидзе? Обыкновенный член ЦК компартии Грузии. К тому же и уклонист...

Конечно, Ханджян мерзавец. И все же застрелить его в кабинете, без суда и следствия?!

С другой стороны, потерять Берию?

Сталин позвонил, велел Поскребышеву вызвать к нему Маленкова.

Маленков явился. Сталин мрачно посмотрел на него. Долго смотрел.

И Маленков понял: Сталин или чем-то недоволен, или собирается дать серьезное задание.

Не предложив Маленкову сесть, Сталин, прохаживаясь по кабинету, сказал:

— Сегодня в кабинете Берии застрелился Ханджян. Не выдержал обвинений в потере бдительности. Закажите на утро самолет и вылетайте в Тифлис. Проследите, чтобы все прошло спокойно.

Он помолчал, потом добавил:

— И главное. Передайте Берии: все, что он сегодня говорил мне по телефону, пусть напишет на бумаге, подпишет, вложит в конверт, запечатает сургучной печатью и передаст вам для меня. Вы, когда вернетесь, передадите пакет мне лично. Бумага, которую напишет Берия, не должна быть никому адресована — ни мне, ни еще кому-либо. Просто изложение фактов и подпись. Все! Выполняйте!

Через два дня Сталин вскрыл привезенный Маленковым конверт. Берия сделал все так, как ОН велел, подробно изложил обстоятельства, при которых застрелил Ханджяна. Письмо без адреса. На свой телефонный разговор со Сталиным Берия не ссылался и имени ЕГО в письме не упоминал.

Сталин положил письмо Берии в свой личный сейф.

А еще через два дня Сталин и Ежов приняли руководителей НКВД — Ягоду, Агранова, Молчанова и Миронова.

Молчанов, давая объяснения, разложил на столе карту, где графически были показаны связи Троцкого с руководителями «Объединенного центра» в СССР.

Докладом Молчанова Сталин остался недоволен:

— Неубедительно. Одни разговоры. Нужны документы, письма, записки.

— Таких документов нет, — ответил Молчанов.

Сталин отметил про себя твердость этого ответа: не хотят делать документов, боятся, чего боятся? Если подсудимые согласятся дать показания, то почему они не смогут подтвердить *подлинность* предъявленных документов?

Затем Миронов доложил о ходе следствия: кто дал показания и какие именно, кто не дал, упорствует.

Сталин удивленно поднял брови.

— Каменев не сознается? Неужели?

— Да, он не сознается.

— Неужели не сознается? — зловеще переспросил Сталин.

— Нет.

— Столько натворил и не признается?

— Нет.

— Он не жалеет своей жизни?

Миронов пожал плечами.

— И не жалеет жизни своих детей?

Миронов молчал.

— У него два сына. Неужели не жалеет ни старшего, ни младшего?

Миронов не знал, что ответить...

— Что же вы молчите?! Я у вас спрашиваю!

— Я думаю, что жалеет.

— Ах, вы так думаете! — злобно проговорил Сталин. — Тогда не говорите мне, что Каменев, или Зиновьев, или кто-то там еще не дают показаний. — Он обвел всех тяжелым взглядом. — Скажите им: что бы они ни делали, как бы ни выкручивались, им не остановить хода истории. Или они будут спасать свою шкуру, или подохнут, так им и передайте! Хотят сохранить жизнь — пусть дают показания! Поработайте над ними, поработайте, пока они не приползут к вам на брюхе с признаниями в зубах!

Все молчали. Когда Сталин находился в состоянии гнева, любое неосторожное слово могло дорого обойтись тому, кто его произнесет.

После паузы Сталин уже спокойно, вполголоса сказал:

— А Зиновьеву передайте: если он добровольно согласится предстать перед судом, перед *открытым* судом, и во всем сознается, ему будет сохранена жизнь. А если нет, его будет судить военный трибунал. И он будет расстрелян. И все его сторонники, нынешние и прошлые, будут расстреляны. Если ему не нужна собственная жизнь, пусть подумает о жизни людей, которых затянул в болото.

Ягода и его помощники вышли.

Сталин поднялся, прошелся по кабинету. Ежов тоже поднялся, но Сталин сделал ему знак сидеть.

— Сколько же человек реально они сумеют вывести на суд?

— Шестнадцать.

— Из них восемь чего-то стоят, — усмехнулся Сталин, — остальные ничего не стоят.

— Остальные — исполнители, — осторожно сказал Ежов.

Как бы не слыша его ответа, Сталин продолжил:

— Привезли почти четыреста человек, а сумели уломать только шестнадцать. Хорошая работа, ничего не скажешь.

Ежов прекрасно понимал, что эти упреки направлены в адрес Ягоды, понимал также, что Сталин ждет его реакции на свои слова, но какой именно реакции, еще не учуял.

— Миронов и Молчанов хорошие работники, особенно Миронов, — продолжал Сталин, — но они формалисты, крючкотворы, протокол для них все! Почему протокол для них все? Протоколом хотят себя застраховать, в случае чего оправдаться протоколом, выйти сухими из воды. А «в случае чего», спрашивается? Какого такого «случая» они боятся? Падения советской власти? Ну, если советская власть падет, то их первых же и повесят, никакими протоколами они не оправдаются, никто в их протоколы не посмотрит. Чего же они боятся? Смены партийного руководства? На этот случай они себя страхуют? По-видимому, так, именно на этот случай они себя и страхуют. Тем более они люди Ягоды. А Ягода *надеется* на смену руководства, уверен в смене руководства.

Сталин подошел к столу, ближе придвинул к нему стулья, на которых только что сидели Ягода и его помощники.

— Но пусть проведет этот процесс, мешать ему не надо. Однако он должен на этом процессе подготовить и следующий. На этом процессе надо покончить с зиновьевцами, на следующем — с троцкистами... Пусть назовут имена... Имена, имена и еще раз имена. Они должны понять: чем больше видных людей из троцкистов они будут называть, тем больше укрепляется их версия о Троцком, тем большую помощь окажут они суду, тем больше у них шансов сохранить жизнь. Повторяю: имена, имена, еще раз имена. Чем имя крупнее, тем лучше. Я думаю, вам следует постепенно забирать следствие в свои руки. Ягода — ненадежный человек. Но повторяю, этот процесс, процесс Зиновьева и Каменева, он должен довести до конца.

Сталин продолжал медленно прохаживаться по кабинету.

Ежов терпеливо ждал, понимал, чувствовал, что Сталин сейчас скажет ему нечто важное, может быть, самое главное.

— Все троцкисты — в прошлом военные работники. Их много сохранилось в армии. Я думаю, особенно интересны связи товарища Тухачевского с германскими военными кругами. Вы принесли с собой материалы?

— Да. — Ежов раскрыл папку.

— Рассказывайте, что там у вас?

Ежов взял из папки верхний лист.

— Биографические данные...

— Не нужно. Я знаю его биографию. Что у вас есть по Германии?

Ежов вынул другой лист.

— Прежде всего германский плен. Первый раз попал туда в Карпатах, заключен в лагерь Штральзунд. Бежал.

Пойман через три недели после побега — искал лодку в Швецию. Заключен в лагерь в Мекленбурге, бежал, задержан у датской границы. Заключен в лагерь под Мюнстером, бежал, пойман в тридцати метрах от голландской границы. После этого был заключен в крепость Кюстрин, пытался снова убежать, прорыв подземный ход, но там и был задержан и переведен в форт № 9 крепости Ингольштадт, предназначенный для беглецов-рецидивистов. Из нее бежал поздней осенью 1917 года, и на этот, пятый, раз удачно.

— Какое расстояние от этой крепости до русской границы? — спросил Сталин.

— Тысяча сто двадцать километров.

— Как же он прошел такое расстояние? Русский офицер?

— Он свободно владеет немецким и французским.

— Этого мало, чтобы пройти такое расстояние по вражеской стране. Кто ему помогал?

— На этот счет данных нет. Он бежал вдвоем с офицером Черновецким. Но того поймали через три дня, а Тухачевский ушел.

— Одного поймали, другой ушел. Интересно. Напали на след, одного взяли, другого не взяли, дали пройти свободно тысячу километров. Интересно, очень интересно. Продолжайте!

Ежов взял другой лист.

— Теперь официальные посещения. Первый раз Тухачевский ездил в Германию в 1923 году как офицер связи высшего командования Красной армии, прикомандированный к рейхсверу. Участвовал в подготовке советско-германских военных переговоров и соглашений в соответствии с германо-советским договором, потом — в инспекционной поездке после заключения военного соглашения, затем дважды, между 1926-м и 1932-м, — по вопросам военного сотрудничества. Поскольку эти переговоры и соглашения касались немецких военных объектов на нашей территории — в Липецке, Казани, Харькове, то они, безусловно, оставили после себя документы, *подписанные* Тухачевским. Последний раз был в Берлине проездом, возвращаясь из Англии с похорон короля Георга V, в феврале этого го года.

— Кто еще из высших военных был в Германии?

— Якир, Уборевич, Эйдеман, Тимошенко учились в Германии в академии генерального штаба.

— Приготовьте списки всех военных, связанных с Германией. Безусловно, не все они немецкие шпионы. Товарищ Тимошенко, например; его послали учиться, он и учился. Вот *как* он выучился, это мы посмотрим. Впрочем, на военной работе он проявляет себя хорошо. Простой человек, из народа человек, а Якир, Уборевич, Эйдеман и некоторые другие — их нужно тщательно проверить.

Сталин молча походил по комнате, остановился у окна. Время или еще не время? Все должно быть в руках у Ежова, Ягоде этого доверять нельзя. Ягода может *предупредить*. Но заменять сейчас Ягоду Ежовым рано. Ягода проведет процесс Зиновьева — Каменева. И все же пора начинать, Ежов умеет держать язык за зубами.

Сталин отошел от окна, сел в свое кресло, тяжело посмотрел на Ежова.

— На словах товарищ Тухачевский — ярый враг Германии. Но на самом деле, я думаю, он имеет много друзей среди германского генералитета. Об этом ясно говорит его биография. И военные, как наши, так и немецкие, хотят освободиться от партийного руководства. Я думаю, немецкая разведка располагает сведениями о таких связях. Немецкая разведка, к сожалению, работает лучше нашей — мы этими сведениями не располагаем. Я не знаю, насколько в интересах немецкой разведки поделиться с нами этими сведениями. Но надо попытаться добыть эти сведения. Я думаю, задача выполнимая. Но приступить к ее выполнению надо после окончания процесса над Зиновьевым и Каменевым.

И, подумав, повторил то, что сказал раньше:

— Ягода — ненадежный человек.

25

Попытки сломить бывших оппозиционеров результатов не дали. Из четырехсот человек, доставленных из тюрем, лагерей и ссылок, нужные показания дали только двое: Дрейцер — бывший начальник личной охраны Троцкого, отошедший от оппозиции еще в 1927 году, и Гольцман, ответственный работник Наркоминдела. И этих двух свидетелей тоже было мало. Для того чтобы доказать, что Троцкий из-за границы руководил террористическим центром в СССР, пришлось пожертвовать четырьмя немецкими коммунистами, приехавшими в Москву накануне прихода Гитлера к власти. Это были Фриц Давид, в прошлом сотрудник главного органа немецкой компартии газеты «Роте Фане», Конон Берман-Юрин, в прошлом советский корреспондент в Германии, и однофамильцы Натан Лурье и Моисей Лурье, первый — хирург, второй — ученый. Всем четверым объявили, что они должны выполнить свой партийный долг и дать нужные показания. Естественно, взамен им была обещана жизнь.

С такими силами следственные группы повели наступление на семерых главных обвиняемых: Зиновьева, Каменева, Бакаева, Евдокимова — бывших зиновьевцев, и Смирнова, Мрачковского и Тер-Ваганяна — бывших троцкистов.

Трудность с бывшими троцкистами заключалась еще в том, что они, как, например, Иван Никитич Смирнов, с 1 января 1933 года находились в заключении и тем доказали свое алиби. Как могли они из тюрьмы руководить террористической деятельностью?

Но Сталин не пожелал считаться с этим.

— Смирнова вести вместе с Мрачковским, — приказал он.

Нетрудно было догадаться, почему именно Смирнова хочет расстрелять Сталин. Иван Никитич Смирнов, в прошлом рабочий, вступил в партию в 1899 году, в возрасте 17 лет, активный революционер-подпольщик, много лет проведший в царских тюрьмах и ссылке, победитель Колчака в Гражданской войне, пользовался громадным авторитетом в партии, хотя и примыкал некоторое время к оппозиции, от которой отошел в 1929 году. Но в свое время он настаивал на выполнении требования Ленина о смещении Сталина с должности генсека. Добившись признаний Смирнова, Сталин придаст суду большую убедительность и удовлетворит свойственное ему чувство мести.

Указание Сталина, чтобы Ивана Никитича Смирнова вели вместе с Сергеем Мрачковским, было понято в том смысле, что их личная дружба, возникшая еще в Гражданскую войну и не прерванная, несмотря на тюрьмы, должна быть представлена как дружба сообщников. К тому же Мрачковский находился под влиянием Смирнова, и если Смирнов сдастся, то сдастся и Мрачковский. Этой информацией и руководствовался Слуцкий, которому было поручено дело.

Слуцкий был чиновником высокого ранга, начальником иностранного отдела, и, следовательно, мог говорить от имени руководства НКВД. Никакие жесткие меры следствия таких людей, как Смирнов и Мрачковский, не сломят, ими должен заниматься человек лживый, хитрый, способный расположить к себе подсудимых, внушить доверие. Таким и был Слуцкий, артист по природе, умевший изображать доброту и искренность.

Однако на предъявленное ему обвинение в террористической деятельности Смирнов ответил:

— Этот номер не пройдет. Я с 1 января 1933 года в тюрьме, и вы против меня ничего не докажете.

— Мы ничего и не будем доказывать, Иван Никитич, — мягко сказал Слуцкий, — если вы не сознаетесь, вас расстреляют без суда, постановлением ОСО. А на суде другие подсудимые заклеймят вас как террориста и убийцу, таким вас и запомнит советский народ. А если вы выполните предложение Политбюро, поможете партии окончательно разоблачить Троцкого, то вам сохранят жизнь, со временем дадут достойную вас работу, и все в конце концов забудется.

Смирнов молча, насмешливо смотрел на него.

— Вы мне не верите? — спросил Слуцкий.

Не отвечая ни слова, Смирнов продолжал насмешливо смотреть на него.

— Иван Никитич, — возможно ласковее сказал Слуцкий, — с 27-го года вы боретесь с партией, скоро уже десять лет. Да, в 1929 году вы отошли от оппозиции, но вы не разоружились до конца. И вот десять лет вы не участвуете в строительстве социализма, десять лет вы изолированы от общества, от народа, вы, гордость партии, гордость рабочего класса, вы в тюрьме, в ссылках. А ведь у вас есть шанс одним ударом освободиться от этого кошмара. Подумайте, Иван Никитич! Вы подошли к последней черте, поверьте мне, к последней. Неужели вы хотите бесславно кончить такую героическую жизнь? Из-за кого? Из-за Льва Давидовича? Но его дело проиграно. Ведь вы формально уже порвали с оппозицией, формально... Порвите фактически! Помогите партии окончательно сокрушить Троцкого. Для этого вам придется признаваться в кое-каких неприятных вещах, в позорных вещах, более того, в вещах, к которым вы не имели никакого отношения, я это знаю. Но другого выхода нет. Если вы хотите снова обрести доверие партии, надо перед ней окончательно разоружиться, разоружиться только одной ценой — признать то, что требует следователь, другой цены нет и не будет. Подумайте, Иван Никитич! Умоляю вас. Вы даже не представляете степени моего уважения к вам, моего преклонения перед вами. Мне страшно за вас, Иван Никитич. Я понимаю, вы обижены, вы обозлены, вы дорожите своей честью, но для коммуниста высшая честь — это защищать интересы партии, смиритесь перед партией, Иван Никитич, смиритесь, иначе смерть, бесславная смерть, — он указал пальцем на пол, — там, в подвале. Кому это нужно, Иван Никитич?

Смирнов продолжал, чуть усмехаясь, смотреть на Слуцкого, не отвечал ни слова.

— Ну что ж, — вздохнул Слуцкий, — я вам все сказал, Иван Никитич, поверьте мне, все! Я сказал вам гораздо больше того, что имел право говорить, я многое взял на себя. И я снова повторяю: или вы публично разоружитесь, честным признанием выполнив свой долг коммуниста, и останетесь живы, а когда есть жизнь, то все еще впереди. Если же вы не разоружитесь, то будете расстреляны, а ваше имя будет обесчещено на суде, вы умрете как враг советской власти.

На лице Ивана Никитича точно застыла презрительная усмешка, с которой он смотрел на Слуцкого, не считая даже нужным отвечать ему.

Неудача Слуцкого вызвала недовольство Ягоды, Агранова и Молчанова прежде всего потому, что Слуцкий ослушался товарища Сталина. Товарищ Сталин ясно сказал: «Связать его с Мрачковским». Что это значило? Это значило, что товарищ Сталин указал на слабое звено в этой паре — Мрачковский. Значит, с него надо было начинать, а не со Смирнова, как начал Слуцкий.

Слуцкий поторопился исправить ошибку, хотя в душе опасался, что с Мрачковским будет еще сложнее, чем со Смирновым.

Смирнов — человек талантливый, высокообразованный, хотя и самоучка, Мрачковский — храбрый от природы, но вспыльчивый, грубый. При арестах дрался, его связывали, сажали в карцер, в общем, трудный подследственный.

Слуцкий, будучи трусом, решил с Мрачковским действовать корректно, но строго официально, даже формально. Он изложил ему суть дела, сказал, что Политбюро решило раз и навсегда покончить с Троцким, что в современных условиях это совершенно необходимо, другого выхода нет и Мрачковскому дается выбор: или помочь партии и тем восстановить себя в ее рядах, или быть уничтоженным как сторонник Троцкого. Он добавил, что Киров убит по приказу Троцкого (что было неправдой), Зиновьев и Каменев в этом уже сознались (что тоже было неправдой), упорствует только Смирнов Иван Никитич (что было правдой и придавало видимость правды предыдущим утверждениям Слуцкого). Таким образом, Мрачковскому предоставляется выбор: или с партией против Троцкого, и тогда жизнь и будущее, или со Смирновым за Троцкого и против партии, и тогда ни жизни, ни будущего. Он, Слуцкий, лично представляет здесь лишь следствие и говорит Мрачковскому то, что обязан говорить по службе. Но если Мрачковский не возражает, то он, Слуцкий, посмеет высказать и свое личное мнение.

— Говорите, — ответил Мрачковский.

— Сергей Витальевич, — проникновенно произнес Слуцкий, — вы герой Гражданской войны, таким вас знает народ, страна, партия. Вы великий военачальник и, если бы вы не ушли в оппозицию, вы сейчас были бы наверняка одним из руководителей нашей армии. Безусловно, если вы подчинитесь нашим требованиям, вам придется пережить на суде несколько неприятных дней. Но потом... Потом, Сергей Витальевич, предстоит война. Вы ведь хорошо знаете, к чему готовится Гитлер. И когда начнется война, вы, Сергей Витальевич, займете достойное место в защите страны, место, соответствующее вашим способностям, знаниям, опыту и талантам. А эти несколько дней на суде, кто о них вспомнит? А если и вспомнит, то лишь как еще об одном свидетельстве вашего мужества, вашей верности партии и беззаветной преданности ее идеалам. Мне трудно произнести слова, которые мне предстоит произнести, но я обязан это сделать: перед вами выбор — славная жизнь или бесславная смерть.

— Что я должен подписать? — мрачно спросил Мрачковский.

Мрачковский не только дал нужные показания, но и взялся уговорить Ивана Никитича Смирнова. Но это ему не удалось. На очной ставке Смирнов обозвал Мрачковского трусом и отказался с ним разговаривать.

Взбешенный Мрачковский дал дополнительные показания против Смирнова: якобы еще в 1932 году на тайном совещании Смирнов предложил объединиться с зиновьевцами и перейти к тактике террора.

Таким образом, к показаниям Ольберга и Рейнгольда против Смирнова также присоединились показания его ближайшего друга Мрачковского. Этого было, может быть, достаточно, чтобы вытащить Смирнова на процесс, но недостаточно, чтобы заставить его в чем-то признаться.

После неудачи Слуцкого Смирнова передали Гаю, начальнику особого отдела, ведавшему агентурно-осведомительским аппаратом и «оперативной техникой», которую здесь называли ласковым именем «Надюша», от ее кодового названия «мероприятие Н».

Гай был человек циничный и жестокий. Как-то, получая от него указания о допросе троцкиста, знавшего Смирнова, Шарок сказал, что хочет сначала составить вопросник.

Гай презрительно посмотрел на него и спросил:
— Хотите познакомиться с моим вопросником?
— Да, конечно.

Гай вытащил из ящика стола резиновую милицейскую палку, покрутил ею в воздухе.

— Вот мой единственный вопросник. И вам советую обзавестись таким же.

Но это было еще до официального указания Сталина о применении физических методов воздействия, и держать в столе такой «вопросник» Шарок побоялся.

Гай сразу без обиняков объявил Смирнову, что тот полностью изобличен показаниями не только Ольберга, Рейнгольда, Дрейцера, Гольцмана и Мрачковского, но и Зиновьева и Каменева (на этот раз это было правдой — Зиновьев и Каменев уже показания дали) и ему остается только подтвердить их показания и признать свою вину.

В подтверждение своих слов Гай протянул Смирнову протоколы допроса Зиновьева и Каменева.

— Почитайте.

Однако Смирнов отказался их читать.

— Вы все можете, — ответил он, — можете даже положить передо мной Евангелие от Матфея, где он свидетельствует, что я террорист. Типографий для этого у вас достаточно.

— Не верите? — усмехнулся Гай. — Сейчас поверите.

Он поднял трубку внутреннего телефона, говорил с кем-то малопонятными Смирнову фразами, положил трубку, потом стал что-то писать, не обращая внимания на Ивана Никитича.

В дверь постучали.

— Войдите! — крикнул Гай.

Дверь открылась. Сопровождаемый караульным, в комнату вошел человек, в котором Смирнов не сразу узнал Зиновьева, он едва держался на ногах, тяжело дышал, лицо больное, одутловатое.

Поддерживаемый караульным, он опустился на стул.

— Гражданин Зиновьев, — сказал Гай, — вы подтверждаете данные вами на следствии показания относительно участия Смирнова Ивана Никитича в террористической деятельности «Объединенного троцкистско-зиновьевского центра»?

— Подтверждаю, — еле слышно проговорил Зиновьев.

— А вот гражданин Смирнов отрицает, — сказал Гай.

Зиновьев поднял усталые глаза на Смирнова, тихо сказал:

— Иван Никитич, нужно рассуждать политически. Если мы пойдем навстречу Кобе, Коба пойдет навстречу нам. Это откроет нам дверь в партию.

— На тот свет он откроет нам дверь, — ответил Смирнов, — ты Кобу не знаешь? Ты веришь ему? Он лжец и обманщик. Он затеял все это дело, чтобы нас уничтожить.

— Не уверен, — прошептал Зиновьев — но если ты не пойдешь ему навстречу, то тебя он уничтожит наверняка.

— Предпочитаю умереть честным человеком, а не лжецом, трусом и продажной собакой.

После этой перебранки Гай составил протокол очной ставки, в котором Зиновьев подтверждал свои показания насчет участия Смирнова в терроре, на что Смирнов каждый раз отвечал: отрицаю, отрицаю, отрицаю.

Зиновьева увели.

Гай аккуратно сложил бумаги на столе, потом переложил несколько листков и как бы между прочим спросил:

— Сафонову знаете?

Иван Никитич в первый раз поднял голову.

— Сафонова, — повторил Гай, — вам известно это имя?

— Да. Это моя бывшая жена.

— Тогда почитайте вот это.

Гай положил перед Смирновым заявление Сафоновой, в котором она утверждала, что в конце 1932 года, то есть когда Смирнов еще не сидел в тюрьме, он получил от Троцкого директиву об организации террора против руководителей партии и правительства.

— И это вы могли сочинить. — Смирнов бросил на стол бумагу.

Гай нажал на кнопку звонка и приказал караульному ввести свидетельницу Сафонову.

Сафонова вошла. Смирнов не видел ее уже много лет, но эта женщина была когда-то его женой, они расстались добрыми друзьями и оставались добрыми друзьями.

Гай указал ей на стул, она села и заплакала. Смирнов никогда не видел свою бывшую жену плачущей. Сильная была когда-то женщина. Она плакала, не могла остановиться, и Гай ее не останавливал — пусть плачет, чем дольше будет плакать, тем лучше. Наконец Сафонова справилась с собой, вытерла слезы.

Смирнов кивнул на заявление.

— Твое?

Она опять всхлипнула, вытерла глаза, прерывающимся голосом заговорила:

— Иван! У нас нет другого выхода. Ни у тебя, ни у Розы, — она назвала имя нынешней жены Смирнова, — ни у Ольги, — так звали дочь Смирнова. — Только ты можешь спасти наши жизни — подчинись Политбюро. Ведь всем ясно: процесс этот направлен против Троцкого. Даже Зиновьев и Каменев это поняли. Если ты выйдешь на суд, то тебя увидит весь мир и тебя тогда не расстреляют, а если не выйдешь, то расстреляют и тебя, и нас, и никто об этом не узнает.

Смирнов молча слушал. И эту женщину он когда-то уважал — стойкая, принципиальная, непримиримая, бесстрашная, и вот как ее согнули — баба, простая, насмерть перепуганная баба.

— Уведите эту дуру! — сказал Смирнов.

— Не хотите с ней разговаривать, — усмехнулся Гай, — ну что ж, дело ваше.

Он снова вызвал караульного, кивнул на Сафонову.

— Уведите!

— Иван!

— Убирайся! — оборвал ее Иван Никитич.

Когда Сафонову увели, Гай сказал:

— Грубо вы разговариваете с людьми, Смирнов!

Иван Никитич молчал.

— Не забывайте, у вас ведь есть еще родственники. Неужели вы и с ними будете так говорить?

Иван Никитич молчал. Он не понимал, о чем говорит Гай. Сафонова — бывший член партии, политический деятель, но семья? Жена его Роза — беспартийная, дочь — студентка, какое отношение имеют они к его делу?

Об этом Иван Никитич узнал через десять минут. Его вели по коридору тюрьмы, и вдруг в конце коридора он увидел свою дочь Ольгу. Ее, истерзанную, с растрепанными волосами, в порванном платье, держали за руки два дюжих конвоира. Ольга, видно, не узнала Ивана Никитича, не кинулась к нему, кинулся к ней сам Иван Никитич, но сопровождавший его конвоир схватил его сзади железной хваткой. Ольгу тут же втащили в камеру, дверь захлопнулась.

Иван Никитич пытался вырваться, но конвоиры втолкнули его в камеру, бросили на пол.

Щелкнул замок. Иван Никитич поднялся, застучал в дверь.

Открылся глазок, в нем показалось лицо коридорного.

— Чего стучите?

— Ведите меня обратно к следователю!

— С корпусным говорите.

— Давайте корпусного!

Окошко захлопнулось.

Иван Никитич сел на койку. Вот чем угрожал ему этот негодяй Гай. Такой же уголовник, как и их вожак Сталин. Недаром Сталин в тюрьмах дружил с уголовниками. Но с дочерью они еще ничего не сделали, они только угрожают, показывают ему, к чему может привести его упорство, мол, знай, что ожидает твою дочь. Нужно взять себя в руки. Они понимают: если пойдут на такое, то после этого уже никогда ничего от него не добьются, пока они только угрожают, угрожают дочерью, потом будут угрожать женой. Но угроза может перейти в действие. И самого расстреляют без суда и следствия. Его жизнь кончена: подпишет — не подпишет, жизнь кончена. Сталин его расстреляет, это ясно. Значит, надо спасать жену и дочь. Надо что-то уступить. Они согласятся и на малое. Он им слишком нужен. Без него нет троцкистской части их так называемого «Объединенного центра». Зиновьев и Каменев у них в кармане, это следовало ожидать — девять лет они каются во всех грехах, покаются и в новых, покаются, в чем им прикажут. Но он, всегда знавший цену Сталину, никогда не каялся. Он отошел от оппозиции в 1929 году, решив, что Сталин встает на путь, который предлагала оппозиция, на путь борьбы с правой опасностью, и в этих условиях следует работать для партии. Он быстро понял свою ошибку: Сталин, как всегда, маневрировал; ликвидировав оппозицию политически, он всех бывших оппозиционеров упрятал в тюрьму. Теперь он хочет их уничтожить физически. И он, Смирнов, будет уничтожен. Но он обязан спасти семью. Для этого выйдет на суд. И этим хоть в какой-то степени *уменьшит* ложь, которую обрушат на него покорные подсудимые и продажные свидетели.

Смирнов заявил Гаю, что он согласен признать, будто Троцкий в 1932 году дал установку о терроре. Но он, Смирнов, сидевший в тюрьме, никакого участия в терроре не принимал и участвовали ли в терроре другие обвиняемые — не знает. Взамен он требует, чтобы его дочь немедленно вернули домой и чтобы ему дали возможность в этом убедиться.

Гай эти условия принял. Часа через два Смирнова снова вызвали к Гаю, и тот предложил ему позвонить домой. Смирнов позвонил. Подошла жена, потом взяла трубку дочь. На их вопрос, что с ним, Смирнов ответил:

— Все в порядке.

В присутствии Гая из его кабинета Смирнов звонил каждый день и убеждался, что жена и дочь дома.

26

В приемном пункте их было трое, три женщины: одна на приемке белья, другая на выдаче, третья на выписке квитанций и получении денег.

Софью Александровну сразу поставили на выдачу белья — работу трудную и нервную. Пачки белья тяжелые, объяснения с клиентами мучительные: то чего-то не хватало, то белье порвали или посадили пятно, то вместо майки в пакет клали чужие трусы. Во многом была виновата фабрика, но и Люся, приемщица, тоже: невнимательно просматривала белье, пропускала дефекты, которые надо было отметить в квитанции.

Тамара Федоровна, пожилая, суровая, немногословная женщина, сидевшая на выписке квитанций и получении денег и считавшаяся здесь как бы старшей, делала ей иногда замечания.

В ответ Люся, молодая девчонка, фыркала:

— Буду я ихние засранные кальсоны обнюхивать!

Отдувалась Софья Александровна. Огрызаться она не умела, да и не могла оспаривать очевидное, сразу подписывала акт о недостаче или браке. Заведующий Яков Григорьевич был этим очень недоволен, глядел исподлобья, сутулый, мрачный, молча выслушивал объяснения Тамары Федоровны, неуверенно обмакивал перо в чернильницу, тупо смотрел в сводку, потом выводил загогулину, означавшую его подпись.

Прежде чем подписать документы на недостачу или на брак, он подозрительно их разглядывал, даже с обратной стороны, — нет ли какого подвоха; потом говорил Софье Александровне:

— До вас никогда не было жалоб.

— Но ведь не я порчу белье, — защищалась Софья Александровна.

— Капризам потакаете. — Он брал в руки какую-нибудь скатерть. — Разве это пятно, его и не видно вовсе, а вы объяснить клиенту не хотите. На меня сваливаете, я должен фабрике претензии предъявлять, работать должен за вас.

И так каждый день. И чем дальше, тем больше придирок и тем грубее они становились.

После ухода Якова Григорьевича Софья Александровна брала под язык таблетку нитроглицерина, опускалась на табурет, тяжело дышала. Тамара Федоровна молча вставала, сама отпускала белье.

— Спасибо, Тамара Федоровна, мне уже легче.

Софья Александровна поднималась, становилась к прилавку. Она пыталась как-то уговаривать клиентов, но те и слышать не хотели, скандалили еще яростнее, ругались, в книге жалоб писали не только о плохом качестве, но и о грубости и невнимательности персонала.

— Жалуются на вас, — мрачно говорил Яков Григорьевич, — придется взыскание наложить.

— Знаете что, — ответила Софья Александровна, — мне эта работа тяжела, у меня больное сердце, освободите меня.

— Если больны, надо инвалидность сначала получить.

— Можете освободить по собственному желанию, — вмешалась вдруг Тамара Федоровна.

— А заменить кем?

— Думайте! На то вы и заведующий, чтобы думать. Видите, человек пожилой, больной, что вы над ним издеваетесь?!

— Ну-ну, вы не больно-то, Тамара Федоровна, знаете, кого защищаете? Ее же никуда не возьмут, у нее сын в лагере.

— Он не в лагере... — начала Софья Александровна.

Но Тамара Федоровна перебила ее:

— Возьмут или не возьмут — ее забота. А издеваться над трудящимся человеком не имеете права, при советской власти живем!

— Кто, кто издевается? — сбавил тон Яков Григорьевич.

— Вы! Вы издеваетесь. Мы это подтвердим.

Яков Григорьевич мрачно бросил Софье Александровне:

— Подавайте заявление по собственному желанию.

Так кончилась служба Софьи Александровны в прачечной.

Вопрос о новой работе обсуждался Софьей Александровной с сестрами Верой и Полиной, с соседкой по подъезду старой армянкой Маргаритой Артемовной и, конечно, с Варей.

Варя была рада тому, что Софья Александровна ушла из прачечной.

— Вам нужна спокойная, сидячая работа.

— А где найти ее?

— Будем искать.

Прежде всего Варя подумала о Вике Марасевич. У той масса влиятельных знакомых — могут помочь. Да и отец ее, профессор Марасевич, консультирует в поликлинике в Гагаринском переулке, может быть, устроит Софью Александровну в регистратуру. Это было бы замечательно — поликлиника рядом.

Варя позвонила Вике. Трубку взял Вадим, Варя сразу узнала его голос.

— Здравствуй, Вадим...

— Здравствуйте... Кто это?

— Это Варя Иванова, помнишь такую? Сестра Нины.

— А... — протянул Вадим и сухо добавил: — Слушаю вас.

— Мне нужна Вика.

— Вики нет.

— А когда будет?

— Никогда. Она не живет больше в Москве.

— Ах, так.

— Да, так. Всего хорошего. Привет Нине.

И положил трубку.

По-хамски разговаривал. Странно. Что-нибудь с Викой случилось? Посадили? С мужем ее, Архитектором, как будто все в порядке, имя его мелькает... Что же с Викой?

Позже Варя узнала, что Вика вышла замуж и уехала за границу.

Но в тот момент отсутствие Вики ее огорчило — могла бы, конечно, помочь.

Варя обратилась за помощью даже к Зое. Зоина мама работала билетершей в кинотеатре «Карнавал». Может быть, нужна еще билетерша?

Зоя горячо принялась за хлопоты. Надеялась, что ее участие поможет восстановить дружбу с Варей, каждый день сообщала Варе обнадеживающие новости: в «Карнавале», правда, ничего пока не выходит, но намечается место в «Арсе», в их доме, это будет совсем прекрасно. Потом оказалось, что в «Арсе» пока ничего не получается, но есть место в кинотеатре «Художественный» на Арбатской площади. Зоина мама знает всех директоров кинотеатров, у нее большие знакомства в этом мире. Потом возник кинотеатр «Прага», тоже у Арбатской площади... Потом кинотеатр «Унион» у Никитских ворот...

Прошло две недели, и Варя перестала верить Зойкиной болтовне — боится признаться, что ничего у нее не получается.

Придется просить Игоря Владимировича. Не хотелось приобщать его к делу, связанному с Сашиной матерью. Но другого выхода не было.

— У меня есть знакомая, — сказала Варя, — живет в нашем доме, одинокая пожилая женщина, честная, добрая и порядочная. С мужем она давно разошлась, сын ее в позапрошлом году арестован. Жить ей не на что. Женщина образованная, окончила гимназию и может выполнять любую канцелярскую работу. Нельзя ли ее устроить куда-нибудь к нам или в другую проектную организацию? Конечно, где-нибудь недалеко от Арбата, вы ведь знаете, что в трамваях творится.

— У нас? — переспросил Игорь Владимирович. — Но, Варенька, строительство гостиницы закончено, наше бюро переходит на проектирование других объектов. Возможна реорганизация, об этом поговаривают; когда это решится, тогда можно будет попытаться что-то сделать. Что касается другого места, я... — он задумался, — я попытаюсь поспрашивать. Что она может делать, эта ваша протеже? Кстати, как ее фамилия?

— Панкратова Софья Александровна.

Он записал на календаре.

— Так что она может делать?

— Любую канцелярскую работу. Подшивать бумаги, регистрировать, может быть секретарем у кого-нибудь — она очень аккуратный и обязательный человек. Счетоводом, кассиром. Нет, кассиром не надо. Может просчитаться с деньгами. Регистратором.

— Какая-нибудь профессия у нее есть?

— Право, не знаю. Последнее время она работала в прачечной, но это была случайная работа. Просто близко от дома.

— Я попытаюсь что-нибудь узнать, — сказал Игорь Владимирович, — но думаю, что более реально — подождать, когда у нас пройдет реорганизация и утвердят новые штаты. Я вижу, вы очень заинтересованы в судьбе этой женщины, — улыбнулся Игорь Владимирович.

— Да, — сказала Варя, — она близкий мне человек. — И добавила: — Она в большой беде. Ей надо помочь.

Вечером Варя рассказала Софье Александровне о своем разговоре с Игорем Владимировичем. Она не слишком верила в реальность этого варианта, но ей хотелось подбодрить Софью Александровну, вселить в нее надежду.

— Кстати, Софья Александровна, у вас есть какая-нибудь профессия?

— Профессия? Нет у меня определенной профессии, Варечка. Кончила гимназию... В каком? В 1910 году. Ну, думала поступить в консерваторию... Голос у меня был. Но вышла замуж, родился Сашенька. Потом война, революция. Когда Саша подрос, наверно так в двадцать втором, двадцать третьем, я работала, вернее, подрабатывала. Понимаешь, Павел Николаевич, Сашин отец, человек очень пунктуальный, требовательный, все должно быть ко времени — и завтрак, и обед, и ужин. И в доме чтобы был порядок. И чтобы все было выстирано, выглажено. Поэтому на постоянную работу я не могла устраиваться, я бы поздно приходила домой. Я искала работу, чтобы не очень отрываться от дома. Одно время распространяла лотерейные билеты, была такая лотерея помощи голодающим Поволжья. Надо было ходить по квартирам, а лифты тогда еще не работали. Но я была молодая, справлялась. Зато всегда могла забежать в магазин и домой, сварить, сделать. Зарабатывала немного. На процентах. Потом продавала озонаторы.

— Что это такое?

— Ну, они вешаются в уборных для удаления дурных запахов, коробочки с дырочками, а внутри коробочек фланелевые подушечки, пропитанные разными пахучими веществами. В середине двадцатых годов, когда только появились, они были в моде, их покупали, а потом вышли из моды. И не покупались. Конечно, все это было довольно смешно, — она рассмеялась, — приходишь в квартиру. «Купите озонатор». — «А что это такое?» Объясняешь, показываешь. Для этого иногда приходилось идти в уборную, показывать, как вешать. А уборная, бывало, занята, надо ждать. И квартиры коммунальные. Значит, должны решать все жильцы. Он и стоил-то каких-нибудь два-три рубля, а все равно надо, чтобы все заплатили. А кто-нибудь отказывается — не нужно мне вашего озонатора. Остальные жильцы за, один против. И не покупают: что же, он будет дышать приятным воздухом за наш счет? Нет! Тогда никто не будет наслаждаться этим ароматом. — Софья Александровна опять засмеялась. — Пришлось мне расстаться с озонаторами. Начала я работать страховым агентом. Страховала жизнь, страховала имущество от пожара, ну и так далее. Работа тоже, в общем, терпимая. Но понимаешь, мало кто хотел страховаться, час надо уговаривать. А человек отвечает: «А что мне страховать? Какое у меня имущество? Стол, кровать, три стула. Какой может быть пожар в каменном доме?» А иногда и так: «Вы, агенты, мягко стелете, а придешь к вам деньги получать, с тобой и разговаривать не желают». Это, между прочим, правда: инспектора стремились заплатить поменьше... В общем, довольно унизительно. Иногда, бывало, просто выставляли за дверь. Приглашали меня петь на радио, хотя я и не училась, но Павел Николаевич запретил категорически. Так, Варенька, я и осталась без профессии, вернее, с самой прозаической профессией — домашняя хозяйка.

Приехала к Софье Александровне Вера, энергичная, деятельная. Похвалила сестру за то, что та ушла из прачечной.

— И правильно сделала. Не по тебе работа. Подыщем другую, легкую, спокойную. И перестань упрямиться. Хотя бы ради Саши.

Замечание об упрямстве относилось к тому, что Софья Александровна отказывалась принимать деньги, которые посылал ей Марк Александрович. Первый же его перевод она ему вернула. Тогда Марк Александрович послал эти деньги Вере, просил ее убедить сестру принять деньги и продолжал каждый месяц высылать.

Софья Александровна не брала, Вера клала их на сберкнижку.

— Почему ты отказываешься от денег Марка? Он что-то не так сказал насчет Саши. Но пойми его положение. Он ничего не мог для Саши сделать, хотя и пытался, говорил с самыми высокими чинами, у меня нет оснований ему не верить.

— Мне его деньги не нужны.

— Допустим. Тебе не нужны. А Саше? Кончается срок. В Москве его не пропишут, ему надо куда-то ехать, где-то устраиваться, в его положении это будет не так просто. Соня, смотри на вещи реально. Это уже не Сибирь, где он живет на двадцать рублей в месяц. Это будет стоить дороже во много раз. И переезды, и устройство, и неудачи. Ему нужны будут деньги, иначе он пропадет.

— Хорошо, согласилась Софья Александровна, — пусть эти деньги лежат на твоей книжке; если Саше понадобятся, будем ему посылать. В конце концов, они его посадили, они его выслали, теперь будут гонять его по всей стране, пусть они и помогают своими деньгами.

— Соня! Ну зачем так? Разве Марк его сажал?

— Да, Марк его сажал. Марк или такой, как Марк. Они все одинаковы, все на одно лицо. Я ничего не собираюсь ему прощать. Что они творят с Россией? Во что превратили людей?! Во что он сам превратился, твой Марк?! В нем не осталось ничего человеческого. Машина для изготовления чугуна и стали.

— Ты несправедлива, Соня. Ты его любимая сестра. И Саша его любимый племянник.

Софья Александровна перебила ее:

— Было когда-то. Теперь у него только один любимый человек — Сталин. Они ослеплены, зашорены этим именем, он для них больше чем бог. Для верующего в Бога есть понятия добра, милосердия, сострадания, а для них ничего нет. Для них есть только Сталин. Он их бог, он их совесть.

Она перевела дыхание.

— Ладно, хватит об этом. Сейчас мне важно устроиться на работу.

— Не проблема, — сказала Вера. — Я ищу, и Полина ищет, и ее муж, и мой муж. Спрашиваем знакомых, что-нибудь найдем.

Однако самый лучший и практичный совет дала Маргарита Артемовна, соседка Софьи Александровны, старая мудрая армянка.

— Никуда вам не надо устраиваться, Софья Александровна, — сказала она, — возьмите детишек в нашем доме. Вот у Гуровых девочка пяти лет, Сонечка, хорошая девочка, а Гуровы работают, оба инженеры, оставить девочку не с кем. Затем Фортунатовы — тоже работают, у них мальчик Боря, четырех лет. У Величкиной Зои Васильевны совсем безвыходное положение. Знаете Зою Васильевну Величкину из третьего подъезда? У нее муж умер в прошлом году.

— Знаю.

— Ну вот, она врач, работает где-то в Сокольниках, а ребенка возит в детский сад при заводе «Серп и молот», где служил ее покойный муж. Представляете себе, какие концы? Ей приходится вставать чуть ли не в пять часов утра. Она с удовольствием отдаст свою девочку в группу. Теперь Сапожникова Любовь Михайловна, художница, муж на работе, а она дома рисует, делает копии портретов вождей, ребенку не с кем гулять, — вот вам уже четверо. Я не знаю, но по двадцать пять рублей они в состоянии платить, получается сто рублей. Будете сидеть с детьми на заднем дворе, там деревья, тихо, хорошо. Если плохая погода, можно проводить время у кого-нибудь дома, по очереди. Между прочим, у Гуровых отдельная двухкомнатная квартира.

— Не знаю, — засомневалась Софья Александровна, — ведь детей надо покормить, а где?

— Родители договорятся между собой. Увидите, к вам и другие будут проситься.

— Нет, больше четырех детей не надо, я за ними не угляжу.

— Конечно, — согласилась Маргарита Артемовна, — четырех достаточно.

Софья Александровна недолго водила группу — апрель и май, а потом дети разъехались, кто на дачу, кто в деревню к дедушкам и бабушкам.

Как-то во дворе Софью Александровну встретил управдом Виктор Иванович, остановился, спросил:

— Чего ребятишек не водите?

— Лето, кто на даче, кто в деревне.

Виктор Иванович помолчал, потом сказал:

— Сходите в Левшинский переулок, дом пять, в бюро инвентаризации, спросите Афанасия Петровича, скажите, что от меня, паспорт с собой возьмите. Там временно люди требуются, до осени поработаете.

Софья Александровна пошла в бюро инвентаризации, и ее взяли. Она помогала другой женщине приводить в порядок документы, чертежи, планы домостроений, сметы. Все это давно не разгребалось, работы было много, довольно интересной: почти все дома Софья Александровна знала — Арбат и прилегающие переулки. Документы складывались в большие скоросшиватели, подшивались, ставились на полку в порядке нумерации домов. На столе лежал перечень документов, которым полагалось быть в инвентарной книге, и если их не хватало, то их надо было искать; иногда они обнаруживались в папке другого дома. И надо было проверить оформление: проставлены ли даты, подписи и тому подобное.

Софья Александровна все делала аккуратно, и начальница была ею довольна. Работали они в подвале, но в сухом. В зарешеченные окна на уровне тротуара даже проникал солнечный свет.

У них была электрическая плитка, чайник, они грели себе обед, кипятили чай, и Софье Александровне было здесь хорошо и уютно. Получала 70 рублей в месяц.

Но о своих детях в группе вспоминала часто, особенно часто вспоминала дочку Гуровых, Сонечку.

— Такая умная, одаренная девочка, — рассказывала она Варе, — такая переимчивая. Наслушалась дома сказок; если я задумывалась, спрашивала: «Что ты закручинилась,

Софья Александровна?» А если кто ударился, говорила: «Ну не плачь, добрый молодец». Один раз сказала другой девочке: «Ну, давай играй, старая хрычовка!» Я ей говорю: «Сонечка, нельзя так говорить». А она отвечает: «Это в сказке дедушка так ругает бабушку».

Софья Александровна улыбнулась.

— Смешные дети, и все разные. Мальчик был один, Боря Фортунатов. Как-то обедали у Гуровых, налила им щавелевый суп. Боря есть не захотел: «Не суп, а какое-то болото». Заметь, какое точное сравнение придумал! Однажды он упал, я говорю: «Перестань плакать. Стыдно». — «Нет, не стыдно, а больно, я об улицу ударился». — «Все уже прошло. Вставай!» — «Я не могу встать, я упал насмерть». А однажды залез под кровать. «Вылезай!» — «Нет, здесь хорошо. В комнате день, а под кроватью ночь».

Варя была довольна тем, что Софья Александровна нашла какую-то радость в жизни, хоть немного отвлеклась от мучительных своих мыслей и беспокойства о Саше.

— Вообще, — продолжала Софья Александровна, — дети удивительно наблюдательны и очень тонко чувствуют слово. Надеваю девочке берет, говорю: «Вот как хорошо сидит». Она отвечает: «Сидит? У головки попки нет!» Она же смотрит картинку с лесом, спрашивает: «А в лесу волки есть?» — «Есть». — «А ты боишься?» — «Боюсь». — «А тетя Аня не боится, у нее зубы железные». Или она же спрашивает про нашего киномеханика: «Почему дядю зовут Давид? Он всех давит?.. Тетю зовут Люда, она людоедка?» Смешные дети.

— К осени съедутся, опять соберете группу, — сказала Варя.

— Возможно. Мне с ними нравится. Правда, хлопотно. Тому пи-пи захотелось, а тому и «по-большому». Насморк, простуда, шнурки развязались. Дети ведь довольно упрямы. Говорю Боре: «Боря, не ходи без шапки!» А он мне: «Я не хожу, а бегаю». И не надевает. В моем инвентаризационном бюро мне тоже неплохо. Работы много, но, знаешь, работа даже интересная. Там такие термины, которых я никогда не слышала раньше: синька, калька, разрез, выкипировка, проекция.

Но Варе эти термины были хорошо знакомы.

— Теперь у нас с вами одна профессия, — шутя, сказала она Софье Александровне.

Дома Варю ждало письмо.

Почерк оказался знакомым, Варя вскрыла конверт, посмотрела подпись: да, конечно, письмо от Игоря Владимировича.

«Милая Варя, — писал Игорь Владимирович. — Ваше коротенькое письмецо о цветах дало мне право сделать то, на что я долго не решался, — написать Вам. Теперь мне не придется укорять себя за то, что я Вам навязал переписку, я отвечаю Вам. Я пишу, и это немного приближает Вас ко мне и потому доставляет удовольствие.

Ваше письмецо я перечитывал несколько раз, оно первое в истории нашего знакомства, стараюсь понять каждое слово, истолковываю его и так и эдак, ищу тайный смысл. Иногда в какой-нибудь фразе почудится вдруг что-то теплое, дорогое, но вспоминаю Вашу обычную сдержанность, и тогда мне кажется, что Вы иронизируете. Не знаю, как понимать Вас, не слыша Вашей интонации.

Простите, если мой скромный подарок доставил Вам какие-то осложнения, больше этого делать не буду. Даю торжественное обещание.

Я никак не могу забыть Вашего „звоните“, брошенного мне со ступеньки трамвайного вагона. Для незнакомого такое „звоните“ — это разрешение на продолжение знакомства. Для меня, знающего Вас, это „звоните“ — всего лишь „до свидания“, а „до свидания“, к сожалению, ни на какое свидание не намекает. Если бы Вы сказали „позвоните“ — это было бы не только Ваше разрешение, но и Ваше желание. Две буквы, а какая разница. „Позвоните“ не говорится в первый день знакомства.

Помните закрытый Александровский сад? Лужи. Ваши туфли. Кремлевская стена. Грот Венеры. Малюсенькая дырочка в чулке. Свисток сторожа. Наше бегство. Ворота, загороженные скамейкой. Ура!!! Мы спасены. Даже можем дразнить сторожа. Вся эта прогулка соткана из бесконечных дождевых капель.

Расскажите мне что-нибудь...

Вы слишком своеобразная какая-то, трудная.

Мне кажется, у Вас неприятности, а так хочется утешить Вас. Когда Вы были замужем, я ничего не знал о Вашей жизни, но я все понимал. Хотел помочь Вам, но не знал, как это сделать.

Вчера вечером был по делу на Арбате, проходил мимо Вашего дома, даже садился на 31-й трамвай на Вашей остановке, вертел головой во все стороны, но увы... Вы так и не появились.

Можете ли Вы дать мне возможность провожать Вас без Зои?

Однажды, когда Вы болели, я решил навестить Вас, пойти к Вам без звонка (обязан же я, как начальник, беспокоиться о здоровье своих подчиненных). Поднялся по лестнице, постоял у дверей, поднял руку к звонку и, испугавшись чего-то, может быть Вашей холодной встречи, бегом спустился по лестнице и уехал домой. Я никогда не рассказывал Вам этого случая.

Я люблю музыку, хожу в консерваторию, как бы я хотел слушать музыку рядом с Вами.

Простите, что написал такое скучное письмо. Мне нужно сидеть с Вами на парапете набережной и смотреть на прохожих, какие точные и остроумные характеристики даете Вы людям. Мне нужно, чтобы Вы роняли цветок на площади, ведь только мелочи создают богатство ощущений.

Мы целый день вместе с Вами на службе, но служба нас и разделяет. Напишите мне хоть два слова, такое телеграммоподобное письмо, тогда мы опять будем наедине. И я Вам отвечу. Мне хочется, чтобы Вам нравились мои письма.

Когда Вы в тот, первый раз вошли в „Националь“, Вы были в шляпке с полями. Вы ее сняли, и я увидел огромные глаза, чистые и невинные. *И. В.*

P. S. Это письмо написано почти год назад, однако я не решался его отправить. Теперь отправляю, ни слова не изменив, потому что ничего не изменилось в моей любви к Вам и моем восхищении Вами. *И. В.*».

Варя опустила письмо на колени и долго так сидела, задумавшись.

Письмо хорошее, искреннее. Он славный человек, Игорь Владимирович, и, вероятно, ее жизнь с ним была бы легкой, беспечной, нарядной и веселой. Он принадлежит к элите, он «ласкаемый», и все блага, которыми живет элита, доступны и ему. Доступны благодаря его таланту и трудоспособности, а не потому, что ведет себя послушно. Это не мало, совсем не мало, поэтому она и относится к Игорю Владимировичу с уважением. Но та жизнь, которая казалась ей сказочной еще год назад, к которой она так стремилась из своей тусклой коммунальной квартиры, больше ее не привлекала. Она знала теперь и оборотную сторону медали: она не может и не желает жить беззаботно и бездумно, когда рядом страдают, мучаются, умирают голодные дети, старики, старухи. Она не в силах бороться с голодом и неправдой, она не знает, как бороться, но веселиться на этом пиру она тоже не будет.

Она ждет Сашу... Саша знает, как ему жить, знает, как жить ей! Особенно теперь, после всех испытаний, через которые ему пришлось пройти. Конечно, ему будет нелегко, когда он вернется, все говорят, что в Москве его не пропишут. Но где бы он ни жил, она обязана помочь ему. Каждому человеку нужна какая-то опора. Она, Варя, и будет ему опорой, другой опоры у него нет!

Но мучили ее слова Нины во время той ссоры из-за Сашиной фотографии, она никак не могла их забыть: «Если Саша твой жених, то что же ты не дожидалась его, выскочила замуж за шулера?» Неужели и Саша воспримет ее брак с Костей как предательство? Но это не предательство! Была девчонкой, ничего не понимала, хотелось независимости, и она думала, что замужество даст ей независимость. Она ошиблась. Она не писала Саше о Косте, не хотела огорчать. Но когда он вернется, она все ему расскажет, он все поймет и простит.

Варя долго обдумывала свой ответ Игорю Владимировичу. Что ответить и как ответить: письмом или сказать правду в глаза. И решила: лучше все же поговорить.

Выбрав удобное время, Варя зашла в кабинет к Игорю Владимировичу.

— Игорь Владимирович, я по поводу вашего письма. Я хочу вам сказать следующее: я люблю одного человека, он далеко отсюда и вернется через год. Я жду его.

Он помолчал, справился с волнением и, мягко улыбаясь, ответил:

— Ну что ж, Варенька, я тоже буду ждать...

27

Обработка главных обвиняемых, Зиновьева и Каменева, была поручена Миронову, начальнику ЭКО — экономического отдела, самому образованному из всех руководителей НКВД.

В отличие от вероломного Слуцкого и жестокого, грубого Гая Миронов слыл в аппарате человеком мягким. Кроме того, он был убежден, что вся эта малоприятная работа диктуется интересами партии. Проводил процессы так называемых вредителей, но внутрипартийными делами не занимался, к арестам и высылке бывших членов партии касательства не имел. Он не знал даже об операции Ягода—Запорожец—Николаев. Не имел опыта работы с троцкистами, зиновьевцами, бухаринцами, а тут сразу *Каменев*, бывший член Политбюро, ближайший друг и соратник Ленина, Каменев, которого он когда-то с восторгом слушал на собраниях и с энтузиазмом аплодировал ему как одному из руководителей партии. Этого Каменева сейчас ввели к нему в кабинет, и он, Миронов, должен его допрашивать, должен добиться от Каменева признания в том, что он террорист и убийца.

Теперь это был старый, изможденный тюремным заключением человек. И все равно Миронов узнал в нем того самого Каменева, которого видел и слушал на собраниях. Только прозвище Колобок, которое в те годы придумал ему Миронов, сейчас, после всех страшных лет процессов, ссылок, тюрем, уже меньше подходило. Небольшого роста, с красиво поставленной головой, с золотистой, сильно поседевшей шевелюрой и такими же золотистыми, с рыжей окаемкой бородкой и усами, голубыми, чуть выпуклыми близорукими глазами (пенсне у него отобрали — не положено), со сдержанными манерами воспитанного человека, особой интеллигентской, «профессорской» походкой, плавными жестами, он даже здесь, в этом застенке, олицетворял некую респектабельность, внушая невольную симпатию.

Указав Каменеву на стул, Миронов сказал:

— Гражданин Каменев! В вашем деле имеются показания ряда оппозиционеров о том, что начиная с 1932 года они под вашим руководством готовили убийство товарища Сталина и других членов Политбюро, в частности осуществили убийство товарища Кирова.

— Вы хорошо знаете, что это не так, — ответил Каменев, — большевики никогда не прибегали к индивидуальному террору.

Миронов зачитал ему показания Рейнгольда.

— Здесь нет ни одного слова правды.

— Рейнгольд все может подтвердить на очной ставке.

— Пожалуйста.

На очной ставке Рейнгольд подтвердил, что неоднократно бывал на квартире у Каменева, когда там обсуждалась подготовка террористических актов.

— Когда именно вы бывали у меня?

— Вы сами отлично знаете когда! Не задавайте провокационных вопросов.

Каменев посмотрел на Миронова, призывая его этим взглядом действовать по закону.

— Гражданин Рейнгольд, — сказал Миронов, — вопрос гражданина Каменева правомочен.

Рейнгольд пожал плечами. Бывал несколько раз в 1932-м, 33-м и 34-м годах.

— В таком случае, — сказал Каменев, — будьте добры рассказать, и возможно подробнее, о расположении комнат в квартире.

Рейнгольд понял, что попался, и грубо ответил:

— Ваша квартира еще не мемориальный музей, да и вряд ли им будет, я там бывал не на экскурсии и не осматривал ее.

Каменев обратился к Миронову:

— Может быть, вы спросите об этом гражданина Рейнгольда?

Но и Миронов понял, что Рейнгольд попался.

— Гражданин Каменев, речь идет не о вашей квартире, а о ваших разговорах с гражданином Рейнгольдом.

— И все же я прошу внести в протокол, что гражданин Рейнгольд уклонился от ответа на мой вопрос, — настаивал Каменев.

— А я протокол и не составляю, это предварительный разговор. Мы его еще продолжим.

На этом очная ставка закончилась. Каменева и Рейнгольда развели по камерам.

Тут же Миронов вызвал Шарока.

— Товарищ Шарок, вы готовили Рейнгольда. Плохо готовили.

Шарок с удивлением смотрел на Миронова. Если показания Рейнгольда опорочены, то рушится все обвинение и ответственность свалят, конечно, на него.

— В его показаниях утверждается, что он бывал на квартире у Каменева. А на очной ставке выяснилось, что он не знает ее расположения. Вы должны были это предусмотреть. Съездить хотя бы раз с Рейнгольдом на квартиру Каменева.

У Шарока отлегло от сердца. Конечно, Миронов — большой начальник. Но большой начальник и хороший следователь — это разные вещи. Сломать подследственного — это одно, подготовить его к очной ставке — совсем другое. Рейнгольд дал показания на многих людей, возить Рейнгольда по их квартирам или по другим местам Шарок не мог, да и никто бы этого ему не позволил. Миронову следовало заранее предупредить Шарока о том, что он должен *приготовить* Рейнгольда к очной ставке конкретно с Каменевым. И тогда Шарок все бы подготовил, комар бы носа не подточил. А Миронов не предупредил, в этом его ошибка.

В вежливой, сдержанной форме Шарок все это и изложил Миронову. Тот был умен и понял свой промах.

И Шарок был умен. И когда на совещании следовательских групп Миронов доложил, что с Каменевым ничего не получилось, очная ставка результатов не дала, Шарок даже не заикнулся о том, что очная ставка была не подготовлена. По взгляду, брошенному на него Мироновым, Шарок понял, что Миронов оценил его сдержанность. Кроме того, Миронов, как узнал Шарок от Вутковского, доложил Ягоде, что допрос Каменева бесполезен, пусть Ежов, как это было в случае с Рейнгольдом, переговорит с Каменевым и от имени ЦК потребует от него помочь партии, а в случае отказа прямо пригрозит ему расстрелом.

Но Ягода и на этот раз запретил прибегать к помощи Ежова, велел подключить к следствию садиста Чертока, человека, близкого Ягоде, часто бывавшего у него дома. Ягода катался на коньках (каток на Петровке, дом номер 26), и любимой забавой сотрудников аппарата НКВД было наблюдать, как на катке Черток, чуть ли не лежа на льду, завязывал Ягоде шнурки на ботинках. Угодливый с начальством, Черток был безжалостен с подследственными.

Кабинет Шарока находился в том же коридоре, что и кабинет Чертока, и, проходя мимо, Шарок слышал, как тот допрашивал Каменева.

— Ты трус и штрейкбрехер! — кричал Черток. — Когда товарищ Сталин боролся в подполье, ты распивал кофе в парижских кафе. Ты всю жизнь просидел на шее у партии, у народа, у рабочего класса. Мразь и паразит! Ты убил Кирова, ты бы всю партию перерезал. Вот выпущу тебя сейчас на улицу, первые же встречные раздавят тебя, как вонючего клопа. Если привезти тебя и Зиновьева на завод — вас там растерзают на части, и кусочков не соберем. Вы дерьмо, говно! Ты конченый человек, прикажу — и через десять минут тебя расстреляют как собаку, а мне только спасибо скажут. Тебе, ничтожеству, еще идут навстречу, тебе твою паршивую жизнь гарантируют, а ты, дерьмо, еще колеблешься! Стоять смирно, сволочь, не шевелиться!

Так допрашивал Каменева Черток, держал на «конвейере», заставлял стоять не шевелясь, пока Каменев не падал, но ничего не добился — Каменев показаний не дал.

Неудача с Каменевым и сомнительная удача со Смирновым позволили Ежову взять следствие в собственные руки. Сопротивление Ягоды было бы бесполезно — Сталин торопил, и дальнейшая задержка могла для Ягоды плохо кончиться. А теперь вся ответственность ляжет на Ежова.

Учтя опыт работы с Каменевым и Смирновым, Ежов принял новую тактику: он прямо, откровенно от имени Политбюро потребовал от Зиновьева нужных для дискредитации Троцкого показаний.

Зиновьева, больного, едва стоящего на ногах, ночью ввели в кабинет Агранова. Кроме Ежова и Агранова, в кабинете находились Миронов и Молчанов. Миронову Ежов приказал вести подробный протокол. Ягода под каким-то предлогом отсутствовал, не хотел быть при Ежове на вторых ролях, ревниво следил за его действиями, надеясь на какую-нибудь промашку.

Поминутно заглядывая в свой большой блокнот, в котором он записывал указания товарища Сталина, Ежов сказал, что, по абсолютно достоверным сведениям, Япония и Германия собираются весной 1937 года напасть на СССР. Поэтому СССР сейчас особенно нужна поддержка международного пролетариата. На пути этой поддержки стоит Троцкий. И Политбюро рассчитывает, что Зиновьев поможет партии окончательно разоблачить Троцкого и его бандитские организации. Если Зиновьев это сделает, то он докажет, что наконец разоружился перед партией до конца.

— Чего вы от меня хотите конкретно? — тяжело дыша, спросил Зиновьев.

— На открытом судебном процессе вы должны подтвердить, что по указанию Троцкого готовили со своими единомышленниками убийство Сталина и других членов Политбюро и одно такое убийство осуществили — товарища Кирова.

— Такой фальшивки вы от меня не получите.

— Ну что ж, — Ежов опять заглянул в блокнот, — передаю вам слова товарища Сталина: «Если Зиновьев признается, ему будет сохранена жизнь. Откажется — его и всех участников оппозиции до единого будет судить закрытый военный трибунал».

— Вам нужна моя голова, — тихо сказал Зиновьев. — Ладно, преподнесите ее Сталину на блюде.

— Но вы ставите на карту и жизнь тысяч оппозиционеров, они в ваших руках.

— Что бы я ни подписал, вы убьете меня, убьете еще тысячи людей, истребите всю ленинскую гвардию. — Зиновьев помолчал, собирая силы, и последнюю фразу произнес решительно и категорически: — Повторяю, от меня вы ничего не добьетесь.

Ежов приказал увести Зиновьева и немедленно доставить к нему Каменева. Ежов обязательно должен был добиться успеха и, видимо рассчитывая, что «обработанный» Чертоком Каменев окажется податливее, изложил ему то же самое, что говорил Зиновьеву, но в заключение объявил: следствие располагает показаниями Рейнгольда о том, что он вместе с сыном Каменева подстерегал автомобили Сталина и Ворошилова на Дорогомиловской улице.

— Интересно, как мой сын мог там очутиться, если он уже полтора года находится в ссылке в Алма-Ате?

— Вы имеете в виду сына Александра, — возразил Ежов, — а Рейнгольд называет другого вашего сына — Юрия, почитайте.

Он протянул ему показания Рейнгольда.

Каменев прочитал, растерянно пробормотал:

— Это... Это... Ведь Юра еще пионер.

— Постановление ЦИК и СНК СССР от 7 апреля 1935 года вам известно? Напоминаю: «Несовершеннолетних, начиная с 12-летнего возраста, привлекать к уголовному суду с применением *всех мер уголовного наказания*». Вот так. А вашему сыну больше двенадцати. И за попытку покушения на товарища Сталина и Ворошилова к нему будет применена соответствующая, то есть высшая, мера наказания.

— Ты негодяй! Мерзавец! — крикнул Каменев.

Ежов поднял трубку и приказал Молчанову немедленно арестовать сына Каменева, Юрия, и готовить его к процессу «троцкистско-зиновьевского террористического центра». Отдав это распоряжение, он, не взглянув на Каменева, вышел из кабинета.

Каменева вернули в камеру.

Он знал, что его ждет, и понимал, что ему ничто не поможет.

На позорном январском процессе 1935 года он убедил себя, что высшие интересы партии требуют от него принятия на себя моральной ответственности за убийство Кирова. И получил за это пять лет тюрьмы. В июле 1935 года его снова вытащили на закрытый суд в связи с мифическим кремлевским заговором, в котором якобы участвовала жена его брата Николая — Нина Александровна, сотрудница правительственной библиотеки. Осудили и Нину, и Николая. Ему, Льву Борисовичу, дали десять лет.

Его первая жена Ольга Давыдовна была выслана в Ташкент в марте 1935 года. Тогда же, в марте, арестовали и выслали в Алма-Ату его старшего сына Александра, выпускника Военно-воздушной академии имени Жуковского.

Его вторая жена Татьяна Ивановна Глебова вместе со своим сыном от первого брака Игорем и их с Каменевым пятилетним сыном Владимиром были высланы в Среднюю Азию. У нее на квартире на Арбате, в Карманицком переулке, Каменева и арестовали 16 декабря 1934 года.

На свободе остались только младший сын Юрий и пятилетний внук Виталий.

И вот теперь добираются до Юры, до мальчика, пионера, хотят расстрелять как террориста. А через семь лет, когда внуку Виталику исполнится 12 лет, примутся и за него. Несчастные дети.

Каменев расстегнул воротничок. В его камеру никогда не проникало солнце, и даже в июле было довольно прохладно, но сегодня, видимо, очень жаркий день.

Каменев хорошо понимал: если он не выйдет на суд, его расстреляют; если выйдет на суд, тоже расстреляют. И в том и другом случае в глазах народа он умрет как террорист, шпион и контрреволюционер — это они сумеют сделать. Но если он лживым признанием подкрепит неправедные обвинения, могут пощадить его детей. Имеет ли он право на это? Что ценнее: его честь или жизнь невинных детей? Но ведь честь все равно потеряна. Она потеряна за эти годы непрерывных покаяний, признания ошибок, славословий Сталину. Что добавит к этому позорному списку еще один публичный лживый самооговор? Ничего. В любом случае он будет заклеймен как предатель, изменник, шпион и антисоветчик. И все же, все же...

Жара становилась невыносимой. Что это такое? Он дотронулся до батареи и тут же отдернул руку — обожгло. Подлецы, негодяи! Они затопили, нарочно затопили, чтобы нагнать в камеру жару, чтобы дикой, невыносимой жарой пытать его, сломать.

Он постучал в дверь. Окошечко открылось.

— Что надо? — спросил надзиратель.

— Зачем топите?

— Мы этих дел не знаем!

Окошечко захлопнулось.

Протестовать бесполезно. Чем больше будет он протестовать, тем сильнее будут топить, тем больше жару нагонят в камеру.

Нет, они его не сломают. Этого последнего удовольствия он Кобе не доставит. Тогда, десять лет назад, в 1927 году, он уступил не ему, Кобе, он уступил партии, он смирился перед партией, которой отдал 35 лет из 53 лет прожитой жизни. Теперь он, друг и соратник Ленина, бессменный член ленинского Политбюро, первый председатель ВЦИК, должен признать себя шпионом, террористом, убийцей и антисоветчиком — такой уступки партии не нужно, такой жертвы партии не нужно, такое признание не на пользу партии, такое признание только ей во вред, оно нужно только Сталину, чтобы опорочить партию, опорочить Ленина, опорочить ленинское окружение, ленинскую гвардию. Он не должен выходить на суд, не должен делать ложных признаний. Сталин отомстит ему, погибнут его дети — пусть, он принесет партии и эту жертву. Даже если он признается, даже если выполнит требования Сталина, Сталин все равно его убьет, и детей его убьет, и внуков, этот рассчитывается до последнего колена, этот истребляет начисто.

Он снял с себя рубашку и брюки, остался в грязной майке, трусах, снял носки, лег на цементный пол — так еще можно дышать.

Окошко в двери открылось.

— Заключенный, встать!

Каменев не пошевелился.

Окошко захлопнулось.

Потом в коридоре раздался топот сапог, дверь раскрылась, в камеру ворвались три дюжих конвоира, один держал в руках стул.

Они подняли Каменева, усадили на стул, привязали к нему веревкой, туго натянули веревку вокруг живота.

— Сиди, сволочь!

Вошел врач в белом халате, пощупал пульс, проверил натяжение веревки, поднял Каменеву веки, заглянул в глаза, вышел из камеры.

Вслед за ним вышли и конвоиры.

Лев Борисович уже не мог дышать. Стул стоял у самой батареи, немели затянутые руки и ноги. Голова падала на грудь, но он был еще в сознании. Какие-то картины всплывали в мозгу. Он даже не мог разобрать, не мог запомнить, что виделось, что мерещилось ему минуту назад. Только одно запомнилось, как Ленин назвал его лошадкой. Когда

Ленин болел, заседания Совнаркома вел он, Каменев. Открыв очередное заседание, он сказал, что приготовил его участникам сюрприз. После этого в зал вошел Ленин, обнял Каменева за плечи и сказал, смеясь: «Ну как, правильно я выбрал себе заместителя, вы довольны? Я ведь знал, что эта лошадка меня никогда не подведет». И все смеялись и хлопали Ленину.

Опять открылась дверь, сопровождаемый конвоиром, вошел врач, опять пощупал пульс, осмотрел ноги, приоткрыл глаза, произнес:

— Можно продолжать.

28

Прошло полгода, а Альтман так и не позвонил.

Ясно, Юрка Шарок сказал ему пару слов, и Альтман решил отстать, у них там наверняка есть своя товарищеская солидарность: раз товарищ просит, надо *уважить*, при случае и он твою просьбу *уважит*. Молодец Юрка!

Вадим, конечно, Юре не звонил, слишком деликатное дело. Но, встретив как-то его на Арбате, радостно заулыбался, тепло жал руку, проводил до Арбатской площади и, прощаясь, сказал:

— Спасибо, Юра!

Юра ничего не ответил, улыбнулся, вошел в трамвай, помахал рукой. Идиот Вадим, всегда был идиотом. Неужели всерьез надеялся, что Юра будет за него хлопотать, неужели не понимает, что в *таких* делах ни за кого не хлопочут? Обхохочешься на этих интеллигентах. Альтман не вызывает его потому, что включен в одну из следственных групп, участвует в подготовке процесса. Не до Вадима. Он, Шарок, даже и думать не желает о деле Вадима, хотя приблизительно и догадывается: иностранный отдел заинтересовался досье Вики.

Но Вадим ничего этого не знал. Приветливый жест Шарока окончательно его успокоил. Он много писал теперь, еще больше выступал, становился известным. Многие искали знакомства с ним.

Как-то к Ершилову приехал племянник из Саратова. Такой же пучеглазый, как и дядя, такой же востроносенький, но с приятной застенчивой улыбкой.

Ершилов привел его в Клуб писателей — показать московских знаменитостей. Встретили Вадима.

— Работает на железной дороге, — сказал Ершилов, представляя Вадиму племянника, — однако заядлый театрал. Прочитал твое интервью с Коонен, «никуда, — говорит, — теперь не хочу, ни в Большой, ни к Мейерхольду, а хочу, — говорит, — только в Камерный». Правильно я обрисовал ситуацию?

Юнец подтвердил дядины слова кивком головы.

— «Па проблем», — ответил Вадим, — посмотрите афишу, выберите спектакль и позвоните мне.

Стервец Ершилов льстит, конечно, и все-таки приятно, что так широко разошлись по стране его интервью, вот и в Саратове читали. А ведь это, по существу, была первая его серьезная работа, полтора года назад писал, в самом конце тридцать четвертого, когда Камерному театру исполнялось двадцать лет. Вот тут, прикидывал Вадим, и тиснуть бы в газете что-нибудь этакое: развернутое интервью, к примеру, с Алисой Коонен, будущей народной артисткой Республики. Все знали, что постановление о присвоении этих званий Таирову и Коонен готово, а может, уже и подписано. Как раз в канун выхода постановления и подкинуть бы такой материалец.

Но ведь Коонен не даст интервью, и подступаться нечего: на юбилейном вечере Камерный театр собирался показать не только сцены из «Оптимистической трагедии» и «Жирофле-Жирофля», но и возобновленную «Саломею» — этот спектакль знаменовал как бы второе рождение театра после Октябрьской революции.

Помог отец:

— Мне Алиса Георгиевна никогда не откажет.

И действительно не отказала, только удивилась: «Неужели такая срочность?» Попросила подождать минуту у телефона, посмотрела свое расписание и назвала 26 декабря, прийти ровно к четверти пятого, квартира в самом здании театра, Андрей Андреевич помнит, пусть объяснит сыну.

Вадим засуетился, дней оставалось мало, а к Коонен хотелось прийти хорошо подготовленным, помчался утром в писчебумажный магазин, купил толстую общую тетрадь, стал штудировать Луначарского, Луначарский хотя и не признавал «неореализма» Таирова, но театру помогал и «Федру» оценил как бесспорную победу, а Коонен сравнил с великой Рашелью и «Жирофле-Жирофля» хвалил, не говоря уже о «Косматой обезьяне».

Сидел Вадим в библиотеке, просматривал рецензии, рылся в книгах и откопал интересную брошюрку, новенькую, не захватанную пальцами, никто, видимо, так и не открыл ее ни разу — с политическими откликами западной прессы на гастроли Камерного театра.

В 1923 году Камерный театр дал 133 спектакля, играя в Париже, а также в Берлине и других крупнейших городах Германии. Отзывы были потрясающие, Вадим тут же перекатал их в тетрадку:

«Русские победили...»

«Надо трубить в трубы. Московский Камерный театр — единственный театр Европы...»

«Если Московский Камерный театр — дитя большевизма, то большевизм не только не уничтожает, но, наоборот, освобождает творческие силы».

В общем, материал набирался. Дома Вадим еще раз перелистал «Записки режиссера» Таирова. Книгу эту с дарственной надписью отец держал у себя в столе. И ящик запирал на ключ. И не потому, что так берег таировский автограф, а больше из осторожности: книгу оформила художница Александра Экстер, *уехавшая* за границу. Случайным людям, которые постоянно толклись у них в доме, совсем не обязательно знать, что Марасевичи хранят у себя *такие* книги.

Эпиграфом к интервью Вадим решил взять слова Таирова, которые подходили к юбилею:

«И все же — Камерный театр возник... Он *должен* был возникнуть — так было начертано в книге театральных судеб...»

И тогда, отталкиваясь от этих слов, можно строить интервью не банально — от первых шагов к вершине, а, наоборот, от вершины, от «Оптимистической трагедии», как бы спуститься к истокам, к «Саломее».

«Оптимистическую трагедию» Вадим видел. Грандиозный спектакль. Говорили, что на репетициях у Таирова присутствовали военные моряки, смотрели, чтобы в спектакле не было нарушений правил, а актеры учились у них походке, выправке, говорили, что и кожаную куртку для Коонен-Комиссара тоже нашел кто-то из моряков. И будто бы у Рындина, оформлявшего спектакль, впервые в театре плыли по небу облака.

Причем, опять же с помощью отца, Вадим попал на просмотр, где присутствовали члены Реввоенсовета во главе с Ворошиловым, партер был забит красноармейцами и краснофлотцами, они аплодировали во время действия, кричали «ура!», а в сцене, когда Комиссар, оттесненная к стенке надвигающимися на нее матросами, стреляет в страшного полуголого кочегара, выползающего из трюма, многие из передних рядов порывались броситься к ней на помощь. С одной стороны, конечно, смешно, а с другой — трогательно... И только в финале воцарилась в зале полная тишина, когда падала, умирая, Комиссар, рыдала над ее телом гармошка, а на заднике сцены действительно плыли по небу облака.

После этого просмотра театр получил разрешение печатать на афишах: «Посвящается Красной армии и флоту».

Да, правильно он решил: именно от «Оптимистической трагедии» спуститься к «Саломее». Канва, таким образом, была готова, теперь детали, детали, живое слово Коонен и он, Вадим, будет на коне.

Двадцать шестого с розами в руках в точно назначенное время Вадим нажал кнопку дверного звонка.

Дверь открыла Коонен, улыбнулась.

— Это вы и есть нетерпеливый журналист?

— Мне, право, неловко, — начал Вадим.

— Не стесняйтесь, я тоже нетерпелива в работе. Вас зовут Вадим? Правильно я запомнила?

Она на минуту отлучилась, пока Вадим снимал пальто, — «отдам цветы девушке, пусть поставит в воду», — вернулась, и они прошли в комнату. Тут же появилась и «девушка», поставила вазу на стол.

Вадим был озадачен: возраст «девушки» приближался, наверное, к тридцати. Но мелькнула и другая мысль: какую точную функцию несет это слово у Коонен — оно предполагает опеку, заботу со стороны хозяйки. Вот что значит истинный аристократизм — не домработница, как говорят обыватели, не прислуга, а нежное слово «девушка».

Коонен тем временам разглядывала его.

— Вы похожи на Евгению Федоровну, я любила вашу маму. — И без всякого перехода добавила: — А вы знаете, это я придумала название «Оптимистическая трагедия». Однажды вечером зашла в кабинет к Александру Яковлевичу и застала там Вишневского. Он ходил по комнате и никак не соглашался с определением его пьесы как трагедии. Александр Яковлевич пытался объяснить ему, что все же он написал трагедию.

«Пусть так, — говорил Вишневский, — но моя пьеса оптимистическая!»

«А почему бы так и не назвать, — сказала я, — „Оптимистическая трагедия“?»

Вадим записал конспективно, поднял глаза от блокнота, он все еще робел.

— Ну, что вам еще рассказать?

— Чувствуете ли вы свободу, когда беретесь за новую роль, или держите в уме амбиции драматурга?

Она рассмеялась.

— Вот уж чего никогда не держу в уме. Свобода необходима. Иначе, как говорит Александр Яковлевич, театр превращается в граммофонную пластинку, передающую идеи автора.

С чуть заметной улыбкой она взглянула на Вадима.

— Как вы находите это сравнение? Мне, например, оно очень нравится. Вы нашего «Негра» видели?

— Конечно.

— Стефан Цвейг говорил: «Для того чтобы посмотреть „Негра“, можно пройти пешком от Вены до Москвы». — Она замолчала: то ли задумалась, то ли давала Вадиму возможность оценить слова Цвейга. — А «Любовь под вязами» видели?

— Да, два раза даже.

Опять Коонен молча смотрела на него.

Он не совсем понимал ее взгляд.

— Мне очень понравилось.

— Благодарю вас. Но я хотела сказать вам, что играла роль Эбби совсем не так, как ее трактовали в то время в Америке. Там роль Эбби играли актрисы на амплуа отрицательных героинь. Мне же хотелось поднять этот образ до высот большой трагедии. Не обвинять Эбби, а оправдать, вскрыть корни, которые привели к катастрофе. Это не нравственный урод, а человек страшной, трагической судьбы.

Она встала с кресла, подошла к стенке, сняла фотографию в рамочке, положила на стол перед Вадимом.

— Это О'Нил. — И зажгла торшер красного дерева под большим абажуром, чтобы Вадиму было виднее.

Хорошее лицо, подумал Вадим, замкнутое, строгое, но незаурядное.

— Видите, тут написано: «М-м Алисе Коонен, сделавшей для меня живыми образы Эбби и Эллы». Ну а дальше комплименты, это необязательно читать. О'Нил увидел наши спектакли в Париже. Он жил под Парижем в большом загородном поместье, приехал специально их посмотреть.

Она повесила фотографию на место, вернулась в свое кресло, села, откинулась на спинку.

— И еще сказал О'Нил: «Театр творческой фантазии был всегда моим идеалом. Камерный театр осуществил эту мечту!»

Это было произнесено победно. Но тут же голос ее сломался, упал, в нем послышалось сочувствие:

— Что-то вы мне не нравитесь, Вадим. Расслабьтесь, не держитесь так скованно. Давайте я вас посмешу маленькой историей, возможно, она вам пригодится... Расслабьтесь...

Вадим пошевелил плечами.

— Когда мы готовили «Федру», я была очень занята в текущем репертуаре — «Адриенна Лекуврер» шла почти каждый день. Александр Яковлевич иногда назначал репетиции «Федры» сразу после спектакля. И вот как-то к нам в театр приехал Южин и, узнав, что у нас назначена репетиция четырех актов «Федры», устроил Таирову скандал: «Ваши левые загибы, Александр, погубят Алису Георгиевну. Ермолова и Федотова, сыграв какой-нибудь сильный спектакль, отдыхали после него несколько дней, а вы заставляете ее репетировать Федру, не дав толком снять грим Адриенны. Это неслыханно! Это не-ра-зум-но!» Александр Яковлевич рассмеялся: «Об Алисе Георгиевне не беспокойтесь. Она владеет самой гениальной заповедью Станислав-

244

ского: играет на ослабленных мышцах, без физического напряжения — и поэтому не устает». Правда, — она взглянула на Вадима, — ничто так не утомляет актеров, как физическое напряжение.

Вадим снова пошевелил плечами, наконец он перестал волноваться, даже улыбнулся.

— Тогда, может быть, поговорим о «Федре»? Жан Кокто писал: «„Федра“ Таирова — это шедевр».

— О «Федре» уже столько сказано и столько написано... Лучше я расскажу вам то, о чем мало кто знает. Мы привезли «Федру» в Париж в 23-м году. И вот первый вечер в Париже, настроение приподнятое, вокруг нас журналисты, интересный разговор, а я вдруг чувствую, что у меня останавливается сердце. Слышу, что ни одна французская актриса и ни одна приезжая гастролерша в течение многих лет не играют Федру из пиетета перед Сарой Бернар: эта трагедия числилась в ее репертуаре до самых последних дней. Вы представляете мое состояние? Робость, страх, ужас. И тут какой-то приятный пожилой господин из среды журналистов отвел меня в сторону и попросил разрешения дать маленький дружеский совет. «Мне кажется, — сказал он, — что вам, молодой русской актрисе, приехавшей в Париж играть Федру, стоило бы написать несколько слов нашей великой французской актрисе и попросить ее благословения». Это был замечательный совет. Наутро я послала Саре Бернар почтительную записочку, сопроводив ее цветами. Но думаю, что мое письмо Сара Бернар не прочла: через день на первых страницах газет появилось сообщение в траурной рамке: «Наша великая Сара умерла».

Поговорили о гастролях в Германии.

— Но там, — сказала Коонен, — мы уже не были «неизвестными большевиками». Слух о парижских успехах докатился туда, и приезда Камерного театра ждали. Театральные люди Германии не просто выражали свое восхищение нашими спектаклями, они серьезно и глубоко изучали режиссуру Таирова, актерское исполнение, принципы художественного оформления, использование света. Синтетический актер, провозглашенный Таировым, актер, в равной степени владеющий всеми жанрами театра, — это особенно волновало умы немецких театральных деятелей. Тем более в это время вышла на немецком языке книга Таирова «Записки режиссера».

— Эта книга есть у нас с дарственной надписью Александра Яковлевича, — вставил Вадим, — она посвящена вам. — Он чувствовал себя совсем легко и свободно. Последний вопрос был о «Саломее».

Коонен задумалась.

— Мы проговорили с вами пятьдесят минут, у меня абсолютное чувство времени. Проверьте, я права?

— Да, — сказал Вадим, поглядев на часы, — совершенно правильно, сейчас пять минут шестого.

— Я могу вам уделить еще несколько минут. Не записывайте, слушайте. Вы помните эту пьесу Уайльда?

Разумеется, Вадим ее помнил. Строилась она на библейском сюжете о трагической любви Саломеи, падчерицы царя Ирода, к пророку Иоканаану.

— До Февральской революции «Саломея» была запрещена церковной цензурой к постановке. И когда это запрещение сняли, она была поставлена в Москве в Малом театре и у нас. Таирова увлекала в этой пьесе бунтарская стихия, кипение сильных, необузданных страстей. И замечательно, конечно, оформила спектакль Александра Экстер. Это была одна из лучших работ Экстер по экспрессии, темпераменту, по чувству формы.

— Александра Экстер? — переспросил Вадим, делая вид, что записывает фамилию в блокнот. Господи, из-за ее имени отец держит книгу Таирова под замком, а Коонен говорит о ней с восторгом!

— Кульминацией образа в пьесе, — продолжала Коонен, — считается танец семи покрывал, в награду за который Саломея требует у Ирода голову отвергшего ее Иоканаана. Этот танец часто исполняли эстрадные звезды, строя его как танец эротический, танец соблазна. А в нашем спектакле Саломея танцует перед тетрархом не для того, чтобы соблазнить его, а лишь с одной безумной мыслью — получить в награду голову пророка.

Коонен передернула плечами, как в ознобе, засмеялась.

— Когда я вспоминаю «Саломею», я сразу начинаю мерзнуть. Как мы не болели, не простужались, уму непостижимо! Зал не отапливался, зрители сидели в теплых пальто, а мы, по существу, играли полуобнаженными. Но спектакль этот принес большую удачу театру, сразу поднял его репутацию в глазах театральной Москвы. И по общему признанию, мы выиграли это соревнование у Малого театра.

В дверях Вадим спросил:

— Вы хотите, чтобы я вам показал интервью?

Она улыбнулась.

— Не надо, я вам доверяю. — И неожиданно спросила: — Вам нравится сидеть в пятом ряду?

Вадим не знал, что ответить.

— Это самый лучший ряд. Я попрошу бронировать для вас семнадцатое место. Приходите на наши спектакли. Очень интересно было с вами беседовать.

Возвращаясь домой, Вадим шел по Тверскому бульвару в своей оленьей шапке с длинными ушами, в теплых варежках, связанных Феней из толстой деревенской шерсти, даже не шел, а несся вне себя от счастья, понимая, что держит в руках клад.

Какая царственность, какая открытость, как поднимает до себя собеседника, ни тени сомнения в том, что ее слова могут быть не так истолкованы. Да и зачем? Ведь ее слова принадлежат народу, стране. Вот бы воскликнуть по примеру французов: «Наша великая Алиса получает самое высокое звание — народной артистки Республики!»

А какая рассказчица! Как щедро делится своими мыслями. Истинная щедрость таланта! Кстати, так бы и назвать интервью: «Щедрость таланта». Совсем неплохо, просто хорошо.

А чего стоит деталь насчет новейшего электрооборудования?! В голове так и складывались готовые фразы: «Что купили актеры на заработанные в Германии деньги — как вы думаете, уважаемые читатели? На заработанные деньги актеры купили в Германии новейшее электрооборудование для своего театра в Москве!» Прекрасная деталь — пример истинного, бескорыстного служения искусству!

А слова Литвинова, сказанные по возвращении театра с гастролей: «Показать советский театр в странах, где нас считают варварами, и в результате завоевать публику — это большая победа... Очень важно, что первый выезд советского театра за границу оказался таким триумфальным».

Этот политический мотив надо обязательно отметить в интервью.

Дома Вадим сбросил пальто, прошел в свою комнату, застучал по клавишам пишущей машинки. Через несколько часов забежал к Фене на кухню. «Дай что-нибудь перекусить на скорую руку — чай, бутерброды...»

Вика тогда еще жила в Москве, заглянула в дверь, уставилась на Вадима.

— А в чем она была одета?

— Кто? — не понял Вадим.

— Кто... Коонен, конечно.

— В чем была одета?

Вадим задумался. В чем-то коричневом... А может быть, в зеленом... Или в синем. Не помнит он. Помнит только свое первое впечатления, когда она открыла дверь: красивая, стройная и совсем без косметики, чуть подмазаны губы.

— Недоумок...

Нарывалась на хамство, но Вадим не ответил. Главное — не спугнуть ощущение радости в душе, не потерять его из-за этой дуры. Дожевал бутерброд и снова кинулся к пишущей машинке.

Где-то среди ночи поставил последнюю точку, перечитал написанное, встал, счастливо потянулся и взглянул на часы. Ничего себе! Половина пятого утра, засиделся он, однако.

Интервью получилось тогда великолепное, Вадима поздравляли, заказывали ему рецензии на спектакли Камерного театра, просили контрамарки.

И до сих пор просят... Тот же Ершилов со своим племянником.

Ершилов отзвонил, поблагодарил. Билет в кассе лежал, как прынца посадили племянника в пятый ряд на семнадцатое место. (Так и сказал «прынца», а ведь интеллигентный вроде человек.) Доволен был племянник. Велел кланяться, отбыл уже в свой Саратов.

Дней через десять встретились они с Ершиловым на каком-то собрании, зашли потом в Клуб писателей выпить по рюмке коньяку, опять заклянчил Ершилов: надо достать билеты для гинеколога, который пользует его жену. Никак нельзя отказать гинекологу, сам понимаешь... На «Египетские ночи»...

— Ты же знаменитый человек, Ершилов, — сказал Вадим, — сам можешь достать билет в любой театр.

— Нету у меня знакомств в Камерном, нету, поэтому и прошу.

Потом он как-то еще раз звонил, просил за своего школьного товарища. Геолог на Хибинах, ищет апатиты, давно не был в Москве, хочет в Камерный, помоги, Вадим.

Вадим отказал, но пообещал Ершилову, что в конце октября возьмет его с собой на премьеру комической оперы «Богатыри».

— Это что, интересно?

— Спрашиваешь!.. Во-первых, нашли затерянную партитуру шуточной оперы Бородина. Уже сенсация! Ее исполнили всего один раз в Большом театре, когда Бородин написал оперу. Во-вторых, Камерный театр уже лет пять не ставил музыкальных спектаклей, вся Москва ждет. В-третьих, автор либретто — Демьян Бедный, грубоват, на мой взгляд, но тем не менее. И, в-четвертых, Таиров пригласил оформлять спектакль Баженова, палешанина, слыхал о таком?

— Хорошо, — сказал Ершилов, — пойдем на «Богатырей». Договорились.

29

Неудача Ежова с Зиновьевым и Каменевым принесла большое удовлетворение Ягоде. Для Сталина он, Ягода, по-прежнему остается единственным исполнителем его политических замыслов. Пока Ежов обдумывает свой план действий, его надо опередить во что бы то ни стало. Ягода был опытнее Ежова и чувствовал, что, несмотря на сопротивление, Зиновьев и Каменев измотаны, измучены и развязка близится.

Центральное отопление по распоряжению Ягоды включили и в камере Зиновьева. Жара стояла невыносимая, Зиновьев, астматик, мучился страшно, к тому же у него начались колики в печени, он катался по полу, требовал врача, врач прописал таблетки, от которых Зиновьеву становилось еще хуже, врачу был дан только один приказ — следить, чтобы Зиновьев и Каменев не умерли, иначе сорвется процесс.

Каждый час Ягоде докладывали об их состоянии, Ягода не покидал стен НКВД, спал в кабинете, понимал: развязка может наступить в любую секунду. И этот момент наступил: Зиновьев потребовал, чтобы его немедленно принял Молчанов.

Очутившись у Молчанова, Зиновьев попросил разрешения поговорить с Каменевым. Молчанов сразу сообразил, что Зиновьев обдумывает план капитуляции. Он позвонил Ягоде и изложил ему требование Зиновьева. Ягода тоже все понял и приказал доставить Зиновьева к нему. Встретил ласково, мягко сказал:

— Григорий Евсеевич, дорогой! Освободите себя и нас от всего этого кошмара. Я немедленно дам вам свидание с Каменевым. Вы будете одни и можете говорить сколько вам угодно. Но, Григорий Евсеевич, умоляю вас: будьте благоразумны!

Затем Зиновьева препроводили в какую-то камеру, куда через некоторое время доставили и Каменева. И оставили их одних. В камере стоял стол, два стула и был вмонтирован микрофон, о чем Зиновьев и Каменев, естественно, не знали.

— Выхода нет, — тяжело дыша, сказал Зиновьев, — надо выйти на суд. У меня уже нет сил.

— У меня тоже нет сил, — сказал Каменев, — но это рано или поздно кончится. Надо терпеть.

— Если мы выйдем на суд, то сохраним в живых наши семьи и семьи других подсудимых. Без нас с тобой процесса он не устроит, в первую очередь ему нужны мы. Если суда не будет, Коба убьет не только нас, не только наши семьи, но убьет и всех остальных, убьет и их семьи.

Он перевел дыхание, потом продолжил:

— Мы обязаны думать о тысячах наших бывших сторонников. Поэтому я предлагаю поставить такое условие: Сталин должен гарантировать жизнь нам, нашим семьям, жизнь нашим бывшим сторонникам и их семьям. Тем самым он подтвердит, что дело идет не о наказании за свершенные преступления, он хорошо знает, что их не было, а о сделке: жизнь в обмен на обвинения Троцкого в терроре.

— Он даст любые обещания и во всем обманет. Ему нельзя верить.

— Мы будем верить не ему, а гарантиям, которые он нам даст официально.

— На всю эту мерзость, — сказал Каменев, — можно пойти лишь при одном условии: Сталин даст гарантии в присутствии *всего* состава Политбюро. Я подчеркиваю, всего состава Политбюро. Тогда это будет не его личной гарантией, а гарантией Политбюро. И нарушить эту гарантию можно будет только по решению Политбюро.

— Правильно, — согласился Зиновьев.

Это условие Каменев и объявил Ягоде, когда его с Зиновьевым доставили к нему.

Ягода обещал доложить Сталину.

Впрочем, он это уже сделал за то время, пока Зиновьева и Каменева вели к нему. Через микрофон он слышал их разговор от первого до последнего слова и поторопился позвонить Сталину, опасаясь, что неожиданно явится Ежов и, выслушав Каменева, опередит его, Ягоду.

Ягода был доволен. Лавры победы над Зиновьевым и Каменевым достались ему и его аппарату. Сталин тоже должен быть доволен.

Но все оказалось не совсем так, как предполагал Ягода. Сталин велел ему, Молчанову и Миронову немедленно явиться к нему, заставил рассказать все в подробностях.

Молча выслушав доклад, он помрачнел, обвел всех своим тяжелым взглядом.

Расселись, довольны собой, прохвосты. Торжествуют, ликуют. Почему ликуют? Обеспечили процесс? Да, конечно, хотят выслужиться, выполнили задание. Но истинная причина другая. Ликуют, потому что спасли Зиновьева и Каменева, Смирнова и Мрачковского. Ведь в обмен на чистосердечные признания обвиняемые получат жизнь — *они* им ее сохранили, на их совести не будет крови старых большевиков, «соратников Ленина», хотят остаться чистенькими. Он, Сталин, помилует Зиновьева и Каменева. Возьмет на себя ответственность за последствия такого политически ошибочного решения, а эти негодяи в форме будут торжествовать — они гуманисты и человеколюбы, их чекистская совесть чиста. Не сумели сломать Зиновьева и Каменева, бездельники, дармоеды, барахольщики, не смогли сломать двух человек, уже давно политически и морально сломленных. Теперь за них это должен сделать ОН?

Сталин встал, начал прохаживаться по кабинету.

Ягода, Молчанов и Миронов молча сидели у стены, тревожно глядя на медленно и тихо ходившего по кабинету Сталина.

— На первый взгляд это неплохо, — заговорил наконец Сталин, — но только на первый взгляд. Хотят ли они сохранить жизнь? Безусловно. Каждый человек стремится сохранить жизнь. Жизнь дорога каждому человеку. Хотят сохранить жизнь и Зиновьев, и Каменев. Конечно, есть люди, которые идут на смерть. Но это люди, имеющие идеалы, готовые погибнуть ради своих идеалов. Зиновьев и Каменев таких идеалов не имеют. Зиновьев и Каменев давно растеряли свои идеалы, и потому им не за что идти на смерть. Есть еще причина, ради которой человек идет на смерть, — это честь, честь коммуниста, честь большевика. Обладают ли Зиновьев и Каменев этой честью? Безусловно, нет. Они столько лет обманывают партию и рабочий класс, они давно растеряли честь и совесть. Они цепляются за жизнь, как простые смертные? Нет, они себя простыми смертными не считают. Они хотят сохранить свои кадры. Если за все преступления им будет дарована жизнь, то что спрашивать с их рядовых последователей? Вот в чем их замысел. Сохранить себя, сохранить свои кадры. Вот какой гарантии они требуют. Спрашивается: почему партия должна дать им такую гарантию?

Он замолчал, продолжая медленно и тихо расхаживать по комнате.

Ягода, Миронов и Молчанов молчали, подавленные неожиданным поворотом дела: Сталин изменил решение, не хочет гарантировать подсудимым жизнь. Но суд будет, суда ОН потребует во что бы то ни стало, и придется добиваться показаний от Каменева и Зиновьева другими средствами.

Сталин вернулся к столу, сел.

— Вы им давали какие-то гарантии?

— Товарищ Сталин, — сказал наконец Ягода, — мы им не давали никаких гарантий и не имели права давать какие-либо гарантии. Гарантии потребовали они, и потребовали их не от нас, а от Политбюро. Мы обещали передать их требования Политбюро.

— Вы обещали им сделку с Политбюро? А может ли Политбюро идти на такую сделку? Об этом вы подумали? Теперь я понимаю, в каком направлении шло следствие.

Он помолчал, потом сказал:

— Вы обещали передать их требование товарищу Сталину. А что должен ответить товарищ Сталин? Что он не согласен на такую встречу. Как они это расценят? Как смертный приговор они это расценят. Зачем же выходить на суд? К чему тогда ваша работа? Полгода вы этим занимались, и никакого результата. Вы совершили ошибку, обещав им передать их требование Политбюро. Вы должны были выслушать и сказать, что обсудите их требование, сами обсудите. Потом посоветоваться с нами, а мы вам посоветовали бы сказать им, что передавать такое требование в Политбюро вы не можете, не имеете права. И потом пусть они сами решают свою судьбу. Вот как вы должны были поступить. Вы так не поступили.

Он помолчал, потом продолжил:

— Теперь встает вопрос, как исправить вашу ошибку. И я вижу только один выход...

Он опять обвел всех пристальным тяжелым взглядом.

— Если мы отклоним переданное вами требование, то вы, взявшись передать это требование, будете скомпрометированы в глазах своего аппарата. Этого мы не хотим. Мы не хотим компрометировать руководство аппарата НКВД. Мы ценим и поддерживаем руководство НКВД. Только поэтому Политбюро вынуждено принять требование Каменева и Зиновьева. Но это первый и последний случай. В дальнейшем вы можете *только выслушивать* такие требования, но не имеете права обещать *передавать* их. Запомните это.

В Кремль Зиновьева и Каменева доставили Молчанов и Миронов в закрытом лимузине.

За столом сидели Сталин, Ворошилов и Ежов. Ягода сидел у стены.

Не здороваясь с Зиновьевым и Каменевым, Сталин небрежным движением руки показал на стулья у стены.

Зиновьев и Каменев сели, рядом сели Миронов и Молчанов.

Сталин молча и равнодушно смотрел на Зиновьева и Каменева, как смотрят на чужих, незнакомых людей. Прошлое исчезло, прошлое не существовало, ему нечего было даже вспомнить об этих людях. Две помятые испуганные морды. И эти ничтожества хотели свергнуть его. ЕГО низвергнуть! Преступники и негодяи! Их давно следовало уничтожить!

— Мы вас слушаем, — хмуро проговорил Сталин.

— Нам обещали, что нас выслушает Политбюро, — сказал Каменев.

— Вы рассчитывали, что все члены Политбюро бросят работу, оставят свои города и республики специально для того, чтобы на вас посмотреть и вас послушать? Но они достаточно вас видели и достаточно вас слушали.

Каменев посмотрел на Зиновьева.

Сталин перехватил и отлично понял этот взгляд, с Каменевым они достаточно знали друг друга. Этим взглядом Каменев призывал Зиновьева настаивать на выполнении данного им обещания — их должно слушать все Политбюро. Каменев всегда шел за Зиновьевым. Но сегодня в этой паре более слаб и уступчив Зиновьев.

— Если вас не устраивает разговор с комиссией Политбюро, — сказал Сталин, — мы можем закончить нашу встречу.

Расчет Сталина оказался правильным. Зиновьев поднялся со стула.

Раньше у Зиновьева был высокий, как бы женский, даже чуть визгливый голос. Теперь он говорил тихо, медленно, с трудом выговаривая слова. Старая баба! Всегда был бабой! И морда бабья. Даже умереть не может достойно. А ведь других пачками отправлял на расстрел. Скольких людей перебил в свое время в Петрограде. Никого не щадил, а себя жалеет. Возьми он верх, он бы товарища Сталина расстрелял, не вступал бы в такие вот переговоры. И неужели теперь, в этой ситуации, он рассчитывает вывернуться?!

А Зиновьев между тем тихо, тяжело дыша, говорил:

— Ни я, ни Лев Борисович не имели никакого отношения к убийству Кирова... Вы это прекрасно знаете...

Он поднял голову и посмотрел Сталину в глаза. Но Сталин не отвел взгляда.

— Однако...

Зиновьев опустил голову...

— Однако от нас потребовали, чтобы мы приняли... приняли на себя моральную ответственность за это убийство... Нам передали ваши слова... ваши слова о том, что наше признание необходимо партии...

Зиновьев перевел дыхание.

— Мы пожертвовали своей честью и пошли на это... Но нас обманули и посадили в тюрьму.

Он снова перевел дыхание.

— Чего же вы хотите теперь? Теперь вы хотите, чтобы мы снова вышли на суд, где нас, бывших членов ленинского Политбюро, бывших личных друзей Владимира Ильича Ленина, изобразят как бандитов и убийц. Ведь это опозорит не только нас, но и партию, партию, которой... которой... худо ли, хорошо ли... но мы отдали всю жизнь...

Он заплакал. Молчанов налил ему воды. Не обращая внимания на слезы Зиновьева, Сталин сказал:

— ЦК не раз предупреждал, что ваша с Каменевым позиция, ваше с Каменевым поведение до добра не доведут. Так и получилось... Мы вам опять говорим: подчинитесь партии, и тогда вам будет сохранена жизнь. Опять не хотите. Ну что ж, пеняйте на себя.

— Нас много раз обманывали, — сказал Каменев, — где гарантия, что нас не обманывают и сейчас?

— Вы требуете гарантии? — Сталин с деланым удивлением посмотрел на Ворошилова. — Они требуют гарантии! Гарантия Политбюро для них, оказывается, недостаточна! Они забыли, что в нашей стране нет более высокой гарантии! — Сталин снова посмотрел на Ворошилова, потом на Ежова. — Ваше мнение, товарищи? Мне кажется, что этот разговор — пустая трата времени.

Ежов пожал плечами, мол, все ясно.

— Они вздумали сами диктовать нам свои условия, — с возмущением сказал Ворошилов. — Они не понимают или делают вид, что не понимают: товарищ Сталин хочет сохранить им жизнь. Не дорожат своей жизнью — не надо! К чертовой матери!

Наступила пауза, все молчали, потом Сталин сказал:

— Очень жаль, что Зиновьев и Каменев рассуждают как мещане. Очень жаль. Они даже не понимают, для чего организуется процесс. Чтобы их расстрелять? Но ведь это просто глупо, товарищи, мы можем их расстрелять безо всякого суда. Зиновьев очень хорошо знает, как это делается. Судебный процесс направлен против Троцкого. В свое время Зиновьев и Каменев знали, что Троцкий — заклятый враг партии, но потом, поведя атаку на партию, реабилитировали Троцкого, реабилитировали из фракционных соображений, а ведь Троцкий как был, так и остался заклятым врагом партии. Зиновьев и Каменев это прекрасно знают. Встает вопрос: если мы не расстреляли Зиновьева и Каменева, когда они вместе с Троцким боролись с партией, то почему мы должны их расстрелять после того, как они помогут ЦК в его борьбе с Троцким. И наконец, последнее.

В этом месте Сталин сделал паузу, задумался, в глазах его мелькнуло что-то человеческое. И то, что он сказал, прозвучало неожиданно искренне, трогательно и прочувствованно:

— Мы не хотим проливать кровь наших старых товарищей по партии, какие бы тяжелые ошибки они ни совершали.

Зиновьев опять всхлипнул. И опять Молчанов поднялся, чтобы налить ему воды. Но Сталин заметил: другое лицо у Молчанова, уже не то лицо, с каким он вошел в кабинет, счастлив Молчанов, радуется тому, что жизни Зиновьева и Каменева спасены. И Миронов радуется, как им не радоваться? Они не будут отвечать перед историей за смерть «невинных».

А почему «невинных»? Потому что по их бумажкам, по их юридическим правилам что-то там не сходится? А какие бумажки, какие юридические правила могут быть законом для диктатуры пролетариата? Для диктатуры пролетариата есть только один закон — интересы этой диктатуры. И для *истинного* чекиста не должно существовать других законов. А если существуют, значит он не настоящий чекист.

Каменев встал.

— Товарищ Сталин, товарищи члены Политбюро. От своего имени и от имени товарища Зиновьева заявляю, что мы согласны на предъявленные нам условия и готовы предстать перед судом. Но мы просим обещать нам, что никого из бывших оппозиционеров не расстреляют сейчас и не будут расстреливать за прошлую оппозиционную деятельность.

Сталин, как бы справляясь со своей минутной слабостью, устало сказал:

— Это само собой разумеется.

Из Кремля Зиновьева и Каменева привезли обратно в тюрьму на том же лимузине, но уже в другие камеры: с кроватями, застеленными свежим бельем, отправили в душ, стали хорошо кормить, Зиновьева врач перевел на нужную ему диету.

И все же, когда 19 августа 1936 года в 12 часов 10 минут дня их вывели на суд в Октябрьский зал Дома союзов, Зиновьев выглядел плохо: одутловатое лицо с набрякшими под глазами мешками было серого, землистого цвета. Задыхаясь от астмы, он широко раскрывал рот, хватая воздух, сразу отстегнул и снял воротничок рубашки и так, без воротничка, просидел весь суд.

У Каменева тоже было серое, землистое лицо, круги под глазами, но выглядел он бодрее Зиновьева, все время смотрел в зал, надеясь увидеть знакомых, много лет был председателем Моссовета, знал в Москве всех сколько-нибудь известных партийных деятелей, но никого в зале не увидел. В зале находились только одетые в штатское рядовые работники НКВД.

Ягода и другие руководители наркомата слушали процесс, сидя в соседней комнате.

Рейнгольд говорил убежденно, а когда Вышинский что-либо путал, то просил слово для уточнения и дипломатично его поправлял. Старания Рейнгольда были излишними. Все подсудимые хорошо запомнили сценарий и отвечали точно так, как требовал прокурор. Даже более того: в ходе судебного разбирательства они назвали как участников заговора Сокольникова, Смилгу, Рыкова, Бухарина, Томского, Радека, Угланова, Пятакова, Серебрякова, Мдивани, Окуджаву, комкора Путну, комкора Примакова, комдива

Дмитрия Шмидта. В своем последнем слове каждый полностью признал свою вину, признал себя убийцей, террористом, бандитом.

И только Иван Никитич Смирнов нарушил сценарий, признал, что получил от Троцкого инструкцию о терроре, но, арестованный 1 января 1933 года и находясь с тех пор в тюрьме, никакой террористической деятельностью не занимался, отрицал существование «центра» и опровергал показания Мрачковского, Зиновьева, Евдокимова, Дрейцера, Тер-Ваганяна, Каменева. На некоторые вопросы вообще не отвечал.

В ночь с 23 на 24 августа в два часа тридцать минут суд объявил приговор: всем подсудимым смертная казнь через расстрел.

По закону осужденные имели 72 часа для подачи просьбы о помиловании.

Однако уже утром 24 августа всех осужденных вывели на расстрел.

Зиновьев потерял самообладание и истерически на всю тюрьму выкрикивал имя Сталина, заклиная его выполнить свое обещание. Чтобы прекратить эти крики, сопровождающий Зиновьева лейтенант загнал его в пустую камеру и там расстрелял из пистолета.

Каменев был ошеломлен, не произнес ни слова, принял смерть молча.

И только Иван Никитич Смирнов шел по тюремному коридору спокойно и смело и перед расстрелом сказал: «Мы заслужили это за наше недостойное поведение на суде».

Дочь Смирнова Ольга и жена Роза были тут же арестованы и расстреляны в 1937 году.

В том же 1937 году были расстреляны: сын Зиновьева — Степан Радомысльский; жена Бакаева — Анна Петровна Костина, член партии с 1917 года; брат и племянник Мрачковского; брат Тер-Ваганяна Эндзак. Жена Тер-Ваганяна Клавдия Васильевна Генералова была арестована в 1936 году и провела 17 лет в лагерях.

Вскоре после расстрела Каменева были расстреляны его первая и вторая жена.

В 1939 году расстреляли старшего сына Александра.

Младший сын Каменева Юрий был расстрелян 30 января 1938 года, не дожив одного месяца до 17 лет.

Внук Каменева Виталий был арестован уже в 1951 году, в возрасте 19 лет, приговорен к 25 годам ИТЛ. Умер в 1966 году.

Так товарищ Сталин выполнил свое обещание.

30

Пойти на премьеру «Богатырей» не пришлось. Вадим заболел стрептококковой ангиной, температура под тридцать девять, полоскал горло риванолом, ничего не помогало. Феня варила отвар из сушеных белых грибов, в деревне только этим и лечились, действительно стало полегче, хоть бульон выпил...

14 ноября позвонил Ершилов:

— Не поправился еще?.. Но газеты читать можешь? «Правду» почитай, «Правду».

— А что там? — лениво спросил Вадим.

— Постановление Комитета по делам искусств о запрещении «Богатырей».

— Да ну?!

— Вот тебе и да ну...

А 15 ноября в той же «Правде» была опубликована статья Керженцева под названием «Фальсификация народного прошлого». От Демьяна Бедного Керженцев не оставил камня на камне. В конце статьи писал:

«...в своей исторической части пьеса Д. Бедного является искажением истории, образцом не только антимарксистского, но и просто легкомысленного отношения к истории, оплевыванием народного прошлого... О богатырях Д. Бедный вспоминал лишь по „богатырскому храпу“... изображал русский народ „дрыхнущим на печи“. Печальная отрыжка этих вывихов, чуждых большевикам и просто советским поэтам, сказалась и в этой пьесе».

Теперь Вадим сам звонил Ершилову:

— Что нового? Лежу, ничего не знаю...

— Говорят, Демьяна Бедного из кремлевской квартиры того, турнули, — смеялся Ершилов, — говорят, теперь у знакомых ночует... Скоро за твой Камерный возьмутся, увидишь. Придется и тебе включиться.

— Мне-то куда включаться? Я болею, да и «Богатырей» я не видел, ты сам знаешь...

— Видел — не видел, а включиться придется...

Прав оказался стервец Ершилов; может, и знал что-то, но не говорил. 20 ноября в «Правде» появилась статья «Линия ошибок» за подписью Зритель. Удар театру был нанесен крепкий, — как говорится, под дых... Вадим читал, перечитывал и снова брал в руки газету.

«Было сделано все, чтобы театр освободился от формалистско-эстетского „наследства“, чтобы театр стал жизненным, содержательным, подлинно советским. Но этого не случилось. Руководитель театра плохо усвоил политические уроки...

Скромности — вот чего всегда не хватало Камерному театру. Беззастенчивая самореклама — вот что было у него в избытке.

Камерный театр неоднократно ставил политически ошибочные пьесы:

„Заговор равных“ Мих. Левидова в 1927 г.

„Багровый остров“ Мих. Булгакова в 1928 г.

„Наталью Тарпову“ С. Семенова в 1929 г.

Вся общественность, в том числе и другие театры, сурово осудила такие спектакли Камерного театра, и они были сняты с его сцены...

Руководитель Камерного театра А. Я. Таиров упорно продолжал свою линию ошибок. В 1931 г. он ставит насквозь шовинистическую пьесу — „Патетическую сонату“ М. Кулиша.

Затем появился спектакль „Богатыри“ — пьеса Д. Бедного, спектакль, насквозь фальшивый по своей политической тенденции.

Камерный театр был мало связан с политической и художественной жизнью страны. Таиров установил в театре как бы „самодержавие“, подавляющее всякое проявление творческой инициативы коллектива. Между тем никто театра „на откуп“ Таирову не отдавал.

Камерный театр не сумел создать творческого коллектива, ибо лучшим актерам не дают хода. Камерный театр отстал от общего роста советского искусства, он плетется в хвосте...»

В тот же день Вадиму позвонил ответственный секретарь газеты, где он часто печатался:

— Есть мнение, Вадим Андреевич, что и мы должны откликнуться на события в Камерном театре. Вас просим написать.

— Но, понимаете, — сказал Вадим, — я болен, у меня ревматическая атака после ангины и прописан строгий постельный режим. К тому же я не смотрел «Богатырей» именно из-за болезни, а другие названные спектакли не видел или не помню, поскольку был мальчишкой.

— Доложу об этом редактору, — кисло ответил секретарь. — Не думал, Вадим Андреевич, что вы нам откажете.

23 ноября на шестой странице «Правды» появилась маленькая заметка. «Коллектив Камерного театра заговорил» с подзаголовком: «А. Я. Таиров смазывает ошибки».

Собрание работников театра продолжалось два дня, выступили несколько десятков человек, в том числе виднейшие его актеры.

Л. Фенин, заслуженный деятель искусств: «Актеров заставляли только восхвалять принятую пьесу, даже если они считали ее плохой».

Но что удивило Вадима, так это выступление Ценина: «Таиров не желал обсуждать с работниками театра работу над спектаклем». А Коонен во время того интервью хвалила его. Вот тебе и Ценин!

А ведь он, Вадим, полтора года назад опубликовал интервью с Коонен, основной текст не его, а Коонен, и все же ремарки — его, вопросы его, передают восхищение и театром, и Коонен. И ему могут, между прочим, это напомнить. Многие тогда завидовали его успеху, сейчас отыграются.

Видимо, зря он отказался написать статью, что-то не учуял. Ответственный секретарь довольно кисло ответил: «Доложу об этом редактору». И с намеком: «Не думал, Вадим Андреевич, что вы нам откажете».

А тут еще Ершилов подлил масла в огонь. Пришел рассказать о расширенном заседании Комитета по делам искусств, на которое и его пригласили, и Эльсбейна.

— Был бы ты здоров, и тебя бы позвали. Подробно о заседании сам прочтешь завтра или послезавтра в «Советском искусстве», но кое-что тебе и заранее знать полезно: Керженцев обвинил Таирова в политической враждебности.

— А как же «Оптимистическая трагедия»? — спросил Вадим. — Про этот спектакль уж не должны были бы забывать. Уж тут-то нет «политической враждебности».

— Даже и не назвали ни разу. Керженцев сказал: «Камерный театр — слово опозоренное».

Попал он в историю... Дурак, что отказался писать статью. Рассказать, что ли, об этом Ершилову?

— Мне тут позвонили из газеты, попросили написать, а я говорю — болен, не могу.

— Делов-то... Позвони да скажи, что выздоровел. Прямо сейчас и звони. Я подожду.

Вадим позвонил, вернулся в свою комнату, сказал, что все в порядке.

— Правильно сделал: из упряжки выпадать нельзя.

Вадим крикнул Феню, попросил принести вторую подушку: полусидя будет удобней писать. Взял книгу, подложил под бумагу, нет, соскальзывает бумага. Поискал глазами на письменном столе, на книжной полке, увидел какую-то завалившуюся общую тетрадь — это годится. Открыл ее и натолкнулся на запись: «„Chicago Tribune“ 22 марта.

Мы надеемся снова их увидеть. Их отъезд омрачит парижскую сцену. Мы будем с нетерпением ожидать возвращения этих гениальных артистов, и, помня о них как о примере, мы часто будем мысленно обращаться к России, ибо отныне мы знаем, что свет на европейскую сцену идет с Востока».

Откуда это? И вспомнил: из брошюрки «Политические отклики западной прессы на гастроли Московского государственного Камерного театра».

«Гениальные артисты!», «Свет на европейскую сцену идет с Востока»... Не случайно так их расхваливает буржуазная пресса... Годится буржуазии их искусство.

Он с неприязнью подумал о Коонен. «Девушка»... Тридцатилетнюю женщину называет «девушкой», барыня нашлась, «девушка» ей прислуживает. И не от щедрости таланта проста и демократична с собеседником, а от равнодушия. Все равно, с кем говорить, лишь бы найти повод рассказать о себе, о своих успехах. Стефан Цвейг. О'Нил. Жан Кокто...

Правильно написал в той статье Зритель: не хватает Камерному театру скромности. Действительно, одна беззастенчивая самореклама! «Победили Малый театр в соревновании»... Малый театр стоит и будет стоять, а вот устоите ли вы, еще неизвестно... Малый театр нужен народу, нужен стране, дорогая мадам Коонен, а вот нужны ли вы стране, еще не ясно. Западу вы нужны, да, Запад вам аплодирует... Но у нашего, советского зрителя вы аплодисменты не сорвете.

Андрею Андреевичу показали статью Вадима в больнице, не то похвалили, не то посмеялись: «Крепко ваш сын пишет».

Вечером Андрей Андреевич, как всегда, зашел к Вадиму, придвинул стул к его постели.

— Прочитал твою заметку. Как ты понимаешь, от этого дома нам теперь откажут. И боюсь, не только от этого.

Посидел молча, глядя в пол, поднялся.

— Ты температуру измерял?

— Температура нормальная, — буркнул Вадим. — От этого дома откажут, найдутся дома и получше.

И заснул хорошим, крепким сном человека, исполнившего свой долг.

А утром, как и в прошлый раз, раздался телефонный звонок. Вадим, полусонный, взял трубку и услышал знакомый казенный хамский голос:

— Гражданин Марасевич? Вам надлежит сегодня к двенадцати часам прибыть в НКВД СССР, к товарищу Альтману, пропуск получите в бюро пропусков, Кузнецкий мост, 24.

Тот же кабинет, окна забраны решетками, тот же Альтман в военной форме, висящей на нем как на вешалке, те же впалые щеки, печальные глаза. Покопался в ящике стола, достал папку, вынул протокол предыдущего допроса. Перечитал. Вадим следил за ним обеспокоенным взглядом, им снова овладел животный страх, не знал, что преподнесет ему Альтман на этот раз.

Дочитав последнюю страницу, Альтман, не глядя на Вадима, тихо и уныло спросил:

— Вы не отказываетесь от своих показаний?

— Конечно нет, я ведь их подписал.

— Хотите что-нибудь добавить?

Ему дается шанс. Он должен его использовать.

— Видите ли, — начал Вадим, — вы спрашивали в прошлый раз об антисоветских разговорах. Ваш вопрос заставил меня глубоко задуматься, я понимал, что какие-то основания для такого вопроса у вас были. И я предположил, что таким основанием мог стать анекдот, который я рассказал одному своему знакомому.

— Что за анекдот? — Альтман откинулся назад, приготовился слушать и в первый раз открыто посмотрел на Вадима.

Вадим рассказал и сам анекдот, и от кого его слышал, и кому передал. Добавил, что не придавал значения анекдоту, он был рассказан в присутствии члена парткома, и тот никак не реагировал на него, даже посмеялся. И он, Вадим, пересказал его своему парикмахеру, Сергею Алексеевичу; когда сидишь в кресле, всегда о чем-то болтаешь, тем более он знает парикмахера с детства, человек вне политики, все его отношение к политике заключено в пяти шуточных словах: «Без Льва Давидовича не обошлось».

Именно такую версию избрал Вадим здесь, в кабинете, версия спокойная, сдержанная и, как ему казалось, убедительная.

Некоторое время Альтман молчал. Самым зловещим было именно его молчание — таким образом давал почувствовать Вадиму свое недоверие.

Потом Альтман взял лист бумаги и сказал:

— Повторите, кто вам рассказал анекдот?

Вадим повторил.

— Когда это было?

Вадим назвал месяц, числа он не помнил.

— Кому вы рассказали?

И тут выяснилось, что Вадим не знает фамилии Сергея Алексеевича. Альтман записал на бумажке имя-отчество и адрес парикмахерской.

— Какие анекдоты вы еще рассказывали и кому?

Вадим пожал плечами.

— Я? Анекдоты? Никому я их не рассказывал.

— Вы хотите меня убедить, что в своей жизни не знали ни одного анекдота, кроме этого? В этом вы хотите меня убедить?

— Нет, я, конечно, в своей жизни слышал разные анекдоты, но я их никому не рассказывал.

— Что же вы слышали?

— Не помню. Во всяком случае, не политические.

— А какие?

— Просто бытовые...

— Марасевич! Вы хотите мне доказать, что я дурачок? Я не дурачок, и не считайте меня дурачком...

Он опять палачески прищурился и злобно сказал, не сказал даже, прошипел:

— Тут вообще дураков нет.

Он вдруг показался Вадиму ненормальным. И ему стало еще страшней — от сумасшедшего всего можно ожидать.

— Но я не могу припомнить, — пробормотал Вадим...

— Не можете припомнить, — с ненавистью глядя на Вадима, произнес Альтман, — а кто будет за вас вспоминать? Я? Тогда садитесь на мое место, а я сяду на ваше. — Он встал. — Ну, садитесь, садитесь, — показал рукой, — проходи, садись!

Вадим помертвел от страха, этот сумасшедший сейчас его убьет, пристрелит из пистолета, пристегнутого к ремню.

Альтман сел так же неожиданно, как и встал. Опять помолчал, задумчиво и грустно глядя в угол, потом вдруг спросил:

— В Союзе писателей рассказывают анекдоты?

— Наверно, рассказывают.

— Отвечайте точно: рассказывают или не рассказывают. Не «наверно», а точно.

— В Союзе писателей сотни людей.

— Я не спрашиваю, сколько в Союзе писателей людей, я спрашиваю: рассказывают ли они анекдоты?

— Кто-то наверняка рассказывает.

— Кто эти «кто-то»?

— Я не могу назвать конкретных лиц...

— «Не могу»?! — Альтман скривил рот в злобной усмешке. — Скажите «не хочу»... На одном анекдоте попа-

265

лись, его вы помните, а попадетесь на другом — и другие вспомните, только поздно будет. Хорошо! Панкратова Александра Павловича знаете?

— Панкратова? Ах да, Саша Панкратов, конечно, знал, мы с ним учились вместе в школе.

— Вы знаете, где он сейчас?

— Он арестован, выслан. В Сибирь, кажется.

— От кого вы это знаете?

— То есть как, — растерялся Вадим, — мы с ним жили на одной улице, учились в одной школе, все это знали.

— Нет, вы действительно считаете меня дураком, — сказал Альтман, — хотите меня убедить, что вся улица только и говорит об аресте Панкратова Александра Павловича? Хотите меня убедить, что по-прежнему ходите в школу и там тоже только и разговоров, что об аресте Панкратова?.. Так?

— Я встречался с одноклассниками на Арбате, и они мне сказали, что Саша Панкратов арестован.

— И это все?

— То есть?

— Что «то есть», что «то есть»! — опять взорвался Альтман. — Я спрашиваю вас русским языком — это все, что вы знаете о деле Панкратова?

— Я вообще ничего не знаю о его деле. Я знаю, что он был арестован, а за что, не знаю.

— Не знаете?! Ничего не знаете! Знаете только один анекдот, за всю жизнь рассказали только один анекдот!

Альтман замолчал, опять долгая пауза и неожиданный вопрос:

— Вы писали письмо в защиту Панкратова?

— Письмо, — растерялся Вадим, — письмо...

— Да, «письмо», «письмо», — опять скривился Альтман, — письмо в защиту Панкратова вы писали?

Вадим вспомнил столовую Лены Будягиной, где они сидели, когда Нина предлагала написать письмо в защиту Саши, вспомнил Лену, и Нину, и Максима... Сашу арестовали два года назад, Вадим уже забыл о нем.

— Видите ли, — неуверенно начал он, — когда арестовали Сашу Панкратова, я был в гостях у своей одноклассницы Лены Будягиной, там был еще кто-то из наших одноклассников.

— Кто?! — перебил его Альтман. — Кто конкретно? Говорите конкретно, Марасевич, не виляйте, не заставляйте меня выуживать из вас показания. Вы своего парикмахера почти год вспоминали, думаете, и дальше так будет? Нет, мы вам на каждую фамилию года не дадим, у нас есть способ заставить вас вспоминать быстрее. У нас есть такие средства. И первое средство — оставить вас здесь. Здесь, в камере, вы будете быстрее вспоминать.

Вадим перевел дыхание, у него дрожали руки, голову будто стиснуло обручем.

— Ну, — вдруг тихо и спокойно проговорил Альтман, — будете говорить?

— У Лены был я, Нина Иванова и Максим Костин, все мы одноклассники...

Альтман записал фамилии на бумажке.

— Говорили о Саше Панкратове. Нина Иванова предложила написать заявление в ОГПУ о том, что мы знаем Сашу Панкратова как честного комсомольца. Я возразил, сказал, что Сашу Панкратова мы знали как хорошего комсомольца в *школе*, а с тех пор прошло шесть лет и он мог измениться. Лена Будягина...

— Хорошо, хорошо, — нетерпеливо перебил его Альтман, — хватит! В общем, обсуждали вопрос, как защитить осужденного контрреволюционера. Так ведь? Как вы думаете: если Панкратова осудили по 58-й статье, значит он контрреволюционер или нет?

Вадим мог бы сказать, что тогда Саша еще не был осужден, только арестован, и они не знали, какую статью ему предъявят, и он, Вадим, действительно возражал Нине. Но он боялся противоречить Альтману, боялся, что тот опять взбесится, и покорно согласился.

— Да, конечно, если Панкратова осудили как контрреволюционера, значит он контрреволюционер, это несомненно.

— А вы хотели защитить контрреволюционера.

— Но я лично...

— Что «я лично», «я лично»... Меня не интересует, что говорил каждый из вас в отдельности. Для меня важен факт: вы собрались, четыре человека, то есть *группа*, и обсуждали вопрос, как помочь арестованному контрреволюционеру. Собирались послать письмо в его защиту. Послали?

— Мы спросили совета у Ивана Григорьевича Будягина, отца Лены, знаете, заместитель Орджоникидзе, и он сказал, что не надо посылать такого письма.

— Ну вот, — удовлетворенно проговорил Альтман, — теперь более или менее ясно, не все, конечно, но кое-что.

Он положил перед собой лист допроса, взял ручку и начал писать протокол.

Вадим сидел против него, боясь пошевелиться.

Альтман писал долго, заглядывал сначала в бумажку, где были записаны Эльсбейн, Ершилов и Сергей Алексеевич, потом в бумажку, где были записаны Лена, Нина, Макс.

Вадим понимал, что и ребят, и всех, кого он назвал, могут теперь тоже вызвать сюда. Ну и что? Его вызвали, допрашивают, почему и тех не могут? Он не произнес ни одного слова неправды, никого не оговорил, никого не предал, сказал все, как было. И если их вызовут, пусть они тоже скажут все, как было. Почему он должен жертвовать собой, ради чего и ради кого? Нет, он не будет жертвовать собой, и они тоже могут не жертвовать собой — скажут правду, и им ничего не будет.

Альтман наконец кончил писать и протянул листки Вадиму.

— Читайте, правильно я записал?

Вадим начал читать. Все записано правильно, но картина получилась страшная. Анекдот рассказал Эльсбейн в присутствии Ершилова, а он, Вадим, рассказал своему парикмахеру Сергею Алексеевичу. В каждом разговоре Сергей Алексеевич с явной симпатией упоминает Троцкого. Из его слов следует понимать, что все обвинения в адрес Троцкого беспочвенны. Заявление в защиту заключенного контрреволюционера Панкратова предложила написать Иванова Нина. Вопрос этот обсуждался на квартире заместителя наркома И. Г. Будягина, обсуждался им, Вадимом, Ивановой Ниной, Будягиной Еленой, Костиным Максимом. По указанию заместителя наркома Будягина И. Г. заявление не отправлено.

И чем дальше Вадим читал, тем больше холодело его сердце. «Сергей Алексеевич с явной симпатией упоминал

Троцкого...» Скорее всего, Сергей Алексеевич — стукач (его не жалко), но все же Вадим не может утверждать, что он упоминал Троцкого «с симпатией», скорее с насмешкой. Потом «заявление» обсуждалось... «По указанию Будягина». Это похоже на какую-то организацию. Впрочем, как толковать.

— Ну, — услышал он тихий, медленный голос Альтмана, — что вас тут не устраивает? Советую не вдаваться в стилистические и грамматические тонкости. Они не существенны. Существенна суть дела.

Таких слов Вадим никак не ожидал услышать от Альтмана, был уверен, что таких слов Альтман даже не знает, оказывается, знает. Как же он не разглядел в нем интеллигентного человека?

А Альтман между тем продолжал:

— Кого вы собираетесь спасать? Каждый из них будет способен сам выручить себя. А вот себя вы можете спасти только одним: подписать протокол. Почему? Потому что протокол правильный.

Возражать бесполезно. Возражая, он только разозлит Альтмана. Ну добьется изменения какого-то слова, что толку? Главное — выйти отсюда.

Чувствуя, как Альтман следит за движением его руки, Вадим подписал протокол.

Альтман забрал листки, присоединил их к протоколу, подписанному в прошлый раз, закрыл папку, положил в ящик стола, откинулся на спинку стула, посмотрел на Вадима совсем по-другому, дружелюбно посмотрел.

— Вадим Андреевич, вы понимаете, чтó вы сейчас подписали?

— Я честно подписал.

— Да, честно, и я это ценю.

Пропал его палаческий прищур, пропала истеричность, с Вадимом говорил спокойный, интеллигентный, доброжелательный человек.

— Повторяю, я это ценю, высоко ценю, как высоко ценю вашу литературную работу. Я высоко оценил вашу последнюю статью о Камерном театре. Я даже удивился, как вы могли ее написать, находясь в расстроенных чувствах, а они не могли не быть расстроенными после нашего знакомства. Почему-то считается, что с нами знакомиться опасно, а это неверно, с нами знакомиться полезно. Так вот, статья хорошая, хотя отдельные ее моменты вызывают не то чтобы возражения, а как вам сказать? Мелкие замечания. Даже не по существу, а по форме. Но не это главное. Главное другое: на вашем месте я бы как-то дезавуировал ваше интервью с Коонен.

Вадим был ошеломлен, никак не думал, что Альтман так осведомлен о нем.

Довольный произведенным впечатлением, Альтман продолжал:

— Почему я так думаю? У нас еще много сволочей, у вас много завистников, они и придерутся: сейчас товарищ Марасевич пишет одно, а полтора года назад писал другое. Такое нападение надо предупредить. Вы сами должны были вспомнить интервью и показать, что еще тогда, полтора года назад, театру были присущи пороки, в которых его уличают сейчас. Но вы этого не сделали.

Он снова, но на этот раз как-то странно, посмотрел на Вадима.

— А надо бы. Ведь, когда вы расхваливали этот театр, его директором был матерый шпион и террорист Пикель. Вы читаете газеты, знаете, за что расстреляли Пикеля?

— Но я даже не был с ним знаком, — пролепетал Вадим.

— Это еще надо доказать, Вадим Андреевич, а это трудно доказать. Вы завсегдатай Камерного театра, его, можно сказать, штатный рецензент, за вами даже забронировано кресло в пятом ряду. И вы не были знакомы с директором театра?

— Но я действительно...

— Ладно, — оборвал его Альтман, — о Пикеле говорить не будем, и о театре не будем говорить, и об искусстве, а то, — он засмеялся, очень даже симпатично засмеялся, — этот спор уведет нас далеко в сторону. Я хочу, чтобы вы твердо уяснили себе, в чем вы признались. Первое — при вас рассказали антисоветский анекдот. Как вы на это реагировали? Пришли к нам, в крайнем случае в партком, сообщили о случившемся, разоблачили антисоветчика? Нет, наоборот. Вы сами начали рассказывать этот анекдот. Кому? Своему парикмахеру. Вы утверждаете, что только ему. У нас нет оснований вам верить. Если вы рассказали одному, то могли рассказать еще кому-либо. Случайно ли это? Бывает ведь, что-то случайно услышал, кому-то случайно рассказал, хотя и этого мы не прощаем, — человек должен понимать, что он рассказывает. Но у вас, Вадим Андреевич, это далеко не случайно.

Альтман опять слегка прищурился, глядя на Вадима, и у Вадима снова защемило сердце от страха.

— Почему не случайно? Потому что, Вадим Андреевич, вы тайный троцкист.

В ответ на негодующее движение Вадима он поднял руку.

— Спокойно, спокойно! Вы собирались группой и обсуждали письмо в защиту арестованного контрреволюционера. Вы утверждаете, что возражали против такого письма. Поверим вам, возражали. Но почему вы возражали? Потому, видите ли, что много времени прошло после школы. Это советский подход? Нет, советский подход диктует совсем иную позицию: я не хочу и не буду защищать арестованного контрреволюционера, даже обсуждать это не желаю. Вот это советский подход. Вы его не проявили. Наоборот, вы участвовали в обсуждении этого вопроса, и вы наверняка подписали бы такое письмо, но Будягин запретил, а почему запретил, вы опять же не знаете. Вы руководствовались не своей гражданской совестью, а чьим-то приказом. На какой же почве формировалась эта ваша позиция? Она коренится в обстановке, в которой вы росли. Вы росли в доме, где иностранцы — свои люди. Профессор Крамер, Россолини, — в его голосе слышалась брезгливость, — ах, ах! А вы уверены в лояльности к нам этих иностранцев, вы можете поручиться, что они ездят к нам только с научными целями? Можете?

Вадим подавленно молчал.

— Не можете, — ответил за него Альтман, — а вы с ними сидели за одним столом, пили, ели, слышали их разговоры и ни разу не пришли к нам, не сказали: «У нас иностранцы ведут не те разговоры». И за одного из них, за отъявленного антисоветчика, ваша сестра вышла замуж. Ее муж не только антисоветчик, он шпион, он заблаговременно уехал, успел удрать, успел уйти от правосудия. И вашу сестрицу забрал с собой. В Париже не хватает красивых девиц? Хватает, а он пренебрег ради вашей сестры. Я вам скажу, почему пренебрег: чтобы успеть вывезти ее отсюда. Да, да. У нее тоже рыльце в пушку, как говорится, ему было приказано и ее вывезти, и ее спасти, вот он ее и вывез, и спас.

Он помолчал, сидел, скрестив руки на тощем животе, смотрел мимо Вадима печальными глазами.

— Вот какой клубок получается, Вадим Андреевич, нехороший клубок. Ведь за один только анекдот о товарище Сталине вас следовало посадить... А кроме анекдота, есть еще и иностранцы, и защита арестованных контрреволюционеров. А мы вас, Вадим Андреевич, пощадили... Почему? Скажу прямо: мы вас ценим. В своих статьях вы стоите на правильных позициях. Но вопрос: искренне стоите или притворяетесь? По этому делу, — он кивнул на ящик стола, куда была спрятана папка с протоколами, — мы можем сомневаться в вашей искренности, здесь достаточно оснований для таких сомнений. И, — он посмотрел на Вадима долгим многозначительным взглядом, — вам свою искренность надо еще доказать. Вам надо очень тщательно продумать свое поведение, Вадим Андреевич.

— Конечно, конечно, — забормотал Вадим, — в дальнейшем я буду осторожнее.

— Осторожность — вещь хорошая, — согласился Альтман, — но с этим как быть? — Он снова кивнул на ящик стола. — Что я доложу своему начальству? Как только начальство прочитает это дело, оно у меня спросит: «В какой камере сидит этот Марасевич?» Что я им отвечу? «Он обещал быть осторожнее» — так я им отвечу? Тогда они в камеру, в которой предназначено сидеть вам, посадят меня самого. А я, Вадим Андреевич, сидеть не желаю, нет, не желаю.

Он опять замолчал.

Вадим боялся пошевелиться. Изжога мучила его, нужно принять соду, и сода у него с собой, но он боялся попросить воды.

— Итак, Вадим Андреевич, — вдруг весело сказал Альтман, — надо закруглять дело. Повторяю: вам надо доказать свою искренность. И если вы ее докажете, тогда все это, — он постучал по ящику стола, — будет выглядеть действительно нелепой случайностью. Вы меня поняли, Вадим Андреевич?

— Да, да, конечно.

Он хорошо понимал, что от него требуют. И понимал, что согласится на их требование, но боялся сам произнести эти слова.

— Что «да», «да», — нахмурился Альтман, — что вы понимаете?

— Я понимаю, что должен доказать свою искренность.

— А как?

— Не знаю... Я готов. Но... Не знаю.

— Ну что же, я вам подскажу: вы должны помочь нам в борьбе с врагами партии и государства.

— Но мои статьи, мои выступления...

— Ваши статьи и выступления нам известны, я вам об этом уже говорил. Но они касаются литературы и искусства, а мы хотим знать о *людях*, которые занимаются литературой и искусством: кто они, что думают на самом деле, каковы их *действительные* мысли, а не те, что они произносят на собраниях; мы хотим знать, что они говорят не на трибуне. Нам нужен референт.

— Пожалуйста...

Альтман вынул из стола лист бумаги, протянул Вадиму ручку.

— Пишите!

— Что?

— Что вы готовы нам помогать.

— Но я буду помогать, зачем писать?

— А как я там доложу? — Альтман поднял палец к потолку. — Что *на словах* обещал помогать?

Он открыл ящик, вынул папку с протоколами и с раздражением бросил ее на стол.

— Тут ваши дела, скверные дела, они записаны, а хорошие дела вы не хотите записывать. На словах, видите ли, обещал помогать. — Он посмотрел на часы. — В общем, решайте, никто вас ни к чему не принуждает. Мы с вами уже два часа языки чешем. Как вы понимаете, у меня есть и другие заботы.

Он откинулся назад, прищурился, на губах показалась брезгливая улыбка.

— Решайте, решайте.

Вадим обмакнул ручку в чернильницу.

— Что я должен написать?

Спросил спокойно, даже с достоинством — теперь они в нем заинтересованы.

Медленно, с паузами, не торопясь, но уверенно и жестко Альтман продиктовал:

— «Я, нижеподписавшийся гражданин Марасевич Вадим Андреевич, обязуюсь сообщать органам НКВД о всех действиях и разговорах, как устных, так и печатных, наносящих ущерб советской власти. Также по указаниям органов НКВД обязуюсь рецензировать для них произведения литературы и искусства». Написали? Вот и все. Мы не обязываем вас сообщать это за своей подписью. Мало ли что может случиться: потеряете, забудете где-нибудь, а кто-нибудь найдет, мы не хотим осложнять вашу жизнь. Поэтому лучше всего подписывать эти сообщения псевдонимом. Можно мужское имя, можно женское. Вас не оскорбит женский псевдоним?

Могильный юмор, черт возьми, еще насмехается.

— Лучше мужское, — ответил Вадим.

— Хорошо... Вас зовут Вадим... Хотите — Вацлав? Устраивает — Вацлав?

— Да.

— Допишите: «Сведения буду давать за подписью: Вацлав». Написали? Теперь подпишите... Так. И число поставьте. Какое сегодня?

31

Перед завтраком Сталин вышел в сад, прошелся по дорожкам.

Цвели маки, и левкои на фоне травы смотрелись хорошо: белые, голубые, темно-фиолетовые. Но чуть поодаль стояли неизвестные цветы на длинных стеблях, их было видно с веранды, опоясанные в середине, как бинтом, черной бумагой. Зачем на цветах бумага?.. Почему черная бумага? Неприятно смотреть.

Валя-подавальщица внесла завтрак.

Он поманил ее пальцем, вывел на террасу, показал на цветы.

— Что это такое?

— Это гладиолусы, Иосиф Виссарионович. Нижние бутоны у них распускаются раньше, чем верхние. А красивше, когда они цветут одновременно. Вот нижние бутоны и оборачивают черной бумагой, чтобы не дать им зацвесть, пока верхние не распустятся. У нас и в Зубалове так делали...

Она испуганно замолчала, вспомнив, что Власик запретил ей упоминать Зубалово.

Сталин ничего не ответил, сердито посмотрел на Валю, вернулся в комнату, не притронувшись к завтраку, накинул шинель и пошел к калитке.

Валя растерянно смотрела ему вслед, на глазах ее выступили слезы — ей было жаль Иосифа Виссарионовича, обидела она его, нечаянно, но обидела, вот грех-то, не позавтракав, уехал, как неладно все получилось... Попутал ее черт сказать про Зубалово...

Машина шла по узкой дороге, выводящей на Можайское шоссе. Сталин не обращал внимания на сидящего рядом с шофером полковника, не замечал возникших на дороге впереди и сзади машин охраны. Он поглядывал на ели справа, березы и осины слева — весь лес прочесан, проверен, невидимо охраняется, но именно от охраны он и может получить пулю в затылок либо в лоб. Паукер уверяет его, что каждый охранник следит не только за дорогой, но и за своим соседом-охранником и потому исключены всякие «случайности», так выразился этот плут Паукер. И все равно эти хмурые ели, эти по-осеннему теряющие листву березы и осины, вплотную обступающие дорогу, были неприятны, внушали тревогу.

Сталин почувствовал себя спокойнее, когда машина выехала на Можайское шоссе и помчалась по нему, потом по Дорогомиловской улице — здесь нет этих елей, этих осин и берез, за каждой из которых прячется невидимый стрелок. Здесь улица, охрана отлажена, движение транспорта задержано, здесь действует страх...

В древние времена, когда по улице проезжал властелин, его подданные обязаны были падать ниц и лежать, не поднимая головы, выражая *якобы* свою рабскую покорность и смирение. Нет, не для этого было так заведено: люди должны были лежать, не поднимая головы, чтобы исключить всякую возможность покушения: поднятая голова немедленно отсекалась саблей охранника. Неплохие порядки. Знали древние, как охранять себя от толпы. Но вот как охранять себя от дворцовых переворотов, не все знали...

Правильно ли ОН поступил, нарушив свое обещание сохранить жизнь Зиновьеву и Каменеву?

Правильно поступил. Почему правильно? Потому что процесс отвечал интересам партии и государства.

Пощадить подсудимых за те преступления, в которых они признались, значило поставить под сомнение достоверность их признаний, достоверность их чудовищных преступлений. Пощадить их значило объявить простительными такие чудовищные преступления. Пощадить их значило поощрить и других на подобные преступления. Пощадить их значило нанести непоправимый вред партии и государству.

Виктор Гюго сказал: преступник остается преступником независимо от того, носит ли он кафтан каторжника или корону монарха. Красивая, но чисто по-французски пустая фраза. Преступник руководствуется личными мотивами, властитель — интересами государства и потому не может быть преступником, ибо только властитель решает, что соответствует интересам государства и что не соответствует.

Ленин много говорил о правде и требовал правды. Конечно, Ленин был великий революционер, но революционер, воспитанный, к сожалению, на западных представлениях о морали и нравственности и потому не лишенный некоторых буржуазных предрассудков.

«Совесть» — понятие абстрактное, пустое. «Совесть» — это прикрытие инакомыслия. Люди, наделенные так называемой совестью, — опасные люди. Они считают себя вправе самим решать, что нравственно и что безнравственно. Так называемая совесть позволяет им судить о действиях партии и государства, то есть о ЕГО действиях. Так называемая совесть позволяет им иметь убеждения, отличные от ЕГО убеждений. Это надо пресечь раз и навсегда. Когда-то Маркс писал, что никто не может быть заключен в тюрьму за свои политические и религиозные убеждения. Марксу легко было так писать — он не обладал государственной властью. И Маркс не был лишен буржуазных предрассудков. Обладай он государственной властью, сообразил бы, что политические взгляды быстро превращаются в политические действия, инакомыслящий человек — потенциальный враг.

Ленин создал партию, способную захватить и удержать власть. Но такие партии уже существовали в истории народов. Они захватывали и удерживали власть, но удерживали ее только некоторое время. ОН создал партию, которая удержит власть навсегда.

ОН создал партию, отличную от партий всех времен, партию, которая является не только символом государства, но и единственной общественной силой в государстве, партию, принадлежность к которой является не только главным достоинством ее членов, но содержанием и смыслом их жизни. ОН создал идею партии как таковой, как некоего абсолюта, заменяющего все: Бога, мораль, дом, семью, нравственность, законы общественного развития. Такой партии в истории человечества не существовало. Такая партия — гарантия несокрушимости государства, ЕГО государства.

Но если партия — абсолют, то ее вождь — тоже абсолют.

Вождь партии и есть высшее воплощение ее морали и нравственности. И то, что делает ОН, морально и нравственно. Другой морали и нравственности нет и быть не может. И мораль, и нравственность должны служить государству, должны соответствовать интересам государства, ЕГО задачам. Сейчас главная задача — кадровая революция. Чтобы уничтожить врагов нынешних и будущих, надо прежде всего уничтожить врагов прошлых.

Въехали на Бородинский мост. Сталину нравились мощные каменные быки, на которых он покоился, обелиски в честь Бородинского сражения с металлическими мемориальными досками, полукруглые колоннады с военными атрибутами. Сильная, основательная, красивая архитектура. Вот как надо строить, а не так, как строят нынешние архитекторы-формалисты: неуклюжие, ничего не выражающие коробки.

Поднялись к Смоленской площади, въехали на Арбат. Сталин снова задумался.

Итак, первый этап пройден, первый процесс закончен, подсудимые расстреляны. Каковы уроки этого процесса? Он, безусловно, оправдал себя. С Зиновьевым и Каменевым покончено навсегда, покончено физически и политически. Это первое.

Второе: на процессе названы имена Пятакова, Радека, Сокольникова, Серебрякова и других троцкистов. Они уже арестованы, и идет следствие по делу «Параллельного центра», к которому они принадлежали. Но обвинения в терроре недостаточны. В конце концов, террор — одна из форм борьбы. Марксисты официально не признают террора, но не потому, что он якобы безнравствен, а потому, что он не эффективен. А эсеры, например, считали его эффективным и применяли. И народовольцы применяли. Индивидуальный террор имеет в русском революционном движении дальние и глубокие корни. Если муссировать эту тему, то в сознании молодежи она может укорениться. Найдутся подражатели. Этого нельзя допускать. Поэтому членам «Параллельного центра» должны предъявляться другие, не менее серьезные обвинения.

Третье: названы имена Бухарина, Рыкова, Томского, Угланова и других правых, то есть создана основа для суда и над ними.

После упоминания на суде его имени Томский 22 августа застрелился на своей даче в Болшеве. Центральный комитет осудил этот факт. Но своим поступком Томский подтвердил серьезность обвинений, выдвинутых против него и всех бухаринцев.

Четвертое: названы и арестованы военные — комкоры Путна и Примаков, комдив Шмидт, что создает основу для ликвидации военных заговорщиков во главе с Тухачевским.

Это положительные уроки процесса. Но есть и отрицательные. Главный отрицательный результат — неточность в мелочах, которая позволила проходимцу Троцкому организовать в буржуазной прессе кампанию опровержения. Накладка с Гольцманом возмутительна. Ровно через неделю после расстрела подсудимых официальный орган датского правительства газета «Социалдемократен» опубликовала сообщение: гостиница «Бристоль», где, как показал Гольцман, они встретились с Седовым, была снесена еще в 1917 году, и другой гостиницы «Бристоль» в Копенгагене нет. Это большая накладка. Это подстроено Ягодой, чтобы опорочить процесс. Почему выбрана несуществующая гостиница, зачем вообще придумана гостиница? Гольцман мог сказать, что они встретились на вокзале. Так ясно, так просто. Нет, придумали несуществующую гостиницу. Таких накладок больше не должно быть. Но и Ягоде больше не быть.

Ягода сидел перед Сталиным, оправдывался в накладке с «Бристолем»: кто-то из сотрудников перепутал списки гостиниц в Осло и Копенгагене, «Бристоль» имеется в Осло. Этот сотрудник строго наказан.

— Как наказан? — спросил Сталин.

— Понижен в звании, переведен на работу в Управление лагерей.

Сталин тяжело посмотрел на него.

— Это акт вредительский, преднамеренный, рассчитанный на дискредитацию процесса. Виновного следует предать суду Военного трибунала. И тех, кто толкнул его на этот шаг, тоже предать суду Военного трибунала.

— Слушаюсь, — ответил Ягода, — но этот сотрудник, его фамилия Дьяков...

— Меня не интересуют фамилии вредителей, срывающих задания партии, — оборвал его Сталин.

— Слушаюсь. — У Ягоды нервно подергивались губы. — Этот сотрудник, эту ошибку он совершил сам, спутал списки гостиниц в Копенгагене и Осло.

— Сам... — Сталин смотрел на Ягоду. Выручает своих, выводит из-под удара. — Хорошо, пусть один и ответит за всех.

Он замолчал, потом спросил:

— Где содержатся троцкисты, не давшие показаний?

— Пока здесь, в Москве.

— Допросите всех снова и тех, кто опять откажется от показаний, предайте суду Военного трибунала как террористов. Решения трибунала не оглашать. Что касается активных троцкистов, не капитулировавших ни разу, то пусть не занимают больше места в лагерях. Им нет места на советской земле — ни в лагерях, ни в тюрьмах, ни в ссылках. Освободите от них советский народ.

— Слушаюсь. — Губы Ягоды по-прежнему дрожали.

— Эти люди — враги партии, враги Советского государства навсегда. Поведение Смирнова на суде это доказало со всей очевидностью, он и вышел на суд, чтобы скомпрометировать суд. Пусть за это ответят его сторонники. Хватит! Уже десять лет с ними возимся. У нашего государства есть более важные дела, чем кормить заклятых врагов советской власти.

— Слушаюсь.

Сталин усмехнулся: боится брать на себя ответственность, боится делать без документов, без протокола, без признаний, без привычной формалистики.

— Пошлите людей по лагерям для вынесения приговоров на правах уполномоченных ОСО.

Сталин снова вперил в Ягоду тяжелый взгляд. Надеется, что там они тоже займутся своей казуистикой, опять заготовят себе оправдательные документы. Нет, не дождутся.

— Никаких дознаний не производить, никаких обвинений не предъявлять, — заключил Сталин, — пусть начальники лагерей составят списки кадровых троцкистов. По этим спискам вынести приговоры. И тут же привести их в исполнение.

— Слушаюсь, — покорно повторил Ягода.

— И последнее. — Сталин по-прежнему не сводил с Ягоды тяжелого взгляда. — Участники «Параллельного центра» должны признать не только свое участие в терроре с целью захвата власти, но и свое намерение реставрировать в Советском Союзе капитализм с помощью фашистской Германии и милитаристской Японии, — конечно, за счет больших территориальных уступок этим странам. Скажем: Германии — Украину, Японии — Дальний Восток...

Он помолчал и спросил:

— Вы поняли свою задачу?

— Конечно, — торопливо ответил Ягода.

— Надеюсь, вы с ней справитесь?

— Безусловно, — неожиданно твердым голосом ответил Ягода. Губы его больше не дрожали. Малейшее проявление неуверенности Сталин заметит и потеряет к нему доверие.

Как только Ягода ушел, Сталин велел войти в кабинет Паукеру и Власику. Они давно ожидали в приемной. Сталин сказал им, что через два часа выезжает в Сочи с Курского вокзала.

Никто, ни Паукер, ни Власик, никогда не знали, когда и с какого вокзала Сталин собирается отбыть из Москвы. Он всегда сообщал об этом в последнюю минуту. Так было заведено, и потому ЕГО поезд в Москве и пароход в Горьком уже две недели как стояли наготове.

На этот раз пароход не потребовался. Сталин сказал, что едет в Сочи прямо из Москвы, а не через Горький и Сталинград, как он это иногда делал.

В отпуске находилось и большинство членов Политбюро. Но Ежов оставался в Москве, руководил подготовкой к процессу «Параллельного центра», открыто и грубо вмешивался в действия Ягоды. Было ясно, что Ежов вмешивается в его дела не просто как секретарь ЦК, а по специальному указанию Сталина, у которого он, Ягода, потерял доверие, этим объясняется грубость, заносчивость и беззастенчивость Ежова.

Ягода понимал, что значит потерять доверие Сталина вообще, а ему, Ягоде, особенно: слишком многое он знал. Свидетелей, которым не доверяют, не оставляют в живых. Все это так, но рядом с ним и Генрих Ягода прошел хорошую школу. Он имеет свой шанс — знает расстановку сил в Политбюро.

К концу августа члены Политбюро начали возвращаться из отпуска, вернулись все, кроме Сталина, Жданова и Микояна. Тут же Ягода передал на рассмотрение Политбюро вопрос о суде над Бухариным и Рыковым, поскольку они являлись кандидатами в члены ЦК. Расчет оказался правильным. За предание суду Рыкова и Бухарина голосовали только Каганович, Ворошилов и Молотов.

Десятого сентября в «Правде» появилось сообщение, что следствие по обвинению Рыкова и Бухарина прекращено за отсутствием доказательств их преступной деятельности.

Но этот ход не спас Ягоду, наоборот, только ускорил его падение.

25 сентября 1936 года из Сочи в Москву в Политбюро поступила телеграмма, подписанная Сталиным и Ждановым: «Мы считаем абсолютно необходимым и спешным, чтобы товарищ Ежов был назначен на пост народного комиссара внутренних дел. Ягода определенно показал себя явно неспособным разоблачить троцкистско-зиновьевский блок. ОГПУ отстает на четыре года в этом деле. Это замечено всеми партийными работниками и большинством представителей НКВД».

Последние три слова означали, что, кроме Ягоды, остальные руководители НКВД должны оставаться на своих местах.

Через несколько дней Ежов был назначен народным комиссаром внутренних дел, а Ягода — народным комиссаром связи. Занимавший эту должность Рыков освобожден от нее без указания нового назначения. Все остальные работники остались на своих местах, даже личный секретарь Ягоды Буланов. Ежов, правда, привел с собой из аппарата ЦК несколько человек, но они были назначены помощниками к прежним начальникам отделов: Молчанову, Миронову, Слуцкому, Паукеру и другим.

Более того, Сталин выразил свое доверие старым руководителям НКВД, пригласив их 20 декабря, в годовщину основания ВЧК—ОГПУ—НКВД, на небольшой банкет.

Банкет прошел в теплой, дружественной, доверительной атмосфере. Сталин запретил говорить о ходе подготовки процесса «Параллельного центра».

— Веселитесь, друзья, — сказал Сталин.

И друзья веселились, пили водку, закусывали особой селедкой немецкого посола, которую доставал неутомимый Паукер, начальник оперативного отдела, начальник личной охраны Сталина, его особо доверенное лицо и даже его личный парикмахер: подставить свое горло под чужую бритву — какое доверие может быть выше.

До войны Паукер был парикмахером в Будапештском театре оперетты, хвастал, что самые большие опереточные знаменитости Будапешта находили в нем большой артистический талант и советовали выступать на сцене. Он действительно был первоклассный комик, копировал кого угодно, мастерски рассказывал анекдоты, особенно еврейские и непристойные. Шут по природе, мог рассмешить даже угрюмого Сталина.

На этот раз Паукер изображал, как Зиновьева вели на расстрел.

Поддерживаемый под руки Фриновским и Берманом, игравшими охранников, Паукер беспомощно висел на их плечах, скулил и испуганно вращал глазами. Дойдя до середины комнаты, Паукер упал на колени и, обхватив сапог Фриновского и прижимаясь к нему, завопил: «Товарищ... Ради бога... Товарищ... Позвоните Иосифу Виссарионовичу... Товарищ...»

Все смеялись. Сталин усмехнулся.

Паукер повторил представление, но уже изображал не Зиновьева, а Каменева. Не упал на колени, а, наоборот, выпрямился, выпятил живот, простер руки к потолку и, подражая интеллигентному голосу Каменева, жалобно произнес: «Услышь меня, о Господи!»

Все опять захохотали, но, как заметил Сталин, кроме Миронова и Молчанова. Не нравится. И не могут этого скрыть, как не могли скрыть своей радости тогда, в его кабинете, услышав обещание не расстреливать подсудимых. Жалеют. Ах, эта наивная русская жалость...

Но Паукер, этот мерзкий шут, переборщил. Политика — это не цирк, трагедию не следует превращать в фарс. Лакей должен знать свое место. Истинное место этой скотины на виселице. В случае чего он так же изобразил бы и ЕГО. Продажная шкура!

Сталин поднял рюмку и, обращаясь к Миронову и Молчанову, сказал:

— Ваше здоровье, товарищ Миронов, ваше здоровье, товарищ Молчанов. Выпьем за здоровье товарищей Молчанова и Миронова и в их лице за настоящих чекистов, серьезно понимающих и серьезно выполняющих поставленные перед ними задачи.

Не опуская рюмку, он обвел взглядом всех сидевших за столом. Но на Паукера, Бермана и Фриновского, все еще стоявших посередине комнаты, не оглянулся.

Почти все работники НКВД, готовившие как этот, так и последующие процессы, были уничтожены.

Нарком внутренних дел СССР Ягода был расстрелян в марте 1938 года.

Первый заместитель наркома Агранов — в 1937 году.

Заместители наркома Прокофьев — в 1937 году, Берман и Фриновский — в 1939 году.

Начальники отделов Главного управления государственной безопасности НКВД СССР Молчанов, Миронов, Паукер, Шанин, Гай — в 1937 году, Слуцкого отравили. Черток, когда пришли его арестовывать, выбросился из окна своего кабинета.

Многие другие следователи были уничтожены тогда же вместе со своими начальниками.

Всего в 1937—1939 годах было расстреляно или приговорено к длительным срокам каторжных работ около 20 тысяч чекистов.

32

Зимнюю почту Саша ждал с тем же нетерпением, с каким более двух лет назад ожидал здесь свою первую почту.

Последний номер газеты, который он прочитал, была «Правда» с обвинительным заключением по делу Зиновьева—Каменева. Оно потрясло его тогда, он все не мог поверить в эти страшные обвинения.

Теперь Саша получил газеты за август, сентябрь и октябрь месяцы, со всеми материалами и протоколами процесса. Он был открытый, но быстрый, всего несколько дней, и без защитников. Обвиняемые охотно и бойко рассказывали о своих страшных злодеяниях, показания были похожи одно на другое как две капли воды.

Все это не вмещалось в Сашином сознании. Старые коммунисты, большевистская гвардия, соратники Ленина, герои Октября, легендарные командармы Гражданской войны, люди, отдавшие всю свою жизнь партии, стали убийцами, диверсантами, шпионами. Члены ленинского Политбюро, люди, подготовившие и свершившие Октябрьскую революцию, бросали стекла в пищу рабочих, портили машины, оказались платными наемниками иностранных разведок. Если принять эту выдумку за правду, значит надо перестать верить в партию. Если партией десятки лет могли руководить уголовники, тогда чего эта партия стоит?

Они сами во всем признались? Саша не верил в это. Однообразные, как по шпаргалке вызубренные признания не могут быть искренними. Это не они признавались, это кто-то делал за них. Кто-то играл их роль. Набрали актеров, загримировали и заставили играть на сцене. Или гипноз! Какие-то особенные лекарства! Может быть, их пытали? Нет, этих людей никакими пытками не заставишь признать себя шпионами и убийцами. Или актеры, или гипноз, или какие-то особенные лекарства. Спектакль, о котором говорила Звягуро.

Но без Сталина такой спектакль не посмели бы устроить. Лидия Григорьевна Звягуро была права: он истребляет партию, истребляет морально и физически. Это противозаконное судилище кладет конец Сашиным сомнениям.

Сталин говорит одно, а делает совсем другое, на словах он за народ, на деле же он его запугал, страх и насилие — единственное орудие его власти. И если он, Саша, не может воспрепятствовать насилию, то он может не поддаваться страху. Только так он останется человеком.

Больше всего поразили Сашу отзывы. Коллективы заводов и фабрик, всяких институтов и наркоматов — это привычно. Тянут руки в общей толпе, и ладно. Уже 16 августа — за три дня до суда — газеты пестрели резолюциями рабочих собраний:

«Никакой пощады врагам народа!»

«Уничтожить гадов!»

«Покончить с заклятыми врагами!» И тому подобными требованиями.

Но отзывы знаменитых писателей, артистов, ученых! Это действительно было страшно.

Анна Караваева: «...Сердца миллионов людей трепещут, кулаки сжимаются от яростной ненависти к злодеям из троцкистско-зиновьевского блока».

Иван Катаев: «Пусть же гнев народа истребит гнездо убийц и поджигателей!»

Владимир Бахметьев: «В поколениях, с неостывающим гневом и презрением, будут поминать гадов, кишащих на задворках издыхающего империализма».

Николай Огнев: «Приговор Верховного суда будет приговором всего советского народа. Этот приговор будет суров и справедлив».

Александр Свирский: «Какой позор! Какая черная кровь течет в жилах этих бывших людей! Гнев и волнение мешают мне писать. Могу только воскликнуть: миру не нужны предатели!»

Алексей Толстой: «Предательство, судимое сейчас не только советским судом, но и всем международным пролетариатом, — самое гнусное и подлое из всех предательств, известных в истории человечества».

«Президиум Союза советских писателей горячо приветствует решение пролетарского суда о расстреле троцкистско-зиновьевских агентов фашизма, террористов и диверсантов...»

«...Каждый из нас переживает глубочайшее облегчение оттого, что они расстреляны, что их не будет уже на земле... Они не будут отравлять воздух нашей чудесной страны!»

А. Барто.

Ведь это писатели! Совесть народа! На Руси писатели всегда считались совестью народа — Пушкин, Толстой, Достоевский, Чехов... Значит, писатели верят!

Даже бывшие их единомышленники по оппозиции и те клеймят их на страницах газет.

Х. Раковский: «Для троцкистско-зиновьевских убийц — агентов германского гестапо — не должно быть никакой пощады, их надо расстрелять».

Г. Пятаков: «Люди, которые уже давно стали политическими трупами, разлагаясь и догнивая, отравляют воздух вокруг себя. Это люди, потерявшие последние черты человеческого облика. Их надо уничтожать, уничтожать как падаль, заражающую чистый, бодрый воздух Советской страны».

Карл Радек: «Из зала суда... несет на весь мир трупным смрадом. Люди, поднявшие оружие против жизни любимых вождей пролетариата, должны уплатить головой за свою безмерную вину».

Ведь Пятаков, Раковский, Радек в совсем недавнем прошлом — главные помощники Троцкого, его верные друзья и последователи. Ведь они понимают, что если сегодня судят невинных людей только за то, что они когда-то были в оппозиции, то завтра могут судить их самих, ведь они тоже в ней состояли. И если они подтверждают *измышления*, то завтра такие же измышления могут быть направлены и против них.

Даже герой Октября Антонов-Овсеенко, тоже бывший троцкист, написал 24 августа в «Известиях»: «Это не только двурушники, трусливые гады предательства, это диверсионный отряд фашизма».

А ученые?

«Беспощадно уничтожить злейших врагов Советской страны!» — требуют академики Бах и Келлер.

«Беспредельна наша любовь к партии, к Сталину, — пишут профессора Лурия, Вишневский, Шерешевский, Готлиб, Маргулис, Гориневская, Вовси и другие. — Мы окружим живой стеной нашего великого вождя, защищая его, как воплощение лучших чаяний человечества, до последней капли крови.

Обанкротившимся политическим бандитам не должно быть никакой пощады».

А деятели культуры?

Режиссер Птушко: «Мы должны повысить большевистскую бдительность, зорче охранять завоевания революции от посягательств троцкистско-зиновьевских предателей родины».

Народный артист республики Ак. Васадзе: «Я требую расстрела фашистской банды. Никакой пощады врагам и предателям нашего великого отечества».

Народный артист республики М. Климов: «Три дня назад в „Известиях" было опубликовано стихотворение ученицы 10-го класса кадиевской школы № 1 Евы Нерубиной. Я, старый человек, народный артист республики, всецело присоединяюсь к этим словам, высказанным устами подростка».

А вот и само стихотворение Евы Нерубиной, стихотворение, которое обошло все газеты:

> Трижды презренные, мерзкие гады
> Смертью посмели кому угрожать.
> Нет! Не дождетесь вы больше пощады.
> Суд вам один — как собак, расстрелять!

Ребенок требует расстрела людей как *собак*. А почему собак надо расстреливать? Ведь дети любят животных. Или уже не любят?

Что же все-таки творится? Что происходит? Где она, правда?

Обычно Саша просматривал быстро всю почту, все газеты, потом начинал внимательно читать каждую.

На этот раз он долго не мог оторваться от августовских газет, несколько раз, вдумываясь в каждое слово, перечитывал отчет о процессе и отклики на него. Он понимал, что здесь и его судьба, теперь он понимал и Всеволода Сергеевича, и Лидию Григорьевну — наступают черные времена, и начинаются они большим спектаклем.

Внезапно газетная истерия сразу прекратилась. 10 сентября было опубликовано сообщение Прокуратуры СССР: «Следствием не установлено юридических данных для привлечения Н. И. Бухарина и А. Н. Рыкова к судебной ответственности». Нарком внутренних дел Ягода снят со своего поста и заменен неким Ежовым. Возможно, Сталин маневрирует, значит, он не так уж всесилен.

Но самое главное, что поразило Сашу: проект новой Конституции. Даже трудно поверить. Вводится всеобщее равное и прямое избирательное право при тайном голосовании, гарантируются полные демократические права и свободы для граждан СССР: равноправие независимо от пола, национальности, имущественного положения, обеспечиваются и гарантируются свобода слова, печати, совести, собраний и митингов, уличных шествий и демонстраций, объединения в общественные организации.

Все это означает поворот в сторону свободы, демократии и законности. Конечно, к ней мало подходит название «Сталинская конституция». Но не в названии дело! Всем можно будет свободно выражать свои мысли, даже печататься, свободно собираться на митинги, устраивать демонстрации. Процессы, подобные тому, что был в августе, уже невозможны и никогда не повторятся. Конец беззаконию! Даже Сталин сказал: «Стабильность законов нужна нам теперь больше, чем когда бы то ни было...»

Да, могучим стал Советский Союз, если смог принять такую Конституцию! Советское правительство заявило, что не считает себя связанным с соглашением о невмешательстве в испанские дела, это означало, что мы будем помогать республиканской Испании, выполним свой интернациональный долг, дадим бой фашизму. Мелькнула информация о добровольцах, едущих в Испанию для защиты республики. Если Сашу освободят, а его теперь не могут не освободить, он тут же запишется в добровольцы, пусть его пошлют в Испанию, где коммунисты сражаются с фашистами, где коммунистический Пятый полк отстоял Мадрид.

Снова забрезжила надежда на свободу. Теперь Сашу охраняет закон, Конституция, новый революционный подъем. Никто не посмеет прибавить ему срок, его обязаны освободить. Девятнадцатого января он явится к Алферову и потребует освобождения. Задержка хотя бы на один день — грубое нарушение закона, он даст телеграмму Калинину, виновные будут строго наказаны. Закон есть закон, он обязателен для всех, и никто не имеет права держать человека в ссылке даже лишний день.

И в предчувствии этого дня Саша забеспокоился, даже засуетился. Если его отпустят, а его не могут не отпустить, то хватит ли у него денег на дорогу? До Тайшета должны дать прогонные, а потом? Билет до Москвы стоит рублей 50, не меньше, и что-то надо жрать в дороге. Должно хватить. Хотя он и запретил, но мама высылает ему каждый месяц 20 рублей. А он живет и кормится у хозяина за счет своих трудодней, и на рыбалку ходит, и на сенокосе был. Деньги тратит только на курево и керосин. Теперь будет экономнее.

Он по-прежнему много работал, написал еще четыре рассказа. Как и в прошлый раз, снял с рассказов копии и отослал маме. Все на всякий случай должно храниться у матери.

Наконец наступило 19 января 1937 года.

Накануне Саша сложил вещи — может произойти всякое: могут сразу арестовать, могут приказать немедленно отправиться в Красноярск. Конституция конституцией, закон законом, но в НКВД свои законы.

В эту ночь Саша долго не мог заснуть, обдумывал разговор с Алферовым, хоть разговор был ясен. И все же Саша проговаривал и проговаривал его, представлял возможные осложнения, предчувствовал неожиданности.

Три года ждал он часа своей свободы — получит ли он ее? А вдруг Алферова нет в Кежме, уехал в тот же Красноярск, а уезжает он туда на несколько недель, по району ездит тоже около месяца, район громадный, а транспорт — кошевка зимой, лодка — летом. Если Алферова нет, говорить не с кем, надо будет ждать его возвращения, опять страдать и мучиться. Невеселые мысли.

Из дома Саша вышел затемно, в семь утра. Двенадцать километров — три часа ходу, в десять будет у Алферова.

Несколько дней не выпадал снег, санная дорога была довольно тверда и утоптана. Только на широких лапах елей снег висел пухлыми подушками — кухта, по-местному. Казалось, воздух и тот замер. Однако перелетают с дерева на дерево синички, где-то, будто далеко, долбит стволы дятел, красногрудые снегири красуются на верхушках деревьев, возятся в ветвях длинноклювые кедровики. Эти редкие звуки леса только подчеркивали его тишину.

Иногда слева в лесной прореди виднелась белая гладь Ангары, потом пропадала. Мороз был градусов на тридцать. На Саше теплое белье, свитер, валенки, пальто и шапка с опущенными ушами и *накухтарником* — куском ткани, который пришивался сзади у шапки, чтобы не падал снег за воротник, башлыка у Саши не было, в руках толстая палка, с ней веселее идти, да и может пригодиться — волка отогнать.

Как Саша и рассчитывал, в десять он добрался до Кежмы, подошел к дому Алферова. В заиндевелом окне на кухне мелькал огонек то ли от лампы, то ли от печки... Саша постучал в калитку металлическим кольцом — ни звука в ответ, даже собака не залаяла. Спит, наверно, Алферов. А ждать нельзя, мороз забирался под пальто, в валенках мерзли пальцы; если будет стоять, то окоченеет. Саша постучал в окно, где мерцал огонек. Постучал еще. Ему показалось, что по кухне проплыла чья-то тень, проплыла и остановилась у окна, видно пытаясь разглядеть, кто стучит. Тень удалилась, прошло некоторое время, хозяйка, наверное, одевалась в теплое. Заскрипела дверь на крыльце, послышались шаги по снегу, загремел засов, калитка открылась. Перед Сашей в валенках, шубе и платке стояла хозяйка.

— Вам кого?

— К товарищу Алферову.

— Рановато пришли, спят они.

— Я из Мозговы пришел.

— Проходите тогда, подождите.

Вслед за хозяйкой Саша прошел в сени, снял валенки, остался в носках, хозяйка показала ему на бахоры в углу, он надел их и прошел на кухню.

— Раздевайтесь, садитесь, здесь тепло, — сказала хозяйка.

Саша снял пальто, повесил на вешалку, огляделся.

Он у своей хозяйки любил посидеть на кухне утром, когда печь еще не остыла со вчерашнего вечера, а на шестке горит уже под таганком огонек, разогревается завтрак, лежит только что принесенная из сарая вязанка дров, и от нее приятно пахнет холодком и березовой корой. Хозяйка поставила на стол моченые ягоды, пирог с рыбой, налила чай в стакан.

— Закусывайте, чайку попейте, согреетесь.

— Спасибо.

Саша обеими руками взял стакан, согрел озябшие пальцы.

— Издалека пришли, не завьюжило дорогу-ту?

— Хорошая дорога.

Саша хлебнул чая.

В доме хлопнула дверь, послышался кашель мужчины-курильщика.

— Встали Виктор Герасимович, у них свой умывальник, там и моются, там и бреются, — сказала хозяйка, — у них там и ход свой.

Снова хлопнула дверь — Алферов вернулся со двора, постучал валенками, стряхивая снег. Потом звякнул стержень в рукомойнике, послышался плеск воды, сливаемой в таз.

Это прозвучало сигналом для хозяйки, она понесла в столовую самовар, тарелки с ягодами, тот же пирог, которым угощала Сашу, вернулась, поставила на таганок сковородку, разбила яйца, жарила яишню.

Было слышно, как Алферов вышел в горницу, отодвинул стул, видимо, сел, наливает чай. Хозяйка сняла с шестка сковородку с яишней, понесла в горницу.

— Доброго утречка, Виктор Герасимович, спали как, ништо не беспокоило?

— Спасибо, хорошо спал, — ответил Алферов.

— Тут вас дожидаются, Виктор Герасимович.

— Кто дожидается?

— Мужчина дожидается, Виктор Герасимович.

— Где он?

— На кухне сидит, на улице мороз хлящий, пустила погреться, из Мозговы он.

В дверях показался Алферов, посмотрел на Сашу.

— Вы? Зачем приехали?

Саша встал.

— Вчера кончился мой срок...

— Ах так, — не дал ему договорить Алферов, — заходите ко мне.

Вслед за Алферовым Саша вошел в горницу, сел на указанное ему место за столом, напротив Алферова.

— Чай пить будете? — спросил Алферов.

Лицо у него было чуть одутловатым — не то со сна, не то от выпитых накануне рюмок. С тех пор как Саша видел его в последний раз, он заматерел, заугрюмел. Был в брюках, засунутых в валенки, в овчинном жилете поверх рубахи.

— Спасибо, меня ваша хозяйка уже напоила и накормила.

— Она у меня гостеприимная. Придут меня убивать, а она сначала их накормит и напоит. «Приютила, накормила и согрела сироту», — помните такую рождественскую сказку?

— Помню.

— Да. Как там? «Вечер был, сверкали звезды, на дворе мороз трещал, шел по улице малютка, посинел и весь дрожал. „Боже, — говорит малютка, — я устал и есть хочу, кто же в этом мире пожалеет сироту?!"» Вот вас добрая старушка пожалела, согрела, а то бы замерзли на улице. Пешком пришли?

— Пешком.

— Да, — принимаясь за яичницу, продолжал Алферов, — «напоила, накормила и согрела сироту». В детстве, помню, нянюшка мне это читала, плакал я тогда от жалости к сиротке. А потом забыл. И ни разу с тех пор не вспоминал. Теперь вспомнил.

— На меня глядя?

— Возможно.

— Пожалели, значит, — усмехнулся Саша.

— Допускаю. Я сейчас, извините, до ветру выскакивал, так чуть задницу не отморозил, хотя сортир у нас хороший, в сарае, не дует, а вы двенадцать верст отмахали. Вот я вам и посочувствовал в стихотворной форме. Вы ведь не чужды литературе, кажется?

— Да, люблю читать. Конечно, когда есть что.

— С этим здесь туговато, — согласился Алферов, — раньше вас учительница снабжала книгами, а теперь ее нет. Почему бы вам с новой не познакомиться? Тоже молодая, интересная.

В ответ Саша хмуро промолчал — вопрос был бестактный.

— Не нравится, значит, — засмеялся Алферов, — вот видите, как вы вольготно живете, Панкратов. Для заключенного, для тысяч заключенных, для сотен тысяч заключенных, — он многозначительно посмотрел при этом на Сашу, давая ему возможность оценить громадность цифры, — так вот, для заключенных женщины вообще недоступны. И уж если кому-нибудь выпадет такое счастье, то он разбираться не будет. Была бы баба. А вы привередничаете, вам подавай не только с образованием, но чтобы и по другим статьям все было на высшем уровне. Вот какая у вас вольготная жизнь.

Сашу тяготила болтовня Алферова, нашел время — сейчас, когда решается его, Сашина, жизнь.

— Что же делать человеку при такой вольготной жизни, — продолжал между тем Алферов, — тем более человеку, склонному к исторической науке? А? Тем более читать нечего...

И, не дожидаясь Сашиного ответа, заключил:

— Писать самому. А? Правда?

Понятно. Прочитал его рассказы, посланные маме. Скотина все же, мог бы помолчать об этом.

293

— Я ведь тоже пишу, — продолжал Алферов, — правда, не по истории, а по философии. Могу похвастать, — он вышел в кабинет, вернулся с пачкой отпечатанных в типографии листов. — Видите, верстка моей новой книги, здесь написал, в Кежме: «Начала философии Декарта». Вы не читали Декарта? Нет? Любопытный философ, пытался соединить Бога с реальным существованием мира. Не интересуетесь философией? Напрасно. Историк должен быть философом, и наоборот.

Он помолчал, усмехнулся.

— Угадываю ваши мысли: «Сукин сын Алферов, читал мои работы! Влез грязными лапами в мою творческую душу». Признаюсь: да, читал, да, влез. Должность такая. И не беспокойтесь: ваши творения ушли туда, куда вы их послали. Но я ваш первый читатель и первый критик. Хотите знать мое мнение?

Пытка! Рассуждает, вместо того чтобы объявить ему его судьбу. Но надо взять себя в руки! Если занервничает, то покажет Алферову свою неуверенность в освобождении, а этого он не должен показывать: с сегодняшнего дня он свободен, и точка! И катитесь все к трепаной матери!

Без большой охоты он ответил:

— Интересно.

— С точки зрения формы творения ваши беспомощные, наивные, даже примитивные. Эти выспренние фразы, обилие эпитетов, красивости.

Алферов налил себе чаю. Предложил Саше, но Саша отказался.

— Так вот, продолжаю. Великая французская революция — это один из самых драматических и поучительных, я подчеркиваю это слово, поучительных моментов человеческой истории. А вы пишете об отдельных лицах, об отдельных эпизодах. Для кого? Для детей, юношества, взрослого читателя? Непонятно. Какой вывод они должны сделать из прочитанного? И потом, вы не боитесь, что редактор будет искать параллели?

— Какие параллели? — не понял Саша.

— Ну как какие? У них была революция и у нас революция. Чем кончилась их революция? «Термидором», единоличной властью Наполеона, империей...

— Но позвольте, та революция была буржуазной, а у нас — пролетарская.

— Да, да, конечно, — оборвал разговор Алферов, — ну что ж, может быть, и напечатают, конечно, если вы сами будете в порядке, как вы понимаете, произведения заключенных у нас не печатают. Так что желаю вам успеха, хотя и сомневаюсь.

Он замолчал, вытер рот полотенцем, закурил, протянул Саше коробку с папиросами.

— Я привык к своим.

— Курите свои, у меня тут и самосад курят.

Прищурившись, Алферов смотрел, как Саша вынимает папиросу, зажигает спичку, прикуривает, гасит спичку в пепельнице, которую ему Алферов придвинул, боится, что ли, что Саша кинет спичку на пол?

— Товарищ Алферов, — сказал Саша, — вчера кончился срок моей ссылки.

— Да? — делая удивленное лицо, переспросил Алферов. — Разве?

— Да, — повторил Саша, — и я уже сказал вам об этом. Я осужден на три года с учетом предварительного заключения, арестован 19 января 1934 года, сегодня — 19 января 1937 года. Следовательно, с сегодняшнего дня я свободен. Прошу выдать мне документы.

— Какие документы вы имеете в виду?

— Какие полагается выдавать в подобных случаях.

— Ну выдам я их вам, что вы будете с ними делать?

— Уеду отсюда.

— Куда?

— Домой.

— В Москву?

— В Москву.

— В Москву вам не положено.

— Почему?

— Вы попадаете под действие постановления СНК СССР о паспортной системе. Есть города, в которых вы не имеете права жить. К ним относится и Москва.

— Но ведь это постановление вышло до новой Конституции.

— Новая Конституция, — возразил Алферов, — не отменяет законов и распоряжений советской власти. Некоторые законы, вернее, правила будут изменены, пересмотрены, скажем, о порядке выборов и так далее. Но законы, охраняющие диктатуру пролетариата, останутся в силе. Вы читали доклад товарища Сталина о Конституции?

— Читал.

— Товарищ Сталин прямо говорит: «Проект новой Конституции действительно оставляет в силе режим диктатуры рабочего класса». Чего вы еще хотите? И кстати, вы заметили, в Конституции нет пункта о свободе передвижения, так он обычно формулируется в буржуазных конституциях — «свобода передвижения», то есть свобода выбирать место жительства, свободно селиться там, где захочешь. Бродяжничества мы не допустим, ограничения паспортной системы пока не отменены, да и вряд ли будут отменены.

Отвернувшись от Саши и глядя в окно, он опять многозначительно добавил:

— Наоборот, я думаю, будут усилены.

— Пусть будет так, как вы говорите, — сказал Саша, — но есть закон: человека нельзя держать в заключении ни одного дня дольше положенного ему срока. Этого закона никто не отменял.

— А где вы видели этот закон?

— Читал, — соврал Саша.

— Неправда, не могли вы его читать, такого закона нет. Есть логика: если у заключенного кончился срок, а его не отпускают, следовательно, его держат в заключении без всякого на то основания, то есть совершают беззаконие.

— Ну вот, и отпустите меня.

— Я вас и не держу.

— Но я не могу уехать без документов.

— А документы ваши в Красноярском краевом управлении НКВД. Расстояния у нас тысячекилометровые, и ссыльных на этой территории еще хватает. Не успели прислать ваши документы точно к 19 января, пришлют в свое время, ждите. Не хотите ждать, пожалуйста, дам вам проходное свидетельство до Красноярска, там вы явитесь в краевое управление НКВД и потребуете свои документы. А уж какой документ вам там дадут, этого я не знаю.

В последних словах прозвучала угроза: документ могут дать об отбытии срока, а могут и о назначении нового срока.

— Так что выбирайте, — заключил Алферов, — дожидаться документов здесь или отправиться за ними в Красноярск.

Саша молчал, думал, потом сказал:

— Освобождение я должен получить сегодня. Если не получу, дам телеграмму товарищу Калинину.

Алферов засмеялся.

— И ее тут же положат Калинину на стол?

— Не знаю. Но кто-нибудь на телеграмму ответит.

Алферов опять прищурился.

— На свое письмо товарищу Сталину вы получили ответ?

Так письмо Сталину, наверно, у него в столе. Поэтому смеется.

— Вы поступили правильно, послав письмо товарищу Сталину?

— Разве я не имею права обращаться к нему?

— Имеете, конечно. Все обращаются к товарищу Сталину, читаете газеты, знаете. Рапортуют о достижениях, благодарят за помощь в работе, за руководство. Обращаются и осужденные, их, как вы понимаете, немало. Обратились и вы, просидели половину срока, не жаловались, не обижались и вдруг — бац! Сижу неправильно, освободите! Разве в вашем деле появились новые обстоятельства? Нет, новые обстоятельства не появились. И видите, вам даже не ответили. Для того чтобы ответить, надо иметь основания к пересмотру дела, а оснований нет.

— Нет — значит нет, — сказал Саша, — но человек имеет право на надежду, этого его нельзя лишить.

Алферов отодвинул стакан, поставил локти на стол, серьезно смотрел на Сашу.

— Вы правы, человек имеет право на надежду. Но человек должен обдумывать свои поступки, это его обязанность. Вы серьезно рассчитывали, что ваше письмо дойдет до товарища Сталина? Что ваше дело пересмотрят? Только потому, что вы обратились к товарищу Сталину? Нет, на это вы не рассчитывали и не надеялись. Вы слишком умны для этого. Это был необдуманный поступок. Написав письмо товарищу Сталину, вы напомнили о себе, о своем существовании, напомнили органам, к которым ваше письмо и попало. Более того, вы обвинили органы в том, что вас неправедно осудили. Нужно это вам?

Саша молчал. Что за человек перед ним? Друг? Враг? Прямо говорит: не следовало писать Сталину, не надо раздражать органы, не надо привлекать к себе их внимание. Ведь Саша сам всегда это прекрасно понимал. И все-таки написал.

— Возможно, и не следовало писать, — сказал Саша, — но я написал, давно написал, и нет смысла говорить об этом. Но с сегодняшнего дня меня незаконно держат в ссылке. На это я наверняка имею право жаловаться. Я не знаю, когда к вам придут мои документы, могут вообще не прийти.

— На воле вам будет лучше?

— Свобода всегда лучше тюрьмы.

— Вы правы: свобода лучше тюрьмы.

Алферов встал, прошелся по горнице, как и в прошлый раз, подошел к комоду, взял за горлышко графин с наливкой, но не налил себе, как в прошлый раз, а, подхватив две рюмки, поставил на стол.

— Ну что, Александр Павлович, прошлый раз вы не хотели выпить со мной, а теперь, надеюсь, не откажетесь. Тогда вы были административно-ссыльный, а я ваш жандарм, а теперь, как вы утверждаете, вы свободный человек, значит, выпить можете, более того, обязаны отметить такую дату.

Он налил обе рюмки, поднял свою, кивнул Саше, выпил.

Саша выпил свою. Наливка была горьковатая, но вкусная.

— Итак, — сказал Саша, — деваться мне некуда. Дожидаться здесь документов бесполезно, я этого не могу и не хочу. Дайте мне проходное свидетельство до Красноярска, там буду искать законность и правду.

— У меня не нашли, там будете искать, — усмехнулся Алферов и кивнул на графин. — Понравилось?

— Вкусная.

— Еще по одной?

— Можно еще по одной.

Алферов выпил, вытер губы, дождался, когда Саша выпьет.

— А вы не опасаетесь такой ситуации: вы поедете в Красноярск по зимней дороге, прогонных у меня на такие вояжи нет, добираться будете за свой счет, дороговато получится. Допустим, доберетесь. Явитесь в краевое управление НКВД, а там скажут: зачем вы сюда явились, ваши документы ушли в Кежму, возвращайтесь и получите их у товарища Алферова. А? Понравится вам такой оборот?

Саша отодвинул рюмку, гневно посмотрел на Алферова. Хватит! Нашел себе утреннюю забаву, бездельник!

— Товарищ Алферов!

Но тот перебил его:

— Зачем же так официально? Мы же с вами выпили. Называйте меня Виктором Герасимовичем.

Но на Сашу уже накатило, и он повторил:

— Товарищ Алферов! Извините, гражданин Алферов! Это праздный и унизительный разговор. Я официально прошу дать мне справку об окончании срока ссылки или дать мне письменный отказ с указанием причин.

— Да, — задумчиво проговорил Алферов, — не поняли вы меня. Жаль... Впрочем, когда-нибудь поймете.

Он вышел в соседнюю комнату, служившую ему кабинетом, сел за стол, долго писал, заглядывал в какую-то папку, опять писал. Потом промокнул написанное пресс-папье, встал, вернулся в горницу.

— Так вот, Александр Павлович, — Сашино имя-отчество он иронически подчеркнул, сделав на нем ударение, — вот вам справка об окончании срока. Тут есть графа, видите, — он показал, — «куда направляется». Я вам написал: «Кежма». Это значит, что от меня вы прямо направитесь в милицию и вам взамен этой справки выпишут паспорт, временный, трех- или шестимесячный, какой дадут, такой и берите. Никаких вопросов не задавайте. Получите паспорт — сегодня, самое позднее завтра уезжайте! Завтра как раз пойдет почта на Тайшет, с ней постарайтесь устроиться. Прогонных я вам выдать не могу, поскольку выписал справку на Кежму, как-нибудь обойдетесь, почтальон с вас лишнего не возьмет, киньте в сани свой чемодан, сами пойдете пешком. В Москву вам заезжать не следует. Поезжайте в какой-нибудь нережимный город, обменяйте временный паспорт на постоянный и снова уезжайте куда-нибудь подальше от Москвы. Все стремятся на сто первый километр — не советую, там слишком много таких, как вы, а вам не надо в кучу, вам надо *отделиться*. Вам не нужны лишние связи, у вас вообще не должно быть никаких связей. Вы молодой, здоровый, красивый. Засиделись три года на одном месте, теперь поездите, покатайтесь по России-матушке, повидайте мир. В общем, на этот раз вы должны понять, о чем я говорю, мои советы должны пойти вам на пользу. Я вас не обманывал, ваши документы из Красноярска действительно не пришли. Но именно поэтому я вас отпускаю.

После паузы он многозначительно добавил:

— Именно поэтому и тороплю. Счастливого вам пути!

Он протянул руку и задержал в ней Сашину.

— Запомните все, что я вам говорил... Впрочем, мы говорили *только* о ваших исторических трудах. Так ведь?

— Да, — твердо ответил Саша, — только так.

Саша не знал, что уже два дня в Москве идет новый грандиозный процесс над Пятаковым, Радеком, Сокольниковым, Мураловым и другими видными деятелями большевистской партии.

А вот Алферов знал.

Этим процессом начинался 1937 год.

1984—1988
Переделкино

ЧАСТЬ ВТОРАЯ

1

От Алферова Саша пошел в милицию и получил временный паспорт. Небольшой сложенный вдвое листок: фамилия, имя, отчество, национальность, год и место рождения. Выдан на основании справки об окончании срока административной ссылки. Подлежит обмену на постоянный паспорт в течение шести месяцев.

На следующий день на рассвете Саша уехал из Кежмы.

В санях впереди под брезентом почта, сзади притулилась женщина с двумя девочками, обмотанными платками так, что и глаз не видно.

Туда же сунули и Сашин чемодан. А сам он шагал за санями. Лошадь шла ровно, не прибавляя и не сбавляя хода, бежала только на уклонах. Почтарь присаживался тогда на облучок, сидел, свесив ноги, а Саша, придерживаясь рукой за грядку саней, бежал рысцой, как и лошадь.

Однако по берегу Ангары подъемы и спуски редки, бежать почти не приходилось. Справа — тайга, слева — Ангара, за ней, на другом берегу, опять тайга, сплошняком до самого горизонта. Почтарь лошадку не придерживал, но и не подгонял. До Дворца, куда он ехал и где Саша должен был снова с кем-то договариваться, чтобы добраться до Тайшета, семьдесят километров, два дня пути, дни короткие, ночью не поедешь, и остановку надо делать в полудне — поесть горячего, согреться и лошадь накормить.

Проехали пятнадцать километров, остановились в деревне Недокура у знакомого почтаря, тут к нему привыкли, еду соорудили быстро, но, пока выбиралась из саней женщина, переносили в избу уснувших девочек, раздевали их, сажали на горшок, пока ели, снова одевали и укутывали детей, усаживали в сани, обкладывали сеном, подтыкали доху, прошло часа полтора.

В избе Саша разглядел свою попутчицу: молодая женщина, по виду служащая или жена служащего, а может быть, и жена какого-нибудь районного начальника: меховой воротник на пальто, шерстяное платье. Почтарь обращался к ней почтительно.

Старшая девочка ела сама, младшую кормила мать, рука с ложкой дрожала, щи проливались, она досадливо прикусывала губу, вытирала стол носовым платком; чтобы не смущать ее, Саша отводил глаза. Малахольная какая-то бабенка или больная: лицо бледное, напряженное, голос ломкий. В конце вежливо поблагодарила хозяев, но ни в какие разговоры не вступала, а Сашу и вовсе не замечала. Он попытался помочь ей, взял на руки младшую девочку, она встревоженно проговорила: «Нет, нет» — и забрала ребенка.

Это укрепило Сашу в мысли, что перед ним жена какого-то кежемского начальника — знала или сразу догадалась, что Саша из ссыльных, и потому избегает общения с ним. Что-то новое! С районным начальством, с их женами Саша не был знаком. Но ссыльные, жившие в самой Кежме, где-нибудь да работали, общались с сослуживцами, с начальниками и никакому остракизму не подвергались. Так ему рассказывал Всеволод Сергеевич.

А эта женщина чуждается его. Значит, высокого ранга муж: секретарь райкома или председатель райисполкома.

Тогда тем более непонятно, почему она едет попутной почтой, — у всех районных начальников свои казенные выезды: кошевка, пара лошадей, кучер. Да и при такой дороге, на таком морозе, как мог муж отправить жену с малолетними детьми одну? Мог бы сам довезти их до Дворца.

Выехали из Недокуры. До Окуневки — восемнадцать километров, там ночевка, надо поспеть засветло. Почтарь заставил лошадку прибавить шаг, сам уже не присаживался на облучок, боялся притомить лошадь. Когда она переходила на рысь, бежал рядом. И Саша бежал сзади, опять придерживаясь за грядку саней.

Уже затемно въехали они в Окуневку, маленькую деревушку, занесенную снегом, точно вымершую — ни огонька, ни дыма.

Низкая полутемная изба, на печи спят люди, туда же положили и детей, Саше бросили в закуток за печью рваный полушубок.

В темноте Саша разулся, поставил валенки на печь сушиться, приткнул куда-то к теплу носки, лег на полушубок, укрылся своим пальто и мгновенно уснул.

Тяжелый был день. Тридцать три километра пешком по взрыхленной конскими копытами зимней дороге, в валенках и теплой одежде. А прибавить двенадцать километров от Мозговы до Кежмы — вот и все сорок пять. Встал в четыре утра, тащил до Кежмы чемодан и книги, не хотел бросать книги, сдал их на Кежемской почте посылкой в Москву.

Только Саша уснул, его разбудили, так ему показалось. Мерцал огонек на шестке, в полутьме собиралась его попутчица, хныкали девочки. Почтарь вышел запрягать, вернулся, скинул шубу, позавтракал, встал, взял в руки доху, дожидался, когда остальные встанут из-за стола. Женщина торопила детей, озабоченная, угнетенная, избегала не только Сашиного взгляда, но и взгляда хозяев.

Три года назад, когда Саша шел этапом на Ангару, люди были разговорчивы. Тогда он и его спутники ложились спать, а почтарь или возчик допоздна вели с хозяевами длинные, неторопливые мужицкие беседы. Сейчас и в Недокуре, и здесь, в Окуневке, в разговоры не пускались. С чего бы так? С устатку? Замерзли в дороге, притомились, скорее бы до постели? Или просто молчаливы стали за эти три года?

Наконец выехали. Погода хорошая: хоть и морозно, но безветренно. Ходко прошли двадцать километров, остановились в Саве, быстро перекусили, накормили лошадь, опять двинулись и уже ночью въехали во Дворец.

В темноте Саша не узнал села. Впрочем, он не узнал бы его и днем: ночевал тут одну ночь три года назад, летом, если что и запомнил, так это берег, где прощался с Соловейчиком.

Женщину с детьми почтарь подвез к темной избе, постучал, тускло осветилось окно, открылись ворота, она перенесла детей в дом. Почтарь перетащил ее вещи, вернулся, спросил Сашу:

— Тебе куда?

— На почту, наверно. Буду на Тайшет договариваться.

— Закрыта почта-то.

Почтарь отвечал хмуро, приводил в порядок сани, подбивал сено, укладывал доху.

— Дождусь как-нибудь.

— Зябко, однако, дожидаться, — пробурчал почтарь, не глядя на Сашу.

Саша и сам понимал: замерзнет он ночью.

— В комендатуру, может, — сказал почтарь, — там дежурный должен отправлять таких, как ты.

— Каких это таких, как я? — с вызовом спросил Саша.

— Ну сослатых, значит.

— Я не «сослатый», я — вольный!

Впервые за последние три года он мог так сказать о себе: ночует где хочет, едет куда хочет, никто его не останавливает, не спрашивает документы, не проверяет и не будет проверять. Снял с себя каинову печать! Идти в комендатуру, ночевать там, даже пересидеть ночь — значит признать, что это учреждение причастно к его судьбе. Ладно! Поставит чемодан возле почты и будет ходить всю ночь, пока почта не откроется. Не замерзнет — сторожа ведь не замерзают!

Почтарь тронул вожжи, сани двинулись, Саша пошел за ними.

И опять короткая ночь в тесной нищей вдовьей избе, где оставил его почтарь и где, видно, от скудости принимают кого угодно и когда угодно, лишь бы заплатили чего, хоть рубль. Рубль Саша заплатил, промаялся ночь на узкой скамейке, утром вскочил, побежал на почту узнавать, когда поедут в Тайшет. На Тайшет почта пойдет завтра.

Подъехал его вчерашний почтарь, сдал мешки с письмами, посылки и прочий груз, и новый почтарь пришел, тот, что повезет почту до Тайшета. Им оказался старый Сашин знакомец — Нил Лаврентьевич, тот самый, что три года назад вез его с Соловейчиком из Богучан во Дворец. Саша его узнал сразу: хлопотливый мужичишка с мелкими чертами подвижного лица. Как тогда, так и сейчас озабоченно пересчитывал мешки, пакеты, проверял сургучные печати.

— Здравствуйте, Нил Лаврентьевич, — проговорил Саша радостно.

Он действительно обрадовался встрече. Как ни говори, знакомый человек, вместе поднимались по Ангаре, шли в лямке, и жену его Саша хорошо помнил — болезненную женщину, закутанную в большой платок, молча сидевшую на корме. Помнил и его байки о золотничестве, о партизанах, хоть и сдержанные, но жуткие рассказы о раскулаченных, привезенных в тайгу и брошенных в снег.

Но Нил Лаврентьевич никакой радости не проявил, наоборот, сделал вид, что не узнал Сашу, может быть, и в самом деле не узнал. Видел его летом, а теперь зима, Саша в шапке, в шубе, валенках, да и скольких людей за эти три года перевез Нил Лаврентьевич и зимой, и летом, скольким почту вручал и у скольких принимал, разве всех упомнишь, тем более Сашин участок он не обслуживал.

И в ответ на приветствие он даже головы не поднял, так как-то махнул ею, мол, «не знаю я тебя, милый человек, но поскольку здороваешься, то, значит, здравствуй».

— Вы меня помните, Нил Лаврентьевич? Мы с вами в позапрошлое лето поднимались по Ангаре, сюда поднимались, из Богучан до Дворца, еще ваша жена была — помните? Мы с вами в Гольтявино останавливались, там Анатолий Георгиевич, Мария Федоровна жили, помните?

Нил Лаврентьевич покосился на Сашу, сурово спросил:

— Тебе чего, паря, надо-то?

— Мне до Тайшета, — заволновался вдруг Саша, — только чемодан поставлю, а сам пешком пойду.

— А у тебя проходное свидетельство есть?

— Зачем проходное свидетельство? У меня паспорт. Вот.

Саша вынул паспорт, протянул его Нилу Лаврентьевичу.

Тот покосился на паспорт.

— Паспорт не документ, какой паспорт документ? В ем разве обозначено, куды тебе ехать положено? Проходное, паря, тебе следоват получить в комендатуре: мол, едет такой-то человек в Тайшет или, к примеру, через Тайшет.

— Нил Лаврентьевич, поймите, проходное свидетельство дается тем, кто возвращается из ссылки.

— А ты откель? — насмешливо спросил Нил Лаврентьевич.

— Да, но я уже получил паспорт. У меня было проходное до Кежмы, а там мне выдали паспорт, и я могу ехать куда хочу.

В ответ на это заявление Нил Лаврентьевич неуверенно посмотрел на Сашу: не видал еще людей, которые могут ехать куда хотят, видел только таких, которые едут куда назначено.

— В комендатуру сходи, — заключил Нил Лаврентьевич и отвернулся к своим мешкам.

— Нил Лаврентьевич, поймите, — убеждал его Саша, — в комендатуре со мной не будут разговаривать. Скажут: у вас паспорт, вы — вольный человек, сами решайте свои дела.

Нил Лаврентьевич ничего не ответил. Занимался своими мешками и пакетами, даже головы не повернул.

У Саши противно засосало под ложечкой. Впервые со стыдом и отвращением почувствовал страх, непреодолимый, унижающий. Вспотели ладони, взмокла спина. Из-за такой нелепости он останется здесь. Почта уйдет, а он останется. Застрянет в этой дыре. И неизвестно насколько. Идти в комендатуру не только бессмысленно, но и опасно. В лучшем случае скажут: «У вас паспорт, можете ехать куда хотите, сами устраивайте свои дела». В худшем — задержат до выяснения личности, запросят Алферова, а то и Красноярск.

Алферов хотел избавить его от хлопот и неожиданностей, связанных с получением паспорта в незнакомом городе, но не учел, что здесь, в тайге, от Иркутска до Красноярска, от Ангары до Великого сибирского пути, для людей, освобожденных из ссылки или перемещающихся из одного места ссылки в другое, есть только один документ — проходное свидетельство. И без этого документа всякий ссыльный — беглец. А нести ответственность за беглеца никто не желает. Повезешь, а тебе за это пришьют *пособничество*, пособлял, значит, побегу.

Зря, наверное, он напомнил о себе Нилу Лаврентьевичу. Не напомнил, тот бы и не подумал, что он ссыльный, — едет человек, может командированный, может уполномоченный какой.

Нет, не подумал бы так Нил Лаврентьевич, сразу сообразил бы, что за птица перед ним, глаз наметанный, и командированные, и уполномоченный так-то в поездку не напрашиваются. Все сообразил, пройдоха, и не хочет связываться.

Стыдясь просительности своего тона, Саша жалобно проговорил:

— Неужели вы меня здесь бросите? Нил Лаврентьевич!

Голос его дрогнул. Он изнемогал от стыда, унижения, отчаяния. Все уплывало, уходило из-под ног, уходила долгожданная свобода, все оборачивалось совсем другим, неожиданным, непредвиденным.

— Ну, Нил Лаврентьевич!

Нил Лаврентьевич завязал мешок, выпрямился, посмотрел на Сашу, отвернулся. Но в ту же секунду едва заметно скосился на девушку, сидевшую за барьером.

Саша понял намек, подошел к барьеру, протянул паспорт:

— Девушка, можно мне с почтой добраться до Тайшета?

Девушка повертела в руках Сашин паспорт, вернула.

— Вы с Нилом Лаврентьевичем договаривайтесь. Нил Лаврентьевич, можете взять попутчика?

— Перегружены сани-то.

— Я пешком пойду, — сказал Саша, — в сани только чемодан кину, он у меня легкий.

— Наше дело сполнять, — пробормотал Нил Лаврентьевич, — везти так везти, иттить так иттить.

Продувная бестия! Ему только это и надо было. Мол, все видели, он ентого пассажира взял в дорогу не тайком, а принародно, не самовольно, а по разрешению, и кому положено, тот документ проверил, опять же принародно проверил, и документ оказался правильный, при паспорте пассажир — значит, может ехать куды хошь.

И когда все решилось, Саша еще больше устыдился своей слабости. Чего испугался? В крайнем случае бросил бы здесь чемодан и пошел вслед за почтой. С пути небось не прогнали бы.

В ту минуту Саша не подумал, что без чемодана он точно бы выглядел беглецом.

Выехали обозом: трое саней, среди них и кошевка Нила Лаврентьевича с почтой. В передних санях сидела с детьми Сашина попутчица из Кежмы. С Сашей не поздоровалась, не посмотрела на него, да и ни на кого не смотрела, ни с кем не разговаривала.

Тайшетский тракт довольно широк, дорога наезженная, утоптанная, идти не в пример легче, чем по берегу Ангары. И веселее — компания большая, хотя каждый и ехал сам по себе.

Нил Лаврентьевич часто присаживался на облучок, видно, не так уже тяжела поклажа, но Саше не предложил присесть ни разу.

Три года назад, не зимой, а весной, не этим путем, а другим, шел Саша на Ангару. Кто остался из того этапа? Карцев умер, Соловейчик, наверное, пропал в тайге. Володю Квачадзе отправили в Красноярск за новым сроком, Ивашкин или «обангарился», или снова попал в эту мясорубку, а может быть, и отпустили. Впрочем, по 58-й не так-то просто отпускают.

Но ведь его-то самого отпустили! Почему именно ему такая удача? Почему именно он вырвался из этого адского и безнадежного круга? Алферов.

Но если его отпускать не следовало, мог ли Алферов это сделать самостоятельно? Взял бы на себя такую ответственность?

Вряд ли! Тогда что же? Случайность. Нет, у *них*, в *их* делах случайностей не бывает.

Значит, все-таки Алферов?! По-видимому, он. Не будь Алферова, загремел бы сейчас Саша, как и все остальные.

Благожелательное отношение Алферова он чувствовал все эти три года. Сепаратор — вредительство, тут и двух мнений быть не может. Публичное оскорбление председателя колхоза — это уже тянет на террор против работников советской власти. Даже Зида... Алферов знал об их связи, обязан был принять меры, хотя бы перевести его в другую деревню. Не перевел.

Рисковал Алферов. И сейчас опять рискнул! Что подвигло его? Симпатия к Саше? Смешно об этом думать! Алферов — кадровый чекист, лишенный каких-либо сантиментов. Без санкции краевого управления НКВД дать справку об окончании срока человеку, осужденному по

58-й статье... Да кто решится на такое по нынешним временам?.. Вчера Алферов его освободил, а завтра придет постановление о продлении срока или распоряжение доставить ссыльного Панкратова в краевое управление. Что будет делать Алферов? Как и чем отговорится?

Что же кроется за его поведением?

Оппозиция к тому, что делается в стране? Но тогда надо уйти из органов. Тем более Алферов — философ, книги пишет, наверняка просился на научную работу, значит, не отпустили, держат здесь, фактически в ссылке; правильно говорил Всеволод Сергеевич: «Боюсь, он наш будущий, так сказать, коллега».

Может быть, как «будущий коллега», он так и ведет себя? Понимает свою обреченность и хочет хоть последние дни прожить *человеком*. О Саше приказ задержался, запоздал, Алферов понимал, что это случайность, и потому торопил Сашу с отъездом и устроил ему паспорт прямо в Кежме, чтобы не объясняться с милицией хотя бы в первые шесть месяцев жизни на воле. И дал понять, что Сашина жизнь будет нелегка.

Что жизнь его будет нелегка, Саше стало ясно уже во Дворце. Почему почтарь признал в нем ссыльного? Что-то, наверное, написано на его лице. Может быть, люди чувствуют его неуверенность, его настороженность.

Так раздумывал Саша, шагая за обозом по Тайшетскому тракту. На передних санях ехала с детьми молчаливая кежемская попутчица, и возчик у нее был такой же молчаливый старичок. В середине обоза везли на розвальнях поклажу, укрытую брезентом, сопровождали ее два мужика, то присаживались на сани, то шагали рядом. На второй день к их саням Нил Лаврентьевич привязал повод своей лошади, а сам шел позади саней, и мужики шли с ним рядом: позади саней дорога свободная, широкая, можно идти втроем, разговаривать.

Из их разговоров Саша узнал, что молчаливая попутчица, ехавшая с детьми в передних санях, — жена секретаря Кежемского райкома партии, арестованного в Красноярске прямо на заседании. «Из залы увезли», — сказал один возчик. И вот жена его с детьми едет то ли в Красноярск, то ли в Москву хлопотать за мужа, то ли куда-то в Россию к родным укрыться, спрятаться, чтобы саму не посадили и детей бы не отобрали. И как понял Саша, не только этого секретаря райкома взяли, но и других секретарей, и не только в их районе, но и в других районах, и не только секретарей райкомов, но и многих работников райкомов и райисполкомов и всяких районных учреждений. Приехал из Москвы большой начальник, собрал в Красноярске собрание и прямо на собрании назвал «врагов энтих». И «энтих врагов», значит, прямо с собрания и увезли в тюрьму Красноярскую.

Говорилось без злобы, но и без сожаления, без злорадства, но и без сочувствия. Так, значит, надо, так, значит, приказал товарищ Сталин, так устроено, так повелось «нонеча», никакой это не секрет, никакая не новость, метут под метелку. И в газетах пишут о врагах; кругом, значит, враги, куда ни глянь — всюду враги, вредители, шпионствуют, разорили русский народ, а деревню уже давно разорили.

Саша опять вспомнил, как три года назад Нил Лаврентьевич говорил о высланных сюда раскулаченных. Хоть и притворялся, что понимает интересы государства, но жалеючи говорил о несчастных людях, *повыдерганных* с родных мест и угнанных неизвестно куда и неизвестно за что, обреченных на муки и страдания, сочувствовал несчастным детям, брошенным в снег, понимал, что если и его постигнет та же участь, то защиты ему не от кого ждать. Защищать его должна родная советская власть, а она-то и будет *выдергивать* с родного места, вышлет и бросит с ребятишками в снег.

Сейчас, через три года, ничего этого в Ниле Лаврентьевиче Саша не находил: ни сочувствия, ни ужаса, ни смятения, ни сострадания к женщине, ехавшей с детьми в передних санях, ни к тем, арестованным в Красноярске, о которых говорили мужики и которые были Нилу Лаврентьевичу знакомы. Почему такая перемена? Потому, что тогда беда коснулась крестьян, а теперь начальства, которое в то время и уничтожало крестьян? Раньше других сажали, теперь их самих сажают. За что боролись, на то и напоролись?!

Но злорадства Саша не уловил. В чем тогда причина равнодушия?

Ехали долго, почти неделю, останавливались в деревнях и на ночлег, и на обед, деревни здесь не в пример чаще по сравнению с дорогой, по которой Саша этапом шел на Ангару. И потому за столом сидели дольше и в обед, и в завтрак, не так торопились. Но об арестованных, посаженных, «вывернутых» разговоров не вели, хотя и знали о них, и чем ближе к Тайшету, тем больше было арестованных. Саша мельком слышал о лагерях в Тайшете и о беглых, что прячутся в лесу, и дорога становилась небезопасной, чувствовалась нервозность. И обозом шло уже не трое саней, а обоз тянулся длинный, обгоняли их кошевки на резвых, сытых, не колхозных лошадях, в хорошей упряжи, и сидели в тех кошевках по солдату, а то и по два, и человек в гражданском — арестованный. Конвоиры сгоняли обоз с дороги, сани вязли в снегу, кошевки проносились, возчики вытаскивали сани из снега, матерились вслед конвойным.

Последняя ночевка в деревне перед самым Тайшетом. Не весь обоз остановился. Некоторые возчики поехали в Тайшет — у кого там дом, а Нил Лаврентьевич, и мужики с поклажей, и жена бывшего секретаря райкома с девочками, и еще несколько возчиков заночевали в ближней к Тайшету деревне. Саша даже не узнал ее названия. Только из разговоров понял, что Тайшет перегружен народом, все забито.

Из деревни выехали рано утром уже не обозом, каждый ехал сам по себе: до Тайшета всего 12 километров.

На подходе к Тайшету, там, где от тракта отходила дорога в лес, два верховых, за плечами винтовки, в руках — плетки, задержали транспорт.

— Пойди узнай, что там, — сказал Нил Лаврентьевич.

Кошевки, розвальни вытянулись вдоль дороги, сгрудились, заняли всю ширину тракта. Обходя их, Саше пришлось местами идти по целине, проваливаясь в снег. Почему заслон? Ищут кого-то? Проверяют документы?

Подойдя к передним саням, Саша понял причину задержки: навстречу из Тайшета шла колонна заключенных — длинная, черная, безмолвная, по три человека в ряд. С обеих сторон конвоиры с винтовками, овчарками на поводу.

Колонна подошла к перекрестку и остановилась. Теперь заключенные были хорошо видны: в телогрейках, рваных пальто, просто лохмотьях, редко кто в валенках, больше в бахилах, рваных ботинках, подвязанных веревкой, лаптях, лица изможденные, небритые, худые, глаза голодные, кто в шапке, кто в башлыке. Ничего подобного в своей жизни Саша не видел, ничего подобного не мог себе представить.

Конвоиры забегали вдоль колонны:

— Сомкнись! Мать!.. Мать!.. Мать!.. Взяться за руки! Мать! Мать!.. Мать!..

Колонна подтянулась, сжалась, уплотнилась.

Хрипло, с подвывом лаяли собаки, конвоиры прикладами подталкивали людей. Колонна подтягивалась, сжималась. Лесная дорога была у́же тракта, для того и сбивали людей в плотную массу.

Раздалась команда, колонна двинулась, сворачивая в лес.

Саша насчитал пятьдесят два ряда — сто пятьдесят шесть человек.

Колонна прошла. За ней двинулись и верховые.

Дорога очистилась, движение возобновилось. А Саша все так же стоял на месте, глядя вслед заключенным, пока не подъехала кошевка Нила Лаврентьевича.

2

8 января 1937 года Сталин принял в Кремле немецкого писателя Лиона Фейхтвангера.

Не лучшая кандидатура, не Ромен Роллан, не Бернард Шоу. Но специалисты утверждают — на Западе популярен. Враг нацизма. Живет во Франции, в эмиграции.

Некоторые его романы у нас изданы. Он успел прочитать «Еврея Зюса», пробежал глазами «Семью Оппенгейм», перелистал «Безобразную герцогиню». Бойко пишет. Главная его тема — евреи, поэтому и ненавидит Гитлера, симпатизирует Советскому Союзу, видит в нем главного противника нацистской Германии. Значит, может и должен правильно осветить процесс Пятакова—Радека. Для этого и нужен. Надо проломить брешь в международном общественном мнении. Там, на Западе, хотели открытого суда — они его получили: Зиновьева и Каменева судили открыто.

Опять не верят. Хорошо, пусть на предстоящем суде присутствует их человек. Пусть посмотрит, пусть послушает, пусть засвидетельствует.

Сталин снова прочитал справку о Фейхтвангере. Пятьдесят два года. Родился в Мюнхене, в еврейской буржуазной семье, окончил университет, участвовал в мировой войне. Буржуазный интеллигент. Приложен длинный список произведений. Если пойдет на процесс, если правильно его осветит, издадим все его книги. И заплатим хорошо. От денег никто не отказывается. Буржуазные интеллигенты особенно.

Процесс Пятакова—Радека должен пройти гладко. От чего зависит успех показательного процесса? Прежде всего от правильного *отбора*. На суд выводятся *только* те, кто подписал протоколы допроса. Почему подписал: физическое воздействие, моральная сломленность, страх за родных, стремление выжить, попытка доказать свою преданность партии даже в роли подсудимых — все это не имеет значения, народ верит признаниям. И еще одно условие успеха: политические ошибки в прошлом, особенно если в этих ошибках публично каялись.

Подсудимые уже подписали все, что от них требуется, и ОН приказал начать суд 23 января. ОН лично выверил все протоколы допросов, своей рукой внес необходимые поправки, исправления и дополнения, сделал более четкими политические установки и в зависимости от этого дал оценку каждому подсудимому. Следователи хотят показать свою юридическую подготовленность, занимаются казуистикой. Надо прямее! Он так и сказал Вышинскому: «Не давать говорить много... Цыкнуть. Не давать много болтать!»

Сразу сдался Сокольников. На первом допросе еще пытался вилять. Но ОН на протоколе допроса *своей* рукой написал: «Сокольников был информатором английской разведки». Сокольникову это показали, и Сокольников сразу сообразил, как себя вести, сразу понял, что ОН шутить не намерен, испугался допросов, знал, *что это такое*. Или опасался за судьбу своей молодой жены, увел ее от Серебрякова и вот пожалуйста, оставит вдовой. Истинная причина признания не имеет значения. Важно одно — помог следствию. Согласился даже на очную ставку с Бухариным, друзья юности. Сокольников не моргнув глазом все валил и валил на Бухарина, а тот, бедняга, только лепетал: «Гриша, Гриша, что ты говоришь, Гриша?!» Комедия!

Пятаков продержался всего тридцать три дня. В Пятакове ОН и не сомневался: еще до ареста просил разрешения лично расстрелять всех приговоренных к высшей мере наказания, в том числе и свою бывшую жену, просил опубликовать это заявление в печати. Человек, которого Ленин в завещании прочил в вожди, вымаливает теперь должность обыкновенного палача. Значит, кончен, опустошен, готов на все. Если просился в палачи, в *исполнители*, значит, на власть больше не претендует. Но все, кого Ленин упоминал в своем завещании, должны быть уничтожены.

Радек... Безусловно, ключевая фигура процесса. Самый известный на Западе. Фейхтвангер будет его внимательно слушать. Тем более Радек скажет такое, чего не сумеет сказать никто.

Радек, конечно, плут, но напуган до смерти, старается изо всех сил, славословил ЕГО на каждом шагу, ни минуты не задумываясь, выдал Блюмкина, приехавшего с письмом от Троцкого, поносил Троцкого на каждом углу. И главное, выполнял ЕГО поручения. Щекотливые поручения, есть доклады Радека о переговорах с немцами, подписанные рукой Радека, без адресата, без указания, что предназначаются ЕМУ. Вот и пусть на суде представит эти разговоры как поручение Троцкого. Скажет как надо — сохранит голову, это ему обещано. Артист первоклассный. Сыграет так, что любой Фейхтвангер поверит. Что касается Берлина, то переговоры ведет теперь Канделаки, работает в Берлине, встречается не с третьестепенными дипломатами, как встречался Радек, а с главными руководителями рейха, с Герингом и Шахтом. На таком уровне Радек не мог вести переговоры. А в Германию его посылать было нельзя. Один раз поехал, сбрил для конспирации свои знаменитые бачки, вернулся без бачков — вся Москва об этом говорила. Пришлось запустить неофициальные версии: кожная болезнь, любовница потребовала, а он, болван, сболтнул, будто ездил в Польшу. Но многие догадались. По агентурным сведениям, вообще много болтал, восхищался организационными талантами нацистов, силой их движения, энтузиазмом немецкого народа, даже штурмовикам пел дифирамбы. Не знает меры. Дело не в восхищении, а в реальной политике. Чужая страна может нравиться только в одном случае: если она верный и надежный союзник. Германия *пока* еще не союзник. Не дипломат. Канделаки гораздо лучше. Радек больше не нужен. На следствии сопротивлялся два месяца и восемнадцать дней, а когда была обещана жизнь, понял наконец и 4 декабря начал давать нужные показания.

В тот же день нужные показания дали и самые упрямые — Муралов и Серебряков.

Муралов держался дольше всех — семь с половиной месяцев. Крепкая сволочь, вояка, «герой Гражданской войны», верный приспешник Троцкого.

Серебряков тоже упрямился почти четыре месяца, тоже упорный. «Гениальный рабочий» — так назвал его Ленин. Любил Владимир Ильич делать такие комплименты рабочим и крестьянам. «Каждая кухарка должна уметь управлять государством» — красиво звучит. Ну какая кухарка может управлять государством? Хорошо, если управляется с кухней. Но звучит. И политически выгодно: посади в президиум несколько работниц, всем женщинам кажется, что они из этого президиума и управляют государством. И в Верховный Совет надо будет ввести побольше доярок и ткачих. «Гениальный рабочий» Серебряков! Не знает, что прокурор Вышинский, его сосед по даче на Николиной горе, эту дачу уже прикарманил: одной рукой подписал ордер на арест Серебрякова, другой — просьбу передать ему дачу врага народа Серебрякова. И передали. Вышинский прохвост, мошенник и сукин сын. Уголовник. Но респектабелен. Вот какие бывают в природе сочетания. Европейский человек. На Фейхтвангера и других иностранцев-засранцев произведет хорошее впечатление.

Нет честных политических деятелей и не может быть. «Честность» — это оттуда, из так называемых общечеловеческих ценностей, неприемлемых для истинного политика, тем более для вождя. Вождь использует любой пригодный человеческий материал, только так он может выполнять свою историческую миссию. В оценке людей вождь руководствуется только одним: готовностью и способностью выполнить ЕГО волю. Без претензий на сообщничество и незаменимость. Во всем остальном исполнитель может быть бесчестен, лжив и аморален. И чем он бесчестнее, лживее и аморальнее, тем легче будет от него избавиться.

3

В кабинет вошел Поскребышев, прикрыл за собой дверь.

— Таль пришел, привел немецкого писателя Фейхтвангера.

— Я же вам приказывал ввести его без доклада.

На лице Поскребышева выразилось смятение. Но сказать, что такого распоряжения Сталин не давал, не посмел.

— Пусть зайдут.

Поскребышев открыл дверь, впустил Фейхтвангера и заведующего отделом печати Таля.

Сталин пошел навстречу Фейхтвангеру, пожал ему руку, окинул коротким взглядом, обычным жестом пригласил сесть, обошел стол, сел сам, опять пристально посмотрел Фейхтвангеру в глаза, опустил веки. Все строго, замкнуто, даже сурово. Время улыбок еще не наступило, наступит по ходу разговора. Насторожить, напугать, потом обласкать — испытанный прием, сильно действует.

Типичное еврейское лицо, очки без оправы, среднего роста, подтянутый, волосы с рыжинкой, немного выпячена нижняя губа.

Задача — расположить к себе этого человека и отправить в Дом союзов слушать процесс. Если пойдет, то напишет хорошо: написать плохо — значит дискредитировать ЕГО, главного противника Гитлера, — для Фейхтвангера это исключено. Важно, чтобы не уклонился, важно, чтобы *лично* засвидетельствовал.

Приглашая к разговору, Сталин кивнул Талю.

— Господин Сталин слушает вас, — сказал Таль по-немецки и погладил двумя пальцами левой руки, большим и указательным, свою узкую бородку. Как называется такая бородка? Забыл.

Повернувшись к Талю, Фейхтвангер заговорил. Что-то длинное, обстоятельное, с паузами, видимо с повторениями.

Таль коротко перевел:

— Господин Фейхтвангер спрашивает, как вы представляете себе роль писателя в социалистическом обществе?

И опять принялся теребить бородку.

Черт возьми, как же она называется?! И зачем сравнительно молодому человеку борода? Усы — это для мужчины, это — признак мужественности, но борода... Все уже сбрили свои бороды, а этот носит. Бухарин, Рыков, Каменев тоже носили, Ленину подражали, Троцкому. Ну Калинин еще, под мужичка работает. А вот Каганович, умница, сбрил бороду, только усы оставил. ОН как-то посмотрел на его бороду, Каганович сразу понял — сбрил.

— Роль писателя велика в любом обществе, — спокойным, тихим голосом начал Сталин, — мы признаем эту роль и понимаем ее значение. Вопрос в том, на чьей стороне писатель, каким силам служит — реакционным или прогрессивным.

Фейхтвангер заговорил по-немецки, Сталин услышал имя Гоголя и сразу понял, о чем тот говорит.

— Но вот, например, Гоголь. По своей сути он был реакционный писатель, а в Советском Союзе его широко издают и читают, — так перевел Таль слова Фейхтвангера. И Сталин заметил: Таль возится с бородкой, только слушая или обращаясь к Фейхтвангеру. Обращаясь к НЕМУ, он оставляет бородку в покое. Но как же, черт возьми, она называется?

— Взгляды писателя — это одно, его объективная роль в обществе — другое. Писатели редко бывают хорошими философами, — сказал Сталин.

— Толстой, — произнес Фейхтвангер.

Сталин не ответил. Немец должен знать, что ЕГО перебивать нельзя.

— Писатели редко бывают хорошими философами, — повторил Сталин, — так же как философы редко бывают хорошими писателями. Для нас важны не личные взгляды Гоголя, а объективная роль его произведений. Объективная роль Гоголя заключалась в беспощадной критике и осуждении помещичье-крепостнического строя царской России. Такая критика — прогрессивная критика. Ведь мы уничтожили этот строй и создали новый. И наши люди, особенно люди молодые, должны знать, почему мы это общество уничтожили.

Он вдруг вспомнил, как называется эта проклятая узкая бородка, — «эспаньолка», вот какую задачу задал ему этот франтик Таль!

— Гоголь много сделал для критики старого строя. И сделал это не как философ, а как художник, как писатель. Поэтому наш народ любит, ценит и читает Гоголя.

Сталин замолчал. Сидел не поднимая век.

Фейхтвангер повернулся к Талю, намереваясь что-то сказать. Таль легонько, незаметно для Сталина качнул головой. Фейхтвангер понял, что молчание Сталина — всего лишь пауза.

— Что касается Толстого, — сказал наконец Сталин, — то его философия оказалась несостоятельной. Могут ли немецкие антифашисты или испанские республиканцы принять его теорию непротивления злу насилием? Не могут. Толстой велик как писатель, как художник, описывавший жизнь народа, его патриотический подвиг во время наполеоновского нашествия. На таких примерах, на примерах защиты своего отечества, и должна воспитываться молодежь. Но нам неинтересна философия Толстого, как он ее излагает в своих философских сочинениях. И в своих романах он часто поучает, наставляет и тем снижает художественную ценность своих романов.

Он поднял глаза. Таль переводил. Фейхтвангер напряженно слушал, изредка кивая головой в знак того, что понимает. Когда Таль кончил, Фейхтвангер посмотрел на Сталина, взглядом прося у него разрешения задать следующий вопрос. И уловил на ЕГО лице, в ЕГО ответном взгляде разрешение. И Сталин убедился, что контакт между ними возник. ОН умел это делать: своим видом дать понять: хочет он слушать или не хочет, разрешает ОН говорить или не разрешает.

Таль перевел, что Фейхтвангер полностью согласен со словами Сталина. Однако его интересует, какова роль в этом плане именно советских писателей: должны ли они принадлежать к правящему классу, должны ли обладать коммунистическим мировоззрением, какова свобода слова и свобода литературы в Советском Союзе?

— Писатели — один из отрядов интеллигенции, — ответил Сталин, — а интеллигенция — это не класс, а социальная прослойка между буржуазией и пролетариатом. Иногда она служит буржуазии, иногда пролетариату. Но, повторяю, личные взгляды писателя — это одно, объективная роль его произведений — совсем другое. У нас есть писатели, которые на словах за рабочий класс, за советскую власть, даже являются членами партии, но в своих произведениях не могут выразить интересы пролетариата. Наоборот, их мнимая левизна, их мнимая прогрессивность отражают мелкобуржуазную стихию. И есть другие писатели, выходцы из класса буржуазии, даже из дворянства, но они своим творчеством служат делу пролетариата. Талант поднял их до вершин понимания исторического процесса. За примерами не далеко ходить. Толстой, не тот, которого вы упоминали, а другой — Алексей Толстой, граф, эмигрант, не принявший сразу Октябрьской революции, а как он работает на общее дело?! Хорошо работает, поэтому у нас его читают и почитают.

Сталин говорил, как всегда, медленно, тихо, с длинными паузами, во время которых Таль переводил только что произнесенную фразу. Он сидел бочком на стуле, чуть подавшись вперед, чтобы не пропустить ни одного сталинского слова.

— Можно ли понять вас так, что писатели, творчество которых не служит пролетариату, не могут публиковать своих произведений?

— Нет, — ответил Сталин, — так понимать нельзя, так понимать неверно. Перед нами реальная угроза войны с фашизмом. И естественно, что героический лейтмотив в творчестве писателей — главный, он соответствует духу народа, его настроениям, его требованиям. Но наряду с этим у нас есть авторы, которые даже не касаются героической темы, которые не думают о читателе, не считаются с читателем, с его потребностями, вкусами, желаниями. У нас есть крупный лирический поэт, творчество которого не только не служит интересам широких масс, но просто непонятно им. Разве мы запрещаем его? Нет, мы его печа- таем. Другой вопрос, что его не читают. Не читают, значит, не покупают, — Сталин вдруг улыбнулся, обнажив мелкие прокуренные зубы, — разве у вас, на Западе, издают книги, которые не раскупаются?

И сам же ответил:

— Нет, не издают, невыгодно. А мы издаем, хотя на- шим издателям это тоже невыгодно, убыточно. Но издаем. Для любителей. Для тех, кто преклоняется перед небожи- телями.

— Но вот, например, Андре Жид, — сказал Фейхтван- гер, — он осмелился покритиковать Советский Союз, и его за это разругали в вашей прессе.

Сталин встал, мягко ступая по ковру, прошелся по ком- нате, остановился перед Фейхтвангером, протянув к нему указательный палец:

— Никто Андре Жиду рта не затыкал. Но, находясь здесь, он все расхваливал, а там, у себя, все охаивал. Наш народ не любит лицемеров. Наш народ ценой неслыхан- ных жертв создал великое государство и смеет надеяться, что иностранцы скажут правду, подтвердят грандиозность достигнутого. Как же может народ относиться к тем, кто не замечает его успехов, более того, отрицает и охаивает их? Так ведь?

Фейхтвангер пожал плечами, смущенно сказал:

— Вы очень точно передали психологию советского человека. Но у западного человека психология другая, он привык к свободе мысли, к свободе разной мысли.

Сталин снова прошелся по комнате, опять остановил- ся перед Фейхтвангером:

— «Свобода разной мысли»... Тогда почему вы жалуе- тесь на наших критиков? Андре Жид высказал одни мыс- ли, наши критики — другие. Это — не ругань, а литератур- ная полемика. Разве на Западе ее нет? Еще как ругаются!.. Однако дело в другом... С месяц назад мы приняли новую Конституцию. Она говорит не о том, чего мы *хотим* до- стигнуть, а о том, чего мы *уже* достигли, *чего* мы добились. Главное — мы добились создания социалистического строя. Мы ликвидировали: классовый антагонизм, эксплуатацию человека человеком, нищету большинства, роскошь меньшинства, безработицу, осуществили право каждого на труд, отдых, образование, медицинское обслуживание и так далее, осуществили полное расовое и национальное равенство и, наконец, осуществили и обеспечили подлинную демократию. Подчеркиваю: *подлинную*!

Его палец коснулся груди Фейхтвангера, он смотрел на него сверху вниз, сквозь полуприкрытые веки.

— На Западе говорят о равенстве граждан, а какое, спрашивается, равенство может быть между хозяином и рабочим? На Западе много говорят о свободе слова, собраний, печати, но это пустой звук, если у рабочих нет помещений для собраний, нет типографий, бумаги и так далее. Наша же конституция обеспечивает эти свободы материальными средствами. Это и есть социалистическая демократия, это и есть наше понимание свободы. Сейчас, когда фашизм оплевывает демократические устремления лучших людей цивилизованного мира, наша конституция — обвинительный акт против фашизма. А буржуазная свобода — фикции. Разве сумела ваша парламентская система воспрепятствовать Гитлеру? Нет, не смогла. Вместо того чтобы бороться с фашизмом, ваши министры тратили время, отвечая в парламенте на абсурдные запросы депутатов. Разве не так?

— Это, безусловно, так, — подтвердил Фейхтвангер, — и многие на Западе это хорошо понимают. Но вы разрешите мне быть откровенным?

Таль перевел.

— Скажите ему, чтобы говорил все, что думает. Пусть спрашивает все, что захочет. Хорошо это ему объясните! Поласковее!

С особо значительным видом, поглаживая свою бородку, Таль перевел слова Сталина.

— Благодарю, — расцвел Фейхтвангер, — и в таком случае то, что я хотел сказать, я скажу прямо: многих ваших друзей, видевших в общественном строе Советского Союза идеал социалистической гуманности, поставил в тупик процесс Зиновьева—Каменева. Им кажется, что пули, попавшие в Зиновьева и Каменева, убили вместе с ними и новый мир. Ведь это были люди, которые свершили революцию и утвердили новый строй.

Именно этого вопроса Сталин ожидал, но, услышав его, вздрогнул.

Фейхтвангер смотрел на него, пораженный неожиданным волнением Сталина.

Сталин повернулся, снова прошелся по кабинету и, не глядя на Фейхтвангера, заговорил:

— Люди, которые хорошо воевали в Гражданскую войну, не всегда пригодны в период строительства. Однако, имея заслуги, претендовали на высокие посты. Они их получили. Но оказались плохими работниками. Что делать? Пришлось их перевести на работу, которая им по плечу. Они обиделись, стали противниками партийной линии и скатились до открытой борьбы с партией, с государством, с народом.

Он сделал небольшую паузу.

— Это одна категория людей. Другая — люди способные, талантливые. Главный среди них — Троцкий. Он никогда не был большевиком. Об этом много говорил и писал Ленин. Он примкнул к Октябрьской революции, он был полезен во время борьбы, никто не может этого отрицать. Но он оказался неспособным к спокойной планомерной работе, история отодвинула его, он попытался пойти наперекор истории и оказался за ее бортом, народ изгнал его из страны, а ведь он почитал себя *вождем*. И, очутившись за границей, пошел на авантюры, что вполне соответствовало его натуре. Вернуться обратно, возвратить себе власть — вот задача, которую он поставил, любой ценой, но получить власть. И на этом пути далеко зашел.

Сталин опять остановился перед Фейхтвангером, поднял палец и, глядя ему в глаза, повторил:

— Да-ле-ко...

И, нахмурившись, заговорил дальше:

— Что касается давних сподвижников Троцкого, то они так и остались его сторонниками. Они раскаялись, партия им поверила, назначила на высшие посты в государстве, но они обманули партию, они хотели вернуть Троцкого к руководству и зашли так же далеко, как их предводитель.

И, продолжая расхаживать по кабинету, с горечью в голосе сказал:

— Десять лет! Десять лет мы возились с ними. Прощали, возвращали, они опять нас обманули, мы их снова прощали, снова доверяли высокие посты, они за нашей спиной плели свои заговоры, свои интриги, убили Кирова, организовали убийства других руководителей. Сколько можно терпеть? Народ не может больше терпеть!

Фейхтвангер молча взглянул на Таля, испрашивая разрешения задать вопрос.

— Господин Фейхтвангер хочет вас спросить, товарищ Сталин, — робко произнес Таль.

— Пажалста, — не оборачиваясь, обронил Сталин.

Таль перевел вопрос Фейхтвангера:

— Когда был процесс Зиновьева—Каменева, на западных людей произвело дурное впечатление полное отсутствие вещественных доказательств.

Сталин засмеялся, покачал головой, сел.

— Требуют предъявления письменных доказательств? Наивные люди! Опытные заговорщики никогда не хранят уличающие их документы. Но им предъявили достаточно улик и свидетельских показаний. Материал был тщательно проверен следствием и подкреплен их признаниями на процессе. Мы хотели, чтобы весь народ понял происходящее. Поэтому процесс обставили с максимальной простотой и ясностью. Подробное цитирование документов, свидетельских показаний, разного рода следственного материала может интересовать юристов, криминалистов, историков, а простых граждан эта куча деталей только бы запутала, безусловное признание обвиняемых говорит им куда больше, чем всякие бумажки. И будем откровенны: те, кто считает наш суд фальшивым, отлично понимают, что фальшивые судьи могут изготовить фальшивые документы. Это не так сложно. Но наш суд — не фальшивый суд, а честный суд. Фальшивые документы ему не нужны. Ему нужно честное разбирательство, понятное народу. И предстоящий процесс, я надеюсь, также будет понятен широким массам. Народ, которого ожидает страшная, беспощадная война с фашизмом, должен знать своих внутренних врагов и уметь от них оберегаться. Вот Радек, знаменитый человек, блестящий, остроумный, я к нему очень дружелюбно относился, очень доверял ему... Вот... — ОН открыл папку, лежащую на столе, вынул несколько листков, — вот его письмо из тюрьмы, написано 3 декабря, видите, длинное письмо, в нем он клянется в своей полной невиновности... А вот, — Сталин вынул другие бумаги, — его показания, в них он во всем признается, подписано 4 декабря. Отправил мне лживое письмо, а на другой день под давлением свидетельских показаний и улик во всем сознался.

Сталин задумался, взглянул на Фейхтвангера, проникновенно сказал:

— Вы, евреи, создали бессмертную легенду об Иуде. А мы с этими иудами имеем дело. Приглядитесь к нашей жизни — многое увидите. Вы долго у нас пробудете?

— У меня виза до середины февраля.

— Очень хорошо. На Западе сочиняют всякие басни о пытках, гипнозе, подставных актерах. Ну что ж, мне говорили, что следствие по делу Радека заканчивается; возможно, в этом месяце начнется процесс. Я не знаю точной даты, это дело судей, а судьи у нас независимы, подчиняются только закону. Но насколько мне известно, суд будет открытый, с защитниками, — он кивнул на Таля, — попросим товарища Таля достать вам билет. Сходите, послушайте, убедитесь своими глазами, возьмите с собой любого переводчика. Товарищ Таль, вы сможете устроить билет господину Фейхтвангеру?

— Постараюсь.

— Скажите ему об этом.

Таль перевел.

— Спасибо, — смешавшись, ответил Фейхтвангер. — Я бы...

— Прекрасно, замечательно, — перебил его Сталин, — у нас в народе говорят: «Лучше один раз увидеть, чем сто раз услышать». Вот и увидите.

— С вашего позволения, я бы хотел задать вам еще один вопрос...

— Пожалуйста, — благодушно ответил Сталин, — для этого мы и встретились.

— Видите ли, мы на Западе привыкли относиться к руководителям страны как к обыкновенным людям. У вас же — культ вождя доходит до обожествления и часто выражается, — он замялся, подыскивая нужное слово, — простите меня, весьма безвкусно.

Сталин рассмеялся.

— Безвкусно?.. — Он пожал плечами. — Простые рабочие и крестьяне — когда и где они могли развивать свой вкус? Они заняты строительством нового общества, тяжелым строительством в тяжелых условиях, у них нет времени развивать вкус. Я сам не могу уже смотреть на громадные портреты этого человека с усами, когда их тысячами несут во время демонстрации по Красной площади. Не могу смотреть, а смотрю, надо смотреть, я не могу повернуться к народу спиной... Я бессилен, я пленник народа.

— Однако, — сказал Фейхтвангер, — люди, обладающие вкусом, делают то же самое. Они выставляют ваши портреты и бюсты в местах, которые лично к вам не имеют никакого отношения. Например, выставка работ Рембрандта открывается вашим бюстом. Как-то не совсем понятно... Рембрандт жил и творил в семнадцатом веке.

— Это люди, которые очень поздно признали советскую власть, — гневно произнес Сталин, — а может быть, в душе и до сих пор не признали. Теперь они изо всех сил стараются доказать свою преданность. И потому не знают меры... Подхалимствующий дурак принесет вреда больше, чем сотня врагов.

ОН был недоволен таким вопросом. Бестактный вопрос. И этот немец-перец должен почувствовать, что значит ЕГО недовольство. Отнесет ЕГО недовольство на счет неуклюжих угодников. Но что такое ЕГО гнев — поймет.

ОН не отрывал от Фейхтвангера своего тяжелого взгляда, удовлетворенный тем, что тот растерялся, и, чтобы скрыть это, снял очки и стал протирать их замшевой тряпочкой.

А Сталин глухим, тихим, безжалостным голосом продолжал:

— Допустим, что это даже не услужливые дураки, а злостный умысел. Злостный умысел вредителей, которые пытаются таким способом дискредитировать руководство партии. — Он повернулся к Талю. — Сегодня же выясните, кто это устроил, и накажите виновных. Переведите ему.

Таль перевел.

— Но я вовсе не хотел этого, — испугался Фейхтвангер, — я не хочу, чтобы из-за меня были наказаны люди.

Сталин подумал некоторое время, потом равнодушно сказал Талю:

— Хорошо. Уважим просьбу господина Фейхтвангера. Распорядитесь, чтобы убрали с выставки бюст товарища Сталина и впредь таких глупостей не повторяли.

Таль перевел.

Фейхтвангер облегченно вздохнул:

— Спасибо.

Сталин доверительно сказал:

— Вся шумиха вокруг «человека с усами» очень утомительна и, как вы правильно выразились, «без вкуса». Но вы должны понять и меня. Я вынужден терпеть, потому что знаю, какую наивную радость доставляет людям эта суета. Тем более все эти славословия относятся не ко мне лично, а к партии, возглавляющей строительство социализма в нашей стране. А делу строительства социализма наш народ предан до конца.

Он вдруг замолчал, опустил веки. Потом открыл глаза, посмотрел на Фейхтвангера, улыбнулся:

— Мы все говорим о наших делах. А вы еще многого насмотритесь, многое повидаете, многое узнаете. Вы — писатель, человек свободной профессии, можете ездить по всему свету, а мы с товарищем Талем — служащие, получаем зарплату за то, что сидим на этих стульях. И о том, что творится в мире, узнаем из газет. А этого мало. И потому на каждого приехавшего из-за границы кидаемся. — Он выбросил руки вперед, к Фейхтвангеру, засмеялся: — Расскажи, дорогой, что делается на белом свете?

Он положил руки на стол, мягко улыбаясь, смотрел на Фейхтвангера.

Таль перевел, тоже улыбаясь и подбирая слова, чтобы передать ласковую, благожелательную интонацию Сталина; и по тому, как сочувственно, понимающе кивал головой Фейхтвангер, Сталину было ясно: этот человек теперь ЕГО человек, придет на процесс, правильно напишет.

— Воздух, которым дышат на Западе, нездоровый, отработанный воздух, — сказал Фейхтвангер, — у западной цивилизации не осталось больше ни ясности, ни решительности. Там не осмеливаются защититься кулаком или хотя бы крепким словом от наступающего варварства. Там это делают робко, с неопределенными жестами. Там выступления ответственных лиц против фашизма подаются в засахаренном виде, с массой оговорок. Отвратительно видеть, с каким лицемерием и трусостью реагируют ответственные лица на нападение фашистов на Испанскую республику.

— Да, — подтвердил Сталин, — нападение Германии и Италии на Испанию — это откровенная и наглая агрессия. Ей должны сопротивляться все прогрессивные силы мира. Трудящиеся Советского Союза оказывают и будут оказывать всю возможную помощь Испании. Освобождение Испании от гнета фашистских реакционеров — не есть частное дело испанцев, а общее дело всего передового и прогрессивного человечества.

Он помолчал, потом внушительно добавил:

— Фашизм — злейший враг человечества и должен быть остановлен. Мы фашизм у себя не пропустим. У нас агенты фашизма будут обезврежены. Все прогрессивные люди мира должны это понять и оценить.

Беседа длилась три часа. Сталин заметил время, когда Поскребышев ввел Фейхтвангера и Таля. Пора заканчивать.

Фейхтвангер опять что-то сказал. Таль перевел:

— Господин Фейхтвангер просит разрешения с вами сфотографироваться.

Сталин вызвал Поскребышева, велел прислать фотографа.

Вошел фотограф, поставил аппарат.

Сталин пересел на стул возле стены. Пригласил сесть справа от себя Фейхтвангера, слева Таля. Так они и снялись на фоне дубовой панели.

Вставая, Сталин сказал:

— Вот видите, теперь появится еще один портрет человека с усами, — улыбнулся, помахал указательным пальцем, — по вашей вине.

Таль перевел.

Фейхтвангер рассмеялся, развел руками:

— Вы самый лучший и самый спокойный полемист в мире.

Искренне сказал.

Сталин проводил Фейхтвангера до двери, сам открыл ее, пропустил гостя, за ним Таля. В приемной Поскребышев открыл вторую дверь. Фейхтвангер оглянулся. В знак приветствия Сталин поднял руку. Фейхтвангер ответил кивком головы и благодарной улыбкой. Дверь за ним закрылась.

Проходя к себе, Сталин остановился возле Поскребышева:

— Я вам русским языком говорил: писателя впустите без доклада. Почему вы не выполнили моего распоряжения?

И опять Поскребышев побоялся сказать, что такого распоряжения он не получал. Товарищ Сталин хотел показать писателю свою доступность, не хотел выглядеть сановником, но такого распоряжения не давал. Видимо, хотел дать, но забыл. А Поскребышев впустить кого-то без доклада не осмелился.

— Извините, товарищ Сталин, — виновато проговорил Поскребышев, — так получилось, автоматически.

— Передайте Талю и Ставскому: немцу создать все условия. До процесса печатать все, что пожелает. Что напишет о процессе, сначала показать мне.

Сталин закрыл дверь, прошелся по кабинету, остановился у окна.

На крышах кремлевских зданий лежал снег. Лежал он и на медных пушках, расставленных возле здания Арсенала.

С Фейхтвангером ОН свое дело сделал. Теперь пусть доделывают Таль, Ставский, Вышинский, Радек. Уж кому-кому, а Радеку Фейхтвангер поверит: оба евреи, интеллигенты, журналисты. Все будет звучать достоверно. Радек и на суде постарается блеснуть остроумием, эрудицией, постарается привлечь к себе внимание, быть в центре. Считает себя специалистом по Германии, вел переговоры с немцами еще в 1919 и в 1921 годах. Впрочем, об этом ему говорить не следует, тогда между Германией и Россией были совсем другие отношения. Пусть расскажет на суде о своих *последних* переговорах с немцами, с уполномоченным Гитлера, выдумывать ничего не придется, расскажет правду, назовет имена, живые имена, только одно требуется: говорил от имени Троцкого, по поручению Троцкого. А Фейхтвангер раззвонит об этом по всему свету... Писатель! Мировая знаменитость! Антифашист? Да, но и не коммунист, наоборот, даже антикоммунист.

ОН заставит мир поверить этому процессу и всем последующим, а значит, и всем прошлым. ОН допустит на процесс не только Фейхтвангера, но и иностранных дипломатов, журналистов, любых наблюдателей. Пожалуйста! Конечно, все они временные союзники, они союзники, пока он и Гитлер противостоят друг другу. Они союзники только до *решающего поворота*. Но тогда будут другие времена, зазвучат другие песни.

Процесс Пятакова—Радека прошел благополучно. Все семнадцать подсудимых признались в чудовищных преступлениях. Тринадцать человек приговорили к расстрелу, четырех — к тюремному заключению, из них двое — Радек и Сокольников — были позже убиты в тюремной камере.

Вернувшись на Запад, Фейхтвангер издал в Амстердаме книгу «Москва 1937».

Фейхтвангер писал:

«Сталин — поднявшийся до гениальности тип русского крестьянина и рабочего... Сталин — плоть от плоти народа, сохранил связь с рабочими и крестьянами... Говорит языком народа. Исключительно искренен и скромен, не присвоил себе никакого титула, принимает близко к сердцу судьбу каждого отдельного человека, не позволяет публично праздновать день своего рождения, близко знает нужды своих крестьян и рабочих, он сам принадлежит к ним... Дал Советскому Союзу новую демократическую конституцию, окончательно урегулировал национальную проблему...

У советских граждан есть обильная еда, одежда, кино, театры. Через десять лет они будут иметь квартиры в любом количестве и любого качества... На свои демонстрации они устремляются с детской радостью... Ученым, писателям, художникам, актерам хорошо живется в Советском Союзе... Государство бережет их, балует почетом и высокими окладами... Писателей, отклоняющихся от генеральной линии, не угнетают... Советские газеты не подвергали цензуре мои статьи... В недалеком будущем Советский Союз станет самой счастливой и самой сильной страной в мире...»

И еще:

«Я присутствовал на процессе, слышал Пятакова, Радека; если все это вымышлено или подстроено, тогда я не знаю, что такое правда... Достаточно прочитать любую книгу, любую речь Сталина, посмотреть на любой его портрет, — и немедленно станет ясно, что этот умный, рассудительный человек никогда не мог совершить такую чудовищную глупость, как поставить с помощью бесчисленных соучастников такую грубую комедию».

Книга была мгновенно переведена в Советском Союзе: 23 ноября 1937 года сдана в производство, 24 ноября подписана к печати и тут же выпущена тиражом в 200 000 экземпляров. В скором времени в добавление к ранее напечатанным в СССР романам Фейхтвангера были изданы: «Лже-Нерон», «Иудейская война», «Изгнание». Он стал в Советском Союзе популярным и почитаемым писателем, о нем много и восторженно писали, называли «великим гуманистом».

4

Крохотный деревянный вокзал был забит людьми до отказа. Саша отчаялся найти конец очереди. Мешал чемодан — не тяжелый, но сквозь толпу с ним не продерешься, и поставить некуда. Именно здесь, на станции Тайшет, он оценил великое преимущество «сидора» — заплечного мешка: висит на спине, руки свободны, можешь проталкиваться, была бы сила в локтях и плечах. Впрочем, никакой силы тут не хватит — люди стояли сплошной стеной.

Дверь поминутно открывалась, да и закрывалась неплотно — приступок заледенел, на площади, включенное на полную мощность, орало радио — передавали материалы процесса антисоветского троцкистского центра.

Саша понятия не имел об этом новом процессе, но то, что он услышал, ужаснуло его. Пятакова, Радека, Сокольникова, Серебрякова, Муралова — крупнейших руководителей партии и государства — называли убийцами, шпионами, диверсантами.

«Совершая диверсионные акты в сотрудничестве с агентами иностранных разведок, — ловил он слова диктора, —

организуя крушения поездов, взрывы и поджоги шахт и промышленных предприятий, обвиняемые по настоящему делу не брезговали самыми гнусными средствами борьбы, идя сознательно и обдуманно на такие чудовищные преступления, как отравление и гибель рабочих.

Все обвиняемые полностью признали себя виновными в предъявленном им обвинении».

Саше хотелось достать газеты или хотя бы выйти на площадь, прослушать все это от слова до слова, но как уйти, не выяснив, за кем он должен стоять?

Постепенно Саша освоился, разобрался... Одна очередь, поменьше, — для простых смертных, туда он и встал, очередь безнадежная, другая намного длиннее — для командированных, перед которыми, оказалось, еще имели преимущество обладатели брони транспортного отдела НКВД. В общем, дело — труба, неизвестно, выберется ли он из Тайшета.

Окошко кассы открывалось минут за пятнадцать до прибытия поезда, и тогда в очереди командированных начиналась толкотня: если билеты продавались на Иркутск, то ждущие красноярского поезда должны были отодвинуться, пропустить тех, кто ехал в Иркутск. Но каждый боялся сойти со своего места, боялся быть вытесненным из очереди, поднимался крик, шум, за билеты шла звериная борьба, не то что в очереди общей, — тут было тихо, никто никакими правами не обладал, не мог ни шуметь, ни требовать.

В кассу заходило станционное начальство, брали билеты для высокопоставленных лиц, а может, просто для своих знакомых или родственников. Брали открыто, не скрываясь, выходили с билетами в руках. И все молчали, никто не возмущался. Простые люди, забитые и покорные, хорошо знали, что за любое слово протеста, недовольства последует начальственный окрик, удаление из помещения вокзала, а то еще что-нибудь и похуже. Командированные же, имея привилегии перед другими, мирились с привилегиями других перед собой — чувство, как убедился Саша на протяжении последующих лет, сыгравшее немаловажную роль в укреплении системы социальной несправедливости.

Поезда стояли несколько минут, и получившие билет неслись на перрон, подхватив свои чемоданы и портфели.

Саша тоже вышел на перрон — посмотреть, какие поезда проходят через Тайшет, но, главное, не терпелось послушать радио. Пусть не все, пусть отрывки процесса, но надо же знать, что происходит. На перроне висел на столбе репродуктор.

Обвиняемый Радек ссылался в своих показаниях на директивное письмо Троцкого, полученное им в декабре 1935 года:

«...Было бы нелепостью думать, что можно прийти к власти, не заручившись благоприятным отношением Германии и Японии, — писал Троцкий. — Неизбежно придется пойти на территориальные уступки... Придется уступить Японии Приморье и Приамурье, а Германии — Украину...»

Выходит, в прошлом августе, когда Радек в газетах требовал, чтобы Зиновьев и Каменев «уплатили головой» за свою вину, это письмо Троцкого уже лежало в его кармане? Двурушничал?

Саша вернулся на вокзал, отыскал глазами старика в шапке пирожком, возле которого поставил свой чемодан, а рядом с ним увидел двух патрульных, которые что-то у него выясняли. Не о Сашином ли чемодане спрашивали: кому он принадлежит, где этот человек?.. Нет, не похоже, не стал бы тогда старик показывать свой паспорт и говорил бы с патрульными спокойнее. Грубо оборвав его, они прошлись вдоль очереди и выхватили из нее двух парней. Те тоже предъявили им какие-то бумаги, какие — Саша разглядеть не смог.

Подождав, пока патрульные скрылись из виду, он протолкался к старику, осторожно спросил:

— Они что, у вас документы проверяли?

— Третий раз паспорт смотрят. Теперь требуют справку об отпуске. А кто такие справки дает? Никто не дает.

Старик выглядел моложе, чем Саше показалось вначале. Ездил на свидание к жене в лагерь. Родом они из Харькова, он — провизор, жена работала медицинской сестрой.

— А у тех парней они не паспорта смотрели, какие-то бумаги.

— Телеграмму, значит. Кому на похороны, кому на свадьбу, крестины... Тоже надо доложиться.

— Документы у всех смотрят?

— Документы... Тут каждого через рентген просвечивают: кто ты, да что ты, да откуда приехал, да в какой город едешь.

Вот как... А не выйди Саша на перрон, задержись в очереди — и влип бы сразу! Надо что-то придумывать.

Кое-что пришло на ум, ответы Саша успел заготовить, и все-таки, когда патрульные приблизились, сердце его сжалось. Он понимал, что значит запись в паспорте: «Выдан на основании справки об отбытии срока наказания».

Красноармеец перевернул листок, стал читать, подозвал второго, теперь они оба рассматривали Сашин паспорт, вертели его — видимо, впервые столкнулись с такой ситуацией: человек из заключения, из ссылки, но без проходного, прямо с паспортом. Как такое может быть? Не должно такого быть! Человеку из заключения требуется иметь на руках проходное свидетельство с указанием места назначения, где ему разрешено жить. А уж там он получит паспорт, и его возьмут на учет органы. Непорядок!

И ничего этим дубам он доказать не сможет, им вообще ничего доказать нельзя. Здесь Сибирь, всеобщая и тотальная проверка, ловят беглых, задерживают мало-мальски подозрительных.

Могут не отдать паспорт. Отведут в комендатуру, там запросят Красноярск: что, мол, делать с этим типом? А чего делать? Тюряга у вас под боком, суньте его туда, а там разберемся... И решением областной тройки влепят ему *новый срок за старые дела*. Такой у них теперь способ: судить за то, за что уже судили.

— Куда едешь?

— В Канск, однако, еду, — ответил Саша, имитируя сибирский говорок.

— Зачем?

— К теще.

— Где теща-то живет, адрес?

Саша назвал улицу и номер дома, где жил когда-то Соловейчик, запомнил почему-то.

— А там, на месте, кто?

— На каком таком месте?

— Не понимаешь, что ли? В Кежме кто?

333

— Жена, однако, сын... Все там...

Патрульный по-прежнему вертел Сашин паспорт, потом поднял на него глаза.

Саша равнодушно смотрел на него, хотя сердце билось уже где-то в горле, но надо держаться спокойно. Дело его правое, законное: кончил срок, остался в Кежме с женой и ребенком, едет неподалеку, в Канск к теще. Железная версия, не подкопаешься. Он и сам в нее почти поверил.

— К теще, значит?

— Да.

— К теще в гости, на блины...

— Не в гости, а в Кежму забираем. Стара стала.

Лицо патрульного снова посерьезнело, он продолжал разглядывать Сашу.

И Саша все так же равнодушно смотрел на него, прикидывая в то же время, куда повернется его мысль: заберет, оставит? Может, оставит?.. Живет, мол, в Кежме, там есть свои органы, Саша под их наблюдением, они *за него отвечают*. Ну и пусть отвечают!

Угадал Саша или не угадал, но патрульный сложил паспорт, вернул его Саше, двинулся со своим напарником дальше, проверяя документы у людей, стоявших у стен, сидевших на мешках, на чемоданах, просто на полу. Робко и испуганно глядя на патрульных, они протягивали свои бумаги: все знают, что такое станция Тайшет, и которые законно едут, даже те стараются в обход Тайшета, а уж если пришел на Тайшет, значит документы в порядке, а все-таки боязно.

А Саша по-прежнему стоял в очереди, не в силах двинуться с места, механически упершись взглядом в спины патрульных.

На площади гремело радио, но он почти ничего не слышал, мешал звон в ушах, никак не мог справиться с волнением, не мог сосредоточиться, уловил только, что повторяется слово «война»:

«...Обвиняемый Пятаков дал указание обвиняемому Норкину подготовить поджог Кемеровского химического комбината к моменту начала войны... Особенно резко ставился японской разведкой вопрос о применении бактериологических средств в момент войны с целью заражения

острозаразными бактериями подаваемых под войска эше-
лонов, а также пунктов питания и санобработки войск...»

Лампочки горели тускло, пахло потом, табачным пере-
гаром, чем-то кислым. Саша присел возле своего чемодана, привалился спиной к стене.

Этот процесс, эти саморазоблачения угнетали Сашу.
Он не имел никакого отношения к тем преступлениям,
в которых каялись троцкисты. Но кто будет разбираться
в том, имеет ли он, Панкратов, отношение к этим преступлениям? Был он осужден по 58-й статье? Был. Вменяли ему
контрреволюцию? Вменяли. Значит, и он из того же враж-
дебного лагеря, этого достаточно, чтобы потянуть его снова. Скорее бы уехать отсюда, забиться в какую-нибудь ды-
ру, где не проверяют у людей паспорта трижды в день.

Билеты некомандированным не доставались, и все же
очередь хоть понемногу, но уменьшалась. Почему и как,
Саша понять не мог. Куда-то исчез вдруг харьковчанин
в шапке пирожком, который ездил на свидание к жене.
Вещей у него не было, один тощий рюкзачок за спиной,
может, прыгнул на ходу в какой-нибудь поезд?

Остальные же из Сашиной очереди вроде все были на
месте, отходили, возвращались, каждый знал, за кем стоит.
И Саша ходил на базарчик неподалеку от станции за молоком и хлебом, им торговали короткое время, часа два-три,
очередь небольшая, и давали не больше одной буханки.
Пришлось купить кружку: молоко продавали заморожен-
ными кругами, на вокзале, в тепле оно оттаивало, можно
было пить с хлебом.

Круги молока напоминали Мозгову, там тоже морози-
ли зимой молоко. Старики-то его небось думают, что он
уже к Москве подкатывает. Хозяйка, собирая ему продукты в дорогу, гоняла Лукича в погреб за салом, вяленой рыбой. Саша вышел на кухню, увидел на столе все, что принес Лукич, покатился со смеха: «Да тут на целый обоз хватит!» Был в эйфории от того, что паспорт на руках, — море
по колено. Рассовал кое-что по карманам, сало сунул в чемодан, остальное оставил:

— До Тайшета доберусь, а там сразу на поезд.

Так представлял он свою жизнь на воле.

Голодный, заросший — бриться негде, да и не до того,
с воспаленными глазами, спал Саша, сидя на полу, скрес-

тив на чемодане руки и положив на них голову, затекали ноги, затекала спина, не сон — мученье. А поезда проходили, и пассажирские, и товарные, и на запасные пути прибывали составы, и паровозы гудели, маневрировали.

Подкатил к перрону курьерский поезд из Владивостока, новенький, сверкающий огнями, окна в белых занавесках, за паровозом зарешеченный почтовый вагон, письма, значит, везут в Москву — все чисто, благородно, цивилизованно, достойно.

А из Москвы пришел товарный, только два вагона пассажирские — первый и последний, и остановился в конце станции, там, где уже не было платформы. Из пассажирских вышли охранники, встали у товарных вагонов... И Саша впервые увидел, как разгружается товарняк с заключенными.

Подвижные двери отодвигались наполовину, конвоир выкликал фамилию, в дверях появлялся заключенный, громко произносил свое имя, отчество, год рождения, срок заключения. Конвоир сверялся со списком, произносил: «Давай!» — заключенный вместе со своим мешком или чемоданом прыгал из вагона, это те, что помоложе, а старые боялись высоты, пытались как-то сползти на животе, падали в снег и тут же, не поднимаясь на ноги, становились на колени. Затем выкликали следующего, тот тоже прыгал или сползал на животе. И так весь вагон.

Высадили половину состава — заключенные стояли на коленях в снегу, мужчины, женщины, жалкие фигуры с жалкими пожитками.

Потом по команде — грубой, громкой, с матом и пинками, ударами прикладов, они встали, построились, все это на виду у всей станции, на виду у людей, стоявших на пристанционной площади за оградой. Впрочем, как заметил Саша, никто особенно на них и не смотрел, — должно быть, к подобному привыкли.

Колонна заключенных прошла вперед метров двести, люди снова встали на колени в снег, где их ждал другой конвой, из лагеря или из пересылки. Опять перекличка: имя, отчество, год рождения, срок... Один конвой сдавал заключенных другому. Отдаленные крики, мат, лай овчарок смешивались с гудками паровозов, лязгом проходящих мимо товарных составов.

Саша поднял воротник, его бил озноб: вот что его ждет. А то, что отпустили, — ошибка. И такие ошибки НКВД исправляет быстро.

Удрученный увиденным, побрел он к вокзалу. На площади у репродукторов толпились люди, слушали, как Вышинский допрашивает какого-то Арнольда. Кто такой этот Арнольд, Саша понятия не имел, но, может, скажут...

«Вышинский: Подсудимый Арнольд, как ваша настоящая фамилия?

Арнольд: Васильев.

Вышинский: А имя, отчество?

Арнольд: Валентин Васильевич...

Вышинский: Когда организовывали террористические акты, против кого?

Арнольд: Я подал машину к подъезду, в машину сел Молотов. Когда я стал выезжать с проселочной дороги на шоссейную, внезапно мне навстречу летит машина. Тут думать мне было нечего, я должен был совершить террористический акт... Но я испугался. Я успел повернуть в сторону, в ров...

Вышинский: Что вас здесь остановило?

Арнольд: Здесь меня остановила трусость».

Подошел мужик, встал рядом, задрал головенку, прислушался. Вертлявый, передний зуб выбит, он уже попадался Саше на глаза, но не на вокзале, а именно на площади.

— Одни шпиены вокруг, мать их так, правительство извести хотели, душегубы проклятушшие... Штоб осиротели мы...

А мужик-то с Украины или с Кубани, подумал Саша, букву «г» мягко выговаривает. Как попал в Тайшет? И чего привязывается с разговорами? Случайно? Стукач?

— За большие тышши Расею запродать хотели германцу и японцу, штоб русский народ на косоглазых горбатился...

Вот как все трансформировалось в его башке: «Расею запродать за большие тышши».

— Слышь, парень, — не отставал мужик, — а сколько же его Расея стоить может? Ты как думаешь?

— А тебе зачем? Сам хочешь Россию продать? — разозлился Саша. — Ну и мотай отсюда!

5

Сестры почти не виделись: Нина весь день в школе, Варя на работе, вечером — в институте. Но невыносимо жить вместе, не разговаривая, видеть на Варином лице насмешку над каждым услышанным по радио словом, чувствовать презрение к себе за то, что она верит «всему этому». От Вари можно ожидать чего угодно. К чему такое приведет?!

В их подъезде арестовали «врага народа», он жил здесь всего три месяца, а его соседа по квартире Диму Полянского исключили из партии за потерю бдительности. С Димой у Нины были с детства приятельские отношения. Столкнулись в те дни на лестнице, Дима взял ее за локоть, зашептал на ухо: «Я с ним двумя словами не обмолвился, только „здрасьте“ и „до свидания“, а в райкоме и слушать не стали, исключили — и конец».

— Время серьезное, — насупилась Нина, — сейчас требуется особая бдительность.

Дима шарахнулся от нее, помчался наверх, перепрыгивая через три ступеньки. Даже не попрощался. Хотелось крикнуть ему вслед: «Дорогой мой, не сегодня завтра и меня могут исключить благодаря моей дорогой сестрице». Конечно, не крикнула, но расстроилась, вставила ключ в замок дрожащими пальцами.

Зря так грубо оборвала Диму. Дима славный парень, старше ее на пару лет, инженер, работает в авиации. В позапрошлом году пригласил Нину в Тушино на праздник воздушного флота. Она с удовольствием пошла и не пожалела. Захватывающее зрелище! День — солнечный, в голубом небе самолеты, белоснежные парашюты, радость и ликование вокруг. Летчики — геройские ребята! Нина гордилась ими, гордилась своей страной.

Дима был к ней внимателен, приветлив, позванивал по телефону, 8 Марта приносил цветы, в октябрьские и майские праздники — коробку конфет. Но его ухаживания Нина не принимала всерьез. Чужой. Только с Максимом она могла говорить о своих невзгодах, могла быть откровенной, он внимательно слушал, ей передавалось его спокойствие.

И письма, которые он писал Нине, были разумные, добрые, обстоятельные. Два раза Максим приезжал в отпуск, терпеливо дожидался, когда она вернется из школы, стоял в очереди за билетами, они ходили в театр, на выставки, доставал даже билеты в консерваторию, хотя не понимал и не любил классическую музыку, улыбался добродушно: «Бах так Бах, Моцарт так Моцарт», но ее любила Нина, и Макс безропотно высиживал весь концерт, главное, чтобы Нине нравилось, чтобы Нина получила удовольствие. Лично он предпочитал народные песни, в прошлом году они смотрели «Юность Максима», и всю обратную дорогу из кино он напевал: «Крутится, вертится шар голубой, крутится, вертится над головой, крутится, вертится, хочет упасть, кавалер барышню хочет украсть». Нина была в хорошем настроении, подпевала ему, но к Максу если прилипала какая-нибудь мелодия, то надолго. На третий день Нина не выдержала: «Прекрати, неужели самому не надоело?!» Макс нашелся: «Может быть, я тоже хочу украсть барышню и приучаю ее к этой мысли». Она улыбнулась: «Подожди, Макс, не сейчас».

Почему не сейчас, она сама не могла точно объяснить. Возможно, немалую роль играла привязанность к школе, ученикам, она любила свой предмет — историю, в Москве — библиотеки, курсы, семинары, музеи, все, что связано с ее профессией. Ничего этого там, в глуши, на Дальнем Востоке, нет. Однообразная провинциальная жизнь, пойдут дети, начнутся, как это всегда бывает у военных, переезды из города в город, вместо любимого дела — стирай пеленки, вместо общественной работы — вари борщ.

Как-то после отъезда Макса Варя сказала ей: «Смотри, уплывет женишок». Нина вспылила: «Что за пошлость! „Женишок“, „уплывет“. Ты вот не упустила жениха, и, поверь мне, ни я, ни кто другой тебе не завидовал». Варя в ответ саркастически улыбнулась: «Вековухам и старым девам тоже никто не завидует».

Вот такими репликами они иногда обменивались, чтобы потом снова неделями не разговаривать.

Это стало невыносимо. Надо разъезжаться.

В конце ноября, в Нинин день рождения, позвонила Лена Будягина. Приятный звонок, хочет поздравить, молодец, никогда не забывает, все помнит. Можно в кафе-мороженое сходить на улице Горького, посидят, поболтают, тем более давно не виделись. Но Лена звонила не для поздравления.

— Нина, — сказала она, — папы больше нет.

Нина сразу не поняла — умер? Но тут же сообразила: Иван Григорьевич арестован, и поспешно проговорила:

— Я тебе перезвоню.

И положила трубку. Испугалась? Нет, почему? Но не вести же об этом разговоры по телефону. Она вернулась в комнату, опустилась на стул, задумалась. Идти к Лене или не идти? За их квартирой следят. Это ясно. Из 5-го Дома Советов каждый день забирают, по фамилиям в газетах видно. Но как не пойти? Бросить подругу. Одну с ребенком. Надо идти. Но как? В подъезде вахтер, спросит: «Вы к кому?» Придется сказать, — к Будягиным. Тут же он позвонит куда следует, мол, к Будягиным девушка прошла. И потянется ниточка, и, конечно, дознаются, что несколько лет назад Иван Григорьевич дал ей рекомендацию в партию. Одну дала директор школы — Алевтина Федоровна Смирнова, другую — Иван Григорьевич, а его арестовали. Как же поступить? Сообщить в парторганизацию? Хороший подарок она получила в день рождения.

Нина пошла на Грановского в половине седьмого: люди возвращаются с работы, она пройдет незамеченной. К счастью, вахтера на месте не оказалось.

Лена открыла дверь, они расцеловались. Была Лена на удивление спокойна и деловита. И Ашхен Степановна тоже держалась спокойно и деловито, хотя в квартире все перевернуто, сургучные печати на двух комнатах, в коридоре разбросаны вещи. Тяжело на такое смотреть.

— Не пугайся, — сказала Лена. — Завтра мы должны переехать в Дом Правительства на Серафимовича. Там нам выделили комнату, — она усмехнулась, — перевалочный пункт с набережной Москвы-реки на берега Енисея. Видишь, собираемся.

— Вижу, вижу, — понурилась Нина.

На столе Ашхен Степановна укладывала в ящик посуду, на полу домработница сворачивала ковер.

— Как вы все это разместите в одной комнате? — спросила Нина.

— Все предусмотрено, — опять усмехнулась Лена. — В комнату мы перевезем только самое необходимое, остальное сдадим на Серафимовича коменданту. Там есть специальное помещение для таких вот случаев. Как ты понимаешь, помещение большое, таких случаев теперь очень много. Рано утром папу увели, а в три часа явились и предупредили о переезде, дали возможность собраться, вполне гуманно. Я уже туда съездила, посмотрела, вполне приличная комната, четырнадцать метров, на первом этаже. В других комнатах тоже по семье, попались даже знакомые из нашего дома. И ключ получила.

Она все говорила и говорила, продолжая что-то бросать в чемодан, а Нина топталась рядом, со страхом вглядывалась в ее лицо. Усмешка не сходила с губ, а глаза при этом оставались неподвижными. И эта странная сосредоточенность вместе с неуместной веселостью и необычной для Лены говорливостью производили жуткое впечатление.

В соседней комнате заплакал ребенок. Лена пошла к нему, вслед за ней проследовала и Нина.

— Ну что, маленький мой, — Лена подняла мальчика с кроватки, — ну описался немножко, подумаешь, какая беда. — Одной рукой она держала мальчика, другой ловко и умело меняла простынку, клеенку. Мальчик тер кулачком глаза, щурился от света.

— Сейчас будет в порядке наш Ванечка.

Она повернула мальчика так, чтобы Нина могла видеть его лицо.

— А, Нина, ты только погляди, какой славный чекистик растет, белокуренький, весь в папеньку, красивый чекистик, будет плохих дядей арестовывать и плохих тетенек тоже будет арестовывать, чекистик ты мой дорогой.

Нина опустила глаза, казалось, что Лена тронулась умом, не ведает, что говорит, и становилось страшно, что ляпнет она вдруг что-нибудь такое, что поставит Нину в неловкое положение и навсегда прервет их отношения.

— В чем дело с Иваном Григорьевичем?

— С Иваном Григорьевичем... С Иваном Григорьевичем... А это у нас, — она уложила мальчика, укрыла одеяльцем, — Иван Иванович, так и записан по дедушке: имя — Иван, и по дедушке же отчество — Иванович.

— Я знаю это, Леночка, — мягко остановила ее Нина.

— Правильно, а я и забыла. Ивана Григорьевича арестовали, увели. Почему? А потому же, почему всех арестовывают и уводят. У нас уже половину дома увели. — Она чуть покачивала кроватку, дожидаясь, чтобы мальчик опять уснул. — Разве ты не видишь, что творится? В Наркомтяжпроме остался один товарищ Орджоникидзе, остальные все сидят, скоро будут судить. Судить будут, расстреливать будут, — она посмотрела Нине в глаза, опять усмешка раздвинула губы, — как это поется: «...и сидеть будем, и стрелять будем, время пришло, помирать будем».

— Лена, — позвала Ашхен Степановна, — у тебя детские вещи сложены?

— Нет еще...

— Поторапливайся.

— Неужели не могли вам дать хотя бы пару дней на сборы?

Как необдуманно она задала этот вопрос, долго потом корила себя за него.

— Наивная душа, — сказала Лена, — неужели не понимаешь, кому-то не терпится въехать в нашу квартиру. Серебрякова арестовали, еще суда не было, а Андрей Януарьевич уже перебрался на его дачу. Каково, а? Лицо нашего правосудия?

— Какой еще Андрей Януарьевич? — похолодела Нина, догадываясь, какую фамилию сейчас назовет Лена.

— Вышинский, — отрубила та.

Нина залилась краской.

— Зачем ты собираешь всякие сплетни?! Я не узнаю тебя!

Лена взглянула на нее:

— Сплетни, конечно, сплетни, одни сплетни кругом, а в остальном все в порядке.

Но расставаться на такой ноте не хотелось.

— Где Владлен? — спросила Нина.

— У своих друзей. Договаривается с ними, завтра они нам помогут переехать.

Нина чуть не расплакалась: одиннадцатилетние дети — вот и вся помощь. И потому ее слова звучали искренно, когда она стала говорить про свое расписание: перегружена работой, не отпустят из школы, а так бы обязательно помогла.

— Я все понимаю, — сказала Лена, — спасибо, что пришла.

— Спасибо, — повторила вслед за дочерью и Ашхен Степановна.

Все это оставило тяжелый осадок. С Леной отношения кончены, это ясно, хотя она по-прежнему любит ее. Но ходить в дом на Серафимовича, в квартиру, где живут семьи арестованных, нельзя. Нина всегда боготворила Ивана Григорьевича: человек из народа, истинный коммунист, большевик, старый член партии. Но разве те, кого разоблачают сейчас на процессах как преступников и злодеев, разве они не старые члены партии, разве не считал их народ истинными коммунистами, большевиками? Считал. И она считала. А теперь волосы встают дыбом от ужаса, когда читаешь их признания. Представить себе Ивана Григорьевича, отдающего команду подмешать толченое стекло в пищу детям или бросить яд в колодцы, все-таки невозможно. Но с другой стороны, он почти десять лет прожил за границей, мог выполнять какие-то задания, о которых даже Ашхен Степановна не догадывалась. И если она прочитает в газетах его признания в измене родине и шпионаже, что тогда она скажет? Наверняка у нее спросят: «Почему именно у Будягина вы просили рекомендацию?» Разумеется, она ответит, как было: Будягин сам предложил ей рекомендацию. Ей это льстило — заместитель Орджоникидзе, старый большевик оценил ее политическую зрелость. «Допустим, — скажут они, — но почему, узнав об аресте, вы не сообщили нам? Попытались скрыть?» Именно этот вопрос и надо предотвратить. Поэтому она первая и заявит в парторганизацию. Не поставят же в вину, что училась в одном классе с Леной Будягиной, бывала у них дома, познакомилась там с ее отцом. Кстати, Будягин даже в их школе выступал на вечере воспоминаний старых большевиков. Не забыть это упомянуть.

И все-таки от страха сосало под ложечкой. Посоветоваться с Алевтиной Федоровной? Только ей Нина верила беспрекословно.

343

После урока Нина заглянула в ее кабинет.

— Можно к вам на пять минут?

— Проходи, — сказала Алевтина Федоровна, — садись, что у тебя?

И когда Нина рассказала об аресте Будягина и попросила совета, сообщить ли в парторганизацию о его рекомендации, Алевтина спросила:

— А откуда ты знаешь, что он арестован?

— Мне позвонила Лена, его дочь. Вы, наверное, ее помните, мы учились в одном классе.

Вторую часть фразы Алевтина отсекла, будто и не слышала ее.

— Ты поддерживаешь с ней отношения?

— Ну как, учились вместе... Подруга...

— Зачем же она тебе звонила? Предупредить?

Только сейчас все дошло до Нины. Боже мой, какая же она дура! Ведь Ленка дала ей знак, предупредила, чтобы не приходила, не звонила, делала вид, что ничего не знает, и, таким образом, сама бы не влипла в историю. А она поперлась.

— Смотри сама, — сказала Алевтина Федоровна. — Если ты поддерживаешь с Будягиными отношения, то, конечно, должна заявить об этом в свою партийную организацию. Если не поддерживала никаких отношений, то, думаю, ни о чем заявлять не надо. В общем, *твое* дело, тебе и решать.

6

Нина долго обдумывала совет Алевтины Федоровны. Кто помнит о том, что Будягин дал ей рекомендацию? Кто знает, что она была у Лены? Никто. Вот когда имя Будягина появится в газете, тогда она пойдет на этот шаг. А сейчас? Зачем лезть на рожон?

Она подождет. Но тылы должны быть обеспечены. Хотя бы дома жить без нервотрепки. И от слов пора переходить к делу.

Однако разменять комнату оказалось не так-то просто. Не так-то легко получить за одну — две, да еще приличные. Нина дала объявление об обмене, стали звонить. Но предложения неприемлемые: комната при кухне, шесть метров, другая — в общежитии, тоже 6 метров, отгороженная от соседней комнаты фанерной перегородкой, — одна кухня и один туалет на двадцать семей. Еще комната в подвале, окно ниже тротуара. Все в этом роде. Нина пошла бы на любое предложение, но Варя... Услышав Нинин разговор по телефону и сообразив, о чем идет речь, спросила:

— Ты собираешься менять нашу комнату?

— Да. Я думаю, это было бы самым правильным решением для нас обеих.

— Я тоже так думаю, — согласилась Варя, — но имей в виду: в подвал, общежитие или в подмосковную деревню я не поеду.

В объявлении Нина указала, в какие часы можно звонить. Но трезвонили и утром, и днем, и вечером. У соседей были недовольные лица, ничего из этой затеи не вышло.

А со временем тревоги, связанные с Варей, вообще отошли на второй план. На первый вышли неожиданные события, возникшие в школе из-за конфликта между Алевтиной Федоровной и старшей пионервожатой Тамарой Наседкиной, попросту Тусей.

Нина не выносила эту бойкую болтливую комсомолку, невежественную, неизвестно каким образом попавшую в Москву после окончания училища где-то в провинции. «За смазливую физиономию и безотказность», — заметила Алевтина Федоровна. Но странно, несмотря на такую характеристику, Алевтина Федоровна Тусю терпела. Та исправно проводила пионерские сборы, собрания, бегала, шумела, украшала Ленинский уголок, была на хорошем счету в райкоме комсомола. Большего Алевтина Федоровна от нее и не требовала, как-то сказала Нине: «Все они пустышки, все на одно лицо».

С осени прошлого года начали готовиться к столетию со дня смерти Пушкина. Включилась в работу и Туся. Пионеры разучивали стихи Пушкина, один мальчик начал читать: «Зима!.. Крестьянин, торжествуя...» Но Туся оборвала его:

— Крестьянин не мог торжествовать. При крепостном праве ему было не до торжеств.

И велела выучить что-нибудь другое.

Это дошло до Алевтины Федоровны, и на педсовете она довольно зло высмеяла Тусю и запретила ей заниматься подготовкой к юбилейному вечеру. Есть кому этим заняться и без нее.

— Подготовка включена в план райкома ВЛКСМ, — неожиданно злобно ответила Туся, — вы не можете мне запретить.

Алевтина Федоровна молча взглянула на нее, открыла папку, вынула газету, развернула, нашла нужное место, обвела красным карандашом, протянула Тусе:

— Прочитай. Вслух.

На лице Туси отразилось колебание: читать или не читать.

Пожилые педагоги, сидевшие за большим столом, молча смотрели на нее.

— Я это уже читала, — объявила Туся.

— Не хочешь читать, — заключила Алевтина Федоровна, — ну что ж, сделаем это сами.

Она поправила очки, медленно и внушительно начала читать:

«Вся пионерская работа в школе должна вестись с ведома директора школы. Пионерская работа — часть всей воспитательной работы школы. Общественная работа и комсомола, и пионеров должна быть направлена на борьбу за качество учебы».

Она сложила газету, сунула обратно в папку.

— Ты согласна с этим Постановлением?

— Согласна, — опустив глаза, прошептала Туся.

— Тогда выполняй его. В ином случае тебе придется сменить работу.

Но на этом не кончилось.

1 декабря 1936 года исполнилась вторая годовщина со дня убийства Кирова.

На пионерском сборе Туся рассказала об этом страшном злодеянии. Потом велела Козлову из третьего класса прочитать страницу из книги о детстве Кирова. Но едва Козлов открыл книгу, его одноклассник Глазов крикнул:

— Это его отец убил Кирова!

Козлов заплакал:

— Неправда! Мой отец никого не убивал.

— А за что его расстреляли? За что? Разве не за Кирова? — не унимался Глазов.

— Твоего отца расстреляли? — спросила Туся.

— Да, — глотая слезы, кивнул Козлов.

— Тогда тебе действительно нельзя читать про Кирова, — Туся отобрала у него книгу, — садись на место.

По этому поводу опять было объяснение. Конечно, отец Козлова объявлен «врагом народа», его имя даже упоминалось на каком-то процессе, но сын, мальчик, пионер, он-то чем виноват?

Приблизительно таков был смысл вопроса, который задала Алевтина Федоровна Тусе на педагогическом совете. Тема щекотливая — в школе училось много детей репрессированных. Но Алевтина Федоровна хорошо понимала, какая создастся обстановка, если поощрять детскую жестокость.

— Глазов, — с вызовом ответила Туся, — выразил свое отношение к врагам народа, он ребенок, он не умеет произносить речей. Как думал, так и сказал. Я не имею права затыкать ему рот.

— А почему вы именно Козлову, сыну врага народа, поручили читать о Кирове?

— Я не знала, что его отец арестован, — простодушно ответила Туся.

— Такие вещи надо знать. Если у вашего пионера отец враг народа, вы обязаны это знать. Вы не имели права этого не знать! Вы обязаны все знать о каждом пионере, а если не знаете, то эта работа не для вас. — Алевтина обвела стол строгим взглядом. — Подумать только, в годовщину убийства Кирова давать трибуну сыну врага народа!

Туся прикусила язык. Не удалось ей и на этот раз одолеть поднаторевшую в партийных склоках старую коммунистку.

Но старая коммунистка недооценила способностей молодой.

Через несколько дней на пионерской линейке Туся поставила перед строем второклассника Борьку Кауфмана, сына инженера с ЗИСа, и заставила всех скандировать: «Борин папа — враг народа», «Борин папа — враг народа». Маленький Боря стоял, вытянув руки по швам, закусив губу, стараясь не расплакаться. Не выдержал, всхлипнул, и тут же строй взревел еще радостней: «Борин папа — враг народа!»

Зрелище было отвратительное. Нина задохнулась от возмущения, но не могла при всех выговаривать Тусе: это непедагогично, да она и не имела права вмешиваться в Тусины дела. Алевтина Федоровна с каменным лицом прошла мимо линейки в свой кабинет.

Вошла туда и Нина.

Сняв пальто и повесив его в углу, Алевтина Федоровна, не оборачиваясь, спросила:

— Тебе что?

— Алевтина Федоровна... Такая линейка... Ведь это дети...

— Я сама знаю, что это дети, — жестко ответила Алевтина Федоровна.

Как выяснилось позже, Туся объявила ей, что проводит такие линейки по указанию райкома комсомола и впредь будет проводить. Если же Алевтина Федоровна ей не верит, вот, пожалуйста, телефон секретаря райкома, может проверить.

Алевтина Федоровна звонить не стала.

На следующей линейке перед строем поставили Лилю Евдокимову. И опять дружно скандировали: «Лилин папа — враг народа», «Лилин папа — враг народа». Одиннадцатилетняя Лиля не плакала, стояла опустив голову, но после линейки, схватив свой портфель, убежала с уроков.

Такие спектакли происходили ежедневно. Успеваемость стала падать, дети пропускали занятия, надеясь таким образом избежать линейки, но эти ухищрения не помогали — у Туси на руках был, видимо, точный список.

О том, что наступила «очередь» Алеши Перевозникова, Нина узнала случайно, подходя утром к школе. Алеша был ее любимец, застенчивый мальчик, с крутым румянцем на щеках, живший с отчимом. Мама его работала где-то за границей. Однажды Алеша принес фотографию, сделанную в Испании: поразительной красоты женщина, с такими же прямыми, как у Алеши, ресницами, улыбалась, прижимая к груди цветы.

Месяц назад отчима арестовали, Алешу взяла тетка, живущая у Красных Ворот, он стал опаздывать на уроки, и Нине, классной руководительнице, приходилось скрепя сердце записывать ему замечания в дневник. Потом с этим наладилось, Алеша сказал, что приехала мама. И, подходя в то утро к школе, Нина впервые ее увидела: в непривычном для Москвы длинном меховом пальто, с непокрытой головой, она шла, обнимая Алешу за плечи, прижимая к себе, и все просила его не плакать на линейке. Нина чуть поотстала: не было сил ни посмотреть этой женщине в глаза, ни встретиться взглядом с Алешей.

А еще через несколько дней Алешина мама перерезала себе вены и выбросилась с шестого этажа. Школьная дворничиха — татарка, видевшая это, рассказывала, что сразу набежала толпа, у мертвой с руки сняли заграничные часики и все кольца. Алеша исчез из школы.

К пионерским линейкам добавились исключения старшеклассников из комсомола. Первой исключили Иру Петерсон, дочь бывшего коменданта Кремля. Она была больна, не пришла на собрание. Ее подруга Валя Щеславская сказала, что персональные дела разбираются только в присутствии комсомольца. Шура Максимов, вечно лезущий во все дырки, закричал; «Ты хочешь еще на неделю оставить комсомольский билет в руках врага?» — «Она не враг, а дочь врага», — возразила Валя. Иру исключили, Вале объявили выговор за примиренчество. На следующий день секретарь комсомольской организации Тоня Чегодаева подала заявление с просьбой освободить ее от секретарских обязанностей, так как прошлой ночью арестовали отца. Тоню исключили, поставили перед собранием, сняли с груди комсомольский значок, значок ГТО (Готов к труду и обороне), ГСО (Готов к санитарной обороне), ВС (Ворошиловский стрелок). Тоня была активисткой и первой ученицей, бесспорным кандидатом на аттестат отличника — она его не получила: через неделю вместе с матерью ее выслали из Москвы в Астрахань.

Перевелся в другую школу и второй кандидат на аттестат отличника — Юра Беленький. На комсомольском собрании отказался отречься от арестованных отца и матери и, когда Шурка Максимов подскочил к нему, чтобы сорвать комсомольский значок, дал ему по руке, сам отвинтил значок, положил его на стол и ушел с собрания, хлопнув дверью. Алевтина Федоровна узнала, что устроился он работать шофером на грузовую машину, развозил по ночам хлеб в булочные — на его руках осталась маленькая сестра Танечка.

Алевтина Федоровна похудела. Бессменный английский костюм повис на ее плечах, как на вешалке, по лицу пошли красные пятна.

А события тем временем разворачивались.

В январе, в годовщину смерти Ленина, десятиклассник Юра Афанасьев, делая доклад, оговорился: вместо «умер Ленин» сказал «умер Сталин». Он тут же поправился, а потом показывал конспект, где все было написано правильно. Тем не менее его исключили из комсомола, хотели исключить из школы, но Алевтина Федоровна не позволила — полгода осталось до окончания. Объявила выговор «за невнимательность, переросшую в серьезную политическую ошибку».

И буквально на следующий день — новое событие. Десятиклассники Трищенко и Свидерский играли в красном уголке на бильярде, стоял там небольшой стол, играли металлическими шариками. От чьего-то удара шарик соскочил со стола, попал в стоящий рядом гипсовый бюст Сталина и повредил ему нос. О происшествии сообщили Алевтине Федоровне, бюст положили в мешок и унесли в кладовую.

Наутро завхоз Яков Иванович, прихватив двух десятиклассников — Парамонова и Куманина, уехал на завод за новым бюстом товарища Сталина, для чего шефы выделили полуторку ГАЗ-АА.

Получили его, расписались, Яков Иванович уселся в кабине рядом с шофером, а Парамонов и Куманин забрались в кузов, чтобы придерживать бюст. Но на булыжной мостовой он качался, того и гляди разобьется, ребята нашли веревку, пропустили ее сквозь прутья решетки на задней стенке шоферской кабины и обвязали концами бюст за шею.

Доехали благополучно до школы, въехали во двор во время большой перемены. Шофер опустил борта кузова, и тут-то кто-то из малышей крикнул:

— Смотрите, Сталина повесили! Сталина повесили в машине!

Все окружили машину.

Куманин и Парамонов пытались отвязать бюст от решетки, но тут появилась Туся Наседкина и замахала руками:

— Прекратите!

Взобралась на машину, оттолкнула Парамонова и Куманина и приказала малышам немедленно позвать Алевтину Федоровну.

Девочки ворвались в директорский кабинет:

— Алевтина Федоровна! Идите скорее во двор. Там товарища Сталина повесили.

Алевтина Федоровна не стала ни о чем расспрашивать, надела пальто, спустилась во двор.

В открытом кузове стояла Туся.

— Полюбуйтесь, Алевтина Федоровна! — произнесла она торжествующе, указывая на привязанный к кабине бюст Сталина.

— Кто это сделал?

Туся показала на стоящих рядом Куманина и Парамонова.

— Иначе бы бюст разбился, — сказал Куманин, — его обязательно надо было привязать.

— Но почему именно за шею? — взвизгнула Туся.

— Не визжи ты! — огрызнулся Парамонов. — А как иначе привязать, покажи!

Алевтина Федоровна вопросительно посмотрела на завхоза Якова Ивановича, он и шофер стояли рядом с машиной.

— Дорога тряская, мог и расколоться. Вот и шофер подтвердит, — объяснил Яков Иванович.

— Снимите бюст и отнесите в красный уголок. Только осторожно, — распорядилась Алевтина Федоровна.

— Это политическая диверсия, — четко и зловеще произнесла Туся.

— Разберемся, — коротко ответила Алевтина Федоровна.

Разбиралась не Алевтина Федоровна, а специальная комиссия райкома партии, проверила «сигналы» — письмо Туси и группы комсомольцев-старшеклассников, в нем обвинялась Алевтина Федоровна: пресекала всякие попытки пионеров и комсомольцев выразить свой справедливый гнев и осудить врагов народа; оберегала детей врагов народа, не исключила из школы Юрия Афанасьева, который нагло объявил на собрании, что товарищ Сталин умер, пыталась скрыть, что учащиеся Трищенко и Свидерский, выражая свою контрреволюционную сущность, разбили бюст товарища Сталина, велела вынести бюст в кладовую, закрыть красный уголок и привезти новый бюст. Никаких мер к Трищенко и Свидерскому не принято. Однако над новым бюстом товарища Сталина надругались десятиклассники Куманин и Парамонов, повесив его за шею в кузове машины, — это видела вся школа. Никаких мер к Куманину и Парамонову также не принято.

Как эти, так и другие факты явились результатом оппортунистической линии, которую проводила директор школы, а именно: изгнала из школы преподавателей-коммунистов и заменила их сомнительными и враждебными элементами, как, например, преподавательница Ирина Юльевна Эйнвальд, дочь буржуазного профессора и белоэмигранта и родная сестра ныне разоблаченного правого оппозиционера. Преподаватель физики Юренев, окончивший Мюнхенский университет и имеющий немецкий диплом, проводил буржуазные взгляды в науке, преподаватель литературы Мезенцев воспитывал в школьниках декадентские настроения, восхвалял Северянина, Бальмонта, Андрея Белого и обучал учащихся проституции, рассказывая о «Декамероне» Боккаччо и о «Золотом осле» Апулея.

И еще обвинение. На обложках ученических тетрадей, где нарисован «Вещий Олег» с конем, оказалась зашифрованной фраза: «Долой Сталина». Подвешенное к седлу стремя означало букву «Д», рядом завитушка — букву «О»... Приказали всем ученикам оторвать титульные листы, вручить классным руководителям, чтобы те сдали их завучу. Однако, как утверждалось в Тусином письме, тетрадей было выдано 250 штук, а оторвано всего 180 листов, значит, 70 вражеских рисунков остались на руках у учеников. И директор школы, коммунист, спокойно на такое взирает.

В письме перечислялись и другие недостатки, обычные в жизни всякой школы, но в ряду политических обвинений звучащие так же зловеще.

Комиссия опросила всех преподавателей, технических служащих, комсомольцев, многих старшеклассников. С каждым разговаривали отдельно.

Разговаривали отдельно и с Ниной.

Председателя комиссии она не знала, вероятно работник райкома партии. Двух других членов комиссии знала — заместитель заведующего РОНО и молодая преподавательница литературы из 86-й школы.

Нина держалась достойно: Алевтина Федоровна — честнейший член партии. Обвинения Туси — злобный вздор, ее трактовка стихотворения: «Зима!.. Крестьянин, торжествуя...» — отрыжка грубого социологизма двадцатых годов. Издевательства над десятилетними детьми «врагов народа» — непедагогичны, «сын за отца не отвечает» — это сказал товарищ Сталин, устраивать такие представления нельзя. Случай с бюстом товарища Сталина — случайность. Безусловно, не следовало держать в красном уголке бильярдный столик, но он стоит там много лет, шарик выскочил случайно. Относительно перевозки бюста в машине: было бы еще хуже, если бы он разбился в кузове, и ребята нашли единственный выход — привязать его. Не так привязали, нехорошо получилось, не подумали. Случайная цепь обстоятельств. Теперь насчет преподавателей. Ирина Юльевна — прекрасный высококвалифицированный педагог. Конечно, отец ее, знаменитый литературовед, эмигрировал, но ведь Ирина Юльевна не уехала за границу; да, брат ее обвинен в правом уклоне, но сама Ирина Юльевна — человек беспартийный. Ну а преподаватель литературы Мезенцев... Она не бывала на его уроках, поэтому ничего не может сказать, но общее информационное ознакомление с «Декамероном» предусмотрено программой. Вопрос об Апулее возник при чтении Пушкина: «Читал с восторгом Апулея, а Цицерона не читал...» Преподаватель рассказал о нем очень сдержанно и тактично, но некоторые учащиеся, видимо, читали Апулея, стали задавать вопросы, хихикать. Мезенцев тут же все это прекратил. Не ответить, кто такой Апулей, он не мог.

Так спокойно и достойно объяснила все Нина. Конечно, в школе не без недостатков, где их нет. Но политическая линия правильная, полностью соответствует постановлениям партии и правительства. Члены комиссии внимательно слушали Нину, дама из РОНО записывала ее ответы, никаких вопросов не задали, поблагодарили и отпустили.

Она ушла успокоенная, уверенная, что все образуется. Да, нужна бдительность, но бдительность настоящая, а не показная. И нельзя допустить, чтобы *здоровый* педагогический и ученический коллектив лихорадило из-за склочницы, пустой, невежественной девчонки.

Однако коллектив лихорадило. Тягостно работать, когда за тобой наблюдают контролеры. Но сетовали на это осторожно: два-три слова — и отходили друг от друга. И хотя Нина полагала, что все вели себя так же, как и она, вчерашняя уверенность в том, что все образуется, испарялась. Что-то нависло над школой. И в прежние годы бывали у них острые ситуации, но тогда учителя спорили, иногда ссорились, потом мирились. Сейчас ни о чем не спорили и не ссорились, в учительской стояла удручающая тишина, слово «комиссия» не упоминалось, никто не рассказывал, о чем его спрашивали и что он отвечал.

Алевтина Федоровна по-прежнему твердой рукой вела школу, но была мрачна и тоже малоразговорчива.

Нина, разумеется, во всех подробностях передала ей свой разговор в комиссии, Алевтина Федоровна слушала ее молча, упершись взглядом в чернильницу. И Нина вдруг, ни к селу ни к городу, подумала, что Алевтина совершенно одинока — ни мужа, ни детей, ни сестер, ни братьев. Некому пожаловаться, не у кого совета попросить. Голос ее дрогнул от сочувствия, но Алевтина это проигнорировала.

— Ну что ж, — сухо произнесла она, — все правильно сказала.

7

Перед отъездом Вики в Париж Нелли Владимирова дала ей несколько дельных советов:

— Не общайся с эмигрантами, они нищие. Будут клянчить пожертвования для бедных, для вдов и сирот, на похороны, годовщины, юбилеи, обеды по подписке, на строительство храма, детские праздники, введут в свои дурацкие благотворительные и попечительские советы, — она затянулась сигаретой, — всему этому грош цена. Втянут в свои склоки, они там без конца грызутся, объявляют друг друга советскими шпионами. Отделись от них сразу, не вступай ни в какие контакты, ты не эмигрантка, ты жена француза и держи себя француженкой, у Шарля наверняка большой круг знакомых, уйди в их общество, ведь он не купчишка, как мой Жорж, он виконт, он «де».

Это «де» очень подымало Шарля в ее глазах.

— И еще, — продолжала Нелли, — соблюдай меру, продержись хотя бы год, товарный голод, который в нас сидит, пройдет сам собой. Не набрасывайся на тряпки, покажи Шарлю свою бережливость, французы скуповаты, будь экономной. Шарлю это понравится. Но они и тщеславны: истинный француз не допустит, чтобы его жена выглядела хуже других. Чем меньше будешь тратить на себя ты, тем больше будет тратить на тебя он.

Так рассуждая, наставляя Вику, Нелли расхаживала по комнате, высокая, костистая... Лошадь! А вот кидаются на нее мужики... В чем секрет? Но баба хорошая, своя в доску, не кусочница.

— Готовить ты, конечно, не умеешь.

— Не умею, — призналась Вика.

— Еще бы! У тебя есть Феня. Не беспокойся, там тебя к плите никто не поставит, там найдется своя Феня. И есть рестораны. И мужчины сами любят готовить, надо сказать, большие мастера на этот счет. Но все же кое-что надо уметь сварганить.

— Для экзотики? Щи, борщ, солянку, шашлык? — усмехнулась Вика, терпеть не могла кухню.

— Щи, борщ, солянку ты не осилишь — это большое искусство, этому надо долго учиться. Что касается шашлыка, то даже у нас — это мужское дело. Надо уметь что-нибудь быстро соорудить, на скорую руку: пришли из театра, надо перекусить, или в воскресенье — прислуги нет, неплохо самой мужа накормить. Яичницу поджарить, скажем, с помидорами, помидоры там есть круглый год, это не Москва. А можно и греночки — греночки-то, надеюсь, ты сумеешь сделать? Французы вообще-то по утрам пьют только кофе, но эти простые вещи ты должна освоить.

— Хорошо, — сказала Вика, — все учту, спасибо. Но скажи, ты знаешь телефон или адрес Сесиль Шустер?

— Зачем она тебе? — насторожилась Нелли.

— Ну, все же мы с ней учились в одной школе.

— Ах, боже мой, милые детские воспоминания. Забудь о них. Сесиль давно забыла, поверь мне, ей не до сантиментов. Она человек дела, женщина-бизнесмен. Между прочим, по матери она француженка — Селю. Ты знала об этом?

— Да, — сказала Вика.

— Сесиль служит в модном магазине «Каролина», у самого Эпштейна, делает большую карьеру — модельер! Я ей однажды позвонила, представилась, она бросила трубку. Но от меня не уйдешь, я поехала в магазин, заказала два дорогих платья, после этого она меня узнала. Почему чуждается советских? Потому что они бедные, и эмигранты бедные. Ей нужны богатые заказчики, чтобы создали ей славу, чтобы стали говорить не «платье от Эшптейна», а «платье от мадемуазель Сесиль Шустер». Усекла? И она своего добьется.

— А где ее магазин?

— Я же тебе сказала: магазин «Каролина». Попроси Шарля, он свезет тебя туда. Там ты увидишь Сесиль Шустер. Ты ее узнаешь, но вот узнает ли она тебя — не уверена.

Вика вняла мудрым советам Нелли Владимировой. Зачем ей русские? Никакой ностальгии по России она испытывать не будет, ничего ее с Россией не связывает. Мать давно умерла, отец скоро умрет, Вадим — осел, она его терпеть не может. Школьные друзья — где они? После школы никого не видела. Всех забыла. Девки в «Метрополе»? Бляди, стукачки, дешевки, а кто подороже, сами соображают, как бы смыться за границу. Что она видела в Москве, что оставила? Жалкие магазины, Архитектора с его подштанниками, хамство, ложь и враки на каждом шагу, страх, что Шарок снова заставит ее приходить на Маросейку...

Она ушла от них! Ушла, ушла, ушла! Теперь она француженка, войдет в семью Шарля, и ее не дадут в обиду. Но когда на Белорусском вокзале она села в поезд и подумала о том, что завтра на станции Негорелое пограничники придерутся к тому, что не так оформлены паспорта, таможенники начнут выворачивать карманы, что-то им не понравится, ее ссадят с поезда и вернут обратно в Москву, на нее напал страх. О Господи, спаси и пронеси, помоги выдержать это испытание! Но даже Шарль не должен видеть, что она нервничает, а уж тем более пограничники: ее волнение их насторожит. Она собрала всю свою волю, расправила плечи, подбила рукой волосы, одернула платье, чтобы увеличить декольте, придала лицу то надменное выражение, с которым проходила по ресторану «Метрополь» со шведом Эриком, был такой в ее биографии, показывая всякой ресторанной шушере, чтобы к ней не привязывались, не приглашали танцевать. И хамы на границе тоже пусть видят, что перед ними не робкая, всегда испуганная советская гражданка, которая дрожит перед каждым милиционером, а *иностранка*, особа неприкосновенная.

На станции Негорелое в купе вошли пограничники, за ними таможенники, один похож на другого, отвратительные морды, но даже не шевельнулась, только перекинула ногу за ногу. Шарль показал им документы, отдал паспорта, и, когда они в приказном тоне предложили выйти из купе, она медленно поднялась и спокойно вышла в коридор, потом, когда те ушли, обыскав купе, вернулась туда вместе с Шарлем.

Поезд тронулся, набирая скорость; глядя в окно, Шарль сказал:

— Полония.

Они ехали по Польше. Все! Она оставила Россию, Шарль вывез ее из этого ада. Она припала к его плечу и зарыдала.

Он гладил ее по голове, успокаивал, растроганный скорбью, с какой она расставалась с родиной, покинула ее ради него, разошлась с мужем, порвала связи с друзьями.

Вика перехватила его руку, поднесла к губам, поцеловала. Это был первый искренний порыв. В Москве они встречались с Шарлем у Нелли. Ее муж Жорж уезжал на весь день. Нелли тоже смывалась, они с Шарлем оставались одни. Шарль былей приятен, сильный, опытный. Она была не менее опытной, однако никогда этого не показывала, добропорядочная замужняя женщина, но подчинялась ему, быстро и хорошо усваивала его уроки и не сдерживала страсти, которую он в ней возбуждал:

— О, Шарль!

И приникала к нему, потрясенная, обессиленная, покорная... Мужчинам это нравится, тешит их самолюбие.

Но сейчас, здесь, в вагоне, это был искренний порыв, ее переполняла нежность к Шарлю. С каким достоинством он держался на границе, человек из свободного мира, его пример придал и ей силы. Вика открыла сумочку, достала носовой платок, вытерла слезы. Она никогда не подведет Шарля, будет ему верной, преданной женой. Мелькнула мысль о его бывшей невесте, не ждут ли ее какие-то неожиданности с этой стороны? Навряд ли. Конечно, француженки живые, пикантные, остроумные, но нет у них ее царственной осанки, величественной скромности, молчаливой значительности, Шарль все-таки предпочел ее. Она всегда будет рядом с ним, благоустроит дом, покажет парижанам, что такое русское хлебосольство.

Вике не пришлось устраивать дом, ее ждала роскошная квартира на третьем этаже старинного дома на улице Бельшас (Bellechasse), что, как объяснил Шарль, в переводе на русский означало «хорошая охота» и свидетельствовало, что здесь аристократический квартал Парижа. Уютная улица, намного уже, чем Арбат, вымощенная брусчаткой и уставленная большими фонарями Lampadaire.

Застекленные, в узорчатых решетках из чугунного литья двери, с массивным медным кольцом, вели в длинный холл с мраморным полом. Справа зеркало во всю стену, слева комната консьержки, рядом доска с фамилиями жильцов, но без номеров квартир, чтобы без ведома консьержки в дом не проходили люди, не знающие, где живет нужный им человек.

Вика успела мельком глянуть на себя, поправила шапочку и тут же в зеркале увидела, как к Шарлю засеменила, протягивая руки, низкорослая полная женщина в очках:

— C'est vous, monsieur Charles, quelle surprise![1]

Спустилась горничная, такая же маленькая, но сухонькая, в переднике с оборками, тоже заулыбалась, заохала:

---

[1] Это вы, месье Шарль, какой сюрприз! *(фр.)*

— Monsieur Charles, quelle joie, quel bonheur![1]

Шарль представил Вику:

— Madame Victoria, ma femme[2].

И тут уже обе радостно залопотали, всплеснули руками:

— Ah, monsieur Charles, permettez — nous de vous féliciter! C'est un vrae plaisir de voir un tel couple. Vous êtes si beaux![3]

Радостно, но без холопства.

«Умеют радоваться чужому счастью, не то что наше завистливое хамье», — подумала Вика.

Консьержка проводила их до лифта, опять что-то сказала Шарлю, поглядывая при этом на Вику. Шарль, улыбаясь, перевел:

— Мадам Трюбо сообщает тебе, что в доме имеются подвалы, где хранятся вина и дрова для камина. И еще мадам хотела тебя предупредить, что лифт поднимается только до шестого этажа. На седьмом этаже — комнаты для горничных.

Мадам Трюбо тем временем сделала жест рукой, приглашая Вику присесть. Рядом с лифтом стояла скамеечка, обитая красным бархатом, над ней также висело четырехугольное зеркало, красной ковровой дорожкой была устлана и широкая лестница.

Первой поднялась на лифте горничная, ее звали Сюзанн, едва втиснула туда чемоданы, таким узким он оказался, открыла квартиру, вслед за ней поднялись Вика с Шарлем.

На площадке дубовый паркет, такой же и в просторной прихожей, с дубовыми шкафами для верхней одежды, у входной двери на полу длинная пухлая собачка из материи «Boudin», чтобы не дуло с лестницы.

Сюзанн один чемодан оставила в прихожей, другой унесла в спальню, показала Шарлю письма в плетеной корзиночке, и Шарль отпустил ее, сказав, что они пообедали в поезде.

— Я надеюсь, что мадам здесь все понравится. Если что-нибудь потребуется, я у себя.

---

[1] Месье Шарль, какая радость, какое счастье! *(фр.)*

[2] Мадам Виктория, моя жена *(фр.)*.

[3] Ах, месье Шарль, поздравляем вас! Просто удовольствие смотреть на такую пару! Вы так красивы! *(фр.)*

— Спасибо, Сюзанн, — поблагодарила Вика.

Потом она с Шарлем прошлась по квартире, внимательно, с интересом все осматривая. Четыре комнаты. Высокие потолки с лепниной. Самая большая комната — гостиная. Два стола, один возле кожаного дивана с кожаными креслами, второй у противоположной стены, окруженный креслами на гнутых ножках с высокими спинками, обитыми бархатом, — как назывался этот стиль, Вика не знала. Пианино красного дерева на колесиках и с медными ручками по бокам. Большой старинный глобус в двух пересекающихся медных обручах и еще два глобуса на книжных полках.

Вика тронула один из них пальцем, покрутила, как они делали в школе на уроках географии.

— У тебя в роду были путешественники?

Шарль засмеялся:

— Ты увидишь здесь глобусы во многих квартирах. У нас это принято. Большевики хотят завоевать мир, а мы его имеем дома в виде глобуса.

Окна гостиной выходили во двор, усаженный каштанами и платанами, на карнизах в коробках посажены какие-то цветы, сейчас только набухали бутоны — герань — не герань? Окна высокие, почти от пола до потолка, закругленные наверху. На секретере — серебряные флакончики, подсвечники и чашечка с круглыми углублениями внутри. Вика не знала ее назначения, подумала — пепельница, как-то закурив, бросила туда спичку, стряхнула пепел. Шарль взглянул на нее с улыбкой, принес ей пепельницу.

— Если бы это увидела моя мама, сказала бы: «Русские не берегут дорогие вещи».

Он вышел на кухню, вымыл чашечку, вытер ее, вернулся с бутылкой вина, плеснул немного на дно, держа ее за ручку, покрутил, повертел, пузырьки оседали в углублениях.

— Это старая вещица, принадлежала когда-то моему дедушке: чашка для дегустации вина.

Переходя с ним из комнаты в комнату, она подумала о том, что обязательно родит ему детей, мальчика и девочку, тогда уж будет настоящая семья. Ей хотелось ему сказать об этом тут же, сейчас, но нет, пожалуй, пока не стоит, все же сделала два аборта, но здесь, в Париже, есть отличные врачи, все наладится. Она представила себя беременной, в широком платье, волосы скромно подобраны. «Виктория в интересном положении» — так о ней будут говорить жёны его друзей. А что? Ей двадцать пять лет, ему — тридцать пять, разница прекрасная — десять лет, у них должны быть здоровые, хорошие, красивые дети. Родители Шарля наверняка мечтают о внуках, тем более мальчик — продолжение рода, аристократы относятся к этому очень серьезно — ведь Шарль их единственный сын. Таковы были Викины планы. Она прекрасно понимала, что Шарль — это предел ее мечтаний, счастливый билет, который она вытянула. Многие девчонки выскакивали замуж за кого попало, лишь бы уехать за границу, а уж там, за границей, оглядеться и сделать партию повыгоднее. Кое-какие сведения об их жизни доходили до Вики: никто лучшей партии не сделал, наоборот, опускались на дно.

В кабинете — встроенные в ниши книжные полки. Книги Вику никогда не интересовали, но она понимала, что сделает неверный шаг, не проявив любопытства к книгам, которые Шарль любит и которыми пользуется. Она провела рукой по корешкам, громко читая названия. Читала она по-французски легко, бегло, может быть, не все понимала, но рядом стоял Шарль, улыбался, довольный тем, что она просматривает его книги, не поправлял ее, если она произносила что-то не совсем правильно, был очень деликатен, предоставляя совершенствовать ее произношение учительнице и самому Парижу. Стоя рядом с ней у полок, он сказал, что держит здесь только то, что должно быть под рукой. Толковый словарь девятнадцатого века Ларусс, четырехтомный толковый словарь Littré, энциклопедия путешествий за 1860 год: открытия, история путешествий, всего пятьдесят четыре тома...

— Ого! — сказала Вика. — Как много!

— Для справок, — улыбнулся Шарль, — хотя кое-что уже устарело.

Чуть поодаль от энциклопедии лежал томик Монтескье.

— Забыл до отъезда поставить на место, а с Сюзанн у нас договоренность: в моем кабинете ничего не трогать.

Вика понимающе кивнула головой. Монтескье и Корнеля она не читала, у Флобера знала «Мадам Бовари», а «Тартарен из Тараскона» Доде сумела одолеть только до середины. Придется об этом помалкивать, в крайнем случае сворачивать на Мопассана, Мопассана она начала читать лет в десять-одиннадцать.

Удивила Вику столовая: самая маленькая комната в квартире — длинный стол с тесно примкнутыми стульями и буфет, больше ничего. В их квартире на Староконюшенном, как и во всей Москве, под столовую всегда отводили самую большую комнату.

Здесь к спальне вел коридор, справа высокие, до потолка, шкафы с антресолями, слева — просторная ванная, с окном в маленький сад, туалет.

Вика открыла дверь, увидев широкую деревянную кровать, засмеялась:

— А найдем мы в ней друг друга?

— Найдем, найдем, — пообещал Шарль.

Она бросила взгляд на трельяж, на комод красного дерева с медными ручками на ящиках, никаких безделушек, только голубая фарфоровая ваза с орнаментом: банты, гирлянды цветов... Пожалуй, она бы поставила здесь еще пару стульев, надо подумать...

— C'est tout... Ça te plait?[1] спросил Шарль.

По-французски он произносил только те фразы, которые она понимала.

Вика обвила его шею руками:

— О, Шарль!

8

На третий или четвертый день появилась на станции Сашина попутчица из Кежмы. Платок на голове сбился, в одной руке чемодан и сумка, на другой она держала младшую девочку, старшая тащила узел.

Женщина протиснулась в помещение вокзала, обвела его беспомощным взглядом, не знала, куда приткнуться с детьми, куда поставить вещи.

[1] Вот и все... Тебе нравится? *(фр.)*

Где же она была эти дни? Видимо, приютили знакомые, хлопотали о билетах, но ничего не вышло.

Саша подошел к ней:

— Здравствуйте!

Женщина вздрогнула, еле заметно кивнула головой — узнала.

— Давайте помогу!

Он взял ее вещи, повел вглубь вокзала, добыл место возле стены, положил чемодан, усадил на него девочек, пристроил рядом узел, подвел к очереди, где последним стоял высокий рыжий мужик.

— Вот за ним и стойте. Даже если отойдете посидеть возле девочек, он издалека виден, не потеряетесь.

Кивком головы она дала знать, что поняла. Не поблагодарила, не спросила, долго ли придется стоять за билетами. И он ее ни о чем не спрашивал: в таком состоянии вряд ли она могла вести связный разговор.

Девочки захотели пить, Саша сбегал за кипятком, потом она водила детей в уборную, грязную, загаженную будку недалеко от станции, а Саша караулил чемодан. А на следующее утро остался с девочками, когда она отправилась на базарчик за хлебом и молоком.

— Будете есть с нами?

— Я уже ел, — улыбнулся Саша. — Только не знаю, как вас называть — «гражданка» или «товарищ».

Женщина посмотрела на него испуганно:

— Меня зовут Ксения.

Без отчества, без фамилии, просто Ксения.

— Вот и познакомились, а меня зовут Саша.

Ему хотелось добавить что-нибудь шутливое, чтобы подбодрить ее, но Ксения смотрела через его плечо, глаза округлились от ужаса; оглянувшись, Саша понял, что ее испугало. В нескольких шагах от них патруль проверял документы.

Ксения попятилась к стене, ухватилась за чемодан, метнула взгляд на детей, на патрульных, на дверь.

— Не волнуйтесь, — тихо сказал Саша, — стойте спокойно.

Отстранив Сашу рукой и не открывая его паспорта, патрульный шагнул к Ксении. Наметанный глаз: сразу увидел новеньких.

— Ваши документы, гражданка!

Дрожащими руками она достала паспорт.

Патрульный перелистал странички, кивнул на детей:

— Дети чьи?

— Мои.

— Почему не вписаны в паспорт?

— Они вписаны в паспорт отца.

— Куда едете?

— В Красноярск.

Патрульный вернул ей паспорт, двинулся вслед за товарищем. Ксения опустилась на узел, сжала голову руками.

Вид этой несчастной Ксении разрывал сердце, и еще одна мысль точила: уже пятые сутки торчал он на станции Тайшет, а если сменится патруль, не поверит в его версию о теще?..

Саша присматривался к командированным: может быть, из них кто-нибудь поможет, хотя и понимал: по одному командировочному удостоверению двух билетов не дадут. И все-таки приглядывался. А вдруг?

Утром на шестой день он увидел возле кассы троих ребят, молодые, веселые, напористые, стучат кулаком в окошко, вызывая кассира, сразу подумалось, что это геологи, изыскатели, хотя какие изыскатели, какие геологи в январе в Сибири? Может быть, комсомольские работники? Не похожи. в одинаковых полушубках, валенках, шапках, за спиной — рюкзаки. По разговорам, словечкам, шуткам определил, что москвичи, обрадовался и этому, и тому, что правильно угадал в них изыскателей.

Один парень был очень высок, но узкоплеч, с мягкими правильными чертами лица, чем-то напоминал отца Василия, что сразу расположило к нему Сашу. Звали его Олег, ребята называли Олежка, и выделялся он не только ростом, видимо, был тут старший.

Из кассы вышел начальник станции, Олег обратился к нему:

— Когда же, наконец, мы получим билеты?! Я же вам говорил: выполняем задание Наркомпути.

— Если из Наркомпути, литера должна быть.

— Я же вам объяснял: наш институт производит изыскательские работы для Наркомпути. Вы знаете, что проектируется? Ветка на Усть-Кут, или не знаете?

— Все знаю, — отрезал начальник станции, — только мест нет! Будут места — поедете!

— Мы будем телеграфировать в Москву, — пригрозил Олежка.

— Хоть Господу Богу — нету мест. Не дает нам Иркутск мест.

— Вы срываете проектирование дороги!

— Не пугайте! На себе я вас не повезу. Не шумите тут! И ушел.

— Место́в нет, билето́в, вагоно́в, — засмеялся Саша, завязывая таким образом знакомство.

— Скотина! — выругался Олежка. — Второй день манежит.

— Второй, — повторил Саша, — я уже шестой не могу выехать.

Разговор завязался. Ребята работали в проектном институте, Саша так и не расшифровал его сложной аббревиатуры. Составляли задание на проектирование железнодорожной ветки Тайшет—Усть-Кут. Летом были в экспедиции, проводили изыскания, потом вернулись в Тайшет на основную базу, закончили здесь камеральную обработку и везут материал в Москву. Олежка даже оказался арбатским, живет в Большом Афанасьевском, учился в 9-й школе в Староконюшенном переулке.

— Я знаю эту школу, — сказал Саша, — бывшая Медведниковская. Мы туда ходили в гимнастический зал. Я ведь тоже с Арбата, из дома пятьдесят один, где кино «Арбатский Арс», знаешь?

Олежка знал и кино «Арбатский Арс», и Сашин дом, там у него живут друзья, например Мелик-Парсаданов.

— Гриша?

— Ну да!

— Так ведь я с ним в одном подъезде живу. А с его сестрой Ритой... Риту знаешь?

— Ну конечно!

— Я с ней в одном классе учился.

— Ну что ж, — улыбнулся Олег, — приятно тебя здесь встретить.

Его дружелюбие ободрило Сашу.

— Слушайте, ребята, — вполголоса произнес он, — помогите мне уехать, у меня нет командировочного.

— Как же ты здесь очутился?

— Дела сердечные, — нашелся Саша.

— У нас командировка на троих, — задумался Олежка.

— Будет кассирша командировочные рассматривать? — возразил другой парень, курносый, со светлым чубом, но почему-то с армянской фамилией Вартанян.

— Будет, — сказал Олежка.

— А ты его воткни в командировку, она же от руки написана.

Олежка вынул из кармана командировочное удостоверение.

Оно действительно было написано от руки, но на казенном бланке и заверено печатью.

— Вот здесь и впиши, — показал Вартанян.

— А в Москве как?

— В Москве зачеркнем, скажем, еще кого-то хотели послать, потом передумали и вычеркнули.

— А где такие чернила найти?

О господи, неужели все сорвется из-за чернил? Обыкновенные фиолетовые чернила, но где их достать здесь, на вокзале?

— Может, у кассира есть чернила, — Саша старался скрыть волнение в голосе, — может, у кассира попросить?

Снова появился начальник станции. Проходя, хмуро спросил у Олега:

— До Красноярска поедете? Там прямой на Москву.

— Поедем.

— Давай командировочное.

Олег отдал удостоверение. Начальник приложил его к косяку двери и, окинув недовольным взглядом ребят, спросил:

— Сколько вас?

— Четверо, — ответил Олег.

На углу удостоверения начальник станции надписал: «116 — 4».

Первая цифра означала номер поезда, вторая — количество билетов.

Большая удача. Из Красноярска можно доехать до Новосибирска или даже до Свердловска, а там поезд на Москву каждый день.

Саша протянул деньги на билет, Олег не взял:

— В поезде рассчитаемся, 116-й придет через два часа.

— Спасибо, ребята.

— Спасибо скажешь, когда билеты возьмем.

Третий парень в разговор не вмешивался, улыбнулся иронично, когда Саша сказал про дела сердечные, не поверил, но и не протестовал, чтобы ему взяли билет. Стоял, повернувшись лицом к двери, слушал речь Вышинского.

«...Это банда уголовных преступников, ничем... не отличающихся от бандитов, которые оперируют кистенями и финкой в темную ночь на большой дороге... Это шайка разведчиков, террористов и диверсантов... Этим „политическим" деятелям ничего не стоило развинтить рельсы, пустить поезд под откос... загазовать шахту и спустить в шахту... несколько десятков рабочих... из-за угла убить инженера, поджечь завод. Взорвать в динамитной яме... детей.

...Вместе со всем нашим народом я обвиняю тягчайших преступников, достойных одной только меры наказания — расстрела, смерти!»

9

Постояв еще немного возле ребят, Саша пошел за своим чемоданом.

— А я вас дожидалась, — сказала Ксения, — хотела выйти, посмотрите, пожалуйста, за девочками.

— Вы ненадолго?

— Десять минут, не больше.

— Идите.

Девочки сидели смирно, тихо, прижавшись друг к другу. Об аресте отца они, конечно, не знают, но видят, как встревожена мать, понимают: что-то случилось. И другие дети здесь выглядели такими же пришибленными, смятенность и озабоченность взрослых передавались им, так же покорно сидели на узлах или чемоданах, ни смеха, ни улыбки.

Саша потрепал старшую по щеке:

— Тебя как зовут?

— Лена.

— Лена, Елена, Елена Прекрасная. Знаешь такую сказку?

— Меня не Елена зовут, а Марлена.

— А-а, — протянул Саша. — Понятно, «Маркс—Ленин». А тебя? — спросил у младшей.

Та прошептала что-то непонятное.

— Как, как? — переспросил Саша.

Старшая пояснила:

— Ее зовут Лина, это значит Сталина.

Имена девочек многое говорили об этой семье.

По залу пробежал легкий шумок, почувствовалось беспокойное движение, приближался наряд.

Патрульные подошли к Саше. Привычно и уже спокойно он вынул паспорт: наряд был все тот же.

И действительно, старший, бросив взгляд на паспорт, тут же вернул его и кивнул на детей:

— Чьи дети?

— Женщины одной, она вышла на минутку.

— Какая женщина, как фамилия?

— Не знаю, стояла рядом женщина, сказала: «Выйду на минутку, посмотрите за детьми».

Старший присел на корточки перед Леной:

— Девочка, тебя как зовут?

— Марлена.

— Молодец, Марлена! А фамилия как, знаешь?

— Знаю. Павлова.

— Па-авлова, — удовлетворенно протянул лейтенант, — Павлова, говоришь. — И они переглянулись с напарником.

Значит, искали именно Ксению. И вот пожалуйста, так легко и быстро напали на след. Не успела уехать.

— Ну хорошо, — патрульный снова обратился к Лене, — а где твоя мама?

— Здесь мама, вышла только.

— А папа?

— Папа... — Она почему-то посмотрела на Сашу. — Папа... В Красноярск уехал.

— Выходит, вы к нему едете?

Девочка молчала.

Патрульный прошел со своим напарником дальше, однако не выпуская из поля зрения девочек и дверь. И как только Ксения вернулась, наряд тут же двинулся в ее сторону. Сейчас эту несчастную задержат и отведут с детьми в комендатуру. Тоска, тоска...

И вчера, и позавчера, все эти дни уводили кого-нибудь для проверки документов, нагло, на глазах у всех хватали людей, понимая, что никто и слова не скажет в осуждение. И очередь покорно расступалась, освобождая дорогу, успокаивая свою совесть тем, что зря в комендатуру не таскают, значит, есть за что.

Никто ни во что не хотел вмешиваться. Люди тряслись от страха. Радио орало на всю площадь: «Изменники!», «Враги!», «Шпионы!», «Вредители!». По-прежнему каялись в своих преступлениях подсудимые, и толпа понемногу стала поддаваться панике. Ночью кто-то уронил с лавки железный бидон, он грохнулся об пол, и тут же испуганно заголосили бабы. Случись такое месяц назад, до этого процесса — кто-нибудь матюгнулся бы в адрес недотепы и все бы на этом кончилось. А тут не спали, и шумели, и судачили до утра, мол, и в Тайшете могут бомбу взорвать, где народу много, там и взрывают.

Патрульные тем временем подошли к Ксении.

— Ваши документы!

Ксения восприняла это спокойнее, чем накануне, — документы ее уже два раза проверяли. Опять откуда-то из-под пальто достала паспорт.

Патрульный перелистал, поднял глаза на Ксению, долго сверял ее лицо с фотографией, но паспорта не вернул.

— Пройдемте в комендатуру, гражданка!

— Нет, нет! — вскрикнула она. — Зачем? Я с детьми...

— Дети подождут, вы скоро вернетесь.

Девочки заплакали, вцепились в мать.

— Пройдемте, гражданка! — еще строже повторил патрульный.

Ксению увели. В дверях она обернулась, взглянула последний раз на дочек, лицо было залито слезами.

Саша обнял девочек, они бились в его руках, маленькие, несчастные.

— Ну, девочки, перестаньте! Мама за билетами пошла. Билеты получит, вернется за вами, вы и поедете.

Так он их успокаивал, хотя был уверен, что Ксению не отпустят, а пришлют кого-нибудь из комендатуры, уведут детей и заберут чемодан.

Но никто не приходил.

И Саша начал нервничать. А тут еще по радио передавали последние слова подсудимых:

Пятаков: «Через несколько часов вы вынесете ваш приговор. И вот я стою перед вами в грязи, раздавленный своими собственными преступлениями, лишенный всего по своей собственной вине, потерявший свою партию, не имеющий друзей, потерявший семью, потерявший самого себя...»

Радек: «Граждане судьи! После того как я признал виновность в измене родине, всякая возможность защитительных речей исключена...»

Что-то захрипело в репродукторе, разобрать было можно только отдельные слова.

— «...получал директивы и письма от Троцкого, которые, к сожалению, сжег... Мы, и я в том числе, не можем требовать никакого снисхождения... Хочу одного... встать на место казни и своей кровью смыть пятно изменника родины».

Все вранье, все придумано.

И все признались. Люди с легендарными биографиями, своими руками создавшие это государство, подтвердили, что толкали собственную страну в пропасть. Пытки? Дьяков к нему пыток не применял. К тому же пытки связывались в его представлении со Средневековьем, с инквизицией. Дико думать, что в наше время поджаривают пятки, вбивают клинья под коленную чашечку, подвешивают за ноги, а под головой разжигают костер или делают «шпигованного зайца» — проводят по голой спине несколько раз валком с вбитыми гвоздями и вырезают целые полосы кожи и мяса. Нет, искалеченного человека на суд не выставишь. Бьют, наверное, смертным боем. Так бьют, что никто не выдержит. Поэтому оговаривают себя.

Саша поглядел на часы. Почти час назад увели Ксению, а никто за девочками не приходил. Скоро прибудет 116-й; что делать, если Ксения к этому времени не вернется?!

Самому отвести девочек в комендатуру? Забрали мать, берите и детей! А они ответят: «Тебе какое дело? Чего вмешиваешься? Без тебя знаем, что у детей есть мать. Почему хлопочешь? Ты ей кто? Кем приходишься? Предъяви документы! Ага, ссылку отбывал в Кежме, оттуда, значит, с Павловыми и знаком. Потому и заботишься. Вот, оказывается, с кем был связан враг народа Павлов — с ссыльным контрреволюционером, он тебя и освободил, понятно! Чтобы ты снова вредил и гадил! Задержать его, сукиного сына! Нашелся ходатай, нашелся адвокат!» И заметут, загребут — пока «для выяснения личности», а там и новый срок припаяют.

Но что делать, если ребята ему купят билет, а за девочками не придут? Они дремали, привалившись друг к дружке. Оставить здесь? В конце концов, их должны забрать, обязаны забрать! Не могут же бросить на произвол судьбы малолетних детей! Да еще на вокзале!

Саша оглядывался в сторону кассы: не начали ли продавать билеты. Черт возьми, хоть бы поезд опоздал! Он взглянул на часы — пятнадцать минут оставалось до прибытия 116-го. И тут же началось движение у кассы: видимо, появился кассир, значит, поезд придет вовремя. Толпа у кассы сгрудилась, и Саша потерял из виду ребят.

Теперь он уже не отрываясь смотрел в ту сторону, где находилась привокзальная комендатура, прислушиваясь в то же время к голосу диктора, объявлявшего по радио приговор:

«Пятакова, Серебрякова, Муралова, Дробниса, Лифшица, Богуславского, Князева, Ратайчак, Норкина, Шестова, Турок, Пушина, Граше — к расстрелу.

Сокольникова и Радека — к десяти годам...»

Окончание приговора он пропустил мимо ушей: из комендатуры вышли четверо военных, двое свернули к кассе, а двое направились в их сторону. Нет, прошли мимо. Забыли, что ли, в комендатуре про детей?

Как всегда, когда открывалась касса, задвигалась и Сашина общая очередь. Она не убавлялась, а, наоборот, прибавлялась, в нее вставали те, кто отходил, кто сидел в стороне на вещах, уточняли, кто за кем стоит, спорили. И когда через пять минут касса закрывалась, очередь мгновенно успокаивалась, все разбредались по своим местам, чтобы снова погрузиться в безнадежное ожидание.

Так было и на этот раз, хотя билеты продавались дольше обычного, достались даже кое-кому из общей очереди. Значит, ясно: командировочные получили билеты.

И только Саша об этом подумал, как увидел Вартаня-на, тот проталкивался к нему, помахивая билетом:

— Давай быстрей! Ребята уже побежали.

— Какой вагон?

— Пятый, — торопливо ответил Вартанян. — Давай! Девочки открыли глаза. Маленькая снова заплакала.

— Тихо, Лина, тихо!

— Это что, твои? — вытаращил глаза Вартанян.

— Да не мои, не мои, — с отчаянием произнес Саша, — чужие дети, но, понимаешь, я как-то должен их пристроить!

— Пристраивай быстрей, не ковыряйся!

И умчался.

Что делать?! Все пропадает. Ну что за проклятая судьба у него! Если не уедет с этим поездом, то застрянет здесь навечно. Но что делать? За ними должны прийти! По всей стране идут аресты, сажают отцов, матерей, куда-то, на-верное, определяют их детей. И этих определят.

Он беспомощно огляделся по сторонам и встретился глазами с женщиной в черном плюшевом жакете, она си-дела неподалеку от них. Немолодая, с простым, приятным, открытым лицом. Видела, как уводили Ксению, тоже не-бось жалеет девчонок.

— Гражданочка, не приглядите за девочками? У меня билет на поезд, я опаздываю! Помогите, а?

— Ой, не можу, сынок, не можу. Не обижайся. — Жен-щина поманила его пальцем, мол, наклонись.

Саша наклонился к ней. В вырезе платья виднелась те-семка с нательным крестиком.

— Послухай, сынок. Никто тебе не подмогает. Нынче, сынок, кругом все боимся.

Страх съел в людях доброту, милосердие, совестли-вость — все съел. Но и ему нельзя задерживаться ни на ми-нуту. Что, ему больше всех надо, в самом деле?! Саша взял чемодан. Девочки смотрели на него.

Нет, черт возьми, он не может их бросить! Не может уйти! Он никогда не простит себе этого! Всю жизнь будет терзаться! Он отведет сейчас их в комендатуру, и будь что будет!

Как бы только умудриться подхватить их на руки, так он быстрее добежит, жалко, черт возьми, не выменял че-модан на мешок, легче было бы.

— Ну-ка, — сказал он девчонкам, — давайте ко мне! — И осекся.

Откуда-то сбоку вынырнули те же двое патрульных. Один взял Ксенин чемодан и узел, другой сказал девочкам:

— Идемте, девочки... Идемте, идемте... К маме идемте...

Конец фразы Саша не расслышал. Расталкивая людей, он бросился к двери, выскочил на перрон.

Перед ним, набирая скорость, прошел последний вагон 116-го.

10

Ночь была беспокойной для Власика — начальника охраны товарища Сталина. Предстояла сложная и ответственная операция: сменить товарищу Сталину шапку и сапоги.

Сталин не любил менять одежду, даже когда зимняя одежда менялась на летнюю или, наоборот, летняя на зимнюю, он требовал то, что носил прошлой зимой или прошлым летом. Шить на себя запрещал, обмеривать свою фигуру, примерять сшитое не позволял никому, терпеть не мог, чтобы кто-то возился за его спиной. Если соглашался что-нибудь заменить, то только на готовое. С бельем, носками, рубашками, брюками, кителем приспособились. Власик хорошо знал размеры товарища Сталина, даже подобрал одного бойца из охраны, по комплекции точь-в-точь товарищ Сталин. По старому кителю товарища Сталина кроили новый, на этом бойце и проверяли. Власик только внимательно следил за брюшком товарища Сталина: на какую дырочку подтягивает или, наоборот, отпускает поясной ремешок.

С переменой шапок тоже наловчились. Шапки и фуражки товарищу Сталину изготовляли по уже известному размеру, образцу и форме, клали на вешалке рядом со старой шапкой или фуражкой. Товарищ Сталин надевал ее, и если в ней уходил, то, значит, все в порядке, будет носить. Если же надевал, потом снимал, брался снова за старую, то носить не будет, шить придется другую.

Но в эту ночь надо было заменить не только шапку, но и сапоги — вот какая проблема! Старые совсем стоптались: так товарищ Сталин их заносил. По разношенным сапогам и шили новые, учитывая, что у товарища Сталина плоскостопие и на левой ноге шесть пальцев. Сапоги отвозили сапожнику, по ним он кроил и через неделю выдавал новые. Ночью сапоги ставили у дивана рядом со старыми и со страхом ждали утра. Во время такого ночного бдения Власик выпивал бутылку коньяка. Утром товарищ Сталин вставал, надевал новые сапоги, прохаживался по комнате, подходил к зеркалу, смотрел, как они выглядят, и, если все было хорошо, вызывал завтрак. Но если новые сапоги были неудобны или чем-то не нравились товарищу Сталину, он их снимал, надевал старые, требовал Власика и молча бросал ему под ноги вновь пошитые. Власик поднимал их и удалялся.

Летом, конечно, бывало проще. Летом на даче товарищ Сталин иногда прохаживался в легких туфлях, и поставить новые сапоги рядом со старыми не представляло никакой трудности. А сейчас — зима, товарищ Сталин разувается, уже сидя на диване, и тут же рядом с диваном ставит сапоги. Товарищ Сталин спит чутко, ночью не войдешь — услышит шорох, проснется, выхватит из-под подушки пистолет и шарахнет — вот и принес новые сапоги... Единственное, что оставалось, — дождаться, когда товарищ Сталин выйдет в туалет, он теперь и ночью стал выходить. Все зависело от расторопности дежурного.

Сегодня удалось поставить. И все равно Власик волновался: с вечера у товарища Сталина было плохое настроение, угрюмый был, ни с кем не разговаривал, только предупредил — на десять утра вызван Ежов. Необычно, что так рано, товарищ Сталин ложился поздно и вставал поздно, а тут лег в двенадцать, почитал немного и свет потушил ровно в час.

Товарищ Сталин встал в девять, вышел в туалет, умылся, побрился, вернулся, надел *новые* сапоги, прошелся по комнате, подошел к зеркалу, осмотрел их и — о, радость — нажал звонок к подавальщице, потребовал завтрак. Значит, сапоги понравились! Пронесло! Ну а шапка по сравнению с сапогами — мелочь! Если и с шапкой обойдется, то после того, как товарищ Сталин уедет, Власик всей охране прикажет выдать по сто граммов водки.

В десять часов явился Ежов. Сталин еще завтракал, предложил позавтракать Ежову.

Ежов поблагодарил, сел. Наливая ему чай, Сталин отодвинул лежащие на столе бумаги, перехватил взгляд, брошенный на них Ежовым, там лежал и его «труд». После убийства Кирова Ежов затеял писать книгу: «От фракционности к открытой контрреволюционности». Всех охватил писательский зуд. Горький виноват — объявил, что в литературу должны прийти «бывалые» люди, и собственным примером показал — писателем может стать обыкновенный босяк. И Ежов подался в писатели, да еще ЕМУ подсунул свою писанину, просил посмотреть и дать указания.

— Вашу рукопись я начал читать. Дочитаю — поговорим. Принесли тезисы доклада?

— Принес.

Ежов открыл портфель, вынул листки с тезисами своего доклада о Бухарине и Рыкове на предстоящем Пленуме ЦК.

Сталин просмотрел тезисы. Слепил разные показания на Бухарина и Рыкова... Все прямо, все в лоб, для Ежова сойдет... Ладно! Политическую часть дополнит Микоян, выступит как содокладчик.

— Хорошо, — Сталин вернул Ежову тезисы, — от кого ожидаете возражения?

— Только от товарища Орджоникидзе. Еще на декабрьском Пленуме он пытался меня сбить. А теперь разослал по заводам людей, они собирают материал на арестованных.

Помешивая ложкой чай, Сталин смотрел, как растворяются на дне остатки сахара. «Собирает материал...» Сукин сын! Ленин в последние годы жизни отстранил его от себя, увидел — человек недалекий, горячий, поступков своих не обдумывает, политик никакой. ОН тогда поддержал Серго, сохранил на руководящей работе в Закавказье, потом взял в Москву, ввел в Политбюро. Серго его слушался, хорошо боролся с оппозицией, но с тридцатого года стал проявлять свой истинный характер и вместе с Кировым начал оказывать сопротивление. Именно после убийства Кирова и наступил разрыв — что-то пронюхал, что-то знает, но молчит. Собирался ехать в Ленинград, ОН не пустил:

— Ты что?! С твоим сердцем?! Хочешь, чтобы партия хоронила *двух* своих руководителей?! Запрещаем.

Подчинился. Не поехал. Но не смирился. Не поддержал суда над Зиновьевым—Каменевым, противится аресту Бухарина и Рыкова. Совсем на днях остановил во дворе Кремля жену Бухарина, говорил с ней... Ведь они с Бухариным друзья. Четыре года у него в Наркомтяжпроме Бухарин ведал наукой и техникой, каждый день виделись, о чем разговаривали?

На Пленуме ЦК Орджоникидзе должен сделать доклад о вредительстве троцкистов и бухаринцев в промышленности. Какой доклад сделает? Разослал по заводам своих порученцев. Зачем разослал? Собрать материал о вредительстве? Такой материал ему может предоставить Ежов, сколько угодно, пожалуйста. Не желает дорогой Серго пользоваться его материалами. Каганович — нарком путей сообщения — работает в контакте с НКВД, а товарищ Орджоникидзе не желает работать в таком контакте. Наоборот, демонстративно игнорирует НКВД. Два месяца назад, на декабрьском Пленуме ЦК, прерывал доклад Ежова, все молчали, весь Пленум молчал, а он прерывал вопросами, сбивал Ежова, показывал, что не доверяет ему. И теперь не доверяет, требует освобождения вредителей. И что вообще значит: «верю» или «не верю»? Такого понятия для члена партии не существует и не может существовать. Для члена партии есть только одно понятие: «Борюсь я с врагами партии или нет».

Все условия были созданы товарищу Орджоникидзе: авторитет, популярность, титул «главного командарма промышленности», а какой он командарм промышленности? Пятаков и другие хозяйственники за него работали. На одном заседании коллегии Наркомата Серго насел на какого-то директора завода, требовал чего-то.

— Григорий Константинович, — ответил ему хозяйственник, — есть такая французская поговорка: «Никакая самая прекрасная женщина не может дать больше того, что она может дать».

Серго ударил кулаком по столу:

— Тогда пусть даст два раза!

Вот так, на таком уровне он руководит. Как был ветеринарным фельдшером, так им и остался. А почет ему, его именем названы города, поселки, станицы, колхозы, совхозы, железные дороги, в прошлом году пышно отпраздновали пятидесятилетие. Что еще человеку надо? Нет, не хочет бороться с врагами.

— Что за материалы привезли люди Орджоникидзе? — спросил Сталин.

— Будут утверждать, что дела идут хорошо, планы выполняются, вредительства нет.

— Что добыто от Папулии Орджоникидзе?

— Следствие ведется в Тифлисе.

Папулия был старшим братом Серго. Заместитель начальника Закавказской железной дороги. Старый член партии. До революции работал на железной дороге телеграфистом, дежурным по станции: Сталин его хорошо помнил. Веселый был, но легкомысленный. Не подводил, нет, но легкомысленный. Некультурный, не хотел учиться. Серго тоже не большой грамотей, но хоть книгу иной раз откроет, а Папулия — нет. Общительный человек, энергичный, но больше пара, чем дела. Бравировал своей резкостью, щеголял правдой-маткой. Эпикуреец, любил охоту, любил застолья, хороший тамада, шутник. Когда у него спрашивали: «Вы брат Орджоникидзе?» — он отвечал: «Нет! Это Серго мой брат». Берию ненавидел. Приходил в Заккрайком и громко, при всех работниках аппарата спрашивал: «Этот потийский жулик будет сегодня принимать?» Конечно, Берия обижался. На что обижался? На слово «жулик» или на слово «потийский»? Он ведь не из города Поти, а из какой-то деревушки поблизости. Ладно. Папулию Берия правильно велел арестовать, доказательства представил убедительные. Но на Серго это не подействовало, не покорился, чтобы спасти брата. Наоборот, не верит в его виновность: «Пусть положат мне на стол его показания», требует свидания с Папулией, всячески поносит Лаврентия Берию, поносит Ежова и органы, не сделал выводы из ареста своего старшего и любимого брата.

Сталин кончил завтракать, отодвинул стакан, вызвал звонком подавальщицу. Ежов, придерживая двумя пальцами подстаканник, тоже отодвинул свой стакан.

Вошла Валечка, убирая со стола, приветливо спросила:

— Поели, Иосиф Виссарионович?

— Да. Спасибо.

Пока Валечка ставила посуду на поднос, снимала скатерть, вытирала стол, Сталин прошелся по комнате, остановился у запертой зимой застекленной двери на веранду. На веранде лежал снег — Сталин запретил его убирать, никто к двери не подойдет — следы останутся. Нетронутый снег за стеклом возле дома успокаивал.

Много общего в характере у Серго с братом.

Оба горячие, несдержанные, Серго, конечно, пообтесанней, а Папулия... Его боялись арестовывать. Револьвер всегда при нем, не расставался с ним, стрелок отличный. Взяли обманом, ловко надули... Вызвали к секретарю горкома. Папулия явился, вошел в кабинет, видит, на столе газетный лист, на нем детали разобранного браунинга, над ними склонился секретарь горкома, пожаловался: «Вот разобрал и никак не могу собрать».

— Давай соберу, — предложил Папулия.

— Нет, я сам хочу. Лучше дай мне твой пистолет; глядя на него, я и свой соберу, соображу, может быть, что к чему.

Папулия, дурачок, дал ему свой пистолет. Секретарь положил и его на газету, стал собирать свой, опять ничего у него не получилось, раздраженно сказал: «А ну его к черту! Чего мы время теряем? Дам порученцу задание собрать по твоему револьверу мой, а мы по делу поговорим». Завернул в газету и пистолет Папулии, и свой, разобранный, вышел. И тут же в кабинет ворвались три молодца из НКВД и скрутили Папулию. Говорят, он успел им синяков наставить и чернильный прибор разбил... Вот так ловко взял его Берия. У Ежова на это хитрости бы не хватило.

Конечно, можно постепенно освобождаться от Серго. Послать сначала в какую-нибудь большую республику — секретарем ЦК, потом будет видно.

Но время не ждет. С Бухариным и Рыковым пора кончать.

Красногрудый снегирь опустился на перила террасы рядом с дверью, смотрел на НЕГО через стекло. «Лети, кормись», — сказал Сталин по-грузински. В Зубалове его дорогой тесть развешивал на деревьях кормушки, выпиливал и клеил от безделья разные домики. А здесь повесили простые дощечки с бортиками, и правильно сделали. Зачем птицам домики, им корм нужен зимой, а не домики.

Сталин отошел от двери, прошелся по комнате, повернулся к Ежову:

— Технократия по-прежнему хочет независимости, сопротивляется партийному руководству, в борьбе с партией сомкнулась с троцкистскими шпионами. Партия и народ это знают, и товарищ Орджоникидзе тоже знает. Опытный политик. Понимает, что защищать на Пленуме троцкистских вредителей — значит примкнуть к безнадежному и проигранному делу. И на Пленуме никто его не поддержит, боюсь, что и говорить ему не дадут, сгонят с трибуны, не таких сгоняли. Что же будет тогда с его сердцем? На Пленуме хватит удар?! Волноваться очень вредно для больных сердцем. Вот товарищ Дзержинский тоже волновался и умер прямо на заседании Пленума. Только товарищ Дзержинский умер, разоблачая в своей речи Каменева, Пятакова и других выродков, а товарища Орджоникидзе хватит удар, когда он будет защищать выродков Бухарина и Рыкова. Как на это посмотрит народ? Как мы будем его хоронить? Как одного из руководителей партии или как одного из ее врагов? И лучше всего для товарища Орджоникидзе, если сердечный удар случится до Пленума. Сердечный приступ — это нормальное дело, это народ поймет. Вот какой вопрос сейчас стоит перед товарищем Орджоникидзе: уйти из жизни любимцем партии и народа или врагом партии и народа? Над этим вопросом он думает и этот вопрос решает. Вот о чем ОН *сегодня* думает.

ОН снова прошелся по комнате и вдруг спросил:

— Вы мне говорили, что у товарища Орджоникидзе четыре револьвера?

— Да.

Сталин покачал головой.

— Плохо, когда много личного оружия. Мелькает перед глазами. В минуту душевной слабости можно и в себя выстрелить. Бывает. Особенно у таких горячих людей, как товарищ Серго. И особенно когда они попадают в такое положение, как товарищ Серго. Конечно, с больным сердцем трудно жить, нельзя приносить ту пользу партийному делу, которую мог бы приносить. Так бывает иногда. Например, дочь Карла Маркса — Лаура и ее муж Поль Лафарг. Увидели, что не могут приносить пользу делу социализма, и покончили с собой. А ведь не такие уж старые были. Так и товарищ Орджоникидзе не может больше жить с больным сердцем.

Сталин остановился перед Ежовым, печально добавил:

— Боюсь, у товарища Серго другого выхода нет...

11

За ошибку с отелем «Бристоль» Дьякова сняли с работы, и он исчез. На его место назначили Шарока. Шарок с удовольствием уселся в дьяковское кресло, хорошее кресло, и должность значительнее, и зарплата больше.

В числе прочих входили в обязанности Шарока и аресты лиц, дела которых проходили по его отделению. В конце тридцать шестого года оказался в числе этих лиц и Иван Григорьевич Будягин.

— Будягина берите сами, — приказал ему Молчанов, — обращайтесь вежливо.

В первую минуту Шарок растерялся, хотел было сказать, что не может брать Будягина, знаком с ним, девять лет проучился с его дочерью в одном классе. Но удержался, поскольку хорошо знал стереотипный ответ:

— Враги партии перестают быть нашими знакомыми. И не надо чураться черной работы. Дзержинский сам ходил на аресты, не гнушался.

Шарок промолчал, принял распоряжение Молчанова к исполнению, сформировал на эту ночь бригады, подготовил нужные документы, но к Будягину в 5-й Дом Советов решил послать старшего оперуполномоченного Нефедова, а самому ехать на арест какого-то военного в чине командира дивизии. Нарушал прямое распоряжение начальства, что грозило в случае чего большими неприятностями. Но идти к Будягину он не мог.

Самого Будягина Шарок не стеснялся. Что делать, гражданин Будягин, я выполняю служебный долг. И встреча с Леной его не особенно смущала. Если бы на минуту они остались один на один, он бы ей сказал: «Лена, ты должна понять, мне это очень неприятно, но приказ есть приказ». В общем, все это преодолимо.

Проблема заключалась в другом. Там, в 5-м Доме Советов, в квартире Будягиных живет его сын. Сын! Шарок никогда его не видел и не хотел видеть. Но он есть, живет, существует. Вот уже месяц за квартирой Будягиных ведется наружное наблюдение, и он приказал агентам докладывать ему, когда внука Будягина вывозят во двор и кто с ним гуляет, мать, бабушка или нянька, кто к ним подходит, с кем они разговаривают, хотел узнать, жив ли этот младенец или помер, что было бы лучшим выходом для всех: для него, Шарока, которому этот ребенок никак не нужен, для Лены, которую рано или поздно посадят или, в лучшем случае, вышлют в Сибирь или в Казахстан и где с мальчишкой на руках она нахлебается еще больше. Если же его заберут в детский дом, то она все равно его потеряет, там дадут ему другое имя и другую фамилию. Да и для самого мальчишки смерть лучше, чем мучения в ссылке или в детском доме.

Но сын его не умер и даже, по-видимому, не болел. По сведениям агентуры, дважды в день его вывозили во двор, как правило, няня, а по выходным мамаша, дочь Будягина. Значит, он там, в этом доме, в этой квартире, и будет там и во время ареста Ивана Григорьевича, и во время обыска.

И что придет Лене в голову и как она поведет себя в этой ситуации, предсказать невозможно. Вынесет ребенка, бросит ему на руки:

— Тогда и сына своего забирай! Сажай в тюрьму!

Начнется шум, крик, детский плач.

Шарок уже много ходил по арестам, много произвел обысков, привык к шуму и крикам, детскому плачу, истерикам. Но *такой* скандал превратит официальное государственное действие в семейную свару, станет известно, что Шарок в родстве с семейкой врага народа, слух об этом на следующий же день облетит весь наркомат. Так что идти к Будягину самому никак нельзя.

Вечером Шарок вызвал Нефедова к себе, проинструктировал, обыск должен быть самым тщательным — у Будягина есть что искать. Могут быть секретные партийные документы, которые раньше Будягин, как член ЦК, имел право хранить, но, когда его из ЦК вышибли, обязан был сдать куда положено, но сдал ли? И документы, связанные с прежней посольской деятельностью, тоже представляют интерес для будущего следствия. И револьвер у Будягина может быть, а разрешение на право иметь его наверняка просрочено. Не положено в таком случае гражданину Будягину держать оружие дома, а он держит. С какой целью?

— Про разрешение не забудь, — еще раз напомнил Шарок напоследок.

Нефедов ни о чем не забыл. Операции, порученные Шароку, прошли благополучно. Будягин и комдив к утру были доставлены во внутреннюю тюрьму. Шарок ушел домой отсыпаться после бессонной ночи, вернулся во второй половине дня, уселся в кабинете, открыл очередное дело, с тревогой ожидая вызова к Молчанову. Отговориться он решил так:

— Возникло опасение, что комдив применит оружие. Я не мог рисковать людьми.

Молчанов появился в кабинете Шарока сам. И не один. Он и Агранов сопровождали наркома товарища Ежова.

Шарок вскочил, вытянулся, доложил:

— Помощник начальника отделения Шарок. Здравствуйте, товарищ народный комиссар.

Маленький Ежов пристально, не мигая вглядывался в Шарока. Фиалковые глаза были холодные, безжалостные.

И вдруг неожиданно, совсем не к месту и не ко времени, выплыл из памяти солнечный июльский день, Серебряный Бор, Шарок приехал к Лене мириться. Они сидели втроем на увитой плющом террасе, Вадик Марасевич еще был с ними, прислушиваясь к приятному мужскому голосу — рядом, на соседней даче, кто-то пел романс Чайковского «Отчего я люблю тебя, светлая ночь...».

«Хорошо поет, — сказал Шарок, — артист, что ли?»

«Нет, — засмеялась Лена, — работник ЦК — Николай Иванович Ежов, очень милый человек. Он часто поет».

Только сейчас, в эту минуту, вытянувшись по стойке «смирно», связал Шарок *того* Ежова, будягинского соседа, беззаботно распевавшего чувствительный романс, с теперешним грозным наркомом, пачками отправляющим людей на тот свет. И что-то похожее на грусть шевельнулось в сердце Шарока, ушло то беспечное время, для всех ушло...

— Чем занимаетесь?

Шарок доложил дело, которое вел.

Ежов все так же пристально смотрел на него.

— Папирос хватает?

— Так точно, товарищ народный комиссар, хватает. Благодарю вас за те, что вы прислали.

— Не забыл, — холодно констатировал Ежов.

И вышел.

За ним вышли Агранов и Молчанов.

На следующий день Шарока вызвали к Ежову.

Кабинет Ежова находился теперь в левом крыле здания, куда вели сложные переходы с этажа на этаж. На каждой лестничной клетке проверялись документы.

Проходя по длинным коридорам, поднимаясь вверх, спускаясь вниз, опять поднимаясь вверх, предъявляя часовым свое удостоверение, Шарок обдумывал причину, по которой его мог потребовать к себе народный комиссар.

Безусловно, это не из-за того дела, о котором он ему коротко доложил вчера. Дело мелкое, не связанное с предстоящим процессом, и Ежова никак не интересует. И не в том причина, что Шарок не пошел брать Будягина. Молчанов не станет об этом докладывать Ежову. Плохой ты начальник, если жалуешься на своих подчиненных. Сам с ними справляйся. Что-то другое. Если Ежов помнит, что послал ему папиросы, то, наверное, не забыл, как Шарок вел себя в той сложной ситуации: он посмел обратиться к Ежову с предложением, которое отверг Ягода, отвергли его непосредственные начальники, и в то же время никого из этих начальников не назвал, не выдал. Должно быть, это понравилось Ежову. И еще. Шарок прямо признал, что предъявил подследственному фальшивый приговор. К подобному беззаконию Ежов мог придраться. Не придрался. Одобрил, проявил внимание, прислал папиросы «Герцеговина флор». В табачном киоске коробка «Герцеговины флор» — всего лишь коробка папирос. Но присланная секретарем Центрального комитета рядовому следователю — это нечто гораздо больше и значительнее, это награда. И потому Шарок ничего плохого от встречи с Ежовым не ожидал. Скорее всего, его вызов связан с теми переменами, которые начались у них после снятия Ягоды.

Придя в наркомат, Ежов привел с собой людей из аппарата ЦК, назначил их на ответственные, хотя и не главные, посты во всех отделах. Постепенно количество новых сотрудников увеличилось. Внимательно следя за перемещениями в аппарате, Шарок уловил, что Ежов двигает вперед не старых чекистов, работавших при Дзержинском, Менжинском и Ягоде, а молодых, набора тридцатых годов, к которым принадлежал и он, Шарок. И хотя некоторая робость перед Ежовым все-таки сковывала его, в глубине души теплилась сладкая надежда, что предстоящий разговор повлечет за собой новый рывок в его служебном положении.

Ежов сидел за очень большим столом, метра три в длину, определил Шарок, соответственных размеров был и кабинет. Застекленные книжные шкафы по стенам, портьеры на окнах, дорогая мебель. Над креслом за спиной Ежова — портрет товарища Сталина. На портрете товарищ Сталин тоже сидел за письменным столом, писал.

Кивком головы Ежов ответил на приветствие и остановил на Шароке свой странный неподвижный взгляд:

— Садитесь.

И показал на стул за вторым столом, стоящим торцом к его наркомовскому столу.

Шарок сел.

— Я познакомился с вашим личным делом, — сказал Ежов, — на вопрос о знании иностранных языков вы ответили... — он посмотрел в анкету, — вы пишете так: «Французский и немецкий, читаю и перевожу со словарем». А точнее?

— В школе у нас был французский, — объяснил Шарок, — я его прошел в объеме школьной программы. А в институте — немецкий.

— Какой вы знаете лучше?

— Французский я знал прилично, но подзабыл: много времени прошло и не было практики. Немецкий преподавали в институте формально, я знаю его совсем плохо.

— Вы могли бы объясниться с французом?

— Боюсь, что не сумею, — признался Шарок. — Понять? Может быть, и то сомневаюсь: французы говорят очень быстро.

— Вам придется заняться языком, — сказал Ежов, — сейчас в органы идет пополнение, партийная и комсомольская молодежь, в основном рабочая молодежь. Мы не можем требовать от них знания иностранного языка. А у вас — высшее образование, вы обязаны знать хотя бы один иностранный язык. Тем более вы учили языки в школе и в институте, государство тратило на вас деньги. Сколько времени вам нужно, чтобы восстановить знание французского языка?

— Все зависит от того, сколько часов в день я буду заниматься и какой попадется преподаватель.

— Времени у вас будет достаточно, преподаватель хороший. В вашей семье есть военные?

— Военные? Нет.

— Среди родственников?

— Нет. И не было. Мой отец портной и дед был портной.

— Среди знакомых?

— Нет. Нету.

— Подумайте. Среди родителей школьных, институтских товарищей?

Шарок пожал плечами.

— Нет, нету. В институте я не знал родителей моих сокурсников, они в основном иногородние, жили в общежитии, а я — москвич, жил с родителями. В школе учились дети некоторых ответственных работников, но среди них не было военных, и со своими одноклассниками я давно не встречаюсь... Правда, один парень из моего класса, Максим Костин, поступил в военное училище и после училища куда-то уехал. Куда его назначили — не знаю. Это было давно, школу я кончил десять лет назад. Мать этого Максима работала лифтершей в доме на Арбате, где живут мои родители. По-моему, и сейчас работает.

— Хорошо, — сказал Ежов, — вы переводитесь в иностранный отдел, сегодня сдадите дела и явитесь к начальнику иностранного отдела товарищу Слуцкому. Будете пока работать под руководством товарища Шпигельгласа.

Взгляд его по-прежнему был холодным, неподвижным, но при слове «пока» в фиолетовых глазах что-то блеснуло и тут же погасло.

— Одновременно с работой займетесь языком. На занятия вам будет выделено время. Ежедневно. Товарищ Шпигельглас все объяснит.

Ежов встал, одернул гимнастерку. Он был очень маленького роста.

— Вы останетесь в прежнем звании и при прежнем окладе.

И, снова блеснув глазами, добавил:

— Пока... А там будет видно. Работа для вас новая. Ничего, освоитесь. Посмотрите, как работают старые кадры. Приглядитесь...

Последнее слово он чуть выделил голосом, а возможно, Шароку это показалось.

Ну что ж, все прекрасно. Занятия языком займут самое малое полгода, а то и год, и, следовательно, делами его особенно загружать не будут. Перейдя в иностранный, то есть разведывательный, отдел, он освободится от изнурительной, изматывающей следственной работы, ночных допросов, избиений, стонов, крови, криков — кстати, устранится и от дела Будягина. Конечно, и работников ИНО при надобности используют на срочных следствиях, но в самых редких случаях, а поскольку он будет учиться, то, надо думать, его от этого освободят.

Безусловно, работа за рубежом опасна, но ведь не в разведчики его будут готовить. Для этого хватает людей иностранного происхождения, всяких евреев, поляков, латышей, немцев да и русских, которые долго жили за границей, в совершенстве знают язык, местные условия, обычаи. Ему же, вероятно, придется курировать какую-нибудь страну, собирать донесения, обрабатывать разведывательные данные. Спокойная работа и почетная. Все работники ИНО с высшим образованием, многие члены иностранных компартий, бывшие политэмигранты — в общем, партийная интеллигенция.

Вернувшись от Ежова, Шарок доложил Вутковскому о своем разговоре с наркомом. Вутковский уже был в курсе дела.

— Желаю вам успехов, — сказал Вутковский, — вашей работой я доволен и дал о вас народному комиссару положительную характеристику.

Говорил тепло, искренне.

— Мне жаль с вами расставаться. За эти три года мы привыкли друг к другу, хлебнули всякого... — В его голосе зазвучала грустная интонация. — Ничего не поделаешь. Служим партии. Так история и оценит наши жизни — они принадлежали партии.

Шарок понимал, о чем он говорит, и даже в душе сочувствовал: он, Шарок, уходит на чистую работу — ловить настоящих шпионов, а Вутковский остается на грязной — выдумывать шпионов. Оправдывается партией... А что делать? Чем еще оправдаться?

— Вам повезло: вы будете работать с Сергеем Михайловичем Шпигельгласом. Это блестящий разведчик, у него можно многому научиться.

Шарок тоже слышал, что Шпигельглас — блестящий разведчик, такова была его репутация в наркомате, имя его было окружено некой тайной, мало кто его видел, Шарок, например, ни разу. Иностранный отдел находился на верхнем этаже, и про Шпигельгласа говорили, что на нижние этажи он никогда не спускается. О его способности перевоплощаться ходили легенды. В столице какого-то европейского государства, где Шпигельглас жил нелегально, он торговал раками, и так здорово торговал, что за раками к нему стал ездить весь город. Пришлось продать дело и уехать — популярность стала опасной.

Известно было, что Шпигельглас окончил Московский государственный университет, где ему покровительствовал тогдашний ректор университета Вышинский. В совершенстве владел несколькими языками, высокообразованный, эрудированный разведчик — профессионал, ветеран. Начальник отдела Слуцкий представительствовал в высших сферах, ловкий, хитрый, обходительный, а в руках Шпигельгласа была разведывательная сеть. Шарок недолюбливал интеллигентов, но на опыте работы с Вутковским убедился, что лучше работать с интеллигентом, чем с хамом.

Слуцкий встретил Шарока радушно. Фальшивит. Насторожен назначением к нему Шарока: никакого отношения к загранице человек не имеет ни по рождению, ни по работе, не знает языков, а вот сам Ежов прислал. Что за этим?

Безусловно, Шпигельглас тоже был настороже, но не показывал этого — сдержанный, корректный, немногословный. Держался дипломатично:

— Товарищ Ежов предупредил, что вы хотели бы подновить знание языка.

— «Подновить» — это слишком мягко сказано, — улыбнулся Шарок, — я учил язык в школе, все забыл, десять лет прошло.

— В какой школе вы учились?

— В седьмой школе в Кривоарбатском переулке, бывшая Хвостовская гимназия.

— Кто у вас преподавал французский?

Шарок удивился такому вопросу, но фамилию учительницы назвал, помнил, не забыл.

— Ах, Ирина Юльевна, — сказал Шпигельглас, — прекрасный преподаватель. То, что она закладывает в своих учеников, если и забывается, то не навсегда. К тому же язык, который учишь в детстве, быстро восстанавливается.

Поразительно. Откуда он знает Ирину Юльевну — рядовую школьную учительницу?

Шарок не удержался от вопроса:

— Вы с ней знакомы?

— Мне она известна, — уклончиво ответил Шпигельглас.

Неужели Шпигельглас специально подготовился к этому разговору и недвусмысленно дает об этом понять? Но ведь его, Шарока, перевод совершился практически за одни сутки. Когда же успел?

— Группа языка работает ежедневно по утрам. Кроме того, вам придется заниматься специальной подготовкой. Какими видами оружия вы владеете?

— Стреляю из пистолета.

— В общем, инструктор разберется. Ваш рабочий день будет кончаться в восемь часов, чтобы вы имели еще два-три часа на домашние задания. Что касается работы, то вы включитесь в группу, которая занимается белой эмиграцией, в частности РОВС — Российским общевоинским союзом, — союзом бывших офицеров и солдат белых армий. Его штаб в Париже и возглавляется генералом Миллером. Вас снабдят необходимой литературой и материалами, постарайтесь быстрей войти в курс дела.

12

Тягомотина в школе продолжалась неделю. Потом всех членов партии вызвали на заседание районной комиссии партийного контроля. Коммунистов в школе было пять: Алевтина Федоровна, Нина Иванова, преподаватель обществоведения Василий Петрович Юферов, завхоз Яков Иванович, лаборант Костя Шалаев, числившийся еще в кандидатах.

Комиссия партконтроля помещалась в здании райкома партии на углу Садовой и Глазовского переулка. В небольшой комнате расположились за столом члены комиссии партконтроля, рядом с ними те, кто входил в проверочную комиссию. В углу у окна сидел, закинув ногу на ногу, смазливый молодой человек в коричневом костюме, желтой рубашке и желтом галстуке.

Председатель комиссии доложил результаты проверки: комиссия полностью подтверждает обвинения, выдвинутые в адрес Алевтины Федоровны. Вывод: от должности директора отстранить, поставить вопрос об исключении из партии, на остальных членов парторганизации наложить взыскания за потерю бдительности.

Слова эти били как молотом по голове: исключение из партии в нынешних условиях означал арест. Нина достала из сумочки носовой платок, отерла вспотевший лоб, бросила взгляд на Алевтину Федоровну.

Алевтина Федоровна держалась мужественно. Факты, перечисленные в докладе комиссии, правильные, но оценка их неверна. Аргументы Алевтины Федоровны были приблизительно те же, что и у Нины на проверочной комиссии, но, подкрепленные цитатами из соответствующих партийных и правительственных постановлений, звучали более веско. Алевтина Федоровна в жестких выражениях обвинила Тусю Наседкину в склоках, кляузах, невежестве.

Следующему дали слово Василию Петровичу Юферову. Тот упрекнул дирекцию школы в недостаточной чуткости к комсомольцам, подписавшим заявление. Молодые люди так понимают свои задачи в нынешней острой политической ситуации, и надо было к ним прислушаться, поговорить, не доводить до конфликта, найти общий язык, направить их политическую активность в правильное русло. Создается впечатление, что дирекция сосредоточена исключительно на учебной подготовке. Это хорошо, но не надо забывать об общественном лице советского школьника, о воспитании не только образованного человека, но и борца за социализм.

Ровный голос Юферова действовал усыпляюще, один из членов комиссии партийного контроля, сделав вид, что поглаживает усы, проглотил зевок, Юферов, заметив это, заторопился, попросил учесть, что ведет занятия в этой школе по совместительству, а основная его работа в научно-исследовательском институте.

Нина сухо и коротко объявила, что с выводами комиссии не согласна и считает доводы Алевтины Федоровны убедительными.

Яков Иванович пролепетал, что шофер не знал дороги и ему, Якову Ивановичу, пришлось сидеть в кабине, а ребята были в кузове и привязали бюст. Он бы не позволил, но так вот получилось.

Лаборант Костя Шалаев когда-то окончил эту школу, парень ограниченный, но аккуратный, из простой семьи, Алевтина Федоровна к нему благоволила, оставила в школе при химической лаборатории с расчетом, что года через два он поступит в химический институт. Но Костя обзавелся семьей, в институт поступать не стал, так и остался лаборантом. Костя просил учесть, что он молодой коммунист, еще только кандидат, не выработалась у него партийная закалка, он просит учесть его неопытность, рабочее происхождение и обещание исправиться.

— Какие будут вопросы? — спросил председатель.

— Алевтина Федоровна, — послышался голос из угла, где в той же позе, закинув ногу на ногу и положив локоть на подоконник, сидел смазливый молодой человек, — вам знаком Павел Павлович Устинов?

— Да.

— Расскажите поподробней, пожалуйста.

— Какое это имеет отношение к разбираемому вопросу? — спросила Алевтина Федоровна.

Председатель поднял голову:

— Товарищ Смирнова, вы на заседании комиссии партконтроля, извольте отвечать на все вопросы.

— С 1921 по 1927 год мы работали вместе в Нарком-просе РСФСР.

— А потом? — спросил смазливый.

— Потом меня перевели в школу, а он был назначен в какую-то область заведующим областным отделом народного образования.

— Вам известно, что он арестован как враг народа? После некоторой паузы она ответила:

— Да.

— От кого?

— Об этом писала «Правда».

— Так. А Григория Семеновича Гинзбурга вы знали?

— Знала. Он тоже работал в Наркомпросе РСФСР, потом в Московском отделе народного образования.

— Вам известно, что он арестован как враг народа?

— Да.

— От кого?

— Он — работник МОНО, о его аресте знают все московские педагоги.

— Вы поддерживали с ним связь?

— Нет, личных связей не поддерживала. Встречались по служебным делам, на семинарах, съездах.

И так одного за другим он назвал человек десять репрессированных работников народного образования, знакомых Алевтины Федоровны.

Нине стало ясно: этот смазливый из органов, Алевтине Федоровне «шьют» дело, и она обречена. И все они обречены, Нина — первая, она защищала Алевтину Федоровну... Тюрьма? За что?

И тут же, будто угадав ее мысли, смазливый сказал:

— У меня вопрос к Ивановой. Товарищ Иванова, вы окончили педагогический институт. Весь ваш выпуск выехал на периферию. Как вам удалось остаться в Москве и вернуться в ту же школу, которую вы окончили?

Правду! Она должна говорить только правду! Ни слова лжи, никаких уверток. Но от волнения она не сразу справилась со своим голосом и первую фразу повторила дважды.

— Дело в том, — сказала Нина, — что у меня в Москве квартира и на моем иждивении тогда была маленькая сестра. У нас с ней нет ни отца, ни матери. Я объяснила это в институте при распределении. Мне ответили, что если принесу ходатайство какой-нибудь московской школы, то меня туда направят. Такое ходатайство мне дала Алевтина Федоровна.

— Значит, вас направили в школу по ее просьбе?

— Да.

— И рекомендацию в партию тоже она вам дала?

— Да.

— А вторую рекомендацию?

— Иван Григорьевич Будягин.

— Бывший замнаркома?

— Да.

— Вам известно, что он арестован как враг народа?

— Да.

— Как вы познакомились?

— Его дочь училась в нашей школе, в нашем классе.

— Вы с ней встречаетесь?

— Нет. Как только я узнала, что ее отец арестован, я с ней перестала видеться и разговаривать.

— Вы доложили в свою парторганизацию, что ваш рекомендатель арестован как враг народа?

— Нет.

— Почему?

— Я не знала, что об этом надо докладывать. Его рекомендация есть в моем личном деле.

На круглом мордовском лице Алевтины Федоровны не дрогнул ни один мускул. Краем глаза Нина увидела это и успокоилась.

— А кто еще из ваших друзей арестован?

Нина пожала плечами.

— Не знаю. Вроде никто...

— Вы это утверждаете?

Нина опять пожала плечами.

— Что же вы молчите?

— Я не знаю, о ком вы говорите.

— Я говорю о вашем товарище Александре Павловиче Панкратове.

— Панкратове? Мы с ним тоже учились в одном классе... С тех пор прошло уже десять лет.

— И с тех пор не встречались?

— Встречались. Мы жили в одном доме. Но он уже три года как арестован и выслан из Москвы.

— Как вы отнеслись к его аресту?

— Никак. Я ведь не знала тогда и не знаю сейчас, за что он арестован!

— Вы ходатайствовали о его освобождении?

Неожиданный вопрос. О каком письме он спрашивает? О том, под которым она хотела собрать подписи в школе? Алевтина Федоровна его порвала. Или о том письме, которое они обдумывали у Лены, и Будягин велел его не посылать? О первом знает только Алевтина Федоровна, она никому не могла сказать. О втором знают Лена, Макс, Вадим и сам Иван Григорьевич, но они его не послали...

Неуверенным голосом она ответила:

— Никаких ходатайств я никуда не посылала.

Это было правдой. Она не обманывала партию. Никаких ходатайств она никуда не посылала.

И опять на лице у Алевтины Федоровны не дрогнул ни один мускул.

Каков будет следующий вопрос, Нина представляла. Органы про нее собирали сведения, значит, беседовали с соседями, и эта сволочь Вера Станиславовна наверняка донесла, что у Вари над кроватью висит Сашина фотография. Что она скажет насчет этой фотографии? Придется врать, мол, портрет отца в молодости. А вдруг в их отсутствие и Сашину фотографию пересняли? И сейчас ее, коммунистку, уличат во лжи, такой позор!

— У меня больше вопросов нет, — объявил смазливый.

Нина опустилась на стул, прикрыла глаза.

— Будем закругляться, — сказал председатель, — есть предложение Смирнову Алевтину Федоровну за грубые политические ошибки в подборе кадров, извращение марксистско-ленинского воспитания молодого поколения, допущение и сокрытие контрреволюционных антисоветских выходок среди старшеклассников, а также за связь с врагами народа, — он перечислил все фамилии, названные ранее молодым человеком, — из членов ВКП(б) исключить, от работы директора школы отстранить. Кто за?

Члены комиссии проголосовали «за».

— Единогласно, — сказал председатель. — Смирнова, ваш партбилет!

Алевтина Федоровна подумала, вынула из сумочки партбилет, опять подумала, поднесла его к губам, поцеловала, положила на стол.

Этот неожиданный жест внес секундное замешательство, председатель, первым придя в себя, сказал, нахмурившись:

— Гражданка Смирнова, вы свободны.

Алевтина Федоровна вышла из кабинета.

— Я думаю, дело Ивановой надо выделить и передать партследователю, — сказал смазливый.

Он держался как посторонний и сидел отдельно в углу у окна, тем не менее было ясно, что это и есть тут главная персона.

Председатель кивнул головой:

— Есть предложение выделить дело Ивановой Нины Сергеевны и передать его на предварительное рассмотрение партследователю. Кто за?

Все проголосовали «за».

— Единогласно, — подытожил председатель и снова посмотрел в бумажку на столе, никак не мог запомнить фамилии. — Теперь в отношении Юферова Василия Петровича, Маслюкова Якова Ивановича, Шалаева Константина Ильича...

Он сделал паузу.

Смазливый молчал.

— Ну что ж, — сказал председатель, — я думаю, ограничиться указанием на недостаточную бдительность. Есть другие предложения?

Других предложений не было.

— Принято, заседание окончено.

Все вместе вышли из райкома. Уже было темно — около пяти вечера.

— Вот так! — сказал Василий Петрович и пошел к «Смоленскому» метро.

Яков Иванович и Костя-лаборант свернули в Глазовский — решили вернуться в школу.

Нина, дождавшись, пока все скрылись из глаз, помчалась к Зубовской площади. На Кропоткинской улице жила Алевтина Федоровна. Нине во что бы то ни стало надо было ее увидеть, что-то сказать ей, утешить. Все ужасно. Надо посоветоваться, как вести себя, как быть, что делать.

Она добежала до Кропоткинской улицы, повернула налево и остановилась, инстинктивно прижавшись к стене. У тротуара стояла легковая машина, рядом с ней тот смазливый молодой человек, Алевтина Федоровна и еще один в кожаном пальто с меховым воротником. Смазливый что-то говорил Алевтине Федоровне, размахивая перед ее носом служебным удостоверением, потом он и второй в кожаном пальто как-то очень ловко, аккуратно, как-то незаметно для прохожих втолкнули Алевтину Федоровну в машину, сели сами по бокам, машина, вопреки правилам, развернулась в обратную сторону и помчалась по Кропоткинской к центру.

13

Дома Нина застала Варю.

Неприятная неожиданность. Нина рассчитывала побыть одна, все обдумать, все взвесить, не хотелось, чтобы Варя видела ее смятение, ее *страх*.

Варя читала, как всегда, лежа на кровати.

«Весь день на ногах, — объясняла она, — надо дать конечностям отдохнуть».

— Ты что сегодня так рано?

— Занятий не было. А что?

— Ничего, просто так спросила.

— Суп и картошка под подушкой, — сказала Варя.

Даже обед сварила!

— Есть не хочется, — ответила Нина.

Она села за свой письменный стол спиной к Варе, закрыла лицо руками. Сидеть бы вот так одной, думать. Но мешало присутствие Вари с ее неискренним дружелюбием, за которым жди какой-нибудь колкости.

— У тебя что-нибудь случилось? — безучастно спросила Варя.

— Почему ты так думаешь?

— Вид странный.

— У меня все в порядке.

— Что-то незаметно.

Нина гневно обернулась к ней:

— Чего ты привязываешься, что ты хочешь?

— Спросить нельзя?

— Можно. Только, знаешь, без издевочки.

Некоторое время Варя молчала, слышался только шелест перелистываемых страниц. И это тоже мешало Нине, не могла сосредоточиться на своих мыслях.

— Что за история в школе?

Нина обернулась, уставилась на Варю.

— Что ты имеешь в виду?

— Ну, что там у тебя произошло? — не отрываясь от книги, сказала Варя.

— С чего ты взяла?

— Мне рассказали.

— Кто и что тебе рассказывал?

— Кто рассказывал, не имеет значения, а *что* мне могли рассказать, ты сама хорошо знаешь.

— И все же я хотела бы от тебя это услышать.

Варя качнула головой.

— Какой, однако, шкрабский голос.

— Я хотела бы от тебя услышать, что происходит в нашей школе, — повторила Нина.

— В вашей школе работала комиссия райкома партии. Кляузу написала Туська Наседкина, всегда была сволочь. Факты... Ну, фактов много, я не все запомнила. Отбили Сталину нос, потом за шею повесили, на собрании объявили, что он умер, а он, «слава богу», жив. Потом, что еще... Да, Алевтина выгоняла учителей-коммунистов и заменяла их сомнительными и враждебными элементами. «Декамерона» читали, Бальмонта, Игоря Северянина — в общем, всяких контриков.

— Все же, кто это тебе рассказал?

— Я тебе уже ответила — это не имеет значения.

Варя поднялась, села на кровати.

Теперь они смотрели друг другу в глаза.

— Я тебе скажу больше — тебя тоже таскали в эту комиссию. Да, да. А сейчас ты пришла из райкома. Что там было? Расскажи! Тебя исключили из партии?

Нина молчала. Все знает. Откуда? Впрочем, какое это имеет значение? Знает.

По-прежнему в упор глядя на Нину, Варя продолжала:

— Я тебе неправду сказала. У нас занятий не отменили. Я просто не поехала в институт. Пришла домой — тебя дожидалась. Я хочу знать, что происходит. Ты мне сестра все-таки!

«Ты мне сестра все-таки». Нина вздрогнула.

Какая бы ни была Варя, но ведь единственное родное существо. Кто у нее еще есть? Никого больше нет, всех растеряла. Алевтину Федоровну арестовали, не сегодня завтра и ее арестуют. Варя, конечно, бросится хлопотать, она людей в беде не оставляет, но тут не помогут никакие хлопоты, оттуда не выпускают. И все равно Варя должна все знать, и ее могут вызвать на допрос.

Впервые за много лет Нина подумала, что Варя, и только Варя, никогда не отступится и не откажется от нее. Ей хотелось подойти к сестре, сесть рядом, положить голову ей на плечо, может быть, и всплакнуть, сказать, как нелепо рушится жизнь, кончается жизнь, потому что арест — это конец жизни, конец всему.

Но не подошла, не села рядом, не положила голову на плечо. Не могла преодолеть отчужденности, которая копилась годами, не могла преодолеть своего характера, который тоже вырабатывался годами. Только сказала:

— Да, такие обвинения школе предъявлены. А мне, помимо этого, еще многое: рекомендацию в партию мне дал Иван Григорьевич Будягин, он арестован, а я не сообщила об этом в парторганизацию; я во всем поддерживала Алевтину Федоровну, и она меня устроила в школу; и, когда арестовали Сашу, я хотела написать письмо в его защиту. — Она помолчала и добавила: — Сегодня после заседания в райкоме Алевтину Федоровну прямо на улице арестовали и увезли, а я должна явиться завтра к партследователю. Теперь мне предъявят и то, что Алевтина тоже давала мне рекомендацию в партию. — Она вытерла глаза, не сумела сдержать слез.

— После чего тебя и арестуют, — сказала Варя.

— Да, — тихо проговорила Нина, — ты должна быть к этому готова.

Варя встала, прошлась по комнате, остановилась возле Нины, провела рукой по ее плечу.

— Не плачь. Мы что-нибудь придумаем. Сколько у тебя денег?

— А что?

— Сколько у тебя денег?

Нина пересчитала деньги в ящике стола, потом в кошельке:

— Сто десять рублей.

— У меня двести рублей, итого — триста, — сказала Варя. — Достаточно. Теперь слушай меня внимательно. Сейчас ты соберешь вещи, самые необходимые, сложишь в чемодан, я выйду с чемоданом и буду ждать тебя возле «Смоленского» метро. Мы поедем с тобой на Ярославский вокзал, и ты уедешь к Максиму. Как только ты сядешь в вагон и поезд отойдет, я дам ему телеграмму, чтобы он тебя встречал. Понятно? Собирайся!

— Нет, нет, ты с ума сошла!

Варя перебила ее:

— Это ты сошла с ума! За тобой могут прийти в любое время, даже сегодня ночью. Ты — дура, неужели не понимаешь?!

— Но... — запротестовала Нина.

— Что «но»?! — зло проговорила Варя. — Ты едешь как хетагуровка, понятно? Как хе-та-гу-ров-ка! Сейчас все девки едут на Дальний Восток, нашим командирам нужны жены, вот и ты поедешь к Максу как жена. Неужели не ясно?

— Подожди, не кричи, — взмолилась Нина, — как ты не понимаешь? Завтра с утра у меня уроки.

— Дура! Уроки! А если тебя посадят, тебя что, будут возить на уроки в «черном вороне»?

— Но я должна хотя бы сняться с партийного учета.

— И они тебя снимут?! Они тебя не выпустят! Партийный учет! Плевать! Ничего с твоей партией не случится!

Варя приставила стул к шкафу, сняла со шкафа чемодан.

— На! Держи! Держи, а то брошу, грохот будет на всю квартиру.

Нина подхватила чемодан, встала с ним посреди комнаты.

Варя соскочила со стула, выхватила у нее чемодан, положила на пол, открыла, все выбросила из него.

— Складывай свое барахло!

Но Нина снова присела к столу.

— Я должна подумать.

— Думай, думай, — Варя открыла шкаф, начала укладывать в чемодан белье и платья Нины, — думай хорошенько, думай, пока ты жива еще. Открой пошире глаза и посмотри, что творится кругом, — сколько в нашем доме уже пересажали. Сапожникова Вера Михайловна из третьего подъезда, художница, и ее арестовали: Сталина, видите ли, нарисовала с рябинками на лице, сделала копию с какого-то портрета, он в детстве болел оспой, а ей за эти оспинки восемь лет влепили. Мальчишки во дворе распевали: «Ленин умер, Надежда осталась, Сталин жив, Надежда пропала». Они даже не понимали, какая Надежда, что за Надежда, от кого-то услышали, подхватили, бегали и кричали: «Ленин умер, Надежда осталась, Сталин жив, Надежда пропала»... Уже посадили, родителей таскают в НКВД. Ищут организаторов, подстрекателей, кто научил да кто первый запел. Расстреливают самых главных твоих коммунистов. Посадили твою Алевтину. А ты кто? Букашка. Посадят и расстреляют. Не жалко себя, так пожалей других. Ведь там будут мучить — на Лубянке. Будут требовать показаний на Ивана Григорьевича, на Алевтину, на всех твоих знакомых, на учителей, на несчастную Ирину Юльевну. Если хочешь знать, то она мне все рассказала, и правильно сделала.

Варя разогнулась на минуту, посмотрела на Нину.

Та сидела опустив голову.

— Ведь если посадили Алевтину, значит вашу школу объявят «гнездом», так и напишут в газете: «Гнездо негодяев и вредителей». И тебя замучают, заставят все подписать, из-за тебя посадят еще много невинных людей. Где твои выходные туфли? Ага... — Она вытащила из-под кровати корзинку, где были сложены их летние вещи. — Там ведь будут всякие вечера, есть, наверное, Дом Красной армии.

— А если сегодня ночью за мной придут, что ты скажешь?

— Сегодня, я думаю, не придут, ведь на завтра тебя куда-то вызвали. А ты не явишься. Тебя начнут искать, а я скажу: «Понятия не имею, мы с ней уже полгода не разговариваем. Где она, у какого хахаля ночует, не знаю». И не придут они. Как только увидят, что не явилась ни в школу, ни в райком, подумают — заболела, а пока хватятся и поймут, что смылась, ты будешь уже у Макса и, как приедешь к нему, тут же иди в загс и становись Костиной. Да они и искать не станут. «Иванова Нина Сергеевна» — попробуй найди такую в России!

Нина сидела опустив голову.

— Снимай домашние туфли, — сказала Варя, — я их положу в отдельную сумочку, в вагоне понадобятся.

— Никуда я не поеду, — прошептала вдруг Нина, — я не могу убегать от своей партии. Не имею права.

Варя наклонилась, сняла с ее ног домашние туфли. Нина не сопротивлялась, но не двигалась с места.

— Ты не от партии убегаешь, ты от пули в затылок убегаешь. Зачем ты нужна своей партии мертвая?

— Все равно я никуда не поеду, понимаешь, я никуда не поеду!

Варя поднялась, схватила Нину за плечи, тряхнула, голова Нины откинулась назад.

— Что?! Не поедешь?! Тогда отправляйся сама на Лубянку. Иди, кайся! Выдавай, предавай всех, наговаривай на всех! Может быть, тогда не расстреляют, просто лагерь дадут. А если стукачкой станешь, так и вовсе не посадят. Иди, иди, — она трясла ее, — иди, выполняй свой долг! Иди! Я не желаю, чтобы они сюда явились. Иди! На!

Она сорвала с вешалки пальто Нины, бросила ей, швырнула ботики.

— Ну, одевайся, собирайся!

— Подожди, успокойся, — Нина опять поставила локти на стол, — подожди, давай все обдумаем.

Варя села на кровать.

— Хорошо, давай обдумаем.

— Допустим, я уеду, — сказала Нина, — допустим, со мной будет благополучно. Но ведь начнут таскать тебя, будут мучить тебя.

Варя усмехнулась, покачала головой:

— Господи, выкинь ты это из головы. Кто меня будет спрашивать? В крайнем случае сумею ответить им, не волнуйся. Скажу: «Я здесь фактически не живу. Спросите у соседей. Жила с мужем в другом месте. Изредка ночую здесь. С сестрой не разговариваю, поссорились еще тогда, когда вышла замуж. Весь день на работе, вечером в институте». В общем, за меня не беспокойся! Я ваших школьных дел не знаю и знать не хочу.

— Но ведь ты знала... — начала Нина.

— Кому это известно?! — закричала Варя. — Только мне с тобой. А для них я ничего не знала о твоей жизни, а ты не знала о моей. Может быть, ты уехала на какие-то курсы. В общем, хватит! Хватит валять дурака! Сейчас решается твоя жизнь. Понимаешь?! Жить тебе или не жить. У тебя есть только один шанс — сегодня же уехать к Максу. Завтра этого шанса не будет — за тобой начнут следить или сразу арестуют.

— Но и сегодня могут следить, — сказала Нина, — увидят, что уезжаю, и задержат. Тогда уже будет конец: если я убегаю, скрываюсь, значит я действительно виновата.

— Сегодня за тобой еще не следят, не беспокойся! Может быть, проводили от райкома до дома, да и то вряд ли, ведь ты побежала в другую сторону. И уже вечер, им тоже надо отдыхать. Даже если они нас засекут, что маловероятно, но допустим, так ведь неизвестно, кто уезжает — я или ты. Если подойдут, то уезжаю я, а ты меня провожаешь, на билете ведь ничего не написано. Но все это глупые предположения, за нами следить не будут, ты спокойно уедешь. Я выйду с чемоданом — на меня никто не обратит внимания, а ты выходи через черный ход, потом по Сивцеву Вражку и по Веснина к метро. Ниночка, дорогая, я прошу тебя, образумься, успокойся, перестань бояться этого несчастного райкома, ведь там тоже каждый день сажают, они сами дрожат от страха. И оттого, что сами боятся, они тебя обязательно исключат и посадят.

Она закрыла крышку чемодана.

— Съешь хотя бы две ложки супа на дорогу.

— Ладно, налей, — согласилась Нина, у нее не было сил встать и сделать это самой. — Ты, конечно, во многом права, но всю жизнь скрываться под фамилией Костина, бояться, что меня узнают и разоблачат, донесут, что я удрала от партийного следствия...

— Кто тебя узнает на Дальнем Востоке? Туда сейчас едут тысячи девушек-хетагуровок, вот и ты приехала. А если через три или четыре года вернешься в Москву, то к тому времени весь твой райком пересажают. Спасайся, Нина, спасайся! Счастье, что у тебя есть Макс. Ведь ты его любишь, и он тебя любит. Что же, ты променяешь Макса на камеру на Лубянке, на лагерь, на пулю в затылок? Хватит есть, собирайся, едем!

Нина посмотрела на нее с тоской, встала:

— Да, ты права, придется уехать. Пройдет некоторое время, кончится эта вакханалия, пусть тогда спокойно разбирают мое дело.

— Вот это точно, — подхватила Варя.

Ей очень хотелось съязвить, что и в будущем ничего хорошего не предвидится, но промолчала, не надо раздражать Нину. Слава богу, согласилась.

Все прошло спокойно. Нина вышла через черный ход, прошла Сивцевым Вражком и Веснина, Варя ждала ее в метро возле касс, прижимая ногой к стене чемодан, чтобы не сбили. Люди спешили, толкались, толпились у телефонов-автоматов, кричали в трубку, из очереди их торопили.

Глядя на эту хотя и привычную, но всегда чем-то тревожившую ее вечернюю московскую сутолоку, Нина опять заколебалась. Оставляет Варю одну, оставляет расплачиваться за нее, как она будет выпутываться?

Варя наклонилась за чемоданом, но Нина удержала ее за руку.

— Варюша... Ты уверена, что мы правильно поступаем?

— О господи! — рассердилась Варя.

— А вдруг мы никогда больше не увидимся?

— Мы не увидимся, если ты сегодня не попадешь на поезд. Нам нельзя возвращаться домой, нас могут сцапать у самого подъезда.

Нина молчала, думала, потом сказала:

— Хорошо, пойдем.

В начале одиннадцатого ночи они были на Ярославском вокзале.

До отхода поезда Москва—Хабаровск оставался час. Следующий завтра в это же время. Билетов, конечно, нет.

Варя прошла к дежурному по вокзалу и объявила, что опоздала к специальному поезду хетагуровок, который сегодня в восемь вечера отбыл из Москвы в Хабаровск. Задержалась из-за болезни матери, все ее документы ушли с эшелоном, и ей надо его догонять. Красивая, видная, настойчивая, она внушала доверие; замотанный дежурный что-то посмотрел по графику и сказал, на какой станции ей надо будет сойти с экспресса, чтобы пересесть в эшелон. До этой станции ей и выдадут билет.

— А если он туда раньше придет? — спросила Варя. — И уйдет без меня? Куда мне тогда деваться? Нет, уж дайте мне билет до Хабаровска.

— Зачем вам столько платить? — удивился дежурный.

— Зато спокойно, — ответила Варя, — другие хетагуровки не знают, к кому едут, а я знаю, у меня там жених, он меня ждет. Майор выдержит стоимость билета.

— Как хотите, — сказал он равнодушно, прошел с ней в кассу и выдал билет. — Привет вашему майору.

Видимо, был под впечатлением торжественных проводов хетагуровок, состоявшихся три часа назад.

Они вошли в общеплацкартный вагон, нашли свое место, поставили чемодан, сели на скамейку, на перрон не выходили, тихо переговаривались.

— Как приедешь, дай телеграмму на Центральный телеграф до востребования. И пиши тоже до востребования, — сказала Варя.

— Я могу дать ее завтра с любой большой станции.

— Не надо нервничать, все будет хорошо, дай, когда приедешь.

— Но все же наведывайся на телеграф, тебе же близко от работы. И на почту наведывайся, я могу бросить открытку с дороги.

Нина держалась спокойно, как всегда, когда принимала окончательное решение. Она не говорила Варе, но решила партийный билет не выкидывать, явится в парторганизацию Максима, встанет на учет, попросит запросить из Москвы свою учетную карточку, и пусть там, в Хабаровске, разбирают ее дело. Именно это соображение и успокоило, придало твердость. Успокоило и то, что все прошло благополучно, достали билет, села в поезд. Она немного, конечно, нервничала, сидела, опустив голову, отвернувшись от прохода, по которому сновали пассажиры, тащили свои пожитки.

Наконец проводница объявила, что поезд отправляется, и попросила граждан провожающих покинуть вагон.

Сестры встали, обнялись, поцеловались, прослезились. Когда они в последний раз целовались? Да и целовались ли вообще когда-нибудь? Разве только в детстве.

— Ты к окну не подходи, — прошептала Варя и вышла из вагона.

Раздался свисток, поезд медленно отходил от перрона. Варя глядела в окно, возле которого должна была, по ее расчетам, сидеть Нина, но там торчала чья-то физиономия.

Телеграмму Максиму Варя дала с Ленинградского вокзала, сделать это на Ярославском показалось ей опасным.

14

Как и договорились, в три часа дня к Сталину в Кремль приехал Орджоникидзе. Коротко сообщил последние новости по своему ведомству, сухо говорил, неприязненно, в общих чертах: все в порядке. А было бы еще в большем порядке, если бы не необоснованные репрессии среди командиров промышленности.

Сталин протянул Орджоникидзе телеграмму от Берии. В телеграмме говорилось, что руководство наркомата тяжелой промышленности скрыло аварию на одном из участков Балахнинского нефтепромысла.

Орджоникидзе удивленно посмотрел на Сталина:

— Это какая же авария? Когда?

— Там написано, — Сталин кивнул на телеграмму.

Орджоникидзе дочитал до конца, снова удивленно посмотрел на Сталина.

— Но эта авария была в июне прошлого года, шесть месяцев назад. Мелкая авария, которую тут же ликвидировали. — Он смял телеграмму в кулаке, ударил кулаком по столу. — Негодяй, провокатор! Я не желаю о нем даже разговаривать, пусть даст мне свидание с моим братом Папулией!

— Положи телеграмму.

Орджоникидзе бросил телеграмму на стол.

Сталин взял ее, разгладил.

— Зачем так волноваться, особенно с больным сердцем... У тебя готовы тезисы твоего доклада на Пленуме?

— Нет!

Орджоникидзе положил под язык таблетку нитроглицерина.

— Когда будут готовы?

— Не знаю.

— Пленум открывается через два дня, нельзя тянуть, все докладчики представили тезисы.

— Представлю, когда будут готовы. Если посчитаю нужным. Я — член Политбюро и имею право решать, о чем мне говорить. Мне не надо одобрения Ежова.

Сталин помолчал, потом сказал:

— Да, ты — член Политбюро и на Политбюро можешь высказывать свое мнение. Но на Пленуме ЦК тебе *придется* изложить точку зрения Политбюро, точку зрения руководства партии. Иначе ты ставишь себя в оппозицию к Политбюро, в оппозицию к руководству партии, противопоставляешь себя партии. Подумай о последствиях такого решения. Учти опыт тех, кто до тебя пытался противопоставить себя партии. Иди домой, успокойся и подумай. Успокоишься — поговорим.

Орджоникидзе встал, с шумом отодвинув стул. И ушел, хлопнув дверью.

Минут через тридцать-сорок явились Молотов, Каганович, Ворошилов, Микоян, Жданов. Обсуждали текущие дела, подготовку к Пленуму.

Дверь открыл Поскребышев.

— Товарищ Сталин! Вас просит к телефону Зинаида Гавриловна Орджоникидзе.

— Что ей надо?

— Что-то случилось с Григорием Константиновичем.

Сталин покачал головой.

— Был здесь, ругался, глотал таблетки. Говорю: побереги сердце. Не хочет беречь. Опять, наверно, приступ.

Поднял трубку:

— Слушаю... Что?! Не болтай глупостей! Надо было подальше от него держать пистолет. Повторяю, не болтай чепуху! Сейчас приду. Вызываю врача.

ОН положил трубку, обвел всех тяжелым взглядом.

— Серго застрелился.

Все молчали.

Сталин поднял трубку другого телефона:

— Товарищ Ежов! Застрелился товарищ Орджоникидзе. Немедленно врачей. Если спасти не удастся, то пусть ко мне приедет народный комиссар здравоохранения.

Не снимая руки с трубки, чуть помедлив, Сталин сказал:

— Ну что ж, пойдем посмотрим, что такое там случилось.

Они вышли, мимо промчалась санитарная машина, остановилась у подъезда, где жил Орджоникидзе. Из машины выскочило несколько человек, в расстегнутых пальто, под которыми виднелись белые халаты, вбежали в подъезд.

Сталин замедлил шаг:

— Не будем мешать врачам.

И все замедлили шаг. И никто не раскрывал рта.

Так же медленно поднялись они по лестнице. Дверь в квартиру была открыта.

Серго лежал в спальне на кровати. У изголовья, оцепенев, стояла Зинаида Гавриловна. ОН много лет знал ее и всегда поражался выбору Серго. Такой видный мужчина, а женился где-то в Сибири на деревенской учительнице, невзрачной, тихой, лицо незаметное, чего Серго в ней нашел? Испуганно взглянула на Сталина, прикусила губу.

У кровати хлопотали врачи и санитары, вытирали пол, меняли простыни. Маленький чернявый человек в белом халате наблюдал за их работой, молча, кивком головы указывал, что делать. Кивнул на стул, где лежал браунинг, — отодвиньте! Но Сталин взял его, проверил предохранитель, положил в карман.

Врачи и санитары закончили свою работу, отошли от кровати. Серго лежал на спине, укрытый наполовину, выпростав на одеяло руки со сцепленными пальцами.

Чернявый в белом халате вопросительно посмотрел на Сталина.

— Как? — спросил Сталин.

— Смерть наступила с полчаса назад, — четко, по-военному, ответил чернявый.

— Вот что значит, когда человек не считается со своим больным сердцем, — хмуро оглядывая присутствующих, сказал Сталин, — не выполняет указаний врачей.

Эта фраза предназначалась прежде всего медицинской бригаде. Все должны знать, что товарищ Орджоникидзе умер от болезни сердца. Никакой другой версии быть не должно.

— Поезжайте! — приказал Сталин чернявому. — Доложите своему начальству: вскрытия не будет. Не позволим резать нашего дорогого Серго.

Врач и санитары ушли.

Члены Политбюро окружили кровать, на которой лежал Орджоникидзе, смотрели в лицо покойного, только Микоян стоял в отдалении, прислонившись спиной к стене.

— Зина, пройдем в кабинет, — сказал Сталин.

Они вошли в кабинет, из его окон был виден Александровский сад.

Сталин плотно закрыл дверь.

— Что ты болтала по телефону?

— Я не болтала, Иосиф, — прерывающимся голосом ответила Зинаида Гавриловна, — даю тебе честное слово. Я была внизу, вошел фельдъегерь с папкой, черной, как всегда, из Политбюро... Незнакомый... Я спрашиваю: «А где Николай?» Николай, который обычно приносит почту... Он отвечает: «Николай сегодня не вышел на работу, занят домашними делами». Прошел наверх с папкой...

— Я понимаю, что с папкой, — перебил ее Сталин, — для этого и приехал, чтобы передать бумаги и папку. Дальше!

— Прошел наверх... Потом спускается и говорит: «Зинаида Гавриловна, там какой-то выстрел...» И уехал. Я поднялась и вижу: Григорий убит.

— Что значит убит? Ты хочешь сказать — фельдъегерь его убил?

— Нет, нет... Я этого не утверждаю, но все как-то странно...

— Ты выстрел слышала?

— Я не слышала.

— Если фельдъегерь его убил, *он должен был бы просто уехать*, не говоря ни слова. Зачем он тебе сказал, что слышал выстрел? Чтобы ты побежала наверх, оказала бы помощь, вызвала бы врачей, спасла его, а потом товарищ Орджоникидзе покажет, что именно этот человек пытался совершить террористический акт и его надо расстрелять?! А? Объясни мне: зачем он тебе сказал, что слышал выстрел? Нет объяснения. И как практически он мог убить его? Смешно и нелепо. Это все блажь. Я понимаю твое состояние, но нельзя терять рассудок.

407

— Но, Иосиф... — начала Зинаида Гавриловна, — я ни на чем не настаиваю, этого, конечно, не могло быть; вместе с тем...

— Не надо «вместе с тем»! Твои бабские выдумки, твои глупые домыслы могут дать пищу сплетням, сплетням, вредным для партии. Возьми себя в руки! За распространение клеветнических слухов партия с тебя строго спросит. Не испытывай терпения партии, Зина. Серго покончил с собой, но партия не хочет его компрометировать как самоубийцу. Партия хочет сохранить его доброе имя. И потому для всех Серго умер от разрыва сердца. Вот партийная и правительственная версия. Ты член партии, и ты обязана ее поддерживать. А теперь иди к покойному. Скажи Климу, чтобы пришел сюда.

Зинаида Гавриловна вышла и уже только за дверью поднесла платок к глазам.

Сталин подошел к письменному столу. Большие блокноты с записями, сделанными карандашами разного цвета, лежали открытыми. Сталин перелистал их. Вот он — доклад к Пленуму. Его почерк.

Вошел Ворошилов.

Сталин показал ему на блокноты:

— Это тезисы доклада Серго. Распорядись их и все бумаги, что есть в ящиках, передать Поскребышеву.

15

Только через две недели удалось Саше уехать из Тайшета.

В вагоне и на нижних, и на верхних полках люди сидели впритык друг к другу. Успевшие захватить багажную полку лежали — сидеть нельзя: не выпрямишься. Багаж держали на полу в проходах. Проводник требовал убрать вещи: мешают, пройти нельзя. Пассажиры поднимали мешки и чемоданы на колени, обхватывали руками и, как только проводник уходил, снова опускали на пол.

Плакали дети, взрослые бранились, все раздражены, грубы, недоброжелательны. Густой махорочный дым висел в воздухе. Вагон не отапливался, окна заиндевели, пассажиры сидели в шубах, в ответ на их жалобы проводник привычно отбрехивался:

— Приедем в Красноярск, затопим.

Одна уборная заперта, в другую — очередь, жди до станции, а на станции вагон осаждают яростные толпы, проводник никого не пускает: «Нету мест». Пробиться сквозь такую толпу невозможно, а если и пробьешься, то обратно не попадешь.

Так что сиди, терпи до Красноярска.

Местными поездами Саша добрался до Красноярска, затем через Новосибирск до Свердловска. В Красноярске дал маме телеграмму: «Еду, буду звонить».

В Свердловске Саше повезло. Он стоял невдалеке от закрытой кассы, билетов, конечно, не было. Вдруг окошко приоткрылось, Саша первым метнулся к кассе, наклонился, спросил:

— Нет, случайно, билета до Москвы?

Кассирша назвала сумму. Саша заплатил, получил билет и помчался к поезду. Окошко захлопнулось. Этот единственный билет, видимо, остался от невостребованной брони.

Вагон плацкартный, каждый пассажир имел свое место, у Саши оказалась верхняя полка, можно всю дорогу лежать.

Несколько человек без плацкарт, а может быть, и без билетов, пущенные проводником «слева», на один-два перегона, жались в тамбуре, на площадке возле туалета, присаживались на краешке полки, если «легальные» пассажиры не возражали.

Разыскивая свое место, Саша заглянул в отделение, где сидели, развалясь, трое здоровых парней. Петлички и канты на форме указывали на их принадлежность к войскам НКВД.

— Тебе чего, малый? — изображая на лице суровость, спросил старшина.

— Место свое смотрю.

— А какое твое место?

— Шестнадцатое.

Старшина взглянул на лейтенанта. Он сидел, откинувшись на спинку полки, легким, почти неуловимым движением головы показал, что одобряет действие старшины. Тот стал еще суровей.

— Предъяви билет!

Удостоверившись, что стоит цифра шестнадцать, и не зная, как действовать дальше, старшина протянул Сашин билет лейтенанту.

— Где билет брали?

— В кассе.

— Позовите проводника.

Распоряжение лейтенанта старшина передал сидевшему рядом красноармейцу. Соблюдал субординацию.

Красноармеец пошел за проводником.

Столько мест в вагоне, а ему досталась такая компания! Нахальные морды, холодные, безжалостные глаза. Ну и хрен с ними! Саша закинул на верхнюю полку чемодан.

Явился проводник.

Лейтенант протянул ему Сашин билет:

— Это что такое?

— Сами, что ли, не видите? Билет. Вагон восемь, место шестнадцать. Все правильно.

— На это место мы должны человека принять в Казани, — многозначительно произнес лейтенант, давая понять, что в Казани они примут заключенного для дальнейшего конвоирования.

— В Казани будет видно.

— У нас бронь на все четыре места, — сказал лейтенант.

— Где она, бронь-то? — возвращая Саше билет, возразил проводник. — Бронь в кассе, а для меня документ один — билет, билет правильный, занимайте свое место, гражданин.

И ушел. Привык, видно, к претензиям таких вот конвоиров, а то, что это конвоиры, было видно сразу. Кого-то сопровождали, теперь едут обратно, хотят ехать одни, без посторонних.

Саша задвинул чемодан вглубь полки к окну, снял валенки, положил к чемодану вместо подушки, лег, укрылся своим пальто и заснул.

Поезд резко тормознул, и Саша проснулся. Попутчики его спали. Лейтенант на верхней полке — напротив Саши, старшина и красноармеец на нижних. А ведь кто-то один должен был бы дежурить. Спрятали, наверное, пистолеты под подушки и дрыхнут.

Поезд мерно постукивал на стыках рельсов.

Саша впервые почувствовал, что он *едет*, уезжает наконец из ссылки, ссылка кончена. Стараясь никого не разбудить, Саша надел валенки, спустился, прошел в туалет, вернулся, так же тихо взобрался на полку и снова заснул.

Проснулся он, когда в окно уже пробивался мутный утренний зимний свет. Посмотрел на часы. Девять! Поезд стоял на какой-то станции, оконное стекло запотело, и Саша не смог прочитать название. В вагоне уже встали, поминутно открывалась дверь, вместе с ней врывалась в вагон струя холодного воздуха, ходили люди с чайниками в руках, набирали кипяток из титана на станции. У Саши чайника не было, была только алюминиевая кружка, которую он купил еще в Тайшете, в ней кипяток до вагона не донесешь. Кипятильник в вагоне не работал.

Лежа на полке, Саша вытащил из кармана пальто купленные на станции в Свердловске газеты — в них печатались материалы процесса Пятакова—Радека, статьи о коварных методах троцкистских шпионов.

Конвойные завтракали, старшина лупил крутые яйца, постукивая ими о столик, скорлупу сбрасывал на пол.

— Давай вынесу, — предложил красноармеец.

— Ни-чо, проводник подметет, делать ему больше не хера.

Лейтенант что-то сказал старшине, Саша не расслышал, что именно.

— Эй, сосед, спускайся чай пить, — позвал старшина.

— Спасибо, дождусь кипятильника.

— Долго придется ждать, — лейтенант не поднимал головы, — давай сползай. А то мы поснедаем и спать завалимся. Где тогда сядешь жрать-то?

Саша достал из узелка кружку, хлеб, головку лука, последние два кусочка сахара, последний обрезок сала. Вынул из чемодана сапоги, пол в вагоне был мокрый, грязный, надел и спустился вниз.

На столике, кроме чайника, стояла бутылка водки, на газетном листе — хлеб, нарезанный толстыми ломтями, вареная колбаса, тоже крупно нарезанная, очищенные яйца, масло в кружке. За столиком, расставив локти, сидели лейтенант и старшина. Красноармеец присел сбоку, молча жевал, рыхлый, туповатый на вид парень, но, видимо, более совестливый, если пожалел труд проводника. Напротив него Саша и уселся, положил на столик свои продукты. Лейтенант и старшина равнодушно на них покосились.

Потом лейтенант разлил остатки водки себе, старшине и красноармейцу. Они выпили, закусили колбасой.

Саша отломил дольку лука, съел с хлебом.

Старшина разлил по кружкам кипяток, налил и в Сашину кружку.

Лейтенант взял свою в обе ладони, погрел руки, отхлебнул.

— Откуда едешь-то? — спросил он Сашу.

— С Подкаменной Тунгуски.

— Река, что ли?

— Река. В Красноярском крае, Эвенкийский национальный округ.

Лейтенант впервые слыхал эти названия, но не хотел обнаруживать свою неосведомленность, изобразил на лице привычное для кадрового энкавэдэшника недоверие.

— Работал?

— Да. В экспедиции профессора Кулика. Искали Тунгусский метеорит. Не слыхали?

— Слыхали. С неба упал.

Саша облегченно вздохнул. Теперь его рассказ будет звучать для них правдоподобно. Газетная шумиха вокруг Тунгусского метеорита приходилась на конец двадцатых — начало тридцатых годов, сейчас о нем уже не пишут, и то, что малограмотный лейтенант слыхал об этом, было удачей. Их поведение непредсказуемо, за любое непонятное слово могут зацепиться, истолковать по-своему. Заговорив о Тунгусском метеорите, Саша перевел разговор на безопасную почву.

— Метеорит, — продолжал он, — упал почти тридцать лет назад, 30 июня 1908 года в семь часов утра. Вообще говоря, метеориты — это куски небесного тела, они падают на землю из межпланетного пространства и, когда входят в земную атмосферу, сгорают. Крупные горят ярко и называются болидами, мелкие — это те, что мы называем падающей звездой.

— Этих я повидал, — сказал старшина.

— Тунгусский метеорит, — взглянул на него Саша, — был, конечно, болид громадной величины и опустошил пространство, как предполагают, около двух тысяч квадратных километров.

— Ого! — Старшина рыгнул.

— С земли почти по всей Восточной Сибири было видно, как болид перемещался по небу. А когда упал, раздался оглушительный взрыв, его слышали на расстоянии тысячи километров. Во многих деревнях сотрясались постройки, лопались стекла в окнах, с полок падала посуда, даже люди и скот валились с ног. Прямо как землетрясение. Его зарегистрировали даже в Англии.

— Откуда ты знаешь про Англию? — насторожился лейтенант.

— В дореволюционных газетах писали. Метеорит упал за девять лет до революции.

Объяснение это удовлетворило лейтенанта.

— А куда он сам-то делся, метеорит этот?

— Сгорел. Как вошел в земную атмосферу, так и сгорел, превратился в пыль.

— Отчего же сгорел-то? — опять насторожился лейтенант.

— Так ведь они падают с громадной скоростью — двенадцать километров в секунду, это больше сорока тысяч километров в час. Наш поезд, к примеру, идет от силы пятьдесят-шестьдесят километров в час, а болид — сорок тысяч, какое получается трение! От этого и температура огромная — десять тысяч градусов, вот и сгорает болид, одна пыль остается. Пыль вошла глубоко в землю, и на этом месте образовались озера и болота.

— Чего же тогда искали-то?

— Как чего? Остатки метеорита.

— Что-то заливаешь ты, парень! Сначала говоришь — пыль, теперь — остатки метеорита. Зачем эти остатки-то?

— Чтобы по ним определить, из чего состоят метеориты и другие небесные тела.

— Для науки, значит, — усмехнулся лейтенант.

— Вот именно, для науки.

— А нужна нам такая наука?

— То есть как? — не понял Саша.

— А так. Для социалистического строительства нужна такая наука, всякие там камушки искать, нужна такая наука?

«Ах, дубина ты, дубина... Сейчас схлопочешь...»

— *Правительство* распорядилось искать обломки метеорита, значит это нужно, — внушительно сказал Саша.

Поскольку Саша сослался на правительство, в голосе лейтенанта появилась строгость, он переспросил:

— Ну и как, нашли?

— Нет, все под землю ушло, смешалось с почвой. И условия там трудные, дорог нет, оборудования настоящего не доставишь, работа тяжелая, гнус, люди не хотят работать.

— Как это не хотят? Раз есть правительственное задание, должны работать, — нахмурился лейтенант.

— Людей на сезон, на лето нанимают, а зимой увольняют, — объяснил Саша. — А снова наниматься не желают, не хотят гнуса кормить.

— Заключенных туда послать, — заметил старшина, — эти не откажутся.

— Объект недостаточный, — рассудил лейтенант, — сколько там народу?

— В сезон человек двадцать-тридцать.

— Маловато, — задумался лейтенант.

— Командировку можно, — предложил старшина, — один барак, будут и зимой копать, не подохнут.

— Ладно, — пресек его лейтенант, — без нас разберутся. Как тебя звать-то?

— Саша.

— Ты за вчерашнее не обижайся, мы на службе, при оружии, документы везем, должны знать, с кем вместе едем.

— Бдительность, — пояснил старшина.

— Газеты небось читаешь, — сказал лейтенант, — про этот самый процесс... Видишь, что творится? Шпионы, диверсанты, вредители, до самых верхов добрались, туда проникли.

— Изничтожить надо гадов, — скривил рот старшина, — всех подряд, врагов ентих, и жен ихних, и все семя ихнее.

— Детей-то за что? — улыбнулся Саша.

Лейтенант подозрительно посмотрел на него:

— Детей ихних жалеешь?

— Я думаю, детей можно перевоспитать.

— Дети эти подрастут, нас с тобой не пожалеют, — сощурился лейтенант, — припомнят нам и папку, и мамку. Узнаешь тогда, чего ихняя жалость стоит.

— Перевоспитай их попробуй, — добавил старшина, — ездил я в отпуск в деревню свою, значит, Вологодскую область. А в колхозе нашем председатель оказался вредитель, и бухгалтер, и бригадир тоже вредители, троцкисты. Посадили их, конечно. Вызывают бригадирову жену, она воет, причитает: «Меня-то за что, детишки у меня малые...» Молодая еще, ничего бабенка, справная. А следователь ей: «Ты почему скрывала взгляды врага народа?» — «Какого врага?» — «Муженька своего — Назарова Арсентия». — «Дак я не знала, что он враг». А следователь ей: «Ты что же, не видела, с кем спишь?!» Вот как вопрос поставил. Теперь будет знать, с кем спать, восемь лет получила, а ребятишек в детдом.

— Видишь, — посмотрел лейтенант на Сашу, — позаботились о детях... В детский дом на все готовое. А ты их жалеешь. У самого дети-то есть?

— Есть, — соврал Саша.

— Поэтому и жалеешь. А враги нас жалеют? Пришли к одному, большую должность занимал, председатель районного исполкома, пришли как к человеку, с ордером на обыск и арест, все по закону. А он выхватил пистолет и начал отстреливаться. Двоих наших на месте уложил, последнюю пулю в себя запустил, сволочь, предатель, шпион. Не пожалел наших двух товарищей, погибших при исполнении служебного долга, согласно присяге. И бабу свою, и девочку тоже не пожалел. Бабу расстреляли, а девчонке, ей лет пятнадцать было, влепили восемь лет.

— Да, — покачал головой Саша, — какие дела творятся...

Он допил чай, поблагодарил, взобрался на свою полку, задремал, проснулся, полежал, делая вид, что спит, опять задремал, опять проснулся.

Его спутники тоже поспали, потом обедали, но Сашу уже не звали, потеряли к нему интерес, выяснили личность, и ладно. И Саша был этим доволен, повернулся к ним спиной, опять сделал вид, что спит, и на самом деле заснул.

Проснулся поздно. Поезд стоял, в вагоне суетились, — видно, на большую станцию прибыли. Сашиных попутчиков не было, и вещей их не было.

Потом в купе вошли две женщины с ребенком, мужчина внес за ними чемодан.

— Какая станция? — спросил Саша.

— Казань.

Значит, врали конвойные, хотели одни ехать до Казани. Ну и славу богу! От утреннего разговора у Саши было муторно на душе. Ничего унизительного для себя он не говорил, но и не возражал этим сукиным сынам, палачам и расстрельщикам. Конечно, затеваться с ними глупо, но не надо было спускаться и сидеть за одним столом. Вы вчера не пускали меня в купе, вот и не желаю с вами знаться. Или притвориться больным: «Что-то знобит, простудился, наверно», попросить у них кипяток и поесть на своей полке. А он спустился, сел с ними. Врал про экспедицию профессора Кулика, про Тунгусский метеорит, чтобы внушить доверие к себе, и добился: им и в голову не пришло, что он из ссылки.

В такой лжи он будет жить теперь постоянно, будет выкручиваться, придумывать липовые истории, рассказывать их встречным и поперечным, лишь бы избежать вопросов и расспросов, лишь бы затемнить, замазать свое прошлое. Тягостно, тяжело. Но нет выхода. А не захочет осторожничать, не станет скрывать своей судимости, то быстро увидит лагерные ворота.

Ладно! Есть хочется, вот что. Сейчас он спустится с полки, найдет проводника и потребует у него кипяток. Деньги за билеты плачены? Плачены. Так, будьте любезны, обеспечьте пассажиров своего вагона кипятком! Ну да черт с ним, лень связываться, поест хлеб всухомятку.

И надо избавляться от иллюзий. Позади у него ссылка, впереди — лагерь, это ясно как дважды два, а сейчас он во временном отпуске. Вот именно — временном отпуске. А уж сколько ему свободных денечков выпадет на долю, никто сказать не может. Тут уж как повезет.

16

Утром за завтраком, подавая чай, Феня опрокинула чашку Вадиму на колени.

Вадим вскочил, отряхнул халат.

— Не видишь, куда ставишь, идиотка!

— И вправду, не вижу ничего, Вадимушка, совсем ослепла от слез.

И завыла, запричитала по-крестьянски в голос:

— Боже ж мой, боже ж мой, за что такое наказание? Кому он мешал? Тихий, мухи не обидит. Ведь старик он, внуки взрослые, за что же? Никого не трогал, ничем не заведовал, ему предлагали заведовать парикмахерской, а он отказался, не захотел... «Нет, — говорит, — не надо, от греха подальше». Теперь в тюрьму. Настя, жена, к нему ходила, в Бутырках сидит...

— Какая Настя, какая парикмахерская, какая Бутырка?! — прикрикнул на нее Вадим, догадываясь и ужасаясь тому, что Феня назовет имя Сергея Алексеевича.

— Да Настя, жена Сергея Алексеевича... Сергей Алексеевич наш в Бутырках сидит. — Она опять завыла в голос. — Настя ходила, передачу не принимают, деньги не берут, под следствием, говорят... А какое следствие? Чему следствие, как брил, как стриг?.. Оговорил его кто-то окаянный, чтоб его, проклятого, черти разорвали, чтоб ему всеми болячками переболеть, чтоб иссушила его лихоманка, чтоб не спастись ни ему, ни детям его, ни внукам...

— Хватит, хватит! — замотал головой Вадим, пренеприятнейшее известие это испортило настроение, пропал теперь рабочий день. — Хватит, слезами не поможешь!

— Так ты помоги, Вадимушка, ведь в газетах пишешь, известный человек, и Андрей Андреевич всех начальников лечит. Похлопочите! Неужели вас не послушают?

Дура, деревенщина, как втолковать ей, что в таких делах никто никого не слушает и никто никому не помогает.

— Я подумаю, что можно сделать, — сказал Вадим. Причитания Фени рвали ему сердце. — Только, пожалуйста, перестань голосить.

Феня замолчала; не убрав со стола, ушла в свою комнату при кухне. А Вадим поплелся в свою, кинулся на кровать.

После того как он подписал у Альтмана показания о рассказанном Сергею Алексеевичу анекдоте, Вадим перестал у него стричься. Не хотелось его видеть, неприятное чувство, похожее на обиду, возникало каждый раз, когда он проходил мимо парикмахерской в Калошином переулке. Зачем к месту и не к месту вставляет Сергей Алексеевич это свое: «Без Льва Давыдовича не обошлось», болтает всякую ерунду, а порядочные люди должны за это расплачиваться. Да и нужда в старике отпала. В Театр Вахтангова пришла молоденькая хорошенькая гримерша, оказалось к тому же, что хорошо стрижет, к ней по знакомству пристроили и Вадима, тем более гримерша не брезговала лишним заработком. Ну что бы этой девке прийти работать в театр раньше, ей бы уж Вадим точно не стал рассказывать анекдот о Радеке, и Альтман перестал бы тогда его мучить, и никакой подписки о сотрудничестве он бы не давал, и Сергей Алексеевич работал бы в своей парикмахерской до самой смерти.

Ах, бедняга, бедняга... Неужели действительно его могли арестовать из-за глупой присказки о Льве Давидовиче. Они все могут. Но зачем? Столько работы у них сейчас, идут громкие процессы, проводятся крупнейшие акции, зачем им какой-то ничтожный брадобрей?

Но, с другой стороны, старик произносил слова о Троцком с издевочкой, мол, что ни случись, обязательно все свалят на Льва Давыдовича. Внушал таким образом своим клиентам, что не надо верить НКВД, не надо верить тому, что за спиной всех преступников стоит Троцкий. Именно так и расценил эту присказку кто-нибудь из тех, кого Сергей Алексеевич обслуживал, и сообщил на Лубянку. А Вадим тут ни при чем. Ведь у него с Альтманом разговор о парикмахере был почти год назад. Он назвал тогда и Эльсбейна, и Ершилова, они на свободе, живут-поживают, никто их не трогает, а Сергея Алексеевича взяли. Значит, стукнули на него недавно, год назад на такие разговорчики могли не обратить внимания, а сейчас это — криминал. Логично? Логично.

Вадим вышел к Фене, будто бы справиться, постирана ли белая рубашка, и как бы между прочим спросил, когда забрали Сергея Алексеевича. Оказалось, две недели назад.

Все сходится! Хотелось ухватиться за эту мысль, хотелось поверить в нее и успокоиться, но нет, не успокоился; на его совести эта жертва, в его показаниях фигурирует Сергей Алексеевич, им, Вадимом, собственноручно эти показания подписаны. Было, правда, одно оправдание: думал тогда Вадим, что парикмахер сам постукивает и ничего ему поэтому не грозит. Выходит, ошибся, выходит, не стукач Сергей Алексеевич, угробил понапрасну невинного человека.

Ужасно, ужасно неприятно... И у Альтмана, конечно, ничего не выведаешь. Каждые две недели Вадим является к нему на свидание в гостиницу «Москва», приносит очередное донесение — короткую рецензию на какое-нибудь произведение, не соответствующее методу социалистического реализма, а следовательно, враждебное советской власти. Альтман читает это, сидя за столом, а Вадим располагается на диване, ждет. Конечно, в писательской среде у Альтмана много информаторов, Вадим в этом не сомневался, тот же Эльсбейн, да и других полно, но его донесения особые, не лишены литературного блеска, высокопрофессиональные. К тому же он человек осведомленный, бывает каждый день в писательском клубе, забегает в редакцию «Литературной газеты» и в редакции толстых журналов, в курсе всех новостей — кем там, «наверху», довольны, кем недовольны, чей разгром предстоит, кто уже арестован. Но главное — интуиция, интуиция ему всегда помогала, он далеко смотрит вперед, точно может определить, что в «дугу», а что — нет. И потому его информация шла не позади событий, а как бы впереди, опережая газеты. Это «опережение» и спасало его, создавая в глазах Альтмана известную репутацию.

Альтман закуривал, чирканье спички о коробок, всегда раздражавшее Вадима, означало, что он кончил читать. И тут начиналось самое мучительное. Вадим поднимал на него глаза, бледнея от страха; поведение этой скотины никогда не предугадаешь. Иногда брезгливым движением пальцев Альтман отбрасывал от себя исписанные листки, брюзжал: «Недостаточно». Вадим сдавленным голосом оправдывался — других сведений у него нет. Иногда Альтман коротко бросал ему: «До свидания», и Вадим торопливо ретировался, не дожидаясь лифта, сбегал по лестнице с пятого этажа.

Как-то, прочитав рецензию на «Далекое» Афиногенова, Альтман закурил, кивнул головой на стул:

— Садитесь ближе, поговорим.

Вадим сел.

— А ведь Щукин хорошо играл Малько в «Далеком», или вы считаете, что плохо играл, у вас другие соображения на этот счет?

Господи, неужели выводит его на Щукина? Скажет, что незнаком с ним, такая знаменитость молодых к себе не подпускает. А вдруг Альтман знает, что отец несколько раз консультировал Щукина, причем не в поликлинике, а дома? И тогда начнет кричать: «Все вы лжете, Марасевич, всегда лжете».

— Щукин-то, конечно, актер превосходный, — уклончиво начал Вадим, — но...

— Ваши «но» я знаю. У меня к вам другое дело. Возьмите свои бумаги домой и переделайте на официальную рецензию. Подпишите своей фамилией.

— Да, но... — растерялся Вадим.

Альтман перебил его:

— Что вас смущает? Это, — он показал на донесение, — это одно, а то, что вы напишете, совсем другое. Напишете официальную рецензию, которую мы могли заказать любому критику, в том числе и вам. Что? — Он прищурился. — Боитесь, вас расшифруют? Кого боитесь?

Вадим не выносил этого палаческого прищура.

— Да нет, что вы...

— Может, боитесь, что советскую власть свергнут и вас потянут к ответу?

— Ну что вы?! Кто может свергнуть советскую власть?

— Вот именно, — усмехнулся Альтман, — так что не бойтесь... — Он опять прищурился. — А если свергнут, то вас не найдут, не беспокойтесь. Много мы нашли сотрудников царской охранки? Единицы, а их были тысячи и десятки тысяч. Никакая разведка не выдает своих. При малейшей опасности агентурные документы уничтожают в первую очередь. Всякая настоящая разведка ценит и бережет людей, которые ей помогали. Так что уж кому-кому, а вам беспокоиться нечего.

— Я и не беспокоюсь, — сказал Вадим, — я только подумал, насколько это совместимо. Такая рецензия может натолкнуть на мысль, что ее автор — сотрудник...

— А если бы вы опубликовали эту рецензию в газете, а мы бы ее использовали на следствии, вас тоже заподозрили бы в сотрудничестве? Какая разница? Или бы вы написали отрицательную рецензию, закрытую, для издательства, и мы бы ее присоединили к делу? Никакая рецензия не дает повода для подозрения о сотрудничестве. Как раз наоборот: человек пишет, подписывает своей фамилией, все честно, открыто. Разве надо было бы писать такие открытые рецензии, будь он тайным сотрудником?

Он не отрываясь смотрел на Вадима. Что за игра?

— За нашей широкой спиной вам некого бояться, — четко произнес Альтман, — за нашей широкой спиной, и только за ней, вы в полной безопасности. Не будь ее, вы, дорогой Вадим Андреевич, давно бы загремели... Говорю это не в порядке упрека. Мы верим в вашу искренность, верим, что вы хотите помогать партии бороться с ее врагами. Но мы, Вадим Андреевич, и не можем не констатировать вашей сдержанности, вашей осторожности. А она ни к чему, поверьте мне, ни к чему.

Вадим не хотел уточнять, что подразумевает Альтман под чрезмерной осторожностью, он это знал — Альтману требуется информация о разговорах, желательно разговорах групповых. Но групповых разговоров сейчас никто не ведет, да и с глазу на глаз люди не пускаются в откровения — все перепуганы насмерть. Встань он на этот путь, ни одного донесения не принес бы Альтману, и тогда Альтман заставил бы его выдумывать, высасывать из пальца, он нашел единственно правильную позицию — пишет рецензии, пусть тайные, пусть под псевдонимом, но рецензии, совпадающие с официальной партийной позицией, под которыми мог бы подписаться собственной фамилией и опубликовать где угодно. Ершилов — тот еще похлеще пишет и печатает. И его статейки — такой же обвинительный материал, но Ершилов за это еще и деньги получает, а он работает на них бесплатно, можно сказать, из идейных соображений. Альтман как-то попробовал всучить ему деньги, Вадим даже руки спрятал за спину: «Что вы, что вы, ни в коем случае...»

421

— Но ведь ваше рабочее время стоит денег, вы могли написать что-либо для газеты, получили бы гонорар. — Он уцепился за это слово. — И эти деньги рассматривайте как гонорар. Не беспокойтесь, расписки не потребую.

Но Вадим не дал себя уговорить и денег не взял. И наверное, хорошо поступил, вырос в мнении у Альтмана, предстал перед ним человеком достойным, порядочным, бескорыстно выполняющим свой долг перед страной и партией. Вероятно, об отказе взять деньги Альтман доложил начальству, и там акции Вадима тоже укрепились. Впрочем, черт его знает, может быть, и не доложил, а деньги оставил себе. Ведь сам сказал: «Расписки не потребую». Значит, на эти деньги с них ее и не спрашивают, просто записывают: «Выдано агенту такому-то столько-то». И на него преспокойно запишут... Ну и черт с ними. Но его совесть чиста, он не продажная шкура, ему сребреники не нужны, вот бы узнать только, за что посадили Сергея Алексеевича.

Вадима несколько раз подмывало спросить о нем Альтмана. Но побоялся. Побоялся услышать правду, побоялся услышать, что именно он посадил Сергея Алексеевича. Это было бы ужасно! А если дело не в его показаниях, а в чем-то другом, тогда своим вопросом он только напомнит о них Альтману и сам втянется в это нелепое дело. Лучше молчать, лучше делать вид, что ничего не знает о Сергее Алексеевиче.

Заговорил о нем сам Альтман. На одном из свиданий он вынул из портфеля протокол первого допроса Вадима, протянул ему.

— Прочитайте... Вот это место.

И ткнул пальцем в то место, которое должен был перечитать Вадим. Это был его рассказ о радековском анекдоте, об Эльсбейне, Ершилове и парикмахере Сергее Алексеевиче.

— Упирается ваш парикмахер, — сказал Альтман, — все отрицает, сволочь! — И нахмурился, скривил губы, видимо вспоминая допросы Сергея Алексеевича. — Крепкий старик!

Потом поднял глаза на Вадима:

— Прочитали?

Вадим кивнул. Говорить он не мог.

— Завтра в два часа придете на Лубянку, получите пропуск, у вас будет очная ставка с этим парикмахером.

— Как?! — Вадим едва дышал. — Как очная ставка, почему?

— По этому самому, — Альтман показал на строчки протокола, — вы в его присутствии подтвердите то, что здесь подписали.

— Но, товарищ Альтман, — взмолился Вадим, — как можно? Он — друг нашей семьи, он стриг меня еще ребенком, знал мою покойную мать, знает отца, как я буду показывать против него?!

Альтман опять ткнул пальцем в протокол:

— Вы здесь написали правду?

— Конечно.

— Вот и подтвердите ее.

— Но это такой пустяк...

— Возможно, — согласился Альтман, — тогда тем более подтвердите, чего бояться?

— Но ведь не он рассказал анекдот, а я!

— И это подтвердите, — усмехнулся Альтман.

— Значит, мои показания будут официально фигурировать в его деле?

— Да, будут, а что здесь такого?

— Но как это совместимо с тем, что я для вас делаю?

— Очень совместимо.

— Я рассказал анекдот и хожу на свободе, а он только выслушал этот анекдот и сидит в тюрьме. Значит, кто я такой? Провокатор?

Альтман скривил губы:

— Зачем такие громкие слова? И пустые слова. За провокацию мы строго наказываем, запомните! И если с вашей стороны была провокация, мы бы и вас наказали. Но провокации не было. Вы рассказали анекдот и честно в этом признались. А он выслушал анекдот и не только не сообщил куда следует, но отрицает, что слышал его от вас, отрицает свои слова: «Без Льва Давыдовича не обошлось». Почему он все это отрицает? Мог бы сказать: «Да, слышал этот анекдот, не придал ему значения... Да, упомянул Льва Давыдовича, так теперь все его упоминают». И все! Дело с концом! Нет, все отрицает. Случайно? Далеко не случайно.

Вы наивны, дорогой Вадим Андреевич, вы витаете в своих литературных облаках... А враг коварен. Вы не знаете и не предполагаете, куда тянутся связи вашего невинного парикмахера. Это, — он показал на протокол, — это с виду действительно пустяк, но за таким пустяком может стоять очень многое. И не рефлектируйте, пожалуйста, и оставьте сантименты: «знал ребенком, знал покойную маму...» Мы хотим одного: чтобы парикмахер сказал правду, только правду и объяснил бы нам, почему он эту правду скрывает. Вот и вы ему объясните, что для его же пользы лучше говорить правду.

17

Очная ставка происходила не в кабинете Альтмана, а в кабинете какого-то высокого начальника. Однако за начальническим столом сидел сейчас Альтман, за другим, поставленным перпендикулярно к первому, Вадим.

Ожидая, когда введут Сергея Алексеевича, Альтман что-то писал, а Вадим не отрывал беспокойного взгляда от двери, вздрагивая при малейшем звуке в коридоре... Ужасно, ужасно, ужасно... Как он будет смотреть в это с детства знакомое лицо, как будет уличать почти уже родного человека во лжи.,, Боже мой! Ну зачем Сергей Алексеевич отрицает такую мелочь? Выручает его, Вадима, не хочет выдавать? Это, конечно, благородно, но абсолютно не нужно, он так ему и скажет: «Сергей Алексеевич, я понимаю, вы не хотите подводить меня, это очень благородно с вашей стороны, но абсолютно не нужно. Я сам принял на себя всю вину. Я признался, что *я*, и только *я*, рассказал вам этот анекдот. Подтвердите, я вас очень прошу, это важно для нас обоих...»

Дверь открылась неожиданно, и в кабинет, сопровождаемый конвоиром, едва передвигая ноги, вошел старик. В первую минуту Вадим не узнал в этом доходяге Сергея Алексеевича. На лице кровоподтеки, голова трясется. Левой рукой он поддерживал спадающие брюки, а пальцы правой, в которой Сергей Алексеевич обычно держал ножницы, все время двигались, и эта странно шарящая по воздуху рука совершенно сразила Вадима. «Господи, — подумал он, — человек уже при последнем издыхании, а рефлекс все еще живет».

Некоторое время Альтман пристально смотрел на Сергея Алексеевича, потом кивнул на стоящие у стены стулья:

— Садитесь, Феоктистов!

Сергей Алексеевич сел, не глядя на Вадима, — то ли не заметил, то ли не узнал.

— Гражданин Феоктистов! — суровым голосом произнес Альтман. — Вам знаком этот гражданин? — И показал на Вадима.

Сергей Алексеевич с трудом поднял голову, повернулся к Вадиму.

Вадиму показалось, что в глазах его что-то вспыхнуло на мгновение, потом потухло, погасло, и Сергей Алексеевич снова опустил голову.

— Я спрашиваю: знаком вам этот человек?

Глотнув воздух, Сергей Алексеевич с трудом проговорил:

— Знаком.

Он пожевал губами, и тут Вадим заметил, что у него не хватает зубов. Раньше зубы были.

— Как его зовут, фамилия?

— Вадим Андреевич... — прошепелявил старик, — фамилия Марасевич...

— Значит, вы подтверждаете факт вашего знакомства?

— Подтверждаю.

— При каких обстоятельствах вы познакомились?

— Стригутся они у меня...

— А другие у вас стригутся?

— Стригутся.

— И вы их всех знаете по имени, отчеству и фамилии?

— Случайных не знаю, а которые постоянные, тех знаю... Ихний папенька, Андрей Андреевич, еще с дореволюции...

— Меня не интересует, что было до революции, — оборвал его Альтман, — рассказывайте, что было после революции. Какие разговоры вы вели с Марасевичем Вадимом Андреевичем?

— Никаких не вел, — не поднимая головы, ответил Сергей Алексеевич.

— А он с вами?

— И он со мной!

— А политические анекдоты он вам рассказывал?

Сергей Алексеевич еще ниже опустил голову.

— Нет, не рассказывал.

— Так, отпираетесь, — зловеще произнес Альтман, — послушаем тогда гражданина Марасевича. Гражданин Марасевич, вам знаком этот человек?

Сдерживая дрожь в голосе, Вадим ответил:

— Знаком.

— Его имя, отчество, фамилия.

— Феоктистов Сергей Алексеевич.

— Откуда вы его знаете?

— Я стригся у него, брился.

— А откуда вам известно его имя-отчество?

— Как откуда... Я стригся у него пятнадцать лет, как же мне не знать? И мой отец у него стрижется.

Вопросы были вздорные, нелепые, но Вадим понимал их необходимость: Альтман разговаривал с ним так же, как и с Сергеем Алексеевичем, не как с обвинителем, даже не как со свидетелем, а как с обвиняемым, ставит его на одну доску с Сергеем Алексеевичем. И слава богу, и пускай, лишь бы не выглядеть в глазах Сергея Алексеевича предателем.

— Гражданин Марасевич! Вел с вами гражданин Феоктистов антисоветские разговоры?

— Нет, нет, что вы?! — забормотал Вадим. — Никаких антисоветских разговоров он со мной не вел.

— А вы с ним?

— Я тоже не вел.

— Как же так, — фальшиво удивился Альтман, — а антисоветские анекдоты вы ему рассказывали?

— Я рассказал анекдот о Радеке.

— О каком Радеке, который осужден по процессу?

— Да.

— Ну и что это за анекдот?

Вадим пересказал анекдот.

— И как вы его расцениваете?

Вадим молчал.

— Я спрашиваю, — повторил Альтман, — как вы расцениваете тот анекдот, советский он или антисоветский?

426

— Но ведь это анекдот, — сказал Вадим.

— В котором повторяются слова шпиона и убийцы Радека про нашего вождя товарища Сталина, издевательские слова, — подхватил Альтман, — так это советский анекдот или антисоветский?

— Антисоветский, — выдавил из себя Вадим.

— И вы его рассказали гражданину Феоктистову?

— Да.

— С какой целью?

— Просто так рассказал.

— Просто так, — повторил Альтман, — и как на это реагировал гражданин Феоктистов?

— Посмеялся и сказал: «Без Льва Давыдовича не обошлось».

— Какого Льва Давыдовича?

— Троцкого, по-видимому.

— Как вы нашли этот ответ Феоктистова?

— Ну, как присказку.

— Что значит присказку?

— Ну, расхожее слово.

— Что значит — расхожее слово?

— Ну, сейчас ясна роль Троцкого в разного рода антисоветской деятельности, об этом свидетельствуют и процессы, вот и получилось расхожее слово.

— Но ведь вы рассказали анекдот в прошлом году, еще до ареста Радека.

— Да.

— Почему уже тогда, по-вашему, гражданин Феоктистов связал Радека с Троцким?

Вадим пожал плечами.

— Ладно, — Альтман перебрал бумаги на столе, с ненавистью уставился на Сергея Алексеевича. — Гражданин Феоктистов, вы слышали показания гражданина Марасевича?

— Слышал, — прошептал Сергей Алексеевич.

— Рассказывал он вам анекдот про Радека?

— Не помню.

— Упоминали вы Льва Давыдовича Троцкого?

— Нет, никогда.

Альтман усмехнулся.

— Сергей Алексеевич, — сказал вдруг Вадим и приподнялся со стула, — зачем вы упираетесь, зачем отрицаете очевидные вещи? Ведь я всю вину взял на себя, ведь я признал, что именно я рассказал вам этот анекдот, не вы, а я. Я за это буду отвечать, а не вы. Зачем же упираться? Меня выгораживаете? Но это мне не нужно, абсолютно не нужно. Я в этом не нуждаюсь. Нам обоим этого не надо, поверьте мне.

Альтман выжидательно смотрел на Феоктистова. Но тот никак не реагировал на слова Вадима, даже головы не поднял.

— Ну что ж, запишем, — сказал Альтман.

Он долго писал протокол очной ставки, затем прочитал его. Вадим подтверждал в нем свои прежние показания, а в ответах Сергея Алексеевича на каждый поставленный вопрос стояло слово: «отрицаю».

— Правильно записано? — спросил Альтман у Вадима. Все было записано правильно, но выглядело ужасно.

Вадим замешкался с ответом. Бессмысленным упорством Сергей Алексеевич гробил себя. Сам роет себе могилу...

— Гражданин Марасевич, правильно записано? — повторил свой вопрос Альтман, в его голосе слышалось нарастающее раздражение.

— Правильно.

— Распишитесь.

Он показал ему, где расписаться, и Вадим расписался.

— Гражданин Феоктистов, правильно все записано? Отвечайте!

— Отрицаю, — прошептал Сергей Алексеевич.

— Тут и написано: «Отрицаю». Встаньте!

Сергей Алексеевич едва поднялся со стула.

— Подойдите сюда!

Шаркая ногами, Сергей Алексеевич подошел к столу. Альтман придвинул ему протокол очной ставки:

— Прочитайте сами!

Сергей Алексеевич прочитал, мотнул головой.

— Вот здесь распишитесь!

Сергей Алексеевич расписался.

Альтман нажал на звонок, в дверях возник конвоир.

— Уведите!

Конвоир приблизился к Сергею Алексеевичу, взял его за локоть.

И в эту минуту Сергей Алексеевич поднял глаза на Вадима. У Вадима кровь отлила от лица.

— Эх, Вадим Андреевич, Вадим Андреевич...

Альтман ударил кулаком по столу:

— Разговорчики?! Увести!

Конвоир грубо потянул Сергея Алексеевича за локоть, толкнул и вывел из кабинета.

— Каков фрукт? — спросил Альтман. — Уже три месяца мы с ним волынимся. Упорная сволочь.

— И все из-за этого анекдота?

— Анекдот мелочь, — сказал Альтман, — там вещи посущественнее. Кстати, вам неизвестны знакомства Феоктистова с военными?

— С военными? Понятия не имею.

18

Орджоникидзе торжественно похоронили на Красной площади.

Его кончине и похоронам газеты посвятили целые полосы. Вся страна скорбела о смерти дорогого товарища Серго, любимца народа, командарма тяжелой индустрии. Потрясенные утратой, выступали в печати ученые, руководители промышленности, рабочие-стахановцы, военные, писатели, артисты, художники.

Не обошлось и без вылазки врага. Один чеченский поэт опубликовал стихи на смерть товарища Орджоникидзе. На собрании чеченских писателей их похвалили. Растроганный поэт ответил: «Когда умрет товарищ Сталин, я напишу еще лучше». Пришлось болвана расстрелять.

Из-за похорон на несколько дней отложили Пленум и открыли его 23 февраля. Теперь все должно пройти нормально. Бухарина и Рыкова надо арестовать прямо на Пленуме. Пусть и другие члены и кандидаты ЦК посмотрят, как это делается. Потом на показательном процессе Бухарин и Рыков во всем признаются, расскажут все, что от них потребуется.

Сколько раз каялся Бухарин? Покается и на этот раз. Как мог Ленин упоминать в своем «завещании» человека, про которого сам говорил, что он «мягкий как воск». Разве бывает вождь «мягкий как воск»? Правильно его назвал Троцкий: «Колька Балаболкин» — тряпка, путаник и болтун. Во времена Брестского мира левые эсеры предложили ему арестовать Ленина и создать новый кабинет министров. Бухарин отказался, обо всем передал Ленину. Ленин взял с него честное слово никому об этом не рассказывать. Не смог удержаться. После смерти Ленина разболтал публично, вот, мол, до чего доводит фракционная борьба. А теперь, почти через двадцать лет, ОН ему это предъявил: тайно договаривался с эсерами об аресте Ленина. Сам ведь признавался! К НЕМУ эсеры не приходили, а к Бухарину пришли. ЕМУ такого предложения не делали, а Бухарину сделали. Отказался он или не отказался — неизвестно. Может быть, и согласился, но сорвалось. А если отказался, побоялся, счел нереальным. Рассказал Ленину? Где доказательства? Ленин мертв. Вот до чего доводит болтливость. А теперь весь народ будет знать: Бухарин собирался арестовать Ленина.

Легкомысленность, пустозвонство? Возможно. Но если ты легкомысленный пустозвон, то не претендуй на лидерство, на роль «любимца партии». От Бухарина ОН давно хотел избавиться. В середине двадцатых годов, после разгрома зиновьевской оппозиции, ОН надеялся разделить правых, отделить Рыкова от Бухарина, намекнув Рыкову: «Алексей, нам бы вдвоем взяться». Не захотел Алексей, вот и расплачивается.

Два месяца назад, на декабрьском Пленуме ЦК, Бухарин еще хорохорился. Ежов обвинил его и Рыкова в том, что они блокировались с троцкистами и знали об их террористической деятельности. Бухарин крикнул Ежову:

— Молчать! Молчать! Молчать!

Что за дурацкие выкрики?! Никто его не поддержал. А ОН тогда сказал:

— Не надо торопиться с решением, товарищи. Вот против Тухачевского у следственных органов тоже имелся материал, но мы разобрались, и товарищ Тухачевский может спокойно работать.

И предложил резолюцию: «Считать вопрос о Рыкове и Бухарине незаконченным. Продолжить дальнейшую проверку и отложить дело решением до последующего Пленума ЦК».

Сманеврировал. Зачем? А вот зачем: надо сначала провести в январе процесс Радека—Пятакова—Сокольникова, а уж потом снова вернуться к Бухарину. Заодно и Тухачевского успокоил.

Так и постановили. На процессе в январе все подтвердилось: на всю страну, на весь мир прозвучали имена Бухарина и Рыкова. За эти два месяца Бухарину *каждый день* посылались на дом протоколы допросов бывших его сторонников по правой оппозиции, бывших его учеников в Институте красной профессуры. Только за один день, 16 февраля, ему было послано двадцать таких протоколов, пусть читает. К этому надо добавить непрерывные очные ставки с Сокольниковым, Пятаковым, Радеком, с бывшими его учениками, с Астровым например.

В итоге Бухарин деморализован окончательно. Объявил голодовку, заявил, что не явится на Пленум, пока с него не снимут обвинения. Как был наивным чудаком, так им и остался. Кого он собирается напугать *домашней* голодовкой? ОН в свое время дал распоряжение Ягоде: объявление голодовки рассматривать как продолжение в тюрьме контрреволюционной деятельности. А тут голодовка в собственной квартире, под боком у молоденькой жены. Кто может доказать, что он действительно голодает?

Пришел Бухарин на Пленум, никуда не делся. Хоть и не снял голодовку, а явился, упал в проходе. Изобразил голодный обморок. Если такой слабый, как же, спрашивается, добрался до зала заседаний? Или надеялся, что «ввиду болезни» отложат его вопрос? Нет, не отложили.

ОН подошел к нему:

— Кому ты голодовку объявил, Николай, ЦК партии? Посмотри, на кого ты стал похож, совсем отощал. Проси прощения у Пленума за свою голодовку.

— Зачем это надо, — ответил Бухарин, — если вы собираетесь меня исключать?

— Никто тебя из партии исключать не будет. Иди, иди, Николай, проси прощения у Пленума, нехорошо поступил.

Так ОН ему ответил. Негромко ответил. Никто другой не слыхал. Но Бухарин услышал. И поверил, чудак, сразу взбодрился, поднялся с пола и попросил прощения за голодовку. Что-то промямлил про чудовищные обвинения, но прощения попросил. Сошел с трибуны и опять сел на пол в проходе. Что хотел этим сказать?

И так, сидя на полу в проходе, выслушал доклад Ежова. На этот раз Ежов выложил обвинения и в терроре, и в подготовке дворцового переворота, блоке с троцкистами и зиновьевцами, организации кулацких восстаний, продаже СССР капиталистам и убийстве Кирова. Сидя на полу, Бухарин молча слушал Ежова и посматривал на НЕГО, ожидая, что ОН выступит в его защиту. Но выступил не ОН, а Микоян, дал политическую оценку Бухарину и Рыкову как врагам партии и народа. На этом заседание кончилось.

Потом проверили — Бухарин дома поужинал, облагодетельствовал партию, пришел на Пленум сытый, опять смотрел на НЕГО, ожидая, когда ОН начнет его выручать. Нет, милый Бухарчик, ты ведь сам назвал товарища Сталина «Чингисханом с телефоном», а Чингисханы, как известно, не торопятся миловать.

На следующий день выступили Молотов и Каганович, выдавали наотмашь. Тугодум Молотов даже так сообразил:

— Арестуем, — сознаетесь. Фашистская пресса утверждает, что наши процессы провокационные. Отрицая свою вину, вы только докажете, что вы фашистский наймит.

Никто не поддержал Бухарина. Все были против, перебивали, когда Бухарин сказал: «Мне тяжело жить»; даже ОН его перебил: «А нам легко?»

ОН не выступил. Предложил создать комиссию для выработки решения о Бухарине и Рыкове. Создали. Тридцать шесть человек, председатель Микоян.

На заседании комиссии выступили двадцать человек. Расстрелять предложили шестеро: Ежов, Буденный, Мануильский, Шверник, Косарев и Якир. Предать суду без расстрела — семеро: Постышев, Косиор, Петровский, Антипов, Николаева, Шкирятов и Хрущев. Большинство, в том числе Крупская и Ульянова, проголосовали за ЕГО, *самое «мягкое»*, предложение — исключить из партии, суду не предавать, а направить дело в НКВД.

Ну а если дело направить в НКВД, то и их самих туда же.

Тут же, на Пленуме, 27 февраля, Бухарина и Рыкова арестовали.

На этом же Пленуме, 3 марта, товарищ Сталин выступил с докладом.

— Вредители, диверсанты, шпионы, агенты иностранных государств, — сказал товарищ Сталин, — проникли во все организации страны. Руководители этих организаций проявили беспечность.

Пока существует капиталистическое окружение, у нас будут вредители, шпионы, диверсанты и убийцы.

Сила нынешних вредителей и диверсантов в том, что у них в кармане партийный билет.

Слабость наших людей — слепое доверие к людям с партийным билетом.

Вредители могут показывать и систематические успехи: откладывают свою вредительскую деятельность до войны.

Так на февральско-мартовском Пленуме тридцать седьмого года товарищ Сталин, теперь уже официально, объявил войну против своего народа, начатую им десять лет назад.

По подсчетам ученых, в начале 1937 года в тюрьмах и лагерях находилось пять миллионов человек. Между январем тридцать седьмого и декабрем тридцать восьмого арестованы еще семь миллионов. Из них расстреляны — один миллион, умерли в лагерях — два миллиона.

19

Родители Шарля жили в Алжире, отец занимал крупный пост во Французской администрации. Они присылали письма, передавали нежные приветы и поцелуи невестке, и Шарль передавал им от имени Вики такие же добрые слова и поцелуи.

По утрам Сюзанн подавала завтрак: кофе, молоко, круассаны, сливочное масло, конфитюр. После завтрака Шарль работал в своем кабинете, а где-то к началу второго Сюзанн сообщала мадам, что обед готов и в столовой все накрыто. Ужинали они обычно в ресторанах. Вика обожала парижские рестораны и кафе: обстановка непринужденная, все тебе улыбаются, в Москве посещение ресторана — событие, а здесь — часть жизни парижан. Нет швейцаров и гардеробщиков, оставляешь пальто на круглой вешалке или бросаешь рядом с собой на стул, метрдотель провожает от двери до удобного для тебя столика, не подсаживает незнакомых, официанты услужливы, каждому дают карту меню — читай, выбирай... За несколько месяцев у Вики даже появились свои излюбленные места, например ресторан «Ротонда», оттуда по бульвару Распай — прекрасная прогулка перед сном. Но бывали они там нечасто, Вика не знала, куда ее повезет Шарль — в «Ротонду», или на берег Сены, или в какой-то незнакомый район, все зависело от его дел.

Как-то Шарль сказал, что они пойдут вечером в «Closerie des Lilas», — у него назначено свидание с одним из коллег.

— Тебе будет интересно, можно встретить знаменитость, там любил бывать Хемингуэй, обычно сидел за стойкой, но сейчас он в Испании...

Кафе находилось на углу бульвара Монпарнас и Avenue de l'Observatore. Шарль хотел показать Вике обсерваторию, которая и дала название этой улице. Но она оказалась закрытой.

Они остановились на перекрестке: горел красный свет. И, глядя на проезжающие мимо машины и не отпуская его руки, Вика сказала:

— Никак не могу поверить, что я в Париже и ты рядом... Иногда я думаю: может, мне все это снится?..

«Closerie des Lilas» — этот «Сиреневый хуторок» — понравился Вике. Уютно, оживленно. Многие посетители знали друг друга, здоровались с Шарлем. Его приятель-журналист помахал им рукой, они сели за его столик, Вика тоже принимала участие в их беседе, время от времени вставляя не очень сложные фразы. Была довольна собой, приятно говорить по-французски.

Они уже кончали ужинать, Вика раздумывала, что бы съесть на десерт, подняла глаза от карты и остановила взгляд на только что вошедшем господине.

Среднего роста, лет шестидесяти, очки в роговой оправе, глубокие вертикальные морщины над переносицей.

Может быть, Вика еще обратила на него внимание потому, что, как ей показалось, публика на мгновение затихла, как бы приветствуя появление этого господина. У него действительно было волевое и значительное лицо.

Он положил пальто на свободный стул, осмотрелся, увидел Шарля, подошел к их столику, отвесил общий поклон.

Шарль встал, они пожали друг другу руки.

— Прошу вас, передайте вашему редактору благодарность за статью о моей книге.

— Иначе и не могло быть, месье Жид, это прекрасная книга.

— Не все так думают.

— Они не знают России. Они не сумели ее понять и увидеть так, как увидели вы. Я жил там несколько лет и поражен вашей наблюдательностью. Несчастная страна. Единственное, что там было хорошего, я увез с собой...

Он представил Вику.

Жид учтиво пожал ей руку, доброжелательно улыбнулся:

— Виктория! Это действительно ваша победа. Надеюсь, сударыня, вы будете первая русская, которая прочтет мою книгу о России. Хотя я не убежден, что все в ней вам понравится.

— Этого не случится! — ответила Вика, мило улыбаясь. — Мой муж так много мне о ней рассказывал, так восхищался. Я доверяю его вкусу.

Дома Шарль сказал:

— Из современных французских писателей Андре Жид — мой самый любимый. Сколько, думаешь, ему лет?

— Около шестидесяти.

— Шестьдесят восемь. Тебе попадались в Москве его книги?

— Нет, — призналась Вика.

— В России его много печатали. Даже издали собрание сочинений. Он был большим поклонником СССР.

Шарль снял с полки книгу, открыл заложенные страницы:

— Вот что он писал до своей поездки в СССР: «Три года назад я говорил о своей любви, о восхищении Советским Союзом. Там совершался беспрецедентный эксперимент, наполнявший наши сердца надеждой, оттуда мы ждали великого прогресса, там зарождался порыв, способный увлечь все человечество. В наших сердцах и умах судьбу культуры мы связывали с СССР. Мы будем его защищать».

Он оторвал глаза от книги и сказал:

— Я пишу большую работу о Жиде и отлично помню его высказывания начала тридцатых годов: «Если бы СССР понадобилась моя жизнь, я бы тотчас отдал ее».

Он снова взялся за книгу:

— А вот что он написал немедленно по возвращении: «В СССР решено однажды и навсегда, что по любому вопросу должно быть только одно мнение... Каждое утро „Правда“ сообщает, что следует знать, о чем думать и чему верить... Когда говоришь с русским, ты говоришь словно сразу со всеми. Подобное сознание начинает формироваться с детства. Всеобщая в СССР тенденция к утрате личностного начала — может ли она рассматриваться как прогресс?.. Ни в одной стране, кроме гитлеровской Германии, сознание так несвободно, угнетено, запугано, порабощено. Головы еще никогда не были так низко опущены».

Шарль взглянул на Вику.

— Конечно, никто не смеет пикнуть, — сказала Вика по-русски. По-русски она думала, не могла сразу переключиться на французский.

— Не менее интересны его рассуждения о власти, послушай: «Диктатура одного человека, а не диктатура пролетариата. Уничтожение оппозиции в государстве — приглашение к терроризму. С кляпом во рту, угнетенный со всех сторон, народ лишен возможности сопротивления. В самом лучшем положении наиболее низкие, раболепные, подлые. Чем никчемнее эти люди, тем более Сталин может рассчитывать на их рабскую преданность. Лучшие исчезают, лучших убирают. Скоро Сталин будет всегда прав, потому что в его окружении не остается людей, способных предложить идеи. Такова особенность деспотизма — тиран приближает к себе не думающих, а раболепствующих».

Он опустил книгу:

— Тебе не скучно?

— Что ты! Я впервые слышу такое... То есть я это знаю, понимаю, но он поразительно точно формулирует.

— Да, он мастер. Вот еще: «Народ убедили, что все за границей решительно хуже, чем в СССР. Поэтому каждый рабочий радуется режиму, отсюда некий „комплекс превосходства". Для них за пределами СССР — мрак в капиталистическом мире, все прозябают в потемках. На сочинском пляже купальщики хотели от нас услышать, что ничего подобного у нас во Франции нет. Из учтивости мы не стали им говорить, что во Франции есть пляжи гораздо лучше».

— Это типичное наше российское чванство, — сказала Вика. — Я бывала в Сочи. Хорошо только тем, кто в санаториях, а остальные лежат на пляже впритык друг к другу, как сельди в бочке, а потом часами стоят в очереди в паршивые столовые. Жид знает русский язык?

— Ни слова.

— Удивительно, как он точно все подметил, а ему наверняка показывали самое лучшее, у нас всех иностранцев водят за нос.

Шарль уткнулся в книгу:

— Вот еще интересные наблюдения: «Лучший способ уберечься от доноса — донести самому. Доносительство возведено в ранг гражданской добродетели».

Вика залилась краской, вздрогнула и, чтобы скрыть это, подвинулась в кресле.

Шарль вопросительно посмотрел на нее.

— Нога затекла, — сказала Вика, переложив ногу с одной на другую, — читай, пожалуйста, страшно интересно.

Слава богу, справилась с собой. Почему это вдруг так ее задело? Ведь все позади. И Шарок, и Маросейка, и та расписка ее несчастная, все там, за границей... А «граница на замке». И все же от одного этого слова повеяло опасностью.

— Послушай еще: «Товары совсем негодные. Витрины московских магазинов повергают в отчаяние...»

Вика засмеялась:

— Вот это точно.

— Дальше. «Группа французских шахтеров, путешествуя по СССР, по-товарищески заменила на одной из шахт бригаду советских шахтеров и без напряжения, не подозревая даже об этом, выполнила стахановскую норму. Советский рабочий превратился в загнанное существо, лишенное человеческих условий существования, затравленное, угнетенное, лишенное права на протест и даже на жалобу, высказанную вслух...»

Шарль положил книгу на стол, ласково улыбнулся, наклонился, взял ее за руку:

— Я тебя расстроил этим чтением?

— Почему, милый?

— Мало приятного слушать такое про свою родину. Ведь русские такие патриоты?

— Да, я русская, но ничего общего с Советами не имею.

— Я тебе говорил, что пишу большую статью об этой книге, — он усмехнулся, — ведь я считаюсь специалистом по Советской России.

— Ты и есть специалист, — сказала Вика.

— Которого не любят наши левые... Впрочем, они не любят и Жида.

— Коммунисты?

— И коммунисты, и те, кто близок к ним. Ромен Роллан, Луи Арагон, Мальро и многие другие. Это талантливые, но очень недалекие, наивные люди. Если ты не против, прочитаю еще несколько строк.

— Конечно, конечно...

Хотя она немного устала и было уже скучновато слушать про Арагона и Мальро, о которых она понятия не имела, но надо терпеть. Шарль всегда должен находить в ней внимательную слушательницу, это одно из условий их дальнейшей счастливой жизни.

— Так вот, — продолжал Шарль, — смотри, какое интересное место: «От художника, от писателя требуется только быть послушным, все остальное приложится. Нет ничего более опасного для культуры, чем подобное состояние умов. Искусство, которое ставит себя в зависимость от ортодоксии, даже и при самой передовой доктрине, обречено на гибель. Революция должна предложить художнику прежде всего свободу. Без нее искусство теряет смысл и значение. Большой писатель, большой художник всегда антиконформист. Он движется против течения». Великолепно сказано!

— Великолепно!

— Впрочем, Жид кончает на оптимистической ноте. «Под СССР я имею в виду тех, кто им руководит. Даже ошибки одной страны не могут скомпрометировать истину. Будем надеяться на лучшее. Иначе от этого прекрасного героического народа, столь достойного любви, ничего больше не останется, кроме спекулянтов, палачей и жертв».

Вика протянула руку:

— Дай мне посмотреть.

Она прочла вслух несколько абзацев, перевернула страницу, почитала еще немножко про себя и радостно объявила:

— Знаешь, я уже все или почти все понимаю. Так, отдельные слова незнакомы.

Дважды в неделю Вика вместе с Сюзанн отправлялась на рынок. После скудной и нищей Москвы не верилось, что в мире существует такое изобилие.

Дома она с гордостью рассказывала Шарлю, как выгодно купила спаржу и грибы, даже solle стоила сегодня дешевле. Шарль улыбался, его умиляло ее наивное убеждение, что, экономя сантимы, она бережет их благополучие.

После обеда Шарль уезжал в редакцию, он был политический комментатор, вел ежедневную колонку, много работал, иногда, и как правило, неожиданно срывался на несколько дней за границу — в Лондон, Берлин, Рим; бывало, уезжал прямо из редакции, успев только сообщить об этом Вике по телефону. За все это время он сумел выкроить для нее только два воскресенья: один раз повез и показал ей Дом инвалидов, хотел, чтобы она увидела церковь и саркофаг из красного гранита с останками Наполеона, в другой — съездили в Версаль.

В дни, когда Вика была свободна и от учительницы, и от рынка, она гуляла по Парижу. Недалеко от дома, на бульваре Сен-Жермен, — станция метро «Сальферино», близко Сена, набережная — quai d'Orsay, вероятно, потому, что рядом вокзал — gare d'Orsay, а может быть, и наоборот: вокзал назван по имени набережной.

Первое время Вика останавливалась возле витрин, но мгновенно рядом возникал какой-нибудь хлыщ. Она быстро уходила, а если он шел за ней, входила в магазин.

Покупала Вика мелочи: парфюмерию, один раз увидела красивые ночные рубашки, белье, другой раз купила домашние туфли и фартук для работы на кухне в воскресенье. Показывала покупки Шарлю, он все одобрял. С возмущением рассказывала о пристающих к ней нахалах. Шарль смеялся:

— Милая, тебе не следует стоять у витрин, там останавливаются туристы или малообеспеченные пожилые женщины, обеспокоенные ценами на товары.

Разговор этот кончился неожиданно, Шарль попросил у нее прощения:

— Видимо, я был недостаточно внимателен к тебе. Если ты заглядываешься на витрины, значит тебе хочется что-то себе купить. Нам действительно следует заехать с тобой в магазин. Тебе надо готовиться к весне.

— Успеем. — Вика скромно потупилась, но через минуту все-таки спросила: — А куда ты хочешь меня отвезти, в «Каролину»?

Он поднял брови:

— О, ты знаешь «Каролину»?

— Об этом магазине я слышала еще в Москве. Если там появлялась красивая тряпка из Парижа, говорили: «Это от „Каролины“».

— Туда и поедем, — согласился Шарль. — Я созвонюсь с владельцем магазина, и мы с тобой закажем пару весенних платьев, костюм, посмотришь, что тебе еще нужно.

20

Позвонил завуч из школы, справлялись о Нине из райкома, спрашивали Нину и люди, пожелавшие остаться неизвестными. Звонили днем, когда Варя была на работе, об этих звонках ей сообщали соседи, сами удивлялись: «Где же Нина?» Варя равнодушно пожимала плечами:

— Откуда я знаю? Она мне не докладывается. Уехала куда-нибудь на семинар.

Отправляясь с работы в институт, Варя забегала на Центральный телеграф. Пришла телеграмма из Костромы: «Все хорошо, целую». Потом такие же телеграммы из Кургана, Новосибирска, Красноярска — все без подписи. И наконец, из Хабаровска: «Все хорошо, я и Макс тебя целуем». Тут же Варя телеграфировала Максиму: «Здорова, работаю, учусь, целую всех. Варя». Из этого текста они должны понять, что у нее все в порядке, никуда не таскают, живет, как жила.

А спустя какое-то время о Нине забыли. Никто не звонил, не приходил, не спрашивал.

Итак, дело сделано, у Макса Нина в безопасности. Там ее не найдут, там армия — опора власти, опора Сталина, наши славные летчики, танкисты, артиллеристы, кто там еще? Да, еще наши славные кавалеристы.

Варя вспомнила выпускной вечер в Доме Красной армии. Каким романтичным это казалось три года назад. Подтянутые курсанты, ловкие, красивые, веселые, с их лихой зажигательной пляской. Теперь все по-иному. Ходят по улицам энкавэдэшники в военной форме. Как только Варя увидела военную форму на Юрке Шароке, она стала ей отвратительна.

Единственной, кому Варя все рассказала, была Софья Александровна. Между ними нет секретов.

— Правильно поступила, — одобрила она Нинин отъезд, — говорят, там в школе не только директора, но и еще кого-то из учителей посадили, несколько учеников из десятого класса. Тяжело Нине. Так верила.

Заметила сочувственно. Прошло то время, когда ее задевало равнодушие Сашиных друзей к его судьбе, когда угнетала мысль, что всем хорошо, а только Саше плохо. Теперь всем плохо, всех уравняло время, и великих, и малых, все под секирой, и Марк расстрелян, и Иван Григорьевич в тюрьме, и Нина спасается от ареста. А вот Саша, наоборот, возвращается. Вернется ли?

Она высчитывала дни. Если Сашу освободят точно в срок, вовремя выдадут документы, то к железной дороге он доберется числа 10 февраля и тогда даст ей телеграмму. Конечно, документы могут прийти позже и добираться до железной дороги зимой по тайге непросто, надо прибавить минимум две недели.

Своими расчетами Софья Александровна делилась с Варей. И Варя тоже считала дни, загибала пальцы, у нее получалось на несколько дней меньше, и настроение поднималось. Как и Софья Александровна, она знала, что Саше в Москве жить нельзя. Ну что ж, она поедет к нему. Если понадобится, обменяет свою комнату на тот город, где они устроятся, найдет там работу, а в институте переведется на заочное отделение. Они будут жить в каком-нибудь городишке, и чем он меньше, тем лучше, тем безопасней. Совсем бы хорошо в деревне, но сейчас всюду колхозы, так что деревня отпадает. Может быть, в Козлове, теперь он называется Мичуринск, туда они с Ниной ездили когда-то к тетке. Никто их с Сашей там не знает. Будут работать, гулять, там кругом поля, луга с ромашками, васильками и клевером, взявшись за руки, они будут бродить по сельской дороге, по освещенным солнцем лугам, никто им больше не нужен. Так представляла она себе их будущее. О том, что Сашу не освободят, Варя не хотела думать и не думала. Только бы выбрал место, где ему позволят жить, и она тут же туда приедет.

Все это было твердо и давно решено. Варя была убеждена, что таково и Сашино решение: в каждом Сашином письме, в каждой строчке, обращенной к ней, она чувствовала, что и он думает о том же, оба живут одним: ожиданием встречи.

В сущности, все началось с того вечера в «Арбатском подвальчике», потом очереди вдоль тюремных стен, посылки, письма, разговоры с Софьей Александровной, с Михаилом Юрьевичем о Саше, вот так выстраивалась линия ее любви, которая должна увенчаться счастливым свиданием, после которого они уже никогда не расстанутся. Был, правда, Костя, она с отвращением вспомнила его волосатую спину, короткие кривые ноги, но это случайный эпизод, ошибка. Жизнь с Костей помогла только в одном — больше не интересовали ни рестораны, ни танцы, ни молодые люди, компании. Ей было приятней сидеть у Михаила Юрьевича, разговаривать с ним или болтать с Софьей Александровной.

Они постоянно вспоминали Сашу, но никогда Варя не говорила ей о своей любви к нему — это само собой подразумевалось. Софья Александровна, конечно же, все видит и все понимает. А выкладывать Софье Александровне свои планы на будущее — это значит муссировать то, что Саше нельзя будет жить в Москве, лишний раз травмировать ее. В это несчастное время вообще неуместно говорить о счастье, счастья нет, есть жизнь и борьба за жизнь, и впереди тоже борьба за жизнь.

21

Софья Александровна позвонила Варе на работу неожиданно. Голос ее дрожал:

— Зайди ко мне вечером.

Варя примчалась тут же.

— Что случилось?

Софья Александровна протянула ей Сашину телеграмму из Красноярска и заплакала.

«Еду, буду звонить».

Варя обняла Софью Александровну, та приникла к ее груди.

— Успокойтесь, Софья Александровна, такое счастье, а вы плачете! Саша едет, понимаете, едет!

Но Софья Александровна не могла произнести ни слова, ее тело сотрясалось от рыданий. Напряжение этих лет, напряжение последних недель, последних дней спало, отпустило наконец, и она плакала так, как не плакала со дня Сашиного ареста.

Варя усадила Софью Александровну на диван, взяла ее руки в свои, гладила их, у нее тоже стояли слезы в глазах, но она не вытирала их, чтобы не размазать краску с ресниц.

— Софья Александровна, мы с вами танцевать должны от радости, а мы плачем! Давайте честно говорить: разве мы верили, что Сашу освободят? Не верили! А он уже в Красноярске! У вас была карта, дайте, посмотрим, как он едет, через какие города!

Софья Александровна достала с полки карту, разложила на столе. Они нашли Красноярск. От Красноярска Варя провела пальцем линию к Новосибирску, затем к Омску, Свердловску.

— Здесь остановись, — сказала Софья Александровна. — Если бы Саша сел в Красноярске на прямой поезд, он бы сообщил его номер, чтобы мы его встретили. Значит, едет с пересадкой. Тогда из Свердловска он может ехать либо через Казань, я это узнавала, либо через Киров. Так что непонятно, на каком вокзале его встречать — на Ярославском или на Казанском?

— Он же пишет: «Позвоню».

— Да, да, — спохватилась Софья Александровна, — значит, не хочет сообщать номер поезда.

Она подумала и добавила:

— Не надо никому говорить, что он приезжает.

Варя удивилась:

— Что за секрет? Он ведь не убежал из ссылки, он освобожден.

— Саша не имеет права даже заезжать в Москву. Поэтому и написал так неопределенно — «позвоню». Ведь все проверяется, все контролируется. Возможно, позвонит с дороги, возможно, с того места, куда едет. Никто не догадается. Но я почему-то думаю, что он позвонит из Москвы.

— А если вас не будет дома? — испугалась Варя.

— Я буду дома. Завтра же возьму отпуск. У меня еще за прошлый год не использован. И буду сидеть возле телефона.

— Если Саша позвонит, вы тут же сообщите мне, — попросила Варя, — я тоже поеду на вокзал.

— Обязательно позвоню. Здесь ему, конечно, останавливаться нельзя даже на день. Галя сразу донесет.

У Вари заколотилось сердце.

— Можно у меня. Я ведь теперь одна. Нины нет.

— Сашу знают твои соседи, Варенька. И через двор идти, тоже кто-нибудь увидит. Может, он остановится у Веры, у моей сестры, у них отдельная квартира, правда, маленькая, но есть еще дача, запертая, холодная, ее можно протопить. В общем, посмотрим, что Саша скажет. Не исключено, что сразу поедет дальше, тогда нужны продукты в дорогу. Ты купишь, Варенька? Не хочу выходить из дома, я дам тебе денег.

— У меня есть деньги, — сказала Варя.

— Мне все равно завтра с утра в сберкассу: возьму деньги и зайду на работу, оформлю отпуск.

Софья Александровна принялась перебирать вещи в комоде:

— На всякий случай приготовлю что-нибудь Саше, может, носки износились, шерсть долго не держится.

Варя остановила ее:

— Успеете, Софья Александровна. Такое событие — первая Сашина телеграмма с воли, а вы про носки. Вы мне даже не дали телеграмму в руках подержать.

Софья Александровна засмеялась:

— Ты права, на — читай.

И хотя Варя помнила эту фразу наизусть, радостно было самой пробежать по ней глазами. «Еду. Буду звонить».

— Составьте мне список, что купить из еды, — сказала Варя, уходя.

Наступили дни ожидания. Софья Александровна взяла отпуск на две недели и не выходила из дому; услышав звонок, первой брала трубку, тем более телефон висел в коридоре возле ее комнаты. Подолгу ни с кем не разговаривала, боясь, что именно в это время будет звонить Саша, и нервничала, когда по телефону долго болтала соседка Галя.

Но прошел день, другой, третий, Саша не звонил.

Варя заходила вечерами, приносила Софье Александровне еду, принесла продукты для Саши. Сало, копченую колбасу Софья Александровна заложила между оконными рамами, чтобы не испортилось, сахар спрятала в буфет.

22

Поезд подходил к Москве. Пассажиры укладывали вещи, проводник подметал проходы, мешал им и вдобавок грубил.

Саша подышал на оконное стекло, протер рукой, увидел голые заснеженные поля, перелески, пустые дачные платформы — с детства знакомый, щемящий сердце подмосковный пейзаж.

Что ожидает его в Москве?

Мама не удержится, заплачет, если он позвонит по телефону, скажет «приезжай»; как он пройдет через двор, как поднимется по лестнице — если его увидит один, об этом узнают все. Позвонить Варе? Но там Нина. Нина, конечно, не побежит доносить. И все же...

Позвонить тете Вере? Заехать к ней? Но как отнесется к его визиту муж Веры, ее дети, его двоюродные брат и сестра да и сама Вера? Ни у кого он не может остановиться, зайти ни к кому не может. За нарушение паспортного режима будет отвечать не только он, но и те, кого он посетил, — почему не сообщили, что такой-то имярек, Панкратов Александр Павлович, находился в Москве? Даже позвонить нельзя — почему не доложили? Покрывали, помогли нарушить паспортный режим!

Ни к кому он не пойдет, никому не позвонит. Уедет из Москвы, и возможно быстрее. С поезда на поезд. Куда? Калинин — нережимный город, близко от Москвы, и есть знакомая — Ольга Степановна, жена Михаила Михайловича Маслова, приезжавшая в Мозгову. Маленькая зацепочка, но зацепочка. Адрес у него есть, он сообщил ей, что произошло с Михаилом Михайловичем, — горестное получилось письмо, но отослал, выполнил свой долг. Теперь есть повод заехать: получила ли она письмо, что с мужем? Может быть, посодействует снять комнату или угол. А завтра из Калинина он позвонит маме.

Единственный вариант! Законный, безопасный, он ничем не рискует, никого не подводит.

И еще одно соображение в пользу Калинина. Как-то в Мозгове, в тридцать пятом году, Саша прочитал в газете, что из Московской области выделяется Калининская, и первым секретарем Калининского обкома партии избран Михайлов М. Е. Саша его смутно помнил: Михайлов или жил в их доме, или бывал в их доме у своих родителей. Помнил об этом потому, что дружил с его младшим братом Мотей и от Моти знал, что его брат — крупный партийный работник.

Саша часто приходил к Моте поиграть в шахматы. Мотя давал Саше фору и все равно выигрывал. Там он и увидел Мотиного брата — Михаила Ефимовича Михайлова, смотрел на него почтительно — крупных партийных работников Саша тогда очень уважал. Это было лет двенадцать-тринадцать назад, и сомнительно, чтобы Михайлов запомнил мальчишку, игравшего с его братом в шахматы, надеяться на его помощь смешно, он даже никогда не доберется до первого секретаря обкома партии. И все же хоть какая-то знакомая фамилия, знакомое имя, руководитель Калининской области, чем-то связан с его, Сашиным, детством, брат его, Сашиного, друга. А вдруг и Мотя в Калинине?!

Решено! Ленинградский вокзал на другой стороне площади; может, повезет: сразу будет поезд на Калинин.

В толпе приехавших и встречающих Саша протолкался по перрону и вышел на Комсомольскую площадь.

Москва, черт возьми, Москва! Он в Москве. Трамвай подошел к остановке, и дрогнуло сердце. 4-й номер, родной, можно сказать, трамвай, на «четверке» он всегда добирался на площадь Трех вокзалов. Какая-то бабка, с внуком что ли, сошла, где не полагается — с задней площадки, счастливые люди, ничем не обременены, ничего не боятся, ни о чем не волнуются, живут нормальной человеческой жизнью, ездят на трамваях, на машинах. Да... Машин вроде стало побольше, а в остальном ничего здесь не изменилось: те же ларьки, те же киоски, те же часы со знаками зодиака на башне Казанского вокзала. Сколько раз он бывал на этой площади, сколько раз ездил по этим дорогам в пионерские лагеря, на дачу, они обычно снимали дачу по Ярославской дороге — на Клязьме, в Тарасовке, в Тайнинке. По всем трем дорогам он знал ближайшие станции и платформы.

А здесь, за углом, должна быть будка чистильщика обуви, старого усатого айсора. Стоит будка, стоит, и айсор сидит, как и прежде, на низкой табуретке, жив старик! Саша улыбнулся ему, айсор не понял, приоткрыл дверь:

— Почистим?

— В следующий раз.

Но как только он вышел на площадь, им снова овладел страх: зря он лезет на рожон, не имел права приезжать в Москву. Вдруг теперь, как и в Тайшете, ходит тут на вокзалах патруль и проверяет документы? Эй, гражданин с чемоданчиком, покажите-ка паспорт! И опять закрутится все сначала. На каком основании приехал в Москву? Проездом? Тогда должен быть транзитный билет, а вы нам показываете что? Опять нарушаете закон, опять за старое принимаетесь, следуйте за нами!

Задумавшись, Саша случайно толкнул какого-то военного, тот громко обругал его, тут же остановилось несколько человек, сейчас позовут милиционера. Самый ничтожный повод, любая случайность могут подвести его. Извинившись, он ускорил шаг, почти бегом пересек площадь, вошел в здание Ленинградского вокзала. Унизительное, противное состояние! Отдышавшись, нашел нужную кассу, поезд на Калинин отходил через три часа, билеты продавались свободно, он купил билет и с облегчением вздохнул: теперь у него два билета, один из Свердловска в Москву, другой из Москвы в Калинин. Билеты подтверждают, что он пересаживается с одного поезда в другой и, следовательно, закона не нарушает.

И то, что он сразу успокоился, еще сильнее испортило настроение. Он трусил, подъезжая к Москве, трусил, пересекая площадь, трусил, подходя к кассе, опасался, что нет билетов на Калинин и ему придется сидеть на вокзале бог знает сколько времени. Неужели так он будет теперь жить? Прятаться по углам, вздрагивать при каждом взгляде, озираться по сторонам, опасаться каждого встречного?

Нет, что-то нашло на него. С этим надо справиться, иначе он пропадет, превратится в дерьмо. Взять себя в руки. Они хотят раздавить его страхом. Не получится! Почему он не имеет права позвонить домой? Кто может запретить?

Саша снова вышел на площадь, нашел автоматную будку, бросил в отверстие монету.

Раздались длинные гудки, потом он услышал мамин голос:

— Я вас слушаю.

И от звука ее голоса опять оборвалось сердце, мама здесь, рядом с ним.

— Мама, — сказал Саша, — не волнуйся. Это я, Саша. У меня все в порядке. Сейчас я на Ленинградском вокзале, еду в город Калинин, завтра буду тебе оттуда звонить.

— Как ты себя чувствуешь? — спросила мама спокойно, нисколько не удивившись ни его звонку, ни тому, что домой он не заедет.

— Прекрасно!

— Когда у тебя поезд?

Он поражался ее выдержке.

— Через три часа.

— Я сейчас приеду.

— Что ты, мама, зачем?

— В какой кассе ты стоишь?

— Я уже взял билет.

— Жди меня у входа в вокзал. Я выезжаю.

— Мама!

В трубке послышались короткие гудки.

Саша вернулся на вокзал, присел на свой чемодан недалеко от входа. Трамвай прямой — № 4, и все равно, пока мама дойдет до остановки, пока дождется трамвая, пока доедет, пройдет час, не меньше. Ему остается только ждать.

Иногда он вставал, выходил из вокзала, вглядывался в толпу людей, пересекавших площадь. Трамваи, шедшие из центра, останавливались на другой стороне. Там же и выход из метро. И на этой стороне тоже выход. Конечно, любопытно посмотреть метро, но уходить нельзя, можно разминуться с матерью.

Он думал о том, как стойко отнеслась мама к тому, что он не может заехать домой, примирилась с этим, не хотела обсуждать, чтоб не огорчать его. Как спокойно говорила с ним, ждала его звонка, ждала с того дня, как получила телеграмму из Красноярска, ждала две недели, пока он добирался до Москвы, — возможно, не выходила из дому, не спала ночью, прислушиваясь к телефону, ведь он так и написал в телеграмме: «Буду звонить».

Она появилась неожиданно, Саша даже не заметил, как она подошла, только почувствовал чье-то прикосновение, мама прижалась к нему, беззвучно заплакала, ее била дрожь. Он обнял ее за плечи, поцеловал в голову, на ней был серый платок. Раньше, при нем, она носила черную котиковую шапочку, надевала ее чуть набок, так, чтобы виднелась белая прядь волос. Выносилась, видно, шапочка, а этот грубошерстный платок говорил о том, что его мать живет в бедности.

Потом она подняла голову, посмотрела на него долгим, глубоким, страдающим взглядом, губы ее опять дрогнули, и она опять припала к нему.

Обнимая мать за плечи, он ввел ее в помещение вокзала, нашел свободное место на скамейке, усадил, присел рядом на свой чемодан.

Она по-прежнему молча и отрешенно смотрела на него. Саша улыбнулся:

— Мама, здравствуй! Ну скажи хоть что-нибудь!

Она продолжала молча смотреть на него.

Улыбаясь, он провел ладонью по заросшей щетиной щеке:

— В поезде не побреешься, а на станциях жутко грязные парикмахерские.

Такие же или почти такие же слова говорил он ей тогда в Бутырке, перед отправкой. Этими же словами встречает сейчас.

— Приеду в Калинин, сегодня же приведу себя в порядок.

Она спросила:

— На сколько лет у тебя «минус»?

— «Минус» срока не имеет.

Она открыла сумочку, вынула конверт:

— Здесь деньги для тебя, пятьсот рублей.

— Так много?! Оставь половину себе, прошу тебя.

— Нет, даже не говори об этом, тебе их переводил Марк, они лежали на сберкнижке, там осталось еще полторы тысячи; когда тебе понадобится, возьму.

Она взглянула на Сашу.

— Саша, я должна сказать тебе... — Она сделала паузу, вздохнула и, не отрывая от Саши напряженного взгляда, произнесла: — Марка расстреляли.

Саша ошеломленно смотрел на нее. Марка расстреляли?! Марка нет в живых?!

— Я не хотела тебе об этом писать. Его арестовали в августе. В Кемерове был суд...

Саша молчал. А она, все так же не сводя с него глаз, продолжала:

— Арестован Иван Григорьевич Будягин, Лену с Владленом и ребенком выселили из 5-го Дома Советов в коммунальную квартиру.

Какие ужасные новости! Саша на днях вспоминал Ивана Григорьевича, а он сидел уже в это время в тюрьме... Бедная Лена, бедный Владлен!

— Лена вышла замуж?

— Нет, она не замужем. Отец ребенка — Шарок, но они не живут вместе и, кажется, даже не видятся.

Софья Александровна помолчала, потом спросила:

— К кому ты едешь в Калинин?

— Там живет жена одного моего знакомого.

— У меня два адреса для тебя: один в Рязани — брата Михаила Юрьевича, он работает в Облплане, Евгений Юрьевич, ты его должен помнить, он бывал в Москве, Михаил Юрьевич предупредил его, и, чем можно, он поможет. Второй адрес — Уфа, там живет брат мужа Веры. Она ему тоже написала. Конечно, Рязань ближе, но посмотри. Главное, не отчаивайся, самое страшное позади. Как только устроишься, я буду к тебе приезжать.

Все продумали, все подготовили — мама, Михаил Юрьевич, ну и, конечно, Варя. Милые, наивные люди.

— Ты по-прежнему работаешь в инвентаризационной конторе?

— Да. Сейчас я взяла отпуск.

Он понял: взяла отпуск, чтобы сидеть дома у телефона и ждать его звонка.

Она достала из сумки пакет:

— Здесь кое-какая еда тебе в дорогу. Колбаса копченая, сало, конфеты.

— Ну зачем?

— Ничего этого в Калинине ты не купишь.

— Ладно!

Все это́ она тоже берегла до его приезда.

— Что творится, Саша, — сказала Софья Александровна, — что творится! В нашем доме каждую ночь забирают.

— Что в Москве говорят о процессе?

— Говорят? — Софья Александровна усмехнулась. — Сашенька, сейчас никто ни с кем ни о чем не говорит, все боятся. Я только с Варей перекинулась парой слов, но Варя верна себе: «Вышинский — холуй, продажная шкура, и вообще все — ложь, все — липа...»

Саша улыбнулся. Он помнил, как Варя обличала какого-то Лякина из ее класса: доносчик, подлипала. И потому сразу представил себе, каким сердитым было ее лицо, когда она ругала Вышинского.

— Но большинство, Сашенька, мне кажется, верит. Психология толпы неустойчива: ее можно повернуть и в ту, и в эту сторону. Ты Травкиных помнишь, в нашем доме жили, старуха с дочерью? А старшая дочь — эсерка или меньшевичка, — ее еще в двадцать втором году посадили... Так вот теперь, через пятнадцать лет, выслали и старуху Травкину, и ее младшую дочь. За что? За связь с врагами народа. А этот враг народа — собственная дочь, которую она не видела пятнадцать лет. И заметь: все квартиры забирают себе работники НКВД. Да, имей в виду, Юра Шарок работает в НКВД, большой чин.

— Он все еще в нашем доме живет?

— Выехал. Получил новую квартиру. В старой остались отец, мать и брат его — уголовник, Володька, вернулся из лагерей, таких в Москве не прописывают, а его сразу же, да еще на Арбате, на режимной улице.

— Значит, нужный человек, — заметил Саша.

— Ужасный тип! Нахал, уголовная морда, идешь мимо него, так и ждешь — сейчас финкой пырнет. Между прочим, спрашивал насчет тебя.

— Да?

— С такой улыбочкой: «Сашеньку своего дожидаетесь?»

— А ты?

— Я ему: «Тебя дождались и Сашу дождемся». Даже не остановилась, на ходу бросила... Говорят, он в МУРе работает... Ну ладно, что я все о наших делах... Прости меня! Как ты?

— Прекрасно. Видишь — жив, здоров.

— Я тебе затем рассказывала, чтобы ты знал обстановку.

— Представляю.

— Таких, как ты, преследуют, придираются к любой мелочи. Будь осторожней, Сашенька. Не вступай в споры, не конфликтуй. Кем ты собираешься работать?

— Шофером. Кстати, ты мне права привезла?

— Да, да, конечно. Чуть не забыла тебе отдать. — Она порылась в сумке, вынула конверт. — Здесь твои водительские права, зачетная книжка, вот листок с адресами, о которых я тебе говорила, смотри, и профсоюзный билет, но он уже просрочен, три года не плачены членские взносы.

— Ничего, — Саша взял конверт, — все может пригодиться.

Он просмотрел документы: права — зеленоватые корочки, его фотография — совсем мальчишеское лицо, он в полосатой футболке — такие тогда были в моде, зачетная книжка со знакомыми фамилиями преподавателей, все предметы сданы, только дипломную работу не успел защитить.

— Вот еще твои документы, — продолжала мама, перебирая бумаги в другом конверте, — метрика, аттестат об окончании школы, билет какого-то спортивного общества...

— Этого ничего не надо, — сказал Саша, — пусть все будет у тебя; впрочем, погоди, метрику я возьму.

Вдруг представится возможность получить паспорт заново, тогда метрика пригодится.

— Я не хочу тебя огорчать, Сашенька, — сказала мама, — но у нас в квартире сложилась несколько напряженная обстановка. Галя претендует на маленькую комнату, не хочет считаться, что есть папина бронь, следит за мной. И когда ты будешь звонить из другого города, я бы не хотела, чтобы она подходила к телефону. Ведь знаешь, как телефонистка объявляет: «Вас вызывает Калинин... Вас вызывает Ленинград...» Поэтому давай каждый раз договариваться, приблизительно в какие часы ты будешь звонить, я буду возле телефона.

— Хорошо, — согласился Саша, — я только не знаю, в какие часы дают Москву.

— Я прихожу с работы в шесть часов и весь вечер сижу дома.

— Завтра я тебе обязательно позвоню после семи вечера, а потом будем договариваться. Ну и писать буду, — он улыбнулся, — все же дешевле.

— Конечно, — согласилась она, — зря деньги не трать. Пиши чаще; если можно, каждый день. Звони только в крайнем случае. Кстати, можешь писать Варе — она мне передаст.

— Ты боишься, что меня будут искать?

— Да, боюсь. Они редко освобождают. Но если освобождают, потом берут снова. Такая у них система. Тебе будет трудно жить, Саша.

— Я это знаю. Но не беспокойся. Все будет в порядке.

— Дай бог... Дай бог... — тихо сказала она, и глаза ее снова увлажнились. — Боже мой, за что, почему?

— Ладно, мама, — он взял ее руки в свои, прижал к губам, — ты должна радоваться, я жив, здоров, свободен, *свободен*, понимаешь? Мое счастье, что меня забрали тогда, а не сейчас, потому я так легко и отделался. Забери меня сейчас, я бы получил десять лет лагерей в лучшем случае. За что? За то же, что и другие, ни за что! Так что радоваться надо. Будь спокойна, ни о чем не волнуйся. Я буду писать, не каждый день, каждый день навряд ли получится, но ни при каких обстоятельствах ты не должна волноваться. Со мной все будет в порядке.

Она молча слушала его, думала, потом сказала:

— Тетя Вера предложила: если будет крайняя необходимость, ты можешь приехать к ним на дачу на сорок второй километр. Если зимой, то надо меня предупредить, чтобы они открыли дачу, дрова там есть. Давай придумаем условную фразу, я пойму, что надо предупредить Веру. Предположим: «Пришли мне свитер, я мерзну». Как ты считаешь?

— Отлично, — улыбнулся Саша, — я запомню: «Пришли мне свитер, я мерзну».

И это предусмотрели: на случай, если ему придется сматываться откуда-то. Тетка молодец! Брат расстрелян, а она не боится прятать племянника.

— Отлично, — повторил он, подумав вдруг, что там бы мог встретиться с Варей.

— Как Варя?

— Варя — славная девочка. Добрая душа. Я ее искренне люблю. Моя единственная поддержка. Все посылки тебе она отправляла: «Софья Александровна, вам тяжело, я сама отнесу на почту...» Трогательно, правда?

Саша кивнул головой:

— Да, конечно...

— Водила меня в поликлинику, приходила ко мне в прачечную, воевала с придирчивыми клиентами. С характером девочка. Это она заставила Нину уехать на Дальний Восток, а то бы Нину арестовали.

— Нину?

— Представь себе. Такая правоверная была. У них посадили директора школы, а она хорошо относилась к Нине, вот и закрутилось... Варя чуть ли не силой посадила в поезд и отправила к Максу. В общем, Варя молодчина. Но очень несдержанная: говорит, что вздумается, страшно за нее, тем более защиты никакой — личная жизнь не сложилась...

— Что ты имеешь в виду?

— Выскочила замуж за бильярдиста, шулера, тот продавал ее вещи.

Саша встал с чемодана:

— Ноги затекли, надо постоять немного, и курить хочется.

Он был потрясен.

— Ты не возражаешь, я выйду на минуту, сделаю пару затяжек?

— Иди, иди, я подожду.

Он вышел из вокзала, прислонился к стене. Вот и встретила его Москва... Марк расстрелян, Будягина, конечно, тоже расстреляют, но он не мог сейчас о них думать... Варя, Варя! Единственная радость, что светила ему. Девочка, тоненькая, стройная, танцевала с ним румбу в «Арбатском подвальчике», приглашала пойти на каток, нежная и чистая, спала, оказывается, с каким-то подонком-бильярдистом. А намиловавшись с ним, садилась за стол и писала: «Как бы я хотела знать, что ты сейчас делаешь...» «Нежная», «чистая» — все это он придумал, нафантазировал, томясь в ссылке, создал в своем воображении идеальный образ и молился на него, идиот. И домолился — влюбился в эту девочку. Впрочем, какую девочку? Чужую жену, как выяснилось, да еще и неразборчивую в своих привязанностях.

Он втоптал недокуренную папиросу в снег, вернулся на вокзал.

— Я тебя перебил, мама, ты рассказывала о Варе.

— Может, тебе неинтересно?

— Напротив. Я только не понимаю, почему она вышла замуж за того человека, если он шулер.

— Дурочка была, семнадцать лет, сирота, жила на медные деньги. А тут рестораны, шикарная жизнь, лучшие портнихи, лучшие сапожники, парикмахеры. Слава богу, что хоть вовремя спохватилась и прогнала этого прохвоста. Они ведь жили у меня, снимали маленькую комнату.

Жили в его квартире и спали на его постели! Зачем мама их пустила к себе, как она могла участвовать во всем этом?

— Ну и что было дальше?

— Что было дальше? Одумалась и выставила его. И тут началась мелодрама: он грозился застрелить ее из револьвера, выманил ночью из дома, пришел чуть ли не в маскарадном костюме, Варя смеялась, рассказывая: кепка надвинута на глаза, воротник плаща поднят. А она ему сказала: «Стреляй, стреляй, получишь за меня вышку!» Словом, выставила его и вернулась к Нине, но забегала ко мне почти каждый день. И когда видела, что я пишу тебе письмо, сразу: «Софья Александровна, дайте я тоже что-нибудь припишу Саше...» Добрая девочка, добрая и, знаешь, очень неординарная.

Добрая девочка, добрая девочка... Она и вправду добрая и, наверно, действительно неординарная и, видно, любит его маму, и он ей должен быть за это благодарен. Но он ее доброту принимал за нечто большее. С чего он взял? Из-за одной фразы: «Как я хочу знать, что ты сейчас делаешь» — он решил, что Варя любит его. Ах, идиот, идиот... В конце тридцать четвертого он получил то письмо, был морозный день, печка горела, пробивалось солнце сквозь маленькие оконца, он, обезумев от радости, носился с письмом по комнате. Потом пришел Всеволод Сергеевич и объявил, что в Ленинграде убит Киров... Киров убит. Марк расстрелян. Всеволод Сергеевич исчез... Никого нет. И Вари тоже нет, выставила она своего бильярдиста или не выставила, какое это имеет значение теперь? Рухнул карточный домик, который он создал в своем воображении. Ну что ж, жизнь сурова во всем, сурова и в этом.

— Как отец? — спросил Саша.

Мама пожала плечами.

— Все так же... Приезжал, продлил бронь. Впрочем, в марте она у него уже совсем кончается. Скорее всего, переедет в Москву.

И, помолчав, добавила:

— У него жена, дочь.

Ничего этого ему мама не сообщала, ни о чем не писала, не хотела огорчать. Ах, мама, мама, родной человек, единственный. Как она будет жить, если вернется отец? Да еще вернется с новой семьей? Начнут разменивать комнаты, загонят мать в какую-нибудь халупу в Черкизово или Марьину Рощу, где топят печки и готовят на керосинках. А он в это время, как заяц, будет петлять по России, не сумеет ни помочь ей, ни защитить ее.

— Я тебя прошу об одном, мама, не давай себя в обиду, когда вернется отец. Обещай мне это!

— Обещаю, и ты ни о чем не волнуйся. — Голос ее был ровен и тверд, значит, уже проигрывала этот разговор в уме. — Я тебе скажу больше: никуда я из нашей квартиры не двинусь. В конце концов — это твой дом, и прежде всего я обязана думать об этом.

— Договорились! Именно это я и хотел от тебя услышать.

Он бодро улыбнулся, хотя сесть в поезд и закрыть глаза — вот чего ему хотелось больше всего. Но мама не должна видеть его растерянности, его отчаяния. Для всех наступила новая жизнь, и для него тоже.

— Если ты не будешь спокойной, мама, то и я начну дергаться. А перспективы у меня совсем неплохие, работу я найду быстро, я в этом не сомневаюсь.

Она молча смотрела на него, все смотрела и смотрела, и он понял, что слова его не достигают цели, что мысли ее сосредоточены только на одном — на том, что они снова расстаются.

— Ты не опоздаешь?

Саша посмотрел на стенные часы:

— У нас еще полчаса.

— Вокзальные часы всегда врут; может быть, пройдем на перрон?

Саша сверился со своими часами:

— Нет, все правильно. Успеем. Там холодно, а здесь тепло. Я не хочу, чтобы ты мерзла.

Он намеренно тянул время: никакой паники, все в порядке, все в норме.

— Что тебе прислать из одежды? — спросила Софья Александровна.

— У меня все есть. Приеду в Калинин, осмотрюсь, освоюсь и тогда тебе сообщу.

Теперь он сам взглянул на часы. Встал, протянул руку маме.

— Надо идти к поезду... — Он обнял ее, поцеловал. — Мы с тобой еще поживем вместе, вот увидишь!

Она мелко закивала головой.

— Поезжай домой. Я завтра позвоню.

— Я провожу тебя.

— Зачем тебе толкаться на перроне?

— Я провожу тебя.

Поезд еще не подошел. На перроне собралось полно народу, было ветрено, неуютно, люди нервничали, ругались — что же творится, что делается, несколько минут осталось до отправления, а поезд все не подают!

Наконец показались задние вагоны; изгибаясь, поезд приближался к платформе.

— Давай попрощаемся, — сказал Саша, — тебя тут задавят, а я побегу искать свой вагон.

— Нет, нет, еще рано! — Она засеменила за ним, проталкиваясь сквозь толпу.

У Сашиного вагона уже выстроилась очередь, проводница, разбитная, с подкрашенными губами, проверяя билеты, подгоняла пассажиров:

— Шевелитесь, граждане, шевелитесь!

И когда Саша протянул билет, мама ткнулась лицом в его пальто, обхватила руками. Саша быстро поцеловал ее в щеку — они всех задерживали.

— Бабуля, да отпусти ты парня, — прикрикнула проводница, — не на век расстаетесь, а людям проход загораживаете!

Мама отошла, прижалась спиной к фонарному столбу. Саша поднялся на площадку, встал в самом конце, чтобы никому не мешать, но так, чтобы ее видеть.

Раздался свисток, проводница втолкнула в вагон последнюю тетку из очереди, закрыла дверь.

Поезд тронулся, оставляя позади Москву, вокзал, фонарный столб, возле которого одиноко стояла его мама.

23

Не успела Софья Александровна вернуться домой, как тут же позвонила Варя.

— Софья Александровна, где вы были, я звоню, звоню...

— Я *его* встретила и проводила, — ответила Софья Александровна. — Он позвонил утром, я тут же отзвонила тебе. Сказали, что ты будешь только в одиннадцать, а у него поезд. Пришлось уехать.

— Боже мой, — упавшим голосом проговорила Варя, — меня послали в Моспроект, всего на один час, какая обида!

— Не огорчайся, он теперь недалеко.

— Я приеду к вам сразу после работы, вы мне все расскажете.

— После института?

— В институт не поеду. Сразу после работы к вам.

— Хорошо. Жду.

Варя приехала возбужденная, бежала, спешила, торопилась.

— Ну как он?

— Все в порядке, живой, веселый, здоровый. Ты разденься, жарко, сейчас тебя чаем напою.

— Успеется с чаем, — Варя повесила пальто, сбросила с головы платок, — сначала все мне расскажите.

— Самое главное я тебе сказала: живой, веселый, здоровый, настроен бодро. Конечно, у него паспортные ограничения, но ведь они у всех, кто был в ссылке, не у него одного. Едет в Калинин, там у него знакомые, надеется устроиться на работу. Будет звонить, тебе передавал привет.

Варя внимательно слушала. Жив, здоров, весел, бодр, передавал привет, все как будто хорошо. Но чего-то ей недоставало, не так она себе все представляла. За рассказом Софьи Александровны она не увидела того Сашу, с которым, взявшись за руки, пойдет по летнему, залитому солнцем лугу.

Если бы они встретились на вокзале, то тут же, прямо при Софье Александровне, бросились бы друг к другу и стояли обнявшись, мир бы стал иным, все заботы и невзгоды оказались бы ерундой, мелочью, чепухой. Только так она представляла себе их встречу, и эта встреча не состоялась из-за дурацкой выкопировки, которую кто-то забыл вчера взять в Моспроекте, пришлось ехать за ней.

Усилием воли Варя взяла себя в руки. Ладно, все бывает, не повезло ей. Хорошо хоть Калинин рядом, поедет туда в первый же выходной.

— Вы мне поподробней расскажите, — попросила она Софью Александровну.

— Что же тебе еще сказать, Варенька, он абсолютно не изменился, зарос, правда, сильно, давно не брился: был в дороге почти месяц. Меня поразили его спокойствие, его мужественность. С каменным лицом слушал про расстрел Марка Александровича, про арест Будягина, меня не хотел расстраивать, показывать своей боли. Он ведь очень любил Марка и Ивана Григорьевича любил. Расспрашивал о процессе. Давно не читал газет. Собирается работать шофером, я думаю — правильно, не так строго проверяют документы. В общем, все обговорили, я ему передала деньги, еду, что ты купила.

— Он спрашивал обо мне?

— Ну конечно, Варя, о чем ты говоришь?

— Как он спросил, какими словами?

— Словами?.. «Как Варя?» — вот так, так прямо и спросил: «Как Варя?»

— Наверно, «Как поживает Варя?».

— Нет, только два слова: «Как Варя?» Что ты, Варенька, разве он мог так небрежно, как бы между прочим спросить о тебе? Нет! Он сразу спросил и именно так, как я говорю: «Как Варя?»

— Ну а вы?

— Я ему все рассказала о тебе, — Софья Александровна рассмеялась, — что я могла о тебе сказать? Только одно: пропала бы я без тебя, не выдержала бы.

— Ладно уж.

— Но ведь это правда! И он все знает, и все понимает, и благодарен тебе. Кстати, Варенька, я ему рассказала про Нину, правильно?

— Конечно.

— Ну вот, рассказала, какая ты внимательная, какая мужественная, как заставила Нину уехать к Максу, силой, можно сказать, отправила, как ты Костю выставила...

— Что-что? — переспросила Варя.

— Ну, как ты Костю выставила, — вдруг, сама не понимая почему, встревожилась Софья Александровна.

Варя не сводила глаз с ее лица.

— Откуда он знает про Костю?

— Как... не понимаю, — растерянно проговорила Софья Александровна, сообразив вдруг, что совершила нечто непоправимое.

— Откуда он знает про Костю? — переспросила Варя, тяжело дыша.

— Ну... я рассказала.

— Что, что вы ему рассказали? — наклонившись, согнувшись пополам, закричала Варя.

— Что с тобой, Варенька, опомнись! — Софья Александровна с трудом глотнула воздух, у нее защемило сердце, привычным движением она потянулась за нитроглицерином.

— Что, что вы ему рассказали? — не замечая ни состояния Софьи Александровны, ни таблетки нитроглицерина, которую та положила под язык, все так же не разгибаясь, повторила Варя.

Софья Александровна перевела дыхание:

— Варенька, ничего особенного я ему не сказала. Вышла замуж, жили у меня, потом ты его прогнала, он хотел тебя убить, но не на такую напал... Все это было давно, два года назад.

Варя закрыла лицо руками:

— Боже мой, боже мой, зачем вы ему это рассказали? Ну зачем? Зачем?

— Но, Варенька, — едва слышно проговорила Софья Александровна, — ведь это все правда, рано или поздно Саша бы узнал, ты бы сама ему все рассказала.

Варя отвела руки от лица:

— Да, рассказала бы, но *сама*, сама, вы понимаете, сама. Я бы объяснила, он бы меня понял.

Она опять закрыла лицо руками:

— Боже мой, боже мой, что вы наделали?! Что вы наделали?!

Софья Александровна молчала, щемило сердце, нитроглицерин еще не сработал, лишь кружилась немного голова. Господи, только бы справиться с приступом, не упасть со стула. Конечно, состояние Вари ужасно, но она растравляет себя, бедная девочка. Ничего особенного не произошло, ведь Саша даже не обратил на это внимания, вышел покурить, вернулся, попросил ее подробнее рассказать о Варином замужестве, и лицо его было совершенно спокойным, это она помнит точно.

— Варенька, деточка, успокойся, умоляю тебя. Ты ведь знаешь, Саша не мещанин. Мало ли что было у тебя и у него. Ну, успокойся, прошу тебя.

Варя не ответила, схватила свое пальто.

— Ты куда, Варенька, подожди!

— Нет, спасибо, мне пора.

И, захлебываясь слезами, выскочила из комнаты.

Господи, подумала Софья Александровна, как она проглядела, просмотрела все это? Варя влюблена, на что-то надеялась... Была бы, наверно, хорошей женой Саше... Волевая, сильная, иногда взбалмошная, несдержанная, но жертвенная — качество, которое всегда казалось Софье Александровне главным в женщине. Конечно, Саше сейчас не время думать о семье, но Варя его ничем не обременит, наоборот, поддержит, не обуза, а опора. И если она на что-то рассчитывала, то, естественно, не хотела, чтобы

461

Саша знал о Косте, о всей этой в общем неприглядной истории.

Сердце как будто немного отпустило, голова кружилась меньше, Софья Александровна осторожно поднялась и легла на кровать. Закрыла глаза, и тут же опять закружилась голова. Нет, нельзя закрывать глаза. Страх смерти охватил ее, она знала — это признак стенокардии, и все же боялась, что умрет, не встанет больше с постели. Господи, вот так умереть. Оставить неустроенного Сашу. Оставить Сашу одного на свете.

Она нащупала в кармане стеклянный тюбик с нитроглицерином, снова положила таблетку под язык.

Она понимает Варю, Варя любит Сашу, и ей стыдно за все, что было с Костей. Но почему она ничего не говорила о своей любви? Рассказывала, что, закончив школу, выйдет замуж за какого-то курсанта или лейтенанта и уедет к нему на Дальний Восток. Потом лейтенант исчез, появился Костя, но и при лейтенанте, и при Косте Варя продолжала о ней заботиться, помогала в прачечной, отправляла посылки Саше. Когда же возникла ее любовь к Саше? Может быть, просто не хочет, чтобы Саша плохо о ней думал, гордая, самолюбивая девочка, боится уронить свое достоинство. Но боже мой, сколько девочек совершают такие ошибки. Да, Софья Александровна выразилась неосторожно. Это ошибка. Но зачем так трагично на это реагировать?

Надо успокоиться, успокоиться. Прежде всего она должна думать о Саше. Хорошая девочка Варя, прекрасная, она ее нежно любит, любит, как мать, но не должна нервничать из-за каждой ее блажи. Конечно, и у Вари нелегкая жизнь, история с Ниной чего стоила. Можно и ее понять. И все же надо быть сдержаннее.

С этими мыслями Софьи Александровна и задремала.

Она не знала, сколько времени проспала, но проснулась от ощущения чьего-то присутствия в комнате. Возле кровати сидела Варя. Улыбнулась ей, взяла ее свисающую с кровати руку в свои.

— Как вы себя чувствуете, Софья Александровна?

— Ничего, деточка, хорошо.

— Ну и слава богу. А я сижу, смотрю, как вы спите. Вы меня извините, Софья Александровна, простите. Я разнервничалась, наверно, оттого, что не попала на вокзал и не увидела Сашу. А мне хотелось его увидеть. И потом... Та история с Костей такая отвратительная, что я о ней стараюсь не вспоминать и не хочу, чтобы вспоминали другие, мне было неприятно, что о ней узнал Саша, мне не хотелось выглядеть перед ним в таком свете.

— Но, Варенька, я ничего плохого не сказала. Саша не придал этому значения. Он сказал, что будет звонить и мне, и тебе.

— Так он сказал?

— Конечно. Обязательно позвонит. Он мне позвонит, и я с ним договорюсь, когда он будет звонить, и предупрежу тебя, ладно?

— Замечательно, — ответила Варя, догадываясь, что Софья Александровна только сейчас все это придумала, чтобы утешить ее. Но ее ничто уже не могло утешить. Жизнь поломана, Саша не простит. И хотя отчаяние по-прежнему душило ее, она выдавила из себя улыбку, боялась, как бы у Софьи Александровны снова не начался приступ. — Я расстроилась, что меня угнали в этот дурацкий Моспроект, две недели не выходила из чертежной и вот отлучилась на час, и как раз в это время позвонил Саша, ну, я разнервничалась. И вас разволновала. — Она погладила руку Софье Александровне.

— Как ты вошла, я не слышала.

— У меня ведь есть ключ от вашей квартиры, вы забыли?

— Ах да, правда.

— Вот я и вошла, пробралась на цыпочках к вашей кровати. Дома я чуть успокоилась, поняла, что расстроила вас, дай, думаю, вернусь, посмотрю, как моя Софья Александровна.

У Софьи Александровны навернулись на глаза слезы. Не выпуская Вариной руки, она тихонько, как позволили силы, пожала ее:

— Ах ты, голубушка, золотая моя девочка, святая душа.

ЧАСТЬ ТРЕТЬЯ

1

Прощаясь с мамой, Саша не успел занять место в вагоне, примостился кое-как на краю скамейки.

Не выходил из головы Марк, не выходили из головы Будягин и эти несчастные Травкины из их дома. В стране творится нечто страшное, невообразимое, и, судя по газетной истерии, не будет этому конца. И все же он хорошо себя вел с мамой, своим спокойствием хоть немного ободрил ее. И она держалась стойко, хотела внушить ему уверенность, что он не одинок, если понадобится, его родные, его близкие придут на помощь.

И то, что рассказала мама о Варе, он выслушал мужественно, ни один мускул не дрогнул на его лице, мама ни о чем не догадалась.

Но сейчас, сидя среди чужих, незнакомых людей в тесном вагоне, который увозил его из Москвы, из *его* Москвы в чужой Калинин, он чувствовал себя опустошенным, разбитым, раздавленным. Свидание с мамой многого стоило ему, и теперь силы покинули его. Он прислонился к спинке скамьи и закрыл глаза. Рядом переговаривались соседи, гоготали парни, резались в карты, но он ничего не слышал, мысли его перескакивали с одного на другое, он пытался разобраться в том, что на него навалилось.

Кончая ссылку, он знал, *что* его ждет. Шагая за санями в тайге, видя колонны заключенных, слушая радио в Тайшете, он уже ощутил этот мрак и был готов к любой неожиданности. Даже в Москве, пока он ждал маму, могли устроить облаву на вокзале и загрести его за нарушение паспортного режима. Ко всему он был готов, и только к тому, что случилось, готов не был.

Он не имеет права осуждать Варю. Она ничего не обещала ему, ничем не обязана, между ними не было произнесено ни одного слова любви, Варя не предала его, она ни при чем. Он *придумал* ее, вообразил. И все же сердце его кровоточило, он не мог смириться с тем, что какой-то шулер жил в его комнате, спал с ней на его диване, шарил по вечерам своей ручищей по стене у шкафа, искал выключатель, а потом, в темноте, наваливался на нее... О господи, впервые в жизни он ревновал, никогда не знал, что это такое, ну зачем ему это, он уже достаточно хлебнул всего, хватит с него, хватит!

Надо думать о Калинине, о поисках работы. Первым делом он пойдет к Ольге Степановне, она посоветует что-нибудь насчет жилья. Да, пойдет к Ольге Степановне, это ясно. Неясно другое: сколько же времени они жили у мамы, он не спросил об этом. Почему не спросил? Три месяца, шесть, год? И опять, и опять все возвращалось к Варе, к ее бильярдисту, не мог он выбраться из этого круга, к черту все эти мысли, унизительно, но не подавлялось разумом, не хотелось больше жить. Из-за чего, из-за кого? Из-за девочки, которая помогала его матери, сдавала на почте посылки, приписывала иногда к маминым письмам две-три приветливые фразы. Из-за девочки, которую он ни разу не поцеловал! Глупо, стыдно, но он не мог преодолеть себя.

Поезд качнуло, Саша ухватился рукой за край скамейки, сжал ее до боли в пальцах.

Врезать бы этому сукиному сыну в правую скулу, в левую, разбить морду в кровь — он отнял у него Варю, сволочь. Саша загибался в Мозгове, а шулер жил в его комнате, торжествовал, веселился, шиковал и завлек этим Варю, купил ее... Пусть шулер и не знал о его, Сашином, существовании, это не меняет дела, все равно Саша его ненавидел — прельстил девочку ресторанами, таскал по бильярдным, похвалялся выигрышем, обнимал грязными лапами... Хоть бы где-то в другом месте, не на его постели... Все! Хватит! Отсечь Варю, никогда не вспоминать! С этим покончено!

Саша открыл глаза, посмотрел в окно — снег, снег, снег, тоска...

465

В Калинине на вокзале Саша сдал чемодан в камеру хранения. Явиться с чемоданом к Ольге Степановне значило бы набиться на ночлег, да и соседи увидели бы, что к ней приехал неизвестно откуда незнакомый человек.

Ключ от чемодана Саша давно потерял, закрывал его на защелки. Но в камере хранения незапертый чемодан не примут. На привокзальной площади он нашел камень и сильно ударил им по защелкам. Они погнулись, открыть чемодан стало невозможно. Жаль, конечно, но зато примут на хранение, потом починит в мастерской.

Приемщик нажал на одну защелку, на другую, чемодан не открылся. Саша получил квитанцию, спросил, как пройти на набережную Степана Разина, и вышел из вокзала.

Никогда Саша раньше не бывал в Калинине, думал, глухой областной город. И был приятно удивлен: чисто, красиво. Саша шел по главной, Советской, улице, пересек несколько площадей: Красную — с городским садом имени Ленина, Советскую площадь и Пушкинскую. На площади имени Ленина в особняках располагались городской совет, городской комитет партии и театр.

Улица заасфальтирована, тротуары очищены от снега, ходит трамвай, бегут машины, те же, что три года назад видел он в Москве: ГАЗ-АА, ЗИС-5, легковой газик, и только возле здания горкома стояла новая легковая машина М-1, эмка, а возле облисполкома — большой черный легковой автомобиль ЗИС-101, раньше он таких не видел, но о выпуске их читал в газетах.

Не Москва, но и не Канск, не Кежма, тем более не Тайшет. Идут люди, давненько не видал он смеющиеся лица, спокойная, безмятежная, нормальная жизнь.

И парикмахерская типично московская, с такими же креслами, зеркалами, тепло, уютно, зеленый фикус в углу. Парикмахер постриг Сашу, побрил, сделал горячий компресс — приятно, черт возьми, жить цивилизованно. И вид теперь вполне приличный. Конечно, фетровые бурки смотрелись бы лучше, чем простые сапоги, но ведь и сам товарищ Сталин ходит в сапогах. Под пиджаком не рубашка, а грубый свитер, и пиджак, уже видавший виды, да и брюки не лучше. Ладно, сойдет. В Мозгове он брился сам, стриг его Всеволод Сергеевич простыми ножницами, а какой он парикмахер! А когда Всеволода Сергеевича отправили в Красноярск, и вовсе некому было стричь. Где, в каком лагере сейчас Всеволод Сергеевич, сколько лет дали? Ничего не известно, а хотелось бы что-то сделать для него, хотя бы денег перевести, посылку послать. Но справки об арестованных выдавали только родственникам. И то не всегда.

Дома на набережной Степана Разина тоже были старинной постройки, двух- и трехэтажные особняки с колоннами, но, видно, давно не ремонтировались, обветшали, штукатурка облупилась и, судя по номеру квартиры — 11-а, было ясно, что, особняк, который Саша искал, давно поделен на коммунальные квартиры.

Двор запущенный, захламленный, с сугробами снега, дверь подъезда прикрывается неплотно, на лестнице темно. Саша все же нашел квартиру номер 11-а, постучал в дверь с ободранной клеенкой, из которой торчали клочья ваты. Вышел мужчина, странно одетый — нижняя рубаха, сапоги, галифе на подтяжках.

— Простите, — сказал Саша, — мне нужна Маслова.

Он вгляделся в Сашу:

— А вы откуда? Кем ей приходитесь?

Ряшка толстая, глазки поросячьи, смотрят недоброжелательно, нагляделся Саша за эти годы на такие хари.

— Кем приходитесь? — грубо повторил мужчина.

— Никем. Я из Пензы, преподаю в музыкальном училище. По классу фортепьяно. Моя коллега — Розмаргунова Раиса Семеновна, узнав, что я еду в Калинин, попросила зайти к ее гимназической подруге Ольге, простите, забыл отчество... — Он порылся в карманах, вынул бумажку. — Ольге Степановне Масловой, передать привет и спросить, почему она ей не пишет. Узнать, жива ли она, здорова.

— Ну и что дальше?! Дальше что, спрашиваю?

— Ничего дальше, все.

Саша простодушно смотрел ему в глаза.

— Выехала она отсюда, — сказал мужчина, — давно выехала.

И с этими словами захлопнул дверь.

Саша вышел на улицу. Все ясно. После убийства Кирова во всех городах подбирали подозрительных, а тут жена заключенного, начавшего еще с Соловков. Выслали, конечно, и Ольгу Степановну, или сама уехала куда-нибудь, где ее не знают, и ее квартиру или комнату занял этот лоб из органов. Небольшой, видно, чин, но чин. Как смотрел, поросячья морда! Думал, наверное: задержать или нет?

Пронесло!

А могло и не пронести. «Предъявите документы! Я вот такой-то!» И показывает удостоверение сотрудника НКВД. «Пройдемте в квартиру!» Посмотрит паспорт... «Ах, вот вы из какой Пензы... Понятно!» И к телефону: «Приезжай, Вася, Володя, Петя, тут у меня птичка „из Пензы", разыскивает Маслову, ту самую... Давай, давай, приезжай!» И пойдет! «Откуда знаете Маслову? Вместе с ее мужем были в ссылке? Вы связной?» На конвейер, в карцер, нагишом на мороз! «Признавайся, стерва, кто, кроме тебя, Маслова и его жены, входит в организацию?» На этом долдон мог бы выслужиться. Но что-то помешало. Может быть, девка у него была, а когда девка тепленькая в постели, тут не до шпионов, не до врагов. Хрен с ними, с врагами.

Неосторожно он поступил, легкомысленно! Попер на квартиру к жене пребывающего в лагерях, а может, уже и расстрелянного контрреволюционера. Ведь Алферов его предупреждал: «Вам не надо в кучу, вам надо *отделиться...* Вам не нужны лишние связи, у вас вообще не должно быть никаких связей...» Выкрутился на этот раз. Впредь будет умнее.

На улице стемнело. Саша подошел к фонарю, посмотрел на часы — без нескольких минут пять. Куда идти? Найти какой-нибудь гараж, спросить, не требуются ли шофера? Уже поздно искать гаражи в незнакомом городе. И все равно явиться придется в отдел кадров, а там неизвестно, кто сидит, — опять нарвешься на такое вот мурло с поросячьими глазками.

Да, без знакомого человека не обойтись. Надо ехать в Рязань, к брату Михаила Юрьевича — Евгению Юрьевичу, славное имя — Евгений Юрьевич, интеллигентное. Саша его смутно помнил, он приезжал к брату, они похожи друг на друга, но Евгений Юрьевич помоложе. Во всяком случае, хорошая рекомендация, верная, надежная, порядочные люди, и Евгений Юрьевич уже предупрежден. Если ему повезет и удастся сегодня ночью уехать, он завтра сможет быть в Рязани, туда поезд из Москвы идет каких-нибудь пять-шесть часов, не больше. В Москве с Ленинградского на Казанский — площадь перейти. Как только мама передала ему письмо от Михаила Юрьевича, надо было тут же переменить планы и ехать в Рязань. Почему он так не поступил? Потому что уже купил билет в Калинин? Торопился поскорее убраться из Москвы, боялся торчать даже на вокзале?

Хотелось есть. С утра крошки во рту не было. А пакет с мамиными продуктами в чемодане. Придется ехать на вокзал и там решать, как быть.

Через Калинин в Москву проходило несколько поездов, но билеты на них продавали только по брони. Единственный прямой поезд Калинин — Москва будет завтра в восемь утра, билеты начнут продавать в шесть. И еще одна неожиданность: вокзальный ресторан на ремонте — перекусить негде. Взять из камеры хранения чемодан, вынуть мамин пакет? Но для этого придется сломать запоры, и обратно чемодан на хранение не примут, таскайся с ним до утра.

Саша вышел на Советскую улицу, увидел вывеску: «Кафе-столовая». За освещенными окнами народу много, люди входили и выходили, не пьянь, не бляди, обыкновенные люди. На двери Саша разглядел надпись: «Открыто с 9 до 19 часов», сейчас — шесть, успевает.

Саша вошел, разделся, прошел в зал, довольно большой, тесно уставленный столиками, каждый на четыре человека, столики стояли даже на эстраде для оркестра, значит, музыки не будет, обыкновенная столовая, но с буфетом в углу, торгующим напитками, потому и называется «Кафе».

Все было занято, только за одним столиком, недалеко от двери, Саша увидел свободное место. Рядом с пожилой, видимо супружеской, парой сидел средних лет мужчина при галстуке, с сухим, хмурым и неприятным лицом. Эдакий желчный хмырь — худощавый и в очках.

Саша взялся за спинку стула:

— Разрешите?

Женщина растерянно улыбнулась, взглянула на мужа, тот ответил:

— Пожалуйста.

Хмырь промолчал.

Саша сел.

По узким проходам между столиками официантки носили на подносах убранную со столов посуду, торопились — дело шло к концу. Гардеробщик запирал за выходящими дверь, никого больше не пускал — Саше повезло: еще бы минут десять — и не попал бы сюда.

Подошла официантка, принесла хмырю второе блюдо.

— Я еще первое не доел, заберите!

Сказано это было приказным, хамским, не терпящим возражения тоном.

— Кухня торопится, — не забирая тарелки, спокойно ответила официантка.

Была она хорошо сложена, стройная брюнетка с высокой грудью, смугловатым лицом и безразличным холодным взглядом чуть выпуклых серых глаз.

Покосилась на Сашу.

— Кафе закрывается.

— Я быстро. Накормите, если можете.

Она опять покосилась на Сашу, на секунду задержала взгляд, короткий, изучающий, протянула карандаш к записной книжке.

— На первое остались щи, суп куриный с лапшой, на второе — тефтели с макаронами.

— Щи и тефтели. Если можно, компот или кисель.

— Хлеб — белый, черный?

— Черный.

— Пить будете?

— Пить... А-а... Нет, спасибо...

— Получите, пожалуйста, с нас, — попросила женщина.

Официантка подсчитала в книжке сумму, назвала цифру.

Мужчина вынул бумажник, расплатился.

Официантка сунула блокнот и карандаш в карман белого передничка и пошла к кассе.

Супруги доели компот, поднялись, женщина, опираясь на палку, опять жалко и приветливо улыбнулась Саше.

— Приятного аппетита, — сказал ее муж, — будьте здоровы.

— Всего хорошего, до свидания, — ответил Саша.

С хмырем они не попрощались. И Саша подумал, что, наверное, до его прихода тот нагрубил им, этим и объясняется тягостная атмосфера за столом, испуганные глаза женщины, ее жалкая улыбка, их приветливое обращение только к Саше.

На столе, покрытом несвежей скатертью, осталась неубранная посуда, в середине высилась ваза с бумажным цветком, вокруг нее четыре фужера и четыре рюмки, знак того, что здесь все же кафе.

Хмырь доел суп, отодвинул тарелку, задел фужер, тот упал и разбился. Хмырь брезгливо поморщился и как ни в чем не бывало принялся за второе блюдо.

Подошла официантка убирать посуду, увидела разбитый фужер, вопросительно посмотрела на них.

Хмырь кивнул на стулья, где только что сидела супружеская пара:

— Они разбили.

Официантка оглянулась, но в гардеробной уже никого не было.

— Люди, — качнула она головой, — теперь с меня вычтут.

Хмырь спокойно ел тефтели.

— Вы считаете это справедливым? — спросил его Саша.

— Чего, чего? — насторожился хмырь.

— Я спрашиваю: вы считаете справедливым, чтобы официантка платила за разбитый вами фужер?

— Перестаньте глупости болтать, — ответил тот, продолжая есть.

Официантка выжидательно смотрела на них. В ее серых холодных глазах мелькнул интерес.

— Это вы разбили фужер. — Саша с ненавистью смотрел на его казенное лицо.

— Повторяю: перестаньте болтать глупости и не нарывайтесь на скандал.

Скандал не нужен был Саше, он хорошо это понимал. Но в этом непробиваемом чиновничьем лице, в этой наглой вседозволенности вдруг воплотились все перенесенные им обиды и унижения. Эта казенная сволочь *оттуда*, частица машины, которая безжалостно перемалывает людей, мучает их, преследует и унижает, на черное говорит белое, на белое — черное, и все безнаказанно сходит с рук. Но этому не пройдет, этот жидковат. Саша отодвинул тарелку, наклонился вперед, медленно и членораздельно произнес:

— Ты, падла, думаешь, она за тебя будет платить? Я тебе, сука, сейчас это стекло в глотку вколочу, мать твою...

Хмырь испуганно отпрянул, но тут же овладел собой:

— Вы нецензурно выражаетесь... В общественном месте, — он указал на официантку, — будете свидетелем.

— Свидетелем?! — невозмутимо ответила та. — Это не он, а вы нецензурно выражались, своими ушами слышала.

Хмырь огляделся по сторонам, официантки уже убирали скатерти с дальних столиков, в гардеробной одевались последние посетители.

— Сколько стоит фужер? — спросил Саша.

— Пять рублей, — ответила официантка и улыбнулась. И от улыбки лицо ее стало милым и привлекательным.

— У тебя чего, Людка? — остановилась возле нее толстая официантка, держа в руках кучу скатертей.

— Да вот гражданин разбил фужер, а платить не хочет.

— А ты милиционера позови, пусть акт составит.

Милиционер, акт — только этого Саше не хватало. Но, видно, и хмырю нежелательно было появление милиционера.

— Сколько с меня?

Официантка подсчитала, назвала сумму.

— Покажите!

Она протянула листок.

Хмырь проверил, бросил на стол, швырнул туда же деньги за обед, добавив пятерку, встал и вышел в гардеробную.

Собирая со стола посуду, официантка еще раз улыбнулась:

— Не дали вы человеку дообедать.

— Не умрет, — ответил Саша.

— Ешьте спокойно, не торопитесь.

Снова бросила на Сашу косой взгляд и вдруг спросила:

— Как тебя зовут-то?

— Саша.

— А меня Люда. Сейчас второе принесу.

Вскоре она вернулась с двумя тарелками, поставила на стол.

— И я, Саша, с тобой пообедаю, не против?

— Ну что ты, рад буду.

Она села.

— Приезжий, что ли?

— Почему так решила?

— Никогда тебя здесь не видела.

— Да, приезжий, из Москвы.

— В командировке, значит?

— Нет, хотел устроиться на работу, да нет ничего подходящего, уезжаю.

— В Москве работы не хватает?

— Мне там жить негде.

— А жена, детки?

— С женой разошелся, деток нет.

— Какая у тебя специальность?

— Шофер.

Она снова покосилась на него:

— А уезжаешь когда?

— Хотел сегодня, но поезд будет только завтра утром.

— И куда едешь, если не секрет?

— В Рязань, думаю.

Саша допил компот, отставил стакан.

— Сколько с меня?

— Ты что ел?.. Щи, тефтели, компот... Рубль тридцать.

Саша вынул бумажник, положил деньги на стол... Конверт с мамиными деньгами лежал у него в другом кармане.

— Ну все, — сказал Саша, — спасибо тебе.

— Куда торопишься? Поезд у тебя утром. Где ночуешь-то?

— На вокзале.

— Тем более, чего торопиться?

— Так ведь закрываетесь.

Она засмеялась.

— Ну и закроют тут нас с тобой. Утром выпустят.

Она доела, отодвинула тарелку, потом деловито спросила:

— Ты мне правду рассказал или наврал?

— Про что?

— Про себя.

— Не веришь?

— Похож на интеллигента, а язык блатной.

— Боишься, из тюрьмы удрал? — Он усмехнулся. — Нет, ниоткуда я не удирал, — он похлопал себя по пиджаку, — паспорт здесь и водительские права здесь.

— А почему за меня заступился?

— Сволочей не люблю.

— Значит, ты за справедливость?

— Да, — серьезно сказал Саша, — я за справедливость.

Она подумала, потом спросила:

— Хочешь пойти со мной на именины?

— К кому?

— К подруге моей, Ганне.

— Ганне... Она что, полячка?

Люда опять засмеялась:

— Полячка! Агафья она... А когда из деревни в город переехала, стала Ганей, а потом Ганной, так еще лучше.

— И что у нее сегодня?

— Говорю тебе: именины. День ангела, Агафьи.

— А кто у нее будет?

— Гости будут, подруги. А тебе что? Ты со мной придешь.

— Видишь, как я одет. А вещи в камере хранения.

— Ничего, хорошо одет. Красивый! Ночью с вокзала гонят, а так хоть в тепле посидишь.

Идти не хотелось. Но то, что с вокзала гонят, меняло ситуацию. Действительно, хоть в тепле посидит.

— Ладно! Пойдем.

Не вставая со стула, она кивнула головой на дверь:

— Выходи направо, на втором углу поверни в переулок, там меня и жди.

2

Она привела его на окраину города. На темной улице над обледенелой колонкой светился одинокий фонарь.

— Осторожно, здесь скользко, дай руку.

Саша дал ей руку, она сняла варежку, пальцы были теплые, а его — холодные.

— Замерз?

— Нет, все в порядке.

— Скоро придем.

Они свернули на протоптанную в снегу дорожку, шли теперь мимо глухих деревянных заборов, плотно закрытых ворот, одноэтажных домиков, осевших от времени, будто вросших в землю. Из окон, затянутых занавесками, пробивались полоски света.

Возле одного дома остановились, поднялись на крыльцо, Люда кулаком постучала в дверь.

— Гуляют, совсем оглохли.

Она постучала еще раз. Послышалось, как внутри дома хлопнула дверь, мальчишеский голос спросил:

— Кто там?

— Коля, это я, Люда, открой!

Мальчишка лет пятнадцати впустил их в сени, задвинул задвижку и, не поздоровавшись, вернулся в комнату. Стены осветились на мгновение, Саша успел увидеть только шубы и пальто на вешалке. Но тут же снова метнулась полоска света, из комнаты вышла высокая худощавая женщина.

— Ты, Люда?

— Я.

— Коля, чертенок, оставил вас в темноте.

Она открыла дверь в освещенную кухню, стоял там большой кухонный стол с керосинками и кастрюлями.

— Раздевайтесь, входите.

— Давно сидите? — спросила Люда.

— Еще сухие. — Женщина рассмеялась, была под хмельком, выглядела старше Люды, лет, наверно, тридцать пять, лицо породистое, но черты его стертые, потерявшие четкость: видно, попивала. — Заходите!

Вслед за ней Люда и Саша вошли в комнату с низким потолком. За столом, уставленном бутылками и тарелками с закуской, сидели трое мужчин и одна женщина. Сбоку примостился Коля, сын хозяйки, поразительно похожий на мать — такие же зеленые глаза, такой же точеный нос, только волосы потемнее.

— Знакомьтесь, мой приятель Саша, — объявила Люда и представила ему хозяйку: — Это Ангелина Николаевна, ты ее уже видел.

Ангелина Николаевна протянула Саше руку.

— А это Иван Феоктистович, хозяин.

Человек могучего сложения, с проседью в волосах, коротко глянул на Сашу, как бы отмечая таким образом факт знакомства, и продолжил разговор с соседом.

— А вот и именинница — Ганна, поздравь ее с днем ангела.

— Поздравляю. — Саша пожал руку краснощекой сдобной девице.

— Глеб! Леонид!

Саша каждому кивнул головой, но Леонид, не обращая на него внимания, продолжал разговаривать с Иваном Феоктистовичем. Глеб, коренастый широкогрудый парень, приветливо улыбнулся, обнажив белые блестящие зубы.

— Очень приятно.

Люда развернула сверток, протянула Ганне:

— Примерь. Тебе, с днем ангела.

Ганна отодвинулась от стола, сняла туфли, надела новые, постояла в них, прошлась по комнате.

— Ну что?

— Хорошо вроде.

— Ну и носи на здоровье.

— Ладно, — сказала Ангелина Николаевна. — Люда, Саша, садитесь.

Они сели на край скамейки, вплотную друг к другу, места было мало; чуть отклонившись, Люда сделала вид, будто еще подвинулась:

— Садись удобнее.

Саша придвинулся ближе, они соприкасались теперь ногами, бедрами, плечами.

— Пейте, ешьте, — сказала Ангелина Николаевна, — все на столе... Рюмки есть, вилки и ножи есть, тарелки... где еще тарелки?

— Нам хватит одной на двоих, — сказала Люда.

Стол, по Сашиным понятиям, был роскошный: водка, портвейн, колбаса, селедка, соленые огурцы, квашеная капуста...

— Селедку хочешь? — спросила Люда.

— Можно селедку.

Люда положила на тарелку селедку, огурцы, капусту, налила себе и Саше водку в большие граненые зеленые рюмки, подняла свою, прикрикнула на мужчин:

— Помолчите, мужики! За именинницу пили?

— Тебя дожидались, дорогуша, подсказать было некому, — засмеялся Глеб, у него была короткая верхняя губа, и оттого казалось, что он все время улыбается, а может, и на самом деле все время улыбался.

— Повторим! — сказала Люда.

— Повторим, — согласился Глеб, одной рукой поднял рюмку, другой обнял именинницу за талию, она была на полголовы выше его. — Давай за тебя, дорогуша, Ганна-Ганечка, Агафьюшка.

— Хватит тебе!

— Поехали! — Глеб выпил, поморщился, понюхал хлеб.

Иван Феоктистович и Леонид выпили, продолжая обсуждать свои дела, даже не посмотрели на именинницу.

Люда чокнулась с Ганной, потом повернулась к Саше, глаза ее были совсем близко, не опуская их, усмехнулась:

— Чего не пьешь?

Саша выпил, закусил селедкой. Есть после недавнего обеда не хотелось, но такой закуски не видел он уже три года, и оттого снова появился аппетит.

Люда опрокинула рюмку, закрыла глаза, помотала головой.

— Первая колом, вторая соколом, третья — мелкой пташечкой.

Снова налила себе и Саше, чуть подтолкнула его плечом, прижалась к нему.

Они выпили, уже ни с кем не чокаясь, сами по себе. И все пили сами по себе, расхваливали закуску, но громче всех звучал голос Глеба, он вмешивался в разговоры, вставлял смешные реплики, рассказывал забавные истории, поглядывая на Сашу и как бы подчеркивая этим свое расположение. Оказался он художником, учился, по его словам, у самого Акимова, ездил к нему в Ленинград на курсы, Николай Павлович даже хотел оставить его у себя в Ленинграде, однако попал Глеб в другой театр, где художественный руководитель ничего не понимал в искусстве, не знал названий красок, путал индиго с ультрамарином, охру с киноварью, бездарь, ничтожество!

Теперь Глеб красит автобусы в автопарке.

— Сделаю я тебе твои кузова, дорогуша, сделаю, — говорил он Леониду, — такие кузова сделаю, весь Калинин сбежится смотреть.

— Увидим, — коротко ответил Леонид, сутуловатый парень — инженер того парка, где красил автобусы Глеб.

— Из старого новое не сделаешь, — заметил Иван Феоктистович, работавший в том же парке кузнецом.

— А куда было деваться? Горисполком требует автобусы, а ты тянешь. — Леонид ссутулился над своей тарелкой.

— Эге, — засмеялся Глеб, — так, думаешь, просто — мазнул кистью, и все? Нет, дорогуша!

Саше нравился Глеб. Лицо симпатичное, типичный русак из средней полосы, светловолосый, голубоглазый, с аккуратным носом. Короткая верхняя губа не портила его, а если отрастит усы, то совсем будет незаметно.

— Леонид Петрович, — неожиданно спросила Люда, — вам шоферы нужны?

— Нужны, конечно.

— Возьмите Сашу, он шофер, московский.

Леонид воззрился на Сашу. Глаза колючие. Хмурый, неразговорчивый, и чем больше пил, тем больше хмурился.

— Права есть?

— Есть, конечно.

— С собой?

— Со мной.

— Покажи!

Саша протянул свои права. Леонид посмотрел их, вернул.

— Стаж семь лет, а все с третьим классом ходишь.

— А зачем мне... Я механиком работал.

— Может, к нам механиком пойдешь?

— Нет, спасибо, не желаю за других отвечать, на машину пойду.

— Был бы второй класс, посадил бы на автобус.

— Грузовой обойдусь.

— Приходи в парк, оформим.

Молча хлопнул еще рюмку, отвернулся от Саши.

Надо бы узнать, когда приходить. Если завтра, тогда он останется в Калинине, Рязань отпадает. С ходу получить работу в автопарке — большая удача. А снять комнату, наверно, поможет Люда. Но набиваться с вопросами не хотелось: на Леонида водка действует угнетающе, значит жди хамства в любой момент.

Глеб, наоборот, хмелея, становился еще благодушнее, покладистее, компанейский парень, но глаза лукавят, видимо, любит приврать и прихвастнуть. Говорит, что ездил в Ленинград учиться у Акимова, а Саша помнит, что Акимов ставил какой-то спектакль в Театре Вахтангова на Арбате, значит, работает в Москве, а Глеб говорит — в Ленинграде. Выходит, заливает. Но при всем том не лишен обаяния.

Между тем все пили, Ганна принесла из кухни горячую вареную картошку, она хорошо шла с соленым огурчиком под водку, все хмелели, и Саша хмелел вместе со всеми.

— Хватит вам о своих машинах, — пьяно проговорила Ангелина Николаевна, — вы инженеры, художники, а я люблю кузнеца.

Она обняла мужа за шею:

— Кузнец, ты меня любишь?

— Ладно тебе, — добродушно отозвался Иван Феоктистович.

Но она продолжала:

— Ах, кузнец, ты мой кузнец... Ну скажи, кузнец, любишь ты меня?

И, не дождавшись ответа, посмотрела на сына:

— Колька, чертенок, спать иди, говорила, кажется.

Но Коля с непроницаемым лицом продолжал сидеть за столом, не ел, молча слушал разговоры взрослых, лицо его было не по-детски серьезно, — видимо, привык к таким застольям, к тому, что мать при всех обнимает мужа, а то, что это не родной отец, Саша понял с первого взгляда.

— Сколько раз повторять?

Коля не двигался с места.

— Ты что же, Колюша, мать не слушаешь? — ласково-укоризненно проговорила Люда. Ее рука лежала на Сашином плече.

Но и на ее замечание Коля не обратил внимания.

— Ложись спать, Николай, а то школу завтра проспишь, — сказал Иван Феоктистович.

И только тогда Коля поднялся, направился в другую половину дома. В дверях бросил матери:

— А ты пила бы поменьше!

Ангелина Николаевна усмехнулась:

— Учит! — Мотнула головой. — Ладно, — налила водки себе и мужу, — выпьем, кузнец, никого у меня нет на свете, кроме тебя. Выпьем за моего кузнеца!

Все выпили, и Саша, и Люда выпили.

Что это все же за дом? Простой кузнец и совсем не простая, видимо из «бывших», женщина с сыном. Что свело их? Угадывалась за этим необычная, а может обычная теперь, судьба. Видно, для Ангелины Николаевны этот дом и этот кузнец — спасение от катка, который давит насмерть таких, как она, и, вероятно, уже раздавил ее мужа, ее близких, и она спаслась за спиной простого рабочего-кузнеца, взяла его фамилию, затерялась с сыном в гуще народной. И за это спасение благодарна ему и, наверное, искренне любит. Сидя с этими людьми, Саша прикоснулся к прошлой, дотюремной, доссылочной жизни. Среди нормальных, обыкновенных, простых людей сам себя чувствовал свободным человеком. Конечно, у него — проблемы работы, жилья, прописки, еще много чего сложного впереди. Но сейчас он наконец на свободе, на свободе, черт возьми! За ним не следят, не требуют документы, не спрашивают, кто он такой и откуда. Сидит парень, Людин приятель, и никому, кроме Людки, нет до него дела. Люда, конечно, появлялась тут и с другими мужиками, а вот сейчас с новым. И оставит его здесь на ночь. И он останется. Вари нет, была фантазия, возникшая в его сибирском одиночестве. Он теперь свободен во всех смыслах и по всем статьям. И пусть будет Люда: клин клином вышибают. После месяца мучительного пути по тайге, ночевок на вокзалах, мыканья в поездах ему хотелось теплой постели. Выспаться! Хоть одну ночь не на вокзале, не в общем вагоне, привалившись к жесткой деревянной стенке.

— Давайте споем, — предложила Ганна и затянула:

> Легко на сердце от песни веселой,
> Она скучать не дает никогда,
> И любят песню деревни и села,
> И любят песню большие города.

Люда и Глеб подтянули:

> Нам песня строить и жить помогает,
> Она, как друг, и зовет, и ведет,
> И тот, кто с песней по жизни шагает,
> Тот никогда и нигде не пропадет...

Вместо слов «кто с песней» Глеб пропел: «И кто с поллитрой по жизни шагает...»

— Не мешай! — одернула его Ганна.

— Хорошая песня, — сказал Саша.

Люда сняла руку с его плеча, посмотрела в глаза, тихо спросила:

— А ты что, не знаешь ее?

— Нет.

Она отвернулась, помолчала, потом опять посмотрела на него, тихо, но внушительно произнесла:

— А коль не знаешь — молчи!

Он понял свою ошибку: эта песня появилась, когда он был в ссылке, все ее знают, он один не знает, вот и выдал себя. Люда оправила на себе платье и этим движением отстранилась, спросила Ангелину Николаевну о какой-то женщине, что работала вместе с ней в ателье, и Ганна вступила в их разговор. Глеб и Леонид заговорили о бухгалтере, что не платит Глебу денег или платит мало. Глеб говорил улыбаясь, обнажая свои белые зубы, непрерывно повторял «дорогуша», но говорил с пьяным напором, а Леонид отвечал ему с пьяной угрюмостью, и казалось, что сейчас вспыхнет ссора, но рядом сидел Иван Феоктистович и, чтобы предупредить ссору, сказал Леониду что-то о рессорах или о полосовом железе, в шуме стола Саша плохо слышал, о чем они говорят. Да и не прислушивался.

Рухнуло ощущение, что он такой же, как и все, «простой советский человек». Нет, не такой же! Любое неверное, невпопад сказанное слово выдает его, хватило хоть ума не спорить с Глебом об Акимове. Три года он не был ни в кино, ни в театре, не знает новых песен, новых книг, даже машин новых не знает. Жизнь изменилась, и нельзя показывать, как он отстал. Лучше помалкивать, отделываться междометиями, пока не наверстает упущенное.

— Надо выйти. — Леонид встал.

— И мне, пожалуй, не мешает на дорожку, — присоединился к нему Глеб.

Они вышли.

И тут же Люда раздраженно сказала Ганне:

— Тамарка твоя опять подвела.

— Задержал ее директор, срочная работа.

— «Срочная работа», — с тем же раздражением повторила Люда, — знаем... Этот директор имеет ее по-всякому — и на диване, и на письменном столе.

— Ладно тебе, Людка, не заводись! — примирительно сказала Ангелина Николаевна.

— Должна была прийти, — не унималась Люда, — не можешь — не обещай!

— Ничего она не могла сделать. Начальники теперь ночами работают. В Москве по ночам не спят и нашим приказывают.

— Не надо было набиваться.

Вернулись Леонид с Глебом, и перепалка прекратилась. Саше была неприятна грубость Люды, и эта Тамарка всего лишь повод, чтобы высказать Саше свое раздражение, свое нерасположение. Отшивает его. Злится.

Саша посмотрел на часы. Половина второго. Как добираться до вокзала, трамваи ночью не ходят.

— Чего, дорогуша, на часы смотришь? — спросил Глеб.

— Мне на поезд, — ответил Саша.

— Куда едешь?

— В Москву.

— Поезд в восемь, успеешь. Мы тебя подбросим. Леонид, когда за тобой машина придет?

— В два часа велел.

— Довезем Сашу?

Саша выжидающе смотрел на Леонида. Вспомнит или не вспомнит, что звал на работу. Если вспомнит, тогда скажет: «Какой еще вокзал, ты же ко мне на грузовую идешь».

— Довезем.

Не вспомнил. Значит, никакие шоферы ему не нужны, трепался просто так, в подпитии. Ладно! Сорвался Калинин, поедем в Рязань.

Поодаль от дома стоял грузовой газик, покрытый тентом, — дежурная машина, такие бывают в каждом гараже.

— Куда сначала, на вокзал? — спросил Леонид.

— Сначала меня завези, — приказала Люда.

— Так ведь в сторону.

— Трудно тебе? Или бензина жалко?

Леонид что-то проворчал и сел в кабину.

Глеб подтянулся на руках, перемахнул через борт, помог подняться Люде и Ганне, те сразу плюхнулись на скамейки, что стояли по бокам кузова, последним взобрался Саша.

Ганна привалилась к плечу Глеба, задремала или сделала вид, что задремала, чтобы не ссориться больше с Людой.

Люда мрачно молчала. Молчал и Саша. Все было безразлично. Сидел в темноте, прикрыв глаза, ни о чем не думая.

Они долго кружили по темному городу, наконец машина остановилась. Люда открыла заднюю полость брезента, огляделась.

— Так, приехали.

Она встала.

— Саша, помоги мне.

Саша не двигался с места.

— Ну выйди из машины, помоги женщине.

Саша выпрыгнул из кузова, подхватил Люду на руки.

— Езжайте! — крикнула Люда.

Приоткрыв дверцу, Леонид выглянул из кабины.

— Езжайте, езжайте! — повторила Люда и махнула рукой.

3

Они стояли возле двухэтажного дома с длинным рядом темных окон по фасаду. Люда дернула дверь — заперта.

— Гады! Специально от меня закрыли.

Она прошла вдоль дома, постучала в окно, выждала, постучала еще. Зажегся свет, занавески раздвинулись, изнутри толкнули форточку, раздался старушечий голос:

— Кто?

— Тетя Даша, это я, Люда, открой.

Форточка захлопнулась, Люда вернулась к подъезду. Заспанная старуха в капоте, с всклокоченными седыми волосами впустила Люду и Сашу и, шаркая шлепанцами, удалилась в свою комнату.

Люда накинула на дверь здоровенный крюк, повела Сашу длинным, тускло освещенным коридором, по обе его стороны располагались комнаты. Видно, была здесь когда-то гостиница, только в те времена не вешали рукомойники у дверей и не ставили под ними табуретки с тазами.

Люда повернула ключ во французском замке, открыла дверь, с порога дотянулась до выключателя, кивнула Саше:

— Входи!

Комната крохотная: шкаф, кровать, стол, кушетка, два стула, зеркало, несколько фотографий.

— Раздевайся!

Сашино пальто она повесила на вешалку рядом со своим, бросила на стул платок, пригладила перед зеркалом волосы, села на кровать, посмотрела на Сашу, глаза пьяные, мутноватые.

— Ну как тебе у меня?

— Хорошо, тепло, уютно.

— Лучше, чем в лагере?

— При чем тут лагерь?

— Ты же песен современных не знаешь. Скажи спасибо, я одна усекла, больше никто не слышал, а то бы все догадались. Теперь народ понимает, разбирается.

— В лагере песни не поют?

— Ну, в тюрьме.

— Может, хватит?

— Нет, ты скажи, из какого фильма эта песня?

— Какая?

— А та, что Ганна пела. «Легко на сердце от песни веселой...»

— Не знаю.

— Ну вот, ты и фильмов не знаешь. Из заключения ты, дорогой мой, миленький.

— А может, я на Севере работал?

— Деньги зарабатывал?

— Допустим.

— И большие у тебя деньги?

— Какие есть, все мои. Могу тебе одолжить.

— Мне твои деньги не нужны. Думаешь, я «медхен фюр аллес»?

— Немецкий знаешь, — усмехнулся Саша. — Чего ты мне допрос учинила?

— Должна я знать, с кем в постель лягу.

— Я тебе набивался? Ты меня к кузнецу привела и сюда сама затащила. Я на вокзал ехал, зачем ты меня с машины ссадила?

Она помолчала, вздохнула:

— Глупости говорим. Выпили. — И опустила голову.

— Не пей! Как отсюда на вокзал пройти?

В ответ, не поднимая головы, она спросила:

— Обиделся?

— На что мне обижаться? Другие, знаешь, и фамилии не спрашивают. А ты по всей анкете прошлась.

— Я и без анкет все знаю. Шел по коридору, видал? На трех комнатах сургучные печати, простых рабочих с «Пролетарки» и тех забрали. А ты из заключения, я это сразу поняла; если хочешь знать, даже там, в кафе, подумала и все равно тебя на улице не оставила, я к тебе со всей душой, а ты меня оскорбляешь.

Саша присел на край стула, хотелось спать. Сутки без сна и выпил.

— Я не хотел тебя оскорблять, но мне надоели допросы. Я свободный человек, вот мой паспорт, посмотри!

Он протянул руку к карману за бумажником, но она отстранилась:

— Не надо! Я у тебя документы не проверяю.

— Читай, читай, хоть фамилию узнаешь.

— Убери, не хочу я.

— Не хочешь, как хочешь. Да, я из ссылки, отбыл срок, не имею права жить в Москве, приехал сюда, думал устроиться, не получилось, еду в другое место.

Она смотрела на него не отрываясь.

— Куда ехать-то? Леонид Петрович обещал тебя взять, работа готовая.

— Не нравится мне здесь, чересчур бдительны вы.

— Миленький, всюду так, всюду.

Она села к нему на колени, обхватила голову, прижалась к его губам. Он поднял ее и опустил на кровать...

Утром она растормошила его, стояла уже одетая, в пальто, ботиках, смотрела на него улыбаясь.

— Бегу, миленький, приду в два, у меня сегодня короткий день, — наклонилась, поцеловала. — Ты отсыпайся. Посмотри, — она показала на стол, — там хлеб, масло, сыр, колбаса, чай в термосе. Захочешь в туалет — выйдешь в коридор, направо третья дверь, никого не бойся, сволочи на работе, под кроватью — тапочки, на столе — ключ от комнаты, закройся потом, второй ключ у меня. Постучат в дверь, никому не открывай. Ну пока, я побежала.

Саша встал, натянул брюки, накинул пиджак, открыл дверь, коридор был пуст и тих, прошел в уборную, вернулся, запер комнату, положил ключ на стол, сполоснул под умывальником руки, пожевал, стоя, колбасу, разделся и снова улегся в постель; хорошо, черт возьми! И тут же заснул.

Проснулся от ощущения того, что кто-то ходит по комнате. Сел на постели, сердце стучало. Какой-то муторный сон приснился, будто камнем разбивают окно.

Люда в халатике тихо накрывала на стол.

— Разбудила тебя, миленький? Это я рюмкой нечаянно звякнула.

Саша потянулся.

— Я уж выспался. Сколько сейчас времени?

— Три часа.

— Ты давно пришла?

— Минут сорок.

Она поцеловала его. Саша расстегнул ее халатик, притянул к себе, долго не отпускал...

— Замучаешь меня. Ноги таскать не буду.

— Будешь.

— Вставай, миленький, давай поедим, я горячее принесла, сейчас разогрею.

— Погоди. Голову мне в парикмахерской помыли, теперь в баню бы, — сказал Саша. — Далеко отсюда баня?

— Близко. Только женский день сегодня.

— Что это значит?

— А у нас один день для мужчин, другой для женщин. Ты здесь помойся. — Она показала на рукомойник. — Я в него теплую воду налью. — Она выдвинула из-под кровати большой таз, протерла его полотенцем. — Я сама так моюсь, в баню не хожу, грязно там, вещи воруют и дует изо всех щелей.

Саша посмотрел на рукомойник, на таз.

— Мне нужно белье сменить, майку, носки, трусы, но чемодан на вокзале, в камере хранения.

— Какой разговор: трусы, майка... Сейчас сбегаю за угол в универмаг и куплю, зимой этого добра навалом. Какой у тебя размер — сорок восьмой, пятидесятый?

— Не знаю.

— Пятидесятый, наверно; я пятидесятый куплю.

— Хорошо, — он кивнул на пиджак, — возьми деньги в бумажнике.

Она вынула бумажник, вытащила тридцатку.

— Хватит!

Подвинула ногой от двери половичок к рукомойнику, поставила на него таз, рядом на табуретку — тазик поменьше, положила мочалку, мыло, принесла большой чайник с горячей водой, налила ее в рукомойник и тазик, поставила на пол ковш с холодной водой.

— В большой таз встанешь, из маленького ополоснешься. Не хватит — в чайнике еще вода есть. Вот полотенце, вот халат мой — натянешь, пока я тебе трусы и майку принесу. Я тебя закрою, тут уже ходят по коридору. — Она торопливо одевалась. — Все, я побежала.

Щелкнул замок, заперла его.

Саша поднялся с кровати, встал в большой таз, намылил под рукомойником мочалку, натерся.

Давно не мылся, черт возьми, месяц, наверное. Он тер руки, плечи, снова мылил мочалку, стараясь не расплескать воду, снял с табуретки маленький тазик, сел, так удобнее намыливать ноги, ступни.

Конечно, не баня, конечно, не ванна на Арбате, а все же хорошо, замечательно!

Он вытерся, натянул на себя Людин халат, халат был узок, но байка приятно согревала спину и грудь, уселся на кушетке, подобрав под себя ноги. Хорошо! Хоть какое-то подобие нормальной человеческой жизни, никуда не надо бежать, торопиться, пересаживаться с поезда на поезд, что-то затравленно придумывать, сочинять. Сидит в чистой уютной комнате, в городе, не в деревне, как не радоваться такой удаче? Люда не предложила ему привезти чемодан с вокзала, значит, не собирается задерживать у себя надолго. Ну что ж, правильно. И то спасибо: хоть передохнул немного, расслабился, отодвинул в памяти арест, тюрьму, ссылку, Ангару, Кежму, Тайшет. И о Варе не думал, не страдал больше, не ревновал, пришел в себя. Даже Москву вспоминал без особой печали: что делать, закрыта для него Москва, да и никого у него там не осталось, кроме мамы.

Иллюзии кончились, начинается борьба за выживание, зацепится ли он в Калинине, уедет ли в Рязань или еще куда-нибудь, легко нигде не будет. Как повезет! Повезло же в Калинине, попался добрый человек.

Вернулась Люда, бросила Саше пакет:

— Лови свои трусы. Черных не было, купила синие.

— А тебе больше нравятся черные? — улыбнулся он.

— А то...

Вынесла таз, ковш, чайник, свернула половичок, наклонилась, вытирая пол, юбка поднялась, натянулась на бедрах.

— Поди ко мне!

— Нет, — она выпрямилась, — сейчас обедать будем.

— Мне надо сходить на почту, позвонить в Москву маме.

Она ревниво прищурилась:

— Маме?

— Маме, да. Вчера я ей обещал, она ждет моего звонка. А к Леониду завтра с утра пойду. Как думаешь, не забыл он про меня?

— Не забыл, не беспокойся.

— Слушай... — Саша погладил ее руку. — Ладно, вернусь — поговорим. Еще на ночь пустишь?

— Так ведь заездишь ты меня.

— На кушетке лягу.

Она засмеялась.

— Ты и с кушетки меня достанешь.

4

На переговорной пришлось подождать — с Москвой соединяли только две кабины. Дали примерно через час.

Мама сама взяла трубку, ждала его звонка. Саша сказал, что работу ему обещали, завтра пойдет оформляться, там есть общежитие, а если не понравится в общежитии, снимет комнату.

— Слава богу, — сказала мама. — Сашенька, позвони Варе.

— Зачем?

— Позвони, я тебя прошу, она была так внимательна, так заботилась обо мне.

— Но я не понимаю...

— Ты все поймешь. Саша, умоляю тебя, позвони, будь с ней поласковей. Ты помнишь ее номер?

— Нет, конечно.

— Запиши.

— У меня нечем записать и не на чем.

— Как и наш, ты запомнишь, только последние две цифры — 44. Сашенька, позвони обязательно, обещай мне.

— Хорошо, позвоню, если сумею, надо снова заказывать, тут большая очередь.

— А мне когда позвонишь?

— Дня через три-четыре, хочешь? Когда тебе удобнее?

— Вечером, после шести я всегда дома.

— А до шести?

— Я завтра выхожу на работу.

— Не надо специально все время сидеть дома, я тебе позвоню в воскресенье вечером, хорошо?

— Хорошо. Так позвони Варе. Целую тебя.

— Постараюсь. Целую.

Он положил трубку, вышел из кабины. У окошка, где принимали заказы, толпились люди.

Мужчина, стоявший первым, расплатился и, получая талон, спросил:

— Долго придется ждать?

— Часа два. Следующий!

— Если будут разговаривать учреждения, то и все три прождешь, — добавил кто-то из очереди.

Два или три часа он ждать не будет. Да и зачем? Какая срочность? Мама многим обязана Варе и хочет, чтобы Варя убедилась: Саша все знает и ценит. И вот звонит, благодарит. Мама очень щепетильна на этот счет, по своей доброжелательности сама предложила ей: «Саша будет мне звонить, я ему скажу, чтобы позвонил тебе».

Он подумал о том, что знает, где в ее квартире телефон. И сразу вспомнилось, как ввалились они всей компанией к Нине — звать ее в «Арбатский подвальчик» отметить его восстановление в институте. Нины дома не оказалось, а Варя разговаривала по телефону. Телефон висел в коридоре, недалеко от кухни, она стояла, привалясь спиной к стене, в короткой юбчонке, почесывала пяткой коленку. Он положил руку на рычаг:

— Собирайся!

Она с любопытством уставилась на него:

— Куда?

— Гульнем! Отпразднуем победу!

Но хватит об этом. Было и быльем поросло. «Гинуг» вспоминать, «гинуг» слезы лить, как любил повторять его друг Соловейчик, еще одна исчезнувшая из жизни душа.

Он уже примирился, заставил себя примириться: все связанное с Варей придумано, а следовательно, и кончено. Он спал сейчас с другой женщиной, приютившей его, и эта женщина была желанна ему.

Но произнесла мама имя Вари — и резануло по сердцу.

Люда дремала, укрывшись пледом, но тут же подняла голову, когда Саша вошел, улыбнулась ему, кивнула на дверь:

— Запри!

Саша опустил защелку, снял пальто, шапку.

— Ой, хоть немного отошла. Отвернись, я оденусь.

Он засмеялся:

— Ты меня стесняешься?

— Ладно, у нас ночь впереди. Сейчас поужинаем, выпьем. Ты небось голодный.

— Есть немного.

— Тебя в коридоре никто не видел?

— Никто.

— Хорошо. Отворачивайся.

— А если не отвернусь?

— Все равно не отломится тебе. — Она пошарила голой рукой под кроватью, нащупала тапочки. — Переобуйся и отвернись.

Саша подошел к кушетке, над ней висели фотографии, какие можно встретить в любом доме: отец, мать, дети, отдельно отец, мать, Люда одна, с подругами, где-то на пляже, в компании, все в купальниках, мужчина в военной форме с кубарями в петлицах.

— Все, — сказала Люда, — мой руки.

Она поставила на стол водку, колбасу, сыр, масло, хлеб.

— Печенку из кафе принесла, сейчас разогрею с картошкой.

— Хватит нам этого.

— Нельзя, испортится. Я быстро.

Принесла из кухни сковородку с печенкой и картошкой, села, разлила по рюмкам водку.

— За твои успехи.

Они выпили.

— Что у тебя дома, как мать?

— Ничего, все в порядке.

— Беспокоится, поди.

— Конечно, беспокоится. Слушай, Люда, вот какое дело, паспорт у меня временный, мне его нужно обменять на постоянный. Ты не знаешь порядок — я сначала должен прописаться, потом обменять паспорт или я могу сразу обменять, а потом уже прописываться?

Люда налила по второй, выпила свою, заела ломтиком печенки, внимательно посмотрела на Сашу.

— Я тебе помогу обменять паспорт. У меня паспортистка знакомая. Ты завтра иди к Леониду, оформляйся, а я забегу к ней с утра, все узнаю.

— Понимаешь... Конечно, неудобно тебя стеснять.. Но...

— Разве я тебя гоню? — перебила Люда. — Потерплю немножко.

— Но мне завтра в автопарке не хотелось бы предъявлять временный паспорт. Если можно обменять, то лучше сразу предъявить постоянный.

— Ладно, спрошу.

— Ты хорошо знаешь эту паспортистку?

— Своя девка.

— Она не может сделать чистый паспорт?

— Как это?

— Без пометки, что у меня минус.

— Не знаю. Надо поговорить.

Она опять выпила и многозначительно произнесла:

— Паспорт она тебе обменяет без волынки. Но сам понимаешь, надо будет отблагодарить.

— Паспорт мне обязаны обменять по закону.

— По закону ты будешь таскаться две недели, насидишься в очереди к начальнику; таких, как ты, в Калинине знаешь сколько? Ангелину Николаевну видел?

— А что она?

— А ничего. Спрашиваю — видел? Видел. Ну и все! Все в порядке у нее. С Иваном Феоктистовичем расписана, его фамилию носит. Вот я и говорю, таких, как ты, в Калинине — вагон и маленькая тележка. Из Москвы, Ленинграда, и своих хватает. Вот. Так что, если по закону, две недели проволынишься. Это самое малое. А тут тебе в один день сделают. Насчет пометки не знаю. Она — девка тонкая, по закону — пожалуйста, а самой подставляться... Вряд ли будет.

Люда сбросила туфли, положила ноги Саше на колени. Он погладил ее ногу.

— Ну, ну, — предупредила Люда, — далеко не забирайся, не тяни руки. За что тебя выслали-то?

— Известно за что. Ни за что.

— За политику? Такого молодого?

Саша засмеялся:

— Я совершеннолетний.

Она опять задумалась, потом тряхнула головой:

— Ладно, налей. И руки не тяни, сказала тебе, я за день знаешь сколько по кафе набегалась, вот и затекают ноги, я дома всегда так ноги вытягиваю на стуле. А теперь на стуле ты сидишь. Так ведь? Наливай!

— Не много будет?

— Налей, — упрямо повторила она, — и себе налей! И печенку доедай. Тебе есть надо, сил набираться.

Саша налил, они выпили. Люда поморщилась, не закусила.

— А отец у тебя есть?

— Есть и мать, и отец.

— А братья, сестры?

— Нет.

— Единственный, значит, сыночек?

— Выходит, так.

— Хорошие они, твои родители?

— Хорошие.

Она сняла ноги с его колен, сунула их в тапочки, поднялась, нетвердыми шагами подошла к шкафу, вынула платок, накинула на себя.

— Зябко стало.

Села, задумалась, отодвинула рюмку, сказала вдруг:

— И у меня отец был. Хороший отец. Токарем работал в речном порту, в затоне. И мать работала на хлебозаводе, и брат — на два года старше меня. Я с четырнадцатого года, а брат с двенадцатого — военный он сейчас. И еще один брат с нами жил, двоюродный, его мать, отцова сестра, померла, мы и взяли его к себе, тот и вовсе с пятого. Сейчас бы ему сколько было? Тридцать два. Вот сколько. Жили, конечно, в одной комнате, комната большая, метров, наверное, тридцать. Жили хорошо, спокойно, не ругались, любили друг друга. Мать варила обед, ждала с работы отца, приходил отец, мы садились за стол, мясо всем поровну в тарелки, отец перед обедом выпьет рюмку водки, но больше ни-ни, не пил, и братья оба не пили, непьющие были. Теперь я за всех пью, — она нервно рассмеялась, — одна за всех норму выдуваю, налей мне. Налей, а то расплескаю.

Сделала глоток. Она была здорово пьяна, но язык не заплетался, только повторялась часто.

— Так что не пил отец, только после работы рюмку перед обедом. За обедом разговаривали, весело разговаривали, но мама всегда говорила отцу — смотри, не лезь, помолчи. Отец, понимаешь, о работе своей рассказывал, о непорядках, о несправедливости. Он любил это слово — «справедливость» — и вот досправедливился.

Она пригубила еще.

— Отец был высокий, красивый, любил меня с братом, и племянник все равно как родной сын, а нам как родной брат. Михаилом его звали, племянника папиного, моего, значит, двоюродного брата. В выходные отец с нами ходил и в зоопарк, и в цирк водил, и просто погулять в парк или на речку. Помню, я лежала в больнице, с дифтеритом, отец принес мне плюшевого зайчонка, очень я его любила, но не отдали из больницы, и карандаши цветные не отдали, плакала я, но не разрешали из больницы ничего выносить. А отец все за правду, за справедливость стоял. Это его слово главное было — «справедливость».

Потом приходили к нам рабочие из затона, рассказывали, что было собрание, обязательства там всякие принимали по соцсоревнованию, знаешь, как у нас ударников выбирают. А отец выступил против какой-то кандидатуры, плохой он работник или чей-то родственник, только отец посчитал это несправедливым и выступил, и другие выступили тоже. В общем, отцу приписали срыв рабочего собрания по ударничеству и соревнованию. И забрали ночью. Я эту ночь тоже никогда не забуду. Проснулась от крика, мать кричала. Они все перерыли, перевернули всю комнату и увели отца, мать опять стала кричать и шла за ними по коридору, и я за ней шла, плакала, и брат мой Петя, а двоюродного брата не было, он в Ленинграде учился. Мы шли за отцом по коридору, плакали, и отца увели. Ну а потом страшная началась жизнь: куда бежать, к кому обратиться, у нас ведь ни высоких знакомств, ни родственников, никого не было, и кругом все говорят: «Молчите, а то и вас посадят или вышлют». Мать все ходила, искала, нигде нет отца. Писали мы и Калинину, и к прокурору мать ходила, отовсюду ее гнали, а потом ей другая женщина, у которой мужа тоже посадили, сказала, что будет суд, они с отцом в одном цехе работали, суд такой, знаешь, у них специальный — тройка, за закрытой дверью, прямо в здании пароходства. Мы стояли во дворе, жены там, дети, мать моя и я с братом. Их вывели через черный ход, семеро их было, отец мой шел спокойно, только, когда увидел нас, успел сказать: «Десять лет». Валенки у него на ногах, зимой забрали, а уж весна, не помню — конец февраля или март, и мать взяла с собой калоши, чтобы он на валенки надел, чтобы валенки не промочил, дала их мне, чтобы я их отцу передала, я их ему протянула, но конвоир толкнул меня в грудь, я чуть не упала, так отца и угнали в валенках. И больше мы его не видели, ни письма, ни весточки — так и пропал мой отец, погиб за свою справедливость.

Она наконец допила свою рюмку, посмотрела на Сашу:

— Ты думаешь, почему я вчера подсела к тебе в кафе, почему взяла с собой к Ганне на именины? Я, знаешь, в кафе никаких знакомств не завожу. Прин-ци-пи-ально! Ни с кем. Будь он сто раз красавец, будь у него карманы золотом набиты, ни разу ни с кем из кафе не пошла. Есть, конечно, у нас потаскухи, ведут после работы к себе. А я нет! И глаза пялят на меня, и подкатываются по-разному, но я любого отошью, и отшиваю, у меня, знаешь, ре-пу-та-ция. И не потому я тебя с собой взяла, что ты на внешность интересный и сразу видно — мужик настоящий, и не потому, что за меня заступился, конечно, ты честно поступил, для меня честно, а там откуда я знаю, может, вы уже до этого ссорились. Конечно, понравился ты мне и все такое, но я ни с кем в кафе не знакомилась, нет, извините! Но когда ты сказал слово «справедливость», у меня сердце перевернулось. Меня точно ножом по сердцу полоснули, сразу вспомнила, как мой отец тоже про справедливость говорил. Правда, когда ты стал того ругать по-блатному, я засомневалась: может, думаю, уголовный, я и подсела к тебе ужинать, посмотреть, что ты есть за человек. Вижу, интеллигентный, и, хотя минут десять мы с тобой посидели, приятно мне было с тобой разговаривать. Такие, как ты, которые за справедливость, всегда горе мыкают, правду, думаю, говорит и про мать, и про то, что разведен и работу ищет.

Поверила тебе, хотела поверить *справедливому* человеку, вот и взяла с собой.

— А потом испугалась, — засмеялся Саша.

— Когда это?

— Ну, когда я сказал, что песню не знаю.

— А... Да, действительно, сразу поняла — из заключения. Значит, неправду мне сказал. А как стали к дому моему подъезжать, подумала: кто теперь правду про себя говорит? Никто не говорит, каждый что-то скрывает. И вот, думаю, сейчас ты уедешь, и я уже больше никогда тебя не увижу. Может, думаю, он моего отца там встречал, может, брата.

— А что с твоим братом?

— Чего... Как отца осудили, мы стали кем? «Семьей врага народа». Вот кем мы стали. Хлебнули... Долго об этом рассказывать. Двоюродный брат мой тогда учился в Ленинграде, в морской академии, что ли, не знаю, в общем — на командира или на капитана учился. Он партийный был, идейный, всегда говорил: нельзя обманывать партию, своей партии правду надо говорить. Так что мог Михаил и сказать про моего отца, только его не трогали. Тем более фамилия у него другая. И был у него друг, в обкоме партии работал. И вот, когда Кирова убили, этот друг передал ему слова Сталина. «Не сумели Кирова уберечь, не дадим вам его хоронить». А Михаил рассказал это курсантам. На другой день он приходит домой сам не свой и говорит жене: «Вызывали меня на партбюро, спрашивают: „Рассказывал ты про такие-то слова товарища Сталина?" Я отвечаю: „Да, рассказывал". — „А от кого слышал?" И я понял, что если скажу правду, то моему товарищу из обкома — конец. Я молчу, а они настаивают: „Кто тебе эти слова передал?" И тут же в комнате человек из НКВД сидит. А они все допрашивают: „Ты что, эти слова от самого товарища Сталина слышал?" — „Нет, — говорю, — я товарища Сталина не видел никогда". — „Тогда, значит, тебе кто-то такие слова передал. Кто?" — „Не помню, — говорю, — слух такой в городе идет". Вижу, энкавэдэшник махнул секретарю партбюро, тот и объявляет: „Исключить за распространение антисоветских слухов и за неискренность перед партией. Ваш партбилет". Сдал я партбилет. И еще объявляет: „Поставить вопрос об отчислении из академии". Так что, — говорит он жене своей, — меня завтра и из академии исключат». Ну, жена тут, конечно, в слезы, молоденькая у него жена была, вот-вот должна родить. Она нам все и рассказала. Только не дождался Михаил этого завтра, ночью пришли за ним. А жена родила через несколько дней. Вскоре и ее с ребенком выслали, в Казахстане она теперь.

— А что с твоим родным братом? — спросил Саша.

— Брат сразу уехал по вербовке на Дальний Восток, там теперь живет, редко пишет. Когда мама умерла, я ему дала телеграмму, он приехал уже много после похорон, дал мне денег и сказал: «Отсюда уезжай и нигде не пиши ни про отца, ни про Михаила и не рассказывай никому». А я вот, дура, тебе все рассказала. А почему? Потому что и ты мне про себя все рассказал. Я все это в душе держала столько лет, а вот рассказала — и легче стало. Потом, как велел брат, обменяла я свою комнату на Калинин. Вместо тридцати метров получила эту вот камеру. Живу как вольный казак...

— А что, здесь раньше гостиница была? — спросил Саша.

— Черт его знает. Кто говорит — гостиница, кто — бардак, кто говорит — общежитие рабочее, с «Пролетарки» или «Вагжановки», такие тут фабрики есть, бывшие Морозова. Этот Морозов сам революционером был, общежития рабочим строил.

— Революционером он не был, но деньги на революцию давал, это верно.

Она вдруг прищурилась:

— Не разболтаешь, чего я тебе рассказала?

— Не говори глупости.

— А я ведь ничего такого не говорила против советской власти, — с вызовом произнесла она.

— Перестань молоть чепуху!

— Просто бе-се-до-ва-ли. Вот и все... Как твою мать зовут?

— Софья Александровна.

— А отца?

— Павел Николаевич.

— Живы они?

— Я тебе сказал: живы.

497

— Поклянись жизнью их, поклянись, что не продашь меня.

Саша усмехнулся:

— Ладно. Клянусь.

Она вдруг прямо и трезво посмотрела ему в глаза:

— И я клянусь, что никогда тебя не продам. Запомни: если что с тобой случится, то это не от меня.

— Странные вещи ты говоришь, Люда.

— Я знаю, что говорю. Ты приехал неизвестно откуда, а я здесь живу, и не один год, — все знаю. Вот как! Надо бы сейчас к Елизавете сбегать, да пьяная я.

— Кто это — Елизавета?

— Паспортистка, говорила тебе.

Она раньше не называла имени паспортистки, но какое это, в конце концов, имеет значение? Саша промолчал.

— Надо бы сходить к ней домой, да напоил ты меня.

— Я тебя? Разве?

— Не напоил? Ну так налей рюмку. Утром рано, до работы к ней зайду, а то в милиции говорить неудобно.

5

Шарль выкроил время через неделю, повез Вику в «Каролину». Сам господин Эпштейн встретил их у порога, забежал вперед, подвинул мягкие кресла.

— Садитесь, господа! Сейчас Сесиль освободится, я уже ее предупредил, она ждет вас. О, для нее будет счастьем одеть такую шикарную даму. — Он поклонился Вике. — Сударыня, ваше присутствие здесь для нас большая честь, теперь, — он наклонился к Шарлю, понизил голос, — пожаловала госпожа Плевицкая. — Он беспомощно развел руками. — Поверьте мне, я ее предупреждал, что как раз в этот час должны прийти вы с супругой. Но актриса — это актриса, знаменитость — это знаменитость, что можно сделать? Явилась, и все... Я был бессилен, месье Шарль, поверьте мне.

«Плевицкая, Плевицкая, — думала Вика, — знакомая фамилия... Актриса Плевицкая». И наконец вспомнила. В Москве у них хранились старые дореволюционные пластинки... Варя Панина, Надежда Плевицкая. Отец как-то рассказывал, что Плевицкая бывала у них даже дома, в Староконюшенном...

— Я вам скажу больше... — начал снова Эпштейн.

Однако не успел договорить. Занавеска раздвинулась, из примерочной вышла крупная, именно по-русски крупная, рослая женщина лет пятидесяти в беличьем жакете. Круглое широкоскулое полутатарское лицо с блестящими черными глазами и большим ртом приковывало к себе внимание.

— Pardon, monsieur, pardon, madame, — кинул Эпштейн Шарлю и Вике и бросился к даме: — О, госпожа Плевицкая. Для вас...

Вика не слушала его бормотанья. Следом за Плевицкой вышла рыжеволосая элегантная дама — о господи, это была Силька, Сесиль Шустер. Вика не видела ее девять лет, помнила шестнадцатилетней девчонкой, но узнала сразу, может быть, потому, что ожидала ее здесь увидеть. Силька собственной персоной... Она никогда не считалась у них красоткой: худющая, с мелкими кудряшками, но пикантная, с поразительно стройной фигурой. Когда они учились в девятом классе, начал давать свои представления мюзик-холл. Сесиль, в классе ее звали Силька, при огромном конкурсе взяли в группу «герлс»; полуобнаженная, она танцевала в шеренге других герлс на авансцене. Потом был скандал: мюзик-холл прикрыли; герлс разогнали, Сесиль едва не исключили из школы, но все-таки дали закончить девятый класс, после чего Сесиль с матерью уехали во Францию.

Но и Сесиль не видела Вику девять лет и никак не ожидала встретить ее здесь. Приветливо улыбнулась ей, как улыбалась всем клиенткам. И тогда Вика, чуть подавшись вперед, спросила по-русски:

— Силька, это ты?

И эта русская речь, и кого-то напоминающий голос, и упорный, отдаленно знакомый взгляд, и такое же отдаленно знакомое лицо, и, главное, ее школьное имя — Силька, — все это, вместе взятое, оживило вдруг в памяти московскую жизнь. Сесиль узнала Вику. И спокойно, даже равнодушно, без всякого интереса ответила:

— Да, Вика, это я... Какими судьбами?

— Я с мужем.

Она показала на Шарля. Шарль поклонился. Плевицкая, услышав русскую речь, повернулась, разглядывая Вику.

— Ну что ж, Силька, — сказала Вика, — поцелуемся со встречей?

Они расцеловались.

— Боже мой, — сказала Вика, — ты совсем не изменилась.

— Я не изменилась, — ответила Сесиль, — а ты, я помню, была милая ленивая толстушка. Похорошела с тех пор, я даже тебя не сразу узнала.

— Какая трогательная встреча. — Плевицкая повернулась к Вике: — Вы давно из Москвы?

— Несколько месяцев.

Плевицкая взглянула на Шарля, перешла на французский:

— У вас очаровательная жена, месье...

Шарль сдержанно поблагодарил ее и встал с кресла, давая понять, что их визит затянулся.

Смягчая сухость его ответа, Вика сказала:

— Мой отец профессор Марасевич. Вы бывали у нас на Староконюшенном.

Плевицкая округлила глаза, с излишним энтузиазмом подтвердила:

— Ну конечно, конечно... Господи... Староконюшенный переулок. Это ведь... на Арбате.

— Да.

— Ну еще бы, конечно... Боже мой, Арбат, Москва.

Было ясно, однако, что ни профессора Марасевича, ни их квартиры в Староконюшенном она не помнит.

Открылась дверь, в магазин вошел высокий господин, моложавый, лет тридцати пяти на вид, в посадке головы, прямой спине, походке угадывалась офицерская выправка. Перехватив взгляд Плевицкой, Вика сразу подумала, что это ее муж, и удивилась разнице в возрасте.

— Мой муж — генерал Скоблин, — представила его Плевицкая Шарлю и Вике. — Подумай, Коля, эта очаровательная молодая дама только несколько месяцев как приехала из России, из Москвы.

Скоблин вежливо кивнул Шарлю и Вике, потом Эпштейну и Сесиль, взял жену под руку.

В дверях Плевицкая обернулась, поглядела на Вику:

— Вы в самом деле очень милы, деточка. Я надеюсь, мы еще встретимся и поболтаем, вспомним Москву-матушку.

Вика купила два летних платья, легкий костюм, блузку к нему.

Все это они долго выбирали с Сесиль, примеряли, несколько раз вызывали в примерочную Шарля, спрашивали его мнение, отпускали, снова просили зайти. Сесиль подкалывала булавками там, где надо было убрать, сузить; отмечала мелком, где следовало распустить; ни разу не спросила Вику о ее жизни, планах, ничего не рассказывала о себе, не шла на сближение. Конечно, Вика не бедная русская эмигрантка, муж — известный журналист, но Сесиль видит ее здесь в первый раз, и кто знает, крепок ли этот брак и не придет ли Вика через пару месяцев просить о помощи. Так что возобновлять знакомство — повода нет. Как клиентку, пожалуйста, она готова ее обслуживать, но не более того.

Вика это чувствовала. Нелли ее предупреждала. Все-таки она сказала:

— Может быть, как-нибудь увидимся, поболтаем.

— Сейчас, к весеннему сезону, у меня очень много работы, с утра до глубокой ночи. Но я, конечно, постараюсь выкроить несколько минут и позвонить тебе, оставь мне свой телефон.

Вика оставила телефон, хотя понимала, что Сесиль ей звонить не будет.

Через несколько дней посыльный из «Каролины» доставил Вике на квартиру две фирменные коробки с ее покупками.

Получив на чай, он ушел, а Вика занялась примеркой. Все сидело идеально, что там ни говори — Париж! В Москве, появись она в таком платье в ресторане, все бы от зависти умерли. Вечером пришел Шарль, она и ему показывалась в новых платьях, спрашивая его мнение, вертелась и переодевалась перед зеркалом... Кончилось тем, что здесь же перед зеркалом он ее и взял... А потом не позволил больше одеваться. Это был чудный вечер и прекрасная ночь.

Утром за завтраком она сказала:

— Я хочу поблагодарить Сесиль, хотя бы по телефону. Как ты думаешь?

— Здесь это не принято. Звонят, когда надо что-то поправить. Но вы — подруги; как подруга, можешь ей позвонить.

Вика усмехнулась:

— Какие мы подруги? В школе не дружили, после школы не виделись десять лет.

Через две недели Сесиль позвонила сама:

— Вика, здравствуй, как ты?

— Ничего, — сдержанно ответила Вика, — спасибо.

— Слушай, госпожа Плевицкая прислала мне два билета на свой концерт в зале Гаво. Пойдем?

— Наверно, это билеты для тебя и для господина Эпштейна.

— Нет, мне и тебе. Приложена записка. Надежда Васильевна приглашает меня с моей прелестной московской подругой. Готова ли ты это принять на свой счет?

— Ладно, ладно, без комплиментов.

— На ее концертах всегда аншлаг, попасть довольно трудно.

— Да, — кисло проговорила Вика. Эмигранты ее не интересовали, но можно ни с кем и не знакомиться — попросит Сесиль никому не представлять ее. А отказываться от такого лестного предложения глупо. — А где зал Гаво?

— На Rue de la Boetie.

Она объяснила Вике, как проехать...

— Ровно в половине седьмого я тебя жду у входа.

Приличная публика. На некоторых дамах драгоценности.

Но Сесиль ни с кем не здоровалась, из чего Вика заключила, что здесь ее клиентов, во всяком случае постоянных, — нет. Значит, не слишком богатая публика, не высший свет. Хотя, несомненно, тут должны быть люди с громкими в старой России именами; видимо, Сесиль с ними незнакома.

— Ты получишь удовольствие, — сказала Сесиль, — у нее потрясающий голос. И потрясающая биография. Она из простых крестьян, образование три класса приходской школы, и вот пожалуйста, мировая знаменитость, ездит по всему свету, эмиграция ее обожает. Но, честно говоря, я ее люблю как певицу и гораздо меньше как клиентку. Она капризна, она требовательна и категорична, спорить с ней невозможно.

Концерт был триумфальный. На сцене Плевицкая выглядела красавицей в сарафане и кокошнике, русская народная певица, не цыганская, не исполнительница романсов, а истинно народная, русская... После каждой песни гремели аплодисменты... Многие плакали. Когда Плевицкая запела «Занесло тебя снегом, Россия», прослезилась даже Вика.

> Занесло тебя снегом, Россия,
> Запуржило седою пургой,
> И холодные ветры степные
> Панихиды поют над тобой...

Прослезившись, Вика вздохнула горько, с тоской думая о другой, настоящей России, где она и вся их семья были бы счастливы, из которой ей не пришлось бы удирать за границу, не будь этой проклятой революции.

Сесиль и Вика сидели с краю, на приставных стульях. Перед окончанием концерта к ним подошел молодой человек, наклонился, прошептал:

— Госпожа Плевицкая просит после концерта зайти к ней. Я вас провожу.

Концерт кончился. Зал аплодировал стоя. Мужчины кричали «браво!». Плевицкая кланялась низко, касаясь рукой пола, публика ее не отпускала, люди протискивались к сцене, бросали цветы.

К Вике и Сесиль подошел тот же молодой человек, по пустынным запутанным коридорам провел их к уборной Плевицкой.

Она переодевалась за ширмой.

— Сесиль, Вика, заходите, я сейчас буду готова.

«Пятьдесят три года все-таки, — подумала Вика (возраст Плевицкой ей назвала Сесиль), — даже при женщинах приходится прятаться за ширму».

Плевицкая вышла в роскошном халате желтого цвета, за ширмой кто-то продолжал возиться, потом появилась горничная с баулом, — видимо, убрала туда ее сценический наряд.

Плевицкая уселась перед трюмо, внимательно осмотрела лицо, салфеточкой аккуратно начала снимать грим.

— Вы довольны?

— О да, конечно, — в один голос ответили Сесиль и Вика.

В коридоре послышались голоса...

— Поклонники ломятся, — заметила Плевицкая, — пусть ждут; пока вы здесь, я велела никого не пускать, к тому же не одета еще. И вообще никого не хочу больше видеть. Устаю. Раньше пела и днем, и вечером — никогда не уставала, а вот теперь устаю. — Она говорила, продолжая прикладывать салфетки к лицу. — И все равно, когда пою, думаю о России, не могу забыть мою Россию. Вика, дорогая, — можно мне вас так называть?

— Конечно.

— Рассказали бы вы мне о Москве, ужасно хочу услышать о Москве. Приезжайте к нам в Озуар, близко, меньше часа езды, Владимир Николаевич заедет за вами на автомобиле, к вечеру отвезет обратно, поболтаем, пообедаем. Сесиль я не приглашаю, она гордячка, пренебрегает нами.

— Надежда Васильевна, как вам не стыдно? Вы знаете, как я работаю, у меня нет ни одной минуты свободной.

— Знаю, миленькая, знаю, потому и не корю. Ты у нас деловой человек, неинтересно тебе со мной, бездельницей, — беззлобно говорила Плевицкая, она уже стерла румяна и теперь подкрашивала губы. — Поэтому и не зову больше. А Вика должна приехать, хочу услышать живого человека из Москвы. Здесь многие забыли Москву, забывают Россию... Приедете, Вика?

— С удовольствием, но я свободна только по средам и субботам.

— Буду иметь в виду. Накануне я вам позвоню. — Она протянула Вике блокнот и карандаш. — Запишите ваш телефон и скажите, что вы предпочитаете: рыбу или мясо?

— Ну что вы, Надежда Васильевна, — мне все равно, что будете есть вы, то буду и я.

— Постараюсь вас вкусно накормить.

Она повернулась к двери:

— Жан!

Появился молодой человек, приведший их сюда.

— Жан, проводишь этих дам... Значит, до свидания, Вика, до свидания, Сесиль... Не целую вас, а то измажу... Вика, мы договорились!

6

Сталин снова перечитал донесение Ежова: «Нами сегодня получены данные от зарубежного источника, заслуживающего полного доверия, о том, что во время поездки товарища Тухачевского на коронационные торжества в Лондон над ним, по заданию германских разведывательных органов, предполагается совершить террористический акт. Для подготовки террористического акта создана группа из четырех человек (троих немцев и одного поляка). Источник не исключает, что террористический акт готовится с намерением вызвать международные осложнения. Ввиду того что мы лишены возможности обеспечить в пути следования и в Лондоне охрану товарища Тухачевского, гарантирующую полную его безопасность, считаю целесообразным поездку товарища Тухачевского в Лондон отменить. Прошу обсудить».

Эту редакцию продиктовал Ежову ОН: немцам известна антигерманская позиция Тухачевского, поляки помнят его движение на Варшаву. Предупреждение звучит убедительно. Конечно, не для Тухачевского. В прошлом году он ездил в тот же Лондон на похороны предыдущего короля, возвращался через Берлин, никто его не тронул. Тухачевский поймет, что теперь его просто не выпускают, чтобы не сбежал, видит, как сжимается кольцо вокруг него, понимает, что перемещения в командном составе армии не случайны: командиры из верных им частей переводятся в новые, где у них нет опоры, где никто их не поддержит. Своими ушами Тухачевский слышал слова Молотова на февральско-мартовском Пленуме ЦК, когда тот говорил о военном ведомстве: «Если во всех отраслях народного хозяйства есть вредители, можем ли мы себе представить, что только там нет вредителей. Это было бы нелепо... Военное ведомство — очень большое дело, проверяться его работа будет не сейчас, а несколько позже, и проверяться будет очень крепко».

Тухачевский сидел на Пленуме ЦК, все это слышал и отлично понял — в армии предстоит чистка.

После Пленума начались аресты среди военных, не в высших эшелонах, а в среднем звене, но все, кого арестовали, служили рядом с Тухачевским, Якиром или Уборевичем. И это тоже насторожило Тухачевского. Значит, надо действовать решительно и быстро. Через месяц все должно быть кончено. ОН надеялся, что Гитлер даст ЕМУ в руки оружие для неожиданной и мгновенной расправы с Тухачевским. Не дал. Ну что ж, обойдемся привычными средствами. А ответа Гитлера подождем.

Маневры Гитлера понятны. Угрожает России, а сам оккупировал Рейнскую зону. И ничего. Англия и Франция проглотили пилюлю. Но противоречия между Германией и Францией сразу обострились. Тем больше шансов ожидать от Гитлера решительных шагов к сближению с Советским Союзом.

Таких шагов пока нет. Жаль. Союз Германии с Россией был бы непобедим. Только в союзе с НИМ Гитлер способен создать новую Германию. И ОН в Гитлере видит надежного и достойного партнера. Много общего в их политике, стратегии, тактике.

Как и ОН, Гитлер создал могучую власть, единую централизованную партию, создал государство как АБСОЛЮТ, сплотил вокруг себя народ, окрылил его единой идеей, основанной на ненависти к врагу. Идея, основанная на ненависти к врагу, — самая могучая идея, ибо создает атмосферу всеобщего страха. Но идея Гитлера — национальная и в конечном счете непрочная. Она вынудит Гитлера искать врага вне Германии, будет толкать к войне, воевать он будет с вечным смертельным врагом Германии — чванливой Англией, «владычицей морей», с ее союзником на континенте — Францией. Россия ему не нужна. Разговоры о «германском плуге» — блеф, Германия — промышленная страна, плуг не главное ее орудие. Она никогда не жила спокойно рядом с Францией, окружившей ее своими сателлитами. Даже если в дальних, честолюбивых планах Гитлера и есть мысль об единоличном мировом господстве, то прежде, чем напасть на СССР, он должен расправиться с Францией. Имея ее в тылу, он связан по рукам и ногам.

Готовясь к глобальной войне, надо иметь могучую армию. Однако каким командным составом располагает Гитлер? Старым прусским офицерским корпусом, высокомерными фон-баронами, ограниченными прусскими генералами, сподвижниками Гинденбурга и Людендорфа. Как только начнется настоящая война, Гитлер станет их пленником. Разве эти люди позволят командовать собой выскочке, «богемскому ефрейтору», так они его называют. Пока генералы разрабатывают в штабах стратегические планы, имеют дело с картами и бумагами, они Гитлеру не опасны. Но когда вступят в командование корпусами и дивизиями, когда в их распоряжении будет армия, живая, многомиллионная солдатская масса, хорошо вооруженная и по-немецки дисциплинированная и беспрекословно исполнительная, тогда они выбросят Гитлера на свалку. Штурмовыми отрядами он не защитится.

Для Гитлера есть только один выход: он должен убрать старых генералов и заменить их способными и верными людьми. ОН предоставил ему такую возможность. Люди Ежова дали ему в руки материал о тайных связях советских военачальников с немецкими. Гитлеру остается поступить со своими генералами так же, как он поступил с Ремом, и дать ЕМУ обратный материал на Тухачевского.

Молчит Гитлер. Ежов уверяет, что работа идет, связь установлена по надежным каналам. Ежов не посмеет ЕГО обманывать. Но время уходит. Всякая возможность военного заговора должна быть уничтожена в зародыше. Командный состав Красной армии надо сменить, начав с верхушки. Откладывать нельзя. ОН не может ложиться спать, опасаясь, что ночью Кремль будет занят их войсками, а ЕГО арестуют и тут же расстреляют. Ворошилов — не защита, Ворошилов — тряпка, залезет под кровать от страха. С военными надо покончить не позднее июня, пока войска в лагерях, на учениях, нельзя ждать осени, когда их соберут в казармах. Тухачевский — Якир — Уборевич — спевшаяся компания. Июнь, июнь, июнь, не позднее июня! В чем трудность? Никогда не каялись, нет привычки самообличения. Нашлись среди них только три бывших оппозиционера: комкоры Примаков и Путна и комдив Шмидт, негодяй, оскорбивший ЕГО на Четырнадцатом съезде, двенадцать лет назад. Эти трое арестованы в прошлом году, из них вышибают показания, но они, мерзавцы, их не дают, не хлюпики-интеллигенты вроде Зиновьева — люди крепкие, военные. И все же сломаются. Перед их глазами уже прошли процессы. Что же они, дурачки, не понимают, что *есть средства* заставить их говорить? Признание неизбежно и неотвратимо. Когда начнут *ломать*, хорошо это поймут.

И все же не мешало бы иметь надежную подстраховку, досье, которое можно будет опубликовать или процитировать, досье с немецкими бланками, фамилиями, немецкими печатями — народ этому поверит. Каналы, по которым действует Ежов, ему известны: белоэмигранты в Париже, шеф СД в Берлине Гейдрих. В германском Генштабе есть *настоящие* соглашения двадцатых годов, когда по решению Политбюро СССР предоставил Германии военные базы в Липецке, Дзержинске, под Москвой, на этих документах *подлинная* подпись Тухачевского. Чего еще надо?!

Гитлер пока ничего не дает. Гейдрих и его эсэсовцы могут не придать особого значения этой операции, но Гитлер, сам Гитлер! Ведь знает об антигерманской позиции Тухачевского, к тому же ОН дает возможность Гитлеру освободиться от своих потенциальных врагов в германском генералитете.

Чем же объяснить его медлительность?

Сталин нажал кнопку звонка Поскребышеву и приказал вызвать к нему референта Кунгурова.

— Есть! — Поскребышев закрыл дверь.

Сталин отошел к окну, поглядел на унылое здание Арсенала, мысли его снова вернулись к Гитлеру.

Анализируя его политику, ОН установил сходство их логики. Много раз ОН рассчитывал в уме ходы Гитлера и оказывался прав: Гитлер поступал именно так, как ОН предполагал. И когда ОН приказал Ежову осуществить эту операцию, ОН был убежден, что Гитлер ее примет. Ежов заверил, что план осуществляется через нацистские органы безопасности, враждебные генералитету и рейхсверу. Почему до сих пор нет результатов?

Конечно, они с Гитлером во многом несхожи. Гитлер прямолинеен. Ему не хватает гибкости и дальнего предвидения. Но у них и много общего. Даже в судьбе. Как и ОН,

Гитлер сын сапожника и крестьянки, и хотя отец его сапожничал недолго, стал таможенником, все равно, оба выходцы из самых глубин народа. ОН — не русский, и Гитлер не коренной немец, а австриец. Как и ОН, в сущности, самоучка; как и ОН, в молодости увлекался искусством: Гитлер — живописью, ОН — поэзией... Пришла на память строфа:

И знай, кто пал как прах на землю,
Кто был когда-то угнетен,
Тот станет выше гор высоких
Надеждой яркой окрылен...

Стихи наивные, прямолинейные, но советские поэты пишут не лучше. И полотна Гитлера, вероятно, далеки от рафаэлевских.

Как и ОН, Гитлер просто одевается, ОН носит френч, Гитлер — гимнастерку, не афиширует своих связей с женщинами, ни одна из них не оказывает влияния на их политику. Как и ЕГО, Гитлера не интересуют деньги. Власть — единственная собственность истинного вождя. В вожде народ должен видеть бессребреника, человека, которому ничего не надо для себя. Гитлер фотографируется с простыми людьми, распускаются басни о его доброте, отзывчивости, внимательности к простым людям — это уже из арсенала буржуазной парламентской демагогии, но, если ему нравится, его дело.

Как и ОН, Гитлер был признан негодным к военной службе. Однако ОН участвовал в Гражданской войне, Гитлер — в мировой. Как и ОН, Гитлер ненавидит так называемую демократию с ее парламентской болтовней. Главное: они обладают секретом власти, одинаково понимают психологию народа и роль вождя. Народ хочет, чтобы за него думал вождь, решал вождь... Такова примитивная философия народа — ОН и Гитлер ее умело используют.

За окном потемнело, несколько косых капель ударилось о стекло. Сталин встал, подошел к выключателю, зажег свет, снова сел за стол.

О Гитлере много пишут. ОН приказал переводить и показывать ЕМУ все — и то, что написано самим Гитлером, и то, что пишут о нем. Все сходятся на том, что Гитлер — человек сильной воли, подчиняет себе людей, даже очень талантливых. Это естественно: талант власти могучее любого другого таланта. Пишут: Гитлер — капризен. И про НЕГО Ленин говорил, что ОН капризен. Ошибался Ленин, люди часто ошибаются, принимая за капризность волю, настойчивость, упорство в достижении цели. Гитлер — «свободен от этических норм, неразборчив в средствах». А какой политик разборчив, какой политик этичен? Нет такого политика. Еще пишут, что Гитлер человек неуравновешенный... Может быть, может быть... Однако политика его последовательна и целеустремленна. Как всякий политик, он маневрирует, делает неожиданные ходы, многим непонятные и внешне нелогичные, — люди принимают это за неуравновешенность. Пишут, что в своих речах он подлаживается к народу. Истинный вождь хочет, чтобы его понимала не кучка интеллигентов, а народ, поэтому говорит просто, понятно, доходчиво. А манера говорить — дело индивидуальное. ОН говорит спокойно. Гитлер кричит, речи его истеричны. В речах Троцкого тоже было достаточно истерики, а каким оратором считался!

Называют Гитлера антикоммунистом. А что такое, собственно говоря, антикоммунист? Коммунисты в Германии — противники Гитлера, конкуренты за влияние на рабочий класс. Это их дело, внутреннее. Но в отношениях между государствами господствуют не идеи, а государственные интересы.

Все это Гитлер отлично понимает. Однако не идет на обмен информацией о генералитете. Почему? Не хочет помочь ЕМУ? Не может быть. Отстранение Тухачевского в интересах Гитлера — Тухачевский враг Германии.

Ладно. Время прояснит позицию Гитлера, покажет, достаточно ли он умный политик, чтобы пойти на союз с ним, достаточно ли надежен, чтобы доверять ему. Впрочем, в политике доверять никому нельзя.

В общем, надо готовить осуждение Тухачевского собственными испытанными средствами. Запрещение ехать в Лондон — это уже открытый вызов Тухачевскому.

Синим карандашом на углу донесения Ежова Сталин написал: «ЧЛЕНАМ ПБ. Как это ни печально, приходится согласиться с предложением товарища Ежова. Нужно предложить товарищу Ворошилову представить другую кандидатуру. *И. Сталин*».

Он позвонил.

В дверях возник Поскребышев.

— Возьмите, — Сталин протянул ему донесение Ежова со своей резолюцией. — Подготовьте постановление Политбюро: поездку товарища Тухачевского в Лондон отменить. Дальше: послать в Лондон товарища Орлова. Так. Кунгуров здесь? Позовите его.

Кунгуров, один из его референтов, вошел в кабинет с книгой в руках, плотный, кареглазый, чисто выбритый, в неизменной своей вышитой украинской рубашке под пиджаком и заправленных в сапоги брюках.

— Садитесь!

Этот парень ему нравился: не похож на чиновника, не казенный человек. Круглое, румяное, простодушное лицо, единственный в секретариате улыбается. Другие никогда не улыбаются при НЕМ, а вот Кунгуров улыбается, по-хорошему улыбается, рад, что видит ЕГО, и не может скрыть радости. Услужливый. Готов выполнить любое ЕГО поручение. Похож на молодых сибирских парней, каких ОН видел в ссылке, — «неженатики», как их там называли, не обремененные еще семейными заботами, не успевшие заматереть, заугрюметь, веселые, приветливые, услужливые, как этот Кунгуров. И хотя он носит украинскую рубашку, по фамилии видно — сибиряк или уралец. На НЕГО смотрит с обожанием, ловит каждое ЕГО слово, восхищается каждым движением.

И еще: в свои тридцать с небольшим Кунгуров знает пять языков — английский, немецкий, французский, итальянский, испанский. Простой парень, из рабочих, бывший красногвардеец, после рабфака поступил в университет, и вот пожалуйста, изучил пять языков. И таким образом доказал, что способность к языкам — особенность чисто биологическая: кто-то ею обладает, кто-то — нет.

Кунгуров делал для НЕГО подборки из западных газет, журналов и книг. Основную информацию дает ТАСС, а Кунгуров составляет специально для НЕГО обзоры по вопросам, интересующим ЕГО лично, обзоры, которые требуются только ЕМУ. Сейчас он занимается Гитлером, его биографией, его деятельностью, и всегда находит интересные факты, точно угадывает, что ЕМУ нужно. Ищет, читает, сам переводит. Хорошо работает.

Кунгуров показал принесенную книгу.

— Товарищ Сталин, я только что из типографии. Но я книгу еще не перечитал. Разрешите доложить завтра.

— Что за книга?

— Сборник речей Гитлера за этот год.

— Но ведь вы уже прочитали ее по-немецки, перевели. Зачем же откладывать на завтра?

— Я хочу вычитать ее в русском варианте, возможны ошибки.

— Что там интересного?

— Есть довольно забавные высказывания, о мире особенно, — он улыбнулся, — речь на демонстрации в Кельне, сразу после занятия Рейнской области.

— Дайте!

В оглавлении Сталин нашел «Речь на демонстрации в Кельне», хотел полистать, но книга оказалась неразрезанной.

— Я не успел ее разрезать, — сказал Кунгуров, — пришел, а на столе записка от товарища Поскребышева: немедленно к вам.

Сталин прижал книгу к столу и пальцем разорвал на сгибах нужные страницы, разорвал неровно, сгибы торчали зубцами, начал читать...

И вдруг совершенно неожиданно сработал «сигнал тревоги» — чувство, никогда ЕГО не покидавшее, всегда державшее его начеку, позволявшее молниеносно реагировать на малейшую опасность. Это чувство никогда не обманывало, помогало наносить предупреждающие удары и тем сохранить себя, свою жизнь, свое положение.

Сталин поднял глаза на Кунгурова и увидел ошеломленный взгляд, направленный на разорванные страницы.

Нехороший взгляд, недоброжелательный. Осуждает ЕГО за то, что разорвал страницы пальцем. Смеет ЕГО осуждать! Переживает из-за какой-то книжонки и даже не пытается этого скрыть.

Но ОН умел скрывать. ОН всегда это умел. Подавив раздражение, Сталин снова углубился в текст, прочел речь Гитлера в Кельне.

«Я не верю, что есть человек на земле, который стремился к миру и боролся бы за мир больше, чем это делал я... Я служил в пехоте и на своей шкуре изведал все ужасы войны, я убежден в том, что большинство людей смотрит на войну моими глазами... Поэтому они принимают мои идеи. Я хочу мира».

— Большой мошенник, — проговорил Сталин.

— Да, — подтвердил Кунгуров, — и это сразу после занятия Рейнской области.

Но взгляд его по-прежнему не отрывался от искромсанных страниц. Смотри, как это его задело! Какой чистюля, какой педант!

Сталин опять, теперь уже нарочно, спокойно и медленно разорвал пальцами первые страницы, проглядел их, потом разорвал следующие, опять проглядел, не вчитываясь, и так все страницы до конца, не поднимая глаз на Кунгурова, но чувствуя, как тот напряженно следит за его рукой. ОН захлопнул книгу, протянул Кунгурову:

— Отметьте наиболее интересные высказывания и через товарища Поскребышева передайте мне.

— Слушаюсь.

Кунгуров вышел.

Сталин смотрел ему вслед. Сейчас будет приводить книгу в порядок, будет щелкать ножницами.

Сталин встал, прошелся по кабинету.

Почему так насторожил его взгляд Кунгурова? Он мог бы понять какого-нибудь книжного червя, замшелого профессора. Но бывший рабфаковец, которого ОН приблизил к себе, в котором видел преданнейшего человека! Из-за надорванной страницы осудил в душе товарища Сталина. Не умеет, оказывается, товарищ Сталин обращаться с книгами, неуч, невежда, оказывается, товарищ Сталин. Не попросил ножа для разрезания книг, такое преступление совершил!

ОН ошибся в Кунгурове. Нет, не чистюля, не педант, а неискренний человек. Фальшивый человек. Жалкая книжонка оказалась ему дороже расположения товарища Сталина. Какими преданными собачьими глазами всегда смотрел. А ОН застал его врасплох, поднял глаза, когда Кунгуров не ожидал, и увидел, что лицо его может не только расплываться в улыбке. Значит, фальшивил, изображая обожание. Ловил каждое слово, каждый жест не из преданности, а из каких-то других соображений. Из каких? Изучает товарища Сталина? Для чего? Для истории? Ведет дневник? Записывает? Приходит домой и записывает? И сегодня запишет... Мол, товарищ Сталин варварски обращается с книгами, вместо ножа разрезает страницы пальцем. Работает рядом с вождем страны, встречается с ним, беседует, на его глазах делается история. Почему не записывать, почему не фиксировать для истории каждый день товарища Сталина и самому таким образом войти в историю? Этим часто занимаются люди, близкие к великим. Как-то он видел у Нади книжку секретаря французского писателя Анатоля Франса... Забыл фамилию секретаря... Книжка называется... Ага... «Анатоль Франс в туфлях и халате». Да, кажется, так. Злая книжка! Анатоль Франс вывернут наизнанку.

ОН часто думал об этом. Особенно после того, как прозевал Бажанова. Тоже доверял ему, когда тот был ЕГО секретарем. Выяснилось, зря доверял. Удрал за границу, негодяй, много гадостей понаписал, навыдумывал. Подло поступил. Летописец не должен рыться в грязном белье, летописец должен описывать для потомков только *деяния*. Свидетелей ЕГО личной жизни ЕМУ не нужно!

Но кто в ЕГО окружении рвется в свидетели? Тупица Поскребышев? Исключено. Товстуха? Слишком был умен и осторожен. Тот же Мехлис, Двинский и все прочие в ЕГО секретариате понимают, к чему обязывает близость к НЕМУ. Понимают, чем могут кончиться такие дневнички. И члены Политбюро знают, что это запрещено. А вот такой человек, как Кунгуров, маленький, незаметный служащий, этот может записывать, никто не заподозрит, что он осмелится на такое. ОН и раньше отмечал слишком уж любопытный взгляд Кунгурова. Никто так не следил за каждым ЕГО движением. ОН объяснял это преданностью и только сегодня увидел другое: удовлетворение тем, что обнаружил в товарище Сталине такую невежественность. Есть что занести в дневник.

Сталин вышел в приемную, приказал Поскребышеву немедленно вызвать к нему Паукера.

Явился запыхавшийся Паукер. Опять в новой военной форме, синих галифе, лакированных сапогах. Торопился, не успел переодеться, дурак, франт засранный...

— Кунгурова знаете?

— Знаю. В секретариате референт.

— Сегодня же в проходной обыщите, скажете, что это общая проверка, мол, завтра вернете. Заберите все, что при нем найдете: книги, документы, записные книжки, любые бумаги, пачку с папиросами, если курит, самопишущую ручку. Все это принесете мне. За Кунгуровым установите тщательное наблюдение.

Кунгурова обыскали, и все отобранное Паукер выложил на стол в кабинете товарища Сталина.

Отослав Паукера в приемную, Сталин просмотрел документы. Документы чистые. Книга та же самая, что Кунгуров ему приносил. Сталин ее перелистал, между страниц ничего не заложено, но края страниц аккуратно подрезаны. Высыпал на стол папиросы из начатой пачки, не спрятано ли там что-нибудь. Нет, ничего не спрятано. Отвинтил колпачок у самопишущей ручки, приставил к глазу, тоже ничего нет внутри. Блокнота у Кунгурова не оказалось. Только небольшая записная книжка. Сталин перелистал и ее. Несколько фамилий рядовых сотрудников ЦК с их домашними телефонами, иногда с адресами, остальные незнакомые... Но внутренняя сторона обложки — затертая, видно, делались какие-то записи карандашом, куда-то переносились, потом стирались простой резинкой. Куда переносились? В дневник?!

— Кунгурова немедленно арестуйте, — приказал Сталин Паукеру, — и сегодня же допросите. При допросе установите, какие записи он вел о работе ЦК и о работниках ЦК. Все записи передайте мне тут же. Обыщите его служебный стол, тщательно обыщите квартиру и все написанное его рукой и все вызывающее подозрение тоже передайте мне. Если ничего у него не найдете, выясните — где и у кого Кунгуров мог хранить свои записи, устройте и там обыск, людей арестуйте. Он — шпион, вел шпионский дневник о работе ЦК.

Проверили кунгуровский стол в Кремле, обыскали квартиру — ни записей, ни дневников не нашли. Не дал результата и обыск на квартире его родителей и родителей жены.

Несмотря на крайнюю степень допроса, ведение дневника Кунгуров категорически отрицал.

Впрочем, признал, что работал на японскую разведку и собирался убить товарища Сталина. Через неделю его расстреляли. Жену приговорили к восьми годам лагерей. Детей сдали в детский дом. Родственников его и жены выслали из Москвы.

7

Шарок успешно занимался языком, Шпигельглас оказался прав — помогли знания, заложенные в школе.

Дома, у отца, каким-то образом сохранились учебники французского и старые Юрины ученические тетради. Эти потертые, местами пожелтевшие страницы многое обновили в памяти, и он предстал перед преподавателем, в общем-то, не в самом худшем виде. Но преподаватель напирал на произношение, а это было самым трудным для Шарока. Особенно не давалась ему буква «р», черт бы ее побрал!

— Мягче, мягче, грассировать — не значит картавить, еще мягче, повторяйте за мной.

Шарок повторял, но получалось плохо.

— Вы должны привыкнуть к этому звуку, упражняйтесь пока на русских словах. Попробуйте дома, разговаривая с женой, произносить букву «р», как я вас прошу.

— У меня нет жены, — улыбнулся Шарок.

Преподаватель принял эту информацию без интереса.

— Тогда читайте вслух газеты, это тоже очень полезно.

Жены у Шарока не было. У него была Каля. Познакомился с ней в трамвае. Подошла к остановке «Аннушка», он помог красивой женщине подняться на ступеньку, подхватил сзади за бедра, втолкнул в переполненный вагон, а руку с бедра как бы забыл снять в толчее: с первого взгляда она ему понравилась.

Каля работала акушеркой в родильном доме имени Грауэрмана. Раза четыре, пять в месяц она являлась к Шароку после дежурства, будила его тремя короткими звонками, так у них было условлено, и прямо на пороге он начинал ее целовать, не мог оторваться. После ночной нервотрепки, криков, разбитых, окровавленных лиц, ненависти, с которой на него смотрели, что окончательно доводило Шарока до белого каления, одно прикосновение к Кале успокаивало, восстанавливало равновесие.

— Давай пальто. — И, не отпуская ее руки, уводил в комнату.

Она бросала на стол кулечек с хворостом или пончиками, которые жарила накануне, раздевалась и ныряла в теплую постель под одеяло. Потом с этими пончиками они пили чай, Шарок с удовольствием смотрел на нее, веселую, с большими и сильными руками, допытывался, откуда у нее такое имя необычное — Калерия?

— Из попов вы или из купцов?

— Нет, — смеялась она, — мы чисто пролетарского происхождения, не подкопаешься.

Повезло ему с Калей, ей-богу, повезло. Теперь с переходом в ИНО надо будет продумать новое расписание, может быть, даже чаще сумеют видеться.

— Газеты вслух читаете? — спрашивал преподаватель.

— Читаю. Каждый день.

— Хорошо, так и продолжайте.

Как-то в его выходной пришла мать — убраться, постирать, сготовить кой-чего, Юра отдал ей вторые ключи — Калю хозяйством не обременял, да она и не рвалась. Мать вела себя деликатно, молча выкидывала остатки засохшего хвороста в мусорное ведро, не спрашивала, кто, мол, приносит да почему на чашках следы от губной помады, но тут застыла со щеткой в руках, услышав, как Юра читает вслух «Правду»:

— «На учебном аэрродрроме юная парррашютистка Марргаррита Петррова установила мирровой ррекоррд. Не откррывая парррашют...»

— Ай, батюшки, чтой-то ты стал как Абрашка говорить?

— Точно подметила, — засмеялся он, — это я язык учу.

— Доучисси... Скажут, не русский...

Учился Юра охотно, даже увлеченно. Кто знает, не является ли перевод в ИНО ступенькой к переходу в Наркоминдел на дипломатическую работу? Такие случаи бывали.

С меньшей охотой посещал Шарок специальные занятия: стрельбу из пистолета, обращение со взрывчаткой и холодным оружием, радиосвязью, шифрованной перепиской. Зачем ему все это? Не готовят же его в разведчики, да он бы и не пошел на это ни под каким видом. Но, оказалось, эти занятия обязательны для всех сотрудников отдела. Шарок их посещал, не проявляя ни усердия, ни успехов.

С тем большим рвением знакомился он с материалами по белой эмиграции, с историей и организацией РОВС — Российского общевоинского союза, читал донесения агентов, но кто скрывается за номерами и псевдонимами, не знал. И не спрашивал. Надо будет — скажут.

Наибольшее удовольствие доставляло чтение эмигрантских газет и журналов: «Последние новости», «Возрождение», «Иллюстрированная Россия», «Часовой»... Ему приносили именно эти, парижские газеты, хотя русские газеты выходили во многих странах, где жила русская эмиграция: в Югославии, Болгарии, Турции, Польше, Германии, Маньчжурии. Но его специализировали на РОВС, штаб РОВС в Париже и он получал выходящие там эмигрантские газеты.

Подобного он еще никогда не читал. Упивался. За один экземпляр такой газетенки у нас полагается, самое малое, десять лет, а если *вывести* обладателя газеты на связи: кто дал почитать, и от кого тот получил, и сам кому показывал, и кто при этом был, и что говорил, то есть создать *групповое* дело, то высшая мера обеспечена всем, кто брал газету в руки.

Одни заголовки чего стоят! «Под игом Советов», «Око Москвы — агенты и провокаторы», «Чего боятся большевики?», «Большевистская зараза» — все это и тому подобное первое время щекотало нервы, потом наскучило — слишком однообразно, хотя и дает некоторую пикантную информацию о «нашем родном государстве».

Прелесть этого чтения заключалась в другом. Шарок окунулся в атмосферу старой дореволюционной России, которая смутно возникала в его памяти из далекого, далекого детства, поддерживалась воспоминаниями родителей, их неприятием действительности. Мелькали титулы: князья, бароны; мелькали фамилии: Милюковы, Волконские, Оболенские, Гучковы, Рябушинские... Богослужения в Свято-Александро-Невском соборе, церковь Введения во храм Пресвятой Богородицы, храм Всех Святых, церковь Святого Николая... Кладбище Сент-Женевьев-де-Буа, Галиполийский участок этого кладбища, Булонь-бианкур... «Волею Божьей скончался...», «В сороковой день кончины», «В первую годовщину со дня кончины...». Казачий союз, войсковые праздники Донского, Кубанского и Терского казачьих войск, участники Кубанского генерала Корнилова похода, торжественный прием в честь великого князя Владимира Кирилловича... Рестораны «Мартьяныч», «У Корнилова», «Киев», «Джигит».

Деникин читает лекции в зале Шопена на рю Дарю. Ораторствуют небось, выкрикивают лозунги... Но опасности для Советского Союза не представляют, белогвардейские организации пропитаны нашей агентурной сетью. И все титулы — величества и высочества — ничего не стоят, штабс-капитан за рулем такси — всего лишь шофер, полковник на конвейере завода Рено — простой рабочий.

И все же, несмотря на все это, только там и сохраняются истинно русские традиции. Создали любовью своей на чужой почве *свою* Россию, искусственный мирок, и цепляются за него. Жалкое зрелище, а чем-то трогает, русские люди, что там ни говори.

Но обречены. Умрут в своем Париже, похоронят их на кладбище Сент-Женевьев-де-Буа, и дети их, и внуки вырастут французами, или немцами, или сербами. Но старики трепыхаются, не желают смириться. Вот его родители смирились, хотя тоже пострадали от революции. И так же ненавидят советскую власть. Но не бунтуют, подчинились. И он, Шарок, подчинился. Перед силой этого государства никто не устоит. И тот, кто сдался, тому стыда нет. С волками жить — по-волчьи выть. А их там, в Париже, выть по-волчьи никто не заставляет. Так сидите тихо, смирно. Нет, лезут в политику. В двадцатых годах среди белоэмигрантов были молодые здоровые офицеры, представляли какую-то силу. Но сейчас... Через двадцать лет после революции... Засылают шпионов в СССР? Он три года здесь работает и ни одного шпиона не видел. Смешно об этом говорить.

Прочитав пачку газет, Шарок сдавал их по счету и так же по счету получал новые. Шпигельглас, встречая его в отделе, спрашивал, с чем Шарок успел ознакомиться, передавал белоэмигрантские книги:

— Посмотрите, это интересно.

Как-то он не видел Шпигельгласа целую неделю, понял — уехал за границу. Но куда именно, никто не знал, как никто не знал, куда уезжает тот или иной сотрудник. Люди исчезали, возвращались, снова уезжали. Появлялись незнакомые лица, молчаливые шифровальщики проходили к Слуцкому или Шпигельгласу. Каждый действовал в пределах возложенного на него поручения, ничем другим не интересуясь. Задавать вопросы не полагалось. Секретность соблюдали здесь во много раз больше, чем у Молчанова, хотя молчановский отдел и назывался секретно-политическим. И Юра не задавал вопросов, ждал, когда с ним заговорят сами.

Первый разговор произошел приблизительно через месяц.

Шпигельглас пригласил его к себе, осведомился о занятиях, задал несколько вопросов, связанных с РОВСом, спросил:

— У вас есть знакомые за границей?

— В каком смысле?

— В прямом. Есть ли за границей родственники, друзья, просто знакомые или иностранцы, знающие вас в лицо?

— Есть.

— Кто, где?

— В Париже живет некая Марасевич Виктория Андреевна, дочь известного профессора Марасевича. Я учился с ней в седьмой школе в Кривоарбатском переулке. Я вам о ней прошлый раз говорил. Вы, кажется, эту школу знаете?..

Молчанием, непроницаемым выражением лица Шпигельглас показал бестактность вопроса.

Шарок сделал вид, что не заметил недовольства Шпигельгласа, и спокойно продолжил:

520

— Виктория Андреевна сотрудничала с нами в тридцать четвертом и тридцать пятом годах, путалась с иностранцами, потом вышла замуж за известного архитектора и отказалась от сотрудничества. Обязательство ее сохранилось. Потом она с архитектором разошлась, вышла замуж за француза — газетчика — и уехала с ним в Париж.

Слушая Шарока, Шпигельглас делал пометки в блокноте.

— Кто ее вел?

— Я.

— Расстались в конфликтной ситуации?

— Конечно. Она стала грозить, что расскажет мужу, а муж пойдет к Сталину. Но ее отпустили, потому что, выйдя замуж, она прекратила свои ресторанные связи.

— Если вышла замуж за иностранца, значит не прекратила, — заметил Шпигельглас.

Проницательный, черт! Но ведь не может же Шарок открыть истинную причину, рассказать, как Вика увидела на той квартире Лену и шантажировала его.

Он пожал плечами.

— Мой тогдашний начальник Дьяков решил, что можно ее отпустить.

Вот так! Не проверишь, дорогой товарищ Шпигельглас. Где теперь Дьяков — неизвестно.

— Обязательство этой дамы мы заберем, — сказал Шпигельглас. — Поскольку она живет за границей, то обязательство должно находиться в нашем отделе. Хорошо! — Он посмотрел на Шарока, и Шарок впервые в его взгляде увидел неприязнь к себе. — Завтра вы переедете на дачу, будете там жить, кататься на лыжах и заниматься тем же, чем занимались здесь: языком, физической подготовкой, читать эмигрантские газеты, изучать материалы РОВСа. Единственная просьба: не бриться.

Понятно! Меняют ему внешность. Значит, заграница. Туда его хотят сплавить и таким образом отделаться от него. Подставить под пулю или отправить за решетку.

Шарок молчал.

Шпигельглас вопросительно смотрел на него.

— Вас что-то не устраивает?

— Видите ли, — Шарок тщательно подбирал слова, — Николай Иванович...

Он сказал не «Ежов», не «товарищ народный комиссар», он сознательно, нарочно сказал «Николай Иванович», подчеркивая свою близость к нему.

— Николай Иванович сказал мне, что я перевожусь в иностранный отдел и что товарищ Шпигельглас объявит мне мои будущие обязанности. Вы меня готовите к какой-то работе, и я хотел бы знать — к какой.

Шарок понимал риск прямого разговора. Но другого выхода нет. Они готовят его в диверсионную группу — это верная гибель, к такому делу он не подготовлен ни с какой стороны. Не знает языка, посредственно стреляет, сильнейший радикулит может свалить его в самую неподходящую минуту. Он юрист по образованию. Как юрист и был взят следователем в наркомат. Никакой другой работы он не желает. И не для этого Ежов перевел его в ИНО, он уверен в этом. Но для чего? Видимо, этот вопрос волнует и Слуцкого со Шпигельгласом, Шарок им не нужен, и они хотят избавиться от него.

И он добавил:

— Я счел неудобным спрашивать Николая Ивановича о моей роли в отделе, но, если бы я знал, что меня так долго будут держать в неведении, я бы, конечно, его спросил.

Намек на то, что пойдет к Ежову и найдет там поддержку.

— С самого начала я информировал вас о вашей работе, — ровным голосом начал Шпигельглас, — вы будете работать по *белым*, войдете в группу, которая занимается РОВС. Поэтому я просил вас ознакомиться с его деятельностью. К агентурной работе за границей вас не готовят, вы не знаете условий жизни на Западе, не знаете языков, вы там провалитесь. Ваше рабочее место здесь. Однако это не исключает поездок на Запад, встреч с нашими сотрудниками, получения информации на месте. Такая поездка вам предстоит в скором времени. Кстати...

Он сделал паузу, потом тем же ровным голосом продолжил:

— Кстати, по указанию Николая Ивановича вы поедете со мной в Париж. Поэтому я и хотел, чтобы вы знали несколько слов по-французски, могли объясниться в кафе, в ресторане, в отеле, метро. В более сложных ситуациях говорить буду я. В Париже живет Виктория Андреевна Марасевич, хорошо вас знающая как работника органов. Встреча маловероятна, но осторожность не мешает, поэтому я и попросил вас отрастить усы и бороду, придется еще надеть очки. Что касается спецподготовки, то она обязательна для всех сотрудников отдела, независимо от занимаемой должности. Я надеюсь, что приобретенные там навыки вам никогда не понадобятся. Но обладать ими необходимо. Вас удовлетворяет мое объяснение? Да, еще... Никто из ваших знакомых и родственников в Москве не должен вас видеть до отъезда. Все ясно?

— Да, — ответил Шарок, — все ясно.

8

Утром за завтраком Люда почти ничего не ела, жадно выпила огуречный рассол, надела пальто, велела Саше быть готовым, выглянула в коридор и, поманив его пальцем, провела в комнату тети Даши.

— Минуты через две выйдешь с ней, я тебя за углом буду ждать.

Предосторожность оказалась правильной: в коридоре уже умывался мужчина, нагнувшись над тазом, в другой комнате была открыта дверь: женщина подметала пол.

Тот, что мылся под рукомойником, не поднял головы, а женщина внимательно посмотрела на Сашу.

Люда ждала его за углом. По переулку они прошли на другую улицу, Люда была мрачновата, под глазами проступили синие круги. Перехватив Сашин взгляд, сказала:

— Болит голова со вчерашнего, а у тебя?

— Нормально.

— Вот здесь Елизавета живет, — она показала на новый пятиэтажный дом, — давай паспорт!

Не без некоторого колебания он протянул ей паспорт.

— А сам в сторонке подожди.

Она исчезла в подъезде. Саша перешел на другую сторону улицы и стал прохаживаться туда и обратно, не выпуская из виду подъезд.

Вчерашний рассказ Люды его не поразил, такое творится повсюду, удивило то, что она ему все рассказала, чего по нынешним временам не делают. И он рассказал ей о себе, но ничем при этом не рискуя, с его паспортом скрыть ничего нельзя, а о ней, о ее отце и брате не знают и могут никогда не узнать, если она будет молчать. Проболталась по пьянке? Исключено. И пьяная умеет держать язык за зубами.

Вышла Люда.

— Все сделает сегодня же, но отметку о режиме, так она сказала — «о режиме», это нет. Ни она, ни начальник на это не пойдут, получишь паспорт сроком на пять лет, но с отметкой. Решай.

Саша думал. У него впереди еще несколько месяцев; может быть, удастся найти какие-то иные пути, а если не удастся, если вдруг случится уехать отсюда раньше, менять паспорт на новом месте, без всякого знакомства, придется стоять в очереди в милицейском коридоре, самому объясняться с начальником милиции.

— Чего тянешь, решай, — сказала Люда хмуро, — если решишь, давай фотокарточку, я ей отнесу, вечером получишь паспорт. И решай быстро, а то она на работу уйдет.

— У меня нет фотокарточки, — сказал Саша.

— Так я и думала. Даже сказала ей: «Наверно, завтра занесет». Иди сейчас в фотографию, я тебе покажу, тут близко, на паспорта они быстро делают, попроси, может, к вечеру будет готово. А потом сходи в автопарк, поговори с Леонидом, узнай, что и как. Ну пока.

И после некоторой паузы добавила:

— Если общежития сегодня не дадут, то приходи в кафе, я до девяти работаю.

Фотография была готова на следующий день. Саша тут же отправился в милицию, сдал ее вместе со своим временным паспортом. Елизавета посмотрела его паспорт, взглянула на фотографии, привычно, по-канцелярски, произнесла:

— Придете завтра от десяти до двенадцати.

Ничем не показала, что предупреждена о нем, и, когда Саша явился, вручила ему новый постоянный паспорт.

Вся операция стоила сто рублей. Эту цифру назвала Люда, Саша тут же отдал ей деньги. Но в паспорте в графе «Выдано на основании» было четким убористым почерком написано: «Пост. ЦПК и СНК СССР от 27 декабря 1932 года». Это и была отметка о запрещении жить в «режимных» городах, так называемый «минус».

Эти две ночи Саша ночевал у Люды. Уходил, сопровождаемый тетей Дашей, возвращался вместе с Людой поздно, чтобы не видели соседи. Днем бродил по городу, обедал в какой-нибудь рабочей столовке, заходил в читальню, книг и журналов ему не выдавали — нет документов, но февральские газеты лежали на столе, читай вволю. Саша все же попросил январскую подшивку «Правды», и библиотекарша, милая пожилая женщина, принесла ее.

Все то же, все то же... «Прожженные двурушники из троцкистско-зиновьевской своры в Киеве»... «Троцкистские последыши в Киргизии»... Даже такое: «Сын Троцкого — Сергей Седов, этот достойный отпрыск своего отца, пытался отравить генераторным газом группу рабочих... Митинг рабочих попросил органы НКВД очистить завод от этой фашистской сволочи...»

Саша помнил разговоры в Москве в двадцать девятом году: когда высылали Троцкого, его младший сын Сергей отказался ехать с отцом, он не разделял его взглядов и остался в СССР. Говорили, будто бы по матери — он внук знаменитого полярного исследователя Седова и рекомендацию в партию Сергею дали Сталин, Орджоникидзе и Бухарин. А теперь, оказывается, отравлял рабочих.

Когда Саша читал отчет о процессе, у него тоже возникало отвращение к обвиняемым, но, с другой стороны, где доказательства, кроме их собственных признаний? Получали указания из-за границы — и ни одного документа, ни одного письма; готовили террористические акты — и ни одного пистолета, ни одной пули.

«Спектакль» — это слово любила повторять Лидия Григорьевна Звягуро; мудрая женщина, все понимала. А он спорил с ней, когда она говорила, что Сталин хуже уголовника: кого угодно убьет, если понадобится. Оправдываются ее предсказания.

Саша вернул милой библиотекарше подшивку «Правды», попросил взамен «Литературную газету» за январь и февраль.

И там требования: расстрелять, уничтожить... Бабель: «Ложь, предательство, смердяковщина»; Ю. Тынянов: «Приговор суда — приговор народа»; народный поэт Джамбул: «Поэма о наркоме Ежове»; В. Луговской: «Кровавые собаки реставрации»; Николай Тихонов, М. Ильин и С. Маршак: «Путь в гестапо»; Андрей Платонов: «Преодоление злодейства».

Сплошь знаменитые имена. Гонка мастеров, соревнование, кто быстрей, кто хлеще напишет. Любопытно, как после таких статей они смотрят друг другу в глаза? Отражается ли на лицах смущение, покорность или, наоборот, глядят победно? Задумываются, какой пример подают народу, или делают вид, что вообще ничего не произошло, мол, погода прекрасная, здоровье отличное, работа идет хорошо?..

Константин Федин: «Агенты международной контрреволюции»; Новиков-Прибой: «Презрение наемникам фашизма»; Ю. Олеша: «Фашисты перед судом народа», Леонид Леонов: «Террарий»; Сергеев-Ценский: «Эти люди не имеют права жить»; Р. Фраерман: «Мы вытащим их из щелей на свет»

Уж его-то, Сашу, «вытащить из щели на свет» ничего не стоит, сам идет к *ним* в руки. Газеты наполнены поношением руководителей, которые принимают на работу врагов: на Амурской железной дороге взяли на работу некоего Б., в другом месте некоего М., в третьем — какого-то П. «В этой связи, — писала газета, — следует отметить преступную систему приема работников. Берут без разбора, не вникая как следует в биографические данные». Это уж впрямую про него, прямое указание не брать на работу таких, как он. Плохо. Неизвестно, как все сложится дальше.

В проходной сторож поднялся с табуретки, спросил Сашу, к кому идет.

— К инженеру.

— Посмотри в мастерских, пройдешь гаражом, там и мастерские.

Во дворе, под двумя длинными навесами, стояли машины без колес, на колодках, — видимо, не хватало резины. Тут же и мойка — деревянный помост, под ним устройство для стока воды.

Через широкие въездные ворота Саша вошел в пустой гараж, пахнуло бензином, ацетиленом, выхлопными газами: возле машин возились слесаря. Этот запах, машины, слесаря в замасленных телогрейках сразу вызвали в памяти годы, когда он работал шофером на Дорогомиловском химическом заводе. Учителем его был Илюшка, золотой парень, добрейшая душа.

Утром, почти на рассвете, выезжали они с завода и мчались по пустынной набережной Москвы-реки.

— Убери газ, убери газ! — кричал Илюшка. — Отниму руля, помни!

Как только Саша сбавлял скорость, успокаивался и принимался говорить о своей невесте. Однажды невеста потребовала, чтобы Илюшка повел ее в парк Горького на танцплощадку. Илюшка полжизни прожил в деревне, ни о каких фокстротах не слышал, танцевать не умел, но признаться в этом стеснялся.

— Ладно, — пообещал Саша, — выучу.

Они вернулись на завод в гараж, там стояли всего две машины: директорский «роллс-ройс» и их грузовик, сделали вид, что остались его ремонтировать, заперли изнутри ворота, и Саша начал обучать Илюшку. Илюшка был плясун, даже пустился вприсядку, ловкие номера откалывал, но простейшие шаги фокстрота никак ему не давались.

Они с Сашей брались за руки, Саша командовал:

— Шаг налево... Шаг направо... И-и раз! И-и два!

Илюшка смотрел на свои ноги, путался.

— Подыми голову, на меня смотри! — требовал Саша. — И-и раз! И-и два!

Места было мало, Саша двигал Илюшку вдоль стены то вправо, то влево. «И-и раз! И-и два!»

Через пару дней они заехали к Нине, Саша одолжил у нее Варин патефон с единственной пластинкой, на одной стороне фокстрот «Рио-Рита», на другой — танго «Брызги шампанского». И снова заперлись в своем маленьком гараже, завели патефон, и Саша опять в такт музыке командовал: «И-и раз! И-и два!»

Потом Илюшка явился на работу счастливый: «Был с невестой в парке культуры, танцевали и фокстрот, и танго, даже румбу, невеста сначала похвалила, потом заревновала: „Кто научил?" А я ей: „У нас на заводе учат, инструктор специальный — Панкратов". Похвалила тебя, хороший, сказала, инструктор». Илюшка очень его после этого зауважал, в поездках не придирался, помогал готовиться к экзамену, показывал, как карбюратор продуть, как зажигание поставить.

Хорошее было время, хорошие люди рядом, воспоминание о них согревало сердце.

Леонида Саша нашел в кузовном цехе. Прислонившись к стояку, он разговаривал с Глебом, тот, с кистью в руках, в заляпанных краской брюках и куртке, сидел на крыше кузова. Оба сразу узнали Сашу, Глеб приветствовал его, осклабившись и обнажив белые зубы, Леонид кивнул головой:

— Что, надумал?

— Да.

— Заявление принес?

— Принес.

— Давай сюда, и права давай.

Леонид прочитал заявление, права он уже видел.

— Подожди здесь. — И ушел.

Глеб спрыгнул с крыши кузова, присел на скамеечку рядом с Сашей, вынул пачку «Беломора»:

— Кури, дорогуша, хотя здесь и запрещено.

Закурили.

— Последний кузов докрашиваю, — сказал Глеб, — паршивая работа, но понимаешь, дорогуша, «гроши треба», а тебе — «гроши треба»?

— Конечно.

— Всем треба, — изрек Глеб. — Из-за этих грошей великие делали самую черную работу. Ренуар, знаешь такое имя?

— Знаю, — улыбнулся Саша.

— Ренуар расписывал посуду, Крамской работал ретушером в фотографии, а Поленов, знаешь Поленова?

— И Поленова знаю.

— Поленов прямо сказал: «В расписывании вывесок ничего подлого не нахожу». Он вывески делал, а я — кузова. Другой век.

Вернулся Леонид, отдал Саше водительские права, заявление с резолюцией директора базы: «Зачислить водителем во вторую колонну».

— Вторая колонна, — пояснил Леонид, — это трехтонки, ЗИС-5. Сдашь на второй класс, пересадим на автобус. А сейчас топай в контору, к секретарю, она тебя оформит.

Секретарша сидела в комнате перед директорским кабинетом, на двери которого висела табличка с фамилией: «Прошкин Н. П.». Печатала на машинке.

Саша положил заявление на стол. Не отрывая рук от клавиш, секретарша скосилась на него:

— Хорошо. Оставьте справку с последнего места работы.

— У меня ее нет, потерял.

Она подняла глаза.

— Я все документы потерял, — добавил Саша, — вернее, не потерял, а их украли. — Это звучало убедительней.

При слове «украли» еще трое, сидевшие в комнате, оторвали лица от бумаг, повернули к нему головы. Два бородатых старичка и девчонка в вязаной кофте.

— И паспорт?..

— И паспорт. Мне выдали взамен новый, — он вынул из кармана и показал ей паспорт, — только вчера получил, вот, видите, дата.

В напряжении она сдвинула брови к переносице, потом взяла Сашин паспорт, заявление, прошла к директору.

Саша с тревогой думал о том, что решит этот самый Прошкин Н. П. Сразу заметит, на «основании» чего выдан паспорт. И наверняка откажет. Зачем сажать себе на шею сомнительную личность? Обвинят потом в «отсутствии бдительности».

Саша присел на свободный стул, никто не обращал на него больше внимания. Девчонка снова застучала костяшками счетов, старичок крутил ручку арифмометра, другой углубился в ведомости.

Наконец появилась секретарша, протянула Саше паспорт:

— Директор сказал, свободных машин нет.

Саша не уходил, обдумывал, как ему поступить. Пойти к директору объясниться? Ведь Леонид ясно сказал — шоферы нужны. Бесполезно, нарвешься еще на одно унижение.

В коридоре Саша столкнулся с Леонидом.

— Оформился?

— Нет, директор отказал.

— Как? Идем, расскажи!

Они зашли в маленький кабинетик Леонида. В открытом шкафу лежали автомобильные детали, на столе вместо пепельницы — поршень, полный окурков.

— Что он тебе сказал?

— Я его не видел. К нему пошла секретарша, вышла, объявила — шофера не требуются.

— Как это не требуются?! — Он зло смотрел на Сашу. — У меня шесть машин стоят без водителей и еще шесть работают в одну смену!

Саша усмехнулся:

— А я при чем? Не я отказался от работы, мне отказали.

— Где твое заявление?

— У него осталось.

Леонид выругался, вышел из кабинета.

Саша остался один. В окно он видел двор гаража, шоферов у машин, лужи на асфальте. Ничего Леонид не добьется, пустой номер.

Леонид вернулся мрачный, сел за стол, помолчал, наконец спросил:

— Судимость у тебя за что?

— Ни за что. Глупая история в институте, стенгазета наша не понравилась.

— Да-а, — протянул Леонид, — но у него тоже свой довод.

— Никакого довода у него нет. По Конституции имею я право на труд или не имею?

— Знаешь что, — предложил Леонид, — напиши заявление начальнику областного автоуправления. Табунщиков его фамилия. Может такой вопрос решить.

Саша задумчиво посмотрел на него. Мелькнула одна мыслишка... Рискнуть, что ли?

— Ты мне дашь бумагу? — Он взял ручку, придвинул чернильницу, начал писать. Леонид не мешал, иногда вставал, выходил, разговаривал с заходившими к нему людьми. А Саша все писал, наконец перечитал написанное, взял пресс-папье, промокнул, встал.

— Чего написал-то, покажи.

— В другой раз покажу. А сейчас надо торопиться. Бывай, спасибо тебе.

На трамвайной остановке Саша развернул вчетверо сложенный листок, еще раз перечитал свое заявление:

«Секретарю обкома ВКП(б)
тов. Михайлову
от Панкратова А. П.

Уважаемый товарищ Михайлов. Мне 26 лет. Всю жизнь я прожил в Москве, на Арбате, д. 51. В январе 1934 года меня арестовали, дали три года ссылки в Сибирь, по статье 58—10. Срок кончился, меня освободили без права проживания в крупных городах. Я приехал в Калинин, хотел поступить на работу в городскую автобазу водителем грузовой машины, но директор автобазы Прошкин Н. П. мне отказал, хотя из-за отсутствия шоферов машины стоят. Конституция дает мне право на труд, но практически я этого права лишен. Что же мне теперь делать?

С уважением, Панкратов».

Одну фразу следовало бы изменить. Если Михайлов примет его, может спросить: «А почему вы приехали именно в Калинин?» Вот тут и надо было бы как-то себя обезопасить, написать, к примеру: «Я приехал в Калинин, *где у меня есть родственники*». Но теперь это уже не впишешь, поздно. Пусть так остается, будь что будет.

Это был отчаянный и, наверное, безнадежный шаг. Но другого выхода нет. Уедет отсюда, на новом месте начнется та же волынка. А здесь хоть маленький шанс — вдруг Михайлов вспомнит его.

Снизу, из бюро пропусков, Саша позвонил в кабинет Михайлова. Поднял трубку референт. Саша сказал, что хочет видеть товарища Михайлова.

— По какому вопросу?

— По личному.

— Запишитесь на прием.

— Я завтра уезжаю.

— Приедете, запишитесь.

— Тогда разрешите передать ему письмо.

— Сдайте в экспедицию.

— Я вас очень прошу, разрешите передать письмо вам лично, поверьте, это очень важно.

— Фамилия, имя, отчество.

— Панкратов Александр Павлович.

— Партбилет с собой?

— Я беспартийный.

— Паспорт?

— Есть.

Референт Михайлова был молод, полноват, невысок, носил сапоги и полувоенную форму.

Стоя, он проглядел Сашино заявление, поднял на него глаза, и Саше вдруг показалось, что где-то он уже встречал этого человека. В его внимательном взгляде Саша прочитал то же самое: Сашино лицо ему знакомо и, как и Саша, он напрягает память, чтобы вспомнить, где он его видел.

— Дайте, пожалуйста, ваш паспорт.

Саша дал ему паспорт.

— Посидите. — Референт указал ему на стул в углу и вошел в кабинет, плотно закрыв за собой обитую дерматином дверь.

Приемная секретаря обкома выглядела скромно. Казенная мебель, казенная ковровая дорожка. Справа между окнами увеличенная фотография Ленина, читающего газету «Правда», на противоположной стене, тоже на увеличенной фотографии, раскуривал трубку Сталин.

Где же он все-таки видел этого референта? А может, не видел, может, ошибся? Но так или иначе, а тот проявил отзывчивость, внял Сашиной просьбе, выписал ему пропуск, понес Михайлову заявление. И все же надежда на успех мала.

Наконец референт вышел из кабинета, опять плотно прикрыв за собой дверь. Как заметил Саша, за ней была еще одна дверь.

Саша встал ему навстречу.

Возвращая ему паспорт, референт сказал:

— Завтра придите к директору автобазы, он вас оформит.

Значит, Михайлов вспомнил его.

9

О приглашении Плевицкой Шарль отозвался прохладно:

— Ну что ж, Озуар-ла-Ферьер — красивое место.

— Ты против этого знакомства?

Он засмеялся:

— С госпожой Плевицкой — не против. Но муж ее слишком красивый господин.

Вика тоже засмеялась. Она не давала повода для ревности и сама не ревновала Шарля. Она не мещанка. Но в словах Шарля прозвучало некое предупреждение. Нелли называла эмигрантов нищими, Шарль подразумевал нечто другое.

— Если ты считаешь эту поездку ненужной, я не поеду.

— Ты приняла приглашение, за тобой заедут, отказываться невежливо. Но к семи постарайся вернуться. Я буду звонить из Праги.

Вечером он уезжал в Прагу на три дня.

На следующий день, в десять утра, Вике снизу от консьержки позвонил Скоблин. Вика спустилась.

У подъезда стояла новая машина «пежо», Вика уже разбиралась в марках машин. Скоблин усадил ее на заднее сиденье, сел за руль, и они поехали, — сначала по близким, знакомым улицам, потом по пригороду. Скоблин был хмур, сосредоточен, задал несколько банальных вопросов, иногда называл места, где они проезжали, маленький городок Жуанвиль, Шампаньи, в Венсенском лесу показал место, где 27 февраля 1935 года на их машину налетел грузовик: разбил ее вдребезги, они остались живы лишь благодаря тому, что при ударе их выбросило на дорогу. Надежда Васильевна отделалась ушибами и легким шоком, через неделю уже выступала в концерте, а у него надлом правой ключицы и трещина в лопатке.

— Все зажило, — сказал Скоблин, — иногда, в плохую погоду, ключица и лопатка слегка ноют, но Надежда Васильевна уверена, что я скрываю боль, и массирует меня.

Это была самая длинная фраза, которую он произнес Вике, сразу стало ясно: как женщиной, Скоблин ею не интересуется.

Озуар-ла-Ферьер оказался таким же маленьким, приятным городком, как и те, мимо которых они проехали: улицы узкие, дома чаще в два этажа с мансардами, чугунными резными решетками на балкончиках, иногда в первом этаже лавочка, ресторанчик, при въезде в город — светлая, высокая церковь. «Собор Святого Петра», — прокомментировал Скоблин и сообщил, что езды им осталось не более десяти минут.

Двухэтажный дом Скоблиных стоял на стыке двух нешироких, радиально расположенных улиц. Фасад с номером 345 выходил на авеню Маршала Петена. Стены из серого камня, большие окна, черепичная крыша с каминными трубами, бетонный узорчатый заборчик, обсаженный кустарником. Красиво смотрелась в зеленой траве дорожка, покрытая красной, твердо укатанной кирпичной крошкой. «Очень мило, — подумала Вика, — и, наверное, стоит немалых денег».

Скоблин оставил машину у калитки, пропустил Вику вперед, поднялся с ней на крыльцо с бетонным козырьком. Дверь открыла служанка, из-под ее руки вырвались две собаки, кинулись к хозяину.

— Это — Юка, — сказал Скоблин, показывая на черную, — а белую зовут Пусик.

В прихожую вышла Плевицкая, в длинном, свободном, скрывающем полноту платье, поцеловала мужа, поцеловала Вику, провела в гостиную. Скоблин поднялся на второй этаж.

— Коленька, сейчас будем пить кофе, — предупредила Плевицкая.

Гостиная занимала всю правую половину первого этажа. На диванах лежали кошки, еще одна кошка — с коричневой в черных разводах шерстью — устроилась в кресле. Большой стол, камин, пианино. К окнам примкнуты открытые двустворчатые ставни, выкрашенные в желтый цвет, на окнах желтые занавески, желтая обивка на диванах и креслах, — видимо, Плевицкая любила этот цвет.

«Надо будет в следующий раз привезти ей желтые розы», — подумала Вика. И отметила: дом снаружи выглядит богаче, чем внутри.

На стенах много фотографий. Плевицкая в сарафане, в дорожном костюме, в летней кофточке в саду, среди почитателей в разных странах мира, портреты Врангеля, высоченного генерала в папахе и черкеске с газырями, генералов Миллера и Кутепова и на самом видном месте — Шаляпина, Собинова, Рахманинова, Бальмонта, на каждом трогательная надпись: «Дорогой Надежде Васильевне», «Знаменитой Надежде Васильевне»...

— Мои друзья, — Плевицкая улыбнулась, — я смотрю на них, они смотрят на меня.

В углу на видном месте черно-красное знамя Корниловского полка, простреленное пулями.

— Николай Владимирович — командир корниловцев, — с гордостью объявила Плевицкая, — знаете таких?

— Очень смутно, — призналась Вика, — в основном по школьным учебникам истории.

— Николай Владимирович принял Корниловский полк в ноябре 1919 года в чине капитана, ему было тогда двадцать пять лет, а в мае 1920-го уже командовал Корниловской дивизией в чине генерала. Он — командир, а я мать-командирша... Будь в белой армии все такие, как Коленька, большевики бы сейчас не правили Россией.

Служанка, ее звали Марией, подала кофе, к нему молоко, печенье, внесла бутылку красного вина, расставила бокалы. С портфелем в руках спустился в гостиную Скоблин, все сели за стол. Неподалеку, уткнув морды в лапы, улеглись собаки.

Николай Владимирович быстро, молча выпил свой кофе, поднялся, поцеловал Плевицкую в лоб, взял в руки портфель, поклонился Вике:

— Извините, тороплюсь.

— Постарайся вернуться поскорей, Коленька, — бросила ему вслед Плевицкая и повернулась к Вике. — Ну вот, мы с вами вдвоем остались.

Она протянула бутылку с вином к Викиному бокалу.

— Спасибо, — поблагодарила Вика, — утром я как-то не привыкла.

— Какая разница — утром, вечером; французское вино легкое, как вода, — я его с удовольствием пью. — Она налила себе, сразу выпила полбокала. — Ну расскажите мне про Москву.

— Что вам сказать? — Вика улыбнулась, пожала плечами. — Недавно метро пустили.

— Метро, — презрительно повторила Плевицкая, — в Париже метро существует уже тридцать семь лет.

Она поманила кошку с кресла, посадила себе на колени.

— Тоскую я по Москве, Вика... В Москве я пела сначала у «Яра», такой был шикарный ресторан. Директор «Яра» — Судаков, не позволял актрисам выходить на сцену с большим декольте, мол, здесь купцы с женами, так чтобы «неприличия не было». «Неприличия» не было, а успех у меня в Москве был большой, москвичи меня полюбили. Из Москвы ездила я на Нижегородскую ярмарку, там заметил меня Собинов Леонид Витальевич, преподнес мне букет чайных роз, сказал: «Вы талант» — и пригласил петь в своем концерте в Оперном театре. Было это давно, миленькая, в 1909 году, вот когда это было.

Она допила бокал, подумала, плеснула еще вина.

— Ах, милые мои москвичи, до чего же я их люблю, добродушные, голоса сочные, настоящий русский говор. Разве можно их сравнить с петербуржцами, те французский знают лучше русского. Какие-то дамы наставили на меня лорнетки, рассматривают как вещь. А одна спрашивает: «А что такое куделька, что такое батожка?» Разозлилась я, в глаза ей дерзко смотрю: «Батожка, — говорю, — это хворостина, которой муж жену учит, коль виновата... А куделька — это пучок льна, вычесанного, приготовленного для пряжи...» Она опять в лорнет осмотрела меня: «Charmant. Вы очень милы!» Этот высший свет и погубил Россию. Презирали свой народ, вот и получили. Я и здесь, честно вам скажу, держусь подальше от этих сиятельных барынь: только лорнетки остались, а так вошь в кармане да блоха на аркане... Но не буду о них говорить, а то злиться начну.

И снова плеснула вина в бокал.

— Когда пришла ко мне известность, поселилась я в Москве, взяла хорошую квартиру в Дегтярном переулке, а пока квартира устроилась, жила в меблированных комнатах на Большой Дмитровке. Знаете, где это?

— Конечно. И Большую Дмитровку знаю, и Дегтярный переулок.

— А зима снежная в тот год была, март месяц наступил, а снег все падает, укрывает деревья, чтоб не зябли они на ветрах студеных, и Москва-красавица стоит, родимая, словно серебряная царевна в снежном убранстве.

Вика опустила глаза, сделала вид, что размешивает сахар в кофе, цветистость этих речей вызывала чувство неловкости.

— Я Москву всегда зимой больше любила, зимой жизнь веселей казалась, все куда-то торопятся, спешат, извозчики лошадок подхлестывают, бубенцы звенят... И годы наши так же быстро летят, как те сани, а Москва все в сердце живет, сон сладкий, далекий... И Петербург в сердце живет, и Царское Село, где пела я перед самим государем императором. — Она замолчала, улыбнулась, поглядела в окно, по-актерски выдерживая паузу, чтобы дать Вике возможность оценить смысл сказанного. — Волновалась я ужасно, попросила чашку кофе, рюмку коньяка, приняла двадцать капель валерианки... И вот я перед государем. Поклонилась я низко-низко, и посмотрела прямо ему в лицо, и увидела, будто свет льется из его лучистых очей. Страх мой прошел, и я сразу успокоилась. Пела я в тот раз много, государь даже справился — не устала ли я? Но я, Вика, милая, так счастлива была, что об этом даже не думала. Пела, что на ум приходило, про мужицкую долю, и даже одну революционную песню спела про Сибирь. Спела «Молода еще девица я была». Спела и про ямщика. Знаете эту песню?

— «Вот мчится тройка удалая» или «Вот мчится тройка почтовая»...

— Нет, я пела государю другую песню. — Она поставила бокал на стол, приосанилась, чуть подняла голову, вполголоса запела:

Вот тройка борзая несется,
Ровно из лука стрела,

И в поле песня раздается:
«Прощай, родимая Москва!
Быть может, больше не увижу
Я, Златоглавая, тебя,
Быть может, больше не услышу
В Кремле твои колокола.
Не вечно все на белом свете,
Судьбина вдаль влечет меня,
Прощай, жена, прощайте, дети,
Бог знает, возвращусь ли я?»
Вот тройка стала, пар клубится,
Ямщик утер платком глаза,
И вдруг ему на грудь скатилась
Из глаз жемчужная слеза.

И государь сказал: «От этой песни у меня сдавило горло».

Вот как государь чувствовал русскую песню. А когда государь со мной прощался, он крепко пожал мне руку и сказал: «Спасибо вам, Надежда Васильевна. Я слушал вас с большим удовольствием. Мне говорили, что вы никогда не учились петь. И не учитесь. Оставайтесь такой, какая вы есть. Я много слышал ученых соловьев, но они пели для уха, а вы поете для сердца». Вот, дорогая Вика, какое счастье мне выпало в жизни — такие бесценные слова услышать от самого государя императора.

— Да, да, конечно, — согласилась Вика, отмечая про себя, что половина бутылки с вином уже опорожнена.

— Государю в Царском Селе я пела много раз, любила ему петь, и он любил меня слушать. И беседовать со мной любил, так что даже придворные обижались, осуждали меня за то, что я, разговаривая с государем, размахивала руками. А государь не осуждал, понимал, что великосветским манерам я не обучена. И вот такого царя убили! Никогда не прощу! — с ненавистью добавила она, лицо ее сделалось злым. — Никому не прощу! Живи государь в Москве среди истинно русских людей — и никакой бы революции не было, не дали бы русские люди в обиду батюшку-царя... Помню я в Москве Бородинские торжества. Люди запрудили все улицы, пели, плясали, солнце сияло на крестах и куполах Златоглавой. А как грянул Великий Иван и как подхватили его все сорок сороков, земля задрожала и слезы брызнули из глаз у всех, кто был тогда в Москве. Разве возможен в Петербурге такой праздник? Там все аристократы, немцы да чухна, вот и затеяли революцию эту распроклятую. Шаляпин — вот был истинно русский человек, меня с ним Мамонтов познакомил. Сказал мне Федор Иванович: «Помогай тебе Бог, родная Надюша, пой свои песни, что от земли принесла, у меня таких нет, я — слобожанин, не деревенский». Да, много добрых и умных людей послал мне Бог на моем пути.

Под окном громко прокукарекал петух. Вика вздрогнула от неожиданности.

Плевицкая рассмеялась:

— У нас не только собаки и кошки, мы и кур держим. Коленька сам их кормит, — она встала, — устали, наверно, слушать меня, надоело небось.

— Что вы, — тоже поднимаясь, запротестовала Вика. — Вы так интересно рассказываете.

Она не лукавила. Ей действительно было интересно. Эта крестьянка с тремя классами приходской школы, здоровавшаяся за ручку с самим государем императором, низвергнутая затем революцией до положения беженки без угла и крова и снова вознесенная до мировой известности, — это ли не судьба?

— Спасибо, коли так... Пойдемте, я вам покажу наш дом, а потом посидим в саду.

Витая деревянная лестница вела из гостиной на второй этаж. На закруглении, над широкой ступенькой, — оконце в стене; Плевицкая взяла Вику за руку:

— Видите, прямо за нами лес, а тут, — она приблизила лицо к самому стеклу, — Коленькин гараж встроен; когда машина есть, обязательно гараж нужен. И еще удобно — отдельный вход в кухню. Мария утром приходит, мы и не слышим. Вообще-то, я рано встаю, но иногда бессонница мучает, разные мысли одолевают, засыпаешь только около семи.

В кабинете Скоблина стояли книжные шкафы, французские книги на одних полках, русские — на других: Тургенев, Достоевский, Толстой...

— Я любила Толстого раньше, но когда прочитала «Разрушение ада и восстановление его», больше в руки не беру. Злой старик, на всех слюной брызжет, всех ругает, один он умный, зачем мне такое?

Стены кабинета тоже увешаны портретами: Куприн, Бунин, Керенский, много генералов, офицеров.

— Это все наши — корниловцы... Коленька участвовал в пятистах боях, много раз ранен, корниловцы не щадили своих жизней; если бы все воевали так, как корниловцы...

> За Россию, за свободу
> Коли в бой зовут,
> То корниловцы и в воду,
> И в огонь идут.

На глазах ее выступили слезы.

— Бедные, бедные... Истинные герои. Ведь я пела на Перекопе, в траншеях. Уже большевистские пушки гремели, а я пела. Но не удалось, не получилось...

Сейчас тебе кое-что покажу... — Она то называла Вику на «ты», потом опять переходила на «вы», наклонилась, сняла с нижней полки книгу, не толстую, но больше обычного формата, открыла на титульном листе, кивнула Вике: — Садись рядом, пол чистый, не бойся. Видишь: Надежда Плевицкая — «Дежкин карагод»... Понятно название? Дежка — это я, Надежда. Меня дома, в семье, Дежкой называли. А карагод по-нашему, по-курски, это хоровод. Предисловие Алексея Ремизова: «Венец». Большая честь!.. Но вы, московские, и фамилии-то такой не знаете, у вас Ремизов тоже запрещен, он в двадцать первом году Россию покинул... А вот — мамочка моя дорогая... — она прикоснулась губами к портрету, — мамочка моя бесценная, царствие ей небесное... Вот и я молодая. Как была курносой крестьянкой Дежкой, так и осталась. А это опять я. В боярском сарафане давала концерты. А вот часть вторая, «Мой путь с песней», это издано уже позднее — в тридцатом году, сам Рахманинов издавал: издательство «ТАИР» это его, Рахманинова, издательство. «ТА» — это Татьяна, «ИР» — Ирина — его дочери. Это я в деревне, это опять мамочка. Вся моя жизнь в этой книге описана. Я вам дам почитать. Только не эту, это — моя, я ее никому не даю, видишь, где прячу? — Она рассмеялась. — Как бриллианты все равно... Есть у меня еще два экземпляра, вот их я и даю читать знакомым; как вернут, я и вам дам.

Плевицкая открыла дверь в следующую комнату, скромно обставленную, объяснила: «Для гостей».

В спальне на стене портрет Скоблина во весь рост, в корниловской форме — мужественный офицер-красавец, на груди Георгиевский крест, на плече нашивка — череп и скрещенные кости.

— Таким Коленька был в двадцатом году, когда мы с ним познакомились, еще шли бои против красных, а поженились в городе Галлиполи, в Турции. Свадьба была скромной, несколько офицеров-корниловцев и посаженый отец — генерал Кутепов... Бедный Александр Павлович, похитили его злодеи-большевики, убили, замучили...

Она прослезилась. Открыла шкафчик, вынула бутылку коньяка, налила рюмочку, выпила, поставила обратно.

За спальней, отделенная аркой, маленькая комната — столик, пуфик за столиком, полочка для книг, широкий платяной шкаф, большое зеркало.

— Мои апартаменты, — пошутила Плевицкая. — Я люблю этот дом, он мне сразу понравился, выглядывает на улицу утюжком тупоносым. И уютно здесь, светло, окна выходят на север, восток, запад: видим, как солнышко встает, видим, как садится. Темноты не выношу. И одиночества тоже. Вам руки помыть не надо? Вот ванная комната.

Они оделись, вышли из дома в сад, за ними не спеша последовали собаки, за собаками кошки. У дома бродили куры.

Вика и Плевицкая уселись в плетеные кресла под тремя березками. Хоть февраль, а тепло, солнечно.

— Вот, березки, — сказала Плевицкая, — это я их посадила.

Из кухни вышла Мария, Плевицкая глазами ей показала на стол. Мария вернулась в дом, вынесла ту же бутылку красного вина, поставила два бокала и орешки в вазочке.

— Сообразительная она у меня, полячка Мария Чека, но выросла во Франции, говорим с ней по-французски, я, честно говоря, не люблю польский язык: «пше», «пши», не говорят, а шипят, и всё ГПУ поляки: Дзержинский, Менжинский.

Она налила себе и Вике.

— Ну, уж под русскими березками вам придется выпить...

— Конечно, — улыбнулась Вика.

— За Россию!

Они чокнулись.

— Да, — продолжала Плевицкая, — купили мы этот дом в мае 1930 года в бюро Шнейдера. Тут много русских живет. Когда-то здесь был лес, деревья корчевали, строили дома, а я вот березки посадила. — Она дотронулась рукой до ствола, погладила его. — Ах вы, милые мои, родимые, как увижу березки, так вспоминаю нашу деревню Винниково в Курской губернии, березовые наши рощи... А вы знаете, — голос ее чуть дрогнул, — я ведь вспомнила вашу квартиру в Староконюшенном...

— Да, вы говорили.

— В «Каролине» я говорила неуверенно, смутно что-то вспоминала, а потом вспомнила точно и отца вашего, и маму вашу. Скажите мне, — взгляд ее сделался напряженным, — я все-таки хочу себя проверить: была ли у вас на двери медная табличка и вязью написано: «Профессор Мурасевич»?

— Марасевич, — поправила ее Вика, — была такая табличка, была.

— А родители живы?

— Мама умерла двадцать два года назад, а отцу уже около шестидесяти, я волнуюсь за него.

— Шестьдесят — не возраст, — отрезала Плевицкая, — и не волнуйтесь, не накликайте беду, Бог даст, будет жив и здоров. Так вот, Вика, меня к вам Станиславский возил... Я пела у вас... Уютно было, хорошо, хлебосольно по-русски... Меня Станиславский привез, а я с собой Клюева прихватила. Поэт Клюев, знаете такого?

Вика помешкала с ответом.

— Тихий был человек, — продолжала Плевицкая, — часто плакал. Вот я тебе почитаю его стихотворение, самое мое любимое. — Она откинулась на спинку кресла, прикрыла глаза.

Я надену черную рубаху
И вослед за мутным фонарем
По камням двора пройду на плаху
С молчаливо-ласковым лицом.

Ну и так далее... Только рубашка не черная у него была, а синяя, набойчатая, одна-единственная, и ходил в стоптанных, худых сапогах, я ему новые подарила, взял; он всегда брал, когда давали, но сам не выпрашивал. Сидит тихо, руки в рукава поддевки прячет, молчит, а если заговорит, то что-нибудь жалостливое, умное... Где-то он теперь, Колюшка — мил дружок? У нас в газетах писали, будто бы арестовали его, в Сибирь выслали, пропал, наверно, бедняга. Может, оттого и плакал часто, что конец свой горький предчувствовал?.. Не холодно вам?

— Нет, ничего.

— Все же давайте пройдемся.

Они пошли по улице, редкие прохожие здоровались с Плевицкой.

— Здесь русских почти двести семей. Церковь у нас во имя Святой Живоначальной Троицы. Построили ее несколько лет назад, во многом на средства, которые пожертвовали я и Николай Владимирович. Поэтому-то я ее почетная попечительница.

Они подошли к одноэтажному дому, на коньке крест, на фасаде икона — это и была церковь. Внутри полумрак, тишина, горят свечи, на стенах иконы.

Плевицкая низко поклонилась, подошла к кресту, поцеловала его, несколько раз перекрестилась, что-то зашептала. То же самое вслед за ней проделала Вика, неудобно было стоять столбом, первый раз в жизни оказалась в церкви, может, водили когда-нибудь ребенком, не помнит.

А Плевицкая истово молилась и, когда вышли из церкви, сказала:

— Мне моя мать-покойница, когда я еще малолетней была, наказывала: «В церкви никаких дум, кроме молитв, быть не должно. Ты, — говорит, — как свеча перед Богом в церкви должна стоять». Неграмотная женщина, простая, деревенская, а вот какие значительные слова произнесла: «Как свеча перед Богом!»

Молча прошли еще несколько шагов, Плевицкая вернулась к прерванному разговору:

— Люблю церковь и службу церковную. Вы там, в России, Бога позабыли, и ты, наверное, позабыла?

Она строго посмотрела на Вику.

— Да, — призналась Вика, — нас воспитывали неверующими.

— Нехорошо. Без Бога в сердце жить нельзя.

10

На автобазе секретарша была предупреждена, потребовала у Саши паспорт, переписала из него данные в большую толстую книгу «Учет водительского состава». Имя, отчество, фамилия, год рождения, образование — Саша ответил: «Среднее», — попросила справку с последнего места работы.

— Я вам уже говорил, украли вместе со всеми документами.

— Тогда укажите последнее место работы.

— Я туда напишу, они вышлют, — уклончиво ответил Саша.

Секретарша задумалась, не могла допустить пропущенной графы. Все строчки в книге должны быть заполнены.

— Когда пришлют справку, принесете ее мне.

— Обязательно.

Она посмотрела в последнюю графу.

— Адрес? — И снова открыла паспорт. — У вас нет прописки. Я не имею права.

— Я думал, мне предоставят общежитие.

Секретарша встала, пошла к директору, вернулась.

— Мест в общежитии нет.

Понятно. Не мытьем, так катаньем.

— Я сегодня сниму комнату, — сказал Саша, — сдам паспорт на прописку и тогда сообщу адрес.

Секретарша опять задумалась. Саша видел ее колебания, есть повод не оформлять. Но получен приказ — оформить. И она не знает, что ей делать.

— Поверьте мне, — сказал Саша, — я вас не подведу. Я бы оставил вам паспорт в залог, но без паспорта не пропишут.

Она помолчала.

— Ну ладно, хорошо. Давайте ваш военный билет.

— Я еще не проходил военную службу.

Она подняла на него глаза, встала и снова пошла в кабинет директора.

Пробыла там дольше, чем в прошлый раз. На столе ее стоял телефон, параллельный с директорским, и по его треньканью Саша догадался, что директор кому-то звонит.

Наконец секретарша вышла, с недовольным видом уселась за стол, придвинула к себе Сашин паспорт и поставила на нем прямоугольный штампик: «Принят на работу в автобазу № 1».

— Как только пропишетесь, пойдете в горвоенкомат, встанете на военный учет, потом снова ко мне. А сейчас идите к инженеру, скажите, что приказ будет сегодня.

Леонида и на этот раз Саша нашел в кузовном цехе. Стоял в той же позе, прислонившись к стене. И Глеб все так же сидел на корточках на крыше автобуса с кистью в руках.

— Привет! — крикнул Глеб.

Леонид молча кивнул и вопросительно посмотрел на Сашу.

Саша вынул паспорт и показал печать: «Автобаза № 1».

— Сегодня примешь машину, осмотрись, завтра в семь выедешь.

Глеб спрыгнул с автобуса, вытирая руки концами, сказал:

— Дорогуша, это дело надо обмыть. С тебя, Александр, бутылка.

— Я готов.

— Пойдем к Людмиле или Ганне, — продолжал Глеб, — лучше к Людке, посидим по-человечески.

— Договорились.

Леонид повел Сашу к механику.

Тот важно назвал свою фамилию: Хомутов.

— Дашь ему 49-80, — приказал Леонид.

Машина стояла под навесом.

— Приглядись, потом акт подпишем. Сменщика пока нет, один поработаешь. Какого инструмента не хватает, скажи, добавлю.

С этими словами Хомутов ушел.

Сумка для инструмента лежала на месте, но оказалась пустой. Оставили только заводную ручку. И запасного колеса нет. И аккумулятор сел.

Обо всем этом Саша доложил Хомутову.

— Раскулачили, сволочи, — выругался Хомутов, — безнадзорная, вот и раскулачили.

Он выписал требование на инструмент, запасное колесо, замену аккумулятора, телогрейку и брюки.

На складе Саша сгреб в охапку старые, замасленные телогрейку и брюки, кое-где из дыр торчала вата, в кабине переоделся, поставил на место аккумулятор и запасное колесо, завел мотор, мотор работал хорошо, проехал по двору, скорости включались тоже хорошо, тормоза держали — ножной и ручной. Дел было много — помыть машину, протереть замасленный мотор и все, что под капотом, добавить автол в двигатель, набить масленки солидолом, машина старая, запущенная, провозился до конца рабочего дня, надо бы покрасить диски колес, но это в следующий раз.

Саша работал с увлечением. Документы в порядке, он легализован, остается жилье, прописка, но это не проблема, настораживал военкомат. В институте изучали военное дело, проходили «высшую вневойсковую подготовку», и всем, кто кончил институт, дали звания младших командиров, по-нынешнему лейтенантов. Он тоже прошел военную подготовку, но звания не получил и, как обернется дело в военкомате, не знал, поэтому в военкомат торопиться не будет.

Главное — документы. Если придется отсюда смываться, то на новом месте не надо хлопотать о паспорте, он у него на руках, и отметка с места работы есть.

Не пойди он к Михайлову, ничего бы не вышло. Неужели Михайлов его помнит? В заявлении он написал свой московский адрес: Арбат, 51. Или не обратил на это внимания, а просто внял логике заявления: Конституция гарантирует право на труд. И все-таки смелый человек! Саша вдруг вспомнил, как его зовут, — Михаил Ефимович, и его референт, этот толстячок в полувоенной форме, приходил с ним на Арбат, где жили родители Михайлова, наблюдал, как играют в шахматы Саша и Мотя, комментировал их игру. Мотя этого не любил, и, когда толстяк как-то показал другой ход, Мотя смешал фигуры на доске: «По подсказке не играю». Отец Моти и Михаила Ефимовича держал фотоателье в их же доме, но в середине двадцатых годов закрыл его. И теперь Саша вспоминал, что он думал тогда об этом: Михаил Ефимович — крупный партийный работник и ему, наверное, неудобно, что отец — кустарь, кустари считались мелкобуржуазной прослойкой. На этом и кончались Сашины воспоминания об этой семье, они уехали с Арбата. Да, еще: фамилия у них была другая, а Михайлов — это партийный псевдоним от имени Михаил.

Из мастерской вышел Глеб в кожаной куртке на меху, какие носят летчики, в руках — старый, затасканный портфель.

— Закругляйся, дорогуша.

Саша собрал инструмент в брезентовую сумку, переоделся, сдал кладовщику телогрейку и штаны, инструменты.

— Боишься, сопрут? — спросил кладовщик.

— Машина раскулаченная, привыкли с нее таскать, — объяснил Саша.

Потом он и механик подписали акт о том, что Панкратов А. П. принял машину ЗИС номер 49-80 в порядке и полностью укомплектованную. Хомутов подписал акт, не взглянув на машину: если водитель не предъявляет претензий, так и смотреть нечего.

Саша нашел Глеба в кабинете Леонида.

— Идите потихоньку, я вас догоню, — сказал Леонид.

Всю дорогу говорил Глеб, Саша слушал.

— Тебе, дорогуша, понравится в Калинине, ты на Волге бывал когда-нибудь?

— Никогда не бывал.

— У меня рыбак знакомый есть, летом съездим к нему с ночевкой, встанем до восхода солнца, когда над рекой туман стелется, такое увидишь — и помирать можно.

— Не рановато — помирать?

— Согласен, подождем. Ты где живешь-то?

— Еще нигде, надо снять комнату.

— Найдешь.

— Ты не знаешь, кто сдает?

— Черт его знает, не интересовался, но поспрашиваю.

547

— Будь друг, сделай.

— Обязательно, дорогуша, обязательно. — Глеб оглянулся, не идет ли Леонид. — Давай-ка на другую сторону перейдем, к магазину. В кафе водку не подают, только красное. С собой надо принести, Людка нам какое-нибудь ситро на стол поставит, ну, сам понимаешь. Гастроном вот он!

— Сколько брать?

— Четыре мужика, значит, две бутылки усидим.

— Кто четвертый-то?

— Механик твой. Хомутов, он для тебя, дорогуша, главный человек. У нас тут первое дело — ставь бутылку!

Саша пошел в магазин, вернулся с двумя пол-литрами в карманах пальто.

— Давай сюда!

Глеб положил бутылки в портфель.

Появился Леонид.

— Все наладили?

— Порядок, — ответил Глеб, — а механик где?

— Приползет.

Они зашли в кафе, разделись. Гардеробщик, тщедушный, с трясущимися руками и спившейся физиономией, был им знаком, и они ему были знакомы, но внимание проявил только к Леониду, повесил его пальто без номерка, мол, ваше пальто, Леонид Петрович, мне известно, а Саше и Глебу дал по номерку.

Глеб отправился в зал искать Люду, вернулся.

— Пошли!

В углу Люда готовила им столик, улыбнулась Саше: все знаю, поздравляю, наклонилась к нему:

— И у меня для тебя новость хорошая, потом скажу.

Выпрямилась, поднесла карандаш к блокноту.

— Принеси пока нарзан, бо-ка-лы, понятно, а мы подумаем. — Глеб рассматривал меню. — Ну что, дорогие мои, милые, селедочка подойдет? Огурчики-корнишончики, верно я говорю? Отбивная... Знаем мы эту отбивную. У свиньи отбили, нам дали. Шницель? Это будет правильно. Саша, посмотри, ты — хозяин.

Саша взял отпечатанное на листочке бумаги меню.

— Может, еще колбаску?

— Можно и колбаску.

Подошла Люда, принесла бокалы, тарелки, ножи, вилки, две бутылки нарзана, предупредила:

— Только поосторожнее.

Саша заказал селедку с картошкой, колбасу вареную и шницель.

— На твои гуляют?

— А то на чьи же, — ответил за него Глеб, — на работу оформился, теперь квартиру ищет.

— Будет ему квартира, — загадочно улыбнулась Люда.

— И квартиру обмоем, — заключил Глеб. — Ладно, Людмилочка, хоть селедочку дай, горит душа.

— Вот и Хомут идет, — сказал Леонид.

Подошел механик Хомутов, сел на свободный стул, заговорил с Леонидом о машинах.

— Надо их рассадить, — сказал Глеб, — сейчас устроят производственное совещание.

Леонид и Хомутов не обратили на его слова никакого внимания.

Глеб подмигнул Саше, придвинулся к нему:

— Не умеет русский человек веселиться. Целый день на работе сидят, проблемы решают, а встретятся за рюмкой — опять про работу талдычат. Уши вянут. У Хомутова этого, скажу тебе, дорогуша, мальчонка родился, а до этого десять лет детей не было, и вдруг понесла жена. Хомутов с радости неделю не просыхал. Так расскажи, как мальчонка гулькает, как мамкину сиську сосет, как он своей жене запузыривает, чтобы теперь девчонку родила. Граждане, — Глеб постучал вилкой о тарелку, — отвлекитесь, выпьем под нарзанчик!

Выпили.

Глеб снова придвинулся к Саше:

— Дорогуша, давай пари на бутылку, а хочешь, на две и на три. Я тебе сейчас наперед распишу весь их разговор: во-первых, будут ругать Прошкина, во-вторых, будут ругать Прошкина и, в-третьих, будут ругать Прошкина, директора вашего, ты хари его не видел? Увидишь. Леонид цапается с ним, как кошка с собакой. Он ни уха ни рыла, заведовал пекарнями, там у него пирожки разворовывали, ночью пекут, а утром — пустые противни. Его сняли, кинули на автобазу, тут машину не украдешь, машина большая, а пирожки маленькие, куснул два раза — и нет пирожка. Правильно я говорю, Леня?

Леонид что-то буркнул в ответ.

— А Лене, конечно, обидно: инженер, член партии, знает дело, а им командует чурбан. Я как-то зашел к нему в кабинет, смотрю, он голову поднял и воет, как собака на луну. Ей-богу! Вот до чего его Прошкин довел.

Саша рассмеялся: «Завоешь, когда терпение лопнет».

Люда принесла селедку с картошкой, поставила на стол тарелку с нарезанной колбасой.

— Когда горячее захотите, скажете. — Она наклонилась к Саше. — Есть комната, Сашок, тут рядом, у гардеробщика нашего.

— У Егорыча, — подтвердил Леонид, — это хорошо.

— В полуподвале, но сухо. Проходить через хозяев, а хозяева — Егорыч да жена его старушка. В месяц — тридцатка, платить за две недели вперед. За стирку, конечно, отдельно. Кипяток ихний. Если что сготовить, хозяйка сготовит.

— Хорошая квартира, — снова сказал Леонид, — и хозяева хорошие. Пьют, правда, кто же теперь не пьет. А выпивши они тихие, не буянят. Мирные люди.

— «Мы мирные люди, но наш бронепоезд стоит на запасном пути...» — пропел Глеб.

Этой песни Саша тоже не знал, но промолчал. Он вообще старался теперь помалкивать.

— Сашок, ну так что, договариваться? Будешь раздумывать, уплывет квартира.

— А я и не раздумываю. Я готов.

— Постирать бельишко соглашайся, а варить — не надо, в столовую сходишь, — сказал Леонид.

— Ну сидите. — Люда ласково похлопала Сашу по плечу.

Механик задержал взгляд на ее руке, покачал головой.

— Крутят мной, как хотят, — пожаловался он, глядя на Сашу, хотел и его вовлечь в разговор. — Подсовывают путевку, вижу — липа, столько ездок и на самолете не сделаешь, а подписываю, чтобы Прошкин мог рапортовать. Если дознаются, с кого спросят? С меня спросят: зачем, мол, подписал?

— Поехали, поехали, сели на своего конька, — вздохнул Глеб. — Нет, не умеет русский человек веселиться. С чего это так, дорогуша?

Ясно с чего, зажат человек со всех сторон, схвачен обстоятельствами за горло, тут не повеселишься. Со Всеволодом Сергеевичем Саша порассуждал бы на эту тему, а с Глебом лучше держать язык за зубами. Может, неспроста задал вопросик, может, вызывает на откровенность.

— Не знаю, — улыбнулся Саша, — как-то не думал об этом.

Подошла Люда, позвала Сашу, они вышли в гардероб.

— Егорыч, — сказала Люда гардеробщику, — получай жильца.

Гардеробщик протянул Саше руку:

— Алексей Егорович.

— Мне Люда сказала про условия. Вот, — он протянул Егорычу пятнадцать рублей, — сегодня можно переехать?

— Убраться бы надо, — ответил Егорыч, пряча деньги.

— Он съездит на вокзал в камеру хранения за чемоданом, а бабка пока уберется, — сказала Люда.

Саша вернулся к столу.

— Прикончили, — Глеб приоткрыл портфель, показывая пустые бутылки, — как, дорогуша, добавим, время еще есть, магазин открыт?

— Магазин открыт, а мы закрываемся, — возразила Люда, — две бутылки умяли, хватит, хороши будете. — Она положила на стол счет.

Саша расплатился.

Все поднялись.

— Леонид, — попросила Люда, — отведи Сашу на квартиру.

Они вышли из кафе. Хомутов пошел домой, Леонид и Глеб привели Сашу к дому, где ему предстояло жить. Спустились в полуподвал, всего пять ступенек, дверь открыла старушка, ее лица при свете тусклой лампочки Саша не разглядел.

— Принимай жильца, Матвеевна, — сказал Леонид.

— А-а, Леонид Петрович, проходите.

Они очутились в большой комнате, разделенной пополам фанерной перегородкой, ветхая занавеска заменяла дверь. Низкие грязные потолки, развалившаяся мебель, грязь, запущенность, запах кухни, плита стояла в первой половине комнаты — малопривлекательно, конечно, но все-таки жилье.

— Да-а, — протянул Глеб, — отель «Люкс»...

Хозяйка показала на кушетку в задней комнате.

— Здесь будете спать, тут вам и столик, вот, пожалуйста, табуретки, еще принесу из сарая, если понадобится. А это, — она кивнула на какую-то рухлядь, — уберу. Подмету, все чисто будет.

— Хорошо, — сказал Саша, — я сейчас съезжу, привезу чемодан, а вы пока приберите.

— Задаточек бы, — пробормотала старуха, не глядя на Сашу.

— Задаток я отдал Алексею Егоровичу.

Старуха выразила недовольство.

— А почто ему отдали? Глаза заливать. Кормят его там, зачем ему деньги? Мне отдавайте, вот как Леонид Петрович отдавал.

— Хорошо, — сказал Саша, — буду отдавать вам.

Вышли на улицу. Саша распрощался с Глебом и Леонидом, поехал на вокзал, получил свой чемодан, вернулся.

Егорыч уже был дома.

— Спокойной ночи, — сказал Саша, проходя на свою половину.

— Спите спокойно, — ответили хозяева.

На кушетке лежали подушка и грубое солдатское одеяло. Ни простыни, ни наволочки; придется, значит, покупать.

Саша разделся, погасил свет, лег на кушетку, прикрылся одеялом, оно кусалось, но ничего, уснул почти мгновенно.

В воскресенье мама ждала его звонка, до этого следовало позвонить Варе. Он заказал ее телефон.

— Алло...

Он сразу узнал ее голос.

— Здравствуй, Варенька, это я, Саша, ты хорошо слышишь меня?

— Да, да, хорошо, прекрасно, — торопливо ответила она, словно боялась, что их могут разъединить, — что у тебя?

Ее голос рвал ему сердце.

— У меня все в порядке, работаю на автобазе шофером.

— Я так жалею, что мы не повидались с тобой, когда ты был в Москве.

— Да, жалко. Но ты, наверное, знаешь, тебе, наверное, мама говорила, какие у меня дела с Москвой.

— Да, конечно, я все знаю. Но до Калинина близко, я могла бы приехать к тебе.

Этого Саша никак не ожидал, не нашелся, что ответить. Но отвечать надо.

— Видишь ли... У меня еще нет жилья.

— Ну хотя бы просто посидеть на вокзале. Я узнавала, из Москвы есть утренний поезд, а из Калинина — вечерний.

— Это исключено, — сказал Саша, — днем я на работе, бывают и дальние рейсы, кстати, посылают и в Москву, я предупрежу маму, а ты оставь ей свой служебный телефон, тогда и увидимся.

Она молчала.

— Алло, алло! Варя, ты куда-то пропала.

Он едва слышал ее голос, и ему казалось, что это потому, что плохо работает телефон.

— Да, — сказала она наконец.

— Вот теперь хорошо. Как приеду в Москву, так позвоню и встретимся. Ладно? Ты с мамой подъедешь к тому месту, где я буду грузиться.

В трубке раздался голос телефонистки:

— Ваше время кончается.

— Минутку, минутку! Варя, ты все поняла?

Упавшим голосом она спросила:

— Ты мне больше ничего не хочешь сказать, Саша?

Он не успел ответить.

В трубке опять раздался голос телефонистки:

— Ваше время истекло.

11

Саша не ответил на ее вопрос, ему нечего сказать, уклонился даже от встречи. Не может простить ей Костю. Ничего не знал о нем, и вот — как обухом по голове. Да, о Косте она не писала, а что вообще она ему писала? Ничего особенного. И он не писал ей ничего особенного. Все читалось между строк, все было понятно только им двоим. Саша любил ее, она чувствовала это, она не обманывалась. Она помнит встречу Нового года, «Арбатский подвальчик», как он смотрел на нее — такое не забывается, и тюремные очереди тоже не забываются. Ведь в каждом письме писала: «Ждем тебя», *ждем*.

Отчаяние охватывало ее. Ну зачем Софья Александровна рассказала про Костю? Неужели не понимала, что она любит Сашу? Теперь все рухнуло. Из-за чего? Костя... Боже мой! Такая ерунда! Она была тогда девочкой, металась, ее потрясло, как обреченно шагал Саша между конвоирами, он показался ей жалким, покорным, все было так ужасно, так мрачно, она искала выхода из этого мрака, искала независимости, думала, Костя может ее дать, и пошла за ним, дура. Это был ее протест против всего, что творилось вокруг, против того, что произошло с Сашей.

Потом она увидела, что Костина независимость — миф, он — игрок, шулер, к тому же подонок. Да и Левочка с Риной тоже весьма сомнительные люди — прихлебатели при Косте. Игорь Владимирович, конечно, им не чета, человек способный, порядочный, но каким ничтожным выглядел он на том собрании, где ее принимали в члены профсоюза, овца, и такими же забитыми овцами гляделись и остальные, все эти хваленые инженеры и техники. Один Саша — настоящий человек, только его она уважает и любит.

И вот все рухнуло. До телефонного разговора с ним она на что-то надеялась, думала приехать в Калинин, поговорить хотя бы на вокзале, сказать, что любит его, честно, откровенно рассказать о Косте. Саша бы все понял и простил. Но он отклонил их встречу, он все решил для себя, он отверг ее. Все кончилось. Все кончилось. Боже мой! Как она будет жить? Для кого будет жить?

Механически ходила она на работу, механически спускалась в метро, ехала в институт, возвращалась домой, иногда прямо в пальто, не раздеваясь, садилась на стул, смотрела на фотографии отца и матери. Мало она знала о них, папа умер от туберкулеза тридцатидвухлетним, а через год умерла и мама, хотя ничем не болела. «Истаяла от тоски, —

говорила тетка, мамина сестра, что жила в Мичуринске, — он пожалел ее и взял к себе». Варя была тогда совсем маленькой, не понимала, о чем говорит тетка, допытывалась: «Куда взял?» — «А туда», — отвечала тетка и смотрела на небо. Варе тоже хотелось на небо. «А нас почему папа не берет?» — «А вам здесь хорошо, вам здесь еще жить и жить, туда берут тех, кому плохо». И она истает от тоски, как истаяла мама.

Позвонила Софья Александровна:

— Варюша, я тревожусь, куда ты пропала?

— Софья Александровна, я взяла домой срочную работу, — нашлась Варя, — через несколько дней кончу, обязательно забегу.

— Саша тебе звонил?

— Да, звонил, все в порядке.

— Вот и хорошо, я ведь говорила, — обрадовалась Софья Александровна, — приходи скорее, все обсудим.

Но обсуждать нечего: Саша не будет больше звонить ей ни из Калинина, ни из Москвы. Она не услышала в его голосе ни радости, ни трепета, ни волнения. Формальный звонок. Софья Александровна, наверное, упросила, хотела загладить свою вину.

И все же какой-то далекий-далекий голос говорил, что если Саша так остро, так болезненно воспринял ее сообщение о Косте, значит любит. А если любит, значит не все потеряно. Только бы увидеть его, только бы поговорить с ним! Но как?

Один Игорь Владимирович заметил ее подавленность, все ходил и ходил вокруг, наконец спросил впрямую:

— Вы чем-то огорчены, Варенька, у вас усталый вид. Хотите взять отпуск на неделю?

— Отпуск на неделю? — вскинулась Варя. Именно это ей надо. И махнуть в Калинин, к Саше. Но где там искать его? Даже Софье Александровне он не сообщил адреса, просил писать до востребования. Она снова сникла. — Нет, не стоит, Игорь Владимирович, спасибо. Просто у меня болит голова. Наверно, простудилась немножко.

— Наша Варвара или захворала, или подустала, или заскучала, — влез в разговор Левочка, он любил говорить в рифму, а в последние дни вообще не закрывал рта, пребывал в отличном настроении: ему и Варе Игорь Владимирович выхлопотал звание старших техников-конструкторов. А Рина так и осталась техником-чертежником.

— Махнем в воскресенье вечером в «Метрополь», — предложил Левочка, — тряхнем стариной?

Два года Варя не была в ресторане.

Ей казалось, что в *такое* мрачное и страшное время, когда люди каждую ночь ожидают стука в дверь, когда в каждой семье есть арестованные, высланные, расстрелянные, никому и в голову не приходит веселиться в ресторанах, танцевать, флиртовать и демонстрировать туалеты. Возможно, их вообще уже закрыли.

— «Метрополь»? — удивилась Варя. — Он еще действует?

— А почему нет? — Левочка мило улыбнулся. — Все как прежде: и бар, и джаз, играют, поют, танцуют.

— А по какому случаю торжество?

— Мирон приглашает. Ты помнишь Мирона? Такой кудрявый парень, добродушный.

— Приятель Кости?

— Ну, как и все мы.

— С чего это он вдруг?

— Ему исполняется тридцать лет, хочет отметить день рождения со старой компанией.

— Ты с ним поддерживаешь отношения?

— Конечно, мы дружим.

— Кто еще будет?

— Еще... Я, ты, Рина... Ика уехал за границу, давно еще, года два назад. — Он перешел на шепот. — Ты, наверное, читала в газетах — отец Вилли Лонга, ну, который работал в Коминтерне, оказался немецким шпионом, всю их семью выслали.

— Чего ты шепчешь, — усмехнулась Варя, — ведь сам говоришь, в газетах написано.

— Да, но не надо упоминать, что мы с ним дружили.

— А Воля-большой, Воля-маленький?

— Потерялись как-то, я их давно не видел.

— Я там на Костю не нарвусь?

— На Костю?! Ты разве не знаешь?

— А что?

— Он сидит в Таганке.

Так. Этого следовало ожидать.

— За что?

— Варя, ты ведь знаешь его дела.

— Никаких дел его я не знала, не знаю и знать не желаю.

— Да, да. Я тоже не знаю. Это его коммерция, лампы, патенты, налоги, ну и бильярд, вероятно.

— Между прочим, на эту его «коммерцию» вы с Риной неплохо пили, ели и гуляли, могли бы поинтересоваться судьбой товарища.

— Хороший адвокат берется его защищать, но просит большие деньги, таких денег у меня нет, а Костины обещания рассчитаться впоследствии ничего не стоят.

— Передачи ему носите?

— Надо выстоять день в очереди, а мы с Риной на работе.

— Вы же друзья, как же оставляете его в беде?

— Мы бессильны, ты хорошо это понимаешь. — Он примирительно улыбнулся. — Я думаю, Костя выкрутится.

Варе была безразлична судьба Кости. И в том, что кончится тюрьмой, она не сомневалась. Но все же друга не бросают в беде.

— Так придешь? — спросил Левочка. — Мирон очень тебя просил прийти. Ну а насчет твоей подруги, этой Зои, как хочешь.

— Я приду одна, — сказала Варя.

— Мы собираемся ровно в семь у скверика против Большого театра и пойдем все вместе. Мирон уже заказал столик.

Это был уже не тот «Метрополь», что раньше. Так же сверкала хрустальная люстра и стояли горкой на столиках накрахмаленные салфетки, так же притушили свет, когда начал играть оркестр, и разноцветные прожектора осветили фонтан и танцующие вокруг него пары. Тот же величавый метрдотель встречал гостей, и усаживали их за столики те же предупредительные официанты. Но публика не та. Солидные дяди из начальства, некоторые в гимнастерках, иные в пиджачных парах. В углу несколько сдвоенных, даже строенных столов — какие-то кавказцы давали банкет.

Иностранцев мало и те в окружении официальных лиц, видно, пришли перекусить после деловых переговоров. Ни шикарных дам в роскошных туалетах, ни таких красоток, как Вика, Ноэми, Шереметьева. Зато тянули винцо проститутки, одетые под обыкновенных советских служащих, были и девочки, действительно служащие, их обхаживали командированные в вышитых рубашках, сапогах. В сапогах теперь сюда пускали, так и танцевали в сапогах.

На их столике уже стояли вино и водка. Мирон заказал рыбное ассорти, недорогие горячие блюда, мороженое. В общем, по тому же классу, что и раньше: молодые люди пришли потанцевать, мало закажут, но хорошо заплатят официанту. Это было из прошлого. И чувствовалось, что Левочка и Рина по-прежнему здесь завсегдатаи. А уж тем более Мирон — кудрявый добродушный бизнесмен, как и раньше, все время куда-то отлучался, возвращался, чего-то темнил. И это тоже из прошлого.

Когда они уселись за столик, маленькая компания из четырех человек, Варе сразу стало ясно: позвали ее сюда для разговора о Косте. Все это его друзья, а Мирон в какой-то степени и компаньон, часто звонил ему и в ресторане подходил, о чем-то шептались.

— Ну что, выпьем? — предложил Мирон.

Выпили. И начался тот обычный бессмысленный треп, как и два года назад. Рина, с ее рыжими волосами и веснушками, сразу оживилась, похорошела, заблестели глаза. Да, не для чертежной мастерской родилась она на свет. И Левочка был в своей стихии, наслаждался жизнью, с удовольствием пил, с удовольствием ел, с удовольствием пойдет танцевать, как только заиграет оркестр. И Варя подумала, как, в сущности, мало надо людям для счастья, и почему она не может быть такой счастливой, как они?

Мирон улыбался Варе как давней приятельнице, хотя ей помнилось, что за все прошлое знакомство они двух слов не сказали друг другу. И сейчас им не о чем говорить, но, безусловно, именно он и должен провести с ней какой-то разговор.

Заиграл оркестр, Левочка и Рина ушли танцевать.

— Ну, как дела, Варя? — добродушно начал Мирон.

— Дела? Дела в архиве.

Варя с вызовом смотрела на него.

Он почесал почему-то нос, переставил рюмки на столе.

— Слушай, Варя, надо как-то помочь Косте.

— Конкретно?

— Нужен адвокат.

Варя не отвечала, выжидательно смотрела на Мирона.

— Ты меня поняла? — спросил Мирон. — Нужен адвокат.

— Ну и что?

— Для адвоката нужны деньги.

— На какую сумму прикажете выписать чек? — насмешливо усмехнулась Варя.

— Неужели тебе не жалко Костю?

— Нисколько. Ладно, чего ты от меня хочешь? Говори!

— Я тебе сказал, Варя, нужен адвокат, нужны деньги.

— Я должна найти адвоката или дать деньги?

— Адвокат у меня есть, нужны деньги.

— Но ты ведь отлично знаешь: денег у меня нет.

— У тебя есть вещи, которые можно обратить в деньги.

— Кто тебе это сказал?

— Костя.

— Что он тебе сказал?

— Я его не видел, но он передал записку на волю, вот она.

Он вынул из бумажника маленький обрывок газеты, на полях которого Костиным почерком было написано: «Варя, продай все мое для адвоката. К».

Оркестр кончил играть, Левочка и Рина вернулись к столу.

— Давайте выпьем за Мирона, — сказал Левочка. — Мирон, неужели тебе в самом деле тридцать лет?

— Представь себе, приятель. И тебя это ждет.

Левочка поднял рюмку:

— За тебя, Мирон.

— Подождите, — Варя отставила свой бокал, — подождите! Мирон передал мне записку от Кости: «Варя, продай все мое для адвоката». Как я это должна понимать?

Все молчали.

Наконец Рина покачала головой:

— Я об этом ничего не знаю.

— И я не знаю, — торопливо добавил Лёвочка.

— Ага, не знаете, зачем позвали меня сюда. На день рождения Мирона, видите ли. Хорошо. Вопрос исчерпан. Теперь можно выпить.

Мирон отпил немного, поставил рюмку, побарабанил пальцами по столу, поднял глаза на Варю:

— Но ты понимаешь, Костю надо выручать.

Рина сидела опустив голову, Лёвочка беззаботно поглядывал по сторонам, как это он делал, когда выискивал партнёршу для очередного танца.

— Теперь всё понятно, — сказала Варя, — впрочем, я так и думала. Даже возмутилась: ничего себе друзья, оставляют в беде своего отца и благодетеля. Оказывается, не оставили. Но за чужой счёт. За мой счёт. Какие такие его вещи, интересно, находятся у меня? Костюмы, ботинки, ружья, может быть?

— Речь идёт о вещах, которые он тебе дарил, — сказал Мирон, — пальто тебе шил Лавров, и не одно, платья — Ламанова, туфли — Барковский, лучшие портнихи, лучшие сапожники, можно продать.

Варя сделала движение, будто снимает с себя кофточку.

— Сейчас прикажете раздеться или завтра на работе?

— Варя, — примирительно заговорил Лёвочка, — ну зачем так?

— Да, напрасно. — Варя поправила кофточку. — Тем более что кофточка эта моя. Теперь запомни, Мирон, как следует запомни, и вы, — она посмотрела на Лёвочку и Рину, — вы тоже как следует запомните: когда мы разошлись с Костей, я ему оставила всё, абсолютно всё, кроме лифчиков. Один лифчик цел — могу отдать. Не сейчас, конечно, сейчас на мне другой лифчик.

— Какой смысл ему врать? — угрюмо спросил Мирон. — Ему нужен адвокат, Костя ищет деньги, считает, что ты можешь что-то реализовать.

— Ничем не могу помочь.

— Хорошо, — угрожающе произнёс Мирон, — так ему и передам.

— Только без угроз, — предупредила Варя, — я их не боюсь. Костя спутал меня с какой-то из своих баб. Пусть точно вспомнит, в тюрьме времени достаточно.

Снова заиграл оркестр.

— Варя, давай потанцуем.

Варя секунду колебалась. Что они задумали? Мирон останется с Риной и преподнесет еще какую-нибудь гадость. Левочка хочет сам с ней поговорить?

Варя встала и пошла впереди Левочки в круг. Играли ее любимое танго: «Где бы ни скитался я цветущею весной, мне снился дивный сон, что ты была со мной, да, то был дивный сон, что ты была моей...» Она много раз слышала эту мелодию, но всегда помнила, что танцевала под нее с Сашей в «Арбатском подвальчике» три года назад. Боже мой! Три года! Как бы ни разговаривал с ней Саша, все равно всеми своими мыслями, всеми своими помыслами она с ним. А здесь Костина шайка, Костя ее главарь, они беспрекословно подчиняются ему, даже если он в тюрьме. Выполняют его приказ. Чего он хочет от нее? Рассчитывают, что она достанет деньги для адвоката? Ерунда, он отлично знает, что денег у нее нет. Или в самом деле убежден, что остались тряпки для продажи? Просто уголовная привычка — каждая женщина, которая была с ним на воле, теперь, когда он в тюрьме, должна заботиться о нем, носить передачи. Думает, у него такие длинные руки. Нет, не достанет! Мирон — ладно, Костин сподручный. Рина — бывшая Костина любовница. Но Левочка? Милый, обходительный Левочка? Неужели и он? Вот танцует сейчас с ней, ведет ее вокруг фонтана, красивый молодой человек с лицом херувима, Левочка, с которым она уже два года сидит в одной комнате, знает его, кажется, вдоль и поперек, неужели и он участвует в этом грязном деле?

И она спросила:

— Что скажешь об этой истории?

— Ты меня не выдавай. — Левочка мило улыбался, и оттого со стороны казалось, что говорят они о пустяках. — Не выдашь? Обещай!

— Обещаю. Даю честное слово.

— Мирон должен выручить Костю из тюрьмы, иначе на суде выяснится такое, что и Мирон сядет. И ему нужен адвокат. Денег у него не хватает, и он бросился ко всем Костиным знакомым, к бильярдистам, ко всем его девкам, даже у меня и у Рины требовал денег.

— А у него самого нет?

— Нет. Они пытались откупиться, выложили много, но не хватило.

— Что все-таки Косте предъявляют?

— Большой договор в каком-то институте, поделились кое с кем, другие донесли, грязное дело, поэтому Мирон и старается. Сам тоже может загреметь.

— Так вот, передай Мирону, пусть старается в другом месте. А от меня пусть отстанет, не отстанет — схлопочет по физиономии на людях, при всех. И напрасно ты затащил меня сюда.

12

Сергея Алексеевича осудили на десять лет без права переписки. О приговоре рассказала Феня, билась и выла на кухне.

Ее причитания были нестерпимы. Вадим бы это пережил, если бы не мысль, что Сергей Алексеевич мог что-то передать своей жене, детям с каким-нибудь человеком, вышедшим на волю.

Со страхом ходил теперь Вадим по Арбату, со страхом подходил к своему подъезду: казалось, поджидает его там один из сыновей Сергея Алексеевича, стукнет по голове чем-нибудь, и готово дело! Два здоровых мужика, старший — слесарь по сантехнике, Феня всегда звала его для какой-нибудь починки, младший — мастер по ремонту лифтов, большой был хулиган в детстве да и сейчас не лучше. Колька его зовут, то ли Витька. Если что-нибудь до них дойдет, Вадиму несдобровать, чужими руками угробят, бандиты!

Самое правильное — уволить Феню, чтобы ничего больше не напоминало о Сергее Алексеевиче. Да и вообще, небезопасно стало ее держать у себя. Но как? Отец к ней привязан, она знает его вкусы, хорошо кормит, следит за бельем — в сущности, член семьи. Отец ни за что не согласится, хотя замену ей найти нетрудно: после массовых арестов высшей партийной и советской элиты по Москве бродит много безработной, хорошо вышколенной прислуги.

Но об увольнении Фени отец и слышать не хотел.

— Пойми, — уговаривал его Вадим, — ведь этот парикмахер ее родственник, могут прийти и за ней. Кто знает, что она с испугу наговорит: Вика в Париже, у нас бывают иностранцы, многих твоих пациентов посадили. Во имя чего рисковать? Не на улицу ее выбрасываем, опытная домработница, мгновенно найдет место. А мы подыщем другую, не менее квалифицированную.

— Я привык к Фене и не желаю нового человека в доме.

— Новый в наше время в тысячу раз лучше старого, — настаивал Вадим, — в случае чего скажет: «Я только начала у них работать и ничего не знаю».

— Нет, нет и нет, — упирался Андрей Андреевич, — хотя бы в собственном доме хочу спокойствия.

— Тебе легко, отец, ты уходишь рано утром и приходишь поздно вечером, ты весь день на работе. А мое рабочее место здесь, дома, и выслушивать целый день причитания Фени или ее бессмысленные разговоры по телефону с женой Сергея Алексеевича, ее слезы и сетования, извини, это мне мешает, я не могу работать.

Андрей Андреевич насупившись смотрел на него, потом медленно и четко произнес:

— Оставьте людям хотя бы право на их собственные страдания.

Что хотел сказать этой фразой? Ставит Вадима в один ряд с властями предержащими, через него высказывает свое недовольство властью?.. В сущности, отчуждение между ними наступило давно, то ли с Викиного замужества и угрозы Вадима разменять квартиру, то ли со статьи Вадима о Камерном театре.

Конечно, он понимает, отцу неприятны его статьи. Но будь справедлив: если тебе не нравится, что перо сына служит власти, разорви тогда отношения, к примеру, с тем же Немировичем-Данченко. Разве они со Станиславским не служат власти или это не они показали в «Днях Турбиных» обреченность старого класса и торжество нового? И почему отец ходил с Погодиным на репетиции «Человека с ружьем»? Уже несколько лет не был в театре, а Погодину не отказал. И с Михаилом Роммом с удовольствием болтает по телефону, а Вадим смотрел на «Мосфильме» материалы роммовской ленты «Ленин в Октябре» и поражался: как можно так извращать историю! Впрочем, кто сейчас этого стесняется? Все славословят Сталина. У простых людей даже стало модным, празднуя день рождения, пить сначала за здоровье Сталина, а уж потом за именинника. И правильно, и разумно. И он в этом смысле ничем не отличается от остальных.

Неужели до отца что-нибудь дошло? Не может быть! Впрочем, консультирует в поликлинике НКВД, и, возможно, кто-нибудь из высших чинов намекнул, мол, ваш сын молодец, мы довольны вашим сыном... Выказал благорасположение, говорил как со «своим», раз сын «свой», значит и папаша «свой»... Верим. Ваших коллег по санупру Кремля пересажали, а вас не тронули... Или попал отец на какого-нибудь высокопоставленного хама, вывел его из себя своей старомодностью, тот ему по-хамски и врезал: ты, старик, особенно не задавайся, сын твой нам помогает, и ты давай работай, лечи нас, не чванься. И отец понял, что у Вадима хорошие отношения с НКВД. И не возрадовался. Как для всякого порядочного человека старого покроя, НКВД для него — полиция, жандармерия, Третье отделение, любые связи, любые отношения с этой организацией неприемлемы, неприличны.

Конечно, много крови ему попортила такая новость. Растил, пестовал, а из хорошего мальчика сделали стукача. Так тем более пожалей сына, попавшего в *беду*, в *катастрофу*. Именно хороших и добрых сейчас и ломают. Не первый день отец живет в этом государстве, знает, что по собственной воле никто с органами не сотрудничает. Так посочувствуй же! Очерствел, очерствел отец, как ни грустно, как ни горько, но приходится это констатировать. И все-таки надо сделать последнюю попытку его уломать.

— Отец, — сказал Вадим, — давай не будем ссориться, давай все спокойно обсудим. Ты знаешь, я не трус, но ты видишь, что творится вокруг, будто смерч несется по стране. Разве полгода назад я бы заговорил с тобой о Фене? Но сейчас, после всех этих процессов, я боюсь, боюсь за тебя, боюсь за себя.

Андрей Андреевич молчал. Это было хорошим признаком: видимо, начал колебаться.

— У меня ведь никого на свете нет роднее и ближе тебя. — Голос Вадима дрогнул. — Знаешь, я не говорил тебе, но я совсем почти не помню маму. Все воспоминания связаны только с тобой. Почему-то помню, как мама варила варенье на даче, я сидел рядом, и меня ужалила оса... Помню, как качала меня в гамаке... Мне казалось, что она была выше тебя, я прав?

— Нет, мы были одного роста.

— Помню, когда мама лежала в гробу, зеркало в коридоре завесили черным платком, и я боялся туда выходить... А потом к нам пришла жить эта фурия Владислава Леопольдовна, для меня было мучением выговаривать ее имя, я предпочитал вообще никак к ней не обращаться.

Когда умерла мама, Владиславу Леопольдовну, дальнюю отцову родственницу, взяли воспитательницей к нему и Вике. Кушетку для нее внесли именно в его комнату, и это сразу настроило Вадима против Владиславы. Ровно в восемь часов, ни минутой позже, она гасила свет, заставляя Вадима спать на спине, положив руки поверх одеяла.

— Почему я должен так спать? — спросил он. Он любил спать, подложив руки под щеку, свернувшись калачиком.

— Чтобы не развивались дурные привычки, — объяснила Владислава.

Он ничего не понял.

Утром она следила, как он чистит зубы: «Ты — старший, должен подавать во всем пример сестре», как пьет какао — не проливает ли на скатерть, на курточку, потом они гуляли, и она заставляла их идти рядом с собой, потом они занимались, Вика рисовала, а его Владислава учила складывать из кубиков с буквами слова. Если он ленился или ошибался, она наказывала его.

Выручила Феня. Вошла как-то в комнату во время их занятий, принесла Вадиму и Вике по стакану морковного сока, увидела, как Владислава крутит ему ухо, закричала:

— Что ж вы нам ребенка уродуете? Он у нас к этому не приученный.

Ободренный Фениной поддержкой, Вадим расплакался, кинулся на пол, стучал ногами, его вырвало. Возможно, Феня рассказала об этом отцу; во всяком случае, когда они вернулись с вечернего гулянья, кушетка была вынесена из его комнаты, и Владислава навсегда убралась к себе домой, то ли в Лосиноостровскую, то ли в Мытищи.

— Кстати, кем она тебе все-таки приходилась?

— Двоюродной теткой, — улыбнулся отец.

Его улыбка ободрила Вадима.

— Ты думаешь, отец, я меньше привязан к Фене, чем ты? — забасил он снова. — Я очень к ней привязан. Но наступают такие минуты, когда разум должен возобладать над чувствами. Мы живем в сложное, тяжелое время. Мы не можем отрицать успехов социалистического строительства, они у всех на виду. Но нельзя отрицать и империалистической угрозы. Это естественно: первая в истории, единственная в мире социалистическая держава окружена врагами... Отсюда все наши издержки: «Лес рубят, щепки летят...»

— Нет, нет, нет! — взорвался Андрей Андреевич. — Эту вашу жвачку жуйте сами! «Империалистическая угроза», «лес рубят, щепки летят»... И чтобы никогда я этого больше не слышал, и чтобы никогда я больше не слышал, что Феня должна искать себе другое место!

Много лет Вадим не видел отца в таком гневе. Поднялся, хотел уйти к себе.

— Сядь, я не договорил. — Андрей Андреевич помолчал, перевел дыхание, в упор посмотрел на сына. — Естественно, я думал о том, что с тобой будет, если меня арестуют. И пришел к выводу, что могу не волноваться. В известном смысле ты довольно крепко стоишь на ногах, поэтому надеюсь, минет тебя чаша сия.

13

В декабре Шарок переехал на дачу под Москвой, занимался языком с тем же преподавателем, а специальной подготовкой с другим инструктором. Раз в два-три дня ему доставляли свежие парижские газеты, книги, подобранные Шпигельгласом, и от него же материалы по РОВС.

Неподалеку находилась спортивная база общества «Локомотив», лыжники проложили в лесу лыжню, Юра ходил на лыжах два часа, сразу после обеда. Жили на даче еще два китайца, один как будто вьетнамец и один европеец, то ли норвежец, то ли швед. Китайцы и европеец говорили на английском, с вьетнамцем Юра перебрасывался двумя-тремя французскими фразами, по-русски все четверо говорили плохо. Встречались только за обедом и ужином, а швед или норвежец, его звали Арвид, ненастоящее имя конечно, ходил с ним на лыжах. Ходил классно, а Юра уже десять лет как на них не вставал, не поспевал за Арвидом, махал ему рукой — иди, мол, не жди меня. Арвид быстро и легко уносился вперед, скрываясь за деревьями.

Из леса лыжня выводила на поляну, потом шла вдоль железной дороги. Светило мутное зимнее солнце, слышался изредка перестук колес, поезд проходил, и снова наступала тишина. Юра катался с удовольствием, часто останавливался, вдыхал свежий морозный воздух, стоял, опираясь на палки, думал...

Последний разговор со Шпигельгласом как будто прояснил обстановку. Но Шарок не мог понять, доволен ли он своим переводом в ИНО или нет. Безусловно, Ежов послал его туда не случайно. Кого-то хочет им заменить. Но там на любой должности нужны разведчики, даже если человек сидит в Москве, никуда не выезжает, он должен быть профессионалом. На их фоне он — пешка, квалификация его в этом смысле — нулевая, легко можно наделать ошибок, и те, настоящие разведчики тут же воспользуются его промахом, а промах в таком деле может стоить головы.

Облака раздвинулись, сразу засверкал снег, Шарок повернулся, подставил солнцу лицо, сдвинул кепку со лба, прикрыл глаза...

Хорошая штука жизнь... Только опоганена она, исковеркана, обосрана... Ощущение надвигающейся опасности подкатило вдруг к сердцу.

На прошлой работе было труднее, но там он уничтожал тех, кого с детства ненавидел, тех, кто погубил Россию, — старых большевиков, так называемую «ленинскую гвардию», а заодно и всяких евреев, латышей, поляков, которые совершили Октябрьскую революцию. Конечно, уничтожал именем революции, коммунистической партии, но не в том суть, важно, что уничтожал именно их. Правда, здесь, в ИНО, русских почти нет. Евреи, латыши, поляки, немцы, румыны, в агентуре — испанцы, скандинавы, французы, англичане. И здесь он вместе с этими евреями, немцами, поляками будет бороться с исконно русскими людьми, потому что РОВС — это русские люди. Хотя и наивные, упрямые, но, как ни говори, русские. А бороться надо будет, деваться некуда, сами, дураки, лезут драться. С кем? С *державой*! Ну и пусть пропадают!

До отъезда на дачу Шарок узнал неприятную новость: в молчановском и в других отделах Управления безопасности начались аресты сотрудников. Шароку это внушало тревогу. Он не забыл, чем кончилось кировское дело — всех подгребали под метелку — и правых, и виноватых, загребли не только очевидцев: тех, кто знал об этом деле или слышал краем уха, — но и тех, кто мог догадываться. Свидетелей не оставили. Так будет и дальше. А вот ИНО не трогают, здесь работа тонкая, специальная, тут акций вроде кировской не бывает, тут занимаются другим. Так что, если не совершать ошибок, здесь безопаснее. Не потому ли его перевел сюда Ежов?

И вдруг Шарока осенило.

«Приглядитесь» — вот главное, что сказал ему Ежов: «Посмотрите, как работают старые кадры». Не «старшие товарищи», не «опытные разведчики», а «старые кадры». Значит, «приглядитесь, как работают старые кадры»... Он должен кого-то заменить в иностранном отделе, а до этого Ежов потребует от него отчета о работе «старых кадров». Поэтому так настороженно отнеслись к нему Слуцкий и Шпигельглас. Естественно, обдумывают предупреждающие шаги. Прежде чем уничтожат их, попытаются уничтожить Шарока. Вот в какой переплет он попал!..

Ладно, посмотрим! Шарок надвинул шапку, пошел вперед по лыжне.

Так жил он на даче... Изредка звонил домой, якобы из Калуги, где находился в командировке, справлялся, как старики. Звонил Кале, обещал скоро вернуться.

Как-то приехал из Управления портной, снял с него мерку, долго возился, пыхтел.

— Будем шить вам костюм.

Неприятно было только ходить небритым, в зеркале он выглядел неопрятным, неряшливым, к тому же чесался подбородок. Но со временем перестал чесаться, через неделю-другую будет настоящая бородка, усы отросли быстро, густые, мягкие, они даже нравились Шароку. И конечно, не хватало Кали. Самое тяжелое.

В середине марта на дачу пришла машина, шофер нашел Шарока.

— Вам приказано собрать вещи и явиться в отдел. Я вас отвезу.

Шпигельглас ждал его в своем кабинете. Нажал он на какую-то кнопку или нет, Шарок не заметил, но в кабинет вошел человек в штатском, как выяснилось, парикмахер. Также изучающе посмотрел на Шарока, перевел взгляд на Шпигельгласа, назвал какой-то номер, Шарок не расслышал какой, вынул из кармана пачку карточек, разложил перед Шпигельгласом, ткнул пальцем в одну из них.

Шпигельглас склонился над ней, поднял глаза на Шарока.

— Пойдет!

Парикмахер сгреб карточки со стола, опустил в карман.

— Пройдите с товарищем, — сказал Шпигельглас, — он приведет вашу бородку в порядок.

Встав из кресла в маленькой парикмахерской, Шарок рассматривал себя в зеркале: красивый блондин лет за тридцать, голубоглазый, причесанный на косой пробор, с русыми необкуренными усами и небольшой аккуратной бородкой. Так на старых дореволюционных журналах выглядели молодые либеральные промышленники, адвокаты и модные врачи. Шарок усмехнулся: хоть и состарили его, но он себе нравился.

Парикмахер тоже остался доволен своей работой и проводил к портному — полному, гладкому, представительному поляку, уже приезжавшему к Шароку на дачу. Костюм Шарока был сметан, Шарок надел его, портной провел кое-где мелком, где-то заколол булавками. Снимая пиджак, сказал:

— Послезавтра будет готово.

Вид Шарока как будто удовлетворил Шпигельгласа.

— Когда портной вам выдаст экипировку, включая обувь и очки, вас сфотографируют. Теперь вот что...

Он выдвинул ящик стола, вынул папку, положил ее на стол, перелистал, закрыл, пододвинул к Шароку.

— Это дело наших агентов в РОВС. Я сейчас уезжаю. Вы останетесь в моем кабинете и прочитаете эти материалы. На телефонные звонки не отвечайте. Чтобы никто вам не мешал, я вас запру. Если вам понадобится в туалет, вот он.

Шпигельглас повернул створку книжного шкафа, это оказалась дверь в туалет.

Посмотрел на часы:

— В пять я вернусь. Конечно, вы понимаете, никаких выписок делать не следует. Основное постарайтесь запомнить.

Щелкнул замок.

Шарок сел за стол и открыл папку.

Это оказалось дело агента ЕЖ-13 по кличке Фермер, генерала Николая Владимировича Скоблина, заместителя председателя РОВС в Париже, и его жены, известной исполнительницы русских песен Надежды Васильевны Плевицкой, по кличке Фермерша.

14

Не довелось Саше встретиться с мамой и Варей в Москве. В связи со столетием со дня смерти Пушкина направили из их автобазы несколько машин со срочным грузом в Опочку. Собрали у шоферов паспорта, получили пропуска, только Сашин паспорт вернули — запрещено ему ездить в приграничную зону. Значит, и в Москву посылать нельзя.

Так объяснил ему диспетчер, посмотрел сочувственно, попытался утешить: «Не горюй, образуется...»

— Я и не горюю, — ответил Саша.

Ткнули мордой об стол. Но в остальном Саша не чувствовал дискриминации. Работал на машине по-прежнему без сменщика, что и лучше, все неполадки устранял сам: дежурных слесарей не дождешься и не допросишься; даже если сорвут на четвертинку, все равно сделают кое-как, опять за ними переделывай.

Единственно прибегал Саша к помощи электрика Артемкина, звали его Володей, щуплый, сутулый паренек в очках, хороший мастер, много читал, собирал библиотеку.

Но слишком откровенно обо всем говорил, и потому Саша с ним в разговоры не вступал, только посмеивался: «Давай, Володя, меньше слов, больше дела».

Работа на линии разная — куда пошлют. Чаще с кирпичного завода в речной порт: с открытием канала Волга— Москва поплывут по нему пароходы в столицу.

Случались и загородные поездки. На тракте работа выгоднее: километраж накрутишь больше, чем в городе. Но на тракт Сашу посылали редко, там работали «свои», те, кто дружил с диспетчером и механиком. «Своих» посылали и к лучшим заказчикам: на склады, в магазины горторга, на мясокомбинат, хлебозавод, кондитерскую фабрику, ликеро-водочный завод. Возвращались оттуда со сверточками: что-нибудь да перепадало. «Своих» же переводили на новые машины, давали новую резину, отпуска вне очереди, путевки в дома отдыха, звание ударников, стахановцев.

И на линии мухлеж: не будешь скандалить из-за простоев — запишут в путевке сколько положено ездок, еще припишут лишнюю, хоть ты и полдня стоял без дела или гоняли тебя без груза.

От всего этого Саша держался подальше. В общественники не лез, на собраниях отмалчивался, ездки не приписывал. Потому направляли его на перевозку кирпича и цемента. Работа грязная, зато совесть чистая.

Откуда появились все эти приписки, недобросовестность? Раньше этого не бывало. Люди знали свое дело. Теперь руководители некомпетентны, подчиненные халтурят, теряют совесть.

Даже хорошее совершают с помощью уловок.

Как-то утром, перед сменой, к Саше подошел кузнец Пчелинцев, тот самый Иван Феоктистович, у которого Саша был в гостях с Людой в первый день приезда в Калинин.

— Панкратов, чего меня подводишь?

— Что такое?

— Три месяца работаешь, а на профсоюзный учет не встал, взносы не платишь. У меня ведомость проверили — одни должники, а тебя и вовсе на учете нет.

— Потерял я профсоюзный билет, еще когда на работу поступал, предупредил. У меня все документы новые, и паспорт тоже.

— А почему в месткоме не сообщил, новый билет бы оформили.

— Все некогда.

— Тебе некогда, а мне неприятность.

— Уж извини.

— Тебя теперь в профсоюз надо заново принимать. Ты фактически выбывший. А мне на вид поставят.

Он подумал, потом негромко, уже как сообщнику, сказал:

— Ты заявление напиши, мол, потерял документы, в дирекцию докладывал и паспорт новый получил. Ну и профбилет потерял. С какого года стаж?

— С двадцать девятого.

— Ну вот... Так и напиши. Все потерял, мол, а число то поставь, когда на работу поступил. Услышал?

— Услышал. Будет сделано.

— Сейчас напиши и мне отдай. А я тебя тем числом оформлю и марки наклею. Напиши, сколько заработал за каждый месяц — февраль, март, апрель. Завтра билет получишь. Услышал?

— Услышал.

На следующий день Пчелинцев действительно вручил Саше билет с наклеенными за три месяца марками. И стаж был указан: с 1929 года, как и назвал Саша

Бутылку, конечно, пришлось поставить.

Раз в неделю Саша звонил маме. Варе не звонил. После того единственного разговора, после той фразы: «Ты мне больше ничего не хочешь сказать, Саша?» — им овладело смятение, она ожидала, что он ей скажет: «Я люблю тебя». Но он не мог этого произнести. Все перегорело тогда в поезде после разговора с мамой на вокзале. Он со стыдом вспоминал дикий, звериный приступ ревности, то отчаяние, из которого не мог выбраться. Катя, Зида, его не интересовало их прошлое. Катя сказала, что выходит замуж за какого-то механика, — ну что ж, выходи. А эту девочку, сестру его одноклассницы, вдруг возревновал. Он справился тогда с этим, ему казалось, что подавил, вытравил в себе любовь к ней. Но не подавил, не вытравил, в том их разговоре прорвались его боль и страдание, иначе он не растерялся бы так от ее предложения приехать в Калинин, посидеть с ним на вокзале. «Исключено!» Он выдал себя этой поспешностью, вырвалось слово, которое означало, что не хочет ее видеть. И какую глупую отговорку нашел: «Днем я на работе». А она разве не на работе днем? После этого «исключено» она замолчала. Все поняла. И вдруг в конце упавшим голосом: «Ты мне больше ничего не хочешь сказать, Саша?» Происходит что-то странное, вне его понимания. Вышла замуж, жила с мужем в *его* комнате, спала с ним на его, Сашиной, постели, любила мужа. Допустим, разлюбила, допустим... И сразу полюбила Сашу, отбывающего срок за тридевять земель, *заочно* полюбила. Такого не бывает. А если бывает, то это не любовь, а разыгравшееся воображение, то же самое, что происходило с ним. Но его любовь хотя бы питали ее маленькие приписки к маминым письмам: «Как бы я хотела знать, что ты сейчас делаешь?», «Живу, работаю, скучаю», «Ждем тебя». Ясные слова, даже не надо искать в них тайного смысла. Он же, отвечая ей, обдумывал каждую фразу, боялся, что нежность будет неправильно истолкована. Она *ничего* не могла найти в его письмах, кроме слов «милая Варенька...». Значит, просто фантазерка. Сколько ей лет? Саша подсчитал в уме. Двадцать. Конечно, в двадцать лет романтично придумать любовь к ссыльному, ждать его, потом мчаться к нему. Все фантазии, все ерунда.

И все же Варин голос он забыть не мог. Ничего, пройдет. И у нее пройдет, и у него. И действительно, постепенно стал забываться тот их телефонный разговор, и меньше досадовал он на себя, что не так разговаривал с Варей.

Но однажды, уже в июне, приснился ему странный сон.

Будто ломилась к ним в подвал милиция, требовала, чтобы старики открыли дверь, выяснить, что у них за жилец.

— Прячься в сундук, — сказала Матвеевна.

— Как же я спрячусь в сундук, — стал смеяться Саша, — я же не умещусь в нем. — И все смеялся и смеялся, а в дверь по-прежнему колотили, но теперь уже не милиция, а какая-то женщина просила впустить ее. Он узнал Варин голос.

Утром, наливая кипяток в кружку, Саша сказал:

— Матвеевна, а вы мне приснились сегодня.

— Ай, батюшки, как же?

Саша рассказал ей свой сон.

— Молодая, что стучалась, бьется к тебе и кручинится. А в сундук ты улегся или не улегся?

— Нет, конечно.

— Это хорошо. А что смеялся, не к добру, остерегайся.

Накаркала старуха. Утром получил Саша путевку в Осташков, шел на большой скорости, и вдруг вырвался руль из рук, бросило машину на обочину, счастье, что не влетел в кювет: спустило колесо.

Он вылез из кабины, отер пот со лба, достал домкрат, хотел сразу же поставить запаску, но руки не слушались, сел на землю, сорвал, пожевал травинку. И долго так сидел, не в силах ни на чем сосредоточиться. Проходили мимо машины, останавливались шоферы, спрашивали, не нужна ли помощь. Он махал рукой: «Справлюсь».

Никогда не верил ни в какие приметы, а уж в толкование снов тем более, но старуха предупредила — «остерегайся»; может быть, и про Варю правильно сказала — «бьется к тебе, кручинится».

Саша заменил колесо, поехал дальше на Осташков. «Бьется к тебе, кручинится...» Старухины слова разбередили душу, опять неизвестно куда унесся он в мыслях, опять начал строить дом на песке, забыл, как мучился в поезде. И вообще, хватит об этом. Нельзя придавать значения ни Вариным фразам, ни ее голосу, а уж тем более глупо верить снам.

Иногда после работы Саша заходил в кафе. Попадал и в Людину смену. Она улыбалась ему, махала рукой, но за свой столик не сажала. Саша ужинал, уходил, прощался с Людой, если она была в зале, а если отлучалась в раздаточную, уходил не прощаясь. Раз как-то зашел с Глебом, Люда посадила их к себе, накормила, они расплатились и ушли, Люда была приветлива, но Сашу не задержала.

Может быть, к ней кто-то приехал, родня какая-нибудь? Или в квартире заприметили Сашу и она боится его

574

приводить? Потом стало ясно — не хочет продолжать их связь.

Ничего удивительного. Еще у кузнеца, когда она отодвинулась от него, сообразив, что он из заключения, Саша понял: осторожная... Не вязался с ее осторожностью рассказ о себе, о репрессированных отце и брате. А может, из-за того, что разоткровенничалась тогда, теперь еще больше осторожничает...

Ладно! Хорошая, славная, и близость не проходит бесследно, и встретились в трудную минуту, и выручила, много для него сделала. Возник порыв и прошел, связь случайная и для него, и для нее, они оба о том знали с самого начала.

Да и не было времени думать о Люде. Весь день в рейсе, отрабатывал не одну смену, а самое меньшее — полторы, перевыполняя план. К тому же между сменами часто устраивали митинги, политчасы, Саша старался их избегать, делал лишнюю ездку, приезжал часа на два позже. После рейса надо путевку оформить, помыть машину, и повозиться с ней приходилось — не новая, потом душ принять, переодеться, вот и вечер — кафе закрывается.

Ни с кем на автобазе Саша не сдружился, отношения поддерживал только с Глебом. Он кончил покраску автобусов, получил деньги, поделился с Леонидом — тот устроил ему эту работу. «Ничего, найдем другую, — не унывал Глеб. — Работа не волк, в лес не убежит». Славный парень, сокрушался, что прошла зима, а Саша так и не увидел, как он катается на коньках, хвастал, будто два года назад выиграл первенство области, но диплома не показывал, играл на пианино и на баяне, обожал Вадима Козина, к Лещенко относился с прохладцей — «не то...».

Брал несколько аккордов, подражая Козину, пел: «Отвори потихоньку калитку», растягивая при этом слово «потихо-о-о-онь-ку», и, не отрывая пальцев от клавиш, смотрел на Сашу.

— Чувствуешь, дорогуша, *откуда* идет? Ну кто тут устоит, дорогуша, ни одна женщина не устоит, уверяю тебя.

Саша смеялся.

И снова Глеб брал аккорды на старе́ньком пианино, где на кружевной дорожке стояли белые слоники и одна педаль висела, свидетельствуя о дряхлости инструмента. Такой же дряхлой была и его хозяйка, родная тетка Глеба, чистенькая старушка с испуганными глазками. Глеб обращался к ней на «вы», когда она заглядывала в комнату, брал за локоток, усаживал в креслице: тетушка любила послушать, как поет племянник.

И домик был старенький, но прибранный, все заперто, закрыто, и входная дверь на огромном крюке, и калитка на засове — старушка боялась воров и хулиганов. А во дворе, огороженном высоким, но тоже ветхим забором, виднелись аккуратные грядки с зеленью.

У Глеба было полно знакомых в городе, но к себе в дом никого не звал, делал исключение для Саши. Пить он мог всюду — в столовой, куда запрещено приносить спиртное; примостившись на парапете набережной; в магазине со случайным собутыльником, отхлебывая водку по очереди из горлышка; но дома не пил, и когда однажды Саша прихватил с собой бутылку, Глеб отрицательно мотнул головой:

— Нет, дорогуша, у меня правило: при тетушке ни грамма. Я тебе лучше спою. Хочешь под Вертинского?

Слух у него был абсолютный, имитировал он прекрасно.

— Слушай, Глеб, — говорил Саша, — ты мог бы выступать перед публикой.

— Я все могу, дорогуша, — отвечал Глеб серьезно, — вот, гляди.

Он показывал эскизы декораций к «Гамлету», «Прекрасной Елене», «Свадьбе Кречинского», которые, по его словам, хвалил Акимов. Прислонив листы к спинке стула, отходил, смотрел, склонив голову набок.

Саше нравилось. Красиво.

— Правильно, — без ложной скромности согласился Глеб, — я был влюблен тогда в одну женщину, а талант, дорогуша, вдохновение, мастерство — все оттуда... Творческая энергия — это переключение половой. Вот так, дорогуша! Любовь — источник вдохновения.

— Особенно это чувствуется в «Бурлаках» Репина, — смеялся Саша.

— Дорогуша! — восклицал Глеб. — Ну зачем же так! Ты мою мысль пойми: в основе всего потенция, вот о чем я говорю. Кончилась потенция — кончился художник.

— Тициан прожил сто лет и работал до самой смерти.

— Ну и что?

— До ста лет сохранял потенцию?

— Дорогуша! Мой дед женился в восемьдесят два года и прижил от этого брака троих сыновей. Тициан, дорогуша, умер от чумы, а не будь чумы, он прожил бы еще не знаю сколько. А Рафаэль? Да, да, Рафаэль! Кто в живописи выше Рафаэля? А умер в тридцать семь лет. Отчего? От работы? Нет! Все великие художники работали как волы. Хотя и говорят, что Рафаэль умер от простуды, поверь мне, дорогуша, врут! Рафаэль умер от полового истощения в объятиях своей Форнарины, у него был бешеный темперамент, вот и не выдержал. Коровин бросал свои кисти и кидался на натурщицу. А Брюллов? А Делакруа, аристократ, всю жизнь болел желудком, стонал, но не пропускал ни одной натурщицы, ни своей, ни чужой.

Глеб знал десятки подобных историй, любил их рассказывать, любил выпить за чужой счет, был скуповат, но маскировал это улыбочками, шуточками, восторгами. Легкий парень! Ни о чем не расспрашивал, ни о ком плохо не отзывался; видно, знал что-то и о Люде, но молчал. Хотя болтал, болтал, врал, смеялся, обнимал Сашу за плечи. Но как только разговор касался предмета, о котором он не хотел говорить, например о политике, мгновенно замолкал и тут же переводил беседу на другое, опять шутил, смеялся, врал.

Однажды, роясь в своих бумагах, Глеб показал Саше афиши Ленинградского театра драмы, где Акимов еще в двадцатых годах оформлял спектакли «Конец Криворыльска», «Бронепоезд 14-69», «Тартюф».

— А я-то думал, что он ставил спектакли в Москве, — признался Саша.

— Было одно время, в конце двадцатых и начале тридцатых годов, а теперь он знаешь кто? Художественный руководитель Ленинградского театра комедии. Во как!

Выходит, не во всем врал Глеб.

Как-то он привел Сашу к своим знакомым, в приличный дом. По дороге расписывал достоинства дочерей хозяйки:

— Мадонны! Обрати внимание на осанку! На ногах не устоишь! Колоссаль!

На ногах, однако, Саша устоял.

Две анемичные девицы, с косами до пояса, с круглыми бровками и умными глазами, обрадовались Глебу, благосклонно поздоровались с Сашей, потащили их к себе в комнату показать свое последнее приобретение. В вощеную бумагу был завернут журнал «Россия» с «Белой гвардией» Булгакова.

— Дорогуши! — изумился Глеб. — Сейчас такое достать, это потрясающе!

— А вы «Дни Турбиных» видели во МХАТе? — поинтересовалась младшая, обращаясь к Саше.

— Видел, но мне было тогда пятнадцать лет, помню, Яншин играл Лариосика.

— А правда, Яншин женат на цыганке?

— Чего не знаю, того не знаю.

Из столовой позвали пить чай.

За столом сидели две пожилые женщины, на столе — засахаренное варенье и домашние коржики, испеченные к приходу гостей.

Потом музицировали, девицы сыграли в четыре руки «Осень» из «Времен года» Чайковского, по просьбе Глеба сыграли Шуберта и Шопена. Глеб к инструменту не подходил, улыбался, мило шутил.

Возвращаясь, восторгался:

— Какие люди! Интеллигенция высшего класса! Где найдешь таких в наши дни? Живут, правда, скромно, но заметил чайный сервиз? Императорский фарфоровый завод!

В сервизах Саша ничего не понимал, но семью похвалил: «Приятные люди», хотя девицы оставили его равнодушным.

— Чего ж ты не женишься? — спрашивал он Глеба.

— Жениться? — искренне удивлялся Глеб. — Да ты что, дорогуша? Художнику жениться?!

В другой раз взяли водки, и Глеб повел его к другим своим знакомым. Две тетки лет тридцати с чем-то, продавщицы из магазина «Канцтовары», гостеприимные, веселые, выставили закуску. Выпили. Глеб снял со стены гитару, украшенную красным бантом, перебрал струны: «Мы все пропьем, баян оставим и всяких сук плясать заставим...»

Лихо пропел. Однако продавщицы запротестовали: «Не надо блатного».

— Не надо так не надо, — согласился Глеб, — споем другое.

> Зачем насмешкою ответил,
> Обидел, ласку не ценя?
> Да разве без тебя на свете
> Друзей не будет у меня?..
>
> Дела нет мне до такого до речистого,
> Был ты сахарный, медовый, аметистовый,
> Но в душе пожара нету, тускло зарево,
> Пой, звени, моя гитара, разговаривай.
>
> Ведь ты мне был родней родного,
> Дороже, чем отец и мать.
> Тебя, как недруга лихого,
> Пришлось от сердца оторвать.
>
> Дела нет мне до такого до речистого,
> Был ты сахарный, медовый, аметистовый,
> Но в душе пожара нету, тускло зарево,
> Пой, звени, моя гитара, разговаривай.

Не отрываясь смотрел Саша на Глеба, будто пел он про него и про Варю. Ах, тоска, тоска, никогда с такой силой она на него не наваливалась. Хотелось домой, в Москву, на Арбат, увидеть Варю, прижать к себе. Черт возьми все! Не может он жить без нее, и плевать на бильярдиста, какое, к черту, отношение имеет к ним бильярдист. «Зачем насмешкою ответил, обидел, ласку не ценя...» Неужели он ее обидел? Обидел. Поэтому таким упавшим был Варин голос в конце их разговора.

Саша встал, попрощался, ушел и Глеб.

— С тобой каши не сваришь. — Шагов десять прошел молча, потом опять заулыбался, не умел долго сердиться. — Хочешь жить анахоретом? А на х... это? Слышал такое?

— Слышал, слышал.

— И все-таки скажу тебе, дорогуша, много ты сегодня потерял. Бабенки покладистые, неважно, что продавщицы, в постели не жеманятся, распоряжайся, как хочешь, тебе еще спасибо скажут.

Иногда они ходили в городской сад. Играла музыка, на танцевальной площадке возле барьера толпились фабричные девочки с «Пролетарки» и «Вагжановки». Новые западные танцы только докатывались до провинции, а Саша танцевал их хорошо.

Он высмотрел среди девочек одну, прилично танцующую, подошел, пригласил, она была тоненькая, гибкая, с ней было приятно танцевать, на них смотрели. Звуки джаза напоминали Саше Москву, и «Арбатский подвальчик», и встречу Нового года, напомнили Варю, такую же тоненькую и легкую, как и эта незнакомая беленькая, простенькая девочка, которая сейчас с ним танцевала. Он приглашал ее еще несколько раз на фокстрот, танго, вальс-бостон, румбу. Она не все умела, но была легка и понятлива.

— Дорогуша, — сказал Глеб, — а ты здорово танцуешь. Колоссаль!

Глеб кивнул на Сашину партнершу, она стояла рядом с подругой, выжидающе смотрела на Сашу.

— Проводим?

— Нет настроения.

— Капризничаешь, дорогуша, капризничаешь. Ладно! Идем, познакомлю тебя с Семеном Григорьевичем.

— Кто такой?

— Наш главный балетмейстер.

— Зачем он мне?

— Хочет с тобой познакомиться.

— А я ему зачем?

— Дорогуша, ну что ты заладил — «зачем», «зачем»? Понравилось ему, как ты танцуешь.

— На кой хрен он мне нужен?

— Дорогуша, он мой шеф.

— Как так?

— Преподает западноевропейские танцы, а я аккомпанирую.

— Тогда пойдем.

Они пересекли площадку, подошли к скамейке, на которой сидел крупный мужчина лет пятидесяти, с тщательно уложенными, вьющимися черными волосами, в темном костюме, белой рубашке и галстуке бабочкой. Руки его опирались на набалдашник трости. Он чуть приподнялся, здороваясь с Сашей, элегантный, представительный, этакий столичный маэстро.

— Хочу сделать вам комплимент, вы превосходно танцуете. Вы где-нибудь учились?

— Нет, нигде не учился.

— У вас прекрасный шаг, вы уверенно ведете даму.

Саша улыбнулся:

— Как умею.

— Приходите к нам на занятия, — пригласил Семен Григорьевич. — Глеб, приводите своего товарища.

— Приведу, — пообещал Глеб.

15

Итак, агент ЕЖ-13, по кличке Фермер, — генерал Николай Владимирович Скоблин, один из руководителей Российского общевоинского союза с центром в Париже. Агент по кличке Фермерша — жена генерала Скоблина, знаменитая певица Надежда Васильевна Плевицкая.

Шарок несколько раз перечитал дело.

Николай Владимирович Скоблин родился 9 июня 1893 года в городе Нежине в семье отставного полковника. В 1914 году окончил Чугуевское военное училище, выпущен в действующую армию в 126-й Рыльский полк. Отличился в боях с немцами и австрийцами. После Октябрьской революции молодой капитан Скоблин, командир Корниловского полка, сражался с красными на Северном Кавказе, а в мае 1919 года, назначенный командиром Корниловской дивизии, в составе Добровольческой армии Май-Маевского участвует в походе на Москву.

Надежда Васильевна Плевицкая родилась 17 января 1884 года в селе Винниково Курской губернии в семье крестьянина Василия Абрамовича Винникова. Одиннадцатый ребенок. Истово религиозная мать отдала послушницей в Троицкий девичий монастырь в Курске. Из монастыря сбежала в бродячий цирк, пела в кафешантанном хоре, перешла в балетную труппу, где вышла замуж за артиста балета Эдмунда Вячеславовича Плевицкого и из Винниковой превратилась в Плевицкую. Со временем стала одной из самых популярных исполнительниц русских народных песен,

581

разъезжала по России, пела перед царем. После революции летом 1918 года выступала в частях Красной армии, газеты называли ее «рабоче-крестьянской певицей», очутилась в Одессе. При отступлении красных из Одессы 4 сентября в селе Софроновка попала в плен к корниловцам.

Шарок отметил, что весь период мировой и Гражданской войн в материалах жизни Плевицкой неясен: мелькает много мужских имен — новый жених капитан Шангин, большевик Шульга, второй муж штабс-капитан Юрий Левицкий, командир 2-го Корниловского полка полковник Пашкевич... Есть только одна точная дата: сентябрь 1921 г., Турция, Галлиполи — свадьба с двадцативосьмилетним генералом Скоблиным.

Из Галлиполи Скоблин и Плевицкая уехали в Болгарию, где 1 сентября 1924 года генерал Врангель объявил о преобразовании Белой армии в Российский общевоинский союз. Скоблин сохранил генеральское звание и должность командира корниловцев. Потом опять смутные данные: Болгария, гастроли по Прибалтике, Польше, Чехословакии и, наконец, Берлин. После Берлина все сведения более точные и ясные. В Берлине Скоблины близко сходятся с богатым коммерсантом Марком Яковлевичем Эйтингоном, братом нынешнего генерала НКВД Наума Эйтингона. Артистическая карьера Плевицкой за рубежом стремительно идет вверх. Со Скоблиным они объезжают весь мир: Брюссель, Белград, Америка, наконец, Франция — здесь поселяются. 1926 год — новая триумфальная поездка в США, май 1927-го — возвращение в Париж. В 1928 году Главнокомандующий РОВС генерал Кутепов привлекает Скоблина к активной деятельности в РОВС.

В деле лежало написанное в 1930 году заявление Скоблина в ЦИК СССР о персональной амнистии и даровании советского гражданства. На следующей странице Постановление ЦИК СССР о персональной амнистии Скоблину и Плевицкой. И указание о ежемесячной выплате агенту ЕЖ-13 двухсот долларов. Было это вскоре после похищения генерала Кутепова, однако прямых данных об участии Скоблина в этой акции Шарок в деле не нашел.

Кроме регулярных донесений Скоблина о действиях белоэмигрантов (переброска диверсантов, вербовка агентуры и тому подобное), много места занимала информация о борьбе за руководство РОВС, результатом которой были назначение Скоблина в апреле 1935 года руководителем «внутренней линии» РОВС, то есть его Чека, его ОГПУ. Задача: борьба с проникновением в РОВС и вообще в белую эмиграцию агентуры НКВД. После этого назначения НКВД стало легче вести там работу.

«Чем же их заманили?» — думал Шарок. Двумястами долларов в месяц? Не может быть. Плевицкая пользуется успехом среди русской эмиграции. Эмиграция велика, миллионы людей. Плевицкая много зарабатывает. Разочаровались в *белой* идее и поверили в *красную*? Молодой, боевой, заслуженный генерал, в двадцать шесть лет, не имея высшего военного образования, уже командовал дивизией — зачем ему *красная* идея? Хорошо понимает, что военной карьеры в Москве не сделает, а ведь талантлив и честолюбив. Мотивы Плевицкой яснее: старше своего красавца-мужа, влюблена в него, куда он, туда и она. К тому же уверена, что успех на родине будет большим, чем за границей.

Но Скоблин, Скоблин?! Непонятно. Семь лет назад его амнистировали, вернули гражданство, а в Союз не пускают ни его, ни Плевицкую, держат за границей и долго будут держать, там он нужен, а в Советском Союзе делать ему нечего. Значит, обрекли себя на эту роль до конца дней своих. И в случае провала могут поплатиться многолетним тюремным заключением. Между прочим, в эмигрантских газетах последних лет мелькали намеки на предательскую роль этой пары. К обвинителям присоединился даже знаменитый Бурцев, в свое время разоблачивший многих провокаторов царской охранки. Кстати, Бурцев считает, что главный агент — Плевицкая, связанная с НКВД через Марка Эйтингона. Однако Скоблин ловко выходил из самых щекотливых ситуаций, доказывая, что все обвинения — результат интриг внутри РОВС. Кроме того, и обвинителей, и уличаемых объединяла неприязнь к главе РОВС генералу Миллеру, на чем Скоблин тоже мог сыграть. И все равно — долго ли сумеют продержаться Скоблин и Плевицкая, коль уж попали под подозрение?

И почему Слуцкий и Шпигельглас именно сейчас так в них заинтересованы? В том же РОВС есть агенты не такие высокие по званию, но не менее осведомленные. Почему Ежов придает такое значение Скоблину, когда все усилия НКВД сосредоточены на процессе Радека—Пятакова и подготовке процесса Бухарина —Рыкова?

В феврале аппарат НКВД был потрясен неожиданной новостью — арестован начальник секретно-политического отдела Молчанов, главный человек, готовивший процессы Зиновьева—Каменева и Пятакова—Радека. В начале марта арестовали начальника особого отдела Гая, его заместителя Воловика, начальника транспортного отдела Шанина и еще кое-кого из работников аппарата.

21—23 марта в клубе НКВД Ежов провел совещание актива Главного управления Госбезопасности. Речь наркома была грозной. Он клеймил не только троцкистско-зиновьевско-бухаринских выродков, но обрушился на Ягоду, Молчанова и других подлецов, учивших своих подчиненных вести следствие в «лаковых перчатках». Выяснилось: на протоколах допросов Ягода писал: «чепуха», «ерунда», «не может быть», «неверно», пытаясь вывести подследственных из-под удара.

После Ежова выступил его первый заместитель Агранов с теми же гневными речами в адрес Ягоды и Молчанова:

— Неправильную, антипартийную линию заняли Ягода и Молчанов... Молчанов старался опорочить и тормозить следствие... Ликвидация троцкистской банды была бы сорвана, если бы в дело не вмешался товарищ Сталин... Именно на основе указаний Сталина удалось вскрыть троцкистско-зиновьевский центр...

В голосе Агранова звучал металл, но все сотрудники знали, что его жена уже несколько месяцев находится в подвалах Лубянки. Открещиваясь от Ягоды и славословя Сталина, Агранов тешит себя надеждой и дальше усидеть в своем роскошном кабинете на втором этаже.

Однако после собрания его арестовали.

Арестовали секретаря Ягоды Буланова, начальника украинского НКВД Кацнельсона, застрелился начальник горьковского НКВД Погребинский, 3 апреля арестовали Ягоду, затем его бывшего заместителя Прокофьева, Артузова, Балицкого, Дерибаса, Фирина и многих других видных работников НКВД, *знавших слишком много*, и заменили их или совсем новыми, или сравнительно молодыми из аппарата, к ним Шарок относил и себя, или малоизвестными работниками из провинции. Ежов вдруг обнаружил в НКВД «чекистский заговор» и решительными мерами его ликвидировал.

Больше всех пострадал возглавляемый Молчановым секретно-политический отдел, особенно первое отделение, где раньше работал Шарок. Арестовали Вутковского, застрелился его заместитель Штейн. Пошел на повышение лейтенант Виктор Семенович Абакумов. Этого Абакумова в прошлом году в числе других технических работников взяли из системы ГУЛАГа для подшивки дел. Он и подшивал дела, ворочал папки, теперь уже допрашивает бывших работников секретно-политического отдела. Грубый, малокультурный человек. Шарок содрогался при мысли о том, что и он бы мог попасть к нему на допрос. Абакумов не посчитался бы с тем, что именно он, Шарок, опекал его в отделении. Абакумов был туповат, малограмотен, Вутковский хотел отослать его обратно, но Шарок заступился, пожалел мужика, показывал, что и как делать, они даже подружились за те две недели, что проработали вместе. Абакумов был ему благодарен, понимал, что только Шарок помог ему зацепиться за Москву, смотрел собачьими глазами. Но попадись ему Шарок на допрос, все бы косточки переломал.

Слава богу, что его перевели в иностранный отдел. Иностранный отдел Ежов не трогал, заменить тамошних специалистов пока некем, а развалить работу за границей нельзя. Но рано или поздно доберется Ежов и до иностранного отдела — в нем слишком много осведомленных людей.

Понимал это и Шпигельглас. Идет тотальное уничтожение «свидетелей», в число которых, безусловно, входил и он. И потому не считал случайностью, что Шарока Ежов «приставил» персонально к нему, и допускал возможность ситуации, когда от Шарока, даже от его случайного слова, будет зависеть его, Шпигельгласа, судьба, а в их учреждении судьба — это жизнь или смерть.

Тем не менее внешне их отношения никак не изменились. Он не заискивал перед Шароком, но и не выказывал неприязни.

Перед самым отъездом, в конце апреля, у них снова зашел разговор об экипировке Шарока.

— У меня есть пара неплохих галстуков, — сказал Шпигельглас, — я вам принесу. Они больше подойдут к вашему костюму. И есть полдюжины новых носовых платков. Домашние туфли купим сразу по приезде...

Сблизила их поездка в Париж. Шарок отправлялся под фамилией Шаровского, как сотрудник Экспортлеса, Шпигельглас тоже под чужой фамилией.

Они ехали в двухместном купе международного вагона. Сухой и неразговорчивый на службе, Шпигельглас оказался приятным попутчиком.

Когда они уселись в купе друг против друга и поезд тронулся, Шпигельглас впервые вдруг улыбнулся.

— Вы любите поезд?

Шарок пожал плечами:

— В таком вагоне, конечно, приятно... Но я мало ездил. В основном — Подмосковье.

— А я люблю, люблю смотреть в окно, — он раздвинул занавески, — люблю наши просторы, эти леса, перелески, рощи, поля. Меня наше российское однообразие успокаивает. Я продолжаю думать о своих делах, о том, что мне предстоит, но думаю спокойно, даже отрешенно. Советую и вам принять это к сведению. Когда поедем по Европе, этого уже не будет: там все сжато, все мелькает, глазу не на чем задержаться.

В дверь постучали. Шпигельглас встал, открыл. Проводник принес чай в подстаканниках, печенье, попросил оплатить постели.

Расплатившись, Шпигельглас вынул из саквояжа бутылку ликера, открыл, предложил Шароку:

— Вы как любите: в чай или рюмочкой?

— Рюмочкой.

Из того же саквояжа Шпигельглас вынул набор маленьких металлических стаканчиков, один в другом, поставил один перед Шароком, себе налил в чай.

— Сахара не употребляю, боюсь наследственного диабета, чай и кофе пью с ликером или коньяком. Ну, с хорошей дорогой!

Прихлебывая чай, надкусывая печенье, Шпигельглас сказал:

— Юрий Денисович, мы едем с вами на серьезное дело, будем в сложных условиях, вы это отлично понимаете... Нам придется опираться друг на друга, возможно, выручать один другого. Поэтому мы должны абсолютно доверять друг другу. Вы согласны со мной?

— Безусловно.

— Между нами не должно быть никаких неясностей, никакой недоговоренности. У нас с вами два заграничных паспорта, но, в сущности, мы с вами одно лицо, одно лицо, один человек, выполняющий задание партии. И без полного взаимного доверия мы это задание выполнить не можем.

— Конечно, — произнес Шарок с той особо сдержанно-почтительной интонацией, с какой всегда говорил о партии.

Шпигельглас прибавил в чай ликера, помешал ложечкой.

— Так вот. Вас, конечно, удивило, что я знаю вашу школьную преподавательницу французского языка, удивило?

— Как вам сказать? Я как-то об этом не думал.

Шпигельглас вскинул на него глаза:

— Не думали?

— «Не думал» в том смысле, — попытался выкрутиться Шарок, — что допускал возможность тщательной проверки меня перед назначением в иностранный отдел, могли поинтересоваться, у кого я учился иностранному языку.

Шпигельглас пытливо смотрел на него, не верил.

— Это не так, — сказал Шпигельглас, — на Западе живет один крупный профессор, известный литературный критик. Советская власть выслала его за границу. Он эмигрант, активный антисоветчик, кадет по убеждению. А его сын и дочь остались в России. Сын — коммунист, вернее, был коммунистом, вошел в правобухаринскую группу, теперь арестован, а дочь преподает французский язык в школе, где вы учились. Вот почему я знаю о ней. Как видите, все очень просто. И моя осведомленность вас задела, не правда ли?

— Да, это правда, — признался Шарок. — Я думал, три года безупречной работы в органах — достаточная рекомендация.

— Вы правы, — согласился Шпигельглас. — Никто вас специально не проверял. Я рад, что недоразумение разъяснилось. У вас есть еще какие-нибудь неясности в наших отношениях?

— Нет, — ответил Шарок, — у меня к вам нет претензий.

Он сказал искренне, но подумал, что Шпигельглас мог ему все это изложить при первой встрече. Не рассказал тогда, рассказал сейчас, когда счел это для себя выгодным. Хитрит.

— Тогда к делу, — сказал Шпигельглас. — Какие вопросы у вас возникли при знакомстве с делом Фермеров?

Шарока интересовали два вопроса: как удалось завербовать Фермеров и что заставляет их работать на нас? Для какой конкретной цели они сейчас нужны?

Но первый вопрос был бы некорректен: отвечая на него, придется назвать людей, их вербовавших. Второй вопрос можно не задавать — задачу Шпигельглас должен объяснить ему сам.

И Шарок задал третий вопрос:

— Я несколько раз внимательно прочитал их досье. В деле нет ни одной характеристики. Что они собой представляют как люди? Слабости... На какие кнопки можно нажимать в тех или иных обстоятельствах?

Шпигельглас ответил не сразу.

— Разумеется, психология агента, побудительные мотивы очень важны: позволяют предугадать его действия, оценить его возможности. Но оценка эта, как правило, субъективна, вы будете иметь возможность составить собственное мнение. Главный вопрос — степень их надежности. Фермер надежный агент. Можно ли допустить, что он сотрудничает с нами по поручению РОВС? Не думаю, не было ни одного факта, который давал бы основание для подозрения. Зато твердо установлены его связи с немцами. Он их и не отрицает, объясняет тем, что большая часть РОВС, особенно молодые, ориентируются на Германию как главного противника СССР, а он делает ставку именно на молодых, а не на стариков, которые, следуя традиционной русской монархической политике, союзником считают Францию. Несомненно, что и немцев Фермер осведомляет о положении в РОВС, но в ином плане, нам он сообщает о наших врагах в РОВС, немцам — об их друзьях. Короче: ведет свою игру, стремится захватить руководство РОВС и с нашей помощью устраняет соперников. И немцы знают о его связях с нами, но он представляет их как выгодные для Германии.

Шпигельглас замолчал, допил чай, сидел, смотрел в окно.

— Знаете, — сказал он наконец, — когда я уезжаю за границу, в особенности уезжаю надолго, то скучаю именно по этим просторам, жду часа, когда сяду в вагон и буду так же вот, как сейчас, смотреть в окно.

Обернулся к Шароку:

— Наливайте себе. Ликер вкусный.

— Спасибо.

— Кто верховодит в этой паре? — снова начал Шпигельглас. — На сей счет есть разные мнения. Говорят — она женщина властная. Фермера в эмиграции даже называют «генерал Плевицкий». Но для нас, для нашей нынешней задачи, сейчас важен он, Фермер, и только он. — Голос Шпигельгласа стал твердым. — Вам, конечно, известно об аресте комдива Шмидта, комкоров Путны и Примакова?

— Да, разумеется.

— Вы, наверное, помните нечеткие ответы Радека на вопрос о его связях с маршалом Тухачевским?

— Да, я заметил. Он делал это слишком горячо и настойчиво, а потому и неубедительно. — Шарок уже догадывался, к чему клонится дело.

— У Центрального комитета партии, у товарища Сталина есть неопровержимые данные о том, что маршал Тухачевский, армейский комиссар первого ранга Гамарник, командармы первого ранга Якир и Уборевич, командарм второго ранга Корк, комкоры Примаков, Путна, Эйдеман и Фельдман связаны с командованием германского рейхсвера, ведут шпионскую работу в его пользу, готовят военный переворот, намерены убить товарища Сталина и других руководителей партии и правительства.

Шарок не удивился этому сообщению. Проработав три года в НКВД, он привык ничему не удивляться. При подготовке одного из процессов собирали материал даже на Молотова. Врагов народа, шпионов и убийц называет товарищ Сталин, дело работников НКВД доказать их вину. Теперь врагами народа назначены военные руководители.

— Фермер должен достать в Берлине материалы, уличающие указанных лиц. Эти материалы он передаст вам в руки.

И, помолчав, добавил:

— За это Фермеру обещана помощь в дальнейшем продвижении по службе.

«По службе» — это означало в РОВС.

— Задача понятна, — кивнул Шарок.

16

Надо брать себя в руки. Нехорошо так долго не навещать Софью Александровну, бросить ее — бесчеловечно, недостойно, жестоко. И винить бесполезно: ничего уже не исправишь. Наверняка она тоже мучается, казнится из-за того, что рассказала Саше о Косте. Узнай Варя, что Саша был женат, ну и что, было да сплыло. Но Саша отнесся ко всему иначе. Если любил ее, не может простить предательства, известие о Косте оглушило его. А если не любил, то при его собственных мытарствах слушать про муженька-шулера, вникать в эту уголовщину — неинтересно, противно, потому и отверг ее предложение приехать к нему. Такой вариант Варя не исключала.

— А вот и я, — начала она прямо с порога, — работу закончила, к вам явилась.

— Варюшенька, милая, — встрепенулась Софья Александровна, искренняя радость прозвучала в ее голосе.

— Расскажите, как вы живете?

— Скриплю, Варенька, потихоньку. Ты со службы?

— Да, а что?

— Хотела предложить тебе тарелку грибного супа.

— Не откажусь.

Первая встреча после десятидневного перерыва прошла нормально. О Саше Софья Александровна не говорила, не хотела бередить рану.

590

— Завтра придешь?

— Обязательно.

Михаила Юрьевича Варя давно не видела, не заставала дома. Даже пошутила как-то: «Может, у нашего Михаила Юрьевича роман?»

— Тем более что приходит иногда под утро, — улыбнулась Софья Александровна, — мы даже дверь не берем на цепочку. Но разочарую тебя: это связано с работой, с переписью населения.

Правильно, у нее совсем из головы вылетело, что в январе провели всесоюзную перепись населения.

Наконец Варя встретила его в коридоре, сказала, что соскучилась, спросила:

— Ну что, Михаил Юрьевич, всех переписали, никого не забыли?

— Всех, Варенька, всех. — Вид у него был измученный, озабоченный. — Всех, кто есть. А вот кого нет, тех, конечно, не переписали.

Странная фраза.

— Зайдем ко мне, попьем чайку, — предложил Михаил Юрьевич.

— С удовольствием.

Как всегда, она забралась с ногами в продавленное кресло.

— Ко мне тоже приходили, — сообщила Варя, — потеха. Спросили, верю ли я в Бога. «Да, — отвечаю, — верю». Счетчик на меня вылупился, молодой парень: «Вы серьезно?» — «Да, — отвечаю, — совершенно серьезно. А вы разве не верите?» — «Я — нет, не верю». — «А ваша мама?» Он ничего не сказал, насупился. Видно, я ему итог переписи подпортила, они бы хотели всех видеть неверующими, чтобы последние церкви разрушить.

— Глупый вопрос, — подтвердил Михаил Юрьевич, — никогда в переписи не включался.

— Люди боятся говорить правду, — продолжала Варя, — и заявляют, что они неверующие. Ведь сейчас сказать: «Да, верю в Бога» — это для обыкновенного человека подвиг. Я не совершила подвиг, я просто дурака валяла. Но если в семье члена партии или комсомольца есть верующие, то этому партийцу или комсомольцу не поздоровится: почему плохо воспитываешь членов своей семьи? И самому верующему, если он где-нибудь работает, не поздоровится: из ударников выгонят, из стахановцев, премии лишат, наклеят ярлык «церковник» или «пособник церковников и мракобесов».

— Да, — повторил Михаил Юрьевич, — этот пункт не следовало включать. Первая перепись после революции была в 1920 году. И когда Ленин увидел в опросном листе вопрос о вероисповедании, он велел его исключить, понимал неправомерность такого вопроса. В нынешней переписи вообще много нелепостей, Варенька. Перепись намечалась сначала на конец 1936 года, хотели провести ее спокойно, за пять-семь дней, но потом все вдруг изменилось, перенесли на январь 1937 года и велели провести за один день, представляете, сколько счетчиков понадобилось? Больше миллиона. Разве мыслимо в один день обойти всю страну, в городах это невозможно, о деревне и говорить нечего. А вот приказали, и выполняй!

— Но зачем, Михаил Юрьевич, зачем?

Он переставил на столе флакончики с тушью.

— В прошлый раз я вам рассказывал. Перепись должна дать цифру населения порядка 170 миллионов человек, в этом уверено правительство, а я ожидаю максимум 164 миллиона — в лучшем случае. И встает вопрос: куда делись шесть миллионов человек? И ответ у правительства будет такой: перепись произведена вредительски, и те, кто ее производил, — вредители.

У него задрожал голос.

Только теперь до Вари дошло: чтобы скрыть правду от народа, и приказали переписать всех в один день, а потом свалят на статистиков. Сволочи! Поэтому Михаил Юрьевич так и разнервничался.

— Михаил Юрьевич, успокойтесь, не волнуйтесь! Прошу вас.

— Я не волнуюсь. Но скрывать ничего не буду. Шесть миллионов, подумать только! Кто эти люди? Простые крестьяне. В чем виноваты? За что погибли? Ни в чем не виноваты, ни за что погибли. Утаивать это безнравственно. Так что, Варенька, я не волнуюсь. Людей жалко. Всех жалко, и тех, кто погиб, и тех, кто считал и будет за это отвечать, и нас с вами, Варенька, тоже жалко. — Он устало улыбнулся. — Впрочем, зря мы с вами об этом говорим. Вы, Варенька, слишком серьезны для своих лет. Почему вы не ходите в театры, музеи, сейчас такие интересные выставки.

— А вы ходите? — спросила Варя.

— Ну, я старый человек... Вы были на Пушкинской выставке?

— Была, конечно.

— Ну и как?

— Мне не понравилось. У самого входа висит картина... Наталья Николаевна, знаете, высокая, с голой спиной, величественная, лица не видно, только спина, и рядом с ней Пушкин, на полторы головы ниже, оглядывается назад — уродец с толстыми губами и перекошенным от злобы и ревности лицом. Она такая победительная, а он — маленький, неприятный, путается у нее в ногах. Ощущение такое, что все вокруг смеются над ним, издеваются, а он готов на всех броситься, убить, удушить. Какая-то злобная мартышка, а не Пушкин. Разве можно так?

— Вы категоричная девушка, — мягко возразил Михаил Юрьевич. — Я знаю эту картину. И очень высоко ценю Николая Павловича Ульянова. Острый рисовальщик, мастер психологического портрета. Много работал над Пушкиным. И в оценке картины, я думаю, Варя, вы не правы, хотя к картине и можно предъявить претензии. И лицо Натальи Николаевны, кстати, видно, оно ведь отражается в зеркале.

— Ах, да, правда, я забыла, — смутилась Варя, — но в глаза бросается величественная и равнодушная ко всему спина.

— Как же вы не обратили внимания, ведь картина называется «А. С. Пушкин и Н. Н. Пушкина на придворном балу». Ульянов их написал как бы на повороте лестницы, он как раз нашел интересный ракурс. Что касается Пушкина... У Ульянова резкий угловой штрих — он и передает нервозность Пушкина. Но эту картину он писал в двадцать седьмом году, я видел первые рисунки, там Пушкин был такой же, но проще, не в мундире, и производил другое впечатление. Не было всего антуража, великолепия императорского двора. Тот вариант вам, вероятно, пришелся бы больше по душе. Кроме того, на выставке было еще много интересного. Но я уже сказал вы слишком серьезны, Варя, вам сколько лет?

Она рассмеялась:

— Разве у женщин спрашивают возраст?

Потом вздохнула:

— Девочкой я много фантазировала, все казалось необыкновенным, загадочным — зажженные окна в домах, вечером свет луны, фонарей... Рестораны? Да, для меня это тоже было своего рода волшебством, особенно первое время, музыка, нарядные люди, там я почему-то восхищалась собой. Красивая жизнь, все было прекрасно, особенно на фоне наших жалких коммуналок, нашей казенщины, хамства. Ну а потом, когда пригляделась ко всему этому, поняла: все мираж. Конечно, если превратиться в содержанку, тогда это все вполне устраивает. Ведь панельные девки — амебы, без мысли, без души. И вот оказалось: жизнь не в ресторанах, не в курортах, а в заботах, несчастьях, в работе, в институте, в тюремных очередях, скверная жизнь, лживая, несправедливая, страшная, и все равно надо найти в ней свое место. Как вы считаете, я права?

Михаилу Юрьевичу Варя ничего не говорила про Сашу. Раньше она была уверена, что Михаил Юрьевич обо всем догадывался. Теперь знала, что это не так: здесь, в этой же квартире, в соседней комнате, она жила с Костей, и Михаил Юрьевич полагал, что она любит мужа.

И все равно этот милый старый холостяк в потертой клетчатой домашней куртке с аккуратными заплатами на локтях, склонившийся за освещенным столом над своими баночками с клеем и красками, был частью мира, который вращался вокруг Саши. В этом кресле сидел и Саша, беседовал с Михаилом Юрьевичем, брал у него книги, смотрел, как он работает.

Но сегодня Михаил Юрьевич, против обыкновения, не подклеил ни одной страницы, даже отодвинул в сторону клей и ножницы, будто они ему мешали. Что-то неладное с ним творилось.

— Вы себя плохо чувствуете? — встревожилась Варя. — Ложитесь, я пойду.

— Нет, Варенька, все в порядке. — Он помолчал. — Варенька, помните, вы смотрели у меня журналы, — он показал на стоящие под столом и под кроватью корзины, — «Мир искусства», «Аполлон», «Золотое руно». Они, кажется, заинтересовали вас.

— Да, конечно, прекрасные журналы.

— Понимаете... Они уже годами валяются в корзинах, пылятся, портятся, а там чудные репродукции — Бенуа, Сомов, Добужинский... У меня нет времени даже их полистать. Возьмите себе эти журналы!

Варя растерялась.

— Как? Михаил Юрьевич... Что вы! Ведь это сокровище, это стоит громадных денег. Всю жизнь собирали, а теперь будете раздавать?

— Я не раздаю, — грустно улыбнулся Михаил Юрьевич. — Это мой вам подарок.

— Но до моего дня рождения еще далеко.

— Подарки делают не только ко дню рождения. Возьмите, Варенька, я вас очень прошу. Вы мне доставите большую радость. Я старый, одинокий человек; умру — все это пропадет.

— Не говорите о смерти! — закричала Варя. — Об этом нельзя говорить!

— Об этом можно не говорить, но надо думать. Вам будет приятно рассматривать журналы, иметь их под рукой.

— А-а, — засмеялась Варя, — хотите пополнить мое эстетическое образование?

— Варенька, я вас не считаю невеждой. Что вы, голубушка, наоборот! Но произведения искусства нельзя прятать под столом или под кроватью, не для этого они создавались. Возьмите, а, Варенька!

Варя отрицательно помотала головой.

— Нет, Михаил Юрьевич, это невозможно.

Он задумался.

— Хорошо. Не хотите подарка — не надо. Пусть все это полежит у вас. Читайте, смотрите, получайте удовольствие. А? Давайте так. Потом я их заберу.

— Но где я все размещу, — с сомнением произнесла Варя, — тоже будут где-то под столом или под кроватью.

— У вас нет книжного шкафа?

— Есть, но он заполнен.

— Вам привезут книжный шкаф! Да, да. Я куплю простенький шкафик. И вам его привезут. У меня негде поставить, вы видите.

— Ну что ж, — неуверенно сказала Варя, — если вы так настаиваете...

— Да, да, Варенька, настаиваю, — оживился Михаил Юрьевич, — я задыхаюсь от книг, от журналов. Вы поможете мне.

17

Они встретились со Скоблиным в «Отеле путешественников» в маленьком городишке Эгревиль, в семидесяти километрах от Парижа. Скоблин запоздал — в машине забарахлил мотор, пришлось останавливаться в Гретце.

Уселись в углу веранды, пустой в этот полуденный час, укрытой от солнца туго натянутым брезентовым тентом. Шпигельглас представил Шарока, назвав его Шаровским. Скоблин равнодушно пожал ему руку, держался холодно, независимо и, не дожидаясь вопроса Шпигельгласа, приступил к докладу.

Операцию проводит начальник политической полиции Гейдрих, непосредственное руководство возложено на Беренса. Беренс нуждался в подписанных Тухачевским подлинных документах, они хранятся в архиве немецкой разведки абвер. Начальник абвера вице-адмирал Канарис отказался их выдать.

— Почему?! — нахмурился Шпигельглас.

— Абвер независим от политической полиции, Канарис не подчиняется Гейдриху. Канарис почувствовал, что его обходят в каком-то важном деле. Он имеет право, даже больше, обязан знать, для какой цели у него требуют документы, пусть даже пятнадцатилетней давности.

Речь шла, как понял Шарок, о документах начала и середины двадцатых годов, когда СССР и Германия тесно сотрудничали. Тухачевский вел переговоры и подписывал соглашения. Теперь старые документы потребовались для изготовления новых.

— Возможно, Канарис боялся подвоха против высших офицеров рейхсвера, — продолжал Скоблин, — ведь и их подписи значатся на этих документах. Канарис опасался, что СД может подставить ножку руководству армии, ведь его не посвятили в операцию с Тухачевским. Еще в январе Канарис получил от Рудольфа Гесса конфиденциальное письмо, содержащее приказ передать Гейдриху все архивные документы о прошлом германо-советского сотрудничества. Но Канарис упорствовал и под разными предлогами саботировал приказ Гесса.

У Шпигельгласа было каменное выражение лица. Своим ровным спокойным голосом он проговорил:

— В прошлый раз вы сообщили, что Гитлер одобрил операцию, даже пошутил: «Это будет наш рождественский подарок Сталину».

— Мой доклад опирался на абсолютно достоверные источники, — возразил Скоблин. — Если даже Гитлер сам прикажет Канарису передать документы, то должен объяснить зачем. Если не объяснит, значит не доверяет. Канарису останется только подать в отставку. Поэтому Гесс и Гейдрих не вводили Гитлера в детали, он даже не знает, в каком архиве хранятся эти документы.

— Какой же выход? — спросил Шпигельглас.

— Выход нашел Борман, политический советник фюрера.

— Мне не надо объяснять, кто такой Борман.

Впервые на памяти Шарока Шпигельглас не сумел сдержать раздражения.

— Вы меня перебили, — холодно парировал Скоблин. — По совету Бормана Гейдрих направил ночью в архив два отряда полицейских. С помощью специалистов по взлому они нашли и забрали материалы и ко всему еще устроили пожар, чтобы замести следы. Материалы теперь у Беренса и Найуйокса, они работают с опытным гравировщиком. Через неделю документы будут готовы, но только на Тухачевского.

— А остальные?

— Якир, Уборевич и Корк бывали в Германии реже Тухачевского и не подписывали документы двадцатых годов.

Исходных данных на них очень мало. Изготовление этих материалов, соответственно, потребует времени.

— Мне нужны документы на всех, — жестко проговорил Шпигельглас, — неделю я готов ждать, не более.

— Вы говорите со мной так, будто я их готовлю.

— Я знаю, кто готовит, — возразил Шпигельглас, — но я помню, кто обещал мне их дать в феврале, потом в марте, теперь, как говорят поэты, на дворе апрель.

— Я объяснил причины задержки.

— А я прошу вас объяснить немцам, что в случае дальнейшей проволочки документы окажутся ненужными.

— Немцам я ничего не могу объяснить! Вы знаете их аккуратность, их пунктуальность. Они выпустят из рук только неопровержимые документы, за качество которых они отвечают. Надо выбирать между торопливостью и надежностью.

— Надежность важна, но важны и сроки, — поучительно заметил Шпигельглас. — Своему руководству я назвал сроки, основанные на ваших сообщениях. Два раза я эти сроки переносил, в третий раз не смогу. Я готов ждать еще неделю, но это будет последняя неделя, в следующую среду в это же время мы будем на этой веранде. Если почему-либо Эгревиль покажется вам неудобным, сообщите по известному вам каналу о новом месте. Я надеюсь, что не позднее чем завтра вы выедете в Берлин.

Последующую неделю Шарок и Шпигельглас прожили невдалеке от посольства, в гостинице, где обычно останавливались советские деловые люди. Гостиница небольшая, сравнительно дешевая, комнаты крохотные.

Шпигельглас ни на шаг не отпускал от себя Шарока, не для безопасности, не для контроля над ним, а, наоборот, чтобы самому быть у него на глазах постоянно и дать таким образом основание Шароку сказать в Москве: «Мы не расставались ни на минуту». Даже при въезде в гостиницу Шпигельглас, подумав немного, потребовал один номер на двоих. Портье растерялся:

— Un lita deux place?[1]

---

[1] Одну кровать на два места (двуспальную кровать)? *(фр.)*

— Non, deux lita une place[1].

Потом Шпигельглас смеялся:

— Он принял нас за гомосексуалистов!

И днем и ночью они были вместе, хотя наверняка у Шпигельгласа, помимо Скоблина, должны быть здесь и другие дела, но он ни с кем больше не встречался. Не хочет Шарока во все посвящать? Надеется, что со временем его уберут из иностранного отдела.

Проницательный Шпигельглас сам рассеял его подозрения:

— Наша поездка дает возможность познакомить вас еще с некоторыми агентами в Париже. Но данное нам поручение слишком ответственно, мы не можем рисковать, полиция может нас засечь и помешать встретиться в условленное время со Скоблиным. Вообще, советую вам в будущем ограничивать свои поездки встречей только с одним агентом.

Днем они заходили в торгпредство, сидели у одного из рядовых сотрудников, болтали, Шпигельглас передал в Москву, что задерживается на неделю.

Для Шарока сущность операции перестала быть тайной. Они вели переговоры со Скоблиным, агентом ЕЖ-13, по кличке Фермер, о получении из гестапо документов, уличающих Тухачевского, Якира, Уборевича и Корка в измене. Какова подлинность этих бумаг — не их дело. Их дело *получить* документы, а разбираться в них будут другие люди.

Шароку Скоблин не понравился: заносчив, внутренне враждебен, не обязателен. В Москве *его* осведомители не смели приходить без очередного донесения.

— Видите ли, — сказал на это Шпигельглас, — наш внутренний осведомитель и зарубежный агент — фигуры, несравнимые во всех смыслах. Наш защищен нами, зарубежный подвержен смертельной опасности. Нашим движут идейные соображения, преданность партии или страх, мы это с вами понимаем, иногда шкурные интересы: деньги, карьера, жизненные блага и так далее. У здешнего агента есть и другие мотивы, более существенные, чем все три предыдущих: политические расчеты, двойная игра, склонность

---

[1] Нет, две односпальные кровати *(фр.).*

к авантюризму и многое другое. В этом смысле Фермер — характерный пример. В *операции* он заинтересован лично, ненавидит бывших царских офицеров, которые служат советской власти, помогли ей одолеть их в Гражданской войне. Тухачевский — бывший поручик, Корк — подполковник, Уборевич — подпоручик. Скоблин считает их предателями и хочет покарать. Немалую роль играет и зависть: они с Тухачевским одногодки, оба родились в 1893 году, Тухачевский — известный всему миру военачальник, а Скоблин, замечу, безусловно талантливый военный, — никому не известный эмигрант, нахлебник у собственной жены. В общем, здесь каждый агент — это индивидуальность, его надо тщательно изучать, так что привыкайте к новым условиям.

Шпигельглас показывал Шароку Париж. Гуляли по Елисейским Полям. Подражая Шпигельгласу, Шарок старался держать себя как обычный парижский фланер и все же не мог отвести глаз от витрин магазинов. Ну и живут! Всего навалом.

Взбирались они на Эйфелеву башню, смотрели на Париж сверху, ездили на Монмартр, в Пале-Рояль, Версаль; чтобы не привлекать к себе внимания, говорили по-французски, говорил Шпигельглас, Шарок кивал головой, вставлял иногда слова, а то и хорошо заученные фразы, упражнялся в языке. Шпигельглас вел себя как гид, он хорошо знал Париж, был образован, знал французскую литературу, искусство.

Но традиционные туристские места мало интересовали Шарока... Лувр! Еще в Третьяковке, куда они ходили всем классом, он умирал от скуки. Конечно, Версаль, Пале-Рояль... Умели жить короли, ничего не скажешь. Правильно говорит Шпигельглас: Париж — королевский город. Пышно, красиво, ну и что же дальше? И у нас в Петергофе красиво.

Другое дело Фоли-Бержер, улица Пигаль, полуголые проститутки, магазинчики, где продавались порнографические открытки и журналы, о таких позах и способах Юра даже не подозревал, надо запомнить, попробовать с Калей потом в Москве... Шарок мог там толкаться часами. Его будоражил запах духов, пудры, толпа, откровенные, зовущие взгляды проституток, но Шпигельглас мешал насладиться всем этим, приходилось и Шароку делать скучающее лицо.

Все-таки он сказал как-то:

— Может, еще раз съездим на Монмартр?

— Пожалуйста.

Шарока привлекал Монмартр: весело, оживленно, бренчат на гитарах, крутят шарманки, художники в блузах рисуют — на полотнах сплошь голые бабы, такие груди, такие бедра, такие ноги...

Ко всему этому Шпигельглас был равнодушен, женщинами не интересовался. Сухарь! Когда заметил, что Шарок скучает в музеях, предпочитал прогуливаться по бульварам или сидеть на улице в каком-нибудь маленьком уютном кафе, разглядывая прохожих или просто прикрыв глаза, греясь на весеннем парижском солнце. Отдыхал. И Шарок, сидя под зонтом, за вынесенным на тротуар столиком, тоже отдыхал.

«Париж самый оживленный город в мире, но он больше всех располагает к отдыху», — сказал как-то Шпигельглас. И был прав. Закажи чашечку кофе и сиди два часа, перебирай газеты...

И люди сидели в кафе, пили кофе, читали газеты, никто их не гнал, развлекайся целый день таким образом. Шпигельглас презрительно цедил сквозь зубы: «рантье», «стригущие купоны», — самая, по его утверждению, отвратительная паразитирующая разновидность буржуазии. Запад он, по-видимому, искренне презирал, показывал Шароку бродяг — «клошаров», проституток и порнографию называл язвами капиталистического общества, брюзжал по поводу того, что на фоне нищеты, не стесняясь, выставляется напоказ роскошь.

Шарок молча соглашался. Спорить бесполезно и опасно. Хотя и допускал, что осторожный Шпигельглас ругает Запад специально для него. А может быть, он просто нервничал, такое тоже иногда казалось Шароку. Несколько раз, просыпаясь ночью, Шарок видел, что Шпигельглас не спит, стоит ссутулившись у окна, смотрит на улицу. Да и днем замечал, как временами Шпигельглас теряет контроль над собой, глаза суживались, губы сжимались. Думает, наверное: бездельничают тут, а чем кончится операция, неизвестно. В такие моменты Шароку хотелось поскорее вернуться в Москву, убраться из Парижа подобру-поздорову.

Через неделю они ждали Скоблина на той же веранде в том же «Отеле путешественников».

На этот раз он не опоздал.

Веранда была опять пуста, и они уселись за тем же столиком.

Скоблин вынул из портфеля красную папку, положил перед Шпигельгласом.

Шпигельглас чуть придвинул ее к Шароку, чтобы и он мог видеть, открыл. Но документы были на немецком языке, и Шарок ничего не понял. Только один документ был на русском — письмо Тухачевского о том, что надо избавиться от политиков и захватить власть. Потом пошли документы со столбцами цифр, и всюду подписи Тухачевского — видимо, его расписки в получении денег за шпионаж. Увидел Шарок в папке фотографию Троцкого с немецкими военными чинами.

Не закрывая папки, Шпигельглас спросил:

— Это все?

— Все, — ответил Скоблин.

— Здесь документы только на Тухачевского. А остальные?

— Я вам говорил: потребуется не менее двух месяцев. Они подтвердили этот срок. Ничего изменить нельзя.

Помедлив, Шпигельглас сказал:

— Хорошо. Вернее, очень нехорошо. Но положение, видимо, безвыходное. Так я понимаю?

— Почему же безвыходное? — возразил Скоблин. — Ровно через два месяца вы будете иметь материал на остальных.

— Пусть делают, — хмуро произнес Шпигельглас, — по обычным каналам сообщите точную дату и место нашей встречи. Через два месяца, не позже. Раньше — еще лучше. Приеду я или господин Шаровский; возможно, мы опять приедем вместе.

Счет лежал на столе. Шпигельглас всмотрелся, вынул бумажник, положил на тарелочку деньги, подумал, добавил еще пару монет.

18

1 мая 1937 года Сталин стоял на трибуне Мавзолея, принимал военный парад.

Солнце уже поднялось над храмом Василия Блаженного, освещая здание ГУМа с ЕГО громадным портретом на фасаде. Было тепло, все сияло, блестело, сверкало, гремели оркестры. Первыми, построенные в длинные ровные шеренги, прошагали по Красной площади слушатели военных академий, промаршировала пехота со штыками наперевес, процокала копытами конница по брусчатке мостовой, вслед за ней, со стороны Исторического музея, вползли на площадь танки. ЕГО армия, мощная и непобедимая, ИМ оснащенная, ИМ вооруженная. ОН индустриализировал, ОН реконструировал страну, построил крупнейшие в мире заводы и фабрики, превратил лапотную Россию в мировую державу.

Чуть поодаль от остальных военачальников стоял, заложив пальцы за ремень, Тухачевский. Держится особняком. И с ним никто не заговаривает, шкурой чувствуют, что человек обречен. Смирился с отменой поездки в Лондон, не протестовал, не требовал объяснений. Поверил Ежову? Сомнительно. Значит, ощущает свое бессилие. Аресты среди военных идут полным ходом. Кроме Шмидта, Путны и Примакова, арестованы Кузьмичев, друг Якира с Гражданской войны, Голубенко, бывший комиссар 45-й стрелковой дивизии, которой командовал тот же Якир, Саблин — комендант киевского укрепрайона, служивший под началом Уборевича и Корка, комкоры Туровский, Геккер, Гарькавый. И есть уже материал на Тухачевского. Арестованные с Ягодой его ближайшие помощники — Прокофьев, Гай и Волович — сразу дали нужные показания на Тухачевского, знают, что надо говорить, сами много лет выбивали из людей всякие небылицы, только Ягода, болван, упирается.

Аресты военных не особенно тревожат Тухачевского. Привык. В конце двадцатых и начале тридцатых армия очищалась от бывших царских офицеров, более трех тысяч из них отправлены в лагеря и ссылки. Не заступился Тухачевский за своих товарищей, не сказал: «Я тоже бывший царский офицер, тогда сажайте и меня». Почему не сказал? Где была его офицерская дворянская честь? Куда делось чувство воинского товарищества, сословная солидарность? Считал себя на особом положении, те — рядовые военные специалисты, а он — высший военачальник, «столп» армии. Даже арест комкора Путны его, видимо, не напугал, думает, без Путны армия обойдется, а без него — нет. Ошибается. Очень ошибается... Как говорят в народе: «незаменимых у нас нет».

Сталин любил военные парады. Любил смотреть на *свою* армию, нигде нет такой мгновенности и точности исполнения. Самой природой своей армии предназначено не обсуждать, а выполнять, присяга освобождает бойца от сомнений и колебаний, делает его беспрекословным исполнителем воли начальника. Низшие начальники исполняют волю высших. Нигде нет такого слаженного и единого аппарата, как в армии. В этом ее сила, в этом и слабость: достаточно убрать верхушку — и она становится недееспособной.

Сталин опять бросил взгляд на командиров. Тухачевский на прежнем месте — пальцы рук все еще заложены за ремень. На парадах руки так держать не положено, а этот держит. Все безразлично. Теперь, когда нанесен ему главный предупредительный удар, все безразлично. Арестована Юлия Ивановна Кузьмина, близкая ему особа, жена Николая Николаевича Кузьмина, бывшего его соратника, закадычного друга... На каком-то приеме ОН обратил на нее внимание — привлекательная бабенка, глаза особенные. Интеллигентная, занимается скульптурой у Мотовилова. Что за скульптор такой? ОН не слыхал. Муж, Кузьмин, старше ее на двадцать лет, а Тухачевский только на десять. К тому же красавчик. Влюбляются в него женщины, вешаются, стреляются. А ведь семья есть — жена, дочка, самому пятый десяток пошел... Но арест Кузьминой переживает.

И порученец арестован... Все для Тухачевского ясно. И потому медлить нельзя. Будут материалы из Берлина, не будут — медлить нельзя. И ОН не будет медлить. Пусть Гитлер убедится, что со своими проблемами ОН может справиться без него.

На демонстрацию трудящихся Тухачевский не остался. Ушел, ОН сам это видел. И ни разу не оглянулся на трибуну, ни разу не посмотрел на НЕГО. ОН внимательно за этим следил. Ни разу не оглянулся, и ОН на этот раз не увидел его лица.

Демонстрация кончилась. Ворошилов дал обед на своей квартире для высших военачальников — участников парада. Присутствовал и товарищ Сталин. Произносились тосты. Товарищ Сталин тоже поднял бокал. Он коротко обрисовал внутреннее положение в стране, упомянул о массовом вредительстве и шпионаже на всех участках, в том числе и в армии.

— Враги будут разоблачены, — сказал Сталин, — партия их сотрет в порошок... Я поднимаю этот бокал за тех, кто, оставаясь верным народу и партии, достойно займет свое место за нашим славным столом в Октябрьскую годовщину.

Тост товарища Сталина был выслушан в полном молчании. Не каждый был уверен, что через полгода будет сидеть за этим столом.

После первомайских праздников Сталин лично занялся делом военных. Перелистал листки своего большого настольного календаря. Месяц. За месяц все надо сделать. К 1 июня все должно быть закончено. Теперь Ежов ежедневно привозил ему протоколы допросов, Сталин их проверял, Ежов возвращался в тюрьму, заключенные подписывали исправленные протоколы, Ежов приезжал к Сталину вторично.

Комкор Примаков девять месяцев не давал показаний. 8 мая его одели в военную форму без знаков различия и без орденов, вернули очки, привезли в Кремль и ввели в кабинет Сталина. Там уже сидели Молотов, Ворошилов и Ежов.

У Сталина на столе лежали письма, посланные ему Примаковым из тюрьмы.

Сталин показал на них:

— Я прочитал ваши письма. Вы утверждаете, что в 1928 году честно порвали с троцкистской оппозицией и больше с троцкистами связи не имели.

— Да, это так, — ответил Примаков.

— Даже здесь, на Политбюро, вы продолжаете обманывать партию, — сказал Сталин. — Мы располагаем неопровержимыми данными о вашей связи с троцкистами Дрейцером, Шмидтом, Путной и другими. У партии также есть неопровержимые данные о заговоре в армии, заговоре против товарища Ворошилова. Вы обсуждали вопрос о замене Ворошилова Якиром, мы это тоже знаем.

Он повернулся к остальным членам Политбюро:

— Примаков — трус, запираться в таком деле — это трусость. Мы ошиблись: Примаков не заслужил того, чтобы с ним вступало в переговоры руководство партии. Он не понимает партийного языка, что ж, пусть с ним разговаривают следователи на своем языке. Уведите его.

Примакова увели, посадили в машину и через солнечную, нарядную, многолюдную Москву повезли в тюрьму, водворили в камеру, отобрали очки, велели снять форму и надеть прежнее вонючее тряпье.

— Оставьте мне очки, — сказал Примаков, — дайте бумагу и чернила, я хочу написать заявление товарищу Ежову.

Примакову оставили очки, принесли бумагу, чернила и ручку.

Примаков написал Ежову:

«В течение 9 месяцев я запирался перед следствием по делу о троцкистской контрреволюционной организации. В этом запирательстве дошел до такой наглости, что даже на Политбюро перед товарищем Сталиным продолжал запираться и всячески уменьшать свою вину. Товарищ Сталин прямо сказал, что Примаков — трус, запираться в таком деле — это трусость. Действительно, с моей стороны это была трусость и ложный стыд за обман. Настоящим заявляю, что, вернувшись из Японии в 1930 году, я связался с Дрейцером и Шмидтом, а через Дрейцера и Путну —

с Мрачковским и начал троцкистскую работу, о которой дам следствию полные показания».

Он отдал заявление, опустил койку и лег. Все! Сегодня его бить не будут.

Ежов тут же позвонил Сталину и прочитал письмо Примакова.

— Пусть разоружится до конца, — сказал Сталин.

10 мая Тухачевского сняли с поста заместителя наркома обороны и назначили в Куйбышев начальником военного округа, а Якира перевели из Киева в Ленинград.

12 мая явился Ежов и положил наконец на стол Сталина красную папку с документами, полученными из Германии.

— Хорошо, — сказал Сталин, — идите, я посмотрю.

Оставшись один, Сталин некоторое время не открывал папку. Долго он ждал ее, можно потерпеть еще несколько минут. Папка лежала перед ним на столе, темно-красная, внушительная на вид. Да, долго ждал ее, а теперь был спокоен, даже равнодушен. *Перегорело.* Хорошее выражение: от долгого ожидания перегорело. И ОН уже сам, без помощи Гитлера, решил проблему. Но посмотреть все же надо.

Сталин открыл папку: несколько документов — страниц около тридцати. Под ними переводы немецких текстов на русский. Здесь же и фотография Троцкого, снятого с видными немецкими чиновниками.

Половину досье занимало письмо Тухачевского. Это и был главный документ. На нем штамп абвера «Совершенно секретно» и подпись Гитлера с приказом: установить слежку за генералами, с которыми переписывался Тухачевский. Подлинная подпись Гитлера или поддельная — ОН не знает. А вот письмо Тухачевского... Сталин внимательно прочитал: почерк Тухачевского, и подпись его, и стиль его. Смысл сводился к тому, что русские и немецкие генералы должны договориться между собой, захватить государственную власть и избавиться от политического руководства.

Все, конечно, подделка, но подделка высококвалифицированная, есть в Германии специалисты. Да и было с чего копировать. У немцев достаточно подлинных писем

Тухачевского, написанных в двадцатые годы, во времена русско-немецкого сотрудничества.

В документах имя одного Тухачевского. А где Якир, Уборевич, Корк? Приплели сюда нашего посла Сурица. Зачем, спрашивается? Решили заодно и еврея сунуть? Фотография Троцкого? Конечно, ее можно выкинуть, но каков же уровень немецких разведчиков?!

И еще. Своих генералов Гитлер не подставляет. Развалина фон Сект, кому он нужен! Не хочет Гитлер ссориться со своим генералитетом.

Публикуя этот *односторонний* документ, ОН попадает в зависимость от Гитлера. В любой момент Гитлер может заявить, что эта фальшивка составлена гестаповцами, а его собственная подпись — подделана, может даже наказать их и объявить всему миру, что товарищ Сталин раскрыл заговор, которого не существовало, истребил ни в чем не повинное военное командование. Это будет тем более достоверно, что своих генералов Гитлер не тронул, значит, никаких контактов не было, никакой изменой не пахло. У Гитлера в руках доказательства фабрикации этой фальшивки, и если он будет шантажировать ЕГО, получит преимущество в будущих переговорах. Нет, на этом Гитлер ЕГО не поймает, ОН докажет Гитлеру, что с НИМ хитрить нельзя, обойдется и без его фальшивки. Обходился раньше, обойдется и теперь. Предъявление документов вообще опасный прецедент. Возникает вопрос: почему не было документов на предыдущих процессах? Через Фейхтвангера он объяснил миру, что советскому народу не нужны бумажки, нужны только признания, почему же сейчас прибегает к бумажкам? Потому что теперь они есть, а раньше не было. Это ставит под сомнение не только прошлые, но и будущие процессы — на них тоже документы предъявляться не будут. Отработан определенный метод процесса — собственные признания обвиняемых. Этот метод оправдал себя. Какой смысл отказываться от него?

Опыт прошлых процессов показал, что всякое *конкретное* упоминание о связях с заграницей — опасно. Упомянули гостиницу «Бристоль» в Копенгагене — оказалось, таковой в Копенгагене нет. Объявили, что Пятаков летал в Осло — оказалось, никакие самолеты в то время там не приземлялись.

Пусть это досье полежит. Если Гитлер вздумает судить своих генералов, пусть сам тогда и публикует эти документы. А мы их перепечатаем в своих газетах как лишнее подтверждение, лишнее доказательство виновности Тухачевского и его компании.

13 мая досье было показано находившимся в Москве членам Политбюро, предупредил: о существовании папки больше никто не должен знать, документы не будут оглашены ни на военном совете, ни на суде. Почему? Потому что оглашением документов можно ослабить нашу позицию в переговорах, которые мы ведем с Францией и Англией, они потеряют веру в единство и мощь Красной армии.

Члены Политбюро полностью согласились с позицией товарища Сталина. Также единодушно они решили, что Тухачевского и всех его единомышленников надо предать суду военного трибунала и расстрелять. Возможно, у кого-либо из них и возникло недоумение: опубликование документов, изобличающих Тухачевского в измене, подорвет веру Франции и Англии в мощь Красной армии, а расстрел Тухачевского за измену — не подорвет? Но никто такого недоумения не высказал. Впрочем, возможно, оно ни у кого и не возникло.

Отпустив членов Политбюро, Сталин запер красную папку в свой личный сейф и приказал Поскребышеву вызвать к нему Тухачевского.

19

Незнакомые люди доставили Варе шкаф, старенький, но с целыми стеклами, а потом от Михаила Юрьевича принесли четыре большие корзины с журналами, о которых он говорил ей в прошлый раз, — «Мир искусства», «Аполлон», «Весы», «Золотое руно», альбомы с гравюрами Бенуа, Сомова, Добужинского, Бакста, Серова, Лансере, Остроумовой-Лебедевой, Врубеля. И еще сборники поэтов-акмеистов — Ахматовой, Гумилева, Городецкого, Кузмина, Мандельштама, и символистов — Блока, Белого, Вячеслава Иванова, Федора Сологуба, и нескольких французов-символистов — Артюра Рембо, Малларме, Верлена.

Расставив все в шкафу и убрав в комнате, Варя пошла к Софье Александровне, плюхнулась на диван, раскинула руки:

— Устала.

— Отчего, Варюшенька, сегодня выходной?

— Разбирала книги, журналы, мне их Михаил Юрьевич прислал вместе со шкафом.

Софья Александровна озадаченно смотрела на нее.

— Вы что, Софья Александровна, почему так смотрите?

— Михаил Юрьевич отдал тебе свои книги?.. Саше он тоже подарил книги.

— То есть как?

— Сказал: когда Саша вернется, они ему пригодятся.

— И много книг он ему подарил?

— Посмотри в шкафу.

Варя открыла шкаф, все книги издания «Academia» начиная с выпусков двадцатых годов. Серия «Вопросы поэтики»: Жирмунский, Томашевский, Эйхенбаум, Тынянов, Гуковский, Виноградов. Никого, кроме Тынянова и Виноградова, Варя не знала, не читала. Серии литературных и театральных мемуаров, собрании сочинений Анри де Ронье, Жюля Ромена, Марселя Пруста, Гофмана, серия «Сокровища мировой литературы». Варя видела эти книги у Михаила Юрьевича, они были оформлены с большим вкусом. Две полки заняли книги по истории... Почему он все отдает? Как понимать этот жест, что он означает? Михаил Юрьевич опасается обыска, ареста? Но в книгах ничего криминального нет. Тем более из некоторых вырваны предисловия «врагов народа». Странно и тревожно все это.

— Михаил Юрьевич сейчас дома?

— Пальто на вешалке, значит, дома.

Варя постучалась к нему.

— Да, да, войдите!

Михаил Юрьевич поднялся с кушетки, где лежал одетый, поискал на тумбочке пенсне, нащупал ногами шлепанцы.

— Вы нездоровы?

— Нет, нет, что вы, просто прилег. — Он встал, оправил помятый плед, неловко, не попадая в рукава, надел домашнюю куртку.

И пока он одевался, надевал пенсне, натягивал куртку, Варя внимательно оглядела комнату: пустые полки, на которых раньше стояли книги, сразу придали ей нежилой вид.

Михаил Юрьевич сел за стол, кивнул головой, приглашая сесть и Варю.

Устроившись в кресло и глядя на Михаила Юрьевича, она спросила:

— У вас что-нибудь случилось?

— С чего вы взяли? — Он не поднимал глаз.

— Михаил Юрьевич, у вас что-то случилось, — настойчиво повторила Варя.

— Милая Варенька, что у меня может случиться? Не забивайте себе голову.

— Почему вы раздаете свою библиотеку? И Саше тоже подарили книги.

— Саша интересуется историей французской революции, даже в ссылке что-то пописывал — мне об этом говорила Софья Александровна, — он очень способный мальчик, вот я ему и отдал книги по истории. Пусть читает, и вы читайте, когда-нибудь будете вспоминать... Жил такой старый чудак Михаил Юрьевич, своих книг не написал, собирал чужие и нам оставил.

Варя прошлась по комнате, остановилась перед Михаилом Юрьевичем.

— Скажите мне правду, вы больны чем-то серьезным?

Он отрицательно помотал головой.

— Ничем, абсолютно ничем.

— У вас неприятности на работе? Они связаны с переписью?

Он пожал левым плечом, всегда приподнимал только левое плечо.

— У кого их нет, Варенька?

— Неприятности у всех, кого ни спроси, — подхватила Варя, — все раздражены, обозлены, подсиживают друг друга, равнодушны к чужому несчастью, некоторые даже злорадствуют: «Ах, посадили, так и надо, не вреди, не будь врагом!» Пусть арестовывают, пусть расстреливают. Ужас какой-то!

— К сожалению, — Михаил Юрьевич говорил отрешенно, не глядя на Варю, казалось, сам себе говорил, — к сожалению, цели революции забываются, насилие остается, превращается в террор, требует все новых и новых жертв.

Он наконец поглядел на Варю:

— Диалог превратился в мой монолог. Старики болтливы.

— Михаил Юрьевич! Я не хочу, чтобы вы называли себя стариком!

— Я потерял мысль. Стал рассеянным, все забываю.

— Вы сказали о том, что террор требует все новых и новых жертв.

— Да. Да, правильно. Идеалисты верят, что с помощью террора можно созидать, этим пользуются негодяи, мерзавцы, они осуществляют террор, а потом распространяют его и на самих идеалистов, истребляют их, присваивают себе их лозунги. На крови нельзя построить счастливое и справедливое общество. Вот и все, Варенька. В такое время, к сожалению, мы с вами живем. И отсюда неприятности, у кого большие, у кого меньшие.

— Революция была нужна?

— Ну, — Михаил Юрьевич опять приподнял левое плечо, — так вопрос ставить нельзя. Революция — это стихия, но она выдвигает вождей, они обязаны вовремя перевести ее на путь мирных реформ, пресечь эксцессы. Не всегда вожди бывают на уровне этих задач. Я не снимаю с Ленина вины за многое: с момента революции и до начала двадцать третьего года страна потеряла минимум восемь миллионов человек. Но уже в двадцать первом году Ленин увидел, что на путях насилия новое государство не построишь. И наметил другой путь развития. Но Ленин умер. Пришел Сталин.

Он замолчал. Никогда Михаил Юрьевич не был с ней так откровенен, всегда осторожничал. А тут такая смелость, причем без обычных оговорок, что это строго между ними и никуда не должно идти дальше. Что с ним?

Неожиданная мысль пришла Варе в голову.

— Михаил Юрьевич, я, кажется, догадалась, что с вами происходит. Вы собираетесь покинуть Москву?

Он замялся.

— Да, в некотором роде.

— Я вам расскажу один секрет, об этом знает только Софья Александровна и больше ни один человек. В школе, где преподавала моя сестра Нина, началась обычная наша история: комиссия, райком, арестовали директора школы. Я в тот же вечер отправила свою сестру на Дальний Восток, она спаслась. Так что вы правильно поступаете. Но я вас спросила не из-за любопытства, я понимаю, о таких вещах не говорят. Просто я подумала, что сумею помочь. Вам будет трудно одному уложить чемоданы, я умею это хорошо делать. Я могу вам и билет на поезд купить. И выйду сама с чемоданами, а с вами мы встретимся в метро, мы с моей сестрой тоже так сделали.

— Спасибо, Варенька, спасибо, голубушка, я очень тронут вашим предложением. Вы просмотрели журналы, которые я вам послал? — меняя тему, спросил Михаил Юрьевич.

— Да, кое-что посмотрела, но, конечно, не все еще.

— Смотрите, любуйтесь, времени у вас впереди много.

20

Если бы 1 мая на Красной площади Тухачевский оглянулся на трибуну, если бы ОН увидел его лицо, ОН, может быть, не вызывал бы его теперь. Но Тухачевский не оглянулся, и ОН не увидел его лица. Тухачевский ушел, показав ему затылок. А ОН не палач. ОН смотрит не в затылок, а в лицо. И Тухачевскому ОН последний раз посмотрит в лицо: ожидает ли тот своего конца, понимает ли, что обречен, или ни о чем не догадывается? И этот человек перестанет для него существовать — не играет роли, останется ему до смерти час, день, неделя или месяц.

ОН никогда сам не объявлял приговора. Наоборот, ОН скрывал приговор, который сам и выносил. ОН успокаивал. Иногда для усыпления бдительности, но в случае с Тухачевским этого мотива нет. Он уже не опасен. Сидит в наркомате, сдает дела, через неделю уедет в Куйбышев, там его и заберут. Никаких данных о контактах Тухачевского с войсковыми командирами нет. Побег за границу — исключен:

каждый шаг его известен, все военные аэродромы под контролем. Ни с кем не свяжется, никуда не убежит.

И все же ОН должен увидеть его, посмотреть в глаза и этим подать надежду на жизнь. Может быть, где-то в НЕМ еще сидит священник. А что ж... Вселить человеку надежду на жизнь земную милосерднее, чем вселить надежду на жизнь небесную.

Нет, ОН не священник, и не милосердие в НЕМ говорит. Милосердие — это не политическая категория, милосердие — это из лексикона дамочек из благотворительного общества. ОН хочет своими глазами видеть поверженного врага, пока тот еще жив. И надежду ОН ему подает не из милосердия, а для того, чтобы тот до конца оставался в неведении, чтобы цеплялся за возможность выжить. Человек, примирившийся с мыслью о неизбежной смерти, уже отрешен от земных дел, уже вне воздействия, но на человека, в котором теплится надежда на жизнь, еще можно воздействовать. Пусть Тухачевский беспокоится, пусть тревожится до последней своей минуты.

Тухачевский вошел в кабинет. Держался, как всегда, с достоинством, чуть поклонился и хотя сел на стул, указанный ему Сталиным, но так, как будто именно на этот стул и собирался сесть. Холеный, надменный барин, барин с аристократическим лицом, барин в каждом движении. Вот Шапошников, тоже бывший царский офицер и не какой-то там поручик, как Тухачевский, *полковник* царской армии, а держится скромно, предупредительно, понимает, с *кем* имеет дело. Не претендует, как Тухачевский, на роль «героя Гражданской войны», на роль главного победителя Колчака, Деникина, Антонова, подавителя Кронштадтского мятежа, не претендует на роль человека, чуть было не совершившего мировой революции, если бы товарищ Сталин не помешал ему взять Варшаву.

— Вы не обижаетесь на свой перевод в Куйбышев? — спросил Сталин.

— Я готов служить всюду, куда меня пошлют, но причина перевода мне неизвестна.

— Товарищ Ворошилов вам не говорил?

— Нет.

— Почему же вы не потребовали у него объяснений?

Тухачевский посмотрел на него. Спокойный ясный взгляд, но в глубине его Сталин чувствовал насмешку.

— Мое дело исполнять приказ. Приказано сдать дела, я их сдаю.

Сталин сидел, прикрыв глаза.

Поднял их на Тухачевского.

— У партии к вам нет претензий. Партия всегда доверяла вам, доверяет и сейчас. Однако вы видите обстановку в стране. Эта обстановка связана с обострением внутриполитической ситуации. Усилилось сопротивление вражеских элементов, повысилась и бдительность советских людей. Случается, что советские люди бывают излишне бдительны, сверхбдительны, развивается нездоровая подозрительность. Такие явления мы, к сожалению, имеем и в армии. Это нехорошо, конечно, хотя наших людей можно понять, процессы Зиновьева—Каменева, Пятакова—Радека накалили атмосферу. В такой обстановке арестована ваша близкая знакомая Юлия Ивановна Кузьмина...

Он замолчал.

— Юлия Ивановна, — сказал Тухачевский, — жена Николая Николаевича Кузьмина, вероятно, вы его знаете, он член партии с 1903 года, бывший комиссар Юго-Западного фронта, делегат Десятого съезда партии и участник подавления Кронштадтского мятежа. Ни в каких оппозициях не участвовал...

— Мы знаем товарища Кузьмина, — перебил его Сталин, — Центральному комитету партии известны заслуги товарища Кузьмина Николая Николаевича. Но арестована Юлия Ивановна Кузьмина, повторяю, ваша хорошая знакомая. На этот счет идут всякие разговоры, мещанские разговоры, бабские сплетни. Но эти разговоры, эти сплетни надо прекратить. Мы хотим охранить авторитет наших военных руководителей. Авторитет наших военных руководителей — это авторитет армии. Поэтому Политбюро посчитало целесообразным перевести вас в Куйбышев. Пусть поутихнут разговоры, пусть НКВД разберется с Кузьминой и, кстати, с вашим порученцем, ведь он тоже арестован.

Тухачевский молчал.

Не дождавшись ответа, Сталин продолжил:

— Арестованные в связи с процессами Зиновьева и Пятакова комкоры Путна и Примаков дают странные показания.

Тухачевский по-прежнему молчал.

— Я упомянул Путну и Примакова в связи с их старыми троцкистскими связями, которые они, как оказалось, не прервали. К вам лично это отношения не имеет, хотя, конечно, осложняет общую политическую атмосферу в армии. Поэтому, повторяю, Политбюро сочло нужным сделать некоторые перемещения в армии, с тем чтобы прекратить и предупредить распространение всяких измышлений. Как только положение нормализуется, болтовня прекратится, вы вернетесь в Москву. К тому же я думаю, что хотя и временная, но работа в войсках будет вам полезна для проверки вооружения, которое изготовляется по вашему требованию. Как вы думаете, товарищ Тухачевский?

— Я буду работать там, где прикажет партия.

Уклонился от ответа.

— Вот и хорошо.

Сталин встал, вышел из-за стола, протянул Тухачевскому руку:

— Желаю вам успеха.

Тухачевский щелкнул каблуками:

— Спасибо, товарищ Сталин.

И добавил с расстановкой:

— До свидания.

Дал понять, что на свидание не надеется. И правильно не надеется.

Сталин позвонил Ежову и приказал не позднее пятнадцатого предъявить ему полные признания Примакова и Путны.

Той же ночью Примаков дал показания, что троцкисты хотели Ворошилова заменить Якиром и, возможно, Якир выполняет совершенно секретные, им неизвестные задания Троцкого.

Прочитав эти показания, Ежов пришел в ярость. Провел его негодяй Примаков, попытался смазать картину. Что значит «неизвестные задания Троцкого»?!

Ежов вызвал к себе следователя Авсеевича и в присутствии Леплевского — начальника особого отдела, тряся перед носом Авсеевича протоколом допроса, закричал, что он может спустить эти бумажки в сортир.

— Я вас русским языком спрашиваю: что значит «неизвестные задания Троцкого»?! Привести сюда Примакова, я сам с ним поговорю!

— Сейчас никак невозможно, — ответил Авсеевич, — Примаков *отдыхает* в камере.

— Путна где? — спросил Ежов у Леплевского.

— Путну час назад привезли из Бутырской тюремной больницы. Путна здесь.

— Привести Путну! — приказал Ежов Леплевскому.

Привели Путну. Сильно сдал Путна. Бутырки — это тебе не Великобритания. Лицо белого цвета, дипломатический лоск слетел, уши врастопырку, как родился крестьянином, так крестьянином и умрет.

— Ну что, — тихим голосом, подражая Сталину, сказал Ежов, — будем запираться?

Путна молчал.

— Не хочет говорить, — констатировал Ежов, и тут же Авсеевич схватил Путну за плечи, умел бить, знал, что и как делать.

И все равно провозились с Путной почти до шести утра. Надоело на это смотреть.

Николай Иванович встал со стула, сам вступил в работу: раскуривал папиросу и тут же гасил ее, прижимая к голому телу Путны. Почти целую пачку извел, пока Путна в полуобморочном состоянии не подписал показаний, что Тухачевский, Якир и Фельдман — участники «военной антисоветской троцкистской организации».

Ежов вернулся в свой кабинет в начале седьмого, присел на диван в комнатке за кабинетом. Сталин приезжает теперь в Кремль рано — часов в двенадцать, а то и в одиннадцать, и Николаю Ивановичу полагалось быть в наркомате.

На столе стояли вина, коньяк, водка, свежие закуски. Николай Иванович выпил рюмку водки, закусил маринованным огурчиком, хорошие огурчики, нежинские, налил вторую, выпил, дохрустел огурец, отломил корку от французской булки, помазал маслом, на масло положил ложку зернистой икры. Не позволял ставить себе бутерброды: выглядит неаппетитно, как в казенном буфете.

Уже несколько дней Николай Иванович не заезжал домой. Шли бесконечные круглосуточные допросы военных, срок дан невиданно короткий: за две-три недели подготовить процесс, хотя и закрытый, но с собственноручными признаниями подсудимых. Такие короткие сроки не давали времени для применения обычных мер воздействия: конвейера, карцера с водой и крысами, голода, жажды, бессонницы, психологического давления, угрозы расправиться с родными — все это требует времени, а времени нет. Значит, приходится прибегать к особым мерам. Разрешение на них получено. Когда Николай Иванович в осторожной и деликатной форме намекнул об этом товарищу Сталину, тот тяжело посмотрел на него и сказал:

— Если делаешь — не бойся, если боишься — не делай!

— Да, конечно, — ответил Ежов, — но я учитываю, что они должны предстать перед военным судом... в приличном виде... Как говорится: семь раз отмерь, один — отрежь!..

— Но обязательно отрежь, — перебил его Сталин, — в этой поговорке главное слово «отрежь». Меряют именно для того, чтобы отрезать, а не наоборот.

Это было ясное разрешение применять исключительные меры физического воздействия.

— Да, да, — с облегчением вздохнул Николай Иванович.

В том, что Тухачевский, Якир и остальные тоже будут упорствовать и отрицать свое участие в заговоре, он не сомневался. Значит, придется применить самые жесткие приемы, по высшему разряду, «ласточку» например: кладут сукиного сына на живот, связывают руки и ноги, втыкают в рот середину длинного полотенца, как вкладывают мундштук в рот лошади, концы полотенца через спину привязывают к ногам и затягивают так, чтобы пятки касались затылка. И держать так колесом, да еще затягивать, затягивать, пока не хрустнут позвонки. Или «седло Фриновского», по имени его, Ежова, заместителя — он придумал, хотя особой изобретательности тут не требуется: сажают подследственного обнаженной задницей на две электроплитки и держат, пока не запахнет горелым мясом. Ну а особенно упорным негодяям можно, скажем, «давить на яйца». Голого бросают спиной на пол, разводят ему ноги, пять дюжих молодцов участвуют в этой операции, двое садятся на разведенные ноги, двое на разведенные руки, а пятый начинает постепенно давить концом сапога на половые органы. Такого никто не выдерживал! Но и опасность есть: чуть-чуть передавишь — и человека уже не выволочешь на суд.

И в поджигании спичкой волос в ушах тоже надо соблюдать меру, иначе покроются уши волдырями, придется бинтовать голову, тоже не годится для суда. Николаю Ивановичу приходилось самому за всем наблюдать, чтобы не переборщили. И ночевать приходилось в собственном кабинете.

Впрочем, Николай Иванович и не стремился домой. Рухнула семья. А как создавал ее, берег, как старался... Не было детей, взяли приемного ребенка, Наташку, хорошая девочка, беленькая, ласковая, утром залезет к ним в постель, обнимает, целует, прижимается своим тельцем, пусть радуется, пока маленькая. И те, кого он лишает родителей, тоже пусть радуются в детских домах: вырастут под чужими фамилиями, будут жить как обыкновенные советские граждане. А на других останется клеймо: «дочь или сын врага народа», и дорога им вслед за родителями, пусть благодарят своих глупых родственников за то, что «спасли» их от детского дома. В общем, кому как повезет. Наташке повезло, взяли ее из детского приемника. А теперь, когда рухнула семья, как для нее все сложится, неизвестно...

И он был приемышем, воспитывался в простой рабочей семье, рано пошел работать, в семнадцатом году двадцатидвухлетним парнем вступил в партию. Рабочие ребята почти все шли за большевиками. За меньшевиками и эсерами пошли трепачи, спорщики, доморощенные философы, гнилые интеллигенты. У большевиков все было просто и ясно. Мир делился на своих и чужих. Чужих надо уничтожать, за своих — держаться. Дисциплина: приказали — выполняй, не думай, за тебя подумали.

Маленького роста, Николай Иванович и на трибуне, и в строю, и в толпе выглядел карликом — каждый, кто стоял рядом с ним, смотрел на него сверху вниз, *свысока* смотрел. Он хорошо пел в молодости, заправский тенор — так говорили друзья, его даже слушала профессорша из Петрограда. Высокомерная сволочь! Выслушав, сказала: «У тебя есть голос, но нет школы, это преодолимо. Непреодолим твой малый рост, в опере любая партнерша будет выше тебя на голову. Пой как любитель, пой в хоре — там твое место».

Свое место он нашел сам, не на сцене, не в хоре, не на трибуне, а в партийном аппарате, за письменным столом, в *кресле*. Это оказалось его истинным местом, попал на него точно и, главное, вовремя. Кончилась Гражданская война, и управлять начали именно *кресла*. У них оказалась власть.

Усидчивый, работоспособный, молчаливый, незаметный, он устраивал всех, ни к кому не примыкал, но каждый руководитель считал его *своим* человеком. В середине двадцатых годов он уже был секретарем одного из обкомов партии в Казахстане. Сталинская жесткая канцелярская система импонировала Николаю Ивановичу. Он уловил сущность этой системы, ее сердцевину: правильный подбор и расстановку кадров, нужных кадров, своих кадров. И когда вскоре началась внутрипартийная борьба за руководство, Николай Иванович безоговорочно поставил на Сталина, устранял его противников, выдвигал сторонников. В 1929 году в разгар коллективизации и раскулачивания его перевели в Москву на должность заместителя народного комиссара земледелия. Тут он готовил инструкции о выселении сотен тысяч крестьян, о переводе миллионов единоличников в коллективные хозяйства.

— Жалко людей, — как-то сказала жена.

— А меня тебе не жалко, сутками не вылезаю из наркомата?

И правда, работал сутками, зато аккуратно представлял таблицы и сводки в ЦК с цифрами не только по каждой области, но и по отдельным районам. Здесь его заметил товарищ Сталин и в 1930 году перевел в аппарат ЦК на должность заведующего отделом кадров. Работая под руководством товарища Сталина, он сделал стремительную карьеру: кандидат в члены Политбюро, народный комиссар внутренних дел, подготовил и провел процессы Пятакова—Радека, готовит процесс военных. По существу, второй человек в партии. Сейчас уже все видят его *место*. Перед ним лебезят члены Политбюро, и они предчувствуют свою судьбу.

Нервная работа. Ее делают исполнители, но и ему иногда приходится помогать, как сегодня с Путной. В Гражданскую войну враг был ясен — буржуй и белогвардеец, в коллективизацию тоже ясен — кулак; ни те ни другие ни в чем не должны были признаваться, их просто ставили к стенке. Сейчас не так, сейчас надо все оформлять, доказать вину каждого. Какими средствами доказать — не имеет значения, важно, чтобы подписал протокол, а средств для этого у НКВД достаточно. Звереешь на такой работе. Единственно, где он мог как-то расслабиться, передохнуть, играя с Наташкой, был дом. Теперь и дома нет.

Пятнадцать лет он прожил с Женей, пятнадцать лет! И вышла она за него по любви, кем он тогда был? Рядовым партийным работником, а такую красотку отхватил, темноглазая, темноволосая, сейчас, правда, отеки появились на ногах, сердце пошаливает... Скромная. Образованная. В 1929 году, сразу по переезде в Москву, пошла работать в «Сельхозгиз» рядовым корректором. Объяснила ему, что эта работа требует большой грамотности. Сама, без его поддержки, стала продвигаться по службе, дошла до заместителя главного редактора журнала «СССР на стройке», по отзывам — хороший работник.

Но женой стала плохой. С сентября прошлого года, как только его назначили наркомом внутренних дел, отношения испортились. Бойкотирует. До этого, когда бы он ни вернулся домой, в пять, шесть утра — раньше товарища Сталина из ЦК не уйдешь, — всегда ждала его с ужином. Даже если задремлет, обязательно встанет, поест с ним. Сейчас ему ужин подает домработница, жена спит, ей, видите ли, надо рано вставать. Даже как-то сказала насмешливо: «Я — не нарком, я должна быть в редакции к десяти утра...»

В прошлом году создали журнал для женщин «Общественница», Женю назначили туда членом редколлегии. А редактором — Асю Сергеевну Попову, жену Сергея Сырцова, лидера блока Сырцова—Ломинадзе, ее подругу. Он как-то попробовал предостеречь Женю насчет Поповой, резко ответила: «Я с ней работаю». Ладно, промолчал. У какой-то сотрудницы арестовали мужа-троцкиста, Женя на глазах у всей редакции демонстративно усадила эту сотрудницу в свою машину, которой все светофоры дают зеленый свет, а милиционеры козыряют. Он и на это промолчал, знал, что она ответит: «Я дала эту машину для срочной поездки по службе». Дуреха, не подозревает, что ему доносят о каждом ее шаге. Он сам приказал: всю информацию по журналам «СССР на стройке» и «Общественница», где упоминается Евгения Ежова, класть ему на стол. И стало известно: Женя дала его машину жене врага народа на виду у всех. Сколько сплетен пойдет по аппарату. Как используют это его враги в ЦК! Хочет прослыть доброй. Муж — злодей, заплечных дел мастер, а она — ангельская душа.

И наконец, последняя информация. О романе Ежовой с главным редактором Урицким. Нож в спину! Молодец осведомитель, не побоялся сообщить. Николай Иванович раньше и мысли не допускал о каких-то там любовниках, понимают, с кем имеют дело. И та сволочь, негодяй Урицкий, неужели не побоялся тягаться с ним, с Ежовым! Выходит, Ежов не такой уж страшный; выходит, Ежова можно не бояться. Посмотрим, посмотрим! В Сухановке другим голосом запоет. Урицкий — родственник писателя Леопольда Авербаха, значит, родственник Ягоды... Месть? Подстроено? Где встречаются? Вместе их видели только в редакции. Ну и что? Он — редактор, она — заместитель. Как же им не сидеть, не разговаривать вдвоем?! Но у Урицкого за кабинетом такая же, как эта, комната для отдыха, вот там и забавляются... Есть неопровержимые данные из семьи Урицкого: его умоляли прекратить отношения с Ежовой. Разговор подслушан и зафиксирован. Измена, измена, измена!

Николай Иванович налил и выпил третью рюмку. Женя — верная, спокойная, заботливая, *чистая*; он гордился, что в этой сволочной стране есть хоть один честный человек и этот человек — *его* жена. Нет, даже в его семье нет честного человека. Все подлецы, вся страна — подлецы! Кого ни возьми — подлец! Кого ни расстреляй — подлец!

Ладно, до всех доберутся, всех перестреляют! Что касается Урицкого и Евгении Ежовой, то решение такое: завтра же арестовать Урицкого, родственника и сообщника арестованного Ягоды. Евгению Ежову, работавшую под руководством Урицкого, впредь до окончания следствия по его делу — подвергнуть домашнему аресту. А там будет видно.

Приняв это решение, Ежов выпил еще рюмку, закусил икоркой, запил чаем из термоса, разделся и лег спать.

21

Днем на работу позвонила Софья Александровна. Варя замерла: Саша в Москве! Софья Александровна никогда не звонила по пустякам.

Однако голос Софьи Александровны был мертвый, безжизненный, не предвещал ничего хорошего.

— Варя, — сказала она, — это я, отпросись с работы и приезжай домой, к *себе* домой. Я к тебе приду.

И повесила трубку.

Неужели с Сашей что-нибудь произошло?

Игорь Владимирович без звука отпустил ее. Варя сложила чертежи, инструмент и побежала к трамваю. Приехала домой. Минут через пять пришла Софья Александровна, опустилась на диван, тяжело перевела дыхание.

— Что случилось, Софья Александровна?

Дрожащими пальцами Софья Александровна достала из кармана кофточки нитроглицерин, положила таблетку под язык. Варя молча ждала, знала: когда Софья Александровна спешит, всегда начинает задыхаться, надо принять лекарство, и приступ пройдет.

— Я тебя в окно высмотрела, увидела, ты идешь, заторопилась.

Она опять помолчала, подняла наконец глаза.

— Варя, Михаил Юрьевич покончил с собой.

— Как покончил с собой?! Софья Александровна, опомнитесь, что вы говорите?!

Она допускала, что Михаила Юрьевича могут арестовать, ей даже казалось, что он ждет ареста, поэтому роздал книги, поэтому так внимательно слушал ее, когда она рассказывала, как срочно выпроваживала Нину из Москвы. Даже покивал головой, как бы соглашаясь с ее планом: она вынесет через черный ход чемоданы и будет ждать его в метро. Только на днях обсуждали это, и вдруг «покончил с собой»!

— Когда это произошло? Как? Почему?

Софья Александровна не ответила, прикрыла глаза.

Варя перенесла с кровати на диван подушку:

— Прилягте, Софья Александровна.

— А... Да... Хорошо. Только ботинки сниму... Ноги отекают.

— Не нагибайтесь!

Варя встала на колени, расшнуровала ботинки, уложила Софью Александровну на диван.

Софья Александровна подвинулась, легла чуть повыше.

— Варенька, ты не представляешь себе этого ужаса, — она тяжело вздохнула, — я с утра себя плохо чувствовала. Весна, меняется погода, сердце реагирует... Так что ты уж извини.

— Что вы, Софья Александровна, лежите, если вам трудно говорить, не рассказывайте ничего, я сейчас схожу к вам на квартиру, все узнаю.

— Нет, нет, — заволновалась Софья Александровна, — не надо туда ходить, не надо, ни в коем случае.

— Хорошо, я не пойду, я сделаю все, как вы скажете, только успокойтесь.

Софья Александровна откинула голову на подушку, прикрыла глаза.

— Может быть, «неотложку» вызовем?..

Софья Александровна перевела дыхание:

— Нет, не нужно... Все хорошо... Я лучше сяду.

— Зачем? Лежите.

— Лежа мне трудно говорить.

Варя помогла ей сесть, подложила подушку под спину.

— Это был такой ужас, Варенька, такой ужас! — Она опять глубоко вздохнула. — Я с утра себя плохо чувствовала, я тебе говорила, ноет сердце и ноет... Мне заведующая и говорит: «Идите-ка домой, Софья Александровна». Прихожу домой, смотрю, на вешалке пальто Михаила Юрьевича. Мне это показалось странным, ведь он должен быть на работе. Может быть, заболел? Я подошла к двери, прислушалась — тихо; постучалась, легко так постучалась — никто не отвечает; постучала сильнее — опять ни слова. Я приоткрыла дверь. И боже мой, Варенька, боже мой, он висел... Понимаешь, висел. И голова набок, вот так вот. — Она наклонила голову набок, глаза ее округлились от ужаса. — Я так испугалась, Варя, так испугалась, сразу захлопнула дверь, прислонилась к стене, сейчас, думаю, упаду... Что делать?! Что делать?! Может быть, он еще живой, но я не смогу его снять, у меня сил не хватит... В квартире никого... Я выбежала на площадку, стучусь в соседние квартиры, подняла на ноги весь подъезд... Его вынули из петли, Михаил Юрьевич был мертв, приехала «скорая помощь», милиция, заходят ко мне, спрашивают, как все было: как вошла, как увидела, кого позвала, кто снимал, составили протокол... А потом, Варя, приехали еще люди.

Она перешла на шепот:

— Приехали люди из НКВД, да, да, показали мне удостоверение, но мне удостоверения не надо, я их сразу узнаю. Ну вот. Приказали говорить правду, спрашивают: кто ходил к Михаилу Юрьевичу? Никто, отвечаю, одиноко жил. А родственники? Брат в Рязани, приезжал прошлым летом. Адрес? У меня есть его адрес, брала для Сашеньки, но я ответила: нет, не знаю адреса. И вот, Варенька, главное, — она опять понизила голос, — не передавал ли он мне или соседям каких-нибудь бумаг? Понимаешь, поэтому я тебя и вызывала так срочно. Не понимаешь? Как же ты не понимаешь? Ведь он и Саше, и тебе подарил книги.

— Ну и что?

— Как что, Варенька! Разве можно говорить об этом? Ведь они перероют весь шкаф, перелистают каждую страничку, не заложено ли что, почему именно вам подарил, зачем, а кому еще?.. Я и вызывала тебя так спешно, чтобы предупредить: молчи насчет книг, а то начнут таскать и допрашивать.

— Что же они ищут у него, какие бумаги?

— Я не знаю, но думаю, что это связано с переписью. Он ведь этим занимался в ЦУНХУ, и у него последнее время были там неприятности.

— Да, и не только у него. У них у всех в ЦУНХУ неприятности. Михаил Юрьевич мне говорил. У них по переписи получилось на шесть миллионов человек меньше, чем от них требовали, я сейчас это точно вспоминаю. И Михаил

Юрьевич мог делать собственные расчеты, вот они их и искали.

— Комнату опечатали, — сказала Софья Александровна, — Михаила Юрьевича увезли в морг. Надо сообщить брату в Рязань.

— Обязательно. Дайте мне адрес, я отправлю телеграмму.

— Нужно хорошенько обдумать, Варенька, «они» могут заинтересоваться, кто посылал телеграмму.

— Я же ее не подпишу. «Срочно приезжайте, Михаил Юрьевич умер...» Или «Михаил Юрьевич тяжело болен...» Отправлю без подписи.

— Погоди, Варенька. Ты не можешь написать, что он умер, вряд ли примут такую телеграмму, потребуют документ, мало ли кто захочет такое написать, во всяком случае спросят твой паспорт, запишут фамилию, все данные. И неизвестно, дойдет ли такая телеграмма. В Рязани могут не доставить. Я предлагаю другой план: съезди на Центральный телеграф, на переговорную, и позвони в Рязань, у меня есть его телефоны, и домашний, и служебный. Скажи: говорят со службы Михаила Юрьевича. Михаил Юрьевич умер, да, да, прямо так и скажи, умер, приезжайте немедленно, и повесь трубку... Это самое безопасное... Завтра утром Евгений Юрьевич приедет, комната опечатана, он пойдет «туда», его спросят: «Откуда знаете о смерти брата?» — он ответит: «Мне звонили с его службы». А на службе докажут, что никто в Рязань не звонил, так что мы никого не подведем.

— Я не уверена, что нужны такие предосторожности, — поморщилась Варя.

— Нужны, Варенька, нужны.

— Неужели я не имею права сообщить человеку, что умер его брат? Родственникам уже не разрешается хоронить своих близких?!

— Разрешается, Варенька, имеешь право, все это так. Но когда человек умирает, не опечатывают его комнату, не допрашивают соседей... А вот видишь, и опечатывают, и допрашивают. И мы должны считаться с обстоятельствами. Я не допущу, чтобы ты рисковала.

— Хорошо, — согласилась Варя.

Она надела плащ, положила в сумочку телефоны Евгения Юрьевича, снова опустилась на стул.

— Какое несчастье, бедный Михаил Юрьевич. Я представить себе не могу, что больше никогда его не увижу!.. А вы?

— И я. — Софья Александровна вытерла слезы.

— Может быть, вам не ходить сегодня домой, останетесь у меня?

— Пожалуй, Варюша. Действительно, просто ноги не идут...

Гроб с телом Михаила Юрьевича выставили в небольшой комнате при морге. Служитель положил цветы к лицу, закрыл шею, чтобы не был виден след от веревки. Варя взяла Софью Александровну под руку, подвела к гробу. Евгений Юрьевич, поразительно похожий на покойного брата, только без пенсне, потерянно вскинул на них глаза. Приехала Галя-соседка, жалела Михаила Юрьевича, всхлипывала: «Хороший человек, тихий». Пришли три сотрудника из ЦУНХУ, сравнительно молодые, лица печальные, наверное, любили Михаила Юрьевича, его нельзя было не любить. Наверняка имелись у Михаила Юрьевича еще знакомые в Москве, но записные книжки с адресами забрали вместе с другими документами.

Нужно было что-то сказать, произнести какие-то слова. Но никто ничего не сказал, никаких слов не произнес. Казенные слова неуместны, а настоящих слов никто не произнес бы. Постояли молча, простился каждый в душе с Михаилом Юрьевичем. Сослуживцы вместе с Евгением Юрьевичем вынесли гроб, поставили в машину, все сели вокруг и поехали, до Ваганьковского кладбища рукой подать. Заколотили там крышку, опустили гроб, каждый бросил по горсти желто-коричневой глины, чтобы пухом была земля Михаилу Юрьевичу, могильщики взялись за лопаты, в свежий холмик воткнули дощечку с номером могилы и фамилией. Через год, когда осядет земля, положат плиту, поставят надгробный камень.

Потом сотрудники отправились на работу, а может быть, и домой или по своим делам, отпустили их, наверное, на весь день.

Софья Александровна с Галей уехали на Арбат, Евгений Юрьевич — на вокзал, сегодня должен быть в Рязани, дня через три приедет за вещами Михаила Юрьевича. Софья Александровна предложила ему забрать книги, оставленные Саше и Варе, но он отказался: нельзя нарушать последнюю волю покойного.

Варя осталась одна, пошла к могиле отца и матери, давно не ходила, всю зиму. Пустынное кладбище, собранные в кучи прошлогодние листья, первая зеленая травка, кое-где уже посажены цветы.

Понурившись, шла она по аллее. Старые дореволюционные памятники за оградами, надгробные камни и кресты, и на камнях кресты. А рядом новые могилы — неверующих. Почему так быстро, сразу отказались люди от веры? Ее воспитывали в безбожье, это понятно, но миллионы людей веками верили. И отбросили веру. Легко отбросили. Сразу поверили в коммунизм. Может быть, наступит день — и эту веру так же легко отбросят. Нет, не отбросят, крепко все врублено, вколочено, овладело людьми, наверное, на века. Не стронешь...

Варя вышла за ворота, купила рассаду, вернулась к родительской могиле. Стоял там камень с выбитыми на нем именами отца и матери: «Сергей Иванович Иванов», «Мария Петровна Иванова»... Как же выжили они с Ниной после их смерти? Приезжала тетка, на лето забирала в Козлов, там у нее и сейчас свой домик, были еще какие-то дальние родственники, тянули их с Ниной. В складчину, наверное, поставили и этот камень с оградой. А в четырнадцать лет Нина уже стала зарабатывать деньги. Саша договорился в комитете комсомола, и ее оформили платной пионервожатой. Саша, Саша...

За камнем Варя хранила стеклянную банку, веничек, завернутый в тряпочку совок. Убрала могилу, посадила фиолетовые анютины глазки и белые маргаритки, сходила несколько раз к водопроводу, набирала воду в банку, полила цветы, обмыла камень, вытерла мокрой тряпкой ограду. Местами она заржавела, надо всю заново красить. Скамейку и вовсе придется менять, совсем сгнила, лежала на земле.

Варя все же присела на нее, подставила лицо солнцу. Не хотелось уходить. Некуда идти, некуда деваться. Кому она нужна? Нужна была Михаилу Юрьевичу, он радовался ее приходу, нет больше Михаила Юрьевича; нужна была Софье Александровне, Саше, не нужна она теперь Саше. Что делать, как жить? И надо ли жить? В страхе, лжи, притворстве. Повторять заученные, бессмысленные слова, покорно вставать, покорно опускаться на место. Продолжать так жить или последовать примеру Михаила Юрьевича? Она никогда не простит «им» его смерти, никогда. Она отлично понимает, почему он покончил с собой, отлично помнит его слова: «Скрывать ничего не хочу и не буду... Шесть миллионов... За что погибли?.. Утаивать это непозволительно, безнравственно».

Михаил Юрьевич предпочел намылить веревку, «они» его вынудили покончить с собой. Им не нужны честные люди, ни Михаил Юрьевич, ни Саша.

И все-таки страшно умирать. Висеть в петле, лежать в гробу, потом в могиле, где тебя будут есть черви. Нет! Ужасно, ужасно. Страшно! Варя огляделась — никого, ни единой живой души.

Тишину нарушал только монотонный мужской голос. Неподалеку была могила Есенина, и кто-то читал возле нее стихи. Когда бы ни приезжала Варя на Ваганьково — зимой, летом, весной, осенью, — всегда стояли там люди, всегда читали есенинские стихи. Хоть и запрещали его книги, хоть и называли кулацким поэтом, обвиняли в упаднических настроениях, а вытравить любовь к нему не сумели, не смогли.

Эта мысль подбодрила ее. Нет, она не хочет умирать, она хочет жить. Надо ехать к Саше. В конце концов, Софья Александровна может узнать его адрес. Да, поехать к Саше, преодолеть стыд, преодолеть ложную гордость, объясниться, прямо сказать, что любит его.

Опять донеслись строчки Есенина, и опять Варя не разобрала слов. Она встала, пошла к могиле Есенина и еще не доходя услышала:

> И вновь вернусь я в отчий дом,
> Чужою радостью утешусь,
> В зеленый вечер под окном
> На рукаве своем повешусь.

Стихи читал сгорбленный пожилой человек. Рядом стояли две старушки и парень в толстом свитере.

> Седые вербы у плетня
> Нежнее голову наклонят.
> И неомытого меня
> Под лай собачий похоронят.

Варя повернулась и пошла к воротам. Вслед доносилось:

> А месяц будет плыть и плыть,
> Роняя весла по озерам,
> И Русь все так же будет жить,
> Плясать и плакать у забора.

22

Показания Путны были положены Сталину на стол ровно в одиннадцать ноль-ноль.

— Это все?! — только и спросил Сталин.

— Я вас понял, товарищ Сталин. Поторопимся. Извините.

В ночь на 14 мая арестовали командарма 2-го ранга, начальника Военной академии имени Фрунзе Августа Корка. Пятидесятилетний командарм, бывший подполковник царской армии, по расчетам Ежова, должен был сломаться быстро, но Леплевский доложил, что два дня не дали никаких результатов. Корк упрямится, все отрицает.

— По-прежнему воображает себя героем Перекопа, — сказал Ежов. — По высшему разряду его!..

После пытки «по высшему разряду» Корк написал на имя Ежова два заявления, которые, по мнению наркома, должны были полностью удовлетворить Сталина. В них содержалось признание того, что с троцкистской военной группой Корка связал Енукидзе. Группа ставила своей задачей свершение военного переворота в Кремле, для чего создали штаб переворота в составе Тухачевского, Корка и Путны.

15 мая арестовали комкора Фельдмана. Тем же способом из него выбили показания более чем на сорок человек.

Представив эти показания Сталину, Молотову, Ворошилову и Кагановичу, Ежов испросил и получил разрешение арестовать всех названных лиц.

Вечером 20 мая он приказал Леплевскому незамедлительно провести новый допрос Примакова, тем более Леплевский подтвердил, что Примаков уже *готов*. Каждую ночь всей предыдущей недели с ним в камере находился сотрудник НКВД Бударев, следивший за тем, чтобы Примаков ни на минуту не уснул, а днем ему не давали спать надзиратели.

Ежов самолично явился в Лефортово к десяти вечера, слишком важны были показания Примакова, чтобы он мог передоверить это Леплевскому. Авсеевич втащил в комнату, где сидели Ежов с Леплевским, измученного бессонницей Примакова, и все-таки бился с ним Авсеевич почти пять часов, даже гимнастерка взмокла на спине, а эта сволочь Примаков продолжал упираться.

Тогда Ежов сказал:

— Он ведь у нас кавалерист, командир Червонного казачества... Большой начальник. Значит, по высшему разряду...

И вышел по малой нужде.

Вернулся как раз в тот момент, когда Примаков прохрипел, что во главе заговора стоял Тухачевский, связанный с Троцким. Леплевский тут же занес это в протокол. Кроме Тухачевского, Примаков назвал еще сорок военачальников, в их числе Шапошникова, С. С. Каменева, Гамарника, Дыбенко. А всем известные разговоры среди военных о том, что Ворошилов не годится в народные комиссары обороны, превратились в новых протоколах допроса в подготовку убийства Ворошилова.

Получив показания Примакова, Сталин 21 мая принял Ежова и его заместителя Фриновского.

— Тухачевский еще в Москве? — спросил Сталин.

— Завтра будет в Куйбышеве, — коротко ответил Ежов.

— Там его и возьмете, — приказал Сталин.

Тухачевский 22 мая прибыл в Куйбышев к новому месту службы и сразу отправился на партконференцию Приволжского военного округа. После заседания его попросили заехать в обком партии к секретарю товарищу Постышеву. В обкоме его арестовали и отправили в Москву.

Когда самые испытанные средства не помогли, Ежов занялся Тухачевским сам, оставив при себе Леплевского, но заменив Авсеевича на Ушакова, — рука тверже, нрав круче, к тому же старше по званию.

Тухачевского ввели к нему четыре дюжих молодца. Ежов приказал им остаться.

На лице Тухачевского не было видно следов побоев. По приказу Ежова его били резиновыми палками, сапогами, но так, чтобы не оставлять следов, плевали в глаза, мочились в лицо, сейчас оттерли и плевки, и мочу.

— Ну как, гражданин Тухачевский, признаете ли вы свою принадлежность к правотроцкистской военной террористической организации?

Тухачевский взглянул на него с ненавистью.

И тогда Ежов приказал применить крайние меры, обдуманные им в его комнате за кабинетом.

Посмотрим, как будет корежиться красавчик...

— Прекратите, — застонал Тухачевский, — я подпишу.

Показания, подписанные Тухачевским, Ежов на следующий день передал Сталину.

Однако в этот день товарищ Сталин с ними ознакомиться не смог: он беседовал с летчиками Чкаловым, Байдуковым и Беляковым о предстоящем беспосадочном перелете из Москвы в США через Северный полюс. Товарищ Сталин намечал его на двадцатые числа июня. По ЕГО расчетам, Тухачевского и других военачальников расстреляют где-то между десятым и пятнадцатым, тут же пройдут митинги одобрения, и сразу после этого последует всплеск всенародного ликования по поводу беспримерного в истории человечества перелета. Это будет правильно. Народ увидит, что истребление врагов только укрепляет могущество Советского Союза, его международный престиж. Перелет на самолете советской конструкции АНТ-25 — отважное предприятие. Славные советские летчики установят мировой рекорд дальности полета без посадки, преодолеют свыше двадцати тысяч километров пути, и Сталин, слушая пояснения Чкалова, тщательно вникал во все подробности.

28 мая Сталин вызвал в Кремль Ежова и Фриновского и объявил им, что показания Тухачевского недостаточны

и их следует дополнить следующим: «Еще в 1928 году я был втянут Енукидзе в правую организацию. В 1934 году я лично связался с Бухариным, с немцами я установил шпионскую связь с 1935 года, когда я ездил в Германию на учения и маневры... При поездке в 1936 году в Лондон Путна устроил мне свидание с Седовым...[1] Я был связан по заговору с Фельдманом, Каменевым С. С, Якиром, Эйдеманом, Енукидзе, Бухариным, Караханом, Пятаковым, Смирновым И. Н., Ягодой, Осипяном и рядом других».

29 мая Ежов снова вызвал Тухачевского на допрос, Фриновский, Леплевский, Ушаков и те четыре молодца находились тут же. Тухачевского подвергли новой обработке, избитого и окровавленного прижали к столу и заставили подписать показания, подсказанные Сталиным.

Протокол этого допроса Ежов отвез Сталину в Кремль.

Сталин внимательно его прочитал; читая, заложил по ходу две страницы, снова вернулся к ним, пристально вгляделся, протянул через стол Ежову:

— Что это такое?

На обоих листах на тексте виднелись пятна буро-коричневого цвета, некоторые в форме восклицательного знака.

Ежов растерялся, это были следы крови. Леплевский проглядел, и Ушаков проглядел.

— Это кровь, товарищ Сталин. У подследственного во время подписания протокола закапала из носа кровь. Следователь не переписал, извините.

— А вы куда смотрели?

— Как-то не обратил внимания, товарищ Сталин, извините. Такие случаи бывают. Только переписать сейчас протокол будет сложно. Мы сведем эти пятна химическими средствами.

— Нечистая работа, — нахмурился Сталин, — грязная работа, впредь будьте аккуратней.

Одновременно с Тухачевским 22 мая арестовали комкора Эйдемана, председателя Осоавиахима СССР. На следующий день его перевезли в Лефортово, где Леплевский поручил его допросить Карпейскому и Дергачеву. Эйдеман категорически отрицал участие в заговоре, но вошедший

---

[1] Сын Троцкого.

в кабинет заместитель начальника отдела Агас посоветовал ему «прочистить уши». В соседних кабинетах тоже шли допросы, слышался шум, крики людей под пытками, стоны. «Убедились, — сказал Агас, — мы и вас сумеем заставить говорить». После нескольких допросов, проведенных Леплевским и Агасом, на которых Агас показал ему, «как это делается», Эйдеман впал в состояние нервной депрессии, отвечал невпопад, замолкал, бормотал «самолеты, самолеты» и 25 мая, под последним нажимом, прыгающим почерком, пропуская буквы в словах, написал Ежову, что готов «помочь следствию».

28 мая Ежов представил Ворошилову список из двадцати восьми работников артиллерийского Управления Красной армии. На этом списке Ворошилов наложил резолюцию: «Тов. Ежову. Берите всех подлецов. 28.5.1937 г. *Ворошилов*».

В тот же день, 28 мая, Ворошилов позвонил командарму Якиру и приказал немедленно явиться в Москву на внеочередное заседание военного совета. Якир ответил, что может вылететь самолетом. Но Ворошилов приказал ехать только поездом. На вокзале в вагон вошли четыре сотрудника НКВД и арестовали его.

29 мая арестовали командарма 1-го ранга Уборевича. Так же как и Якира, вызвали в Москву и взяли на вокзале.

На следующий же день, 30 мая, ему устроили очную ставку с Корком, утверждавшим, что Уборевич входил в правотроцкистскую организацию.

— Категорически отрицаю, — ответил Уборевич, — это все ложь от начала до конца. Никогда никаких разговоров с Корком о контрреволюционных организациях я не вел.

Тут же Леплевский дал приказание Ушакову отвезти Уборевича в Лефортово и добиться нужных показаний. После нескольких ночей пыток Уборевич признал свое участие в военном заговоре.

Таким образом, были получены показания от всех намеченных к суду военных: маршала Тухачевского, командармов 1-го ранга Якира и Уборевича, командарма 2-го ранга Корка, комкоров Примакова, Путны, Эйдемана и Фельдмана.

В тот же день, 30 мая, Политбюро приняло решение «отстранить товарища Гамарника от должности заместителя наркома обороны ввиду его связи с Якиром, исключенным из партии за участие в военно-фашистском заговоре».

Гамарник болел, лежал в постели.

31 мая к нему на квартиру приехали его заместитель Булин и начальник управления делами Смородинов и объявили Гамарнику приказ об увольнении его из армии. Они не успели дойти до машины, как услышали выстрел, — Гамарник застрелился.

Об этом на следующий же день сообщила «Правда» и другие газеты: «Бывший член ЦК ВКП(б) Я. Б. Гамарник, запутавшись в своих связях с антисоветскими элементами и, видимо, боясь разоблачения, 31 мая покончил жизнь самоубийством».

Сталин оторвал на своем календаре последний листок за май. Все кончено. Верхушка армии повержена, остальное — дело техники, Вышинский с Ульрихом с этим справятся. Но судить Тухачевского с компанией будут военачальники, такие же маршалы, командармы и комкоры. Народ должен видеть, что не ОН судит военных, сами военные уничтожают изменников и предателей в своей среде.

Сталин позвонил Ворошилову: завтра же, 1 июня, созвать расширенный военный совет при наркоме обороны с участием членов Политбюро и сделать на нем доклад о контрреволюционном заговоре в рабоче-крестьянской Красной армии. На военный совет пригласить всех руководящих работников наркомата обороны, всех командующих военными округами и их заместителей, всех командующих родами войск.

— Переговори с Ежовым, — добавил Сталин, — пусть привезет тебе основные данные для доклада. Перед твоим докладом Ежов ознакомит членов военного совета с показаниями обвиняемых.

ОН положил телефонную трубку, откинулся на спинку кресла. За десять дней июня надо все завершить. Май прошел успешно, программа выполнена, сегодня можно и отдохнуть.

Вечером 31 мая товарищ Сталин вместе с другими членами Политбюро присутствовал в Большом театре на открытии декады узбекского искусства в Москве. Он сидел в правительственной ложе, улыбался и, не глядя на сцену, аплодировал. Давно уже соратники не видели вождя в таком прекрасном расположении духа.

23

1 июня в Кремле на расширенном заседании военного совета, двадцать членов которого уже были арестованы, присутствовали 116 человек из военных округов и центрального аппарата. Атмосфера стояла гнетущая. В начале заседания огласили показания участников «военно-фашистского заговора». Чтение было долгим, подробным, утомительным, признания — невероятными, неправдоподобными.

«Участники заговора» были хорошо всем знакомы: соратники по Гражданской войне, для многих близкие друзья, высокоуважаемые, авторитетные, талантливые военачальники. Однако все молчали: одного слова сомнения достаточно, чтобы из этого зала отправиться на Лубянку и разделить судьбу тех, кто уже там находится.

С докладом выступил Ворошилов. Повторил обвинения, уже известные членам военного совета, и сказал:

— О том, что Тухачевский, Якир, Уборевич и ряд других людей были между собой близки, это мы знали, это не было секретом. Но от близости, даже от такой групповой близости, до контрреволюции очень далеко...

Сталин сидел, прикрыв глаза... Мямлит Клим, жует жвачку...

— В прошлом году, — продолжал Ворошилов, — в мае месяце, у меня на квартире Тухачевский бросил обвинение мне и Буденному в присутствии товарищей Сталина, Молотова и многих других в том, что я якобы группирую вокруг себя небольшую кучку людей, с ними веду, направляю всю политику и так далее.

— Он отказался от своих обвинений, — нетерпеливо перебил Сталин. Надоело слушать болтовню Ворошилова; видно, перепугался насмерть, хочет теперь подчеркнуть, что у них с Тухачевским давние разногласия.

— Да, отказался, — подтвердил Ворошилов, — хотя группа Якира и Уборевича на заседании вела себя в отношении меня довольно агрессивно.

Сталин с шумом отодвинул стул, встал, прошелся по комнате вокруг длинного стола, за которым сидели военачальники самого высокого ранга, для остальных были расставлены стулья вдоль стен. По этому проходу и прошествовал Сталин, обогнул стол и вернулся на свое место.

Но, несмотря на этот явный знак неудовольствия, Ворошилов гнул свое:

— Я, как народный комиссар, откровенно должен сказать, что не хотел верить, что эти люди способны были на столь чудовищные преступления. Моя вина в этом огромна. Но я не могу отметить ни одного случая предупредительного сигнала и с вашей стороны, товарищи...

Многие потупили головы, опустили глаза.

Ворошилов повысил голос:

— Мы должны проверить и очистить армию буквально до самых последних щелочек! Нужна самая беспощадная чистка. Хотя в количественном отношении мы понесем большой урон. — Он задумался, взглянул на Буденного (тот пошевелил губами, но ничего не сказал) и закончил свою речь привычными словами о несокрушимой мощи непобедимой Красной армии.

Заседание кончилось поздно и возобновилось на следующий день, 2 июня.

Первым выступил Сталин. В своей обычной манере, коротко, сжато сделал первый главный вывод:

— В стране был военно-политический заговор против советской власти, стимулировавшийся и финансировавшийся германскими фашистами. Это безусловный факт, подтвержденный не только показаниями самих обвиняемых, но и имеющимися у нас подлинными документами, уличающими их в измене и шпионаже, документами, которые по понятным всем соображениям политического и разведывательного характера я здесь приводить не буду.

Сталин выдержал паузу, давая возможность присутствующим твердо уяснить эту мысль, как первое и бесспорное положение.

Затем продолжил:

— Кто были руководители этого заговора? По гражданской линии: Троцкий, Рыков, Бухарин, Рудзутак, Карахан, Енукидзе, Ягода, по военной линии: Тухачевский, Якир,

Уборевич, Корк и Гамарник. Это ядро военно-политического заговора, ядро, которое имело систематические сношения с германским рейхсвером и которое приспосабливало всю свою работу к вкусам и заказам со стороны германских фашистов...

Как и в прошлый раз, Сталин обошел стол по узкому проходу между столом и стеной, вглядываясь в лица тех, кто сидел у стены. Лица сидящих за одним с ним столом он видел и снова увидит, когда вернется на свое место.

Он вернулся на место.

— Доказательства в шпионаже неопровержимы. Тот же Тухачевский! Он оперативный план наш, оперативный план — наше святая святых — передал немецкому рейхсверу. Имел свидание с представителями немецкого рейхсвера. Шпион? — Он обвел всех своим тяжелым взглядом. — Шпион!.. Якир систематически информировал немецкий штаб... Уборевич — не только с друзьями, с товарищами, но он отдельно сам лично информировал, Карахан — немецкий шпион, Эйдеман — немецкий шпион. Корк информировал немецкий штаб начиная с того времени, когда он был у них военным атташе в Германии. И как дешево продаются эти негодяи! Кто завербовал Рудзутака, Карахана и Енукидзе? Жозефина Енсен — немецкая разведчица-датчанка на службе у немецкого рейхсвера. Она же помогла завербовать и Тухачевского. Вот к чему приводит политическая и моральная нечистоплотность!

Он опять всех обвел своим тяжелым взглядом. Самодовольные военные бюрократы, каста, теперь дрожат от страха, у каждого рыльце в пушку.

— Не нужно думать, что в заговоре участвовали только те два десятка человек, которые здесь были названы. Это большая ошибка так думать. Заговор пустил большие корни в армии, мы его прошляпили. По военной линии уже арестовано четыреста человек.

Он сделал небольшую паузу.

— Я думаю, это только начало... Это военно-политический заговор широкого масштаба. Это собственноручное сочинение германского рейхсвера. Эти люди — марионетки в руках рейхсвера. Рейхсвер хочет, чтобы у нас был заговор, и эти *господа* взялись за заговор.

Слово «господа» он произнес презрительно, с грузинским акцентом: *гаспада*.

— Рейхсвер хочет, чтобы эти *гаспада* систематически доставляли им военные секреты, и эти *гаспада* сообщали им военные секреты. Рейхсвер хочет, чтобы существующее правительство было снято, перебито, и они взялись за это дело, но не удалось. Рейхсвер хотел, чтобы в случае войны было все готово, чтобы армия перешла к вредительству, с тем чтобы армия не была готова к обороне, этого хотел рейхсвер, и они это дело готовили.

Он опять отодвинул стул, вышел из-за стола и снова стал прохаживаться несколько быстрее обычного, доходил до конца стола, резко поворачивался обратно и с сильным грузинским акцентом продолжал говорить:

— Эта агентура — руководящее ядро военно-политического заговора в СССР, состоящее из десяти патентованных шпиков и трех патентованных подстрекателей-шпионов. Это агентура германского рейхсвера. Вот основное. Заговор этот имеет, стало быть, не столько внутреннюю почву, сколько внешние условия, не столько политику по внутренней линии в нашей стране, сколько политику германского рейхсвера. Хотели из СССР сделать вторую Испанию.

Он сел, ударил кулаком по столу:

— Прошляпили, мало кого мы сами открыли из военных. Наша разведка по военной линии плоха, слаба, она засорена шпионажем, даже внутри чекистской разведки у нас нашлась целая группа, работавшая на Германию, на Японию, на Польшу... Почему нет сигналов с мест?

Прищурившись, он посмотрел на Ворошилова, Буденного.

— Я спрашиваю, почему никто не сигнализировал, никто не проявил бдительности? Если в сигнале будет правды хотя бы на пять процентов, то это уже хлеб.

Военный совет продолжал работу 3 и 4 июня. Выступили сорок два человека. Все гневно осуждали заговорщиков, каялись в отсутствии бдительности, в позорном благодушии. Сталин внимательно слушал, прикидывая, кого из выступавших включить в состав специального военного суда. Перед ним лежал большой лист бумаги, на котором он записывал фамилии маршалов и командармов, выступивших наиболее резко, записывал, зачеркивал, снова записывал.

В конце концов он составил список военного суда: маршалы — Буденный, Блюхер, Шапошников, командармы — Алкснис, Белов, Дыбенко, Каширин.

Военный совет утомил Сталина, он уехал на ближнюю дачу, велев на следующий день к завтраку вызвать Михаила Ивановича Калинина.

Михаил Иванович приехал, уютный старичок, кротко переносил насмешки Сталина. Впрочем, Сталин шутил с ним добродушно — зачем обижать?.. Особенно ценил в нем Сталин то, что Калинин плохо играл на бильярде, но играть любил, и Сталин у него обычно выигрывал. Он и у других выигрывал, но замечал: подставляются, целятся и мажут — нарочно мажут, боятся выиграть у него. А Калинин играет честно, старается, трясет бороденкой и — мимо!

Они сыграли три партии, все Сталин выиграл, был доволен: шары хорошо ложились в лузу, похлопал Михаила Ивановича по плечу: «Не огорчайся, Калиныч, бильярд штука такая — сегодня я выиграл, завтра ты выиграешь», хотя отлично знал, что Калинин никогда не выиграет — мазила.

После этого Сталин уехал в Кремль, где его ждали Молотов, Каганович и Ежов. Рассмотрели списки арестованных, отобрали восьмерых, подлежащих суду: Тухачевский, Якир, Уборевич, Корк, Эйдеман, Примаков, Путна, Фельдман. Их индивидуальные дела были объединены в одно групповое дело.

7 июня Сталин, Молотов, Каганович и Ворошилов приняли Ежова и Вышинского и утвердили окончательный текст обвинительного заключения: измена родине, шпионаж, террор.

8 июня его предъявили всем подсудимым.

9 июня Вышинский и помощник главного военного прокурора Субоцкий провели короткие допросы арестованных и утвердили своими подписями достоверность их показаний. При этом присутствовали следователи НКВД, проводившие допросы.

В тот же день Сталин дважды принимал Вышинского, второй раз в 22 часа 45 минут, после чего Вышинский подписал обвинительное заключение.

Вслед за Вышинским в 23 часа 30 минут Сталин, Молотов и Ежов приняли главного редактора «Правды» Мехлиса.

10 июня чрезвычайный пленум по докладу Вышинского утвердил намеченный Сталиным состав специального суда под председательством Ульриха.

11 июня Сталин принял Ульриха. Присутствовали Молотов, Каганович и Ежов.

11 же июня в газете «Правда» было опубликовано сообщение о предстоящем судебном процессе.

В тот же день в республики, края и области Сталин направил указание:

«В связи с происходящим судом над шпионами и вредителями Тухачевским, Якиром, Уборевичем и другими ЦК предлагает вам организовать митинги рабочих, а где возможно, и крестьян, а также митинги красноармейских частей и выносить резолюцию о необходимости применения высшей меры репрессии. Суд, должно быть, будет окончен сегодня ночью. Сообщение о приговоре будет опубликовано завтра, т. е. 12 июня. 11.6.37 г. Секретарь ЦК Сталин».

Военных расстреляли на рассвете, когда Сталин еще спал в своем кабинете на «ближней» даче.

Он проснулся часов в десять, поднялся с дивана, сунул ноги в чувяки, подошел к веранде, отодвинул шторы, посмотрел на градусник, подвешенный к наружной стороне двери, тот показывал двадцать градусов тепла.

Сталин все же накинул китель, открыл дверь веранды, спустился вниз, походил немного по асфальтированной дорожке, обсаженной кустами сирени и жасмина, остановился, закашлялся. Как всякий курильщик, он кашлял по утрам, откашливал мокроту. А может быть, кашель усилился от тополиного пуха, который вился в воздухе.

Потом Сталин прошел в ванную, побрился. Когда вернулся, с дивана уже была убрана постель, на столе лежали свежие газеты.

Валечка внесла на подносе завтрак, улыбнулась:

— Как спали, Иосиф Виссарионович?

— Спасибо. Хорошо спал.

— Ну и ладненько. Кушайте на здоровье.

Валечка чуть поправила штору, чтобы солнце не беспокоило Иосифа Виссарионовича, и сообщила, что дождя сегодня не будет.

— Почему знаешь, что не будет?

— А роса густая выпала. Я давеча побегла цветов срезать, ноги промочила до щиколотки.

Побегла она давеча, видите ли...

Прихлебывая чай мелкими глотками, Сталин просматривал газеты. Сообщение о расстреле Тухачевского и остальных мерзавцев и тут же одобрение расстрела рабочими, колхозниками, трудовыми коллективами, воинскими частями, учеными, писателями, актерами, художниками. Вся страна яростно и гневно осудила изменников и предателей. Такими же сообщениями были полны газеты на следующий день после убийства Кирова, и во время первого процесса Зиновьева—Каменева, и во время второго, и во время процесса Пятакова—Радека, и еще раньше — во время процессов Промпартии и меньшевиков... Народ всегда оказывал ЕМУ свою поддержку. Но на этот раз поддержка особая. Тогда были открытые суды, показания подсудимых печатались в газетах, подсудимых показывали в кинохронике, тогда все читали признания обвиняемых: бывших меньшевиков, троцкистов, зиновьевцев, буржуазных специалистов. Теперь судили прославленных командиров, героев Гражданской войны, людей, ничем себя не запятнавших, судили закрыто, ни слова признания народ не услышал, судили цвет армии, которую народ любил, которой гордился, о которой слагал песни, в которой проходил службу почти каждый молодой человек в стране и где слышал и проникался уважением к этим именам.

И все же народ поверил ЕМУ, а не им, пошел не за ними, а за НИМ, без всяких сомнений и колебаний помог отсечь голову самому главному и опытному врагу — военной касте.

Последний потенциальный, последний возможный противник внутри страны сокрушен. Уничтожена малейшая угроза его неограниченной и единоличной власти в этой стране. Теперь начинается борьба за Европу. Начинается борьба за мировое господство.

Первый вариант. Франция и Англия натравливают Германию на СССР. Исключено. Гитлер никогда не нападет на СССР, имея в тылу вооруженные до зубов Францию и Англию.

Второй вариант. Война между Германией, Италией и Японией с одной стороны и Францией, Англией, а возможно, и США — с другой. Обе стороны будут искать ЕГО помощи. Вопрос в условиях. Что могут предложить ЕМУ Франция и Англия? Ничего. А Гитлер, оставив себе Западную Европу, может отдать ЕМУ славянские страны и Балканы. В Азии СССР получает Китай и Индию, Япония — Юго-Восточную Азию, где она увязнет в борьбе с Америкой. Таким ОН представляет себе раздел мира на ближайшие годы. А там будет видно.

Пока наилучший вариант — нейтралитет. Пусть они изматывают друг друга в многолетней войне, за это время ОН накопит силы, восстановит боевую мощь армии, укрепит могущество СССР и будет диктовать обессиленной Европе свои условия. Тогда ОН станет хозяином в Европе. Тогда ОН создаст Соединенные Штаты социалистической Европы, противостоящие Соединенным Штатам капиталистической Америки.

Безусловно, реальная история, реальный ход событий вносят поправки в любые планы и прогнозы. Но мировая революция — миф. Капитализм силен и организован, буржуазии удалось создать консолидированные государства. Коренное изменение политического строя может быть результатом только войны. Победа СССР в новой войне изменит государственное устройство мира по социалистическому образцу, то есть по образцу, созданному ИМ в СССР. Созданная ИМ идея государственности будет самой сильной и самой вечной в истории человечества. Религиозные идеи существуют тысячелетия, но они не более чем средство государственной политики.

Раздался стук в дверь. По стуку Сталин узнал — Власик.

— Войди! — раздраженно крикнул Сталин.

Власик вошел, остановился у двери.

643

— Чего тебе?

— Товарищ Сталин, насчет лекарства хочу напомнить. Вы приказывали в двенадцать...

— Знаю. Иди!

Власик удалился.

Сталин подошел к буфету, вынул пузырек, накапал двадцать капель в рюмку с водой, выпил, поморщился — противное лекарство, да и никакими лекарствами не поможешь, как говорят в народе: «Лечись, проболеешь семь дней, не лечись — неделю».

Так о чем он думал?.. О религиозных идеях.

Государство сильнее не только религии, но и нации. На территории СССР живет сотня наций, но их национальные интересы являются лишь частью общегосударственных интересов. Идея государственности не нова, не ОН ее придумал, но государство как абсолют — это ЕГО идея, мировое государство — это будет ЕГО творение. ЕМУ сейчас пятьдесят восемь лет, впереди еще много времени. ОН не представляет себе смерти, не думает о ней, не желает думать, не любит таких разговоров. История остановила на нем свой выбор не для того, чтобы дать ему потом умереть как простому смертному. ЕГО миссия только сейчас и начинается. Истинно великим становится только тот, кто распространяет свою миссию, свои идеи на весь мир. Были ли в истории мировые империи? Были. Распались? Распались. Но эти империи были конгломератом разных экономических, социальных и политических укладов, существовали во враждебном окружении. По этим причинам и распались.

Гитлер тоже хочет создать мировую империю. Но империю Германскую, где господами будут немцы, а остальные будут рабами. Такая империя недолговечна — ее взорвет заложенное в ней неравенство.

Мировая империя, которую ОН создаст, будет объединена *единой* государственной идеей, единым социалистическим укладом, единообразием управления, жесткой централизацией, абсолютным единомыслием. Где единомыслие, там покорность.

Вот перед какими задачами ОН стоит. Еще год-два — и полная консолидация внутри страны будет закончена.

Теперь все пойдет проще. Армия выключена из политической игры навсегда. НКВД в ЕГО руках, с его помощью ОН доведет до конца кадровую революцию в партии и государстве.

Таковы первые итоги ликвидации военных заговорщиков. Они открывают новый этап ЕГО жизни и ЕГО судьбы.

Через девять дней после казни Тухачевского были арестованы как участники военного заговора 980 высших и старших командиров. По отношению к арестованным Сталин приказал широко применять физические меры воздействия и добиться новых имен.

Выполняя приказ товарища Сталина, в Кремль каждый вечер привозили длинные списки вновь арестованных военных, на которых ОН синим карандашом накладывал резолюцию: «За расстрел. И. Ст.». Только единожды он расстрел заменил лагерем.

Когда товарищ Сталин бывал занят, списки вручались одному из его соратников: Молотову, Кагановичу, Ворошилову, Щаденко или Мехлису. Они, как и товарищ Сталин, накладывали на списках резолюцию: «За расстрел». Но в отличие от товарища Сталина никому расстрел лагерем не заменили. Боялись.

Из семи командиров, судивших Тухачевского, пять вскоре были расстреляны: Блюхер, Белов, Дыбенко, Каширин и Алкснис. Уцелели только Шапошников и Буденный.

Из ста восьми членов военного совета остались в живых только десять. Среди них Ворошилов, Шапошников и Буденный.

Из сорока двух выступавших на военном совете тридцать четыре были расстреляны, уцелели — восемь, среди них Ворошилов, Шапошников и Буденный.

Через полтора года — 29 ноября 1938 года — нарком обороны товарищ Ворошилов с гордостью заявит:

«Весь 1937 и 1938 годы мы должны были беспощадно чистить свои ряды. Чистка была проведена радикальная и всесторонняя — с самых верхов и кончая низами... Мы вычистили больше четырех десятков тысяч человек...»

Эти сорок с лишним тысяч человек, наиболее образован-
ные, опытные и талантливые, составляли более половины
высшего и старшего командного состава Красной армии.

Так товарищ Сталин готовил Советский Союз к будущей войне.

24

Теперь Вадим догадался, о каких военных спрашивал
его Альтман после очной ставки с Сергеем Алексеевичем.

Вблизи Арбата, в Большом Ржевском переулке, жили
высшие военачальники — Гамарник, Уборевич, Муклевич,
еще кто-то. Муклевича Ромуальда Адамовича, командую-
щего военно-морскими силами страны, Вадим видел несколько раз. Тот ходил по переулку пешком, причем не по
тротуару, а по мостовой, красивый адмирал в фуражке и
темной морской форме с кортиком. Почему он ходил пешком, почему по середине мостовой, было непонятно, рас-
кланивался со встречными, улыбался детям.

Как-то в разговоре выяснилось, что Муклевич знаком
Сергею Алексеевичу. Раз в месяц или раз в две недели Сергей Алексеевич появлялся в том доме в Большом Ржевском, стриг своих клиентов. О Муклевиче он отзывался
очень почтительно: «Высокий начальник».

Значит, из-за этого «высокого начальника» и терзали
Сергея Алексеевича, иначе Альтман не стал бы спрашивать
о военных. После показаний Вадима за парикмахером стали следить, поставили «топтунов» возле его дома и возле
парикмахерской, чтобы знать — кто к нему ходит, к кому
он ходит, и вышли на Муклевича. Удача: сам Сергей Алексеевич им был не нужен, а Муклевич нужен, и, может быть,
нужен еще кто-нибудь из крупных военачальников, кого
обслуживал Сергей Алексеевич. Поэтому-то Сергей Алексеевич ни в чем не признавался, понимал, что каждое его
слово, даже самое безобидное, означало бы гибель невинных людей. А они требовали от него не безобидных слов,
он должен был, видимо, показать, что и Муклевич выска-
зывался против Сталина, что высмеивал попытки все при-
писать Троцкому: «Без Льва Давыдовича не обошлось», что

одобрительно посмеялся над анекдотом о Радеке, да и добавил к нему еще что-нибудь нелестное о Сталине. И зубы ему, возможно, выбили тогда, когда он не согласился подтвердить версию о том, что в доме Муклевича собирались военные, осуждали Сталина, и всякую прочую чепуху в том же роде. Били в кровь, а Сергей Алексеевич, бедняга, повторял, наверное, то же, что и на очной ставке: «отрицаю, отрицаю», не понимая главного: стойкость его ничего не изменит. Дал он вымышленные показания или не дал, Муклевича все равно расстреляют, а самого Сергея Алексеевича прихлопнут за просто так, за упрямство. И что там ни говори, как ни оправдывайся — факт, что именно он, Вадим, толкнул Сергея Алексеевича в эту яму, угробил хорошего человека, спасая свою шкуру.

Раньше он надеялся: его псевдоним никогда не будет расшифрован, теперь ясно, что ни одному слову Альтмана верить нельзя. Сегодня Альтман выставил его свидетелем на очной ставке, а завтра в качестве свидетеля может вытащить на суд. Для чего он потребовал от него официальную рецензию на «Далекое» Афиногенова? И зачем он, трижды дурак, согласился переписать ее под своей фамилией? Устроят над Афиногеновым показательный процесс, предъявят этот документик за подписью Вадима, и его роль станет известна всем. Прощай тогда все планы и мечты. Ничего он уже не напишет стоящего, покровители сразу отвернутся, кому охота поддерживать секретного сотрудника — Карамору?

«Карамора»! Надо же было, чтобы именно в день очной ставки с Сергеем Алексеевичем вспомнил он этот рассказ Горького о доносчике, агенте царской охранки. Увидел в уборной газету месячной давности с портретом Горького — отмечали первую годовщину его смерти, — и сразу сверкнуло в мозгу — «Карамора»! Ну а сам Горький? Умилялся строительством Беломорканала, превозносил чекистов, славословил Сталина, дал ему в руки страшный лозунг: «Если враг не сдается, его уничтожают». Ему легко было писать «Карамору», легко было с высоты своего особого положения клеймить тех, кто *попал* в такие обстоятельства, у кого не хватило мужества сложить свою голову *ни за что*, просто так, в двадцать шесть лет лишиться жизни из-за какого-то дурацкого анекдота, который рассказал при нем провокатор Эльсбейн, и на него же первого и донес.

«Вадим Андреевич, Вадим Андреевич...» Эти слова не забывались, лицо истерзанного, замученного, избитого Сергея Алексеевича стояло перед глазами. Ну почему Сергей Алексеевич не сознался, ведь его, наверно, не сразу арестовали, сначала, наверное, вызвали «побеседовать», как *они* говорят. Не сознался, никого не выдал! Или старики не боятся умирать? Даже так, в тюрьме, в пытках и мучениях? К тому же Сергей Алексеевич был наверняка верующий человек и не мог переступить через заповедь: «Не лжесвидетельствуй». Но подтверди он, что услышал анекдот от Вадима, — сказал бы правду! При первых же допросах должен был догадаться, что именно Вадим-то его и угробил.

Ужасно... Когда же он стал таким дерьмом? Ведь он искренне верил во все это. И в комсомол вступил искренне. Про него тогда кое-кто говорил, что он это делает ради карьеры, чтобы легче было попасть в вуз. Неправда! Он видел: новые люди строят новый мир, его тянуло к ним — сильным, решительным, уверенным в своей правоте, он хотел быть *рядом, вместе*. И кстати, не только он верил в их идеи. Те же друзья отца — светлейшие умы, ярчайшие таланты, разве они не увлеклись размахом строительства в тридцатые годы, разве не утверждали, что иного пути у России нет?

О господи, ну зачем его прадед переехал из Польши в Россию?! Искалечил жизнь своим потомкам. Родись Вадим в Варшаве, окончи Оксфорд или Сорбонну, с его пером, работоспособностью, с его памятью давно бы уже приобрел имя, а не строчил паскудные статейки.

Ладно, надо пойти принять душ.

Возле ванны он остановился, прислушался, кто-то вышел из лифта на их этаже, и тут же раздался звонок в дверь. Вадим вздрогнул, кинулся к Фене:

— Я в трусах, открой дверь сама.

Оказался Ершилов, легок на помине.

— А где молодой барин?

Сто раз говорил ему: «Звони, прежде чем прийти» — и сто раз просил не называть его «молодым барином».

— Я здесь, — сказал Вадим, — проходи.

Ершилов явился в вышитой крестиком рубашке, похвалился, что купил в Мосторге.

— Ты что, не одет еще? В шесть машина будет ждать у Союза писателей.

А он и забыл совсем, что на сегодня назначена встреча со слушателями Военной академии имени Жуковского.

— Я мигом, — засобирался Вадим, — садись, Ершилов; Феня угостит тебя ягодами, в выходной собрали на даче.

Хорошо, что Ершилов пришел, сразу настроение поднялось, Вадим никогда не отказывался от встреч с читателями. В России народ хлебом не корми, но дай увидеть живых писателей и актеров, дай поглазеть на них поближе, познакомиться.

К Вадиму в фойе прилип молоденький голубоглазый летчик, назвавший себя Хохловым, хотел поговорить о литературе. Заявил, что любит Алексея Толстого и Леонова, а когда хочется посмеяться, читает Зощенко.

— А вы о чем пишете? — спросил Хохлов.

— О разном, — ответил Вадим и отвернулся: идешь на вечер, поинтересуйся теми, кто объявлен в афише.

Еще в машине договорились: первым выступит Ершилов, за ним — Анна Караваева, третьим — Семен Кирсанов, почитает стихи о любви, на закуску. Вадим сказал, что не будет перегружать программу, с удовольствием послушает коллег.

Сидя в президиуме и пропуская мимо ушей ершиловские откровения насчет связи интеллигенции с народом, Вадим оглядывал зал, — много людей набилось. Голубоглазый Хохлов примостился на приставном стуле в третьем ряду. Нашел себе кумиров. Толстой, Леонов и Зощенко требовали расстрела Тухачевского. К ним следует прибавить и Пастернака, да, и Пастернак не устоял. Вадим задрожал от радости, увидев в газете среди других и его имя. «Какое, милые, у нас тысячелетье на дворе?» Вот какое тысячелетье! Все подписали: и Всеволод Вишневский, и Василий Гроссман, и Тынянов, и Паустовский, и Константин Симонов, Антокольский, Федин, Шолохов, Фадеев, Тихонов, все, все... Это как, считается в порядке вещей? Тогда и ему не за что корить себя. Конечно, то, что случилось с Сергеем Алексеевичем, ужасно, но такое больше никогда не повторится, только по неопытности Вадим мог пойти у Альтмана на поводу. А в остальном то, что он делает, разве не более гуманно? Он не посылает никого в тюрьму, не требует ничьих расстрелов, просто излагает свою точку зрения на то или иное литературное произведение. Более того: написанное им имеет значение только для Альтмана, но слова, публично произнесенные Алексеем Толстым или Леоновым, для десятков миллионов людей оправдывают аресты, процессы, казни. Губят души таких вот молоденьких Хохловых.

Конечно, его дорогие коллеги успокаивают себя тем, что они в куче, в стаде, десятки подписей стоят рядом. Мол, это их оправдывает. Нет, не оправдывает. Просто каждый спасает себя: выступил против — смерть; откажешься голосовать — смерть, не захочешь подписаться под общим письмом — смерть.

Но тогда и в него не бросайте камень! Альтман ему ясно сказал: «Не спрячься вы, Вадим Андреевич, за нашу широкую спину, давно бы загремели». А тюрьма и смерть в конечном счете — синонимы. Так что давайте не будем фарисействовать, признаем очевидное: все замараны; и нет таких весов у Фемиды, которые бы определили, что лучше, а что хуже.

И все же те попытаются как-то обелить себя перед детьми и внуками, скажут: «Такие были времена», скажут: «Заблуждались, свято во все верили», и, возможно, их поймут и простят. А вот клеймо «сексота» не смоешь никогда.

Ершилов кончил выступать, ему дружно похлопали, он раскланялся, сел опять рядом с Вадимом.

— Ну как?

— Молодец, хорошо!

— А я смотрю, у тебя лицо какое-то обиженное; может, думаю, не нравится, что я там наболтал?

— Да показалось тебе; говорю, молодец!

Стервец Ершилов, никогда ничего от него не скроешь. Заметил, что Вадим расстроен, теперь будет приставать с расспросами.

По залу прошел легкий шумок, к Караваевой, которая уже стояла на трибуне, подбежал общественник с букетом красных роз.

— Спасибо, сталинские соколы!

Зал ответил аплодисментами.

Воспользовавшись паузой, Вадим придвинулся к Ершилову:

— Что-то голова разболелась... Я смотаюсь, а ты меня прикрой. Скажи: поехал на вокзал встречать тетушку...

Вадим вернулся домой около десяти вечера, в комнате отца горел свет, и у Фени горел свет, но никто не вышел, не встретил его. Не квартира, а семейный склеп. Он прошел на кухню, достал из холодильника малиновый компот, налил большую кружку.

Что делать, куда деваться?

Деваться некуда. Единственный выход — твердо держаться избранной линии: он литературный референт, не более того! Будет и дальше писать рецензии, точно такие же, как писал бы для газеты, журнала, издательства.

А с Сергеем Алексеевичем, да, грустно, тяжело, отвратительно, но ничего не поделаешь и ничем уже не поможешь и ничем не поправишь! Но на очной ставке он вел себя честно и мужественно, все принял на себя, не выдумал ни слова, никого не оболгал, не оклеветал. Протокол очной ставки он готов предъявить любому, и никто его не осудит. Сергей Алексеевич все отрицал, но отрицал не потому, что этого не было, а из-за какого-то своего принципа. И поплатился за это.

25

На занятия Семена Григорьевича Саша не пошел. К чему время терять. Лучше посидеть в читальне или в кино сходить, много фильмов упустил он за эти три года. Да и занятия свои Семен Григорьевич вел где-то у черта на куличках, в каких-то заводских и фабричных клубах, даже в учреждениях сразу после работы. Сдвигали в сторону столы и танцевали под Глебов баян. В общем, халтура, Семен Григорьевич, хотя и именуется балетмейстером и даже хореографом, просто жучок, да Саше это и неинтересно.

Все неинтересно. Нечем жить, нечем дышать. Все туже затягивается петля вокруг него, он чувствовал это кожей. Все вроде в порядке, приходил утром на автобазу, выписывал путевку, выезжал на линию, возил кирпич на строительство, возвращался, перевыполнял план, но ни разу его фамилия не появилась на Доске почета. Ему на эту Доску почета глубоко наплевать, но показатели у него не ниже, чем у тех, кто числился в ударниках. Боятся. Если его опять заберут, то тем, кто вывесил его фотографию на Доску почета, крепко врежут. Загремит и директор, и парторг, и председатель профкома — весь треугольник. И еще в газете напишут: «Враги и их покровители». Всех пересажают.

В военкомат Саша не торопился, однако его вызвали туда повесткой.

Военный канцелярист в чине капитана перелистал Сашин паспорт, спросил:

— Судимость?

— Да.

— Статья?

— Пятьдесят восьмая, пункт десять.

— Когда был арестован?

— В январе 1934 года.

— Военную службу проходили?

— Нет.

— Почему? В тридцать четвертом году вам было двадцать три года.

— Я учился в Транспортном институте, у нас была высшая вневойсковая подготовка.

Саша протянул капитану зачетную книжку, показал графу «военное дело» с отметкой «хорошо».

— Вам было присвоено звание?

— Нет, я не защитил диплома, меня арестовали.

— Посидите.

Капитан забрал Сашин паспорт и зачетную книжку, вышел в соседнюю комнату, вернулся, на бланке написал Сашину фамилию и инициалы:

— Идите в поликлинику, адрес указан, пройдете медицинский осмотр, явитесь сюда на комиссию в пятницу. Вот вам повестка, покажете на работе.

Саша прошел медицинский осмотр, ходил в поликлинике из кабинета в кабинет, проверили сердце, легкие, давление, зрение, слух, измерили рост, к концу дня карточка была заполнена, никаких болезней или дефектов не нашли, здоров, и в пятницу он предстал перед комиссией.

Тот же капитан взял Сашины документы, прошел в соседнюю комнату, потом позвал Сашу. За столом сидели трое военных, одинаково зачесаны назад волосы, лица серьезные, глаза строгие. Председатель дал всем подписать рапортичку, приколотую к медицинскому заключению, равнодушно объявил:

— Пригоден к нестроевой службе в военное время.

Такой военный билет Саша и получил. С его здоровьем, с его высшей вневойсковой подготовкой — «пригоден к нестроевой»: в стройбат или на кухню, врагу народа оружие доверять нельзя.

Несколько раз на автобазе появлялась высокая, плоскогрудая начальница отдела кадров из автоуправления — Кирпичева. Стояла в диспетчерской, не спускала с Саши злых глаз, пока он оформлял путевку. Плохой признак.

Тем более кругом творилось нечто невообразимое. Летели секретари обкомов и райкомов, председатели облисполкомов и райисполкомов, наркомы и их заместители, даже энкавэдэшников и тех сажали. Проходя мимо, Саша случайно услышал, как Леонид говорил мастеру, что Бухарина и Рыкова арестовали прямо на Пленуме Центрального комитета партии. Откуда Леонид это знал, неизвестно, но вполне возможно, что именно так и было. На автобазе забрали двух шоферов, ездивших в Опочку, остальных таскали на допросы. О чем их там спрашивали, они не рассказывали, дали подписку молчать. Арестовали начальника автоуправления Табунщикова, Саша его не знал, никогда не видел, но до ареста все о нем отзывались хорошо.

Совсем недавно на политчасе Чекин — секретарь парторганизации — читал о высадке на Северном полюсе полярной экспедиции Папанина, Федорова, Ширшова и Кренкеля, первая в истории человечества высадка на Северном полюсе. И тут поднялся электрик Володька Артемкин и сказал: «Первым достиг Северного полюса американец Пири, еще в 1909 году, на собачьих упряжках». Сказал и сел. Чекин выпучил глаза на Артемкина: как это может быть, чтобы какой-то американец обогнал славных сынов советского народа. Артемкину бы промолчать, но он опять поднялся и предложил принести на автобазу книжку о Пири. Чекин закричал, что никаких буржуазных россказней он читать не желает, а Артемкин хочет умалить достижения наших советских полярников и нечего ему здесь, на рабочем собрании, вести вредную агитацию.

Саша на том политчасе был, все обязаны присутствовать, не отвертишься, знал, что Артемкин прав, но промолчал. Так всегда он себя вел на автобазе — молчал; промолчал и на этот раз. На другой день Володька Артемкин на работу не вышел — оказывается, той же ночью его арестовали, обыскали Володькину комнату, все перевернули, забрали какие-то книжки, их порядочно было у Артемкина, книгочей. И пропал Володя Артемкин.

В этот день поругался Саша с бригадиром на стройке.

— Мать-перемать, сколько можно под разгрузкой стоять! Шевелиться надо, а не спать на ходу! — кричал, не мог остановиться.

Хоть на ком-то хотелось выместить досаду, растерянность, недовольство собой.

Правильно он промолчал или неправильно? Кто честнее поступил — он или Артемкин?

Честнее поступил Володя Артемкин, умнее — Саша.

Разве он бы помог Артемкину, если бы подтвердил, что действительно первым достиг полюса этот чертов Пири? В ту же ночь забрали бы и его вместе с Володькой, да еще приписали бы им создание контрреволюционной организации на автобазе. Влепили бы обоим по десятке. И все-таки погано на душе, он, отсидевший в тюрьме, понимал и представлял, каково там будет полуслепому Артемкину. Но что делать, что делать? Ложь стала моралью общества, врут на каждом слове. И никто не восстает, все *оболванены, околпачены*, во всех вбит, вколочен страх. И в него вколочен страх, и он уже начал вязнуть в этом болоте. Господи, дай силы выстоять, не по горло вываляться в грязи.

На следующее утро Саша выехал с автобазы, как всегда, на Советской улице остановил на минуту свой грузовик у тротуара, перебежал дорогу к газетному киоску — там обычно покупал газеты. Развернул «Правду» и ахнул, прочитав сообщение Прокуратуры СССР об аресте и предании суду Тухачевского и других высших военачальников, обвиняемых в государственной измене, шпионаже и диверсиях. Сегодня же состоится и суд — в порядке, установленном законом от 1 декабря.

Саша быстро просмотрел заголовки: передовая о металлургах, статья, защищающая книгу академика Тарле «Наполеон», сообщения об успехах на трудовом фронте, о приезде футбольной команды басков. И рядом с этим — такое вот о прославленных полководцах. Затем митинги с требованием расстрела.

Саша вернулся к киоску:

— Будьте добры, пожалуйста, еще «Известия» и «Комсомольскую правду».

— Разоритесь вы сегодня, — улыбнулась продавщица. Она благоволила к Саше, как и ко всем постоянным покупателям.

— Ничего.

Ужас. Писатели, актеры, режиссеры, академики, художники, рабочие, колхозники — требуют расстрела Тухачевского и других военачальников. Предыдущие суды были открытые, журналисты присутствовали, даже иностранцы, можно было оправдаться тем, что подсудимые признали свою вину. А тут *суд закрытый*. Как же можно тогда требовать расстрела? Разве когда-нибудь в России одобряли казни, смерть, топтали поверженных, испускали торжествующие клики над трупами расстрелянных, издевались над ними, поносили их? Толстой писал: «Не могу молчать», протестуя против казней. И Пушкин не побоялся сказать Николаю Первому, что 14-го был бы вместе с мятежниками на Сенатской площади, не побоялся отправить послание: «Во глубине сибирских руд».

Если по стране идут митинги, то сегодня же они докатятся до Калинина, а значит, и до их автобазы. Что же ему делать? Голосовать, как все? Все требуют расстрела. Верят? Почему не должен верить он? Боятся? Почему не может бояться он? Они сохраняют свои жизни, за что он должен отдать свою?

Нет, и все-таки он не потянет руку. Постарается уклониться от митинга. Не выходить на работу? За прогулы теперь судят. Словчит как-нибудь. Выедет пораньше, вернется часам к восьми.

Он пришел на автобазу за час до смены, еще ворота не открывали. Но их и не открыли, путевок не выдавали, всю утреннюю смену водителей, ремонтников и служащих конторы согнали на митинг во двор.

В кузове грузовика стояли секретарь парторганизации Чекин и заведующая кадрами автоуправления Кирпичева, сверлила толпу злыми глазами.

Запинаясь и неправильно ставя ударения, Чекин прочитал вчерашнее сообщение и новое, сегодняшнее, — приговор: всех расстрелять. Потом начал читать передовицу «Правды»: «Сокрушительный удар по фашистской разведке».

Пока Чекин читал, Саша с тревогой и ужасом думал, что приближается та минута, когда Чекин, или Кирпичева, или кто-нибудь, кому это заранее поручено, предложат резолюцию, требующую расстрела Тухачевского и других военачальников. И если он поднимет руку «против», тут же примут вторую резолюцию: «Осудить пособника врагов — Панкратова» — и уведут в НКВД, а завтра напишут в газете и начнут выяснять, как он попал на автобазу, докопаются и до обкома, до Михайлова и его референта. Многих людей он потянет за собой. Нет, голосовать «против» нельзя. Но нельзя голосовать и «за». Если он потянет руку, то никогда не простит себе этого. Как же можно жить после такого?

Из нагрудного кармана Саша вытащил пачку папирос, достал спички. Как только начнут голосовать, он закурит, прикрывая ладонями огонек, а следовательно, и лицо.

Чекин кончил читать и сказал:

— Слово для предложения имеет товарищ Барышников.

Барышников, председатель профкома, зачитал короткую резолюцию с требованием расстрела: «Мы, работники автобазы № 1...» и так далее.

— Кто за? — спросил Чекин.

Все подняли руки.

Саша сунул папиросу в зубы, зажег спичку и, прикрываясь ладонями, начал закуривать.

Стоявший рядом Леонид вдруг ткнул его в бок.

— Ну, ты чего?

Саша отвел ладони от лица, огляделся, все стояли с поднятыми руками, взгляд его остановился на трибуне.

Чекин, Кирпичева и Барышников в упор смотрели на него.

Саша поднял руку.

26

Собрание кончилось. Ремонтники разошлись по рабочим местам, служащие отправились в контору, машины выезжали на линию. Саша получил путевку, тоже выехал.

Работал он сегодня на мебельной фабрике, вывозил на товарную станцию готовую продукцию — столы и стулья. В больших ящиках, между дощечек, торчала крупная стружка. Грузили вручную, работали — не торопились. И Саша не подгонял. Даже из кабины не выходил. Сидел, опустив голову на сложенные на руле руки.

Вчера он не поддержал электрика Володьку Артемкина, сегодня проголосовал за смерть людей, которых всю свою сознательную жизнь уважал и суда над которыми фактически не было. Завтра... Что же будет завтра? По-видимому, то же самое, что и сегодня. Прав оказался Всеволод Сергеевич — потянул Саша руку вверх.

«Вы не будете подличать, — говорил Всеволод Сергеевич, — не будете выскакивать и тыкать в кого-нибудь пальцем, называя его врагом, но идти в ногу со всеми вам придется, хотите вы того или не хотите». Так и случилось. Его заставили шагать в общем строю, держать равнение. Раньше он делал это добровольно, свято верил: «Тот, кто не с нами, тот против нас». Сегодня он уже так не думает, но шагает, держит равнение, голосует из страха, из боязни, из трусости, плетью обуха не перешибешь. То, что происходит сейчас, — неизбежное следствие того, что происходило тогда. Тогда он сам требовал от других победных гимнов, теперь того же требуют от него. Ему бы в перевозчики, паромщики на какую-нибудь реку, жить, не слушая радио, не читая газет, звонить только маме; паромщики, наверное, не голосуют. А может быть, и их таскают голосовать в речное управление. Всех повязали одной веревкой, и сильных, и слабых. Многомиллионная страна, поющая, орущая, проклинающая вымышленных врагов и прославляющая своих палачей. Стадо мчится с бешеной скоростью, и тот, кто замедлит бег, будет растоптан, кто остановится, будет раздавлен. Надо мчаться вперед и реветь во всю глотку, во всю силу своих легких, ибо на тех, кто молчит, обрушится карающий бич, нельзя ничем выделяться, нужно безжалостно топтать упавших, шарахаться от тех, кого настигает петля отловщика. И кричать, кричать, чтобы заглушить в себе страх. Победные марши, боевые, бодрые песни и есть этот крик.

Теперь и его место в этом стаде, теперь и ему предназначено мчаться вперед и орать во всю силу своих легких, топтать упавших, шарахаться от тех, кого отловили, и кричать, чтобы заглушить в себе страх.

Грузчик забарабанил в кабину:

— Эй, заснул?! Погрузили тебя, мотай на товарную.

Принимая вечером его путевку, диспетчер покачал головой:

— Четыре ездки всего?

— Грузили медленно.

— Акт бы составил.

— Подпишут они акт?!

Во дворе гаража стоял Глеб, увидел Сашу, помахал рукой и, когда Саша загнал машину в мойку, подошел к нему.

— Здоров, дорогуша!

— Здравствуй!

Саша вышел из кабины, открыл кран, поднял шланг, направил струю воды на кузов.

— Что делаешь сегодня? — спросил Глеб

— Ничего.

— Может, сходим куда?

— Устал, спать лягу.

— Выпьем по рюмке.

— Денег нет.

— У меня есть.

Иногда Глеб расплачивался за себя, но чтобы платить за двоих, такого не бывало.

— Получил проценты в банке?

— Вот именно.

— Куда пойдем?

— В «Селигер», я думаю.

Саша с удивлением посмотрел на Глеба. «Селигер» — единственный настоящий ресторан в городе, и ресторан дорогой.

— Пустят меня в сапогах?

— Со мной и босиком пустят.

— За что такая честь?

— Есть за что.

Он был сегодня серьезен, не улыбался, только раз сказал «дорогуша», но сильно хотел выпить, по глазам видно.

Заказали бутылку водки.

— Может, по котлетам ударим, — предложил Глеб, — разнообразим меню, они хорошо котлеты готовят.

— Как скажешь.

Глеба тут действительно знали.

— Работал я здесь, — объяснил он Саше, — в оркестре пианистом, потом надоело, все вечера заняты.

Они выпили, закусили.

— К Людмиле заходишь?

— Давно не видел.

— А почему?

Саша пожал плечами.

— Что значит «почему»? Так складывается. Зайду в кафе поужинать — увижу, нет — не вижу.

— Она хорошая девка, своя в доску, и на тебя здорово упала, но, — Глеб посмотрел на Сашу, — мужской разговор?

— Конечно.

— Есть у нее человек, понимаешь... В Москве. Крупная фигура. С женой разошелся, квартиру меняют, как разменяют, Людку в Москву заберет. Перспектива у нее, понимаешь?

— Ну что ж, прекрасно, — искренне сказал Саша, — я рад за нее.

Он действительно был рад за Люду. В Москве ей легче будет затеряться. Могла, между прочим, все это сама ему объяснить.

— Ты меня не выдавай, — предупредил Глеб.

— Договорились. Честно тебе скажу: я искренне рад за нее.

— Но к тебе она хорошо относится, — Глеб налил себе и Саше, — не просто как к мужику, а сердечно относится.

— Да, — подтвердил Саша, — отношения у нас хорошие.

— А ее подружку Лизу знаешь?

659

— Что за Лиза?

— В милиции будто работает.

— Понятия не имею.

Почему вдруг заговорил о Елизавете-паспортистке, что стоит за этим вопросом, случайно или не случайно спросил?

Глеб отвел глаза, повернулся к боковой двери, оттуда вышли три музыканта в белых рубашках, с черными бабочками, в темных брюках, черных лакированных туфлей. Увидев Глеба, приветливо покивали ему.

— Бывшие коллеги, — усмехнулся Глеб, — Беня, Семен и Андрей. Хорошие музыканты, но не судьба, — он показал на бутылку, — сам понимаешь. Клиенты музыку заказывают, а это пятерка, а то и десятка, любит русский человек покуражиться. Один вальс закажет, другой камаринскую, третий — лезгинку, сам и спляшет, потом музыкантов угощают, как откажешься? «Ты что? Меня не уважаешь?» Ну и пошло, и поехало. Уважаешь не уважаешь, и ползешь домой на карачках. А вот и наша прима.

Из той же боковой двери вышла крупная женщина, крашеная блондинка в длинном платье, улыбаясь, поднялась на эстраду. Ей захлопали. По-прежнему улыбаясь, она поклонилась, послала в зал воздушный поцелуй.

— Был когда-то голос, был... К бутылке не прикладывается, но понюхивает. Пока держится в ресторане, скоро в какой-нибудь хор перейдет.

Оркестр заиграл песню из «Веселых ребят»: «Легко на сердце от песни веселой...» Саша ее уже знал, знал он теперь и другие современные песни. Слушал по радио: «Песня такого-то из кинофильма такого-то». И просмотрел все картины, которые вышли, пока он сидел в Мозгове, — и «Юность Максима», и «Три товарища», и «Последний табор», и «Семеро смелых», и «Цирк», и «Дети капитана Гранта», и «Искатели счастья», и новые: «Бесприданницу» и «Возвращение Максима». И надо ж такое — все неизвестные ему песни были из кинофильмов. Теперь уж на этом не попадется.

Ресторан шумел, люди танцевали фокстрот и танго, плохо танцевали, но оркестр играл без перерывов.

— А притащи-ка ты нам пару огурчиков малосольных, — сказал Глеб официанту.

Тот принес.

— Ну, давай. — Глеб налил рюмки. — Какой-то ты сегодня смурной.

— Я? Наоборот, мне кажется, ты чем-то озабочен, — возразил Саша.

Что-то тревожное, казалось ему, мелькнуло в глазах Глеба, и угощает неслучайно.

Первый раз за этот вечер Глеб наконец рассмеялся:

— Ладно, Сашка, не будем темнить. У меня к тебе предложение: Семен Григорьевич, балетмейстер мой, сматывается на гастроли в глубинку, куда-нибудь в Азию, просвещать аборигенов. Меня приглашает пианистом и баянистом, нужен еще ассистент. Хочешь?

— Интересно, вот уж никогда не думал об этом.

— Подумай!

— Но ему нужна скорее ассистентка, чем ассистент.

— Ассистентка есть. Поедем официально, по командировке концертного бюро, там у него знакомый, все будет как положено, отчисления всякие, проценты. И в паспорте отметка: поставлен на учет в концертно-эстрадном бюро. Соображаешь, дорогуша?

Саша задумался. Мечтал уехать куда-нибудь паромщиком, перевозчиком, а тут еще свободнее, еще вольнее. Но паромщик, перевозчик — это *работа*, там бы он зарабатывал свой хлеб пусть невидным, но честным трудом, так же как зарабатывает его сейчас. А танцы — это халтура, жучки вроде Семена Григорьевича стригут глупеньких овечек, загребают монету. Конечно, на автобазе он *под колпаком*, но не ведут ли проверку кадров и среди балерунов, тоже, наверное, сгоняют на всякие собрания и митинги. Конечно, опасно в его положении задерживаться на одном месте, но ведь не трогают, и если придется уехать из Калинина и устраиваться в новом городе, это будет выглядеть естественно: работал шофером и поступает шофером. А наниматься на автобазу как бывший ассистент преподавателя западных танцев? Смешно!

С сегодняшнего утра, подняв руку на митинге, он покорился судьбе. Сопротивление бесполезно. Дадут ему работать — хорошо, опять посадят — будет сидеть. И незачем петлять как зайцу, все равно догонят и прижмут мордой к земле.

А музыка играла, певица после популярных песен из кинофильмов перешла на репертуар Шульженко и Эдит Утесовой. Публика танцевала под эту музыку, под эти песни.

— Нет, Глеб, — сказал Саша, — не годится это мне. Есть профессия, есть работа; куда я помчусь, к каким аборигенам?

— Калинин нравится? — осклабился Глеб.

— Нравится, чем плох? Хороший город.

— Брось, Сашка... «Хороший город»... Москва хуже?

Саша в упор смотрел на него:

— Что ты хочешь сказать?

— Ладно, друзья мы или нет? Ведь «минус» у тебя.

— Кто сказал?

— Какая разница? Леонид сказал.

Саша поковырял вилкой в тарелке, подцепил ломтик жареной картошки.

— Допустим, ну и что?

Он сразу вышел из состояния апатии. Ясно: Глеб ему предлагает смотаться из-за «минуса». С чего вдруг? Выполняет поручение Леонида? Если Сашу посадят, к Леониду привяжутся, он устроил Сашу на автобазу, настаивал на его приеме, теперь хочет, чтобы Саша смылся и концы в воду?

— Что из того, что у меня «минус»? Не у одного меня «минус». Таких в Калинине полным-полно.

— Дорогуша, — заулыбался Глеб, — что ты лезешь в бутылку? У тебя — «минус», сегодня Калинин не режимный город, завтра станет режимным. А я тебе предлагаю жизнь посвободнее.

— Как твоя собственная?

— Вроде. Ты ведь не рисуешь... Не играешь на рояле... Да, вроде моей, сейчас на танцах люди загребают дай бог!

— И когда вы собираетесь ехать?

— Дня через три.

— Куда именно?

— Еще точно не решили, — устойчиво ответил Глеб.

— Я никуда не поеду. Давай допьем!

Они допили бутылку. Попросили счет. Саша заплатил половину суммы. Глеб не возражал.

27

Глеб — болтун, трепач, а все же надо бы проверить, что конкретно сказал ему Леонид.

Повод нашелся.

На Доске почета вывесили список ударников за май — июнь. Саша своей фамилии опять не нашел, спросил у Леонида:

— А почему меня здесь нет?

— Не понимаешь, что ли?

— Слушай, Леня, может, мне лучше уйти отсюда?

Он пытливо вглядывался в лицо Леонида. Хмурое, хмурое, а все же кое-что на нем можно прочитать.

— Уйти? — Леонид поднял брови. — Из-за чего? — Он кивнул на Доску почета. — Тебе это нужно?

— Дискриминация, понимаешь? Держат на кирпиче, хорошей работы не дают.

Леонид пожал плечами:

— Ну, тут уж сам соображай, сам с кем надо договаривайся. Дискриминация?! — Он засмеялся. — Брось! Наладится. А уходить?.. Думаешь, на новом месте лучше будет? То же самое.

Говорил искренне. Значит, никакого поручения Глебу не давал. Разговор Глеб затеял по собственной инициативе, хотел сманить его к Семену Григорьевичу. Свинья всетаки! Мог бы просто предложить, а не спекулировать на «минусе». Друг называется! А может, из других источников что-то узнал? О Люде спросил, о паспортистке Елизавете. Но если что-нибудь Саше угрожает, Люда первая бы его предупредила. Глеба инициатива. Собрались с Семеном Григорьевичем на халтурку, нужен еще человек, *ассистент*, как они его именуют, — Глеб и взялся Сашу уговорить.

Саша опять работал на кирпиче. На мебельную не послали — не привез оттуда план, пусть на кирпиче пылится.

Диспетчер подсчитал рейсы, подписал путевку, протянул Саше голубой листок.

— Тебе.

Оказалось — повестка с приказанием явиться завтра к девяти утра в отделение милиции, при себе иметь паспорт.

Никакого дорожного происшествия, никаких нарушений за ним не числится. И за нарушения вызывают в ГАИ.

— Что это? Зачем?

— А я откуда знаю, — ответил диспетчер, — приходили из милиции, велели в книге расписаться.

— Так ведь в рейс опоздаю.

— Что сделаешь? Может, мобилизация какая? А какая? Посевная прошла. Уборочная не наступила.

Дома Саша нашел такую же повестку. Старуха сказала:

— Приходил участковый, оставил повестку, велел в книге расписаться. Спрашиваю: «Чего наделал-то? Парень смирный, не пьет». А он: «Все вы непьющие, знаем мы вас. Завтра ровно в девять чтобы явился с паспортом».

Собрать вещи, что ли? На всякий случай. А какой случай? Хотят арестовать — сюда пришли бы. Узнали, что паспорт по знакомству выписали, завели дело на Елизавету? Вряд ли... Люда бы знала.

Уехать сегодня, немедленно? Но на новом месте начнутся новые осложнения: где справка с предыдущего места работы? Почему в паспорте нет отметки об увольнении, о выписке с предыдущего места жительства? Подозрительные документы!

Как же крепко опутан советский гражданин всеми этими бумагами, справками, документами! Никуда не спрячешься!

Ладно, пойдет в милицию. Будь что будет.

Многие пришли раньше, чем он, теснились в коридоре, на крыльце. Выяснилось: в Калинине вводится паспортный режим, все лица, имеющие паспортные ограничения, обязаны покинуть город в двадцать четыре часа. Саша даже удивился: только в одном районе оказалось так много людей с судимостью. Очередь делилась на три потока, по буквам: А — Ж, З — О, П — Я. Он встал в свой поток, больше часа прошло, пока протиснулся к барьеру, за которым сидели милицейские работники.

Лейтенант просмотрел Сашин паспорт, под штампом «Прописан» поставил еще один: «Выписан», нашел в списке Сашину фамилию, поставил рядом галочку:

— Распишитесь!

Сзади напирала толпа. Саша едва успел прочитать: «Предупреждение о выезде из города Калинина». И расписался против своей фамилии.

— На работе получите расчет, — сказал лейтенант, — увольнение ввиду убытия из города Калинина. Администрация предупреждена. В случае невыезда в двадцать четыре часа подлежите уголовной ответственности. Следующий!

Из милиции Саша отправился на автобазу. Там действительно были предупреждены. Дали в конторе обходной лист. С ним пошел в гараж, сдал машину механику Хомутову. Хомутов машину смотреть не стал, подписал обходной, сказал только:

— Мало ты у нас поработал.

— Так уж получилось.

Кладовщик тоже расписался в обходном, и диспетчер расписался — все путевые документы сданы, и в профкоме расписались — ссуды в кассе взаимопомощи не брал. Все это закрепил своей подписью Леонид, хмуро спросил:

— Куда теперь?

— Не знаю еще.

Саша вернул обходной листок в бухгалтерию, там уже насчитали ему к выдаче семьдесят восемь рублей двадцать четыре копейки, двадцать девять рублей двадцать три копейки за неиспользованный отпуск, каковые Саша и получил. Секретарша поставила в паспорте штамп — «уволен такого-то числа», отстукала на машинке справку о том, что Саша работал на автобазе в должности водителя, взысканий не имел, уволен в связи с убытием из города Калинина...

Вручая справку, секретарша не смотрела на него. И все, с кем сталкивался он сегодня на автобазе, не смотрели ему в лицо. Только механик Хомутов произнес: «Мало у нас поработал», и Леонид спросил: «Куда теперь?» Остальные не произнесли ни одного *человеческого* слова.

Из автобазы Саша сразу отправился к Глебу. Долго стучал в дверь, никто не открывал. Подтянулся на заборе, увидел тетушку — копалась в огороде.

Саша окликнул ее, спросил, где Глеб.

Она, прищурившись, смотрела на него:

— Нету Глеба. Уехал.

— Куда?

— Не знаю. Может, в Ленинград, может, еще куда. Не знаю. Сказал, что напишет.

— Баян взял с собой?

— Баян... — Старуха помедлила с ответом. — Да, взял... Кажется...

Итак, Глеб смотался с Семеном Григорьевичем.

Только теперь Саша понял, почему Глеб предлагал ему уехать. «Сегодня Калинин — не режимный город, завтра — режимный». Значит, пронюхал каким-то образом, что предстоит введение паспортного режима. Почему прямо не сказал? Потому что такие вещи не говорятся. Если органы узнают, что Глеб осведомлен, не отпустят, пока не дознаются, от кого получил эти сведения. Акцию готовили тайно, чтобы застать всех подрежимных врасплох, одним ударом очистить город. Глеба кое-кто предупредил, и он, наверное, поклялся, что дальше это не пойдет, потому и не рассказал Саше, но намекнул.

Теперь Саша жалел, что не принял его предложения. Он, конечно, не успел бы оформиться на автобазе, но мог выехать им вдогонку, знал бы адрес, и работа была бы на первых порах, хоть и ассистентом преподавателя западных танцев.

А сейчас куда ехать? Снова скитания.

С этими мыслями возвращался Саша домой. Особенной радости он в этом городе не видел, но все же обрел угол, пристанище, работу. Здесь ему сопутствовала удача: Люда, Леонид, Михайлов, паспорт получил, прописку, профсоюзный билет — все внешние атрибуты жизни свободного человека.

Опять начинай все сначала, дали передохнуть несколько месяцев, скажи спасибо органам и топай дальше, черт бы их драл! Куда ехать? В Рязань, пожалуй. Там — брат Михаила Юрьевича, может быть, посодействует. Утренним поездом в Москву, там на Казанский вокзал и в Рязань.

Маме пока звонить не будет, чего зря ее волновать. Позвонит из Рязани, скажет — перевелся, тут лучше, все в порядке.

Придя домой, Саша объявил хозяйке, что завтра утром уезжает насовсем.

— Чего так? — спросила хозяйка.

— На другую работу перехожу. Я вам ничего не должен?

Старуха пошамкала губами:

— Вроде бы до первого заплатил.

— Значит, рассчитались.

Саша сложил чемодан и рюкзак. Вещей прибавилось. Ничего особенного не покупал, но чемодан заполнили зимние вещи, все туда сложил: шубу, валенки, свитер, сапоги, шарф, теплое белье, рукавицы. Хорошо, что рюкзак приобрел на толкучке по дешевке. Затолкал туда простыни, наволочки, пакет с непостиранным бельем. Оброс он здесь барахлом, думал, будет жить-поживать. Не вышло. И в Рязани не выйдет, начнут гонять из города в город. Стакан, тарелку, какие-то мелочи оставил хозяевам. На столе только мыло, зубная щетка, бритвенный прибор, утром надо успеть умыться, побриться.

Время приближалось к восьми вечера, на улице еще светило солнце, а у них в полуподвале было темно, лампочка под потолком горела тускло.

Придет сейчас Егорыч с работы, разопьют они на прощанье четвертинку, попросит у них будильник, заведет его на пять часов, к шести успеет на вокзал.

Заскрипела лестница, открылась входная дверь, послышались торопливые шаги, не хозяйские, чужие. Занавеска, заменявшая в его комнате входную дверь, отодвинулась, за ней стояла Люда.

Стояла молча, занимая весь дверной проем, в том легком ситцевом платье, в котором работала летом в кафе, оттуда и прибежала.

— Здравствуй, — сказал Саша добродушно, — чего стоишь, проходи, садись.

Она прошла, села рядом с Сашей на край железной кровати, повернулась к нему, молча смотрела.

— Что смотришь? — так же добродушно спросил Саша. — Давно не видела?

— Когда уезжаешь?

— Завтра московским.

— Куда?

Саша пожал плечами:

— Пока до Москвы, в поезде решу; возможно, в Рязань.

— Елизавета — дрянь, не предупредила меня.

— А если бы предупредила? Что меняет? Уехал бы раньше, не оформив документы. На новом месте было бы еще хуже.

— Это верно, — согласилась Люда.

Она придвинулась к нему, обдало в темноте знакомым запахом, погладила по голове.

— Горемыка ты, опять понесет тебя по свету. — Она убрала руку. — Егорыч утром сказал: «Квартиранта моего в милицию вызвали». Я сначала подумала — по шоферским делам. А потом рабочий у нас один при кухне, как у тебя отметка в паспорте, на работу не вышел. Пришел часов в двенадцать, говорит: «Увольняйте, уезжаю», ну, в общем, все узнали, что и как. Я кинулась к тебе — дома нет. Побежала к Лизке на работу, а там не протолкнешься. Много народу повысылали.

— Компания большая, — засмеялся Саша.

— Михайлова уже нет, — сказала вдруг Люда.

— Какого?! Секретаря обкома?!

— Да. Кругом берут, так что, может, и лучше, что уезжаешь.

— Может быть... Других твоих знакомых не тронули?

— Н-нет... Про Ангелину думаешь? Так ведь у нее паспорт чистый. Те, кому в тридцать третьем году отказали в паспорте в Москве и Ленинграде, здесь паспорта получали чистые, без всяких пометок. — Она вздохнула.

— Да, — сказал Саша, — я это знаю.

— Полно таких случаев, — подтвердила Люда, — вот и Глеб Дубинин, его в тридцать третьем тоже из Ленинграда поперли.

— Глеба? За что?

— Мать у него то ли из поповской семьи, то ли из дворянской. Он тоже здесь паспорт получал.

— Зачем же уехал?

— Халтурить. Я Ганну видела, говорит: «В Уфу они уехали с Семеном Григорьевичем, сшибут монету, вернутся».

Уфа! И там живет родственник тети Веры. И Вера уже написала ему.

— Точно они в Уфу поехали?

— Точно. Сказал Ганне: «Пиши мне — Уфа, Центральный почтамт, до востребования». Он за свою тетушку беспокоится, боится, концы отдаст. Ну и приказал Ганне: «Заходи иногда к ней, справляйся, в случае чего дай телеграмму».

Они помолчали. Люда тронула его руку, взяла в свои.

— Ты не в обиде на меня?

— За что? Как я могу на тебя обижаться? Наоборот!

Она слушала, уставившись глазами в пол, потом подняла голову...

— У меня... — она запнулась, — даже не знаю, как тебе сказать... В общем, есть у меня человек, хороший человек, любит меня. Скоро к нему в Москву уеду. Верит он мне, и я его уважаю, не хочу обманывать. С тобой... С тобой совсем другое. Резанул ты меня по сердцу тогда в кафе, в первый вечер, помнишь? А уж у Ангелины, как поняла, что ты из заключения, сразу образумилась, решила — в моем положении не имею права с таким связываться. А в машине Леонидовой опять как представила, что не знаешь ты, куда тебе ехать, нет у тебя ни дома, ни работы, не выдержала. Думаю, не простит мне этого Бог никогда. Я тобой, Саша, перед Богом хотела оправдаться. Не покинула я бездомного в несчастье, не оставила на улице, и мне Бог простит, что увожу отца от ребятишек, сама без отца росла, плохо, Саша, без отца расти. А я увожу его.

Она оставила Сашину руку, вынула из кармашка носовой платок, вытерла слезы.

— Не обращай внимания, расстроена я. Жалко мне тебя... Ну а как пошел ты на работу и на квартиру переехал, я решила: все! Не имею больше права. И нравился ты мне, и все такое... И все равно не должна я обманывать того человека... А сегодня, когда услышала, все бросила, сюда прибежала, думаю, как спасти его...

Теперь уже Саша сам взял ее руки в свои.

— Я рад, что ты пришла, жалел бы потом, что не повидались, что не успел тебе сказать, как много ты для меня сделала. Пропал бы я без тебя. — Он смотрел на нее. — И знаешь, больше всего я хочу, чтобы именно ты была счастлива, чтобы воздала тебе жизнь за все. Искренне говорю, от чистого сердца.

Люда напряженно слушала, опять потекли слезы из глаз, она вытерла их платочком.

— Спасибо, Саша, спасибо за добрые слова. И тебе пусть повезет... — Она опустила платок в кармашек. — Ну, давай поцелуемся на прощание.

Встала, поцеловала его в губы, крепко поцеловала, долго держала его голову в своих руках, смотрела в глаза.

Потом опустила руки.

— Все! Прощай, Саша, не поминай лихом. Счастья тебе!

Поезд пришел на Ленинградский вокзал.

Отсюда пять месяцев назад мама провожала его в Калинин. Теперь он опять здесь, кончено с Калинином. Что ждет его в Уфе? Что будет после Уфы?

Саша пересек площадь. Пахло разогретым на солнце асфальтом, с детства знакомый запах летней московской улицы. Подумалось вдруг, что сейчас он встретит Варю. Может же судьба совершить чудо! Он всматривался в толпу, в лица девушек, даже похожих на нее не было. Потом ему показалось, что она идет впереди, точно — Варя, Варина фигура, волосы, походка... С замирающим сердцем обогнал ее. Нет, не Варя!

На Казанском вокзале Саша закомпостировал билет, теперь надо дать телеграмму. Стол в чернильных пятнах, почти пустая чернильница, ученическая ручка, веревкой привязанная к столу, перо не пишет, а царапает, стулья заняты, писать надо стоя.

Кто-то легонько дотронулся до его плеча.

Саша вздрогнул: Варя!

Обернулся.

Чуда не произошло.

В перевязанном крест-накрест платке стояла возле него молодая цыганка.

— Дай, соколик, погадаю, всю правду скажу.

— Спасибо, не надо!

Он наклонился к столу, дописал телеграмму: «Уфа Центральный почтамт до востребования Дубинину Глебу Выезжаю двадцать пятого поезд номер сорок вагон семь Встречай Саша».

1988—1990
Переделкино

СОДЕРЖАНИЕ

Литературно-художественное издание

АНАТОЛИЙ НАУМОВИЧ РЫБАКОВ

ДЕТИ АРБАТА
Книга 2
СТРАХ

Художественный редактор Валерий Гореликов
Технический редактор Татьяна Раткевич
Компьютерная верстка Елены Долгиной
Корректоры Валерий Камендо, Маргарита Ахметова

Главный редактор Александр Жикаренцев

Знак информационной продукции
(Федеральный закон № 436-ФЗ от 29.12.2010 г.): **18+**

Подписано в печать 06.07.2017. Формат издания 75 × 100 $^1/_{32}$.
Печать офсетная. Тираж 3000 экз. Усл. печ. л. 29,6. Заказ № 2998/17.

ООО «Издательская Группа „Азбука-Аттикус“» —
обладатель товарного знака АЗБУКА®
119334, г. Москва, 5-й Донской проезд, д. 15, стр. 4

Филиал ООО «Издательская Группа „Азбука-Аттикус“»
в Санкт-Петербурге
191123, г. Санкт-Петербург, Воскресенская наб., д. 12, лит. А

ЧП «Издательство „Махаон-Украина“»
04073, г. Киев, Московский пр., д. 6 (2-й этаж)

Отпечатано в соответствии с предоставленными материалами
в ООО «ИПК Парето-Принт».
170546, Тверская область, Промышленная зона Боровлево-1, комплекс № 3А.
www.pareto-print.ru

ПО ВОПРОСАМ РАСПРОСТРАНЕНИЯ ОБРАЩАЙТЕСЬ:

В Москве: ООО «Издательская Группа „Азбука-Аттикус“»
Тел.: (495) 933-76-01, факс: (495) 933-76-19
E-mail: sales@atticus-group.ru; info@azbooka-m.ru

В Санкт-Петербурге: Филиал ООО «Издательская Группа „Азбука-Аттикус“»
Тел.: (812) 327-04-55, факс: (812) 327-01-60
E-mail: trade@azbooka.spb.ru

В Киеве: ЧП «Издательство „Махаон-Украина“»
Тел./факс: (044) 490-99-01. E-mail: sale@machaon.kiev.ua

Информация о новинках и планах
на сайтах: www.azbooka.ru, www.atticus-group.ru

Информация по вопросам приема рукописей и творческого сотрудничества
размещена по адресу: www.azbooka.ru/new_authors/

Y-VAK-14351-05-R